スティーヴン・キング

白石 朗［訳］

Fairy Tale
Stephen King

上

フェアリー・テイル

文藝春秋

ＲＥＨとＥＲＢを、
そしてもちろんＨＰＬを思いながら。

「そして、いつも良心の教えを守ることを心がけなさい」

——ブルー・フェアリー

フェアリー・テイル　上

主な登場人物

ぼく……………………………………チャーリー・リード　十七歳の少年
ジョージ・リード……………………ぼくの父　保険会社を営む
ハワード・ボウディッチ……………近所の怪しい屋敷に住む老人
レイダー………………………………ボウディッチの愛犬　ジャーマンシェパードの雌
ミセス・リッチランド………………ボウディッチの隣人　穿鑿好き
メリッサ・ウィルコックス…………アルカディア病院の理学療法士、リハビリ担当
ミセス・レイヴンスバーガー………アルカディア病院のスタッフ
バーティー・バード…………………ぼくの小学校時代の悪友　バードマン
アンディ・チェン……………………ぼくのハイスクールの友人
ミセス・シルヴィウス………………ハイスクールの事務員
ハークネス……………………………野球とバスケットの監督
ウィルヘルム・ハインリッヒ………スタントンヴィルの宝石貴金属商

第一章

縁起でもない橋。奇跡。鳴き声。

1

ぼくにはこの話ができるはずだ。だれにも信じてもらえないはずでもある。それでもいい。話すだけで充分だ。ぼくの悩みは——というか、ぼくのような駆けだし作家だけじゃなく、多くの作家が同じ悩みをかかえているはずだけれど——どこから語り起こせばいいのかを決めることにある。

最初は例の小屋から語り起こそうと考えた。ぼくの冒険が真の意味ではじまった場所だからだ。でもそのためにはミスター・ボウディッチのことや、ぼくたちが親しくなったいきさつを語る必要があると気がついた。ただし父の身に奇跡が起こらなかったら、そうなることはなかったはずだ。とびきりありふれた奇跡ともいえる——一九三五年から数千数万もの男女の身に起こっていたとはいえ、子供には奇跡に思えた。

ただし、そこは語り起こしの場所としてはふさわしくなかった。というのも、あの縁起でもない橋がなければ父は奇跡を必要としなかったはずだからだ。だから、やはりそこから——縁起でもないシカモア・ストリート橋から語り起こすべきだろう。いまこうしたあれこれをふりかえると、はっきりした一本の糸が歳月を貫いて、ミスター・ボウディッチと荒れ果てたヴィクトリア朝様式の屋敷裏の南京錠で閉ざされた小屋にまで通じていたことが見てとれる。

しかし、糸は切れやすい。だから糸ではなく鎖というべきか。それも頑丈な鎖だ。そしてぼくは、手首に手枷（てかせ）をはめられている子供だった。

2

セントリーズ・レスト（地元民の呼び名はただのセントリー）の町の北端を横切って流れるリトル・ルンプル川には、ぼくが生まれた年まで——つまり一九九六年まで——木造の橋がかかっていた。この年、州政府の道路運輸局から検査官がやってきて橋を調べ、危険性ありと判定した。近所のセントリー住人ならそんなことは八二年から知っていた——とは父の弁。橋の重量制限は四・五トンとされていたが、ピックアップトラックに荷物を限界まで積んだ町の住民はおおむねこの木造の橋を避け、手間も時間も食う迂回路（うかい）だと承知で、ターンパイクの延伸部分をつかっていた。父は、たとえ乗用車で走っても、橋の材木が振動したり揺れ動いたり、うめき声をあげたりする気配が下から伝わってくる、と話していた。たしかに橋が危険なのは州の検査官のいうとおりだったが、ここには皮肉もあった――古い木造の橋が鋼鉄製の橋にかけかえられなければ、母はいまもまだ生きていたかもしれないからだ。

　リトル・ルンプル川は小さな川だったので、橋のかけかえ工事に長くはかからなかった。木造の橋が撤去されたのち、新しい橋が一九九七年四月に開通した。

「市長がテープカットし、コフリン神父が橋に祝福をあたえただけで開通したんだ」ある晩、父がそんなふうに話した。このとき父はかなり酔っていた。「われわれにはろくな祝福もなかった――そうだろ、チャーリー？」

　新しい橋は、ヴェトナムで戦死した故郷の英雄にちなんでフランク・エルズワース橋と名づけられたが、地元住民はあっさりシカモア・ストリート橋と呼んでいた。シカモア・ストリートはどちらの車線も路面になめらかな舗装がきれいにほどこされていたけれど、長さ四十三メートルの橋の路面は格子模様のある縞鋼板（チェッカープレート）のままで、乗用車がその上を走ればハム音っぽい音をたて、トラックが通れば――新築の橋の重量制限が二十七トンになったため、トラックも通行可能になっていた――ごろごろとうなりをあげていた。荷物を積んだセミトレーラーの通行には適さなかったが、どのみち長距離輸送用トラックがシカモア・ストリートを通ることはなかった。

　町の評議会では橋の路面を舗装し、少なくとも片側に歩道をもうけようという話が毎年のように出たが、これまた毎年のように、ほかにもっと緊急に予算を必要としているところがあるという話になった。歩道ができていれば母の命が助かったとは思えないけれど、路面の舗装があれば母は死なずにすんだかもしれない。ただ、その当否はだれにもわからないのでは？

　縁起でもない橋だ。

3

　わが家があったのは長いシカモア・ストリート・ヒルという通りを半分あがったあたりで、橋から四、五百メートル離れていた。橋をわたった先には、〈ジップマート〉というガソリンスタンド併設のコンビニエンスストアがあった。店にはエンジンオイルから〈ワンダーブレッド〉の食パンや〈リトルデビー〉のケーキまで、あらゆる品々がならんでいたが、店主のミスター・エリアデス（近隣の客からはミスター・ジッピーと呼ばれていた）のお手製フライドチキンも売っていた。このチキンは、まさしく窓に出された宣伝文句どおりの品だった――

《アメリカ一の味自慢》。いまでもそのおいしさを覚えているけれど、母が死んで以来ひとつも食べていない。食べようとしても吐きそうになってしまう。

　二〇〇三年十一月のある土曜日のこと――このときもまだ町の評議会は橋を舗装する件を検討し、このときも先延ばしにできると決めていた――母がぼくにこれから〈ジッピー〉まで歩いていって、夕食のフライドチキンを買ってくるといった。父とぼくはカレッジ・フットボールの試合中継を見ていた。

「車のほうがいいんじゃないか」父がいった。「このあと雨が降るというし」

「運動不足を解消しなくちゃね」母は答えた。「でも、雨にそなえて〝赤ずきんちゃん〟のレインコートを着ていくことにする」

　そのレインコート姿が、母の見おさめになった。ずきん(フード)はあげられていなかった。まだ雨が降っていなかったからで、だから母の髪は肩にまで垂れ落ちていた。当時七歳のぼくには、母の髪こそ世界でいちばんきれいな赤毛に見えていた。窓から外を見ているぼくに気がつくと、母は手をふってよこした。ぼくは手をふりかえしてから、テレビに目をむけた――ルイジアナ州立大学チームがぐいぐい押していた。いまにして思えばもっと長く外を見ていればよかったとは思うが、自分を責める気はない。そもそも、人生の落とし穴のありかを事前に知っている人はいないのでは？

　あれはぼくのせいではなかったし、父のせいでもない。それでも父が、《あのときおれがでかっ尻(ちり)をソファからもちあげて車を出し、あのシケた店まであいつを送っていけばよかった》と考えて自分を責めていたのは知っている。トラックを運転していた配管工事業者の男のせいでもないかもしれない。警官たちは、運転者はしらふで、制限速度を守ってもいたと話していた――ちなみに、わが家のあった住宅地域の制限速度は時速四十キロだった。父は、たとえその話が事実どおりだとしても、運転者は――ほんの数秒かもしれないが――よそ見をしていたにちがいないと話していた。それについては父が正しかったかもしれない。父は保険の損害査定人を仕事にしていて、自分が見聞きしたなかで百パーセント偶然の事故は一件だけ――アリゾナ州で落下してきた隕石に頭を直撃されて男が死んだ件だけだ、と話していた。

「決まって、だれかしらがミスをしているんだ」父はいった。「だからといって、責められるべき罪とはかぎらないが」

「父さんは、母さんを撥(は)ねた男の人を責めてる？」ぼくはたずねた。

　この質問に父は考えこんだ。グラスを唇まで運んで中身を飲む。この会話は母さんが死んでから半年か八カ月たったころで、そのころ父はもうビールを飲まなくなっていた。このときには〈ギルビーズ〉のジン一本槍になっていた。

「責めないよう心がけているし、だいたいは責めたい気持ちを抑えていられるよ。ただ、隣にだれもいないベッドで夜中の二時にふっと目が覚めたときはちがう。そういうときは、あの男を責めてしまうな」

4

母は丘をくだっていった。歩道の終端に標識が立っていた。母はその横を通りすぎて橋をわたりはじめた。そのころには空が暗くなり、小雨が降りはじめていた。母が店にはいると、イリーナ・エリアデス（もちろんミセス・ジッピーという通り名で知られていた）が、あと三分、長くてもあと五分でフライドチキンの追加ができあがると話しかけた。一方、わが家にも近いパイン・ストリートのどこかの家では配管工事業者がその土曜日の最後の仕事をおわらせて、パネルヴァンの後部荷室に工具箱を積みこんだところだった。

外はかりかりで、金色に輝くあつあつのフライドチキンが運ばれてきた。ミセス・ジッピーは八個を箱に詰め、さらに母が帰り道に歩きながら食べられるように手羽肉をひとつ、おまけでつけた。母は礼をいって代金を支払ったのち、足をとめて雑誌コーナーをながめた。足をとめなければ、橋を最後までわたりきっていたかもしれない——しかし、だれにわかる？　母がピープル誌の最新号を立ち読みしていたあいだに、配管工事業者のパネルヴァンはシカモア・ストリートにはいって、一キロ半以上ある下り坂を走りはじめていたにちがいなかった。

母は雑誌をラックにもどしてドアをあけ、顔だけうしろへむけて、「おやすみなさい」の言葉をミセス・ジッピーにかけた。パネルヴァンに撥ねられる寸前には悲鳴をあげたにちがいないし、そのとき母がなにを思っていたかは知るよしもないが、この挨拶が生前の母の最後の言葉だった。母は店から外へ出た。このころには冷たい雨が本降りになっていた。橋の〈ジップマート〉側に立つ一本きりの街灯が投げる光のなか、雨が何本もの銀色の筋になって見えていた。

手羽肉のフライドチキンを食べながら、母は橋の鋼板に足を踏みだした。車のヘッドライトが母の体をとらえ、その背後に長い影を投げた。橋の反対の端では配管工事業者のパネルヴァンが《**橋上路面の凍結注意！　慎重な運転を！**》という標識の前を通過していた。運転者は前方ではなくバックミラーを見ていたのだろうか？　それとも携帯電話に届いたメッセージに気をとられていた？　男はどちらの質問にもノーと答えたけれど、その夜母の身に起こったことを考えるたびに、ぼくは父の言葉を——見聞きしたなかで百パーセント偶然に起こった事故となると、隕石に頭を直撃されて死んだ男の件だけだという言葉を——思い出していた。

橋の上にはスペースの余裕がたっぷりあった——鉄の橋は、

以前の木造の橋よりも幅を多くとった設計だった。問題は格子模様のある縞鋼板（チェッカーズプレート）だった。男は橋を半分近くわたっていた母の姿を目にして、ブレーキを踏んだ――スピードを出しすぎていたからではなく（少なくとも本人の話すところでは）、純粋に反射的な動作だったという。鋼鉄の路面は凍結しかけていた。パネルヴァンはいったんスリップしてからスピンし、横向きに突進しはじめた。母は橋の手すりに体を押しつけた。手から食べかけのフライドチキンが落ちた。パネルヴァンはさらにスピンして、母を撥ね飛ばした。衝撃で母の体はコマのように回転しながら、手すりにそって滑っていった。この死のスピンのさなかに母の体のどの部分が引きちぎられたのかなんて、そんなことは考えたくもない。けれども、考えまいという努力が無駄な場合もある。ぼくが知っているのは、最後にパネルヴァンの突端部分が母の体を〈ジップマート〉側にある橋の支柱の一本に押しつけた、ということだけだ。母の体の一部はリトル・ルンプル川に落ちた。それでも、体の大部分は橋の上に残っていた。

いつも財布にいれてもち歩いている一枚の写真がある。撮影されたのは、ぼくが三歳くらいのときだ。母がぼくを膝の上に載せている。そしてぼくは、片手を母の髪にさしいれている。母は美しい髪のもちぬしだった。

5

その年のクリスマスはさんざんだった。ああ、嘘でもなんでもない。

葬儀のあと、会葬者を軽食でもてなした席のことはいまでも忘れられない。会場はわが家だった。父はその場にいて会葬者たちを出迎え、悔やみの言葉を受けとめていたが、ふっと姿を消した。それでぼくは、父の弟のボブ叔父さんに父はどこに行ったのか、とたずねた。

「お父さんはちょっと横になりたくなったんだ」ボブ叔父さんは答えた。「すごく疲れてしまったからだね、チャーリー。きみは外に行って遊んでいてもいいんだよ」

このときほど外で遊びたい気持ちになれなかったためしはなかったけれど、それでもぼくは外に出た。タバコを一服しに外に出ていた大人たちの横を通りすぎた。そのうちひとりが《なんとまあ、あの男もかわいそうに。へべれけに酔っていたぞ》と話す声が耳にはいってきた。そのときは母の死で深い悲しみのなかにいたけれども、それがだれの話かは教えられずともわかった。

母が死ぬまでの父を形容するなら、〝平凡な酒飲み〟といえるだろうか。当時のぼくはまだ小学校二年生の子供だったから割り引いてもらったほうがいいけれど、譲るつもりはない。父の呂律（ろれつ）が怪しくなったり千鳥足になったりしたところは見たことがなかったし、酒場へ飲みに出かけていくこともなく、ぼくや母に手をあげたことは一回もなかった。ブリーフケースをさげて仕事から父が帰ってくると、母は酒をつくっていた――ほぼ毎回マティーニだった。母もいっしょに飲んでいた。夜みんなでいっしょにテレビを見ているおりには、父がビールを一、二本飲むこともあった。それくらいだった。

忌ま忌ましい橋の事故を境に、そのすべてが変わった。父は葬儀のあとで（へべれけに）酔っていたし、クリスマスにも酔っ払い、大晦日の夜にも酔っ払い（後年知ったが、父のような筋金いりの酒飲みはふつうの人たち（アマチュア）が大酒飲みのようにふるまう大晦日を〝アマチュアの夜〟と呼んでいた）、わが家が母をうしなってからは何週間、いや何カ月ものあいだ、ほぼずっと酔っていた。それもおおむね家のなかで。あいかわらず夜に酒場へ繰りだすこともなく（「酒場はわたしなみのろくでなしが多すぎる」とは父の弁）、ぼくに手をあげることもなかったけれど、飲酒には歯止めがきかなくなっていた。いまになれば、そういうことだったとわかる――当時はただ受けいれていただけだ。子供はそうするもの。犬もまた。

ぼくが自分で朝食を用意する日が最初は週に二日だったのが、やがて四日になり、最後はほぼ毎日になった。キッチンで〈アルファビッツ〉や〈アップルジャックス〉といったシリアルを食べていると、寝室から父のいびきがきこえた――モーターボートのエンジン音みたいな派手ないびきだった。ひげ剃りを忘れて出勤していくこともあった。夕食がすむと（テイクアウトですませる回数がしだいに増えていた）、うちの車のキーを隠すのがぼくの日課になった。そうしておけば、新たに酒を仕入れる必要に迫られたら、父は歩いて〈ジッピー〉へ行って買うしかなくなる。縁起でもない橋で父が車に撥ねられるのではないかと心配することもないではなかったけれど、それほど心配していたわけではない。両親ふたりともがまったくおなじ場所で命を絶たれてしまうようなことが現実に起こるはずがないと（少なくともかなり本気で）確信していたからだ。父親が保険会社勤務だったので、保険料の算定につかわれる生命表がどういうものかは知っていた――死亡率を計算した表だ。

父は職場では優秀だったし、飲酒癖にもかかわらず三年以上も勤めつづけていた。職場で警告されたことはあったのだろうか？　ちゃんとは知らないけれど、あってもおかしくない。午後から飲みはじめるようになってから、蛇行運転で警官に停車を命じられたことは？　あったとしても、警告だけで見逃してもらえたのかもしれない。そうであってもおかしくないのは、父が街じゅうの警官と顔見知りだったからだ。警官たちとの折衝も父の仕事の一部だった。

その三年のあいだ、父とぼくの暮らしには一定のリズムがあった。いっしょに踊りだしたくなるような楽しいリズムではなかったかもしれないけれど、先が予想できるリズムだった。ぼくが学校から帰ってくるのがだいたい午後三時。父は午後五時前後に帰宅してきたが、そのときにはもう二、三杯の酒を胃におさめてきたことが呼気から嗅ぎとれていた（夜になって酒場へ出かけることはなかったが、職場からの帰途にある〈ダフィーズ・タヴァーン〉の常連客だったことはあとで知った）。おみやげにピザやタコス、あるいは〈ジョイ・ファン〉のテイクアウト中華を買ってくることもあった。父が買い忘れる夜もあって、そういう夜、ぼくたちはデリバリーを頼んだ……いや、ぼくが頼んだといったほうがいい。そして夕食後、いよいよ本格的に酒を飲む時間になる。たいていはジン。ジンが尽きたらほかの酒だ。父がテレビの前でそのまま寝入ってしまう夜もあった。ふらふらしながら寝室に引きあげる夜もあったが、そういうとき、脱ぎ捨てた靴やくしゃくしゃになったスーツの上着を片づけるのはぼくの役目だった。ときおり、ふっと目が覚めると父が泣いていることもあった。真夜中に父の泣き声をきかされると背すじも凍る思いだった。

大破滅は二〇〇六年に訪れた。夏休みのことだった。その日、ぼくは朝十時からシュリンプ・リーグの野球の試合があった——試合ではホームランを二本打ち、捕球でひどいミスをしでかした。家に帰ったのは昼をちょっとまわった時刻だったけれど、父はもう家にいた。椅子に腰かけてテレビを見ていた。画面では、昔の映画スターたちがどこかの城の階段らしき場所で決闘の最中だった。父は下着のパンツ一枚で、透明な飲み物をちびちび飲んでいた。においから察するに〈ギルビーズ〉のジンのストレートらしかった。ぼくは、こんな時間に家にいるなんてどうしたのかと父にたずねた。

あいかわらず目を剣戟にむけたまま、舌をもつれさせることもなく、父はこういった。「どうも仕事をなくしたみたいなんだよ、チャーリー。いや、役者のボブキャット・ゴールドスウエイトのギャグを引用させてもらえば、〝仕事がどこにあるかはわかってるけど、他人がやっている〟という感じだね。いや、もうじきそうなるというべきか」

なんといえばいいかわからないと思ったものの、ぼくの口からはこんな言葉が出ていた。「父さんのお酒のせいなんだね」

「やめようと努力はしてる」

ぼくは黙ってグラスを指さした。それから自分の部屋にはいってドアを閉め、ひとり泣きはじめた。

父が部屋のドアをノックした。「はいってもいいか？」

ぼくは答えなかった。泣いている声をきかれたくなかった。

「いいかい、チャーリー。グラスの中身はシンクに流して捨てたよ」

まだ中身が残っている酒瓶がキッチンカウンターに置いてあるのを、ぼくが知らないとでも思っているのか。リカーキャビネットには手つかずの瓶もある。いや、二本か。それとも三本か。

「頼むよ、チャーリー、なにかいっちぇくれ」呂律のまわらない父の言葉なんか、ききたくなかった。

「失せろよ、じじい」

それまで父にそんな乱暴な言葉をかけたことはなかったし、心のどこかでは父が部屋に押し入ってきて、ぼくに平手打ちのひとつも食らわせてくれたらいいのにとさえ思っていた。いっそハグだっていい。なんでもよかった。でも、父がキッチンへ——〈ギルビーズ〉の瓶が待っているはずの場所へ——すり足で引き返していく足音がきこえてきただけだった。

しばらくして自室から出てみると、父はソファで居眠りをしていた。テレビはついたままだったが、消音モードにしてあった。映っていたのはやはりモノクロ映画で、ひと目でセットとわかるところを昔の車が何台もぐるぐる走りまわっていた。ぼくが家にいて、ほかの番組を見たがったときはともかく、父が飲みながら見るチャンネルは古い映画専門のターナー・クラシック・ムービーズと決まっていた。ジンの瓶は、ほとんど空になってコーヒーテーブルに置いてあった。ぼくは残っていたジンをシンクに流した。リカーキャビネットをあけて、ほかの酒も全部流してしまおうかと考えたが、ジンとウィスキー、ウォッカの小瓶やコーヒーブランディを見つめていると——それだけで疲れてしまった。十歳の子供がそんな疲れをおぼえるわけがないと思われそうだが、本当にぐったり疲れはてていた。


ぼくは夕食用に〈ストウファーズ〉の冷凍ディナーを電子レンジに入れて——ぼくたちのいちばん好きな〈グランマズ・チキンベイク〉——加熱しているあいだに、父を揺り起こした。父は上体を起こし、自分の居場所もわからないような顔で周囲を見まわしたかと思うと、ぼくが前にもきいたことのある、あのどが詰まったような不気味な声をあげた。それから両手を口にあてがったまま、よろよろとトイレに飛びこんでいった。父が吐いている物音がきこえた。嘔吐は際限なくつづくように思えたが、やがておわった。電子レンジが〝チン〟と鳴った。ぼくは〈チキンベイク〉をレンジからとりだした。そのときにはオーブン用のミトンをつかった。片方には**《おいしくお料理！》**、もうひとつには**《おいしく食べよう！》**と書いてある品だった。いっぺんでもミトンを忘れて電子レンジからなにかをとりだそうとして失敗したら、もう二度と忘れなくなる。ぼくは料理を皿にどさっと盛りつけると、居間に足を運んだ。父はソファにすわって頭を垂れ、両手をうなじにあてがって指を組みあわせていた。

「食べられる？」

父は顔をあげた。「たぶん。おまえがアスピリンを二錠ばかりもってきてくれたら」

バスルームには、ジンとほかのなにか——豆のディップあたり——のにおいが立ちこめていたが、さいわい父はそのすべてを便器のなかにおさめて、水ですっかり流していた。ぼくは

〈グレード〉の消臭剤をスプレーしてから、父にアスピリンのボトルと水のグラスをもっていった。父は三錠飲むと、〈ギルビーズ〉の瓶があったところに水のグラスを置いた。ついでぼくを見あげた父の顔には、それまで——母が死んだあとでさえ——見たことのない表情がのぞいていた。できれば伏せておきたいが、やはり明かす必要があるだろう。そのとき実際に考えたことだからだ。そこに見えたのは、床にクソを垂れてしまった犬の表情だった。

「おまえがハグしてくれたら食べられそうだよ」

ぼくは父をハグして、さっきはひどいことをいってごめんなさい、と謝った。

「いいんだよ。いわれて当然だったんだろうし」

ぼくたちはキッチンへ行き、〈グランマズ・チキンベイク〉をそれぞれが食べられるだけ食べた——といっても、どちらもたいした量ではなかった。ふたりがつかった食器をシンクで洗いながら、父はもう酒をやめるつもりだとぼくに話した。じっさい、その週末は酒を飲んでいなかった。それから週明けの月曜日からは仕事をさがしにいくとも話した。でも、父は出かけなかった。月曜日にも家にいたまま、ターナー・クラシック・ムービーズで昔の映画を見ていた。ぼくが野球の練習とYMCAでの昼間のスイミングから家に帰ると、父はべろべろになるほど酒に酔っていた。

ぼくの目つきに気づいた父は、頭を左右にふった。「あした。あしたには。ほんとだ、約束する」

「どうせ嘘だ」ぼくはそういって自室にはいった。

6

それはぼくの子供時代を通じて最低最悪の夏だった。《お母さんが死んだあとよりも最低最悪だった？》みなさんはそうたずねるかもしれないが、答えはイエスだ。あのときのぼくに残されていたのは父だけだったし、すべてがスローモーションで起こっているようにしか思えなかったからだ。

たしかに父は保険業界で仕事の口をさがそうとしていたが、あまり本気ではないのは明らかで、ひげを剃ってシャワーを浴び、できるビジネスマンのようにスーツを着てはいたが、結果が出ることはなかった。噂が業界内にめぐっていたのだろうと思う。

家に届く請求書は、封も切られないまま玄関ホールのテーブルに積みあげられていった。少なくとも父は封を切らなかった。封筒の山があんまりうずたかくなったので、結局はぼくが開封した。そのあとぼくが請求書を父の前へ置く。父は支払いのための小切手を書いた。そうした小切手が《**残高不足**》というスタンプを捺（お）されて返送されるようになったのがいつからかは知らなかったし、知りたくもなかった。それは橋の上に立って、操縦不能におちいったトラックが自分めがけてスリップしてくる場面を想像することにも似ていた。トラックがぶつかってきて死ぬ前に、はたして自分は生涯最後になにを思うのか、と考えることに。

父はターンパイクの延伸道路ぞいにあった〈ジフィ・カーウォッシュ〉という洗車店のパートタイム職にありついた。仕事がつづいたのは一週間だった——父が自分から辞めたか、あるいは馘にされたか。父はそのどちらかを話さず、ぼくもたずねなかった。

ぼくはシュリンプ・リーグのオールスターチームに入団を認められた。けれどもチームは、二回負けた時点で敗退になるダブル・エリミネーション方式のもと、最初の二試合で連続負けを喫した。レギュラーシーズンにはホームランを十六本打ったし、〈スターマーケット〉のベストヒッターに選ばれてもいたぼくなのに、この二試合では三振を七回とられた——しかもその一回は地面に叩きつける暴投、もう一回は梯子がなくては打てないほどの高めの球だった。監督からなにかあったのかときかれ、ぼくはなんでもない、とにかくほっといてくれ、と答えた。それ以外にも、ぼくはひどいふるまいをしていた——友だちに、そして自分自身に。

また、ぐっすり眠れなくなっていた。母が死んだ直後のように悪夢を見ることはなかったが、とにかく——ときには夜中の十二時や午前一時になってもまだ——寝つけなくなった。そこで枕もとの時計を裏返すようになった——時刻の数字が目にはいらないように。

父に憎しみをいだくことはなかったが（とはいえ、そのままだったらいずれは憎んだと思う）、いつしか蔑みを感じるようになっていた。ベッドに横たわって父のいびきをききながら、ぼくは《弱虫、弱虫》と思っていた。もちろん、ぼくたち親子の先々のことも心配だった。車がローン完済ずみなのは明るい材料だったが、住宅ローンはまだ残っていて、その残金がぼくにはそら恐ろしい額に思えた。父にはいつまで月々の返済ができるのだろう？　いずれは返済できない日がやってくる。なぜならローンの返済期間はまだ九年も残っているのに、わが家の貯えがそこまで長くもつはずはなかったからだ。

《ホームレスだ》ぼくは思った。《『怒りの葡萄』にあったみたいに家を銀行にとりあげられて、ぼくたち親子はホームレスになるんだ》

ダウンタウンでホームレスを——それも大勢——見かけていたせいで、眠れない夜にはともすれば彼らのことを考えてしまった。彼ら〝都市の放浪者たち〟のことをしじゅう考えたのだ。痩せ細った体を袋のように包むか、ぶくぶく太った体で生地が引き延ばされているかのちがいはあったが、だれもが着古した服しか着ていなかった。スニーカーはばらばらにならないようガムテープで補修されていた。いびつに変形した眼鏡。伸ばしっぱなしの長い髪。正気をなくした目。酒くさい呼気。想像のなかでぼくたち父子は、昔の操車場の跡地の横とか、あるいは〈ウォルマート〉の駐車場のＲＶ車コーナーあたりに車をとめて眠りについていた。なけなしの所持品を積みこんだショッピングカートを押して歩く父の姿も想像した。カートにはいつも決まってぼくの目覚まし時計がおさまっていた。いまも理由は謎だが、ぼくにはそれが怖くてたまらなかった。

ホームレスになろうとなるまいと、もうじきぼくはまた学校に通うことになる。おなじチームにいる子供たちは、ぼくのことを〝三振小僧チャーリー〟と呼ぶようになるだろう。それだって〝のんべの息子(せがれ)チャーリー〟と呼ばれるよりはましだけど、後者の綽名(あだな)が混じってくるのは時間の問題だ。町内の人はみんな、父のジョージ・リードがもう働きにいっていないことはもちろん、おそらくそうなった理由も知っていたはずだからだ。そのことで、ぼくはもう自分をごまかせなかった。

もともとぼくたちは教会に通う習慣のある一家ではなかったし、それをいうなら伝統的な意味で宗教的なところもまったくなかった。昔、うちはなぜ教会に通わないのかと母に質問したことがある——母さんは神さまのことを信じていないから？　母は、自分は神を信じているけれども、神さまをどう信じるかを神父（あるいは牧師、あるいはラビ）にいちいち教えてもらう必要はないと答えた。自分が神を信じるのに必要なのは、目をひらいて周囲を見ることだけだ、と。父は、バプテストとして育てられたが、教会がキリストの〈山上の垂訓〉よりも政治に関心を示すようになったので通うのをやめた、と話していた。

しかし、新学期まで一週間ほどになったある晩、神に祈ろうという思いがふっと頭に浮かんできた。強迫観念といっていいほど強い衝動として。ぼくはベッドの横にひざまずき、両手を組んで目をぎゅっとつぶり、父が酒をやめてくれますようにと祈った。

「あなたがこの願いを叶えてくれたら、あなたがだれであっても、ぼくはあなたのためになんでもします」ぼくはいった。「ぼくが約束を守らなかったら死んでもかまいません。ぼくがなにをすればいいかを教えてもらえたら、かならずやります。誓います」

そのあとベッドにもどった。そして少なくともこの夜ばかりは、朝までぐっすり熟睡することができた。

7

鰥になる前の父は、オーヴァーランド・ナショナル保険で働いていた。大企業だ。ビルとジルという、人の言葉をしゃべるラクダのキャラクターが出てくるコマーシャルを見たことのある人もいるんじゃないかな。とっても笑えるＣＭだった。父がよくこう話していた。
「どこの保険会社も人目を引きつけるため、お笑い要素を利用するんだ。しかし保険の契約者が保険金を請求した瞬間、お笑いパートはおしまい。父さんの出番はそこからだ。父さんは保険金請求の査定人だよ。これがどんな仕事かというとね――表立って口に出す人はいないが――契約で決まっている保険金の額を減らすことだ。そのとおりにいくこともあるが、これには秘訣(ひけつ)があってね――毎回かならず、最初は請求者の肩をもつんだよ。もちろん、肩をもってはいけない理由が見つからない場合だけの話だぞ」

オーヴァーランド保険の中西部本部はシカゴ郊外にオフィスをおいていた。父によれば、そのあたりは〝保険会社小路(インシュアランス・アレイ)〟と呼ばれているらしい。父がまだ通勤族だったころは、セントリーから職場まで車でたった四十分、道が混んでいても一時間だった。そのオフィスだけでも、保険金査定人が少なく見積っても百人は働いていた。二〇〇八年九月のある日、父といっしょに働いていた保険の査定人が父をたずねて家へやってきた。名前はリンジー・フランクリン。父はリンディと呼んでいた。午後も夕方近い時刻で、そのときぼくはキッチンテーブルで宿題をしていた。

この日は、とうてい忘れられないほどクソな幕開けだった。〈グレード〉の消臭スプレーを家じゅうにふりまいたのに、客が来たときも室内にはまだかすかに焦げ臭さが残っていた。父が朝食にオムレツをつくろうと思い立ったのだ。どうしてこの日にかぎって父が朝の六時に起きたのかも、どうしてオムレツをつくろうとしたのかもわからない。しかし父は途中でトイレに行ったかテレビをつけるかして、自分がガスレンジになにを置いていたかを忘れてしまった。前の日の酒がまだ半分残っていたにちがいない。ぼくが煙探知機のけたたましい警報で飛び起きて、下着姿のままキッチンに駆けつけたときには、煙が噴きあがって雲のように垂れこめていた。フライパンには、焼け焦げた薪(たきぎ)めいたものが残っていた。

ぼくは焦げたオムレツをフライパンからディスポーザーにこそげ落とすと、〈アップルジャックス〉のシリアルを食べた。父はこのときもまだエプロンをつけていて、間抜けな姿だった。父は謝ろうとしていたけれど、ぼくはとにかく黙ってほしくて適当な言葉をつぶやいた。このころの数週間から数カ月のあいだでいちばん強く記憶に残っているのは、父がしじゅうぼくに謝っていて、そのことにえらく惨めな気分にさせられていたことだ。

でもこの日は、忘れられないほどいい日のひとつでもあった。その理由は午後の出来事にあった。これを読んでいる人にはもう察しがついているかもしれない。それでも、いちおうは話そうと思う。なぜかというと、たとえ父のことが好きでなかったころでも、やっぱり父を愛することをやめなかったからだし、物語のこの部分にぼくがうれしい気持ちにさせられるからだ。

リンディ・フランクリンはオーヴァーランド保険の社員だった。と同時に、アルコール依存症の恢復途上にあった。おなじ会社といっても、父とことさら親しかった損害保険の査定人ではなかった。たぶん、父が仕事のあとで仲間と立ち寄っていた居酒屋〈ダフィーズ・タヴァーン〉にいっぺんも顔を出さなかったからだろう。それでもミスター・フランクリンは父が失職した理由を知っていて、力になれないかと考えたのだった。せめて、その方向で努力だけはしようと。こんなふうに自宅を訪ねてきたのが、〈12のステップの訪問〉と呼ばれていることはのちに知った。ミスター・フランクリンはぼくたちの住んでいた町で保険金の査定の仕事がたくさんあり、その仕事をひととおり片づけたところで、ふとぼくたちの家をたずねようと思いたったとのことだった。あとでぼくに語ってくれたのだが、土壇場でいったんは引き返しかけたのだという。同行者がいなかったからだ（恢復途上にあるアルコール依存症者が〈12のステップの訪問〉をする場合は、モルモン教徒とおなじようにパートナーとふたり組で訪問するのが通例だ）。しかしミスター・フランクリンは、かまうものかと思いなおし、携帯電話でうちの住所を調べた。反対にうちをたずねないと決めていたらどうなっていたか、ぼくは考えたくもない。これだけは確実にいえる――そうなっていたら、ぼくがミスター・ボウディッチの小屋に足を踏み入れることはなかった、と。

　リンディことミスター・フランクリンはスーツにネクタイという服装だった。髪もきれいにカットされて決まっていた。父は――無精ひげはそのまま、シャツの裾がはみだしたままで、おまけに裸足――ぼくたちを引きあわせた。ミスター・フランクリンはぼくと握手し、知りあいになれてとてもうれしいといってから、きみのお父さんと折り入ってふたりだけで話をしたいので、よければ少し外に出ていてもらえないか、とぼくにたずねた。ぼくは喜んで外に出ていったけれど、部屋の窓は朝食のときの大災害の余波であけはなたれたままだったので、ミスター・フランクリンの言葉のかなりの部分をききとることができた。なかでもよく覚えているのは、次のふたつの話だ。父が、酒を飲みつづけてしまうのは、いまでもまだジェイニーが恋しくてたまらないからだと話していた。ミスター・フランクリンはこれに、酒を飲むことで亡くなった奥さんが生き返るなら、自分も文句はいわない、でも飲んでも奥さんは生き返らないし、もし奥さんがいまのあなたと息子さんの暮らしぶりを目のあたりにしたら、いったいどう思うだろうか、と答えた。

　この人のもうひとつの言葉は、「他人をうんざりさせるばかりの自分に、もううんざりしているんじゃないですか？」というものだった。この言葉をきっかけに父は泣きはじめた。いつもは父が泣くところを憎んでいたぼくだったけれども――《弱虫、弱虫》――このときの涙は別物かもしれないと思った。

8

これをお読みの人にはわかっていた話だと思うし、この先の展開もすでにおわかりだろうと思う。あなたが恢復途上だったり、恢復した人を知っていればなおさら先がわかっているはずだ。リンディ・フランクリンはその夜さっそく父をAA——すなわち〈無名のアルコール依存症者の会(アルコホーリクス・アノニマス)〉の会合へ連れていった。会合からもどってくると、リンディ・フランクリンは奥さんに電話をかけ、今夜は友人の家に泊まることになったと告げた。そしてその夜はわが家のソファ兼簡易ベッドで眠り、朝になると今度は七時からはじまるAAのミーティング——通称〈しらふの夜明け〉——に父を連れていった。父はこの朝の会議に定期的に出席するようになり、やがて断酒で迎えた最初の一年を記念するメダルもこの会議の席で受けとった。ぼくは学校を休んで父にメダルを授与したのだけれど、この日おいおい泣いたのはぼくのほうだった。だれもそんなことは気にしていないようだった——こういった会合では、おいおい泣く人なんか珍しくなかったからだ。授与のあと父はぼくをハグしてくれた。リンディもだ。このころぼくはもうミスター・フランクリンという他人行儀な呼び方ではなく、リンディという愛称で呼ぶようになっていた。しじゅういっしょに過ごしていたからだ。リンディは、断酒プログラムで父をなにくれとなく指導しては相談相手になる〝助言者(スポンサー)〟だった。

　まさに奇跡だった。いまではAAについての知識もずいぶん増えたし、同様のことが世界じゅうの男女の身に起こっていることも知っているけれど、それでもやはり奇跡としか思えない。父が最初のメダルをもらえたのは、リンディの〈12のステップの訪問〉からきっかり一年後ではなかった——二回、〝再飲酒(スリップ)〟したからだ。しかし父はAA仲間にそのことを包み隠さず打ち明け、仲間たちもAAの人たちの定番の言葉を父にかけた——いつでももどってきなさい、と。その言葉のとおり、父はまた会合に顔を出すようになった。最後の〝再飲酒(スリップ)〟は二〇〇九年のハロウィーン直前、ビールの六缶パックのうちの一缶で、父は残りをシンクに流して捨てていた。父の最初の記念日にあたってスピーチをしたリンディは、プログラムへの誘いを受ける人は大勢いるけれども、プログラムをわがものにする人は多くないと話した。そして、父はその幸運な人のひとりだと話していた。そのとおりかもしれないし、ぼくが捧げた祈りは偶然だったのかもしれない。けれどもぼくは、偶然ではなく因果があると信じることにした。AAでは、人は信じたいことを信じると決められる。そのことはAAの基本図書『アルコホーリクス・アノニマス』——アルコール依存症から恢復しつつある人の呼び名では『大きな本(ザ・ビッグ・ブック)』——にも書いてある。

そして、ぼくには守るべき約束があった。

9

ぼくが出席したAAの会合は、父が毎回の記念メダルを授与されるときだけだったが、前にも話したようにリンディとはいつもいっしょにいたし、おかげでぼくはAAの人たちがいつも口にしているスローガンをあらかた覚えてしまった。ぼくが好きだったのは《ピクルスを元のキュウリにもどすことはできない》と《神はがらくたをつくらない》だったが、頭にこびりついて離れなかったのは——いまにいたるも離れていないのは——ある夜リンディが父に話した言葉だった。その夜の父は未払いの請求書のことや、いずれ自宅をうしなうことへの恐れなどについて話していた。リンディは、父がずっと酒を断っていられるのは奇跡だと話してから、こういい添えた。「でも、奇跡は魔法ではないよ」

酒を断ってから半年後、父はオーヴァーランド保険に再志願した。そしてリンディ・フランクリンをはじめとする数人の仲間のうしろだてもあって——かつて父に馘を申しわたした上司もその一員だった——職場にもどることができた。とはいえ、これは保護観察期間のようなものであり、父本人もそのことは承知していた。だからこそ、父は二倍も仕事に打ちこんだ。そのあと二〇一一年の秋（断酒後二年になっていた）、父はリンディと話しあいをもった——話しあいは長時間におよび、リンディはまたうちのソファベッドで夜を明かすことになった。その席で父は、会社を辞めて独立しようと考えているのだが、リンディの承認をもらわないことには実行できない、と話した。この新しい事業が失敗したとしても、父が二度と酒に手を出さないという保証が得られると（といっても、得られる範囲で精いっぱいの保証でしかなかった——依存症からの恢復はロケット科学ではない）、リンディは思いきって計画を進めてみろ、と父にいった。

父はぼくをすわらせると、これがどういう意味かを説明してくれた——安全ネットのないところで働く、ということだ、と。

「で、おまえはどう思う？」

「つまり、おしゃべりをするラクダのコンビに〝さよなら（アディオス）〟をいわなくちゃならないね」ぼくはいい、父はその言葉に笑った。そのあとぼくは、いわなくてはならないことを口にした。「でも、またお酒に手を出したら、なにもかも台なしだよ」

二週間後、父はオーヴァーランド保険に退職の事前告知書を提出し、二〇一二年の二月に晴れてメインストリートの小さなオフィスに開業の看板をかかげた——ジョージ・リード、調査員／独立系損害保険査定人。

壁の穴のようなこのオフィスで父が長時間を過ごすことはな

かった——大半の時間は外をひたすら歩きまわっていたからだ。警官たちと話し、保釈金貸付業者たちと話していた（「いつも決まっていい手がかりになるからね」とは父の弁）が、いちばんよく話をしていたのは弁護士たちだった。オーヴァーランド保険時代の父を知っている弁護士も、また父の仕事ぶりが誠実であることを知っている弁護士も多かった。そして弁護士たちは父に仕事を依頼した——いずれも大企業が支払うべき保険金を大幅に減額するとか、あるいは保険金の請求そのものを却下したというような、一筋縄ではいかない案件ばかりだった。父は長い時間、本当に長い時間ずっと働いていた。たいていの夜はぼくが帰宅しても家にはだれもおらず、ひとりで夕食をつくった。別にいやではなかった。最初のうちこそようやく帰宅した父をハグしては、あの忘れがたいジンの〈ギルビーズ〉の香りがしないかとこっそり父の呼気を嗅いだりもしていた。しかし、しばらくするとハグをするだけになった。それに父は、早朝の〈しらふの夜明け〉の会合をめったに欠席しなかった。

日曜日にはリンディがランチタイムにやってくることもあった。そういうときにはいつも、テイクアウトの料理を持参し、三人でシカゴ・ベアーズの試合中継を——野球シーズンならホワイトソックスの試合を——テレビで見ながら昼食をとった。そういった昼食の席で父が、このところ仕事の受注が月ごとに増えている、と話したことがある。

「まあ、転倒事故の損害賠償請求事案でもっと保険金請求者の側につく機会を増やせば、件数はいま以上に増えるだろうが、あの手の事案はどうにも怪しいにおいがするからね」

「それはそのとおり」リンディはいった。「短期的には利益になるよ。ただ長い目で見れば、いずれ、めぐりめぐって自分のケツに嚙みついてくるんだ」

そしてヒルヴュー・ハイスクールで二年生になる直前、父は大事な話がしたい、とぼくに告げた。ぼくは未成年飲酒にまつわる講義か、あるいは父が飲酒をしていた時期に（および——短期間ではあったが——そのあとにも）ぼくが友人のパーティー・バードとやらかしていた見下げはてたいたずらについてのお説教がはじまるのかと身がまえた。しかし、どちらも父の念頭にあった話題ではなかった。父が話したがっていたのは学校のこと。父は、いいカレッジに進みたければ、おまえは優秀な成績をおさめる必要がある、とぼくに話した。半端なく優秀な成績を。

「父さんの事業はうまくいきそうだ。最初のうちこそひやひやさせられたよ——それこそ、弟に連絡して借金を頼みこまなくてはならないときもあったくらいだ。でも、その借金もほぼ返しおわったし、もうすぐ経営もしっかり安定するはずだ。依頼の電話がじゃんじゃんかかってくるぞ。ただし、カレッジのこととなると……」父は頭を左右にふった。「おまえをそんなにたくさん助けられそうもない——少なくとも最初のうちは。いまこうして日々の支払に困らなくなっただけでも幸運だよ。それもこれも父さんのせいだ。こんなふうになったことを埋めあわせられるなら、父さんはなんでも――」

「うん、わかってる」

「――でも、おまえも自分で自分を助けてもらわなくては。努力する必要がある。いずれ大学進学適性試験（SAT）を受けるときには、高得点をとっておく必要があるからだ」

　十二月になったら話に出た適性試験を受けるつもりだったが、そのことは黙っていた。父の話が波に乗っていたからだ。

「学資ローンについても検討しておくべきだね。ただしローンはあくまでも最後の手段だ。――あの手のローンを借りると、あとあとまで借金がついてまわる。それより給付型奨学金を検討するんだ。スポーツに打ちこむのもいい。それも奨学金をうけるための道のひとつだからね。しかし、いちばん重要なのは成績だ。成績、成績、とにかく成績。ハイスクールの卒業生総代になれとはいわない。しかし、成績優秀者の上位十人以内にはなってほしい。わかったね？」

「はい、父さん」ぼくがそう答えると、父は冗談っぽくぼくの肩に平手を打ちつけた。

10

　ぼくは猛勉強し、いい成績をとった。秋にはフットボールを、春には野球をやった。どちらのスポーツでも二年次にはレギュラーメンバーになった。ハークネス監督はバスケットボールもやるようにいってきたが、ぼくは断わった。一年のうち最低三カ月間はほかのことにあてる必要がある、と話した。監督は離れていきながら、堕落したこの時代の若者の悲しむべき意識の低さを嘆くように頭を左右にふっていた。

　ダンスパーティーにも行った。何人かの女の子にキスもした。親しい友だちもできた――体育会系が多かったけれど、全員ではなかった。好みにあうメタルバンドもいくつか見つかり、家では大音量でかけた。父が文句をいうことはなかったけれど、クリスマスのプレゼントにくれたのはＥａｒＰｏｄｓ（イヤーポッズ）だった。ぼくの将来には恐ろしいことが待っていた――それについてはまたいずれ――が、眠れぬ夜に横たわって想像していたような事態はひとつも起こらなかった。家はあいかわらずぼくたちの家で、ぼくの鍵はまだ玄関の扉をあけることができた。いいことだった。冬の寒い夜を車やホームレスの保護施設で過ごすことになるのではないかと想像をめぐらせたことがある人なら、ぼくの話もわかってくれるだろう。

　そして、神さまとかわしたあの約束を忘れたことは一度もなかった。《あなたがこの願いを叶えてくれたら……ぼくはあなたのためになんでもします》あのときぼくはそういった。床にひざまずいていったのだ。《ぼくがなにをすればいいかを教えてもらえたら、かならずやります。誓います》と。しょせん子供のお祈り、魔法を信じる考えの産物だったけれど、ぼくの一部は（いや、大部分は）そうは思っていなかった。いまも思っていない。ぼくは自分の祈りが叶えられたと思っていた。それも、感謝祭からクリスマスのあいだにテレビで放映される、〝人生ってすばらしい〟的なお涙頂戴映画とそっくりの流儀で。となると、ぼくの側にはまだ履行するべき約束が残っていることになる。ぼくが約束を守らなければ、神さまは奇跡をとりあげ、父がふたたび酒を飲みはじめてしまうと感じていた。みなさんには忘れないでほしいが、ハイスクールの生徒は――男子はいくら体が大きくなり、女子はいくら美しくなっていても――中身はまだあらかた子供でしかないのだ。

　だから努力した。学校の授業と放課後の課外活動がぎっしり詰めこまれていたどころか、そのふたつでぱんぱんに膨らんでいるような超多忙な日々にあっても、自分の借りを返すためにベストを尽くした。

　ぼくはキークラブが主催している〈幹線道路を養子に（アドプト・ア・ハイウェイ）〉プログラムに参加した。クラブは国道二二六号線の約三キロ分を〝養子〟にして、道路の清掃などの活動をしていた。この三キロ部分は、基本的にはファストフード店とモーテルとガソリンスタンドがあるばかりの荒地だった。清掃活動では無慮何千億のビッグマック容器とその二倍のビールの空き缶を拾ったほか、投げ捨てられていた下着を少なくとも十枚は拾った。ハロウィーンになると、ダサさのきわみのようなオレンジ色のジャケットを着て、UNICEFのための募金活動に精をだした。ぼく自身が投票できるようになるのは一年半も先だったが、二〇一二年の夏にはダウンタウンで選挙人登録手続のテーブルについたりもした。金曜日には部活の練習のあとで父の事務所へ手伝いに行き、書類のファイリングとかコンピューターへのデータ入力といった、お決まりの退屈な仕事をこなした。そして外が暗くなってくると、ぼくたちは〈ジョヴァンニ〉でテイクアウトしたピザを箱から直接食べたものだった。

　父は、こういった活動すべてがカレッジへの入学願書ではたいへん見栄えがするだろうと話した。ぼくはこうした活動の本当の動機は伏せたまま、父の言葉に同意した。ぼくとしては、約束を守っていないと神さまに思われたくなかったのだ。それでもまだ、天国方面から不興を告げる囁き（ささや）がきこえる気がすることもあった。《まだ充分とはいえないよ、チャーリー。道ばたでごみ拾いをすれば、きみと父親がいい暮らしを送れていることの返礼になるなんて、まさか本気で考えているのか？》

　これでぼくが十七歳の年、つまり二〇一三年の四月の話に

――ようやく――行き着ける。くわえてミスター・ボウディッチにも。

11

懐かしきヒルヴュー・ハイスクール！　いまとなってはもうずいぶん昔のことに思えてしまう。冬になるとバスで通学した――小学校のころからの友人、アンディ・チェンと最後列の席にならんですわって。アンディはその後ニューヨーク州ロングアイランドのホフストラ大学へ進み、バスケットボール選手になった。バーティー・バードはいなくなっていた――もう引っ越していたのだ。ある意味でこれは安心材料だった。世の中には、良友でありながら同時に悪友でもあるという存在がある。実際のところ、バーティーとぼくはおたがいにとって悪友だった。

秋と春には自転車で通学した。というのも、ぼくたちの住んでいた町には丘が多く、自転車を漕ぐのは両足やケツの筋力を鍛えるのに絶好の手段だった。また自転車通学なら、ひとりで考える時間がもてる。そういった時間が好きだった。ヒルヴュー・ハイスクールから自宅に帰るにはプレーン・ストリートからゴフ・アヴェニューに出て、さらにウィロウ・ストリートからパイン・ストリートをつかう。パイン・ストリートは丘のてっぺんでシカモア・ストリートと交差しており、そこから丘をくだっていった先があの縁起でもない橋だ。パインとシカモアの交差点の角に建っていたのが〈サイコハウス〉だ。ちなみにこれは、ぼくたちが十歳か十一歳のとき、バーティー・バードがつけた名前である。

本当の名前はボウディッチ邸だ――郵便受けにきちんとその文字が書いてあった。かなり褪（あ）せてはいたが、目を細めればそう読みとれた。それでもバーティーの命名にも理があった。当時のぼくたちはみんなあの映画を（《エクソシスト》や《遊星からの物体X》といった十一歳の必須鑑賞映画とともども）見ていたし、角の屋敷はいかにもノーマン・ベイツがミイラ化させた母親とともに住んでいそうだった。角の屋敷は、シカモア・ストリートや近隣一帯にならぶ小ぎれいでととのった外見のデユープレックスや平屋のランチハウスとはまるっきり異なっていた。〈サイコハウス〉は不均整につくられ、屋根が垂れ落ちかけたヴィクトリア朝様式の建築物だった。もともとは白亜のお屋敷だったのかもしれないけれど、このころにはすっかり色褪せて、ぼくなら〝雑種の野良猫の灰色〟とでも呼びたい色になっていた。屋敷の敷地ははるか大昔につくられた杭垣（くいがき）で囲われていたが、あるところでは垣が外に倒れかけ、あるところでは反対に敷地側に傾いていた。錆びついた腰高のゲートは閉ざされ、その先は舗装がひび割れている邸内路になっていた。屋敷まわりの芝は、ほとんどが伸び放題に伸びている雑草に変わっていた。ポーチは、本来なら屋敷の一部のはずなのに、本体からゆっくり離れて崩れつつあるように見えていた。窓のカーテンはすべて閉ざしてあったが、アンディ・チェンにいわせれば無意味なことだった――どのみち窓ガラスが汚れすぎていて、屋内が見えなかったからだ。高く茂った雑草に、《**立入禁止**》の立て札が半分埋もれてしまっていた。そしてゲートには《**猛犬注意**》という、ひとまわり大きなプレートがかかっていた。

　アンディはこの犬についての物語をつくっていた。犬種はジャーマンシェパード、名前はテレビドラマの《マッシュ》の男の登場人物とおなじ、レイダーだった。ぼくたちはみんな、レイダーくんの鳴き声をきいたことがあったし（レイダーくんといったけれど、そのときはまだ本当は雌犬（めすいぬ）だということを知らなかった）、姿をちらりと見かけたことはあった。けれども、アンディひとりは犬を間近で見た経験があった。アンディの話によれば、ある日屋敷の前で自転車をとめたのだという――というのも、ミスター・ボウディッチの郵便受けの扉があいていて、限界まで詰めこまれていたダイレクトメールのたぐいの一部が歩道に落ち、あたりをひらひら舞い飛んでいたからだった。

「だから紙屑みたいな郵便を拾って、ほかにもごみが押しこめられてる郵便受けに突っこんで戻してやったわけ」アンディはいった。「でかい声で吠えてるんだから、ワン公に恩返しのひとつもしてやろうと思ってさ。そしたらうなり声につづいて、**〝ううぅわんっ・わんっ・ぐるる・ぐるる〟**みたいな吠え声がして、あわてて目をあげると、くそでっかい化けもんみたいな犬がいたんだよ。体重はどう見たって五十キロは軽く超えてたね。牙を全部あらわにしてて、よだれがそこからうしろに飛んでて、おまけに目が真っ赤だったぞ」

「ああ、そうだな」バーティーがいった。「モンスター犬。映画のクジョーみたいな犬ってこと。そうだろ？」

「ほんとだったんだ」アンディはいった。「神に誓って嘘じゃない。あそこで爺（じい）さんが大声をかけなかったら、あの犬はゲートを突き抜けてきたにちがいないな。あのゲートなんて、メディキュアで医者にかかれそうなくらい年寄りじゃん」

「メディケアだよ、正しくは」ぼくは高齢者医療保険の名前を訂正した。

「なんだっていい。とにかく、あの爺さんがポーチに出てきて、大声で『レイダー、伏せ！』と命令するなり、ワン公のやつはその場でべったり腹ばいになったんだ。ただし、伏せをしててもずっとぼくをにらんでいたし、うなり声もあげつづけてたけどね。それから爺さんが近づいてきて、『ここでなにをしてた、坊主？　うちの郵便を盗みでもしてたのか？』というんだよ。だから、『いいえ、ちがいます。郵便が落ちてひらひら飛んでいたんで、拾いあつめてました。おたくの郵便受けはもう超満杯ですよ』といってやった。そしたら爺さんはいうんだ、『うちの郵便受けのことなら、こっちで心配する。だから、坊主はとっとと失せろ』ってね。で、そのとおりにしてやったわけ」

アンディは、やれやれといいたげに頭をふった。「あの犬に襲われたら、ぜったいのどを嚙みちぎられてたね。うん、まちがいない」

アンディが大げさに話しているのはわかっていたが――元から話を盛る癖があった――それでもその晩、父にミスター・ボウディッチのことをたずねてみた。父は、あの人のことは知らないも同然だと前置きしてから、知っているのは生涯ずっと独身だということと、自分はこのシカモア・ストリートに住んで二十五年になるが、ミスター・ボウディッチはあの廃屋みたいな屋敷にもっと昔から住んでいるということだけだ、と話してくれた。

「そんなふうに怒鳴られた子供は、おまえの友だちのアンディだけじゃないぞ」父はいった。「ボウディッチは怒りっぽいことで有名だし、おなじように怒りっぽいジャーマンシェパードを飼っていることでも有名だからね。町の評議会は、あの人が死んでくれたら大喜びだろうな――あの屋敷を取り壊せるんだから。ところが、いまのところあの人はがんばってる。わたしも、あの人を見かければ挨拶をするよ――めったに見かけないが、そういうときはそれなりに礼儀正しい人に思えるな。といっても、わたしが大人だからかも。お年寄りのなかには子供にアレルギーをもっている人もいるからね。父からのアドバイスをいわせてもらえば、さわらぬ神にたたりなし、というところだよ、チャーリー」

このアドバイスでなにも問題はなかった――ただしそれは、二〇一三年の四月までだった。これからそのことをみなさんに話そうと思う。

12

野球の練習後に帰宅する途中、パイン・ストリートとシカモア・ストリートの交差点で自転車をとめたのは、ハンドルを握っていた左手を剝がして、ひと振りしておきたくなったからだ。午後のあいだ（グラウンドがまだぬかるんでいて、プレーのできる状態ではなかったので）ジムでおこなっていた練習のせいで、このときもまだ左手は赤く腫れ、ずきずき疼いていた。ハークネス監督――バスケットだけではなく野球の監督も兼任していた――は、ピッチャー志願の大勢の部員たちをテストするのに牽制球を投げさせるあいだ、ぼくを一塁に配置していた。部員のなかには一塁へのボールにかなり力を入れる者もいた。ぼくがバスケット部員になるのを拒んだことを監督が根にもっていたとは思えないが――チームのヘッジホッグスは前シーズンの成績が5‐20だった――その要素が皆無だともいいきれなかった。

ぼくの右には、ミスター・ボウディッチが住んでいる、屋根が沈んで倒壊しかけたようなヴィクトリア朝様式の屋敷があった。この角度で見ると、ますます〈サイコハウス〉の名がふさわしく思えた。左手をふたたび自転車のハンドルの左グリップに巻きつけて、いざ漕ぎだそうと思ったそのとき——犬の遠吠えが耳をついた。声は屋敷の裏手からきこえた。ぼくはアンディからきかされたモンスター犬を思った——大きな牙をずらりと剝きだし、よだれを垂らすあごの上では目が真っ赤になっている犬。しかし吠え声は、攻撃的で狂暴な犬の〝**うぅぅわんっ・わんっ・ぐるる・ぐるる**〟という声ではなかった。物悲しく怯えているかのような声。心細げな声だった。あとからふりかえったときの後知恵でそう思っただけかと考えたが、そうではないと自分で結論づけもした。というのも、声がふたたびきこえてきたからだ。三回めも……しかし三回めは低く、しだいに力をうしなっていく声だった。たとえるなら《どうしようもないんだ》と考えている犬が出すような声だ。

さらに、ひとつ前の力をうしないかけた声よりもさらにかぼそい声がきこえた——「助けてくれ」という声。

犬が吠えていなかったら、ぼくはそのまま坂を自転車でくだって帰宅し、グラス一杯の牛乳を飲んで、〈ペパリッジファーム〉のミラノクッキーを箱半分食べ、幸せいっぱいに満ち足りていたことだろう。そうなっていたら、ミスター・ボウディッチには悲運だったはずだ。もう遅い時間で、影が夜にむかって長く伸びていたうえ、四月にしては例外的な冷えこみだったからだ。そしてミスター・ボウディッチは、ひと晩じゅうあそこに横たわったままだったかもしれない。

ミスター・ボウディッチを救ったのはぼくの功績とされた——父から提案されたように慎みの心をかなぐり捨て、一週間後の新聞に掲載された記事を添えたら、入学願書に黄金色に輝く星がひとつ増えていただろう。しかし、本当にあの人の命を救ったのはぼくではない。

あの人の命を救ったのは犬のレイダーだ——あの心細げな鳴き声で。

第二章

ミスター・ボウディッチ。
レイダー。〈サイコハウス〉の一夜。

1

　ぼくは自転車のペダルを漕いで角をまがり、シカモア・ストリートに面したゲートに近づくと、傾きかけた杭垣に自転車をたてかけた。ゲートはかなり低く、ぼくの腰にもぎりぎり届かないくらいで、押してもひらかなかった。身を乗りだして裏側をのぞくと、錆びた太いかんぬきが通してあって、おなじく錆びているゲートを閉ざしていた。かんぬきを横へ動かそうとしたが、びくともしない。犬がまた吠えた。ぼくは本がいっぱいに詰まったバックパックを地面におろして踏み台代わりにした。膝を《猛犬注意》のプレートにぶつけたり、もう反対の膝をゲートの裏側までもっていこうとして片方のスニーカーをゲート上部にひっかけたりしつつ、ゲートをまたぎこえた。あの犬がアンディのときとおなじようにぼくを追いかけようとしたら、はたしてこのゲートをジャンプで飛び越えて歩道に出られるだろうか？　ぼくは、恐怖に襲われた人には翼が生えるとかなんとか、その手の昔からある陳腐な文句を思い出し、それが本当かどうかを確かめるような目にあいたくないと思った。フットボールと野球なら経験ずみ。でも走り高跳びは、陸上部にまかせっきりだった。

　ぼくは屋敷の裏を目ざして走った。高く茂った雑草がスラックスにぴしぴし当たっていた。例の小屋は、このときには目にはいっていなかったと思う。というのも、もっぱら犬をさがしていたからだ。犬は裏のポーチにいた。アンディは犬の体重が五十キロを軽く超えていたにちがいないと話していたし、もしかしたらぼくたちがまだ小さな子供で、ハイスクールが遠い未来でしかなかったあのころはそうだったのかもしれない。しかし、このとき見えていた犬は、体重が多くても三十キロ程度しかないように見えた。痩せっぽちで、毛はまだらになり、尻尾は濡れ、鼻面はほとんど真っ白になっていた。犬はぼくの姿を目にすると、がたがたする階段を降りてきたが、その階段に手足を広げて倒れこんでいる男をよけようとして、あやうく転びかけていた。犬が近づいてきた――といっても全速力で突進してきたわけではなかった。リウマチを患っているかのように足を引きずって走ってきただけだった。

「レイダー、伏せ」ぼくはいった。犬が命令に従うと思ったわけではない。しかしレイダーは雑草のなかで腹ばいになって、情けない鼻声をあげはじめた。それでも念のため大きく遠まわりをして、裏のポーチに近づいていった。

　ミスター・ボウディッチは体の左側を下にして横たわっていた。穿いているチノクロスのスラックスの生地が右膝の上あたりで、こぶのようなもので内側から押しあげられていた。医者でなくても足の骨が折れていることはわかったし、布地のふくらみから察するにかなり重症の骨折だと思われた。ミスター・ボウディッチの年齢は知らなかったが、ずいぶん高齢だった。髪はほぼ白くなっていたが、もっと若いころにはにんじんみたいな赤毛だったにちがいなかった。白髪にまじって、赤毛が筋のように残っていたからだ。そのせいで髪が錆びているように見えていた。頬や目のまわりの皺はあまりにも深く、もう溝といったほうがいいくらいだった。あたりは寒かったのに、ひたいには汗のしずくが浮いていた。

「助けが必要なんだ」ミスター・ボウディッチはいった。「クソな梯子から落っこちてしまってね」

　そういって梯子を指さそうとしたが、その動作のせいで階段に横たわる体がわずかにずれて動き、ミスター・ボウディッチは痛そうなうめき声を洩らした。

「911に電話しましたか?」ぼくはたずねた。

　ミスター・ボウディッチは馬鹿を見るような目つきをぼくにむけた。「電話があるのは家のなかで、わたしはいま外にいるんだぞ」

　この言葉の意味はあとになるまでわからなかった。つまり、この人は携帯電話をもっていなかったのだ。それまで携帯の必要性を感じたことがなかっただけではなく、そもそもどんなものかもろくに知らなかった。

　ミスター・ボウディッチはまた動こうとして、歯を剝きだした。「ちくしょう、痛くてたまらん」

「だったら、動かないほうがいいですね」ぼくはいった。

　それからぼくは911に電話をかけて、ミスター・ボウディッチが高いところから落ちて足の骨を折ったので、パイン・ストリートとシカモア・ストリートの交差点まで救急車に来てほしいと話した。かなり重症の骨折に見えるとも話した。骨が出ているのがスラックスごしにも見えるし、膝が腫れてもいるようだ、と。電話を受けた通信指令係が番地をたずねてきたので、ぼくはミスター・ボウディッチにきいてみた。

　相手は〝おまえは生まれついての馬鹿か〟といいたげな目でぼくをにらんでから、「一番地」と答えた。

　ぼくが答えを伝えると、通信指令係はすぐに救急車を向かわせるといった。それから、怪我人に付き添っていること、体を温かくたもっていることといってきた。

「でも、この人、もう汗をかいてます」ぼくはいった。

「きみが話したように重症の骨折だったら、汗をかいているのはたぶんショック症状ね」

「そうですか、わかりました」

　レイダーが足を引きずって引き返してきた。両耳をぺたんと伏せて、低くうなり声をあげていた。

「声を出すな、お嬢」ミスター・ボウディッチがいった。「伏せ」

　レイダー——ただのワン公じゃなくて雌犬だった——は安堵しているような顔つきで階段のあがり口に腹ばいになり、はあはあと息をしはじめた。

　ぼくは着ていたスタジアムジャンパーを脱いで広げ、ミスター・ボウディッチにかけようとした。

「いったいなにをしてる？」

「あなたの体を暖めているようにいわれたんです」

「体ならもうあったまってるぞ」

　しかし、その言葉が事実でないのは見てとれた。体が小刻みに震えはじめていたのだ。ミスター・ボウディッチはあごをさげるようにして、体にかかっているスタジャンに目をむけた。

「ハイスクールの生徒か？」

「はい、そうです」

「赤と金の文字。ヒルヴューだな？」

「はい」

「スポーツはやってるか？」

「フットボールと野球です」

「ヘッジホッグスか。いやはや——」ミスター・ボウディッチは体を動かそうとして、痛みに叫び声をあげた。レイダーがすかさず耳をぴんと立て、気遣わしげに飼い主を見やった。「よりにもよってハリネズミとは、馬鹿げた名前にもほどがある」

　これには異論を出せなかった。「できれば、動かないようにしていたほうがいいですよ」

「階段が体じゅうに食いこんでる。地面に転がっていればよかったんだが、ポーチまであがれると思ってね。そのあとは家にもどれる、とね。そうするほかなかった。もうじき、外はケツも凍る寒さになるんだから」

　ぼくは、もうとっくにケツも凍る寒さだよと思った。

「きみが来てくれて助かった。老いぼれお嬢の声をききつけたんだろう？」

「ええ、最初にあの子の声が、つぎにあなたの声がきこえました」ぼくはいい、ポーチを見あげた。屋内に通じるドアが見えたが、骨を折っていないほうの足で膝立ちにならないことにはドアノブに手が届きそうもなかったし、そもそもこの人が膝立ちのできる状態だったとは思えなかった。

　ミスター・ボウディッチはぼくの視線の先を目で追い、「犬用のドアがあるんだよ。あそこなら、這って通り抜けられるかもしれないと思ってね」といって、顔をしかめた。「もしかして、鎮痛剤のたぐいをもっていたりしないか？　アスピリンか、もっと強い薬でもいい。スポーツをしていれば、そういう薬をもっているんじゃないのか？」

　ぼくはかぶりをふった。かすかに、ごくごくかすかに、サイレンの音が耳に届いてきた。「あなたはどうなんです？　家にそういう薬はありませんか？」

　ミスター・ボウディッチはいったん口ごもってから、うなずいた。「家のなかにある。廊下をまっすぐ進んでいくんだ。キッチンを通った先に小さなバスルームがある。そこの薬品(メディスン)戸棚(キャビネット)にエムピリンの瓶があったと思う。それ以外のものには触るな」

「触りません」この人が年をとっていて、痛みに苦しんでいることは重々承知していたけれども、このほのめかしの文句にはいささかかちんときた。

　ミスター・ボウディッチは手を伸ばし、ぼくのシャツをつかんだ。「のぞきまわるんじゃないぞ」

　ぼくはあとずさって体を離した。「しないといったじゃないですか」

　それからぼくはポーチの階段をあがっていった。ミスター・ボウディッチがいった。「レイダー！　いっしょに行け！」

　レイダーは足を引きずって階段をあがってくると、扉の下半分の蝶番(ちょうつがい)つきパネルを押しあけて室内へはいるのではなく、ぼくがドアをあけるのを待っていた。そのあとこの雌犬は廊下を歩くぼくについてきた。廊下は薄暗く、ちょっとばかり驚きの場所だった。廊下には麻紐でくくられた古雑誌の束がぎっしりと積みあげられていた。ライフ誌やニューズウィーク誌といった知っている雑誌もあったが、それ以外にも――コリアーズ誌やディグ誌、コンフィデンシャル誌、それにオールマン誌といった――見たこともきいたこともない雑誌があった。反対側の壁にそって積みあげられていたのは本だった。大半は古めかしい本で、古本ならではの香りが立ちのぼっていた。だれもが好きな香りではないだろうが、ぼくは好きだ。黴(かび)くさくても、これは良性の黴だ。

　キッチンは古い調理用具でいっぱいだった。レンジ台は古めかしいGE社の〈ホットポイント〉、陶器のシンクはこの町の硬水のせいで変色していた。蛇口のハンドルは古風なスポーク形、床のリノリウムはどんな模様だったかもわからないくらいすり減っていた。それはそれとして、キッチンはぴかぴかにきれいだった。食器用の水切り籠には皿とカップがひとつずつ、それにひとそろいの銀器――ナイフとフォークとスプーン――がおさめられていた。その光景がぼくに寂しい思いをさせた。床にはへり部分に《RADAR(レイダー)》と名前が書いてある清潔な皿が一枚あり、それにも寂しい気持ちにさせられた。

　ぼくはバスルームに行った。クロゼットと大差のない狭さだった――ふたがあいたままで、ボウルの内側に水垢汚れの輪がついている便器と、壁の鏡の下に洗面台があるだけの部屋だった。その鏡を手前に引くと、市販薬がずらりとならんで埃をかぶっているのが見えた。どれもこれも、ノアの方舟(はこぶね)時代のしろものに見えた。中段にアスピリン剤のエムピリンの瓶があった。瓶を手にとると、裏に小さなペレット状の品が落ちているのがわかった。ＢＢ弾だろうと思った。

　レイダーはキッチンでぼくを待っていた。バスルームは、ひとりと一頭が同時にはいれる広さではなかったからだ。ぼくは水切り籠からカップを手にとり、水道の蛇口をひねって水をそそぐと、ぺたぺたと足音をたてるレイダーをうしろにしたがえて、〈古き読み物の通廊〉を引き返していった。外に出るとサイレンの音が一段と近づいて大きくなっていた。ミスター・ボウディッチは前腕に頭をあずけて横たわっていた。

「大丈夫ですか？」ぼくはたずねた。

　ミスター・ボウディッチは顔をもちあげた。それで顔が汗にまみれて、やつれていることも、目のまわりに黒い隈（くま）ができていることも見てとれた。「大丈夫なつらに見えるか？」

「大丈夫とはいえませんね。ただ、ここにもってきた薬を飲んでもいいものかどうか、ぼくにはわかりません。瓶を見ると、使用期限は二〇〇四年の八月でとっくに切れてます」

「三錠よこせ」

「いやいや、ミスター・ボウディッチ、救急車を待ったほうがいいですよ。隊員たちがあなたに薬を――」

「いいからそいつをわたせ。命とりにならない経験なら自分を強くする糧（かて）になる、というだろ？　ま、これがだれの名文句かも知らないだろうな。最近の学校はなにも教えていないんだから」

「ニーチェ」ぼくは答えた。「『偶像の黄昏（たそがれ）』。今学期は世界史をとってるんです」

「大したもんだ」ミスター・ボウディッチはスラックスのポケットをさぐった。その動作で痛みのうめき声を洩らす。しかしポケットから、ずしりと重そうなキーリングを抜きだすまで動きをとめなかった。「あの扉に錠をかけてくれ。ヘッドが四角い銀の鍵をつかうんだ。正面玄関はもう施錠してある。戸締まりをしたら、キーリングを返せ」

　ぼくはキーリングから銀の鍵だけをとりはずして、リングを返した。ミスター・ボウディッチはキーリングをポケットにもどし、もどしながらまたうめき声をあげていた。サイレンがさらに近づいていた。ゲートの錆びたボルト相手に、救急隊員がぼくほど手こずらないことを祈った。そうでなければ、隊員たちはゲートを蝶番からふっ飛ばしてはずすほかなくなる。ぼくは立ちあがりかけ、犬に目をむけた。レイダーはそろえた前足のあいだの地面に頭をあずけていた。その目は一瞬たりともミスター・ボウディッチから離れなかった。

「レイダーはどうします？」

　相手はまたもや、〝おまえは生まれついての馬鹿か〟という目をぼくにむけた。「あの子なら犬のドアから家にはいれるし、用を足したくなれば外へ出てこられるさ」

　屋敷のなかを見てまわって金目のものを盗もうとしている子供か小柄な大人がいたら、あの犬用のドアをつかうかもしれないじゃないか――ぼくは思った。「なるほど。でも、だれがあの子に餌をやるんです？」

　ぼくがミスター・ボウディッチにいだいた第一印象が決していいものでなかったことは、わざわざいうまでもないと思う。気むずかし屋の偏屈な老いぼれ……ひとりきりで暮らしているのも無理はない……妻がいたら、この男を殺していたか、ひとりで家を出ていったことだろう。しかし、年老いたジャーマンシェパードを見つめている顔に目を向けると、別のものが見えた――愛と狼狽だ。〝途方に暮れる〟という表現があるけれど、このときのミスター・ボウディッチはまさしくその境地にいた。身を裂かれるような激痛に苦しんでいたはずでありながら、この瞬間に考えていたのは――心をくばっていたのは――ただひとつ、自身の飼い犬のことだけだったのだ。

「くそ。くそ、くそ。レイダーを残しては行けん。あいつを病院に連れていくしかないな、これは」

　サイレンが屋敷の前までやってきて、音が静まった。救急車のドアが閉められる音。

「それは許可されませんよ」ぼくはいった。「あなたにもわかっているはずです」

　ミスター・ボウディッチは唇をぎゅっと結んだ。「だったら病院へは行かん」

《いや、それでもあんたは病院へ行くんだよ》ぼくは思った。つづいて、別のことを思った。ただし、それが自分の考えだとは思えなかった。自分の考えにちがいなかったが、そうは思えなかったのだ。《ぼくたちは約束をした。幹線道路のごみ拾いのことなんか忘れてしまえ。責任をもって約束を果たすのなら、いまではないのか》

「すみません」大きな声がきこえた。「救急隊が到着しました。どなたか、ゲートをあけてもらえますか？」

「ぼくが鍵を預かります」ぼくはいった。「レイダーの餌やりはぼくがします。どれくらいの量の餌を――」

「すみません！　返事をしてもらわなければ、こちらからゲートの内側にはいります！」

「――どんなペースでやればいいのかを教えてください」

　このときにはミスター・ボウディッチはしとどの汗をかいていた。目の下の隈は一段と黒くなって痣のように見えていた。

「あいつらがゲートを壊してしまう前に、ここへ入れてやってくれ」そういうと、苦しげにざらついた吐息を洩らす。「まったく、なんてざまだ」

2

　歩道に立っていた男女の隊員は、《アルカディア郡病院救急車サービス》と書かれたジャケットを着ていた。ふたりは医療機材をどっさり積んだストレッチャーを用意していた。ふたりはぼくが置きっぱなしにしたバックパックを脇へよけ、男性隊員のほうはゲートのかんぬき相手に精いっぱいの努力をしていた。けれども、せいぜいぼくと同程度の運に恵まれただけだ。

「怪我人は裏にいます」ぼくはいった。「助けを求めている声がきこえたんです」

「でかしたぞ。でも、おれじゃこいつを動かせない。そっちをつかんでくれ、坊主。ふたりが力をあわせれば、なんとかなるかも」

ぼくはかんぬきをつかみ、ふたりで引いた。かんぬきがようやく一気に滑り、おかげでぼくは親指をはさんでしまった。そのときは無我夢中で気づかなかったが、この日の夜には爪がありかた黒く変色していた。

隊員たちは屋敷の横手を進んでいった。ストレッチャーは高く伸びた雑草のなかを上下に揺れながら進み、積んであった機器類が小刻みに震動して、がたがた音をたてていた。レイダーが足を引きずって屋敷の角から姿をあらわし、うなり声をあげて威嚇しようとしはじめた。犬は精いっぱい努力をしてはいたものの、これまでずっと奮闘していたせいだろう、ほとんどスタミナが残っていないことも見てとれた。

「レイダー、伏せ」ぼくがいうと、レイダーは安心した顔つきで腹ばいになった。それでも救急隊員たちは、レイダーを遠巻きにしたままだった。

ついでふたりはポーチの階段に横たわっているミスター・ボウディッチの姿を目にとめて、忙しく機器類をストレッチャーからおろしはじめた。女性隊員は、見たところそれほど重症ではなさそうだと不安をやわらげる言葉を口にし、すぐに体が楽になるような薬をさしあげます、と話しかけていた。

「この人、もうその手の薬を飲んでます」ぼくはそういって、エムピリンの瓶をポケットから抜きだした。

男性隊員は瓶を一瞥するなり、「おいおい、大昔の薬じゃないか。もう効き目なんかすっかり消えてるぞ。シーシー、デメロールだ。二十ミリグラムでいいと思う」といい、麻薬性鎮痛剤の指示を出した。

レイダーがぼくたちのところへもどってきた。シーシーと呼ばれた女性隊員に形ばかりのうなり声をむけると、鼻声をあげながら飼い主に近づく。ミスター・ボウディッチは手のひらをカップ状にして犬の頭を撫でた、その手を引っこめると、犬は階段の上のミスター・ボウディッチにすり寄って体を丸くした。

「この犬のおかげで命拾いしましたね」ぼくは話しかけた。「病院へはいっしょに行けませんが、レイダーが飢えることはありませんよ」

ぼくは裏口用の銀の鍵を握りしめていた。シーシーに注射を打たれながら（といっても、それを意識しているようすはなかった）、ミスター・ボウディッチはぼくが手にした鍵に目をむけ、またざらついた感じのため息を洩らした。「わかった。ほかにどうしろというんだ？　この子の餌は食品庫の大きなプラスティックのバケツにはいってる。扉の裏だ。夕方六時にカップ一杯やってくれ。もしわたしが病院に一泊させられるようなら、翌朝の六時にもカップ一杯だ」そういって男性隊員に目をむける。「泊まりになるのか？」

「わかりません。そういう質問に答えるのは仕事じゃないんで」いいながら男性隊員は血圧計のカフを広げていた。シーシーはちらりとぼくに視線を送ってきた――ええ、今夜は病院に泊まりになるし、それはまだ序の口にすぎないってことね、といいたげな目つきだった。

「今夜は餌をカップ一杯、あしたは六時に一杯ですね。わかりました」

「ただバケツにどれだけ残っていたかがわからない」ミスター・ボウディッチの目が濁りはじめていた。「買い足す必要があるようなら、〈ペット・パントリー〉へ行きたまえ。食べているのは〈オリジン・レジオナルレッド〉だ。肉とおやつは食べさせるな。ニーチェが何者かを知ってる男なら、これくらい覚えていられるだろう？」

「ええ、忘れません」

男性の救急隊員が血圧計のカフに空気を送りこんだ。測定結果がどうだったかは知らないが、あまり思わしい数字ではなかったらしい。「これからあなたをストレッチャーに載せますね。ぼくはクレイグ、こちらの女性はシーシーです」

「ぼくはチャーリー・リード」ぼくはいった。「この人はミスター・ボウディッチ。ファーストネームは知りません」

「ハワード」当人がそういった。救急隊員たちが体をもちあげようとしていたが、ミスター・ボウディッチは少し待っていてくれとふたりにいった。それからレイダーの顔を両手ではさんで、犬の目をのぞきこんだ。「いい子にしてるんだぞ。なに、すぐに帰ってくるさ」

レイダーは鼻声をあげて飼い主の顔を舐めた。ミスター・ボウディッチの頰を涙が伝い落ちていた。痛みのせいだったのかもしれないが、ぼくはそうは思わない。

「キッチンの小麦粉の缶に現金がはいってる」ミスター・ボウディッチはいった。そのあと一瞬だけ目が澄みわたり、口がぎゅっと引き締まった。「これはしたり。あの缶はもう空っぽだ。忘れていた。きみがもし――」

「失礼」シーシーがいった。「そろそろあなたを救急車に乗せないと――」

ミスター・ボウディッチはちらりとシーシーに視線をむけ、ほんの少しだけ黙っていてくれといってから、ぼくに目をもどした。「餌をひと袋買い足す必要があったら、代金は立て替えておいてくれ。あとできちんと返す。わかったね？」

「わかりました」それ以外にもわかったことがある。効き目の強い薬の影響下にあっても、ミスター・ボウディッチには今夜はもちろん、翌日の夜になっても自分がまず退院できないとわかっている、という事実だ。

「それなら安心だ。この子のことをよろしく頼む。わたしにはこいつしかいないんだ」ミスター・ボウディッチは最後にもう一度レイダーの頭を撫でさすり、耳をくしゃくしゃとしてから、隊員たちにうなずいて合図した。体をもちあげられると、食いしばった歯のあいだから痛みの悲鳴が洩れてきて、レイダーが吠えた。

「坊主」

「なんです？」

「のぞきまわるなよ」

いちいち答えて、この言葉に箔づけをするような真似はしなかった。クレイグとシーシーのふたりは――ミスター・ボウディッチの体があまり揺れないように――ストレッチャーをもちあげるようにして、屋敷の横手へとまわりこんでいった。いっしょに進んでいったぼくは、伸縮式の梯子が草の茂みに倒れているのを目にとめ、つづいて視線を屋根へむけた。あの人は雨樋を掃除していたのだろう、とぼくは思った。あるいは掃除をしようとしていたのだろう、と。

ぼくは裏のポーチへ引き返し、階段に腰かけた。屋敷の正面でサイレンが鳴りだした。最初その音は大きかったが、救急車があの縁起でもない橋へむかって坂道をくだっていくのにあわせて、音が小さくなった。レイダーは耳をぴんと立てて、音の方向に目をむけていた。ぼくは犬を撫でようとした。嚙みつかれることも、うなり声をむけられることもなかったので、ぼくはレイダーを撫でた。

「ふたりっきりになったみたいだね、お嬢」ぼくはいった。

レイダーが鼻面をぼくの靴にすり寄せた。

「ご主人さまは〝ありがとう〟のひとこともいわなかったぞ」ぼくはレイダーにいった。「なんて礼儀知らずだ」

とはいえ、本気で怒っていたわけではなかった。そもそも、どうでもよかった。ぼくには感謝の言葉も必要ではなかった。これは返礼なのだから。

3

ぼくは屋敷のまわりをめぐって歩き、歩きながら父に電話で事情を説明したが、内心ではバックパックが盗まれていないことを祈っていた。盗まれていないどころか、救急隊員のひとりがひと手間をかけてゲートにかけてくれていた。父はなにか力になれることはあるかとたずね、ぼくはそれには及ばないと答えてから、午後六時までここにとどまって勉強し、レイダーに餌をやってから家に帰ると話した。父は、帰る途中で中華料理をテイクアウトしていく、家で顔をあわせようといった。ぼくは父に愛してるよといい、父はこっちもおなじ気持ちだ、と答えた。

ぼくはバックパックから自転車用のチェーンロックをとりだし、屋敷の横まで〈シュウィン〉の自転車を運んでいこうかと考えた……が、かまうもんかとひとりごとをいい、チェーンでゲートに結びつけるだけにした。それから一歩あとずさったところで、あやうくレイダーに足をひっかけて転びそうになった。レイダーがきゃんと疳高（かんだか）く叫んで、あたふた離れていった。

「ごめんよ、お嬢、ごめん」ぼくは膝をついて片手をさしのべた。一、二秒ののち、レイダーはくんくんとにおいを嗅ぎながら近づいてきて、遠慮がちに舐めてきた。恐犬（ザ・テリブル）クジョーとはいえ、ちょろいもんだ。

それからぼくはレイダーをすぐうしろにしたがえて、屋敷の裏へむかっていった――離れの建物に気づいたのはこのときだった。最初は園芸の道具などをしまっておく小屋かと思った――どう見てもガレージのサイズではなかったからだ。倒れた梯子を小屋にしまっておこうかと思ったが、雨が降りそうもなかったので、手間をかけずにそのままにしておくことにした。あとでわかったことだけれど、梯子を三、四十メートル先まで運んでいったとしても結局は無駄足になったはずだった。というのも、離れの小屋の扉には頑丈な錠前がおろされて、ミスター・ボウディッチが残りの鍵をすべてもっていってしまったからだ。

ぼくは裏口のドアをあけてレイダーとともに屋敷に足を踏み入れると、回転式の古風な明かりのスイッチを見つけ、〈古き読み物の通廊〉を抜けてキッチンに行った。キッチンに光を投げているのは天井にとりつけてある曇りガラスの照明器具で、父が好きなターナー・クラシック・ムービーズの古い映画のセットの一部のようだった。キッチンテーブルを覆っているオイルクロスは、色褪せてはいたが清潔だった。このキッチンのなにもかもが、昔の映画のセットそのままじゃないか、とぼくは思った。黒いガウンに式帽をかぶったチップス先生がふらりとやってくるところが思い描けるくらいだった。あるいは、バーバラ・スタンウィックがディック・パウエルに、ちょうど一杯飲めるタイミングで来たのね、と告げている情景が。ぼくはテーブルの前にある椅子に腰かけた。レイダーはテーブルの下にはいりこみ、レディにふさわしい小さな声をあげながら体を落ち着かせた。ぼくがいい子だと声をかけると、レイダーは尾でぱたぱたと床を叩いた。

「心配するな。あの人はすぐ帰ってくるよ」ぼくは心のなかで《たぶんね》とつけくわえた。

ぼくはテーブルに教科書を広げて数学の問題をいくつか解き、それからＥａｒＰｏｄｓ（イヤーポッズ）を耳に入れて、翌日にそなえてフランス語の課題をききはじめた。〈ただ一度だけ（リアン・クエネ・フォア）〉という題名のフランス語のポピュラーソングだ。どちらかといえばクラシックロックが好みなので趣味にあう曲ではなかったが、それでも何度もきくたびに好きになってくるたぐいの曲だった。といっても、耳にこびりついて離れなくなるまでの話で、そうなると曲が憎らしくなってくる。ぼくは曲を三回つづけて再生してから、いっしょに歌ってみた――授業で歌うことを求められるはずだからだ。

まちがいない、きみこそぼくが生涯待ちつづけていた人

ひと区切りを歌いおえたところで何気なくテーブルの下をのぞくと、レイダーが両耳をうしろへ倒して、ぼくを見あげていた――それも、怪しいほど憐(あわ)れみに似た表情をのぞかせて。それを見て、思わず笑ってしまった。「ああ、わかったよ。歌手を仕事にするなんて考えないほうがいいんだろ？」

尾をふって床をひとつ叩く。

「ぼくを責めるな。これは宿題なんだ。もう一回ききたいか？ごめんこうむる？　ああ、同感だね」

ぼくはレンジ台の左にあるカウンターで横一列にならんでいる、いずれもおなじ缶にこっそり目を走らせた。缶には《砂糖》《小麦粉》《コーヒー》、それに《クッキー》という表示がある。ぼくはめちゃくちゃ腹が減っていた。自宅だったら冷蔵庫をチェックして、中身を半分はたいらげていたところだったし、このあと――ぼくは腕時計を確かめた――一時間は家に帰れそうもなかった。よし、クッキーの缶を調べよう、それでもミスター・ボウディッチに禁じられた〝こそこそのぞきまわる〟行為にはあたらないはずだ。缶には、ペカンクリームのクッキーサンドとチョコレートコーティングされたマシュマロがぎっしりてっぺんまで詰まっていた。ぼくはドッグシッターをまかされているのだから、ひとつくらい食べてもミスター・ボウディッチは気にしないだろう。あるいは二個でも。いっそ四個でも。ぼくはそこで手をとめたが、容易ではなかった。クッキーサンドはそのくらいおいしかったのだ。

小麦粉の缶に目を移すと、缶には現金がはいっていないというミスター・ボウディッチの言葉が思い出されてきた。そういったあと、あの人の目の表情が変わった。鋭い光をのぞかせたのだ。《あの缶はもう空っぽだ。忘れていた》ぼくは缶をあけそうになった。この話の少し前なら、ぼくが缶をあけてもおかしくない時期はたしかにあった。でも、そういった日々はもう過去になっていた。ぼくは椅子にすわりなおして、世界史の教科書をひらいた。

ヴェルサイユ条約とドイツの賠償金についての難解な部分をなんとか読み進め、次に腕時計を確かめたときには（シンクの上に掛け時計があったが、針がとまったままだった）、六時十五分前だった。十五分くらいの差は、お役所仕事なら許してもらえる誤差だろう。ぼくはそう思ってレイダーに餌をやることにした。

冷蔵庫とならんでいる扉が食品庫だろうと見当をつけた。当たりだった。すてきな食品庫の香りが立ちこめていた。垂れ下がっている紐をひいて電灯のスイッチを入れたとたん、つかの

まレイダーの餌やりのことも忘れていた。小さなこの部屋は上から下まで、右から左まで、すべての棚に缶詰や乾燥食材がぎっしりとストックされていたのだ。〈スパム〉やベイクドビーンズ、オイルサーディンがあり、〈ソルティーンズ〉のクラッカーやキャンベル社のスープの缶詰があった。さらにパスタとパスタソース、グレープジュースやクランベリージュースの瓶、各種のジャムの瓶、それに野菜の缶詰などが何十となく、いや、何百となくならんでいた。ミスター・ボウディッチは黙示録的な破滅の到来にも万全のそなえを固めていた。

レイダーが、《犬のことを忘れないで》といいたげに鼻声をあげた。それで扉の裏を見ると、プラスティック製の食品容器が見えた。容量は四十リットル前後というところか。しかし、いまは餌が底をかろうじて覆っているだけだった。ミスター・ボウディッチの入院が四、五日——あるいは一週間——になるのなら、ぼくが餌を買い足すことになりそうだ。

メジャーカップは容器にはいっていた。ぼくは餌をカップにすくうと、レイダーの名前が書いてある皿にざらりと流しこんだ。レイダーは尻尾をゆっくりと左右にふりながら、待ちかねたように餌に近づいた。もう年寄り犬かもしれないが、いまなお食べることに熱心だ。これはいいことなのだろう、とぼくは思った。

「さあ、もうのんびり過ごせよ」ぼくはいい、スタジャンを着なおした。「いい子にしてろ。朝になったら、また顔を見にくるからね」

ただし、そこまで先になることはなかった。

4

父と中華料理をがつがつ食べながら、ぼくは午後の冒険について詳細なバージョンで語りきかせた。ポーチの階段に横たわっていたミスター・ボウディッチからはじめて、〈古き読み物の通廊〉へ進み、〈終末の日の食品庫〉で話をしめくくった。

「〝ためこみ屋〟だな」父はいった。「わたしもそれなりに見てきたよ——決まって問題の〝ためこみ屋〟が死んだあとにね。でも、屋敷のなかは清潔だったんだろう？」

ぼくはうなずいた。「少なくともキッチンはね。なんでもそろっていたし、なんでも定位置に置いてあった。狭いバスルームにあった古い薬の瓶は埃をかぶっていたけど、それ以外の部屋や物はなにも見てないんだ」

「車もなかった？」

「なかった。小屋には車を入れるだけの広さはなかったし」

「じゃ、食料品は宅配させてるんだ。もちろん、いつだってアマゾンがある——あの通販会社は、二〇四〇年には右翼連中が恐れている世界政府そのものになってるだろうね。で、それだけの金の出どころはどこなんだろうな。それに、残りはどのくらいあるんだろう？」

ぼくもおなじことを考えていた。そっち方面に好奇心をおぼえてしまうのは、破産の一歩手前までいった経験がある人々なら当然だと思う。

父が立ちあがった。「さて、食事はわたしが買って運んできた。わたしには、片付けなくてはいけない書類仕事がある。だから、片づけはおまえにまかせる」

ぼくは食卓のあと片づけをすませてから、ギターでブルーズの曲を練習した（キーがEでさえあれば、だいたいの曲は演奏できた）。ふだんなら指が痛くなるまで練習に打ちこむのだが、この夜はそうならなかった。ぼくはヤマハのギターを部屋の隅にもどすと、レイダーのようすを確かめたいからミスター・ボウディッチの屋敷に行ってみると話した。あの屋敷でひとりぼっちで過ごしているレイダーのことが頭を離れなかった。もしかしたら犬はそんなことを気にしないかもしれない。でもその反対で気にしているかもしれない。

「ああ、行ってこい。ただし、そのワン公をこの家へ連れ帰ろうなんて気を起こすんじゃないぞ」

「レイダー。それに雌だよ」

「わかった。ただし、夜中の三時に犬の遠吠えをききたい気分じゃないんでね——犬の性別がどっちだろうとおなじだ」

「連れてきたりしないよ」ぼくはいったけれど、その考えが現実に頭をよぎったことまでは父に話す必要はないと判断した。

「くれぐれもノーマン・ベイツにつかまらないようにな」

ぼくはびっくりして父を見つめた。

「どうした？　わたしが知らないとでも思ったか？」父はにやにや笑っていた。「あの家はね、おまえやおまえの友だちが生まれるずっと前から、〈サイコハウス〉と呼ばれていたんだよ、小さなヒーローくん」

5

父の言葉には笑みを誘われたが、いざパイン・ストリートとシカモア・ストリートの交差点にたどりつくとユーモアを感じるのがむずかしくなっていた。屋敷は丘のてっぺんに大きくそびえ、星空を塗りつぶしているように見えた。ノーマン・ベイツが《母さん！　大変だ、血が！》と叫んでいたシーンを思い出され、あんな映画を見なければよかったと悔やんだ。

今回、ゲートのかんぬきはすんなり滑った。ぼくはスマホのライトで照らしながら、屋敷の横手を進んでいった。いっぺんライトの光を屋敷の側面にあてたが、すぐにやらなければよかったと思った。窓はどれも埃で汚れ、カーテンが引いてあった。そういった窓は、ものを見る力をなくした目のようだったが、その一方ではそれでもなおぼくをにらみ、ぼくの侵入を不愉快に思っているかのようだったからだ。屋敷の角を曲がって、いよいよ裏のポーチに近づこうとしたとき、〝どすん〟という音が響いた。驚いた拍子にスマホを落としてしまった。落ちていくスマホのライトで、黒い影が動いているのが見えた。悲鳴こそあげなかったが、タマがきゅっと腹にもぐりこんで陰嚢（いんのう）が縮みあがるのが感じられた。黒い影がさざなみのように近づくあいだ、ぼくは凍りついていた。そして体の向きを変えて逃げるひまもなく、レイダーが鼻声をあげながらぼくのスラックスに鼻面をすりつけ、さらにはジャンプして飛びつこうとしてきた。といってもレイダーは背中や腰の具合がわるいので、不出来なジャンプの試みが精いっぱいといったところだった。先ほどの〝どすん〟という音は、犬用のドアがスイングして閉まったときの音だったにちがいない。

　ぼくは地面に両膝をついてレイダーを抱き寄せ、片手で頭を撫でつつ、反対の手で首輪の下のふわふわした毛を掻いてやった。レイダーはお返しにぼくの顔を舐め、ぼくが倒れそうになるほど体を押しつけてきた。

「もう大丈夫だ」ぼくはいった。「ひとりきりで怖かったのかい？　ああ、そうだろうな」ミスター・ボウディッチが車をつかわずに食料品を配達に頼っていたのなら、レイダーが最後に一頭だけで屋敷に残されたのはいつのことだろうか？　もう長いあいだ、そんな機会はなかったのではないか。「もう大丈夫だぞ。よしよし。いい子だ」

　ぼくはスマホを拾いあげ、タマが元の位置にもどるための一拍の間（ま）をはさんでから、裏口に近づいていった。レイダーは頭がぼくの膝にたびたびぶつかるほど、ぴったり隣に寄りそって歩いた。ずいぶん昔の小学校時代、アンディ・チェンはこの屋敷の前庭でモンスター犬と出会った……というか、本人はそういっていた。でも、それはもうずっと昔の話だ。ここにいるのは怖がりの老いたレディ……近づくぼくの足音を耳にして、犬用のドアからいっさんに飛びだして出迎えてくれた犬だ。

　ぼくと犬はいっしょに裏のポーチへあがった。それから裏口のドアを解錠し、回転式のスイッチで〈古き読み物の通廊〉を明るくした。犬用のドアをチェックすると、小さな丸棒ラッチが左右にひとつずつ、さらに最上部にもとりつけてあった。帰るときには、レイダーがふらふら外へ出ないようにこのラッチを忘れずにかけておくこと――ぼくはそう頭にメモした。裏庭も前庭同様にフェンスで囲われているかもしれないが、確実に知っているわけではないし、いまのところレイダーの世話はぼくの責任だ。

　キッチンでぼくはレイダーの前にひざまずき、両手で顔をはさんで撫でてやった。レイダーは耳をぴんと立て、真剣な顔でぼくを見つめていた。「泊まれないんだよ。でも明かりはつけたままにするし、あしたの朝にはもどってきて餌をやる。わかったかい？」

レイダーは鼻を鳴らし、ぼくの手を舐めて、餌の皿にむかった。皿は空だったが、レイダーは二、三度舐めてから、ぼくを見あげた。なにを伝えたいかは明らかだった。だからぼくは、「餌はあしたの朝までおあずけだよ」といった。

レイダーは寝そべると鼻面を前足に載せたが、かたときもぼくから目を離さなかった。

「さてと……」

ぼくは《クッキー》と書いてある缶に近づいた。ミスター・ボウディッチは、レイダーには〝肉なし、おやつなしだ〟と話していた。あれは〝肉のおやつ〟といいたかったのではないか、とぼくは考えた。曖昧(あいまい)な表現のなんとすばらしいことか。また、犬はチョコレートにアレルギーがあるという話をどこかで見聞きした記憶がぼんやりと残っていたので、ペカンクリームのクッキーサンドをひとつ手にとり、一部を割ってから差しだしてみた。レイダーはくんくんとにおいを確かめたのち、ぼくの指から器用に受けとった。

ぼくはさっき宿題をしたテーブルを前にしてすわり、そろそろ引きあげるべきだと考えた。レイダーはしょせんは犬、子供じゃない。ひとりぼっちになるのはいやかもしれないが、シンク下のキャビネットにもぐりこんで漂白剤を飲んでしまうことはありそうもない。

スマホが鳴った。父からだった。「そっちは万事問題なしか？」

「うん、問題なし。でも来てよかった。犬用のドアに鍵をかけていなかったからね。ぼくの足音をききつけて犬が庭に飛びだしてきたんだ」

動く黒い影を目にしたあの瞬間、ジャネット・リーがシャワー室で悲鳴をあげながらナイフをかわそうと必死になっているシーンが脳裡をよぎったことまで話す必要はなかった。

「おまえのせいじゃない。すべてに気をくばるなんて無理だ。もう帰ってくるのか？」

「すぐにもね」目をむけると、レイダーがぼくをじっと見つめていた。「ねえ、父さん。ぼく思うんだけど、やっぱり――」

「やめておけ、チャーリー。あしたは学校があるんだ。それに、もう立派な成犬だ。ひと晩くらい犬だけにしておいても大丈夫さ」

「そうだね、わかってる」

レイダーは立ちあがった。見ていて、少し痛々しく感じる動作だった。ようやくうしろ足でしっかり体を支えると、レイダーは居間だと思われる暗闇へむかった。

「じゃ、あとちょっとしたら帰るよ。いい子なんだ、レイダーは」

「わかった」

通話をおわらせると、小声で高く鳴く声がきこえた。レイダーがおもちゃをくわえて、キッチンに帰っていた。もともとは猿のおもちゃだったらしいが、さんざん噛まれたいまでは判別しがたくなっていた。手にはまだスマホがあったので、ぼくはその写真を撮った。レイダーはぼくのところまで運んできたおもちゃを椅子のそばに落とした。その目を見れば、ぼくにどんな行動を期待しているのかはわかった。

　ぼくはおもちゃを部屋の反対側へむけて、そっと投げた。レイダーは足を引きずって追いかけて口にくわえ、だれがボスかを教えこむためにおもちゃを噛んで高い悲鳴をあげさせてから、もち帰ってきた。いまよりも若くて体も大きく、俊敏だったころのレイダーが全速力で猿の（あるいは猿の祖先の）ぬいぐるみを追いかけるようすが、ありありと想像できた。あの日、自分めがけて駆けてきたとアンディが話していたレイダーだ。すでにレイダーが走れた日々はおわっているが、それでも精いっぱいの努力を欠かしてはいなかった。レイダーがいまなにを考えているのか、手にとるようにわかった。《ほら、上手にできるでしょう？　どこかへ行かないで。ひと晩じゅうだって遊べますよ》

　けれどもレイダーにはそれは無理だし、ぼくもここで夜を明かすわけにはいかない。父からは帰れといわれていたし、この屋敷にとどまっても、あまり眠れそうもなかった。謎めいたきしみ音やうめき声が多すぎるし、なにかが潜んでいてもおかしくない部屋が多すぎる……そしてその〝なにか〟は、明かりが消えたとたん、こっそりと這い寄ってくるのだ。

　レイダーが、きいきいと声をあげる猿のおもちゃをぼくのところにもち帰ってきた。

「もうおわりだよ」ぼくはいった。「おとなしく寝なさい、いい子だから」

　それから裏口に通じる廊下に出ていきかけたところで、名案がひらめいた。ぼくはレイダーが自分のおもちゃを見つけてきた暗い部屋へはいっていき、なにかが（たとえば皺だらけでミイラにそっくりなノーマン・ベイツの母親とかが）いきなり手首を握ってくることがないように祈りつつ、明かりのスイッチを手さぐりした。さぐりあてたスイッチをはじくと、なにかが割れるような音がした。

　ミスター・ボウディッチの居間も、キッチンと同様に古風ではあったが整理整頓が行き届いていた。暗褐色の布が張られたソファがあったが、あまりつかわれていないように見えた。住民がすわっていたのはもっぱら、古めかしいラッグラグの中央に無造作に老いてある安楽椅子らしい。ミスター・ボウディッチの骨ばった足がつくったとおぼしきへこみが見えた。椅子の背に青いシャンブレーのシャツがかけてあった。椅子は先史時代の遺物とおぼしきテレビとむかいあうように置いてある。テレビの上面にアンテナが設置されていた。ぼくはスマホでテレビの写真を撮った。これほど古いテレビがいまの番組を映せるものかどうかは知らなかったが、テレビの左右に何冊もの本が積みあげられていることから察するに（しかも本の大半からは付箋紙（ポストイット）がはみだしていた）、たとえ動作するとしても、あまり視聴されていないようだった。部屋のいちばん奥に籐（とう）のバスケットがあって、犬のおもちゃがうずたかく積まれていた。ミスター・ボウディッチがどれだけ犬を愛しているかを、見る者に雄弁に語る光景だった。レイダーはちょこちょこ歩いて部屋を横切り、ウサギのぬいぐるみをくわえてもどってくると、期待のまなざしをむけてきた。

「ごめんよ」ぼくはいった。「でも、それはきみがもっていていいい。飼い主さんとおなじにおいがするかもしれないしね」

それからシャツを安楽椅子の背もたれからつかみあげ、レイダーの皿の横、キッチンの床に広げた。レイダーはシャツのにおいを嗅ぎ、その上に横になった。

「ようし、いい子だ」ぼくはいった。「また朝になったら顔を見にくるよ」

裏口にむかって歩きだしたところで考えを変え、猿のぬいぐるみをレイダーのところまでもっていった。レイダーはぬいぐるみを一、二度嚙んでいたが、それはぼくを喜ばせるためだったのかもしれない。ぼくは数歩あとずさって、またスマホで写真を撮った。それから犬用ドアのラッチを忘れずにかけ、屋敷をあとにした。屋内をレイダーが汚していたら、ぼくが掃除をすればいいだけだ。

家まで帰る道々、ぼくは枯葉で詰まっているにちがいない雨樋のことを思った。刈られもせずに放置されている芝。屋敷の外壁も切実なまでに塗装のやりなおしを必要としている。それはさすがに手に余るけれど、あちこち傾いている杭垣や汚れ放題の窓あたりなら、なんとかなりそうだ。ただしそれは時間があればの話で、野球シーズンが近づいているこのときには時間がなかった。くわえてレイダーの存在があった。この気持ちは、ひと目惚れそのものだった。レイダーにとっても、そしておそらくぼくにとっても。この表現が他人には不気味とか感傷的とか、あるいはその両方に思えるのなら、ぼくにいえるのは受け入れろという言葉だけだ。ぼく自身が父にいったように、レイダーはいい犬だった。

その晩ベッドにはいったぼくは、アラームを朝の五時にセットした。それから英語のネヴィル先生にテキストメッセージで、あしたの一時限めの授業は欠席すると伝え、さらにフリードランダー先生に二時限めを欠席するかもしれないと伝えた。どちらにも、知りあいの見舞いで病院に行くからだ、と書き送った。

第三章

病院へのお見舞い。

あきらめる者は決して勝てない。小屋。

1

早朝の日の光で見ると――庭で高く伸びている雑草から立ちのぼる朝霧のせいでゴシックっぽさがそなわってこそいたが――〈サイコハウス〉はそう呼ばれるほど不気味な雰囲気ではなくなっていた。レイダーはぼくを待っていたにちがいない――ポーチの階段をあがるぼくの足音をききつけるなり、さかんに犬用のドアに体当たりしはじめたのだ。ポーチにあがる階段そのものも板がゆるんで沈みがちになっており、次の事故が起こるのを待っている状態、だれかが補修をするのを待っている状態だった。

「落ち着けって、お嬢」ぼくは声をかけながら、裏口の錠前に鍵を挿しこんだ。「それじゃ、どこかを捻挫（ねんざ）しちゃうぞ」

ドアがひらくなり、レイダーはぼくに飛びついてきた――関節炎をものともせずに、ぴょんぴょん飛び跳ねては前足をぼくの足にかけてくる。そのあとぼくについてキッチンにやってくると、ぼくが残り少ない食料在庫から最後の一カップの餌をすくうのを、尾をぱたぱたふりながら見つめていた。レイダーが餌を食べているあいだに父にテキストメッセージを送り、昼休みに〈ペット・パントリー〉という店に行って、ドッグフードをひと袋買ってきてほしいと伝えた――商品名は〈オリジン・レジオナルレッド〉。そのあと追加で、代金はあとでちゃんと返すし、その分はミスター・ボウディッチがぼくに払うことになっている、といい添えた。そのあと考えをめぐらせたのち、三通めを送信した――**《大きな徳用サイズのほうがいいみたい》**。

メッセージの送信にそれほど時間がかかったわけでもないが、レイダーはもう食べおわっていた。そして猿のぬいぐるみをくわえて近づき、ぼくの椅子の横に落とした。つづいてげっぷをひとつ。

「負けたよ」ぼくはそういって、猿をふんわりと投げた。レイダーはぴょんぴょん走っていき、猿をくわえて引き返してきた。ぼくはまた投げた。レイダーが走って追いかけているあいだに、スマホの通知音が鳴った。父だった。**《了解》**

ぼくはまたぬいぐるみを投げた。しかしレイダーはそちらを追いかけず、足を引きずって〈古き読み物の通廊〉を小走りに進み、外へ出ていった。リードがあるかどうかわからなかったので、レイダーを屋内に呼びもどす必要に迫られたとき用にペカンクリームのクッキーサンドを割っておいた。このクッキーで目的は果たせるはずだと思った。レイダーは食いしん坊の犬だからだ。

しかし、レイダーを屋内に呼びもどすのは問題でもなんでもなかった。外に出たレイダーはある場所でしゃがんで用その1を足し、別のところで用その2をすませた。それから引き返してくると、手ごわい高峰を見上げる登山家のような顔で階段を見あげ、なんとか半分まであがった。そこでいったん休んでから、最後まであがりきる。この先レイダーはどのくらい、介助なしに階段をあがれるのだろうか？

「もう行かなくちゃ」ぼくはいった。「さよなら三角また来て四角、だね」

わが家は犬を飼ったことがなかったので、犬の目が——すぐ近くから見つめあうような場面では特に——これほどまでに感情を豊かにあらわすとはついぞ知らずにきてしまった。レイダーの目はぼくに〝行かないで〟と語りかけていた。ぼくだってとどまりたい気持ちは山々だったけれど、有名な詩がいみじくもいっているように、ぼくには果たすべき約束がある。ぼくは何度かレイダーの体を撫で、いい子にしているんだぞと語りかけた。どこかで、犬の一年は人間でいえば七年に相当するという話を読んだことを思い出した。ごくおおざっぱな目安にすぎないとはいえ、見当をつける手だてにはなる。こういった時間の話は、犬にはどんな意味があるのだろう？ ぼくが午後六時に餌やりのためにまたここへ来るとする。ぼくにとってはあくまでも十二時間後だ。でもレイダーにとっては七倍の八十四時間に感じられるのか？ 三日半に？ もしそうなら、レイダーがぼくとの再会をあれほど喜んだのも無理はない。くわえてレイダーはミスター・ボウディッチの不在を寂しがってもいるはずだ。

ぼくはドアを施錠して階段をおり、レイダーが用を足していたあたりに目をむけた。裏庭の掃除と手入れもすませておくべき仕事だった。ミスター・ボウディッチが自分で手入れをするのならともかく、あれだけ丈の高い雑草が生い茂っていては、どうなるかはわからない。ミスター・ボウディッチにできないのなら、だれかがやらなくてはならなかった。

《その〝だれか〟はおまえだよ》ぼくは自分の自転車に引き返しながら、そう思った。たしかにそのとおりだったけれども、たまたまぼくは〝多忙なだれか〟でもあった。野球にくわえて、このときには学期末に上演予定の《ハイスクール・ミュージカル》のオーディションを受けようとも思っていた。というのも、最上級生でとびっきりの美人のジーナ・パスカレッリと〈自由をつかめ〉をデュエットするという夢を追っていたのだ。

ぼくの自転車の横に、タータンチェックのコートをまとった女性が立っていた。たしかミセス・ラグランドという名前だったと思う。いや、ひょっとしたらレーガンだったか。

「あんたが救急車を呼んだっていう男の子？」女性はたずねた。

「はい、そうです」ぼくは答えた。

「で、あの人の容態はどうなの？　ミスター・ボウディッチの？」

「よく知りません。ただ足の骨を折ったのはまちがいありません」

「とにかく、あんたは一日一善をきっちりこなしたのね。いや、一年分の善行かも。あの人はだいたいいつも閉じこもっていたから、近所づきあいがそんなにあるわけじゃなかったけど、わたしがわるく思ってるなんてことはない。でも、この屋敷は別――見苦しいでしょう？　で、あんたはジョージ・リードの息子さんね？」

「はい、そうです」

女性は手をさしだした。「あたしはアルシア・リッチランド」ぼくは女性と握手をかわした。「今後ともよろしくです」

「犬はどうだったの？　あのおっかない犬、ジャーマンシェパードよ。あの人、前は朝早くとか、ときどきは暗くなってから犬を散歩させてた。近所の子どもたちが家のなかにいる時間にね」そういってアルシア・リッチランドは、わびしく傾いた杭垣を指さした。「あれじゃ、とてもワン公をとめられないでしょうね」

「あいつは雌犬で、いまはぼくが面倒を見てます」

「あら、あんたもずいぶん偉いのね。犬に嚙まれないといいけど」

「あの子はもうずいぶん年寄りですし、荒っぽい性格じゃないです」

「あんたにはそうかもしれない」ミセス・リッチランドはいった。「父がよくいってたの。『年寄りの犬は二倍強く嚙む』ってね。クズみたいなあの週刊新聞の記者がやってきて、なにがあったかをきかれたわ。あの記者、自分で出動要請してるんじゃないかって思うのよ。警察、消防署、救急車とか、そのたぐい」ふんと鼻を鳴らして、「あんたとおなじ年ごろに見えたね」

「肝に銘じておきます」なぜ必要かもわからないまま、ぼくはそう答えていた。「そろそろ行かなくちゃ、ミセス・リッチランド。学校へ行く前にミスター・ボウディッチのお見舞いをしたくて」

ミセス・リッチランドは笑った。「アルカディア病院だったら、面会時間は九時からよ。こんな朝早くには病院に入れてもらえないでしょうね」

2

ところが、病院に入れてもらえた。これから学校に行かなくてはならないし、放課後にも野球の練習があると事情を説明しても受付デスクの女性は納得しなかったが、救急車を要請した当人だと明かすと、上のフロアへ行ってもいいといってもらえた。「三二二号室。エレベーターは右側よ」

三階の廊下を半分ほど歩いたところで、ひとりのナースからミスター・ボウディッチのお見舞いにきたのかと質問された。ぼくはそうだと答えてから、どんなようすかをたずねた。

「すでに手術を一回受けたけど、じきに二回めが必要になりそう。そのあとすっかり恢復するまでは、かなり長い道のりが待ってるでしょうね。リハビリもたっぷりと必要になりそうだし。そっちの担当はメリッサ・ウィルコックスになるかな。足の骨折はかなりの重症で、股関節もずいぶん損傷していた。だから、いずれ人工関節への置換手術が必要になるでしょうね。手術を受けなければ、いくら治療を受けても死ぬまで歩行器か車椅子のお世話になりそうよ」

「そりゃ大変だ」ぼくはいった。「本人は知ってるんですか？」

「折れた骨を整えた担当医が、いまの時点で知っておくべきことをご本人に説明する予定。きみが救急車を要請した当人？」

「ええ、そうです」

「じゃ、あの人はきみのおかげで命拾いしたのかも。骨折のショックにくわえて、もし一夜を戸外で過ごすほかなかったら……」ナースは頭を左右にふった。

「犬なんです。あの人の飼い犬が吠えているのがきこえたので」

「あら、犬が９１１に通報したの？」

ぼくは、電話をかけたのは自分だと認めた。

「あの人のお見舞いだったら、急いだほうがいい。ついさっきわたしが痛みどめの注射を打ったので、たぶんもうじき眠ってしまうから。足の骨折や股関節損傷以外にも、あの人は痩せすぎね。あれじゃ骨粗鬆症になってもおかしくない。あの人が眠りの国の魔法つかいに会いに旅立つまで、十五分程度なら話ができそうよ」

3

ミスター・ボウディッチの片足は牽引用の仕掛けで上へもちあげられていた。見た目だけなら、一九三〇年代のコメディ映画のワンシーンそのままだったが……ミスター・ボウディッチは笑っていなかった。ぼくも同様だった。顔の皺はまた一段と深くなって、抉れた溝のように見えていた。目の下の隈はきのうよりも黒くなっていた。髪の毛は生気をなくして薄く、白髪に混じる赤い筋は色褪せていた。同室者がいたようだが、三二二号室の半分には緑のカーテンが引かれていて姿は見えなかった。ミスター・ボウディッチはぼくの姿を目にしてベッドで上体を起こそうとしたが、いかにも痛そうに顔をしかめ、疳高い音とともに息を吐きだした。

「やあ、よく来たね。もう一度名前を教えてくれるか？　教えてくれたかもしれないが、思い出せない。だけど、こんな場合だから大目に見てもらえるな」

ぼくも名乗ったかどうかが思い出せなかったので、この場で改めて（あるいはここで初めて）名前を相手に教え、いまはどんな気分かをたずねた。

「天井知らずのクソ気分だよ。このざまを見ろ」

「それはお気の毒に」

「それと比べものにならんくらい、自分で自分が気の毒だ」それから礼儀正しくなろうとでも思ったらしく、こうつづけた。「ありがとう、若きリードくん。わたしが死なずにすんだのは、きみのおかげかもしれないといわれてね。いまこのときは、生き延びたことにそれほど価値があるとも思えないが、仏陀（ブッダ）がいったとかいう名言のとおり、『万物は変わる』ものではないか。ときには、いい方向に変わることもある——まあ、わが実体験ではめったにないことだったが」

そこでぼくは——父に話したように、救急隊員たちや隣人のミセス・リッチランドに話したように——ミスター・ボウディッチの命を救ったのは本当は犬だ、あの犬の声をきかなかったら、ぼくは自転車で屋敷の前を素通りしていたはずだった、と話した。

「あの子はどうしてる？」

「元気にしてます」ぼくはベッドのそばに椅子を近づけ、ゆうべスマホで撮影したレイダーと猿のおもちゃの写真を見せた。ミスター・ボウディッチは複数の写真のあいだを行ったり来たりしていた（やり方はぼくが実演で教えた）。愛犬の写真を見たことで気分は明るくなったように見えたが、だからといって体の状態がよくなったようには見えなかった。先ほどのナースは、《すっかり恢復するまでは、かなり長い道のりが待ってるでしょうね》と話していた。

スマホをぼくに返してきたとき、その顔からは笑みが消えていた。「ここの連中は、わたしがいつまでこの病室に閉じこめられるのかを教えてくれないんだ。ただ、わたしだって馬鹿じゃない。それなりに長くかかるのはわかる。となると、あの子を楽に逝（い）かせてやることも考えないとならないね。レイダーはいい一生を送ってきた。しかし、いまでは股関節が——」

「そんなの、ぜったいだめです」ぼくは思わず気色（けしき）ばんだ。「ぼくがちゃんと面倒を見ます。喜んで面倒を見ますから」

ミスター・ボウディッチはぼくを見つめた——その顔に初めて、苛立ちや諦めではない表情が浮かんでいた。「本当に世話をしてくれるか？　世話をしてくれると信頼してもいいんだね？」

「ええ。ドッグフードがもうじきなくなりそうですが、うちの父がきょうにでも〈オリジン〉の徳用袋を買ってくる予定です。餌やりは朝の六時と夕方の六時。その時間にはお宅にうかがいます。任せてください」

　ミスター・ボウディッチはぼくのほうへ手を伸ばした。握手をするか、あるいは親愛のしるしに軽く叩くつもりだったのかもしれない。どちらでもぼくは好きにさせていたはずだが、相手は手を引っこめた。「それは本当に……ありがたい」

「ぼくはレイダーが好きです。むこうもぼくが好きみたいで」

「ほんとに？　それはよかった。あの子は気むずかし屋の老いぼれ犬じゃないんだよ」そう話すそばから目がどんより濁り、呂律もわずかに怪しくなっていた。ナースが射ったという薬が効き目を発揮しはじめたのだろう。「あの子には害を与えるつもりがなくても、昔は近所の子供たちを死ぬほど怖がらせてたよ。わたしも楽しんでいたんだ。だいたいが、やかましいチビのクソガキだったからね。やかましくて、でしゃばりのガキども。こそ泥はどうだったか？　考えるまでもない。レイダーの吠える声をきくなり、連中は一目散に丘のほうへ逃げてった。しかし、いまじゃレイダーもすっかり年老いた」ミスター・ボウディッチはため息を洩らして咳をした。それが痛んだらしく顔をしかめる。「年老いたのはレイダーだけじゃないな」

「ぼくがちゃんと面倒を見ますよ。丘をくだって、ぼくの家まで散歩させたっていいし」

　この話が現実になる可能性を考えていたのだろう、ミスター・ボウディッチの目がわずかに鋭くなった。「子犬の時分にうちに迎えてからこっち、レイダーはほかの人の家に行ったことがないんだよ。うちの屋敷のなかと……庭だけ……」

「でもミセス・リッチランドは、あなたがレイダーを散歩させたって話してました」

「筋向かいに住んでいるあの穿鑿屋か？　いや、まあ、それはそのとおりだ。前はレイダーと散歩もしていたさ。どこに行こうとレイダーが疲れなど感じなかった日々にはね。いまはもう、距離に関係なく、どこかへあの子を連れていくことそのものに腰が引けてしまうよ。パイン・ストリートを散歩させていったはいいが、帰りは歩けなくなってしまったらどうする？」そういってミスター・ボウディッチは自分の体に目をむけた。「まあ、いまじゃ歩いて帰れないのはわたしのほうか。そもそも、どこへも行けやせん」

「レイダーをつらい目にあわせたりしません。ええ、無理強いはしません」

　ミスター・ボウディッチはふっと肩の力を抜いた。「金は支払うよ……レイダーが食べた餌の代金も。それから、きみの時間にもね」

「そのことならお気づかいなく」

「いずれわたしが家に帰っても、そのあとしばらくはレイダーも元気でいてくれるかもしれないな。いや、もしわたしが家に帰れればの話」

「帰れますよ、ミスター・ボウディッチ」

「きみがこの先……もし……レイダーに餌をやってくれるなら

……わたしのことはハワードとファーストネームで呼んだほうがいい」

そんなふうに親しげに呼べるとは思わなかったが、とりあえずはうなずいた。

「また写真を撮ってきて見せてくれるか？」

「もちろんです。さて、ぼくはそろそろ行かないと、ミスター……じゃない、ハワード。あなたも休んだほうがいいですね」

「ああ、選べる立場じゃないし」瞼（まぶた）がすっと閉じられたが、またゆっくりとひらいた。「あのナースがなにを注射したか知らないが……うわあ！　効き目の強い薬だな」

ミスター・ボウディッチの目がふたたび閉じていった。ぼくは椅子から立ちあがって、出口へむかった。

「坊主。もう一度、名前を教えてくれるか？」

「チャーリーです」

「ありがとう、チャーリー。もしかしたら、これで……レイダーにあと一度のチャンスをやったのかもしれんな。わたしじゃない……わたしなら一回で充分だ……人生ってやつは重荷になるんだよ……きみだって、それなりに長く生きていればわかるようになるさ。でも、あの子は……レイダーは……それでわたしは年をくって、あのクソな梯子から落ちてしまって……」

「また写真を撮って、お見舞いにきます」

「そうしてくれ」

ぼくが帰ろうとして体の向きを変えたとき、ミスター・ボウディッチがふたたび話しはじめた。といっても、ぼくにむけての言葉ではなかったと思う。

「勇敢な者は助ける。臆病者は贈り物をするだけだ」それっきり黙りこみ、いびきをかきはじめる。

廊下を半分ほど進んだところで、来たときに話をしたナースが病室のひとつから出てきたところに行きあわせた。ナースは濁った尿がはいったビニール袋をもっていた。ぼくに気づくとナースは袋にタオルをかぶせ、見舞いはなにごともなくすんだのかとぼくにたずねた。

「ええ。でも最後のほうは、よく意味のわからないことをしゃべっていましたけど」

ナースは微笑んだ。「鎮痛剤のデメロールにはそういった作用があるの。さあ、急いで。本当なら学校にいる時間でしょう？」

4

ヒルヴュー・ハイスクールに着いたのは二時限めがはじまって十分たったころで、廊下にはだれもいなかった。ぼくは事務室に顔を出し、不気味な青い髪をしてはいるが人あたりはいい年輩のミセス・シルヴィウスから、〝理由（わけ）あり遅刻票〟を受けとった。ミセス・シルヴィウスはどう見ても七十五歳は超えている――つまり、とっくに定年を過ぎてはいても才気煥発で、いつも陽気な性格だった。ティーンエイジャーを相手にするには陽気な性格が必要なのだろう、とぼくは思う。

「そういえば、きみはきのう男の人の命を救ったんですってね」遅刻票にサインを書きこみながら、ミセス・シルヴィウスはいった。

「その話、だれにきいたんです？」

「かわいい小鳥さんたちから。〝ぴぃ・ぴぃ・ぴぃっ〟ってね。噂話は広がるものと決まってるのよ、チャーリー」

ぼくは遅刻票を受けとった。「でも、命を助けたのはほんとはぼくじゃなくて、その人の飼い犬なんです。ぼくは、その犬の吠えてる声をききつけただけで」おなじ話を何度もくりかえすのにも、いいかげん飽きてきた――だれにも信じてもらえないからだ。妙な話もあったものだ。ヒーローになった犬の話はだれもが好きだとばかり思っていたのに。「ぼくは911に電話をかけただけです」

「きみがそういうのならね。さあ、早く授業へお行きなさい」

「その前に見てほしいものがあるんですが」

「手早く見られるものだったら」

ぼくはスマホをとりだして、ミスター・ボウディッチのテレビを撮影した写真を見せた。「上に置いてあるのはアンテナですよね？」

「ええ、わたしたちは〝ウサギの耳（ラビット・イヤーズ）〟と呼んでた」ミセス・シルヴィウスはいった。その顔に浮かんでいる笑みには、レイダーと猿のおもちゃの写真をながめていたときのミスター・ボウディッチの笑みと通じるものがあった。「昔はうちにあったこの手のアンテナの先っぽにアルミホイルを巻きつけてた――そうすると電波の感度がよくなるっていう話だったから。でも、このテレビ本体をごらんなさいな、チャーリー！　ほんとにびっくり！　ほんとに映るの？」

「知りません。ためしてみなかったので」

「わが家が最初に買ったテレビが、ちょうどこんな外見だったっけ。〈ゼニス〉のテーブルモデル。とっても重たかったから、当時一家で住んでいたアパートメントまで父が階段でえっちらおっちら運んで腰を傷めたほどよ。ええ、それこそ何時間もぶっ通しでいろんな番組を見てたっけ。《アニー・オークリー》でしょ、《ワイルド・ビル・ヒコック》でしょ、《キャプテン・カンガルー》に《進め！ラビット》……ええ、ええ、それこそ見すぎて頭痛がしてくるくらいね！　そのテレビの調子がわるくなって映像が画面の上へ上へと流れていくだけになったときは、父がテレビの修理工を呼んだのだけれど、その人、管（かん）でいっぱいになったスーツケースをもってきてたっけ」

「かん……ですか？」

「ええ、真空管。昔の電球みたいにオレンジ色にぼうっと光るの。修理の人が壊れた真空管を交換すると、またちゃんと映るようになった」ミセス・シルヴィウスはもう一度、ぼくのスマホで撮った写真を見つめた。「ええ、このテレビにとりつけてある真空管は、もうとっくの昔に焼き切れてるはずね」

「ミスター・ボウディッチはｅＢａｙ（イーベイ）やクレイグズリストといったサイト経由で交換用の真空管を買ってるのかもしれませんね」ぼくはいった。「いまどきはインターネットでなんでも買えますから。もちろん、それなりのお金があればの話ですけど」とはいえ、あの人がインターネットをやっているとは思えなかった。

ミセス・シルヴィウスはぼくにスマホを返した。「さあ、行きなさい、チャーリー。物理がきみを待ってるわ」

5

その日の午後におこなわれた練習で、ハークネス監督はぼくに米粒みたいにべたべたくっついていた。いや、もっと正確にいうならクソにたかる蠅みたいに、だ。というのも、ぼくのプレーがクソそのものだったからだ。３（スリー）コーンドリルでは毎回決まってまちがった方向へ体を動かしたし、一度は両方向に同時に動こうとして尻もちをつき、爆笑を誘った。ダブルプレーの練習では持ち場の一塁から離れてしまい、二塁手が投げたボールは本来ぼくがいるべき場所をひゅっと音を立てて通りすぎ、体育館の壁に跳ね返った。監督がぼくにむけてまっすぐゴロを打ってきたときには、ボールのほうへダッシュしたのはいいけれどグローブを下へ差しだしていなかったせいで、ボールが――人が歩く程度のスピードでころころ転がっているだけだった――足のあいだを抜けていった。しかし、ハークネス監督の堪忍袋の緒をついに切ったのはバント練習だった。ぼくはボールをどうしても三塁ラインへ転がせず、ピッチャー側へ打ちあげてしまうばかりだった。

監督はローンチェアから噴火の勢いで立ちあがると、腹をゆさゆさ揺らし、とうてい無視できない大きさにふくれた左右の胸の谷間にホイッスルを跳ねあがらせながら、つかつかとホームプレートに近づいてきた。「ふざけるのもたいがいにしろ、リード！　きょうのおまえは、まるで老いぼれレディだぞ！　ボールを殴ろうとするのをやめろ！　ただバットをさげて、ボールが勝手にぶつかってくるにまかせろ。何回おなじことをいわせれば気がすむ？」監督はバットをつかみ、肘でぼくを押してどかせると、その日の練習ピッチャーをつとめていたランディ・モーガンにむきなおった。「投げろ！　いいか、気合いを入れて投げるんだぞ！」

ランディは渾身の力でボールを投げた。監督は体をかがめて完璧なバントを披露した。ボールは三塁ラインのぎりぎり内側を転がっていく。スティーヴ・ドムブロウスキがその方向へ突き進み、素手でボールをキャッチしようとして、つかまえそこねた。

監督がぼくにむきなおった。「見たか！　こうやって打つんだ！　その頭でなにを考えてるかは知らないが、下手な考え休むに似たりだぞ！」

考えていたのは、ミスター・ボウディッチの屋敷に残されて、ぼくがまたやってくるのを待っているレイダーのことだった。ぼくにとっては十二時間だけれど、レイダーにとってはもしかしたら三日半に感じられるかもしれない。自分がひとりで屋敷に残されている理由もわからないだろうし、投げてくれる人間がいなかったら、きいきいと鳴く猿のおもちゃで遊ぶこともできない。レイダーは家のなかを汚さないでいてくれているだろうか？　それとも――犬用ドアはラッチがかかっているので――もう屋内のどこかで用をすませてしまっただろうか？　もしそうだとしても、レイダーにはそれが自分のせいでないことが理解できないだろう。くわえてぼくの頭には、あの荒れ放題の庭の芝生とあちこち傾いている杭垣のこともあった。

ハークネス監督がぼくにバットを手わたした。「さあ、一発バントをばっちり決めてみろ」

ランディ・モーガンがここで本気のボールを投げこんでくることはなかった。ぼくを厄介な監督から解放するため、バッティング練習むけのゆるい球をほうってきたのだ。ぼくはバントのかまえをとって……高く打ちあげた。ランディは練習用マウンドから降りることもせず、あっさりボールをキャッチした。「そうか、わかった」監督はいった。「五周してこい」体育館を走って五周するという意味だった。

「いやです」

体育館の会話の声が一瞬で静まった。ぼくたちがいた側も、女子のバレーボールが練習していた半分の側もだ。ランディはグローブで口もとを覆っていた――笑みを隠すためだったのだろう。

監督は肉づきのいい腰に両手をあてがった。「いま、このおれになんといった？」

ぼくはバットを投げはしなかった――怒っているわけではなかったからだ。その代わり、ただ監督に差しだした。驚愕していたせいだろう、監督はすんなりバットをうけとった。

「いやだ、といったんです。もううんざりだ」ぼくはロッカールームに通じているドアをめざして歩きだした。

「もどってこい、リード！」

ぼくは頭を左右にふることすらせず、黙って歩きつづけた。

「体がクールダウンする前に早くもどってこい！　そうしないと手おくれになるぞ！」

でも、ぼくは冷静（クール）だった。冷静で落ち着いていた。それどころか楽しい気分ですらあった。たとえるなら、手ごわい数学の問題の解法が当初の予想の半分もむずかしくなかったことがわかったときの気分というべきか。

「ふざけるものいいかげんにしろ、リード！」監督の声にわずかなパニックの響きがはいりこんでいた。ぼくが選手のなかではベストの打者だからだろうし、ぼくがほかの選手全員の前で堂々と反抗したことも理由だろう。「もどってこい！　勝者は決してあきらめず、あきらめる者は決して勝てないぞ！」

「だったら、ぼくを敗者と呼べばいい」ぼくはいった。

それから階段をおりてロッカールームへ行き、服を着替えた。これでヒルヴュー・ハイスクールでのわが野球人生にはピリオドが打たれた。ぼくは後悔していただろうか？　まさか。チームメイトを落胆させたことを後悔していた？　多少は。しかし、いみじくも監督が好んで指摘していたように、〝チーム(team)という単語に我(i)はない〟だ。チームはぼくが抜けてもやっていくだろう。ぼくにはなすべきほかの仕事があった。

6

ぼくはミスター・ボウディッチの郵便受けから郵便物をとりだしてから――ちなみに定番のジャンクメールばかりで、私信のたぐいは一通もなかった――裏口のドアをあけて室内へはいった。レイダーは跳びついてこなかった。きょう一日みじめな思いで過ごしたからだろうか。そこでぼくはレイダーの両前足をやさしく握って、ぼくの腹にあてがった。こうすれば、上をむいたレイダーの頭を撫でてやれる。ぼくは白いものが混じりかけている鼻面を何度も入念に撫でた。そのあとレイダーはポーチの階段をそろそろとおりていって用をすませた。そしてこのときも、事前に品さだめするような目で見あげてから、ポーチの階段をあがりはじめた。ぼくはレイダーに、おまえは本当にいい子だ、ハークネス監督ならおまえを誇りに思うはずだ、と話しかけた。

そのあと、きいきいと鳴く猿のおもちゃを何度か投げてやって、写真を何枚か撮った。レイダー用のおもちゃのバスケットにはほかにも甲高い声を出す品があったが、猿がいちばんのお気に入りらしい。

倒れた梯子を片づけようとして外に出ると、レイダーもついてきた。梯子をとりあえず小屋まで運びはしたが、扉がいかつい頑丈な南京錠で閉ざされているのを見て、軒下に立てかけるだけにした。ぼくがその作業をしているあいだに、レイダーがうなりはじめた。南京錠がおろされた扉から五、六メートル離れた場所にしゃがみこみ、耳をうしろへ倒して、鼻面に皺を寄せて。

「どうしたんだ？　このなかにスカンクだのウッドチャックだのがはいりこんでいても、ぼくには手の打ちようが――」

扉の反対側から、なにかをひっかくような音がした。つづいてきこえてきた鳥の囀(さえず)りめいた音に、うなじの毛が逆立った。

動物の声ではなかった。とにかく、これまで耳にしたことのない音だった。レイダーがわんとひと声吠えてから、鼻声をあげ、地面に腹ばいになったままあとずさった。ぼくもあとずさりしたい気持ちだったけれど、それでも拳の側面を強く扉に打ちつけて待った。なにも起こらなかった。レイダーがこんな反応を見せていなければ、音はぼくの思い過ごしで片づけられそうだった。いずれにしても、ぼくにはどうともできなかった。扉は施錠され、小屋には窓ひとつなかった。

ぼくはもう一度、扉を拳で叩いた。あの不気味な音の再来を願う気持ちすらあった。しかし音はもうきこえず、ぼくは屋敷へ引き返した。レイダーはよろよろ立ちあがって、あとをついてきた。一度だけ背後をふりかえると、レイダーもうしろをふりかえっていた。

7

そのあとしばらく、レイダーと猿のおもちゃで遊んだ。レイダーが床のリノリウムに腹ばいになって、《もうくたくた》といいたげな目をむけてきたので、ぼくは父に電話をかけて野球をやめたことを告げた。

「知ってる」父はいった。「ハークネス監督がもう電話で知らせてくれた。おたがいいささか感情的になってしまったが、おまえがまず監督に謝罪し、そのあとチーム全員に謝罪をすれば、野球部にもどってきてもいい、という話だった。チーム全員に謝るのは、おまえがチームを失望させたからだとも話していたぞ」

苛立たしい話だったが、一面では笑える話でもあった。「父さん、州の最終決勝戦に出る出ないの話じゃなくて、しょせん体育館での練習だよ。だいたい、あの監督はカス野郎だし」

ただし、ぼくはそのカス野郎に慣れてしまっていた――ぼくたちチームの全員が。辞書にカス野郎の項目があったなら、隣にハークネスの写真が載っていてもおかしくない。

「つまり、謝罪をする気はないといってるんだね？」

「頭がお留守になっていたことでは謝れなくもない。本当にお留守だったからね。ミスター・ボウディッチのことを考えてたんだ。レイダーのことも。それにこの屋敷のことも。別に倒壊してるわけじゃないけど、いずれそうなるのはまちがいない。時間があればいろいろ手入れもできるし、その時間がいまはできたっていうこと」

父は数秒かけてぼくの話を咀嚼（そしゃく）してから、こういった。「どうしておまえがそれを義務のように感じているのか、わたしにはわからないな。犬の世話をする話ならわかる。善行だからね。しかしボウディッチは赤の他人じゃないか」

これにどう答えられただろう？　神さまと約束をかわしたこ

とを父に話すつもりだった？　たとえ父がぼくを気づかって笑わずにいてくれても（父ならたぶん気づかってくれるはずだった）、そのような考え方は子供たちか熱心な福音主義の信者たち、はたまた魔法の枕だの魔法のダイエット食品だのであらゆる病気が治ると信じている、ケーブルテレビのニュース番組に中毒している連中にまかせておけばいい、といわれそうだった。さらに最悪のシナリオも考えられた——そんな話をすれば、ぼくが父の断酒を自分の手柄にしようとしている、と父に思われかねないではないか。

　理由はほかにもあった——これはプライベートなことだという理由が。ぼくだけの秘密だ、と。

「チャーリー？　まだそこにいるのか？」

「うん、いる。いまいえるのは、ミスター・ボウディッチがまた自分の足で立てるようになるまでに、ぼくにできることをやっておきたい、ってことだけだよ」

　父はため息を洩らした。「ボウディッチは、林檎（りんご）の木から落ちて腕の骨を折った子供じゃないんだぞ。年寄りだ。わるくすれば、二度と自分の足で立てないかもしれない。そのことは考えたのか？」

　考えていなかったし、いまさら考えはじめる理由も見あたらなかった。「父さんなら、参加してたプログラムの標語も知ってるはずだよ——一度に一歩ずつ、というやつさ」

　父はくすくすと笑った。「ほかにも、過去は歴史（ヒストリー）で未来は謎（ミステリー）という標語もあるぞ」

「いいね。それじゃ、野球の話はもう解決ずみってことでいいね？」

「ああ。ただし、州の優勝決定戦チームに選ばれれば、大学の入学願書で見栄えがよくなったんだが。そのことはわかっているな？」

「わかってる」

「フットボールはどうする？　あっちもやめるのか？」

「いますぐはやめないよ」少なくともフットボールならハークネス監督を相手にする必要はない。「フットボールの練習がはじまる八月になれば、ミスター・ボウディッチだって元気になっているかもしれないし」

「なっていないかも」

「うん、なっていないかもね」ぼくは同意した。「未来は謎（ミステリー）だから」

「ほんとにそうだ。母さんがコンビニの〈ジッピー〉まで歩いていくと決めたあのときのことを思うと……」

　父の言葉が途切れた。ぼくもいうべき言葉をひとつも思いつかなかった。

「ひとつ頼みごとをきいてくれるか？　ウィークリー・サン紙の記者がうちにやってきて、おまえの連絡先を知りたいといわれた。わたしは教えなかったが、記者の連絡先はきいておいた。ボウディッチを救助した件で、おまえにインタビューしたいそうだ。町のいい話を紹介するたぐいの記事だね。取材に応じるべきじゃないかな」

「でも、ぼくがあの人を助けたわけじゃない。助けたのはレイダーで——」

「だったら、そう記者に話せばいい。でも、もしおまえが願書を出す大学が野球をやめた件で疑問を感じることがあっても、人命救助の記事があれば——」

「うん、了解。記者の番号を教えて」

父は番号を口にし、ぼくはそれを連絡先に追加した。

「夕食には帰ってくるんだろう？」

「レイダーに夕食をやったら、すぐに帰るよ」

「よかった。愛してるぞ、チャーリー」

ぼくは自分も愛していると父に告げた。本当だった。父は立派な男だ。一時はつらい経験もしたが、それを乗り越えてきた。だれもができることではなかった。

8

レイダーに餌をやり、あしたの朝にはまた顔を見にくるよと話しかけてから、ぼくは小屋まで歩いていった。本音では近づきたくなかった——肌寒い四月の夜の、すべてを包みこむような闇のなかでは、窓のないあの小さな建物がどこかおぞましく感じられたからだが、それでも自分に鞭打って足を運んだ。それから錠前がおろされた扉の前に立って耳をすませた。ひっかくような音はきこえない。ＳＦ映画に出てくる異星のモンスターが出すような、あの不気味な囀りめいた音もきこえなかった。拳で扉を叩くのは気が進まなかったが、だからこそあえて無理をして叩いた。それも二回。強く。

なにもなかった。ほっと安心した。

ぼくは自転車にまたがり、シカモア・ストリートの坂道をくだって家に帰りつくと、クロゼットのいちばん上の棚にグローブを投げ入れ……ひとしきりグローブをながめてから、扉を閉めた。野球、たしかに楽しいスポーツだ。九回表で打席に立って、守備の穴めがけて強烈な一打をはなったときや、アウェイの試合に大勝した帰りのバスの車内でみんなで笑いあい、はしゃぎ、ケツを叩きあうひとときにまさるものはなかった。だから、たしかに後悔はあったが、本当にそれほど大きな後悔ではなかった。ぼくは「万物は変わる」という仏陀の名言を思い出した。ごく短いこの言葉に真実がたくさん含まれていることに、ぼくは気づいた。そう、どっさりたくさんの真実だ。

ぼくは記者に電話をかけた。ウィークリー・サン紙は数えきれないくらい大量の広告のなかに、若干の町のこぼれ話的な記事とスポーツ関係の記事が掲載されているフリーペーパーだ。コンビニ〈ジッピー〉の出口近くには、いつでも《**ご自由に一**

部どうぞ》という但し書きつきで積みあげてある。どこかのウィットに富む人物がこの但し書きを《**ご自由に全部どうぞ**》と書き換えていたことがあった。記者の名前はビル・ハリマン。ぼくは質問に答えていき、このときも功績のほとんどはレイダーのものだと話した。ハリマン記者は、ぼくとレイダーのツーショット写真を撮りたいといった。

「ああ、どうなんでしょう。それにはミスター・ボウディッチの許可が必要ですが、あの人はまだ入院中なので」

「だったらあした、あるいは明後日にボウディッチさんの意向をたずねてもらえるかな？　来週発行の号に載せたいので、すぐにでも記事をまとめたいんだ」

「たずねられればたずねます。でも、たしか二度めの手術が予定されていたはずです。だから面会が許されないかもしれません。それに、あの人の許可をもらわないことには、写真撮影のようなことを勝手に進めたくないですし」なによりも望ましくないのは、ミスター・ボウディッチがぼくに怒り狂う事態だった。そもそも、あの人はたやすく怒り狂いそうだった。のちのち、ぼくはミスター・ボウディッチのような人をあらわす単語をさがしあてた——厭世家（ミザントロープ）だ。

「ああ、わかった、わかったよ。とにかく答えがでたら、イエスでもノーでもすぐに知らせてくれ。それはそうと、きみは去年十一月のターキーボウルでおこなわれた私立スタンフォード高校との試合で、タッチダウンを決めてチームを勝利にみちびいた選手じゃないのか？」

「ええ、ぼくです。でも、スポーツニュース番組でトップ10にあげられるとか、そういうプレーじゃありませんでした。ぼくたちは敵チームの二ヤードラインにいて、ぼくがボールを押しこんでタッチダウンをとっただけです」

記者は笑った。「ずいぶん謙虚だな。気にいった。じゃ、電話を待ってるぞ、チャーリー」

ぼくは電話をすると約束して通話をおわらせると、一階へおりていって父としばらくテレビを見てから勉強にとりかかった。いまごろレイダーはどうしているだろうか、と考えてしまった。元気にすごしていればいいのだが。これまでと異なる日常に慣れていてほしかった。このときもぼくは仏陀（ブッダ）の名言を思った。心の支えとしてすがるにはいい文句だった。

第四章

ミスター・ボウディッチを見舞う。
アンディ・チェン。地下室。
ほかのニュースで。
病院での会合

1

翌朝、ぼくがシカモア・ストリート一番地の屋敷に顔をのぞかせると、レイダーは熱っぽく歓迎してくれたが、熱狂的とまではいえなかった。それでぼくは、レイダーがこの新しい日常に慣れてきているのだろうと考えた。レイダーはまず朝の用をすませ、朝食をもりもり食べると（前日、父がドッグフードの十キロ袋をひとつ買ってきてくれた）、猿のおもちゃで遊んでくれとせがんだ。レイダーがこの遊びに飽きてもまだ時間の余裕があったので、ぼくは居間に足を踏み入れ、ビンテージもののテレビが映るのかどうかを確かめてみたくなった。うっかりリモコンをさがして時間を無駄にした——もちろんミスター・ボウディッチの家の〝馬鹿の箱〟は、家庭エンターテインメントの歴史ではリモコン以前の時代の品だ。画面の下に大きなダイヤルがふたつならんでいた。右のダイヤルには数字が書いてあった——これがチャンネルだろうと見当をつけ、左のダイヤルを回してみた。

テレビからあがった〝ぶうん〟というハム音は、小屋からきこえた謎の音ほど胸騒ぎを起こさせるものではなかったが、それでもなんとなく不安を感じさせる音だった。ぼくはテレビが爆発しないことを祈りつつ、あとずさった。ややあって、情報番組《トゥデイ》が画面にゆらゆらとあらわれはじめた——パーソナリティのマット・ラウアーとサヴァンナ・ガスリーが、ふたりの政治家としゃべっていた。映像は4Kではなかった——1Kですらない。しかし、とにかく映っていたのはまちがいなかった。ぼくはミセス・シルヴィウスが〝ウサギの耳〟と呼んでいたアンテナを動かしてみた。片側に動かすと、映像がましになった（かろうじてといった程度）。反対に動かすと、《トゥデイ》が吹雪にかき消された。テレビ受像機のうしろをのぞきこんだ。裏面には、熱を逃がすための小さな穴がぎっしりとあけられていた——これ自体は理解できた。その穴から真空管のオレンジ色の光が見えていた。〝ぶうん〟というハム音を出しているのは、この真空管にちがいなかった。

ぼくはテレビの電源を切りながら、チャンネルを替えるのにいちいち立ちあがらなくちゃならないなんて、さぞや面倒くさかったにちがいないと考えた。それからレイダーに学校へ行ってくると話したが、その前に写真を一枚撮っておく必要があった。ぼくはレイダーに猿のおもちゃをわたした。

「そいつを口にくわえてくれるかな？　そのポーズがキュートだからね」

レイダーは喜んで従ってくれた。

2

野球の練習がなくなったので、午後のなかばには病院へ行くことができた。まずは受付で、ハワード・ボウディッチさんの面会は許可されているかどうかを質問する――というのも前にナースのひとりから、二回めの手術が予定されているときいたからだ、といって。受付係の女性スタッフはモニター上の情報を確認してから、病室フロアへあがっていって面会できると教えてくれた。それでぼくがエレベーターのほうへむきかけると、受付係からちょっと待つように声をかけられた。記入してもらいたい書類があるというのだ。〝万一の緊急事態にそなえて〟ぼくの連絡先を書く書類だった。要請した患者はハワード・エイドリアン・ボウディッチ。ぼくの名前も印字ずみだった。

「あなたがチャーリー・リードでしょう？」受付係はそういった。

「ええ。でも苗字のスペルがまちがってます」ぼくはそういって、Reedに抹消線を引き、正しくReadeと書き直した。「ボウディッチさんが、ぼくを緊急連絡先に指定したんですか？　ほかにはだれもいなかった？　兄弟とか姉妹とか？　だって、ぼくではまだ若くて、とても重大な決断なんかくだせないと思うんですよね――ほら、たとえば……その……」その先につづく言葉を口にしたくはなかったし、受付係にもぼくの言葉は必要ではなかった。

「ミスター・ボウディッチは手術に先立ってDNR指示書にサインをすませてる。こっちの書類は、あの人がなにかを差し入れてほしいときなどにあなたに連絡するためのもの」

「さっきのDNR指示書というのは？」

受付係は説明してくれた――蘇生不要指示書だ、と。心からききたい説明ではなかった。ただし、ミスター・ボウディッチの家族についてのぼくの質問には答えてくれなかった。おそらく答えを知らないからだろう――そもそも知っているはずがあるか？　ぼくは書類に自宅の住所とメールアドレス、それに携帯番号を書きこんだ。そのあと上のフロアへあがっていきながら、ハワード・エイドリアン・ボウディッチなる人物についてはまだまだ知らないことがクソの山ふたつぶんあるぞ、と考えていた。

3

ミスター・ボウディッチは眠っていなかったし、足はもう吊られていなかったが、のろのろとした口ぶりや目の濁った光から察するに、たっぷり薬を投与されているようだった。

「またきみか」ミスター・ボウディッチはいった。《きみにまた会えて、こんなにうれしいことはないよ、チャーリー》という歓迎の文句とはいえない。

「ええ、またぼくです」ぼくはそう答えた。

ついでミスター・ボウディッチが笑顔を見せた。この老人ともっと親しければ、あなたはその笑顔をいまより頻繁にのぞかせるべきですよ、と助言したかった。「さあ、こっちに椅子を引っぱってきたら、こいつをひと目見て、気にいったかどうかを教えてくれ」

毛布が腰から下を覆っていた。ミスター・ボウディッチがその毛布を跳ねあげると、脛から腿の上のほうまでが複雑な構造をしたリング状の金属部品ですっぽりと包まれていることがあらわになった。さらに何本もの細長い金属のピンが足に刺してあり、刺入箇所はゴム製の小さな品で覆われていたが、それが乾いた血で黒っぽく変色していた。繃帯をぐるぐる巻かれた膝は、切り分けていない食パンの塊なみのサイズだった。そのパンの包装から、何本もの細長いピンが扇状に広がるように突き立っていた。

ぼくの顔つきを見てとり、ミスター・ボウディッチがくつくつと笑った。「スペインの異端審問所がつかった拷問道具みたいだろう？　創外固定器という医療器具だそうだ」

「痛いんですか？」そう口にする一方で、ぼくはこれこそ年間トップクラスの愚問だと思った。ステンレススチールの何本ものピンが足の骨にまで突き刺さっているにちがいないのだから。

「ああ、痛むだろうね。ただ幸いなことにこれがあるんだよ」ミスター・ボウディッチは左手をもちあげた。手に握られていたのは、この人の自宅にある時代遅れのテレビには付属していないリモコンに似た品だった。「鎮痛薬ポンプだ——こいつが痛みを抑えつつ、ハイにならないだけの量の薬をうまく体に流しこんでくれる。ただ、わたしはエムピリン以上に強い痛み止めをつかったためしがないから、いまは凧よりも高く舞いあがってハイになっているんだと思う」

「ええ、そうじゃないかと思います」ぼくがいうと、今度はミスター・ボウディッチは含み笑いではなく、派手に笑い声をあげた。ぼくも声をあわせて笑った。

「いずれは痛むんだろうよ」ミスター・ボウディッチはそういって創外固定器に手を触れた。固定器は、見るだけでも痛くなってくるほど多くの痣で黒くなった足をとりまく、複数の金属のリングから構成されていた。「きょうの朝早くにとりつけてくれた医者の話だと、この固定器を発明したのはスターリングラード攻防戦のときのロシア人だそうだ」そう話しながら指先は、血が染みているゴム製の保護材に触れていた。「この固定用のピンをつくるのに、当時のロシア人は自転車のスポークを利用したそうだ」

「いつまでこれをつけていなくちゃいけないんです？」

「運に恵まれて恢復ペースが速ければ六週間。運がめぐってこなかったら三カ月。医者たちもしゃれた金属の器具をくれたもんだ――チタンがつかわれてるんじゃないかな。それでもこの固定器がはずれたときには、この足はかちんこちんに固まってるそうだ。で、リハビリをすれば足を解凍できるっていう話だが、そのリハビリとやらは〝かなりの不快感をともなう〟というんだな。ニーチェが何者かを知ってるきみなんだから、この言葉も翻訳できるだろうな？」

「たぶん、鬼のように痛いっていう意味じゃないですかね」

ぼくはここでも笑い声を――それが無理でも含み笑い程度は――引きだせるものと思っていたが、実際にはミスター・ボウディッチは疲れた薄笑いをのぞかせただけで、投薬ガジェットのボタンを親指でダブルクリックした。「きみの言葉が正解だろうな。ハムレットの言葉じゃないが、手術中に〝かぎりある命というしがらみを払い捨てて逃れたなら〟、わたしはかなりの不快感とやらを味わわずにすむものを」

「本気じゃないですよね、それ」

白髪がまじってもじゃもじゃの左右の眉毛が、ひとつにつながった。「わたしの本気がどうこういわないでくれ。その言葉でわたしはけなされてる気分だし、きみは愚か者に見えてくるぞ。自分がなにに直面してるかはわかってる」それから、いかにも不本意な言葉を口にするときの口調でいう。「きみが来て、わたしを見つけてくれたことには本当に感謝しているんだよ。レイダーはどうしてる？」

「元気にしてます」そういってぼくは　新しく撮ってきた写真を見せた。ミスター・ボウディッチがひときわ長く見つめていたのは、猿のおもちゃをくわえてすわっているレイダーの写真だった。ひとしきりしてから、ミスター・ボウディッチはぼくにスマホを返した。

「よかったら、そのうち一枚を印刷してもらえないかな？　ほら、わたしの手もとには写真を送ってもらえる携帯電話がないからね」

「ええ、喜んで印刷します」

「あいつの餌やりを引きうけてくれてありがとう。あの子に愛情を示してくれたこともだ。レイダーも喜んでるはずだよ。わたしだっておなじ気持ちだ」

「ぼくもレイダーが好きですよ、ミスター・ボウディッチ」

「ハワードだ」

「ハワード、そうでした。それで、もしよければ庭の雑草を刈っておこうと思うんです。芝刈機は庭の小屋にありますか？」

ミスター・ボウディッチは警戒する目つきになって、痛み止めの投薬ガジェットをベッドに置いた。「いや。あの小屋にはなにもない。役に立つようなものは」

《だったら、どうして扉に錠前をおろしてるんです？》という質問は控えたほうがいいとわかっていた。

「だったら、うちのをもっていきます。うちは、あの通りのすぐ先ですし」

ミスター・ボウディッチは、これが自分の手にあまるトラブルだといいたげにため息を洩らした。この人がどんな日を過ごしてきたかを思えば、そのとおりのトラブルだったのだろう。

「なぜそこまでしてくれるんだ？　小づかい稼ぎか？　バイト仕事が欲しいのか？」

「ちがいます」

「だったらどうして？」

「そのあたりのことは話したくありません。ほら、あなたにも他人に話したくないことがあるんじゃないですか？」そのひとつは小麦粉の缶のこと。もうひとつは小屋のこと。

ミスター・ボウディッチは含み笑いを洩らしはしなかったが、唇をわななかせていた。「きみのいうとおりだ。たしか中国の故事かなにかだったか？　だれかの命を助けたら、その人の命に責任をもつようになる、とかなんとか」

「ちがいます」ぼくが考えていたのは父の命のことだった。

「小屋にはいっちゃいけませんか？　あなたの家の庭の芝刈りをしますし、家の前のフェンスも修理しますって。あなたさえ望めば」

ミスター・ボウディッチは長いことぼくをじっと見つめていた。つづいてこの人が示した洞察力に、ぼくはわずかながら驚かされた。「その質問にイエスと答えたら、きみに恩返ししたことになるかな？」

ぼくは微笑んだ。「そんなこと、してもらわなくていいんです」

「それならそれでいい。だけど芝刈機じゃ、あの荒れ放題の庭をほんのひと噛みしただけで、おしゃかになっちまいそうだ。地下室に行けば、二、三の庭仕事の道具がある。大半はがらくた同然だが、鎌は錆を落として刃を研ぎなおせば、芝刈機を入れても平気な長さに雑草を刈ることくらいできるだろうよ。作業台に砥石もあったかもしれん。ただ、レイダーを階段で地下室におろしたりするな。あの階段は急だから、あの子が足を踏み外しかねないぞ」

「わかりました。梯子は？　どうすればいいですか？」

「梯子なら裏のポーチの床下にしまってくれ。ああ、いっそ床下から出したりしなければよかった。そうすれば、こんなところへ来なくてすんだのにな。縁起でもないクソな知らせを伝えるクソな医者どもに呪いあれ。ほかには？」

「ええと……ウィークリー・サン紙の記者がぼくのことを記事

にしたいっていってます」

　ミスター・ボウディッチはあきれたように目玉をまわした。

「あの紙くず新聞か。で、取材をうけるのかね？」

「父が記事にしてもらえといってるんです。大学の入学願書の助けになるかもしれないっていって」

「それはそうかもしれん。とはいえあの新聞は……ニューヨーク・クライムズ紙あたりとは比べものにならんだろう？」

「記者の人はぼくとレイダーがいっしょにいるところの写真を撮りたいっていってます。だから、とりあえず飼い主のあなたの意向をきいてくる、と答えました。もしかしたら、あなたがそういうことを望まないかもしれないと思って。それならそれで、ぼくはかまいません」

「人命救助の英雄犬という切り口の記事を書きたいわけか？いや、きみがそう望んでいるのかな？」

「レイダーの功績をきちんと認めるべきだと思っただけです。レイダーには自分でそう主張できないわけですし」

　ミスター・ボウディッチは考えをめぐらせていた。「わかった。ただし記者には、うちの敷地にはいってほしくない。きみとレイダーは歩道に立つといい。記者はゲートから写真を撮影する。ゲートの外側からだ」鎮痛剤の投薬ガジェットをとりあげて二回ばかりボタンを押す。それから、恐れすら感じているような口惜しげな口調でいい添える。「レイダーのリードは正面玄関のドア横のフックに吊るしてある。もう長いことつかっていない。もしかするとレイダーは丘をくだって散歩したがるかもしれん……ただしリードを忘れるな。あの子が車に撥ねられでもしたら、わたしは一生きみを許さん」

　ぼくはわかったと答えたし、本当にわかってもいた。ミスター・ボウディッチには兄弟姉妹がひとりもおらず、別れた妻も、それをいうなら先立った妻もいない。この人にはレイダーしかいないのだ。

「くれぐれもあまり遠くまで行くなよ。ずっと昔はあの子も五、六キロは平気で歩いたものだが、それは過去の話だ。さあ、そろそろ帰るといい。ここの連中が夕食という名前で呼んでいるあのお粗末なしろものが運ばれてくるまで、少し眠っておきたいんでね」

「わかりました。お顔を見られて安心しました」これは本当だった。ぼくはこの老人のことが好きになっていた。理由はいうまでもないだろうが、でも話しておこう。このひとを好きになったのは、この人がレイダーを愛していたからで、その愛はぼくもおなじだった。

　ぼくは椅子から立ちあがった。ミスター・ボウディッチの手をそっと叩こうかと思ったが、やめにして、そのまま病室のドアへむかった。

「おっと、いけない、ひとつ忘れてた」そう話す声がきこえた。「というか、いま思い出したことにかぎればひとつあった、というべきかな。月曜日になっても、わたしがまだここにいるようなら――まあ、確実にいるんだろうが――家に食料品の配達が来るんだよ」

「〈クローガー〉の配達ですか?」ぼくはスーパーマーケットの店名をあげた。

ミスター・ボウディッチはここでも、〝おまえは生まれついての馬鹿か〟と語る目でぼくを見た。「〈ティラー&サンズ〉だ」

〈ティラー&サンズ〉のことは知っていたが、わが家が買い物に行くところではなかった。なぜなら世間でいう〝グルメショップ〟だったからだ。つまりは価格がお高めということ。五歳か六歳のとき、母が誕生日のケーキを〈ティラー〉で買ってくれたような漠然とした記憶がある。レモン味の糖衣がかかって、スポンジケーキのあいだにクリームがはさんであった。世界でいちばんおいしいケーキだと思ったものだ。

「配達係の男は、いつも朝やってくる。だからきみから店に電話をかけて、配達を午後――きみがうちに来られる時間に変えるよう手配してもらえるかな? 品物はもう発注ずみでね」

「了解です」

ミスター・ボウディッチはひたいに手をあてがった。ぼくが病室の出口にさしかかっていたので定かではなかったが、その手がかすかに震えているように見えた。「きみには代金も立て替えておいてもらわないと。大丈夫かな?」

「もちろん」父に話をして金額未記入の小切手を一枚もらい、配達のとき金額を書きこめばいい。

「そのとき、わたしが追って連絡するまでは週一回の配達をキャンセルしてほしいと伝えてくれ。立て替えた出費については、きっちり記録しておくんだぞ」そういうとミスター・ボウディッチは、ゆっくりと顔を撫でおろした。まるで顔の皺をのばそうとするかのように――本当にそのつもりだったら、これは負け戦だった。「まったく、人に頼るしかない身になるのは腹立たしいな。なんであんな梯子をつかってしまったんだ? あのときのわたしは、馬鹿になる薬を飲んでいたにちがいないね」

「元気になりますよ」ぼくはそう声をかけたが、廊下をエレベーターへ歩きながら考えていたのは、梯子のことを話していたときにミスター・ボウディッチが口にした《縁起でもないクソな知らせを伝えるクソな医者どもに呪いあれ》という言葉のことだった。もしかしたら、クソな足の骨がクソなみに治るまでにどれだけ時間がかかるかということを話していたのかもしれないし、リハビリのために理学療法士(おまけにクソったれなのぞき屋かもしれない)を家に入れなくてはならない件だったのかもしれない。

それでも、ぼくは考えてしまっていた。

4

ぼくは記者のビル・ハリマンに電話をかけ、いまもまだぼくとレイダーの写真を撮りたければ撮っても大丈夫だ、と伝えた。ミスター・ボウディッチが出した条件も伝えたところ、異存はないとの答えだった。

「世捨て人のようなものなんだろう？　うちの社の資料をあたっても情報はひとつも出てこなかったし、ビーコン紙の資料でもなにも出なかったな」

「そのあたりはぼくにはわかりません。土曜の午前中ではご都合いかがですか？」

都合がいいとわかり、十時の待ちあわせで話がまとまった。そのあと自転車を走らせての自宅までの道々、ぼくはペダルを軽く漕ぎながら真剣に考えをめぐらせた。最初はレイダーのこと。玄関ホールに掛かっているというリードのこと。その玄関ホールは、あの広壮な屋敷のなかでぼくがまだ足を踏み入れたことのない深みにある。考えるうちに、レイダーの首輪に鑑札が吊られていないことに思いあたった。となると、狂犬病だのなんだのに感染していないことを示す注射済票のたぐいもないのだろう。そもそもレイダーは獣医にかかったことがあるのか？　怪しいものだ、とぼくは思った。

ミスター・ボウディッチは食料品を配達させている。日ごろのお楽しみの食べ物を入手する方法としては、ぼくにはずいぶんお大尽っぽく思えた。そもそも〈ティラー＆サンズ〉は、折り畳んだ緑色のドル紙幣をどっさりもっているお大尽たちが買い物をする、お大尽ストアだ。そこからの連想でぼくは――父とおなじように――引退生活にはいる前に、ミスター・ボウディッチはなにをしていたのだろうか、と考えた。話しぶりには優雅な雰囲気がある。大学教授のようだ。しかし退職後の教師の懐具合では、〝半地下ワインセラー〟があることを宣伝しているような店で買い物ができるとは思えなかった。年代物のテレビ。コンピューターはないし（賭けてもいい）、携帯電話もない。車だってない。あの人のミドルネームは知っているが、年齢は知らなかった。

家に帰ると、まず〈ティラー〉に電話をかけて、食料品の配達時間を月曜の午後三時に変更してもらった。そのあと宿題をもってミスター・ボウディッチの屋敷へ行こうかと考えていたそのとき、友人のアンディ・チェンが裏口のドアをノックした――何年ぶりかもわからないくらい久しぶりだった。小さな子供のころ、アンディとぼくとバーティー・バードの三人はいつもいっしょに行動していて、それこそ〈三銃士〉と自称していたことさえあった。しかしバーティーの一家はディアボーンへ引っ越し（ぼくにとっては、いいことだったのだろう）、優等生のアンディは近くにあるイリノイ大学の分校でひらかれていた物理の授業をふくめて、多くのAPコース——高校で履修できる大学レベルの授業——に出席していた。もちろん、アンディは優秀なアスリートでもあって、ぼくがプレーしない二種のスポーツの達人だった。ひとつはテニス。もうひとつはバスケットボール。後者の監督はハークネスで、だからアンディが訪ねてきた理由はもう察しがついていた。

「監督が、おまえは部に帰ってきて野球をつづけるべきだと話してる」アンディは、ひとまずうちの冷蔵庫の中身をチェックして小腹を満たせそうなものをさがし、鶏肉とカシューナッツを炒めた宮保鶏丁（ゴンバオジーディン）の残り物で手を打ってから、おもむろにそう切りだした。「監督がいうには、おまえはチームをがっかりさせてるって」

「なんだなんだ、荷物をまとめろ、いっしょに罪悪感の旅に出ようってか」ぼくはいった。「お断わりだ」

「監督は、おまえが謝らなくてもいいとまでいってる」

「そもそも謝ろうなんて考えてなかったし」

「監督の脳味噌はあらかた腐ってるんだよ」アンディはいった。「あいつがおれをなんと呼んでると思う？　よりにもよって〝黄禍小僧（イエローペリル）〟だぞ。『あっちへ行くんだ、黄禍小僧、あのクソ男をガードしろ』ってな具合にね」

「そんな呼ばれ方に我慢してるのかい？」ぼくは好奇心に駆られつつ、恐怖も感じながらたずねた。

「あいつはそれが褒め言葉だと思ってる——まったく、馬鹿も休み休みいえだ。それはともかく、あと二シーズンこなせば、おれはホフストラ大学でプレーする身分だ。ディヴィジョン1（ワン）よ、おれが来たぞってね。費用全額支給の奨学金つきだ。そうなりゃもう黄禍小僧じゃなくなる。そういえば、あの屋敷の年寄りの命を助けたんだってな？　学校でそんな話をきいたぞ」

「あの人を助けたのは飼い犬だよ。ぼくは911に通報しただけさ」

「あの犬、おまえの喉笛を嚙みちぎったりしなかったんだ？」

「ああ。気立てのいい犬だ。年寄りだし」

「おれが見た日は、まだ年寄り犬じゃなかった。あの日、この雌犬は血に飢えて外に出てきてた。屋敷のなかは薄気味わるいのか？　動物の剝製がいっぱいあるとか？　目の動きで人を追っかけてくるキットキャット時計（クロック）があるんだろう？　地下室にはチェーンソウだな？　ガキどもは、あのじいさんが連続殺人鬼かもって話してるぞ」

「あの人は連続殺人鬼なんかじゃないし、家のなかだって薄気味わるくもなんともないぞ」これは事実だった。薄気味わるいのは庭の小屋のほうだ。そしてレイダー——なにかをひっかくような音は薄気味わるかった。そして、例の音が薄気味わるいことを、あの犬も知っていたのだ。

「オーケイ」アンディはいった。「監督のメッセージは伝えたぞ。ほかになにか食べ物はないのか？　クッキーとか？」

「ないよ」クッキーがあるのはミスター・ボウディッチの屋敷だ。チョコレートコーティングされたマシュマロとペカンクリームのクッキーサンド、どちらも〈ティラー&サンズ〉から配達された品にちがいない。

「そっか。じゃあ、またな」

「またな、黄禍小僧（イエローペリル）」

ぼくたちはたがいに見つめあい、次の瞬間には同時に笑いだしていた。その一、二分にかぎっては、ふたりとも十一歳に逆もどりした気分だった。

5

土曜日には、レイダーといっしょの写真を撮ってもらった。きかされた話のとおり、リードは玄関ホールに吊るしてあった。隣には冬用のコートがかけてあり、その真下には古風なオーバーシューズが置いてあった。コートのポケットをひととおりさぐってみようと思ったが——なにがはいっているかを確かめたかっただけだ——のぞき屋になるのはよせ、と自分を制した。リードにはスペアの首輪がついていたが、やはり鑑札はなかった。町役場の人の立場からいうなら、ミスター・ボウディッチの愛犬は彼らの——駄洒落を失礼——〝レーダー〟にひっかかってはいないのだ。ぼくとレイダーは庭の小道を歩いて歩道に面した側に出ていき、そこでビル・ハリマン記者を待った。約束の時間ぴったりに、おんぼろの古いマスタングを走らせて到着したハリマン記者は、去年カレッジを卒業したばかりのように見えた。

ハリマンが車をとめて外におりてくると、レイダーは二、三度ほど形ばかりのうなり声をあげた。ぼくがあの人は心配ないんだよと話すと、レイダーは静かになり、それからは錆びたゲートのあいだから鼻面を突きだして、ハリマンのスラックスの足をくんくん嗅いでいるだけになった。それでもハリマンが握手を求めてゲートごしに手をぼくに突きだしたときには、またうなり声をあげていた。

「きみを守ろうとしてるんだな」

「ええ、そうだと思います」

てっきり、ハリマンが大きなカメラ持参で来るものと思っていた——そんなふうに思ったのも、ターナー・クラシック・ムービーズで見た昔の映画に出てくる社会改革に燃える新聞記者からの連想だろう——が、じっさいにはスマホでぼくたちの写真を撮っただけだった。二、三枚撮ったあと、ハリマンはレイダーがおすわりできるかをたずねてきた。「もし犬がおすわりしたら、その横にひざまずいてもらえるかな、見栄えのいい一枚になる。少年とその愛犬の図だ」

「でも、ぼくの飼い犬じゃないんです」そうはいったものの、本当はぼくが飼っているんだと思った。とりあえず、ここしばらくにかぎればの話。それでぼくは――レイダーにできるかどうかも知らないまま、とりあえず――おすわりと声をかけた。レイダーは命令を待ちかねていたかのように、すぐおすわりの姿勢になった。ぼくはその隣にひざまずいた。ぼくはミセス・リッチランドが家から出てきて、手で目もとの日ざしをさえぎりながら、こちらのようすをうかがっていることに気がついた。

「ワンちゃんの肩に腕をまわしてもらえるかな」ハリマンがいった。

ぼくがそうすると、レイダーが頬をぺろんと舐めてきた。ぼくは思わず笑いだした。このあと出たウィークリー・サン紙に掲載されたのは、このときの写真だった。のちに明らかになるとおり、写真が掲載されたのはそこにとどまらなかった。

「家のなかはどんなようすかな？」ハリマンは屋敷を指さしてたずねた。

ぼくは肩をすくめた。「ほかの家と変わらないと思いますよ。普通ってことです」といったものの、〈古き読み物の通廊〉とキッチンと居間、それに玄関ホールを見ただけなのだから、本当のところは知らなかった。

「じゃ、変てこりんなところはないのかい？　だってほら、見た目が薄気味わるい家だかさ」

ぼくは口をひらいて、テレビはストリーミング以前どころか、ケーブルテレビ以前の時代のしろものだといいかけて、すぐ口を閉じた。ハリマンが写真撮影モードからインタビュー取材モードに進んでいたことに気づいたからだ。というか、少なくともその方向で努力していた。新人記者とあって、さりげないテクニックに長(た)けているとはいえなかった。

「いいえ、ただの家ですよ。さて、そろそろ行かないと」

「じゃ、ミスター・ボウディッチが退院するまでは、きみがその犬の世話をするんだね？」

今回はぼくから握手の手を差しのべた。レイダーはうならなかったが、妙な動きを警戒してか、慎重にぼくたちを見まもっていた。「いい写真が撮れてることを祈ってます。さあ、行くぞ、レイダー」

ぼくは屋敷のほうへ歩きだした。ふりかえると、ハリマン記者は道路をわたってミセス・リッチランドと話をしているところだった。かといって、ぼくにはどうすることもできない。そこでぼくはレイダーをすぐ背後にしたがえて、屋敷裏手へまわった。少し歩いたせいだろうか、レイダーの動きがなめらかになったことに気づいた。

ぼくは梯子を裏のポーチの床下にしまった。ほかにも雪かき用のシャベルや庭木剪定(せんてい)用の大きな鋏などがあることに気がついた。ただし後者はゲートのボルトなみにすっかり錆びていて、おなじく扱いに手を焼きそうだった。レイダーは階段を半分あがったところで、ぼくを見おろしていた。それがあんまりキュートな姿だったので、写真を撮らずにはいられなかった。ぼくはレイダーのことでは馬鹿になりつつあった。自覚はあったし、そうなるのは断じていやではなかった。

　キッチンのシンク下には洗剤類がしまってあり、〈ティラー&サンズ〉のロゴがはいった買い物袋がきれいに積みあげられていた。ゴム手袋もあった。ぼくは手袋をはめ、買い物袋を手にすると、うんちパトロールに出発した。庭での収穫は多かった。


　日曜日にはまたレイダーにリードをつなぎ、散歩で丘をくだらせて、ぼくの家まで行ってみた。最初のうち、その足どりはのろのろしていた——ひとつには股関節の関節炎のせいだが、自宅を離れることに明らかに慣れていないという理由もあった。だから安心を求めてのことだろう、しじゅうぼくを見あげてきた。それが胸にしみた。とはいえ、しばらくするとレイダーはそれまでより足どりも軽く、自信に満ちたようすで前へ進んでいき、そこかしこで足をとめては電柱のにおいを嗅ぎ、嗅いではしゃがみこんでいた——通りすがりのほかの犬たちに〝ボウディッチ家のレイダー、ここに来たれり〟と知らせるためだ。

　父は家にいた。レイダーは最初のうち本能的にあとずさって、うなり声をあげていたが、父が片手を差しだすと、指先のにおいを嗅げる近さにまで進みでてきた。取引をまとめる決定打になったのは半切れのボローニャソーセージだった。ぼくたちは一時間ばかりいっしょに過ごした。父はぼくの写真撮影の件をあれこれたずねてきた。それでハリマン記者がぼくをインタビューしてきて、屋敷内部のようすをさぐろうとしたことや、ぼくがそんな質問をはねつけたことなどを話すと、父は声をあげて笑っていた。

「でも、もし新聞の世界にこれからもとどまりつづければ、取材の腕もあげるだろうよ」父はいった。「ウィークリー・サン紙はハリマン記者にとって、キャリアのスクラップブックをつくりはじめる場所にすぎないんじゃないか」

　このころにはレイダーは、かつて父が酔いつぶれて眠っていたソファのすぐ横でうとうとと居眠りをしていた。父は体をかがめて、レイダーの毛をくしゃくしゃっとした。「若いころのこの子は、それこそエンジンみたいに元気いっぱいだったんだろうな」

　ぼくは四、五年前にアンディが出会ったという恐ろしいけだものの話を思い出しながら、ぼくもそう思うと父にいった。

「ミスター・ボウディッチがかかりつけにしている獣医がいたら、この子の関節炎を診てもらっているのかどうかを確かめたほうがいいな。犬フィラリア症の予防薬も飲ませるべきかもしれないぞ」

「確かめておくね」ぼくはいったんはずしたリードのクリップを、ふたたび首輪につなぎなおした。「そろそろもどらないと」

「きょうはその子をうちに泊めてやろうという気にはならないのか？　このうちに、ずいぶんなじんでいるみたいじゃないか」

「だめなんだ。あの家に連れて帰らないとね」

もしその理由を質問されたら、父には正直に真実を話すつもりだった――ハワード・ボウディッチがいい顔をするとはとても思えないからだ、と。しかし、父はなにもたずねなかった。

「そうか、わかった。車を出そうか？」

「いや、いいよ。ゆっくり歩けばレイダーも大丈夫だと思うし」

実際にそのとおりだった。丘をのぼっていく帰り道では、レイダーは自分の家ではない庭の芝生のにおいを嬉々として嗅いでいたようだった。

6

月曜日の午後、車体側面に〈ティラー＆サンズ〉という店名が（いうまでもなく金文字で）書かれた、小型のしゃれた緑色のヴァンが屋敷の前でとまった。運転してきた男が、ミスター・ボウディッチはどこにいるのかとたずねてきた。ぼくがその質問に答えると、男は食品が詰まった袋をゲートごしに手わたしてきた――いつもの手順だという感じだったので、そのとおりだったのだろう。ぼくは父がすでにサインをすませている未記入の小切手を出して――食料品三袋の代金が百五ドルにもなることに空恐ろしさを感じつつ――金額を書きこみ、男にわたした。ラムチョップと牛挽肉はフリーザーに入れた。ミスター・ボウディッチの食品を食べようとは思わなかったが（例外はクッキー）、だからといって無駄にする気もなかった。

その仕事をすませると、ぼくは地下室へおりていった――そのときにはレイダーが追いかけてこないように、きっちりドアを閉めることを忘れなかった。地下室には連続殺人鬼らしいところがかけらもなかった――ずいぶん長いあいだだれひとり来なかったかのように、埃っぽく黴(かび)くさいだけだった。天井の照明は蛍光灯二本で、そのうち一本はちかちか点滅し、いまにも消えてしまいそうだった。床はコンクリートの打ち放し。壁のフックにはさまざまな工具類がかかっていて、そのなかには鎌もあった。鎌は、アニメの死神がかついでいてもおかしくない品だった。

地下室の中央には作業テーブルがあって、ペンキなどで汚れるのを防ぐための垂れよけ布で覆われていた。布をちょっとめくって下を確かめると、そこにあったのはピースが億千万はあろうかという、つくりかけのジグソーパズルだった。見えた範囲だけで判断すると（真偽を確かめられる箱がなかったので）、完成すれば背景にロッキー山脈をのぞむ山間(やまあい)の草原の景色になるようだった。テーブルの片側に折り畳み椅子が寄せてあり、そのあたりに残りのピースが広げてあった。椅子の座面が埃をかぶっていたことから、ミスター・ボウディッチはもうしばらく前からこのパズルに取り組んでいないことが察せられた。あきらめたのかもしれない。ぼくだって、やはりあきらめただろう。というのも、組みあわされていないピースの多くはひたすら青いだけの空の部分で、この単調さを打ち破ってくれるはずの雲のひとひらさえなかったのだ。いまぼくはこのことを必要以上に詳細に話しているのかもしれない……いや、そうでもないのかも。そこには、どこか物悲しさがつきまとっていたのだ。当時は物悲しさの理由をうまく説明できなかったが、それなりに年をとったいまなら説明できそうだ。ジグソーパズルの話ではあるが、同時にアンティークもののテレビや〈古き読み物の通廊〉の話でもある。独居老人の孤独な趣味の話であり、折り畳み椅子や本や雑誌が埃をかぶっていることからは、そうした趣味さえもが先細りになったことがうかがえた。この地下室でいまも定期的につかわれているように見えたのは、洗濯機と乾燥機だけだった。

　垂れよけ布をふんわりとパズルにかぶせてから、煖炉と温水器にはさまれているキャビネットを調べてみた。古風なつくりのキャビネットにはたくさんの抽斗（ひきだし）があった。ひとつの抽斗にはネジ類が、別の抽斗にはプライヤーやレンチがあった。三つめの抽斗には、輪ゴムで束ねられた請求書がおさめられ、四つめには鏨（たがね）と砥石らしき品がしまってあった。ぼくはその砥石をポケットに入れて鎌を手にとると、上の階に引き返した。レイダーがぼくに飛びついてこようとしたが、鎌の刃でうっかり刺してしまうことのないように、いまは離れていろといった。

　それからレイダーともども裏庭に出た。裏庭ならスマホのアンテナが四本立つと知っていたからだ。ぼくが階段に腰かけると、レイダーは隣にすわった。ブラウザのサファリを立ちあげ、《砥石　刃物　研ぎ方》で検索し、二、三の動画に目を通してから作業にかかった。そしてそれほど時間をかけずに、鎌の刃を鋭く研ぎあげることができた。

　そのあとミスター・ボウディッチに見せるための写真を撮影し、自転車で病院へと急いだ。相手は眠っていた。夕方近くの光のなか、自転車で屋敷へ引き返してレイダーに餌をやった。野球が少しばかり恋しかった。

　いや、まあ……少しというのは控えめかもしれない。

7

火曜日の午後から、鎌で庭の雑草を刈る作業にとりかかった。最初は前庭、ついで裏庭。一時間ばかりして目を落とすと両手ともに真っ赤に腫れていて、気をつけていないとたちまち水ぶくれになりそうだとわかった。ぼくはレイダーにリードをつなぐと、散歩がてらわが家まで歩き、父の作業用手袋を見つけだした。それからまた丘をあがって引き返していったけれど、このときはレイダーの股関節の痛みに配慮して、のんびり進んだ。そのあとレイダーがうとうと昼寝をしているあいだに屋敷横手の雑草を刈り、レイダーの餌やりをすませたところで、一日の仕事のおわりにした。その日は父が裏庭のバーベキューグリルでハンバーガーを焼き、ぼくは三つ食べた。さらにデザートとしてチェリーコブラーも。

　それから父に車で病院まで送ってもらった。父が一階で報告書を読んでいるあいだ、ぼくはミスター・ボウディッチのところに面会にいった。ぼくたちとおなじく夕食はハンバーガーでマカロニチーズが添えてあったが、どちらもあまり食べていなかった。もちろんミスター・ボウディッチは二時間も鎌をふるって草刈りをしていたわけではないし、また新しく撮影したレイダーの写真を（くわえて鎌の写真と、半分まで草刈りがおわった前庭の写真も）見てはいたが、同時にかなりの痛みを感じていることもありありとわかった。鎮痛剤を体内に流しこむボタンをひっきりなしに押していたからだ。三度めにボタンを押したとき、マシンから低いブザー音があがった――クイズ番組の出場者が答えをしくじると鳴るような音だった。

「ええい、腹が立つ。薬が一時間の限界量に達したんだ。帰ったほうがいいぞ、チャーリー――でないと苦しみのあまり、きみに怒鳴って当たりちらしかねん。金曜日にまた来てくれ。いや、土曜でいい。そのころには、具合もいくぶんよくなっているだろうし」

「退院はいつごろになるかという話は出ましたか？」

「日曜日になりそうかな。女性がひとりやってきて、わたしの手助けをしたいと申しでてきたよ。なんというか、その……」

いいながら点滴のせいで内出血の痣（あざ）ができている手をもちあげ、宙にクエスチョンマークを描く。「……〝恢復プラン〟作成のお手伝いをしたいとね。だから失せろ（ファック・オフ）といってやった。いや、こんな乱暴な言葉づかいじゃなかったが。これでも、いい患者になろうとはしてるんだが、それも難儀でね。痛みのせいだけじゃない。なんというか……」いいながら手を弱々しく回す仕草をしてから、その手をどさりとベッドの上がけにもどした。

「人が多すぎるんですよね」ぼくはいった。「あなたはそういうことに不慣れだ」

「話がわかるじゃないか。ありがたいよ、話のわかる相手がいるのは。それに、あたりがうるさすぎる。で、さっき話した女性はここから引きあげるときに――〝鴉を抱く者（レイヴンハガー）〟とかなんとかいう苗字だったな――自宅の一階にベッドがあるかとたずねていった。そんなものはないが、ソファはベッド兼用タイプだ。ただし、もう長いことベッドとしてはつかっていない。それどころか……一度もなかったかもな。バーゲンセールで安かったから買っただけだ」

「シーツがどこにあるかを教えてくれたら、ベッドメイクしておきます」

「やり方を知ってるのか？」

配偶者に先立たれたあとで飲酒に打ちこむアルコール依存症者になった男の息子なので、ベッドメイクの方法は心得ていた。ついでに洗濯や食料品の買い物についても。子供のころのぼくは、小さな共依存当事者だったのだ。

「リネン用クロゼット。二階だ。二階にあがったことは？」

ぼくはかぶりをふった。

「じゃ、いまがそのチャンスだ。クロゼットは廊下をはさんで寝室の反対側にある。世話になるな」

「お安いご用ですって。今度さっきの話の女性が来たら、ぼくこそがあなたの〝恢復プラン〟だと話してください」ぼくは立ちあがった。「あなたが寝られるように、そろそろ引きあげますね」

ぼくはドアへむかったが、背後から名前を呼ばれてふりかえった。

「きみと出会えたことは、わが長い人生で最上の出来事だよ」

それにつづいた言葉はぼくへの言葉とおなじく、自分に語りかける言葉のようにも響いた。「これからはきみを信頼するつもりだ。なに、そうするよりほかにない」

ぼくとの出会いが人生最上の出来事だ、といわれたことは父に話した。しかし、信頼うんぬんの部分は話さなかった。本能のようなものが、その部分は伏せろといってきたのだ。父は片腕だけでぼくをハグして頬にキスし、おまえを誇りに思うぞといった。

この日はいい一日だった。

8

木曜日には、勇をふるって再度あの小屋の扉をノックしてみた。小さなあの建物のことが心底好きになれなかった。内側からノックが返されることはなかった。なにかをひっかくような物音もしなかった。あのときの、なにかがかすめ飛んでいくような物音はやはり思い過ごしの産物だったと、そう自分にいいきかせようとした。しかし、あれがぼくの思い過ごしなら、レイダーも思い過ごしで錯覚したことになるが、犬という動物はあまり想像力がすぐれているとはいえない。もちろん、レイダーがぼくの反応に反応しただけだ、とも考えられる。よりあけすけに真実を語るなら、ぼくが感じた恐怖や本能的とさえいえる嫌悪感にレイダーが反応していただけだともいえる。

金曜日には自宅から〈ローンボーイ〉の芝刈機を転がして屋敷へ行き、庭の草刈りずみの部分から作業に手をつけた。このペースなら、週末までには庭をそれなりの見てくれにすることもできそうだった。翌週になれば学校は春休み。だからシカモア・ストリート一番地のこの家の手入れに、もっと時間をつかえるようになる。窓ガラスをきれいに掃除し、そのあと杭垣の修繕にとりかかろう――傾いているのをまっすぐに直すのだ。手入れの成果を見れば、ミスター・ボウディッチも元気を出してくれるだろう。

屋敷の庭のパイン・ストリート側で芝刈りを進めていたときのこと（ちなみにレイダーは、うなりをあげる〈ローンボーイ〉とかかわりをもつのはごめんといいたげに屋内にいた）、ポケットにしまったスマホが振動した。芝刈機のスイッチを切ってスマホの画面を見ると、発信者名が《**アルカディア病院**》と表示されていた。ぼくははらわたにずっしり重いものを感じつつ通話を受けた――ミスター・ボウディッチの容態が急変したと伝える電話にちがいないと思いながら。いや、もっとわるい知らせかも……死去の知らせかもしれない。

たしかにミスター・ボウディッチの件だったが、よくない知らせではなかった。〝鴉を抱く者（レイヴンハガー）〟ならぬミセス・レイヴンスバーガーという女性から、ミスター・ボウディッチの〝恢復とアフターケア〟について話しあいたいので、翌日朝九時に病院に来てもらえないかという問いあわせだった。ぼくが行けると返事をすると、この女性は親か保護者に同行してもらえるかと質問した。ぼくは、たぶん大丈夫だと答えた。

「あなたの写真を新聞で見ました。あの人のすてきな愛犬といっしょの写真。ミスター・ボウディッチはあなたと愛犬に感謝していることでしょうね」

ぼくは女性のいう新聞がウィークリー・サン紙のことだと思っていたし、またそうであっても不思議はなかったのだけれど、レイダーとぼくはほかの場所にも登場していたのだった。いや、むしろあらゆる場所というべきか。

その日――毎週金曜日の例に洩れず――父の帰りは遅かったが、手には二ページをひらいた状態のシカゴ・トリビューン紙があった。新聞の二ページめの紙面片側に〈ニュースあれやこれや〉という小さな短信欄があった。一面掲載の記事にくらべると、より心があたたまるような短いニュースがあつめられるコーナーだ。そのうちのひとつがレイダーとぼくをあつかった記事で、《**ヒーロー犬とヒーロー少年**》という見出しがついていた。自分のことがトリビューン紙のような一流紙に出ていてもショックを感じはしなかったが、驚きはした。この世界はすこぶるすてきなところだ――そうではないと否定する証拠はどっさりあるにせよ、日々何千何万という人たちが何千何万もの（ひょっとしたら何百万何千万もの）善行を積んでいるのだから、梯子から落ちて足を骨折した老人を少年が助けたことも、ことさら特別なものではない。しかし、このことを大々的に広めたのは写真だった。写真のレイダーはぼくの頬を舐めている途中、ぼくは片腕をレイダーの肩にまわし、大きく頭をのけぞらせて笑っていた。おまけに、図々しくいってしまうと、そこそこイケメンに写っていた。そのことでぼくは、わが夢想のパートナーであるジーナ・パスカレッリがどこかでこの写真を見てないだろうか、とも考えた。

「ここを見てみろ」父は写真のキャプションを指で叩きながらたずねた。「AP通信。最大手の通信社だぞ。つまりこの写真はきょう、東海岸から西海岸までの五、六百はある新聞社に配信されたわけだ。インターネットじゅうへの配信はいうにおよばず。かつて芸術家のアンディ・ウォーホルは、アメリカ人のだれもがいつかは十五分間だけ有名になると語った。どうやらおまえは、いまその十五分間を体験しているようじゃないか。どうだ、〈ビンゴ〉へ行ってお祝いの食事をとらないか？」

　望むところだった。店でビーフリブ（それもダブルラック）を食べながら、ぼくはあした病院へ行ってミセス・レイヴンスバーガーという女性と話しあうことになっているのだが、いっしょに来てくれるかとたずねた。父は喜んで同行すると答えた。

9

　ぼくたちはレイヴンスバーガーのオフィスで顔をあわせた。ならんですわっていたのはメリッサ・ウィルコックスという若い女性だった――背が高く肌はクリーム色、ブロンドの髪をずんぐりした無造作なポニーテールにまとめていた。この人は理学療法士で、ミスター・ボウディッチを担当する予定だった。話をしたのはもっぱらメリッサだった。この女性はうっかり話しそびれることのないようにと、おりおりに小さなノートを参照していた。またメリッサは、ミスター・ボウディッチと〝多少の話しあい〟をした結果、週に二日は屋敷をたずねて、関節の可動域を広げ、ふたたび両足で立てるようにする訓練をほどこす許可を得た、とも話した。その訓練にまず使用するのがカナダ式松葉杖（カナディアン・クラッチ）――前腕をささえる金属製の輪がある松葉杖――であり、そのあとは歩行器をもちいる。さらにミスター・ボウディッチが〝順調に恢復〟しているかどうかを確かめるために生命徴候（バイタル）も測定するほか、〝ピンケア〟ができているかどうかもチェックする、と話した。

「ピンケアはきみの仕事になるのよ、チャーリー」

　ぼくはどういう意味なのかをたずねた。メリッサは、ミスター・ボウディッチの足に刺してある固定ピンを定期的に消毒液で殺菌する必要がある、と説明した。このピンケアは痛みをともなう処置だが、細菌感染が原因で壊疽（えそ）にいたった場合の激痛ほどではない、とも話してくれた。

「できれば週四回は訪問したいところだけれど、あの人が許してくれなくて」メリッサはいった。「なにがOKでなにがダメっていう線引きがすごくはっきりしてる人ね」

《とっくに知ってるよ》ぼくは思った。

「最初のうち、あの人にはかなりの手助けが必要よ、チャーリー。で、あの人はきみがその手助けをするって話してる」

「ミスター・ボウディッチによると――」ミセス・レイヴンス

バーガーが割りこんできた。「――きみこそがあの人の〝恢復プラン〟だそうね」この人はぼくに話しかけながらも目は父にむけていた――反対だという発言を誘っているかのように。

父は反対しなかった。

メリッサは手もとの小さなノートのページをめくった。ノートはあざやかな紫色で、表紙の中央には牙を剝いている虎のイラストがあった。「ミスター・ボウディッチは自宅一階にトイレがあると話してるけど」

「あります」ただし、そのトイレがかなり狭いことまではわざわざ話さなかった。最初の訪問介護の日に自分の目で確かめるだろう。

メリッサはうなずいた。「すごく助かる。だってあの人はこの先もしばらく、階段をあがるのは無理だから」

「でも、いずれは階段もあがれるようになりますよね?」

「あの人自身がかなり努力すれば。たしかにあの人は高齢者よ――それどころか本人は、自分が何歳なのかも正確には知らないと主張してる。でも、それにしては体の状態は良好。タバコは吸わないし、本人はお酒も飲まないと話してる。贅肉もついていないし」

「それは肝心な点だね」父がいった。

「ええ、そのとおり。体重負荷は懸念材料です――とりわけ高齢者の場合には。いまの計画では、ミスター・ボウディッチは週明けの月曜日に退院することになっています。それ以前に、トイレの左右の壁に手すりをとりつけてもらう必要があります。この週末にとりつけ可能ですか? 無理なら、退院を火曜に延ばすこともできますが」

「なんとかします」この直後、ぼくはまたしてもユーチューブの動画をあれこれ見て勉強することになった。

「夜用の尿瓶(しびん)と、緊急時用の差し込み便器が必要になる。それも大丈夫?」

ぼくは大丈夫だと答えた。嘘ではなかった。嘔吐のあと始末をしたことは一度や二度ではない。あれとくらべたら、差し込み便器からトイレに大便を捨てるのはステップアップといえるのではないか。

メリッサはノートを閉じ、ぼくにいった。「話しておきたいことは、まだまだたくさんある――そのほとんどは、細かいことだけど。これがいいガイドになってくれそう。目を通しておいて」

そういってジーンズの尻ポケットから小冊子をとりだした。題名は『サルでもわかる在宅介助』……ではなかったけれど、そんな題でもおかしくなさそうだった。ぼくはあとで読んでおくと答えて、スラックスの尻ポケットにしまった。

「いずれあの人のご自宅を見せてもらったら、もっといろいろ見えてくると思うの」メリッサはいった。「本当はきょうの午後にでも事前にざっと見せてもらおうと思ったんだけど、自分が退院するまではわたしに家に立ち入ってほしくないと強情にいいはられてしまって」

そう、ミスター・ボウディッチはときにとても強情にもなる人だ。そのことはもっと早くからわかっていた。

「でも、本当にこの仕事を引き受けたいと思ってるの、チャーリー？」ミセス・レイヴンスバーガーがたずねた。今回この女性は、まず父の表情を確かめるようなことをしなかった。

「はい」

「たとえ、最初の三日か四日は夜いっしょに泊まりこむことが必要になっても？」メリッサはいった。「リハビリ専門施設への入所を視野に入れる件で話しあおうとしたの――〈リヴァーヴュー〉という優良な施設があって、いまなら空室があるというから。でも、あの人はきく耳をもたなかった。とにかく自宅へ帰りたいの一点張りで」

「ぼくが付き添いますよ」とはいったものの、これまで見たことのない二階の寝室のベッドで寝ることを考えただけでも怖気（おじけ）づいてしまった。「問題ありません。学校は春休みだし」

ミセス・レイヴンスバーガーは父に顔をむけた。「お父さまは、この取決めに異存はありませんか？」

ぼくは父がどう答えるのかが読めないまま待っていた。そして父が答えた。「多少の心配はありますが、それも自然なことでしょうね。チャーリーは責任感のある子ですし、ミスター・ボウディッチはチャーリーとのあいだに絆を深めているようです。だいたい、あの人には、ほかに頼れる人もいないのでしょう？」

ぼくはいった。「ミズ・ウィルコックス、あの人の家のことで――」

ミズ・ウィルコックスはにっこり笑った。「わたしのことはメリッサと呼んで。だってわたしたち、ひとつの仕事の同僚同士になるんだもの」

ミスター・ボウディッチをハワードと呼ぶのにくらべたら、ミズ・ウィルコックスをメリッサと呼ぶほうが気楽だった。年齢の差が前者よりも少ないからだ。「あの人の家のことですけど、どうかわるく思わないでください――ミスター・ボウディッチだって、あなたが盗みを働くとか、そういうふうに思ってるわけじゃないんです。ただあの人は……なんていうか……」

ぼくには発言を締めくくる言葉が思いつかなかったが、父には思いついたようだ。

「他人を遠ざけておきたいタイプ」

「そうです」ぼくはいった。「それに、あの人がちょっとばかり不機嫌になっても、どうか大目に見てあげてください。なぜかというと――」

メリッサは〝なぜかというと〟の先の言葉を待たなかった。

「掛け値なしにいうけど、もしわたしが骨折して創外固定器をはめられていたら、やっぱり不機嫌になると思う」

「ミスター・ボウディッチの保険関係はどうなってます？」父はミセス・レイヴンスバーガーにたずねた。「教えていただけますか？」

ミセス・レイヴンスバーガーとメリッサ・ウィルコックスが目と目を見交わした。口をひらいたのは前者だった。「患者さんの金銭面での事情について詳細に立ち入ることは気が進みません。しかし当病院の出納係によれば、ミスター・ボウディッチは医療費を自費でまかなう意向だそうです」

「ほう」父は、これですべてに説明がつくといいたげに声をあげたが、表情はそれだけではなんの説明にもなっていないと語っていた。父は立ちあがると、ミセス・レイヴンスバーガーと握手をかわした。ぼくもこの女性と握手した。

メリッサはぼくたちのあとから廊下に出てきた。まばゆいほど真っ白なスニーカーを履いた足で、滑るような足どりだった。

「ルイジアナ州立大学ですか？」ぼくはたずねた。

メリッサは驚いた顔を見せた。「どうしてわかったの？」

「ノートです。バスケットボールですか？」

メリッサは微笑んだ。「それからバレーボールもね」

身長を考えれば、メリッサはさぞや強烈なスマッシュをはなっていたことだろう。

第五章

買い物。父のパイプ。
ミスター・ボウディッチからの電話。
小麦粉の缶。

1

ぼくたちはまずホームセンターで手すりの設置キットを買い、そのあと〈ペット・パントリー〉に寄った。この専門店には、予約なしでも受けつける動物クリニックが併設されている。ここでぼくは犬フィラリア症予防薬のチュアブル錠と、レイダーの関節痛をやわらげるための抗炎症薬のカルプロフェンを買った。本来なら処方箋が必要な医薬品だが、事情を説明すると、スタッフは——医薬品は現金でのみ購入可能だという注意を述べてから——薬品を売ってくれた。さらにスタッフは、ミスター・ボウディッチはレイダーに必要な品々をすべてここで買い、追加料金を払って配達させている、と教えてくれた。手すりの代金は父がクレジットカードで払い、薬はぼくが現金で払った。

最後に立ち寄ったのはドラッグストアだった。ここでは細長いネックのついた尿瓶と差し込み便器、ぼくがピンケアでつかうことになっている消毒薬、および強力な業務用ガラスクリーナーのスプレーを二本買った。ここではぼくが支払ったが、現金はつかわなかった。ぼくのVISAカードの限度額は二百五十ドル。それでも利用が承認されないという心配はなかった。もとより、〝ぶっ倒れるまで買い物しちゃう〟タイプではなかったからだ。

家へ帰る車のなかで、ぼくが決めた今回の取り組みについて父がなにか話すものと覚悟していた……なんといっても、十七歳の少年にとってはかなりの大仕事だからだ。しかし、父はなにもいわなかった——ただラジオが流すクラシックロックに耳をかたむけ、ときには声をあわせて歌っていただけ。ほどなくぼくは、車内の父が自分はなにをいえばいいのかを思案していたと知らされることになる。

そのあと歩いてミスター・ボウディッチの屋敷へ行くと、レイダーの出迎えを受けた。犬用の薬をカウンターに置いてから、トイレをのぞく。トイレの狭さが、いざ手すりを設置するときには（そしてミスター・ボウディッチが手すりをつかうときには）逆に有利になりそうだと思ったが、とりあえずそれは翌日の仕事だった。前に地下室で、洗濯機の上の棚につかっていない雑巾がきれいに積んであるのを見た覚えがあった。ぼくは地下室へおりていって、雑巾を両手にひとつかみしてきた。春らしく気持ちのいい日だった。最初は一日を外で過ごして杭垣の修繕をすませようと思っていたけれど、その前に窓ガラスの掃除をしようと思ったのだ。そうすれば、ミスター・ボウディッチが退院して帰ってきたときには、ガラスクリーナーのにおいは外に流れでているはずだ。おまけに窓ガラスの拭き掃除は、屋敷内をひととおり見てまわる口実になる。

キッチンと食品庫、それにミスター・ボウディッチが実際に生活していた場所である居間以外に、埃よけのカバーがかかった細長いテーブルのある食堂があった。テーブルのまわりに椅子が一脚もなかったことが、ここをいっそう空疎なスペースに見せていた。また書斎か図書室、あるいはその両方を意図したらしい部屋もあった。この部屋の天井から雨漏りがあったらしく、水濡れの被害にあっている書籍があるのがわかって心底悲しくなった。裏の廊下に無造作に積んであった本とはちがい、いかにも高価そうな革表紙の美しい本だったからだ。ディケンズの全集やキプリングの全集、マーク・トウェインの全集があり、サッカレーという作家の全集もあった。いずれもっと時間があるときにでも濡れた本を書棚から抜きだして床に広げてならべ、救えるかどうかを確かめようと思った。その方法を教えてくれるユーチューブ動画もあるかもしれない。この年の春、ぼくはユーチューブに頼りっぱなしの生活を送っていた。

屋敷二階には三部屋の寝室にくわえて、リネン類のクロゼットがあり、一階よりも広いトイレがあった。ミスター・ボウデイッチがつかっている寝室にも書棚があり、寝るのにつかっているのが明らかなベッドわきには読書灯が置いてあった。こちらの部屋の書物はおもにペーパーバックだった——一九四〇年代にまでさかのぼるミステリーやＳＦ、ファンタジー、それにパルプ・ホラー。なかにはすごくおもしろそうな本もあり、いずれ余裕ができたら何冊か借りてもいいかたずねてみようと思った。サッカレー作品は苦難の旅路になりそうだが、『黒衣の花嫁』ならぼくでも楽に歩けそうだった。カバーに描かれたグラマーな女性はたしかに黒い服をまとっていたが、その布地はそれほど多くなかった。ベッドサイドのテーブルには二冊の本があった。一冊はレイ・ブラッドベリ作の『何かが道をやってくる』というペーパーバック。もう一冊はぶあついハードカバーで、『ファンタジーの源泉と世界マトリックスにおけるその位置　ユング派の観点から』という題名だった。カバーには星々があふれそうになっている漏斗の絵があった。

　残るふたつの寝室のうち、片方にはダブルベッドがあった。ベッドはメイクされていたもののビニールシートで覆われていた。三つめの部屋は完璧に空っぽで、黴くさくなっていた。スニーカーではなく底が硬い靴を履いていて、この部屋で床を踏めば薄気味わるい虚ろな音が響いたことだろう。

　細い階段（これぞ〈サイコ階段〉だ、と思った）をあがると三階に出た。正確には屋根裏ではなかったが、屋根裏部屋としてつかわれていたようだ。三つある部屋のいずれにも、たくさんの家具類がごたごたと押しこめられていた。もともとはダイニングルームのテーブルまわりに配されていたとおぼしき六脚の洒落た椅子があり、空き部屋から移されたらしいベッドがあり、その上に外されたヘッドボードが縦に置いてあった。さらに二台の自転車（片方は車輪がひとつしかなかった）があり、古雑誌の詰まったいくつもの箱が埃をかぶっていた。三番めの、いちばん狭い部屋にあったのは、まだ人がしゃべる映画が珍しかった時代の大工道具とおぼしい品をおさめた木の箱だった。箱の側面には色褪せた《Ａ・Ｂ》という頭文字があった。手すりの設置につかえるかもしれないと思ってドリルを手にとったが、びくとも動かなくなっていた。それも当たり前だった。工具箱が放置されていたあたりの天井から雨漏りがして、そのすべてが——ドリルも二挺のハンマーも鋸も、そして中央にぼんやりした黄色い泡が浮いている水平器などすべてが——すでに〈錆の国〉に旅立っていた。雨漏りのする屋根にも手入れをしなくては、とぼくは思った。それも次の冬が来る前に修繕しておかなくては、建物の骨組みに悪影響をおよぼしかねない。まだ影響がないにしても、だ。

　まず手をつけたのは三階の窓ガラスだった。いちばん汚れていたからだ。不潔といっていいレベルだった。見ただけで、バケツの水をなんべんも交換しなくてはならないのがわかった。それに、もちろんガラスの内側をきれいにしても、仕事は半分しかおわっていなかった。ぼくはランチ休憩をとることにして、年代物の〈ホットポイント〉のレンジ台で缶詰のチリを温めた。

「おまえにこのボウルを舐めさせてやるべきかい？」そうレイダーにたずねた。レイダーは、あの大きな鳶色の瞳でじっとぼくを見あげた。「舐めさせないのなら、最初からこんなことといわないよ」

ボウルを床に置くと、レイダーが駆け寄ってきた。そのあとまた窓ガラス掃除を再開した。全部拭きおえたときには、午後もなかばを過ぎていた。プルーンみたいに皺々、ごしごしと拭き掃除をしたせいで腕が痛んだが、〈ウィンデックス〉のスプレーと酢を併用する方法（ユーチューブで仕入れた豆知識）で見ちがえるほどきれいになった。家のなかが日ざしで満たされていた。

「うん、気にいった」ぼくはいった。「うちまで散歩したくないか？　父さんがなにをしてるのかを見にいくか？」

レイダーは〝行く〟と吠えた。

2

父は正面ポーチでぼくを待っていた。手すりの上にパイプが置いてあり、隣には刻みタバコの袋もあった。これは、父がこれからぼくと話しあいをすることを意味していた。それも真剣な話しあいを。

昔、父が紙巻きタバコを吸っていた時期があった。そののち母が誕生日プレゼントとして父にパイプを贈ったけれど、そのときぼくが何歳だったかは記憶にない。シャーロック・ホームズに似あうタイプのパイプではなかったが、それでも高価な品だったと思う。記憶にあるのは　母が〝発癌スティック〟こと紙巻きタバコをやめるよう父にしつこくいいつづけていたことや、それに父が毎回、いずれそのうちやめるという（依存症者ならではの曖昧な）約束をくりかえしていたことだ。結局タバコをやめさせたのはパイプだった。最初は紙巻きタバコの本数を減らしていき、やがて一本も吸わなくなった——それからほどなく、母はフライドチキンをひと箱買うためにあの縁起でもない橋をわたったのだが。

ぼくは父がダウンタウンのタバコ専門店で仕入れてくる〈スリー・セイルズ〉という刻みタバコの香りが好きだったが、この香りはすぐに散ってしまい、嗅ごうとしてもなにも嗅げないことも珍しくなかった。それこそが母の深慮遠謀だったのかもしれないが、真偽をたずねる機会はなかった。そうこうするうちに、パイプは煖炉の上のパイプラックに鎮座したままになった。少なくとも母が死ぬまでは。母が死ぬとパイプが息を吹きかえした。父が酒飲みだったあの時期、紙巻きタバコを吸っているところは一度も見かけなかったが、昔の映画を見ているときはいつもパイプといっしょだった。とはいえパイプに火をつけることはめったになかった。ただ、柄（ステム）や吸口（ヒット）をやたらに嚙んでいて、そのせいでどちらも交換しなくてはならなくなった。また〈無名のアルコール依存症者の会（アルコホーリクス・アノニマス）〉の会合に通いだすと、そこにもパイプを持参していった。会合の場は禁煙だったから、そこでも父はパイプの柄を嚙んでいた。それも、ときには（父の友人のリンディ・フランクリンが話してくれたように）火皿を下向きにして。

　酒を断って丸二年めの記念日を迎えるころ、パイプは煖炉上のラックにもどっていた。前に一度そのことをたずねると、父はこう答えた。「酒を断って二年になったからね。そろそろ、嚙むのもやめてもいいだろうと思ったのさ」

　それでもしばらくすると、またパイプがラックから外へ出た。たとえば、プレゼンテーションをしなくてはならないシカゴでの大規模な代理店会議の前など。それから、毎年の母の命日。そしていまパイプがラックから出されていた。刻みタバコもいっしょに。つまりこれは、とびっきり真剣な話しあいになるということだ。

　レイダーは、一段あがるたびに足もとを確かめる老婦人スタイルでポーチへの階段をあがった。父は、ようやく階段をあがりきったレイダーの耳のうしろを掻いてやっていた。「さあて、いい子はだれかな？」

　レイダーは低く抑えた声をあげてから、父の揺り椅子の隣にすわりこんだ。ぼくはもうひとつの揺り椅子にすわった。

「この子にもう薬をあげはじめたのか？」父はたずねた。

「まだだよ。今夜の夕食から、フィラリアの薬と関節炎の薬を混ぜようと思ってる」

「手すりの設置キットにはまだ手をつけていないんだね？」

「それはあしたの仕事。今夜、設置の説明書を読んでおくよ」くわえて、『サルでもわかる在宅介助』的なパンフレットもだ。「よければ、あしたは父さんのドリルを借りていきたいな。あっちの家でだれかの工具箱を見つけたんだけど――《Ａ・Ｂ》という頭文字が書いてあった――中身の工具はどれもこれもすっかり錆びてて。屋根が雨漏りするんだよね」

「ああ、好きにつかうといい」父はパイプに手を伸ばした。火皿には刻みタバコが詰めてあった。シャツの胸ポケットに台所用のマッチをしまっていた――親指の爪をつかってマッチの一本に火をつける。幼い子供のころのぼくは、この鮮やかなテクニックに魅せられていたものだ。いや、このころもまだ魅せられていたのが真実だ。「わかっていると思うが、わたしは喜んでおまえといっしょに屋敷へいって、大工仕事を手伝うよ」

「いや、来なくていいよ。あそこのトイレはひどく狭いから、ふたりで仕事をしても邪魔をしあうだけにおわりそうだ」

「でも、それだけが本当の理由ではないんだろう、チップ？」

　父がぼくにこの呼び名をつかったのは、いったい何年ぶりだろう？　五年ぶりとか？　父は火のついたマッチを――もう半分まで燃えつきているマッチを――火皿の上にかざして、パイプから空気を吸いはじめた。もちろん、そうしながらぼくの返事を待っているわけだが、ぼくには答えの持ちあわせがなかった。レイダーがタバコの芳香を嗅ぎつけて頭をいったんあげたが、すぐにポーチの床板のあいだに鼻面を突っこんだ。

父はマッチをふって火を消した。「なにかわたしに見せたくないものがあの屋敷にあるとか、そういうのじゃないだろうね？」

それでぼくはアンディ・チェンのことを連想した――あの屋敷に動物の剝製がいっぱいあるのか、目で人の動きを追いかけるキットキャット時計(クロック)があるのかとたずねたアンディのことを。ぼくは微笑んだ。「まさか、ただの家だよ。ちょっと荒れているし、屋根は雨漏りするけどね。そっちも、いずれは修理するとか手を打たないといけないな」

父はうなずいてパイプをふかした。「実はリンディにこのことを……いまの情況を話してみたんだよ」

それも意外ではなかった。リンディは〈無名のアルコール依存症者の会(アルコホーリクス・アノニマス)〉における父の〝助言者(スポンサー)〟であり、父は心配事があればなんでもリンディに話すことになっているからだ。

「リンディは、おまえには世話役メンタリティがあるかもしれないと話してた。ほら、わたしが酒を飲んでいた時期からね。ああ、そうだ――おまえはまだ若かったのに、わたしの世話をしていた時期があった。家を掃除し、食器を洗い、自分の朝食をつくり、ときには夕食も自炊していたのだね」父は言葉を切った。「あのころのことを思い出すのは、わたしにはつらいことだ。こうして口に出すのは、もっとつらいな」

「そういうことじゃないんだよ」

「だったらなんなんだ？」

このときになってもまだ、ぼくは神さまと約束を交わしたことや、その約束では自分が果たすべき義務があることなどを父に話す気分にはなれなかったが、それ以外なら父に話せることがあるにはあった。父にも理解できるようなことであり、幸運にもそれは真実だった。「父さんなら、AAの人たちが感謝の姿勢をたもちつづけることについてどう話しているのかを知ってるよね？」

「感謝の心を忘れないアルコール依存症者は酔っ払わない。そんなふうに話してるな」

「こっちは父さんがもう酔っ払わなくなって、ほんとにうれしいんだ。いつもいつも口に出してるわけじゃないかもだけど、でもほんとに思ってる。だから、ぼくが恩返しならぬ恩送りをしていると話して、それでおわりにしてもらえない？」

父はパイプを口から離し、片手で両目をこすった。「よし、わかった。そういうことにしよう。ただ、いずれはあの人にも会ってみたい。それが義務のようにも感じているんだ。わかってもらえるね？」

ぼくはわかると答えた。「でも、梯子の事故からもう少しだけ日がたってからにしたほうがいいかな」

父はうなずいた。「それでいいよ。愛してるぞ、坊主」

「ぼくも愛してる」

「どれだけ自分の手にあまる仕事を背負いこんだのか、それさえ理解していればいい。それはわかっているんだろう？」

わかっていた。また、どれほど手にあまる仕事なのかを把握できていないこともわかっていた。知らなくて、かえってよかった。本当のところを知っていたら心が折れていただろう。

「それについても、父さんが参加したプログラムの有名な言葉があるよね。ほら、一度に一歩ずつ進むこと、という言葉が」

父はうなずいた。「わかったよ。ただし春休みはあっというまにおわるぞ。おまえがあの屋敷でどれだけの時間を過ごすべきと感じるかはともかく、勉強のほうも決しておろそかにするな。それだけは強くいっておく」

「オーケイ」

父はパイプに目をむけ、「このぶんだとじきに火が消えるな。いつかかならず消えるんだよ」といってパイプをポーチの手すりに置き、上体を前にかがめてレイダーのうなじに生えている濃い毛を掻いた。レイダーはまた頭をもたげ、また下へおろした。「この子はほんとうにいい犬だな」

「うん、ほんとにね」

「レイダーに恋をしたんじゃないか？」

「うむ……まあ……そうかも」

「レイダーは首輪こそしてるが鑑札がない。つまり、ミスター・ボウディッチは畜犬税を払ってないわけだ。たぶん、一度も獣医にかかってないと思う」父がいった。「ぼくもそう思っていた。「狂犬病のワクチンだって一度も射ってない。ほかのいろんな予防接種類もだ」父はいったん言葉を切った。「ひとつ疑問がある。おまえにも考えてほしい。本気で、真剣に。今回のことでは金を立て替えているが、それもいずれおわるのかな？　食料品、犬のための薬、それに手すりなんかの費用だよ」

「尿瓶も忘れないで」

「で、どうする？　おまえの考えをきかせてくれ」

「ミスター・ボウディッチからは、出費はきっちり記録しておけ、立て替え分はあとで埋めあわせをする、といわれてるし」

これは、せいぜい答えの半分にすぎなかった。自分でもわかっていたし、父もたぶんわかっていただろう。いや、あらためて考えなおしてから、〝たぶん〟の部分は削除した。

「わたしたちがミスター・ボウディッチの口座に穴をあけているという話じゃない。しょせんは、すべてひっくるめても二百ドル程度だ。しかし、病院関係の費用となると……アルカディア病院の一週間の入院費がいくらになるか、おまえは知っているか？　もちろん、手術費用や手術後療法の費用は別途かかってくるんだぞ？」

ぼくは知らなかった。しかし損害保険会社の査定人である父は知っていた。

「八万ドル。最低でもだ」

「でも、ぼくたちがそっちの費用を負担させられることにはならないでしょう？」

「ならない。支払義務はミスター・ボウディッチひとりにかかってくる。ただ、わたしはあの人がどんな保険に加入しているのかを——そもそも加入している保険があるのかどうかも——知らない。リンディにいって調べてもらったが、オーヴァーランド保険での加入歴はひとつもなかった。高齢者医療保険（メディケア）は加入しているだろうが、それ以外のことはだれにもわからない」

父は椅子のなかで体を動かした。「それで、ミスター・ボウディッチのことを少し調べさせてもらった。おまえが気をわるくしないことを願うよ」

　気をわるくしなかったし、意外に思うこともなかった。父は人々のことを調べるという仕事で日々の糧を稼いでいる人物だ。それにぼくも好奇心を感じていたのでは？　もちろんそのとおり。「なにがわかったの？」

「なにもわからなかったも同然だよ……こんな時代、こんなご時世では、そんなことはありえないといいたいね」

「たしかにあの人はコンピューターをもっていないし、それどころか携帯電話だってもってない。となると、フェイスブックをはじめとするソーシャルメディアにはいっさいかかわってないだろうね」そう話しながらもぼくは、たとえコンピューターをもっていても、ミスター・ボウディッチならフェイスブックを鼻で笑うにちがいないと考えていた。フェイスブックはのぞき屋だからだ。

「さっき、見つけた道具箱に《A・B》という頭文字があったといっていたな？」

「うん」

「それで話が合う。あの丘のてっぺんにある敷地は全体で約六千平方メートル——つまり、かなり広大だ。で、その土地を一九二〇年に購入したのがエイドリアン（A）・ボウディッチ（B）という人物だった」

「あの人のお祖父さん？」

「たぶんね。ただしミスター・ボウディッチがかなり高齢である以上、父親だとも考えられる」父は手すりからパイプをとりあげて一、二回嚙むと、また手すりにもどした。「ところで、ミスター・ボウディッチはいったい何歳なんだ？　まさか、本当に自分の年齢を知らないのかな？」

「知らなくてもおかしくないと思うよ」

「ずいぶん昔はあの人を見かけていたものだが——あの人がひきこもり気味になる前の話だ——当時でさえ五十歳くらいに見えていたな。わたしが手をふると、お返しに手をふってくれることもたまにはあったっけ」

「話をしたことはなかった？」

「〝どうも〟と声をかけたことはあっただろうし、話のネタになるくらいの天気だったら話題にしたかもしれないが、そもそも会話の弾むタイプじゃなかった。それはともかく、その年齢の見当が正しければ、あの人はおおざっぱにいってヴェトナム世代ということになる。ただし、軍隊関係の記録にはなにも見つからなかった」

「じゃ、兵役に就いたことがないっていうこと？」

「たぶん兵役に就いていない、ということだね。まだオーヴァーランド保険で働いていればもう少し突っこんだ調査もできたが、あいにくもう社員じゃないし、リンディに頼むのも気がひけたのでね」

「なるほど」

「確実にわかったこともある。ミスター・ボウディッチが多少の財産をもっているということだ。というのも固定資産税は公記録にふくまれているからで、二〇一二年度でいえばシカモア・ストリート一番地の税額は二万二千ドルだったからだ」

「じゃ、その金額を毎年払っているわけ？」

「税額は多少変動する。大事なのは、あの人が固定資産税をきちんと支払っているということだ。あの人は、おまえの母さんとわたしがこの町に越してきたときには、もうあそこに住んでいた……という話は前にもしたっけな。当時は支払うべき税金もいまよりもっと安かっただろうね。なんでも値上げしていくなかで、固定資産税だって例外じゃない。それでも、これまでの総計となると六桁の域に達するわけだ。ずいぶんな大金じゃないか。引退生活にはいる前、ミスター・ボウディッチはなんの仕事をしていたんだ？」

「知らないよ。ぼくはついこのあいだ会ったばかりだし、初対面のときのあの人は頭がずいぶん混乱してた。ぼくとあの人はまだ、父さんのいう〝胸襟（きょうきん）をひらきあう〟仲じゃないし」とはいえ、いずれはそういう間柄になった。このときはまだ知らなかっただけで。

「わたしにもわからなかった。調べても、なにも出てこなかったんでね。さっきのくりかえしになるが……こんな時代、こんなご時世では、そんなことはありえないといいたいね。制度の網の目からこぼれ落ちた人の話もきかなくもないが、まあ、そういった人たちはこの世界が破滅すると信じるカルト教団の一員として、アラスカあたりの荒野にいるものだよ。あるいは、モンタナあたりの原野か——ユナボマーみたいに」

「ユナ……なにそれ？」

「アメリカ人テロリストだ。本名はセオドア・カジンスキー。まさか、ミスター・ボウディッチの屋敷で、手製爆弾の材料が散らばっているのを見たりしてないだろうな？」いいながら父はひょうきんな仕草で両眉をくいっともちあげていたけれど、それが百パーセント冗談かどうかは見きわめられなかった。

「ぼくが見たなかでいちばん危険そうな品は鎌だね。そうそう、三階で見つけた工具箱のなかには、すっかり錆びた手斧もあったっけ」

「写真はどうだ？　たとえば父親や母親の写真は？　あるいは、

もっと若いころの本人の写真とか？」

「なかった。ぼくが見たのはレイダーの写真だけ。居間にあの人の安楽椅子があって、その横のテーブルに飾ってあった」

「ほう……」父はいったんパイプに手を伸ばしたが、気が変わったらしい。「つまりわたしたちには、ミスター・ボウディッチの収入源がわからず――いまも収入があると仮定しての話だが――どんな仕事で生計を立てていたのかもわからないわけだ。在宅でできる仕事だと思うよ。あの人はアゴラフォービアのようだしね。どういう意味かというと――」

「広場恐怖症のこと？」

「わたしの見立てでは前々からその傾向があって、年をとるにつれて度が増してきたんじゃないかな。それで、家に閉じこもりがちになった、と」

「筋向かいの家に住んでる女の人が、以前はミスター・ボウディッチが夜になってからレイダーを散歩させていたって話してた」自分の名前が話に出たからだろう、レイダーが両耳をぴくっと立てた。「ぼくにはちょっと奇妙な話に思えたな。だって、たいていの人は昼間に犬を散歩させるものなのに――」

「夜のほうが通りを歩いている人が少ないからだな」父がいった。

「そうだね。たしかにミスター・ボウディッチはご近所さんたちと気軽に声をかけあうタイプには思えないし」

「もうひとつ」父はいった。「奇妙といえば奇妙だが……しかし、あの人自身にそういう奇妙なところがあるとは思わないか？」

ぼくはこの質問をスルーして、別のことをたずねた。

「ああ、車を所有しているよ」父は答えた。「いまどこにあるかは知らないが、所有していることは事実だ。一九五七年型のスチュードベイカー。ただしアンティークとして登録されているので、課せられているのは物品税だ。固定資産税同様、こちらの物品税も毎年きちんと納めてる。といっても、ずっと低額だよ。約六十ドルだ」

「車を所有しているのなら、あの人の運転免許証がわかるんじゃないの、父さん？　で、そこからいまの年齢もわかるはずだよね」

父はにっこり笑って、頭を左右にふった。「いいところに目をつけたね。しかし、ハワード・ボウディッチ名義で発行されたイリノイ州の運転免許証はなかった。いうまでもないとは思うが、運転免許がなくても車を買うことはできる。走らない車なのかもしれないし」

「でも、走らない車にどうして年一回の税金を納めてるんだろう？」

「こういいかえたほうがいいぞ、チップ――車の運転ができない身でありながら、なぜ納税するのか？」

「エイドリアン・ボウディッチはどうなの？　あの人のお父さんかお祖父さんっていう人。もしかしたら運転免許をもってたかも」

「それは思いつかなかった。調べてみよう」父は間を置いた。「で、おまえのこれをやりたいという気持ちは本物なんだな？」

「本物だよ」

「それなら、いま話したようなことをミスター・ボウディッチにたずねてくれ。わたしが調べたかぎりにおいては、この人物は存在していないも同然だからだよ」

ぼくはそうすると答え、話しあいはこれでおわったように思えた。例の小屋——なにもないという話のわりには扉が頑丈な南京錠で施錠されている小屋——からきこえてきた、なにかひっかくような音のことを話そうかと思ったが、結局は話さなかった。頭のなかで音の輪郭はもうぼやけていたし、それ以外にも考えるべきことがたくさんあったからだ。

3

そのあと、春休みのあいだ何日か——あるいは休みのあいだずっと——寝泊まりすることになる来客用寝室のベッドから埃よけのビニールシートをはずしているときにも、まだ頭ではその手のことを考えていた。ベッドメイクはしてあったが、敷いてあるシーツは埃っぽく、黴くさかった。ぼくはそのシーツを引き剝がし、リネン類のクロゼットから新しいシーツをもってきて敷いた。どの程度新しいのかは不明だが、においはましだった。それ以外にも、ソファベッド用のシーツとキルトの掛けぶとんを運びだしてきた。

ぼくは一階へおりていった。レイダーは階段の降り口にすわって、ぼくを待っていた。シーツと上がけをミスター・ボウディッチの安楽椅子の座面に置いてから、あらためて見てみると、ソファをベッドにしつらえなおすには安楽椅子とその横の小テーブルを若干移動させなくてはならないことがわかった。テーブルを動かそうとした拍子に、抽斗が途中まで滑りでてきた。見ると抽斗のなかには数枚の小銭があり、仕上げのクロームめっきがほとんど剝げるほど古いハーモニカがあったほか……カルプロフェンの瓶もあった。ぼくはうれしくなった——というのも、老齢になった愛犬の苦しみをミスター・ボウディッチが放置していたとは考えたくなかったからだし、〈ペット・パントリー〉の女性店員がぼくに進んでこの薬を売ろうとしてくれた事情がわかったからだ。ただし、そのうれしさに水を差したのは、この薬もレイダーにはあまり効いていないという事実だった。

ぼくはレイダーに餌をやり、新しい瓶から出した薬を——買ってきたばかりの瓶のほうが劣化も少ないはずだという理屈で——ドッグフードに混ぜこむと、二階へ引き返してソファベッド用の枕をとりにいった。このときもレイダーは、階段の降り口にすわって待っていた。

「びっくりだ、なんて早食いなんだよ！」

　レイダーは尾で床をぱたぱた叩き、ぼくが横をすり抜けられる分だけ体を動かした。

　ぼくは枕を少し膨らませてから、居間のまんなかでソファからベッドになったものの上に投げ落とした。ミスター・ボウディッチは文句をいうかもしれない……いや、ぜったいに文句をいうだろうが、これで問題はないはずだとぼくは思った。創外固定器のピンケアは簡単そうに思えたが、ミスター・ボウディッチを車椅子からベッドに寝かせる方法やその逆の方法が、例の『サルでもわかる在宅介助』のパンフレットに手引でも書いてあればありがたかった——というのも、退院して帰ってくるときには車椅子に乗っているはずだからだ。

　ほかには？　ほかにはなにがある？

　来客用寝室のベッドから剝がしてきたシーツを洗濯機に入れる仕事があるにはあるが、あしたまで延ばしてもいいし、なんなら月曜日まで延ばしたっていい。ほかには……そう、電話だ。ミスター・ボウディッチの手がすぐ届く場所に置いておかなくては。この家の固定電話は白いコードレスタイプの電話機——ターナー・クラシック・ムービーズで放送される一九七〇年代の犯罪捜査ものの映画に出てきそうな電話機だった。ちなみにその手の映画では男はみんなもみあげを伸ばし、女はみんな髪をふくらませている。電話機がつかえるどうかを確かめると、発信音がきこえてきた。電話機を充電スタンドにもどそうとしたその瞬間、いきなり呼出音が鳴りはじめた。ぼくは驚きに小さな悲鳴をあげ、電話機をとりおとした。レイダーが吠えた。

「心配いらないよ」ぼくはそう声をかけて、電話機を拾いあげた。通話を受けるためのボタンは見あたらなかった。ミスター・ボウディッチの声が、遠くの声のようにかぼそくきこえてきた。「もしもし？　そこにいるのかね？　もしもーし？」

　通話を受けるためのボタンもなければ、発信者を知る手だてもないとは。こういった古い電話をつかうなら、いちかばちかで電話に出るほかないのだ。

「もしもし」ぼくはいった。「チャーリーです、ミスター・ボウディッチ」

「どうしてレイダーが吠えているんだ？」

「ぼくが悲鳴をあげて電話機を落としてしまったんです。手にもっているときに呼出音が鳴りだしたもので」

「驚かせてしまったかな？」そうたずねはしたが、答えを待ってはくれなかった。「きみがそこにいるのはレイダーの餌やりの時間だからだ。もう餌はやったか？」

「はい。三口でぺろりとたいらげていました」

　ミスター・ボウディッチはしゃがれた笑い声をあげた。「それでこそレイダーだな。いまは多少ふらつきはしているが、食欲は昔と変わらず旺盛なんだよ」

「ご気分はいかがですか？」

「痛み止めをもらっていても、足の痛みは地獄の苦しみだね。それでもきょうは、ベッドから連れだしてもらったよ。創外固定器をつけたまま動きまわるのは、ちょっとしたジェイコブ・マーリー気分だな」

「ここにあるのは生前のわたしが身にまとった鎖だよ」ぼくは亡霊のせりふっぽくいった。

ここでもミスター・ボウディッチはしゃがれた笑い声をあげた。薬がかなり効いているのだろうと思った。「本を読んだのかな？　それとも映画で見た？」

「映画です。あの映画を毎年クリスマスイブにTCMで見ます。うちはTCMをしょっちゅう見てて」ぼくはターナー・クラシック・ムービーズを略称でいった。

「なんだそれは？」ミスター・ボウディッチがTCMを知っているはずはなかった。居間のテレビにはなんの機器も接続されていないし、唯一つながっているのは学校の事務員さんのミセス・シルヴィウスが……なんだっけ……そう、〝ウサギの耳〟と呼んでいたアンテナだけだ。

「きみがそこにいてよかったよ。病院はわたしを月曜の午後に退院させる意向でね。その前にきみと話しあっておく必要がありそうだ。あした、病院まで来てもらえるか？　同室の患者は野球中継を見に下のラウンジまでおりていくので、多少はプライバシーを確保できるんだ」

「ええ、うかがいます。居間のソファベッドを広げて、あなたが寝られるようにメイクしておきました。あと二階のベッドもぼくが寝られるようにして――」

「ちょっと待ってくれ、チャーリー」そのあと長い間をはさんでから――「ベッドメイクや犬の餌やりだけではなく、秘密を守ることもきみの得意技かな？」

ぼくは父が飲んだくれていた歳月のことを――父のうしなわれた年月のことを思った。あの時期は自分で自分の面倒を見る機会が大幅に増えていたし、またずっと怒りをかかえてもいた。母があんなふうに死んでいったことに怒っていた。これっぽっちの落ち度もないのに死ぬなんて馬鹿馬鹿しいことこのうえない、と。ただし忘れないでほしいのは、母があの縁起でもない橋で死んだとき、ぼくがわずか七歳だったことだ。父のことを愛してはいたが、ぼくは父にも怒っていた。怒りをかかえた子供はトラブルにあいやすい。しかもぼくには、バーティー・バードという強力なトラブルメーカーがいた。バーティーとぼくにくわえて、アンディ・チェンがいた三人のときには問題は起こらなかった。アンディはボーイスカウト的な少年だったからだ。けれどもふたりだけになると、ぼくたちはかなり顰蹙(ひんしゅく)もののことをやらかしていた。万一つかまっていたら、ぼくらはかなりのトラブルに――それも警察沙汰タイプのトラブルに――直面していたはずだが、つかまったことは一度もなかった。父に知られたこともなかった。ぼくが自己流を貫いているかぎりは知られるはずもなかった。ぼくとバーティーが、いちばん気にいらない先生の車のフロントガラスにべったりと犬の糞を塗りつけてやったなんて話を、わざわざ父に教えたいと思っただろうか？　いまここに――なにもかも隠さずに打ち明けると約束したこの場に――書いただけでも、ぼくは穴があったらはいりたい気分になる。おまけに、これすらぼくたちの最悪の行為ではなかった。

「チャーリー？　まだそこにいるかね？」

「はい、います。ええ、ぼくなら秘密を守れます。といっても、あなたが本当はだれかを殺していて、小屋に死体を隠したなんて秘密を明かされたら話は別ですけど」

　今回黙りこむのはミスター・ボウディッチのほうだった。しかし、まだそこにいるかと質問する必要はなかった。荒い息づかいが電話ごしにきこえていたからだ。

「そんな話ではないが、由々しき秘密があるんだよ。それについてはあした話そう。きみは一本気な正直者のようだ。わが見立てが正しいことを神に祈ろう。なに、いずれわかる。はてさて、それでわたしはきみときみのお父上にバケツ何杯分を返さねばならないんだね？」

「ええと、それは立て替えた経費がどのくらいになったかという意味ですか？　たいした額じゃないです。いちばん額が大きいのは配達された食料品の代金ですね。ぜんぶひっくるめて二百ドル前後じゃないかな。レシートは全部――」

「金にくわえて、きみの時間もだよ。これからもわたしを介助する気があるなら、それについてもきみは報酬を受け取るべきだ。そうだな、週給五百ドルでは？」

　ぼくはあっけにとられた。「ミスター・ボウディッチ……じゃない、ハワード……ぼくにお金を払うなんて、そんなの必要ないです。仕事なら、ぼくは喜んで――」

「働く者が報酬を受けるのは当然である。ルカによる福音書。では週給は五百ドル、仕事が順調であれば年末にはボーナス。それでいいか？」

　引退生活にはいる前にこの人がどんな仕事をしていたにせよ、道ばたの側溝を掘るたぐいの仕事ではなかったらしい。ミスター・ボウディッチはドナルド・トランプのいう〝取引術〟によく通じている――つまり他人が異議をとなえても、あっさり踏みつぶしていくことに慣れているのだ。しかも、ぼくの異議はもとより弱々しいものだった。ぼくが神さまと約束をかわしていたのは事実だけれど、その約束を果たしつつある一方でミスター・ボウディッチがぼくに給料を払っても、両者がならび立たないとは思えなかった。さらに当時の父が口癖のようにいっていた言葉ではないが、このころのぼくは大学進学について考えなくてはならない身だった。

「チャーリー？　そういう取決めでよろしいかな？」

「ええ、それで問題なければ、けっこうだと思います」もちろんミスター・ボウディッチが連続殺人鬼だと判明したような場合、ぼくとしては週五百ドルの金で秘密を守るつもりはなかった。そんなことなら最低でも週に千ドルは払ってもらわないとだけるとは思っても――」

（冗談）。「ありがとうございます。まさか、そこまでしていた

「ああ、わかってる」途中でそう口をはさまれた。まこと口はさみ術の達人だ、ミスター・ハワード・ボウディッチは。「どこがどうといえないが、きみは実に魅力的な若者だよ。さっきもいったように、一本気な正直者だ」

かつて学校をサボった日のことを話したあとでも、この人はそう思ってくれるだろうか――バーティー・バードとぼくがハイランド・パークで携帯電話の落とし物を見つけ、スティーヴンズ小学校に「爆弾を仕掛けた」といういたずら電話をかけたことを。思いついたのはバーティーだけれど、ぼくも同調したのだ。

「キッチンに小麦粉の缶がある。もう目にしたかもしれないね」目にしたどころか、その缶の話は前にもミスター・ボウディッチからきいている。ひょっとして話をしたことを忘れているのだろうか――あのときは痛みにかなり苦しんでいたことだし。最初はその缶に現金がしまってあるといい、次は空っぽだ、忘れていた、と話していた。

「ええ、見ました」

「そこから七百ドル出すといい。うち五百ドルは第一週のきみの給料で、二百ドルはきょうまでの立て替え経費だ」

「いいんですか、それで――」

「もちろん。もしこの金を賄賂だと考えているのなら……なにやら法外な要求を受けいれさせるための懐柔策だと考えているのなら……それはちがう。尽力への謝礼だ。これについては、チャーリー。尽力への謝礼だよ、お父上にも隠しだてせずに話していい。この先わたしときみのあいだで話しあうかもしれないことについては、そのかぎりではない。ずいぶんな頼みごとだというのは承知しているよ」

「犯罪でなければかまいません」ぼくはいったんいい、すぐ軌道修正した。「重大な犯罪でないかぎりは」

「では、三時ごろ病院に来てくれるか？」

「はい」

「では、そろそろ電話を切らせてもらおう。わたしの代わりにレイダーを撫でてやってくれないか――ああ、梯子に近づくべきではなかったのに近づいた愚かな老いぼれの代わりにな」

ミスター・ボウディッチは電話を切った。ぼくはレイダーの頭を何度か撫で、さらに頭から尻尾まで、全身を二、三度つづけて撫でた。レイダーはごろんと仰向け（あおむ）になり、撫でてくれと腹を見せてきた。ぼくは喜んで誘いに乗った。それがすむと、ぼくはキッチンへ行って小麦粉の缶のふたをあけた。

缶には現金がぎっしり詰まっていた。いちばん上にはばらばらの紙幣が乱雑に押しこんであった。大半は十ドルと二十ドル紙幣だったが、五ドルと一ドルもぽつぽつと混ざっていた。紙幣をすっかり缶からとりだすと、カウンターにちょっとした山

ができた。ばらばらの紙幣の下から出てきたのは五十ドルと百ドルの紙幣の帯封つきの束だった。帯封には紫のインクで《**ファースト・シチズンズ銀行**》というスタンプが捺(お)してあった。ぼくはこの札束も缶から出した。かなりきつく押しこめてあったため、多少揺らすようにしないと出てこなかった。五十ドル紙幣が六束分あった――ひと束は十枚だった。百ドル紙幣は五束分――こちらもひと束十枚だ。

　レイダーがキッチンにやってきて餌の皿の横にすわり、耳を立ててぼくを見あげていた。「びっくりだな、お嬢。こっちの札束だけで八千ドルだ。上にのっかっていたお札は勘定に入れないでだぞ」

　ぼくはばらの紙幣から七百ドル数えて抜きだし、まっすぐに伸ばしてから折り畳んだ。その札束を押しこめると、ポケットが内側からこんもりと膨らんだ。これまで手にした最高額の現金の軽く十倍になる大金だ。ぼくは束にまとめられた紙幣を手にとり、缶にもどしかけて……手をとめた。缶の底に小さな赤っぽいペレット状のものが三つあるのが見えたからだ。前に薬品戸棚(メディスンキャビネット)で見かけたものとおなじものだった。缶を傾けて三個のペレットを手のひらにふりだす。BB弾にしてはやけに重すぎるように思えたし、もしぼくの考えが正しければ、この品はミスター・ボウディッチがどこから収入を得ているかという問題の解明に大いに寄与するはずだった。

　ぼくはそのペレットが黄金なのではないかとにらんだ。

4

この日は自転車ではなく歩きで来ていた。丘をくだって自宅まで歩いて帰るのに十分、せいぜい十二分しかかからなかったが、この日はわざとゆっくり歩いた。考えごともあれば、心を決めなくてはならないこともあったからだ。歩くあいだも、ぼくはポケットの膨らみにしじゅう手をやって、紙幣がちゃんとあることを確かめていた。

　ミスター・ボウディッチから電話がかかってきて、ぼくを雇うともちかけられたことは父に話すつもりだった。現金も見せようと思っていた――二百ドルはこれまで立て替えた分で、残り五百ドルがぼくの給金だ、と。その五百ドルのうち四百ドルをカレッジ学費用の口座（偶然にもおなじファースト・シチズンズ銀行だ）に入れるつもりだし、そのあともミスター・ボウディッチのところで働くあいだは毎週の給金から四百ドルを継続して貯めるつもりだ、ということも話そうと思っていた……そして働く期間はこれから夏いっぱい、短ければ八月のフットボールのシーズンがはじまるまで、ということもだ。父に話すかどうか迷っていたのは、缶におさめてあった現金の額だった。そしてもちろん、あの黄金のBB弾のことも。あれが本当に黄金だと仮定しての話。

　自宅の玄関をくぐったときには、もう肚は決まっていた。缶のなかの現金八千ドルの件と、BB弾のようでありながらBB弾でない黄金のことはぼくの胸ひとつにしまっておこう。とりあえず、あしたミスター・ボウディッチと話をするまでは。

「お帰り、チャーリー」父が居間から声をかけてきた。「犬は元気だったか？」

「うん、元気だよ」

「それはよかった。スプライトをもってきて、こっちで椅子にすわるといい。ちょうどターナー・クラシック・ムービーズでヒッチコックの《裏窓》をやってるぞ」

　ぼくはスプライトを手にして居間にはいっていき、テレビの音声をミュートにした。「父さんに話しておきたいことがあるんだ」

「おやおや、ジェイムズ・スチュワートとグレース・ケリー以上に大事な話があるものだろうか？」

「たとえばこれは？」ぼくはそういってポケットから札束を抜きだし、コーヒーテーブルに置いた。

　ぼくが予想していた反応は、驚きと警戒と不安だった。しかし現実の父は、興味を引かれて愉快に思っているといった反応だった。父はミスター・ボウディッチがキッチンの缶のひとつに現金を隠しもっていたことは、父のいう〝広場恐怖症ならではの貯蔵本能〟に合致するものだと考えていた（父にはこれ以前に、テレビが古いモデルであり、キッチンの設備がのきなみ旧式であることはもちろん、廊下が〈古き読み物の通廊〉になっていることも話してあった）。「じゃ、その缶にはまだ現金がしまってあった？」

「うん、そこそこあったよ」ぼくは答えた。あながち嘘ではない。

　父はうなずいた。「ほかの缶のなかも確かめたか？　ひょっとしたら砂糖といっしょに数百ドルしまってあるかもしれないじゃないか」にやにやと笑いながら。

「まさか」

　父は二百ドルをとりわけて手にとった。「うちが立て替えた金額よりも若干多めだが、この先も必要な買い物が出てくるかもしれないしね。おまえの四百ドルは、わたしが代理で口座に入れておこうか？」

「うん、お願い」

「いい考えだよ。ある意味でミスター・ボウディッチは――少なくとも第一週にかぎれば――おまえを雇うことで安くあげられたんだ。専門でフルタイムの在宅ヘルパーなら、もっと高くつくだろうからね。その一方で、おまえは金を稼ぎながら勉強できることになる。そしておまえがあの屋敷に寝泊まりをするのは春休みのあいだだけ」父は顔をめぐらせて、ぼくを正面から見すえた。「その点はまちがいないな？」

「うん、まちがいない」

「それならいい。ミスター・ボウディッチが現金を貯めこんでいるという話には穏やかでないものを感じもするが、それは金の出どころをわたしたちが知らないからにすぎないし、ここは〝疑わしきは罰せず〟原則をあてはめようじゃないか。わたしとしては、あの老人がおまえを信用してくれたことがうれしく、おまえがこの仕事を引き受けたことがうれしい。そもそも最初は、無償のボランティアのつもりだったんだろう?」

「うん。そうだと思ってた」

「おまえはいい子だよ、チャーリー。わたしのような父親にはもったいないくらいだ」

ずっと隠していること——ミスター・ボウディッチにまつわる話だけではなく、友人のバーティー・バードとやらかした悪質ないたずらのこと——を思い出すにつけても、ぼくは父の言葉で穴があったらはいりたくなった。

その晩ベッドに横たわったぼくは、ミスター・ボウディッチが南京錠をおろしたあの小屋に金鉱を隠している、という夢想にふけっていた。金鉱ではドワーフたちが働いているのかもしれない。それもねぼすけ(スリーピー)とかおこりんぼ(グランピー)とかいう名前のドワーフたちだ。思わず口もとがゆるんだ。ミスター・ボウディッチが話したがっているのは、あの小屋のなかにあるものの話だろう、とぼくは予想していた。しかし、予想ははずれた。小屋のことがわかるのは、まだしばらく先のことだった。

第六章

病院訪問。金庫。
スタントンヴィル。黄金への強欲。
ミスター・ボウディッチ、自宅に帰る。

1

同室の患者が心臓モニターを胸にくっつけたままで、ホワイトソックスとタイガースの試合中継を見るために三階ラウンジへ行ってくれたおかげで、ぼくとミスター・ボウディッチは静かに話しあいをすることができた。

「あの患者は医者にも治せないような深刻な問題をかかえてるらしいんだ」ミスター・ボウディッチはいった。「そんな心配ごとを抱えこまされずにすんでいるのがありがたい。そうでなくたって、こっちなりに問題で手いっぱいなんだから」

それからミスター・ボウディッチは腕を通す輪がついたカナダ式松葉杖(カナディアン・クラッチ)をつきながら、全力をふりしぼってバスルームまで歩くさまを実演してくれた。その動きで激痛を感じているのははた目にも明らかだったし、小用をおえて帰ってきたときにはひたいが汗で濡れていたけれど、ぼくは安心もしていた。夜間に小用を足すときには細長いネックがなんとなく不気味な尿瓶(しびん)をつかうかもしれないが、差し込み便器は、つかわずにすめば、それに越したことはない。あくまでも夜中に転倒して骨を折り、最初からやりなおしにならないかぎりは、だ。前へむかって一歩足を進めるたびに、筋ばった両腕の筋肉がぶるぶると震えているのがいやでも目についた。それからミスター・ボウディッチは安堵の吐息とともに、ベッドに腰をおろした。

「こいつを手伝ってもらえるかな――」いいながら金属器具ですっぽり覆われている片足を指さす。

ぼくは創外固定器をつけた足をもちあげた。ベッドの上で足がまっすぐに伸びると、ミスター・ボウディッチはまた安堵の吐息を洩らし、ナイトテーブル上にあるデキシー製の紙コップにはいっている二錠の薬をわたしてくれといった。ぼくはその頼みどおり薬をわたし、水差しから紙コップに水をそそいだ。薬を水で飲みくだすあいだ、皺だらけの首でのどぼとけがひくひくと上下に動いていた――ポールにしがみついている猿のように。

「医者たちは前のモルヒネポンプから、こっちの薬に変えたんだよ」ミスター・ボウディッチはいった。「オキシコンチンだ。医者たちの話だと、まだ依存症になっていないにしても、あのままだとモルヒネ依存症になるのは確実で、だから習慣を断ち切る必要があるんだそうだ。もっともな話だと思うね。トイレまで歩いていくのも、クソったれなマラソンなみの苦行なんだから」

ぼくにもそれはわかった。自宅のソファベッドからバスルームまでは、ここよりもさらに距離がある。もしかしたら、少なくとも最初のうちだけは差し込み式便器をつかうしかないかもしれない。ぼくはバスルームに行くと、フェイスタオルを濡らして絞った。それからミスター・ボウディッチにむかって身をかがめたが、相手は身を遠ざけた。

「よせ、よせ。いったいなにをするつもりだ？」

「顔の汗を拭いてあげるだけです。だから、どうか静かにしていてください」

ぼくたち人間には、いつ他者との関係における転回点が来るのかがわからない。このときがぼくたちにとってまさにその瞬間だったとわかったのは、しばらくあとになってからだった。ミスター・ボウディッチはなおしばらく身をすくめていたが、やがて（少しだけ）肩の力を抜き、ぼくにひたいと頬を拭かせてくれた。

「クソな赤ん坊になった気分だよ」

「ぼくはあなたにお金を払ってもらってます。だから、クソなお金に見あう働きをさせてください」

この言葉にミスター・ボウディッチは含み笑いを洩らした。ドアからナースが顔をのぞかせ、なにか必要なものはあるかとたずねた。ミスター・ボウディッチは必要なものはないと答え、ナースが去ってから、ぼくにドアを閉めるようにいった。

「これからきみにわたしの代理を頼むことにする」ミスター・ボウディッチはいった。「少なくとも、わたしが自分で自分の代理ができるまでは。レイダーのこともだ。その覚悟はあるか？」

「最善をつくします」

「ああ、きみらしいな。わたしの望みもそれに尽きる。そもそも、そんな必要に迫られなかったら、きみをいまの立場につかせたりはしないよ。レイヴンスバーガーという女がわたしに会いにきたよ。きみも会ったかな？」

ぼくは会ったと答えた。

「とんでもない名前だとは思わんか？　鴉（レイヴン）の肉でつくったハンバーグを想像すると、こっちの頭が沸きたってしまってね」

このときのミスター・ボウディッチがオキシコンチンの影響下にあったとまではいわないが、影響はなかったともいいきれない。やつれてはいたものの、身長は百八十センチほど、体重は七十キロを若干切る程度か。だったら、オキシコンチンもさぞや効き目を発揮したことだろう。

「レイヴンスバーガーは、わたしの〝支払方法オプション〟とやらについて説明していったよ。で、これまでの費用はどのくらいだとたずねたら、プリントアウトをわたされた。そこの抽斗にはいってるはずだ……」いいながら抽斗を指さす。「……ただし、いまわたしが心配しているのはそのことじゃない。

かなり高額になったんじゃないかとわたしがいうと、あの女は質の高い医療はきわめて高額であり、あなたは最上の医療を受けられたのです、ミスター・ボウディッチ、と答えた。それからレイヴンスバーガーはわたしに〝精算方法の専門家〟への相談を希望するなら――それがいったいどんな専門家なのかはともかく――喜んで打ちあわせの席の手配をするといってきた。退院前でもいいし、帰宅してからでもいい、ってね。わたしは、それは必要ないようだと答えてから、医療費はきっちり耳をそろえて支払える、ただしその見返りに減額をしてもらわないと困る、といった。それから値切り交渉がはじまった。最終的に、総額の二十パーセントを割り引くことで話がまとまった――具体的には一万九千ドルを差し引くことになったよ」

ぼくは思わず口笛を吹いた。ミスター・ボウディッチがにやりと笑った。

「わたしは二十五パーセントを割り引かせたかったんだが、あの女は二十パーセントの線を決して譲ろうとはしなかった。それが業界の標準なんだろうね――きみが不思議に思っているかもしれないからいっておくが、病院だってまぎれもなく業界だよ。病院と刑務所は、業務の運営方法でいえばそれほど大きなちがいはない――ちがいといえば、刑務所のほうは最終的に経費を出すのが納税者だということくらいか」ミスター・ボウディッチは片手をあげて目もとをぬぐった。「まあ、その気になれば満額支払うこともできたが、値引き交渉が楽しくてね。ずいぶん昔、ガレージセールで古本や古雑誌をどっさり買いこんでいた時分からこっち、値切り交渉を長いことしていなかった。ああ、わたしは昔のものが好きなんだ。話がとっちらかってるかな？　ああ、たしかに。要点をいおう——医療費を支払うことはできるが、実現させるにはきみの助けが必要だ」

「もし、それがあの小麦粉の缶の中身についての話だったら——」

ミスター・ボウディッチは八千ドルもしょせん端金だといいたげに、さっと手でふり払う動作をした。病院からの請求額を考えれば、たしかに端金ではある。

「では、きみになにをしてほしいかを話そう」

ミスター・ボウディッチは話した。話しおわると、肝心なことを紙に書きとめておいてほしいかと質問された。「きみが必要なら書いてもいい——ただし仕事がすっかりおわったら、そのメモを破棄するというのが条件だ」

「金庫のコンビネーション錠の暗証番号だけは必要かも。腕にメモしておいて、あとで洗って消します」

「そうしてもらえるか？」

「はい」頼みを引き受けないことなど考えられなかった——たとえ、いまミスター・ボウディッチからきかされた話が本当かどうかを確かめるだけにせよ。

「ありがたい。では、最初から順を追って復習してくれ」

ぼくはいわれたことに従い、次にベッド横にあったボールペンで二の腕に一連の数字からなる暗証番号を書きつけた——Tシャツの袖で隠れる場所に。

「感謝する。ミスター・ハインリッヒに会うのはあしたまで待ってもらわなくてはならんが、準備は今夜のうちにもできる。レイダーの餌やりがてらにね」

ぼくはわかったと答え、さよならをいって病室をあとにした。ぼくは——父のつかっていた言葉を借りれば——〝肝がぶっ潰れる〟ほど驚いていた。エレベーターまでの道のりを半分進んだところで、ふとあることを思い出して病室へ引き返した。

「おや、さっそく心変わりを起こしたか？」ミスター・ボウディッチはにやにや笑っていたが、目には不安がのぞいていた。

「いえ。ただ、前にあなたが口にしていた言葉のことを質問したいと思って」

「どんな言葉かな？」

「贈り物についての言葉です。あなたは《勇敢な者は助ける。臆病者は贈り物をするだけだ》と話してました」

「そんなことを話した覚えはないな」

「でも、そう話してました。どういう意味なんです？」

「さあ、知らないね。わたしではなく、薬がしゃべっていたんだろうな」

これは嘘だった。数年にわたって常習的な酒飲みといっしょに暮らしていたぼくだからこそ、人の嘘は耳にすればそれとわかるのだ。

2

ぼくは自転車でシカモア・ストリート一番地へ引き返した。このときぼくは好奇心で頭がおかしくなりかけていたと表現しても誇張にはならないだろう。裏口のドアの鍵をあけたぼくは、レイダーの熱烈な歓迎を受けた。しかもお嬢は、撫でてほしい一心で後ろ足だけで立ってもいた。それを見てぼくは、新しく仕入れた薬ががつんと効いたのだろうと思った。ぼくはレイダーが用を足せるように裏庭に出してやった。胸の裡(うち)では、とっとと出ていって早く場所を決めてくれ、とレイダーに念を送りつづけていた。

レイダーが屋敷に引き返してくると、ぼくは二階のミスター・ボウディッチの寝室に行ってクロゼットをあけた。服がたくさんしまってあった。大半はネルのシャツやチノクロス地のスラックスなどの普段着だったが、スーツが二着あった。片方は黒、もう一着がグレイ。どちらも、たとえば《我れ暁(あかつき)に死す》あたりの昔の映画でジョージ・ラフトやエドワード・G・ロビンソンといった俳優たちが着ていたような肩幅の広いダブルのスーツだった。

服を横へ押しのけると、ウォッチマン製の金庫が見えた。いかにも古風な高さ一メートル弱の中型金庫。前にしゃがんでコンビネーションダイヤルに手を伸ばしたそのとき、シャツの裾がスラックスからはみだしたせいであらわになっていた背中に、なにやら冷たいものが押しつけられた。思わず悲鳴をあげてふりかえると、そこにいたのはレイダーだった。尾をゆっくりと左右にふっている。冷たかったのはレイダーの鼻だった。

「よしてくれよ、ったく」ぼくはいった。レイダーはぺたんとすわりこみ、なにをいわれても自分のしたいことをしてやる、といいたげな顔を見せていた。ぼくは金庫にむきなおった。初回は暗証番号をまちがえてしまったが、二回めで扉がさっと手前にひらいた。

まず目に飛びこんできたのは、庫内に一段だけある棚に置かれた拳銃だった。父が数日ほど自宅を留守にするときにそなえて——一度は会社の研修で一週間まるまる留守にしていたこともあった——母に手わたしていた銃よりもずっと大型だった。父が与えたあの拳銃は三二口径で、おそらく婦人用だったはずだ。父はいまもまだあの拳銃をもっているだろうとは思っていたが、たしかなところはわからなかった。父の飲酒が最悪レベルだったころに銃をさがしたことが何度かあったが、一度も見つけられなかった。ここにあるのは、それよりもずっと大きな銃で、おそらく四五口径のリボルバーだ。ミスター・ボウディッチが所有する品々の例に洩れず、拳銃も古めかしいつくりだった。ぼくは――おそるおそる――拳銃を手にとった。ラッチを見つけて押すと、シリンダーをふりだすことができた。六つある薬室すべてに実弾がこめてあった。シリンダーをぱちりと所定の位置にもどし、拳銃を棚に置いた。ミスター・ボウディッチからきかされた話を考えあわせれば、ここに拳銃があるのは理屈にあっていた。もっと理屈にあっているのは防犯アラームだろうが、ミスター・ストリート一番地に来るような事態を望んでいなかった。そもそも、もっと以前にはいまよりも若かったレイダーが申しぶんなき完璧な防犯アラームだったはずだ――アンディ・チェンの体験がその適例だ。

金庫の床には、そこにあるはずだとミスター・ボウディッチからきかされていたとおりの品があった。大きなスチール製のバケツで、上にナップザックが載せてあった。ナップザックをどけると、例のBB弾であってBB弾ではないもの――すなわち黄金のペレット――でバケツがほぼ満杯になっていることが見てとれた。

バケツには二重になった把手がついていた。ぼくはその把手を握って、バケツをもちあげようとした。しゃがんだ姿勢のままでは、ろくにもちあげることもできなかった。ということは、このバケツに詰まっている黄金は二十キロ近いか、ひょっとしたら二十キロも超えているのかもしれない。ぼくはまた床にすわりこみ、ふりかえってレイダーに目をむけた。「まじでびびるよな。ほんとにクソったれなひと財産じゃないか」

レイダーが尾で床をとんとん叩いた。

3

その夜レイダーに餌をやったあとで、ぼくはふたたび二階へあがって、黄金でいっぱいのバケツを見つめた。自分の錯覚なんかじゃないことを確かめたくなったのだ。そのあと帰宅すると、父からミスター・ボウディッチの帰宅準備はできたのかとたずねられた。ぼくは、準備はできているけれども、あの人が帰ってくる前にやるべき仕事が残っていると答えた。「電動ドリルを借りたいんだけどいいかな？　あと電動ドライバーもいい？」

「もちろん。できることなら喜んで手伝いにいきたいが、あいにく朝九時に会議があってね。前に話した例のアパートメント火災の件だ。あの火事がひょっとしたら放火かもしれないって話になってきたのでね」

「ぼくならひとりで大丈夫だよ」

「そう祈るよ。いまは大丈夫か？」

「うん。なんで？」

「少しばかり気もそぞろに見えるからさ。あしたのことが心配か？」

「少しね」ぼくは答えた。嘘ではない。

みなさんのなかには、ぼくが屋敷で見つけたもののことを父に話したい衝動をおぼえたかどうか知りたがる向きもあるかもしれない。そんなことはなかった。ひとつには、ミスター・ボウディッチに秘密保持の誓いを立てさせられたからだ。ミスター・ボウディッチがあの黄金は〝普通の意味での〟盗品ではない、と断言したことも理由だった。それはどういう意味かとたずねたのだが、全世界であの黄金をさがしている人間はひとりもいない、という以上の答えは出てこなかった。それでぼくも、それ以上のことが判明するまでは、その言葉を字句どおりに受けとめておくことにしていた。

もうひとつ、別の事情もあった。ぼくは十七歳だった――そしてこれは、それまで生きてきたなかで経験したなによりも胸の躍ることだった。これまでのところは、だ。ぼくは、この件をもっと追いかけたくなっていた。

4

好天に恵まれた月曜日の早朝のうちに、ぼくは自転車でミスター・ボウディッチの屋敷へ行き、レイダーに餌をやってから、手すりの設置作業にとりかかった。ぼくが手すりをとりつけるようすを、レイダーがまじまじと観察していた。トイレは狭いバスルームにこぢんまりおさまっていたが、手すりを設置したことで〝腹の荷下ろし〟のためにすわる姿勢をとるルートはさらに手狭になった。とはいえ、これはいいことに思えた。どうせひとしきり文句をきかされるだろうが、ミスター・ボウディッチがうっかり転倒する心配がなくなったからだ。小便をするときに手すりをつかめるようになったことも恩恵のひとつだろう。ぼくは手すりを揺すってみたが、しっかり固定されていて動かなかった。

「おまえはこれをどう思う？　大丈夫かな？」

レイダーは尾で床を叩いた。

「黄金の重さはバスルーム・ボウディッチの体重計で計るといい」病室での会話のおり、ミスター・ボウディッチはぼくにそういった。「正確ではないが、キッチンスケールじゃ時間がいくらあっても計りきれない――経験者は語る、だ。重量を計るにももち運ぶにもナップザックをつかいたまえ。運ぶときは若干多めにな。どのみちハインリッヒは自分で重量を計る――もっと正確な秤、ほら、あのデ・ジッ・タールとかいう秤でね」単語を区切って発音しているせいで、それが気取っているだけのくだらないしろものにきこえた。

「黄金を現金化する必要に迫られたときには、これまでどうやって運んでいたんですか？」ぼくはたずねた。スタントンヴィルは十一キロ離れている。

「ユーバーをつかうよ。代金はハインリッヒもちだ」

最初はなんのことかわからなかったが、すぐに〈Uber〉でタクシーを呼ぶことだとわかった。

「なにをにやにやしてる、チャーリー?」

「なんでもありません。その手の取引は夜になってからするんですか?」

ミスター・ボウディッチはうなずいた。「おおむね十時前後——つまり近隣の人々のほとんどが眠りのために寝床につくころにね。なかでも寝ていてほしいのは、筋向かいのミセス・リッチランドだよ。まったく、あのお節介な穿鑿屋め」

「前もそういってましたね」

「くりかえす値打ちのある評価だからだ」

ぼくもあの女性におなじ印象をいだいていた。

「ハインリッヒが夜のあいだに取引をする相手はわたしだけじゃないだろうね。ただし、あしたは店を閉めておくと約束してくれた。だからきみは午前中、九時半から十時のあいだに行けるる。ハインリッヒとこれほどの規模の取引をしたためしはなくてね。まあ、なにも問題はないとは思う。あの男はこれまでずっと誠実に接してきて、妙な真似は一度もしたことがない。ただし、うちの金庫に拳銃がある。もしハインリッヒのところへ行くのに拳銃を——自衛のために——もっていきたければ、そうしてもいっこうにかまわん」

銃をもっていくつもりはなかった。銃を手にすると自分が強くなったと感じる向きがあるのは知っていたが、ぼくはそういった男ではなかった。銃にふれただけでも背すじに薄ら寒いものを感じたくらいだ。もしも人から、近い将来きみは拳銃をもち歩くようになるときかされたら、ぼくはその人を正気じゃないと思ったことだろう。

ぼくは食品庫で食材用の小さなスコップを見つけ、二階へあがった。腕に書きとめた暗証番号は、パスワードで保護されたスマホのメモアプリに書き写したあとで消してしまったが、アプリを参照する必要はなかった。金庫の扉は初回に試した数字でひらいた。バケツの上からナップザックを手にとったぼくは、そこにあらわれた黄金にただひたすら驚嘆していた。ついで抗いがたい衝動のおもむくまま、片手を手首まで黄金のペレットに突っこみ、そのあと小さな粒が指のあいだを流れ落ちていくにまかせた。おなじことをもう一度やった。さらに三度め。この行為には催眠術めいた効き目があった。ぼくは頭の曇りを払うようにかぶりをふってから、小さな黄金の粒をスコップですくいはじめた。

最初にナップザックの重さを計ったときは、秤によれば三ポンドを少し超えていた。さらにペレットをくわえると五ポンドになった。最後に秤の針が七ポンドを指したところで、これでよしと判断した。あらかじめ決めた持ちこみ量は六ポンド。ミスター・ハインリッヒのところにあるデ・ジッ・タール式の秤で計量した結果がそれ以上だったら、超過分はもち帰ればいい。ミスター・ボウディッチが病院から帰ってくるまでに片づけておくべき仕事は、まだほかにもあった。ぼくは、夜間になにか用事ができたらミスター・ボウディッチが鳴らせるようなベルを調達すること、と頭のメモに書きとめた。『サルでもわかる在宅介助』にはインターフォンかベビーモニターがおすすめとあったが、ミスター・ボウディッチならもうちょっと古風な品を好むんじゃないかと思ったのだ。

また、六ポンドの黄金を換金するといくらになるのかも質問した――自分がどれだけ値打ちがある品を背中にかついで、自転車でスタントンヴィルまでの（おおむね田園地帯がつづいている）十一キロちょっとの道のりを走ることになるのか、知りたい気持ちと知りたくない気持ちが半々のまま。ミスター・ボウディッチは、最後に〈ゴールド・プライス・グループ・イン・テキサス〉で金相場を調べたときには、一ポンド――すなわち〇・四五キロ――あたり一万五千ドルだった、と話していた。

「ただし、やつはポンドあたり一万四千ドルで買いとる。わたしたちが同意したレートだよ。それだと八万四千ドルになるが、きみには七万四千ドルの小切手をわたしてくる。それだけあれば病院からの請求額はすっかり払えるだろうし、ハインリッヒの手もとにはまずまずの利益が残るわけだ」

〝まずまずの〟とは控えめな表現だ。ミスター・ボウディッチがいちばん最後に〈ゴールド・プライス・グループ〉で金相場をチェックしたのがいつだったかはわからないが、二〇一三年四月の時点ではずいぶん前の相場だった。日曜日の夜、ベッドにはいる前に自分のノートパソコンでチェックしたところ、売値は一オンスで一千二百ドル、つまり一ポンドで約二万ドルだった。売るのは六ポンドだから、チューリヒの金取引所で換金すれば十一万五千ドルになる。ということは、このハインリッヒという男はざっと四万ドルをふところにいれることになる。しかも金は、リスクを理由に買手が値切ってくるダイヤモンドとはわけがちがう。ペレットは無刻印、つまり由来が明らかでないし、熔かして小さめのインゴットに加工するのも容易だ。あるいは装身具に。

病院のミスター・ボウディッチに電話をかけて売値が安すぎると教えようかと思ったが、電話はかけなかった。理由は単純だった――あの人がそんなことを気にするわけがないからだ。そのあたりはなんとなくわかった。〝海賊キッドの黄金のバケツ〟から六ポンドとりだしても、残りはまだたっぷりある。ぼくの仕事は（ミスター・ボウディッチは決してそういう言い方をしなかったが）取引をすませることと、盗みにあわないように気をつけることだけ。かなり重大な責任だし、ミスター・ボウディッチから寄せられた信頼に全力で応えるつもりもあった。

ナップザックのストラップをバックルで締めると、クロゼットの金庫とバスルームの秤のあいだの床に目を走らせて、黄金のペレットが落ちていないかを確かめた。ひとつもなかった。

ぼくは（幸運を祈るために）レイダーをたっぷりと撫で、十一万五千ドルを詰めこんだ古いくたびれたナップザックを背負って外へむかった。

昔の友だちのパーティー・バードなら、金銭をチーズになぞらえたスラングで〝チェダーチーズが山盛りだ〟といったところだろう。

5

スタントンヴィルのダウンタウンは安っぽい商店と二、三軒のバー、それにまずいコーヒーを際限なく出して、一日じゅう朝食メニューを提供しているようなダイナーがならんだ一本きりの通りから構成されていた。廃業して店先に板を打ちつけられ、売物件とか貸物件という看板がかかげてある店も多かった。父は、かつてのスタントンヴィルはこぢんまりとしてはいるが商売の繁盛している町だったと話していた——エルギンやネイパーヴィルやジョリエットや、果ては遠くのシカゴまで買い物に行くのは気がすすまないという層が足をむけるのに格好の町だった、という。そののち一九七〇年代に〈スタントンヴィル・モール〉が開店した。ただのショッピングモールではなかった——十二スクリーンのシネコンがあり、子供むけのアミューズメントパークがあり、ボルダリング施設があり、〈空飛ぶ人（フライヤー）〉という名前のトランポリン場があり、スタッフが動物の着ぐるみ姿で歩きまわっては客に話しかけているスーパーモールだった。このきらびやかなドーム状の商業施設はスタントンヴィルの北にあった。スーパーモールはダウンタウンエリアから命をあらかた吸いあげた。モールが吸わなかった分は町の南、高速道路の出口のあたりにできた〈ウォルマート〉や、その系列の〈サムズクラブ〉が吸収した。

自転車だったのでターンパイクはつかわず、州道七四号線Aをつかった——農場やとうもろこし畑のあいだを通っている二車線道路だ。肥料や育ちつつある作物のにおいがあたりに立ちこめていた。快適な春の朝だったし、背中にちょっとした財産を背負っていることを意識していなければ快適なサイクリングになるはずだった。いまでも覚えているけれど、そのときぼくは豆の木をのぼっていったジャックという少年のことをずっと考えていた。

スタントンヴィルのメインストリートにたどりついたのは九時十五分。約束には多少早かったのでダイナーに立ち寄ってコークを買い、公園のベンチに腰かけてちびちびと飲んだ。公園には小さな汚い広場があり、その中心には水が出なくなった噴水があった。噴水はごみでいっぱいになっていただけでなく、名前をきいたこともないだれかさんの、鳥の糞だらけになっている彫像が立っていた。あとあとぼくは、スタントンヴィルよりもずっとさびれたある場所で、この広場と水の涸れた噴水を思い出すことになる。

その日の朝、クリストファー・ポリーがその場にいたと断言することはできない――一方でいなかったとも断言できかねる。ポリーは、本人がみずから相手に姿を見せようと思いたたないかぎりは、あっさり背景に姿を溶けこませられる人物だった。あのダイナーでベーコンエッグをむしゃむしゃ食べていたとしてもおかしくない。バス停留所にすわっていたかもしれず、質屋の〈スタントンヴィル・ポーン&ローン〉の店で質流れのギターやラジカセをながめていたかもしれない。ぼくにいえるのは、どこにもいなかったかもしれない。あるいは、あの昔のホワイトソックスの野球帽――前側に赤いリングが描いてあるキャップ――をかぶっていた人物を見た記憶はないということだけだ。キャップをかぶっていなかったのかもしれないが、キャップなしの姿は一度として見たことがない。

十時二十分前、ぼくは近くのごみ箱に半分中身が残っている紙コップを投げ捨て、自転車でゆっくりとメインストリートを進んでいった。商業地区は――そんなものがあるとして――わずか四ブロックしかなかった。四番めのブロックがおわるあたり、**《うるわしのスタントンヴィルへのご来訪に感謝》**という立て看板から石を投げれば届く距離に、高級宝飾品を意味する〈エクセレント・ジュエラーズ（売買）〉という店があった。この死につつある町のほかの商店と変わらず、いまにも倒れそうなうら寂しい雰囲気の店だった。埃で汚れたショーウィンドウにはなにも飾られていなかった。ドアについている小さなプラスティックのカップから吊られたプレートには**《準備中》**の文字があった。

ドアベルがあったので、押してみた。無反応だった。ぼくは背中の荷物を強く意識しつつ、ふたたびボタンを押した。それから鼻をガラスに押しつけ、反射をふせぐために顔の両側に手のひらを立てた。擦り切れたラグマットと、空っぽのディスプレイケースが見えた。店をまちがえたかミスター・ボウディッチが勘ちがいをしていたのかもしれないと考えはじめたそのとき、ツイードの帽子をかぶってボタン式のセーターとぶかぶかのスラックスという服装の小男が、足を引きずって店の中央通路を歩いて近づいてきた。見た目はイギリスの推理ドラマに出てくる庭師のようだった。男はぼくをひとしきりにらみつけてから、足を引きずって離れ、ブザー音とともにドアロックが解除された。

ボタンを押した。古風なスタイルのレジマシン横のドアを押しあけたぼくは、埃と緩慢な腐敗のにおいのする空気に足を踏み入れた。

「奥へ来たまえ、奥へ来たまえよ」男はいった。

ぼくはその場に足をとめていた。「あなたはミスター・ハインリッヒですか？」

「ほかにだれがいる？」

「ええと……よければ運転免許証を拝見できますか？」

ハインリッヒは眉を寄せてぼくを見てから、笑い声をあげた。

「あの老いぼれは、これまたずいぶん抜け目のない男の子をよこしたものだ。見あげたもんだよ」

そういうと尻ポケットから、くたくたにつかいこまれた財布を抜きだし、さっとふってひらいて、ぼくにも運転免許証が見えるようにした。ふたたび財布がふられて閉じられる前に、この男のファーストネームがヴィルヘルムであることが見てとれた。

「満足したか？」

「はい。ありがとうございます」

「奥へきたまえ。早く」

ぼくはハインリッヒについて奥の部屋へむかった。部屋のドアを暗証番号で解除するとき、ハインリッヒはキーパッドを慎重にぼくから隠していた。室内には、表の部屋になかった品物ばかりがずらりとそろっていた。腕時計やロケットやブローチ、指輪、ペンダント、チェーンなどが棚にぎっしりと詰めこまれていた。ルビーやエメラルドが輝きをはなっていた。ダイヤモンドで飾られたティアラが目にとまったので、指さしてたずねた。「あれは本物ですか？」

「ああ、ああ、本物だよ。だが、あれを買うためにここへ来たんじゃあるまい？　ここへ来たのは売るためだ。もう気がついたかもしれんが、こっちはきみに運転免許証を見せろとは頼んでないぞ」

「よかったです。免許をもってないので」

「きみが何者かはもう知っているからね。新聞で写真を見たよ」

「ウィークリー・サン紙ですか？」

「USAトゥデイ紙だ。きみは全国的な有名人だぞ、チャールズ・リード。少なくとも今週のあいだはね。なにせ、老いぼれボウディッチの命を救ったんだな」

老人の命を助けたのは犬のほうだが、わざわざそれを指摘したりしなかった。もう指摘に飽きていたし、とにかく取引をすませて店から出ていきたかった。どっさりある金製品や宝石類の輝きのせいで頭が変になりかけていた――なかでも、正面の部屋の荒涼とした商品棚とここの対比が大きな理由だった。やはり拳銃をもってくるのだったという気分になりかけた。いまでは自分が豆の木少年ジャックではなく、『宝島』のジム・ホーキンスになった気分になっていたからだ。ハインリッヒはちびでむっつり屋、どう見ても危険人物ではないが、海賊ジョン・シルヴァーのような仲間がどこかに身をひそめていたらどうする？　まったくの疑心暗鬼でもなかった。ミスター・ボウディッチはハインリッヒと長年取引をつづけているんだと自分にいいきかせることもできるが、これほど大きな取引は初めてだ、ともいっていたじゃないか。

「もってきた品を見せてもらおうか」少年むけの冒険小説なら、ハインリッヒは両手を揉みあわせて涎を垂らさんばかりの強欲のカリカチュアめいた人物になるはずだ。しかし現実には、その言葉はビジネスライクであり、もっといえばわずかに退屈した響きさえあった。ただし額面どおりには信じなかったし、ハインリッヒのことも信じていなかった。

　ぼくはナップザックをカウンターに置いた。すぐ近くに秤があったし、本当にデ・ジッ・タール式の秤だった。ぼくはファスナーで閉まっていたナップザックのフラップをあけ、手で押さえた。なかをのぞいたとき、ハインリッヒの顔が変化したのをぼくは見逃さなかった――口がぎゅっと締まって、一瞬ながら目がわずかに見ひらかれたのだ。

「びっくりだ（マイン・ゴット）」ハインリッヒはドイツ語でいった。「これだけのしろもんを自転車でえっちらおっちら運んできたとはね」

　秤にはチェーンでルーサイト製の四角い箱がつないであった。ハインリッヒは黄金のペレットを軽くひと握りすくっては、秤が二ポンドを示すまで箱に入れていった。その二ポンドをプラスティックの容器に移し、また二ポンド計る。最後の二ポンドを計りおえて、その分を計りおえた分に追加したあとも、ナップザックの底に寄っている皺に黄金のペレットの小川が残っていた。ミスター・ボウディッチが少し多めにもっていけといったので、その言いつけに従ったのだ。

「あと四分の一ポンドは残っているようだな――そうだろ？」ハインリッヒは底をのぞきこんで、ぼくにいった。「その残りも売ってくれたら、きみに現金三千ドルをわたそう。ボウディッチにわざわざ知らせなくていい。わたしからのチップと考えるんだ」

　チップと引き換えに弱みを握られることになる、とぼくは思った。それでもいちおうは礼を述べて、フラップのファスナーを閉めた。「ぼくが預かる小切手の用意はできていますか？」

「ああ」小切手は折り畳まれて、この老人のセーターのポケットにしまいこまれていた。シカゴのＰＮＣ銀行のベルモント・アヴェニュー支店。七万四千ドルをハワード・ボウディッチに支払うこと。ヴィルヘルム・ハインリッヒの署名の反対側には《直接送達》の文字があった。ぼくには問題ないものに思えた。小切手を自分の財布におさめ、財布を左の前ポケットにおさめた。

「あいつは時代とともに変化するってことを拒む、頑固な老いぼれだよ」ハインリッヒはいった。「これまではもっと量が少ない取引だったからね、こっちからは現金をわたすことも珍しくなかった。小切手をわたしたのは二回ほどかな。いってやったんだよ、電子送金って言葉をきいたことがあるかとね。やつがなんて答えたかを知ってるか？」

　ぼくはかぶりをふったが、答えはわかっている気がした。

「やつは、『そんなものはきいたこともないし、ききたいとも思わない』といってた。そして今度は、事故にあったという理由から、初めて〝仲介人（ツヴィシエンゲーエン）〟を――使者を――よこした。あの老いぼれには、こんな用事を信頼して託せる者などいないと思っていたよ。しかし、きみがやってきた。自転車に乗った若者が」

「そして、その若者はそろそろもう帰ります」ぼくはそういって、いまのところ商品がひとつもならんでいない正面の部屋、あとでハインリッヒが商品を陳列しなおすとも陳列しなおさないとも知れない部屋に通じるドアに近づいた。ドアはロックされていると半分本気で思ったが、そんなことはなかった。ひとたび日の光を目にできる場所に引き返すと、気分がよくなってきた。それでも古びた埃のにおいが不愉快なことに変わりはなかった。地下墓地のにおいみたいだった。

「あの老いぼれはコンピューターがどんなものか、そのくらいは知ってるのかね？」ハインリヒはぼくのあとを歩き、裏の部屋に通じるドアをばたんと閉めた。「いやまあ、知らないんだろうな」

ぼくのほうは、ミスター・ボウディッチがなにを知っていてなにを知らないとか、その手の会話に引きこまれたくなかったので、きょうは会えてよかったとだけ話した。本心ではなかった。外に出て、自転車が盗まれていなかったことにほっとした――きょうの朝、家を出てくるときにはほかの考えごとで頭がいっぱいで、自転車のチェーンロックをもって出るのを忘れてしまったのだ。

ハインリッヒがぼくの肘をつかんだ。ふりかえったぼくは、ついに裡なる海賊ジョン・シルヴァーを目にすることになった。肩にオウムがとまっていれば、あの海賊そのままの姿になっていたことだろう。シルヴァー船長によれば、肩のオウムも船長に負けないほど邪悪なものを目にしてきたという。ヴィルヘルム・ハインリッヒもまた、この男なりの邪悪なものを見た経験があるのだろう、と思った……が、ぼくがまだ十七歳であり、理解できない問題に腰までつかっていたことだけは、みなさんも頭に入れておいてほしい。いいかえるなら、ぼくは死ぬほどびびっていたのだ。

「あの老いぼれは黄金をどのくらいもってる？」ハインリッヒは喉音まじりの低い声でいった。ハインリッヒがおりおりにドイツ語を会話にはさむ態度がぼくには気取ったものに思えていたが、ここへきてこの男は本物のドイツ人のような口調になっていた。といっても、気だてのいいドイツ人ではない。「教えてくれ、ボウディッチがどれくらい黄金をもっていて、どこで手にいれたのかを」

「では、これで失礼します」ぼくはそう答え、店をあとにした。

ぼくが自転車にまたがり、残った金のペレットをおさめたナップザックをかついで自転車で走りだすのを、クリストファー・ポリーは見ていたのだろうか？　ぼくにはわからない。顔をうしろへむけて、店の埃だらけのドアにかかっている《**準備中**》のプレートの上に浮かんでいるかのような、青白くむくんだハインリッヒの顔のほうを見ていたからだ。錯覚だったかもしれない――たぶん錯覚だったとは思うが、ハインリッヒの顔にはあいかわらず強欲の表情が見てとれた。それどころか、ぼくにはその気持ちが理解できてしまった。バケツに手を突っこみ、指のあいだから金のペレットが落ちていくにまかせたときのことを思い出していた。ただの強欲ではなかった。あれは黄金への強欲だ。

海賊の物語に出てくるような。

6

その日の午後四時ごろ、車体側面に《**アルカディア病院外来送迎用**》と書いてあるヴァンが歩道ぎわに寄ってきて停止した。ぼくはリードにつないだレイダーとともに歩道で待っていた。ゲートは——いまでは錆をすっかり落として新たに潤滑油を差してあった——あけはなたれていた。ヴァンから看護助手がおりてきて、後部ドアをひらいた。ミスター・ボウディッチは創外固定器を装着した足をまっすぐ伸ばした姿勢で車椅子にすわっていて、隣にメリッサ・ウィルコックスが立っていた。メリッサは車椅子のロックをはずして前へ動かし、片手の掌底でボタンを押した。車椅子を載せたリフトのプラットフォームが降下しはじめるのを見て、ぼくの胃も降下してきた。電話や尿瓶、さらには夜間用の呼び鈴までは思いついた。ハインリッヒからあずかった小切手はしっかり財布にしまってある。万事ぬかりないはずが、正面玄関にも裏口にも車椅子用のスロープを設置するのを忘れていた。とんでもない抜け作になった気分だった。不幸中のさいわいだったのは、抜け作気分を長く味わわずにすんだことだ。レイダーに注意をふりむけるしかなかったからだ。

レイダーはミスター・ボウディッチの姿を見るなり、一気に前へ躍りでた。そのときばかりは、股関節に関節炎をわずらっている気配は毛ほども見せなかった。とっさにリードを強く引いたからよかったものの、そうでなければ降下してくるリフトで前足がつぶされてしまっていたところだ——それでも、レイダーの勢いがもたらすショックが腕全体を駆けのぼってきた。

わぉーん！　わぉーん！　わぉーん！

それは、かつてアンディを怖がらせた大型犬の咆哮(ほうこう)ではなかった。むしろあまりにも物悲しく人間味にあふれた叫び声で、きいていると胸が張り裂けそうになった。

《お帰りなさい！》ぼくには〝わぉーん〟の鳴き声がそんなふうにきこえた。《よかったよかった、だってあなたはもう永遠に帰ってこないって思ってたから！》

ミスター・ボウディッチが両腕をさしのべると、レイダーはぴょんと飛び跳ね、前に伸ばされた足に前足をかけた。ミスター・ボウディッチは痛みに顔をしかめはしたが、すぐに笑い声をあげながらレイダーの頭を抱き寄せ、「おお、よしよし、いい子だ」と甘い声をかけた。現実に耳にしていながら、この老人にそんな声が出せるとはにわかには信じがたかった。しかし、事実は事実だった。あの気むずかし屋の老人が甘い声を出した。おまけに両目に涙を浮かべて。レイダーは老いた大きな尾を左右にふりながら、喜びの小さな鳴き声をあげていた。

「よしよし、ほんとにいい子だ。そうとも、わたしもおまえが恋しかったよ。でも、そろそろ下におりてくれないか？　死んじゃいそうに苦しいよ」

　レイダーは四本の足で地面に立つ姿勢にもどり、メリッサが押す車椅子ががたがた前後左右に揺れながら歩道を進むあいだも、その横に寄り添って歩いていた。

「スロープを忘れていました」ぼくはいった。「ごめんなさい、ほんとにごめんなさい。あとでとりつけます。ネットでつくりかたを調べます。ネットにはなんでも載ってますから」ぼくはとりとめなく話しつづけていたし、自分でも言葉を堰(せ)きとめられないように感じられた。「スロープ以外はだいたい準備できていると思いますが――」

「人を雇ってスロープをつけさせればいい。だから、もう騒ぐな」ミスター・ボウディッチがぼくの言葉をさえぎった。「きみひとりがすべてをこなす必要はない。秘書の特権のひとつは、仕事の一部を他人にまわせることにある。そもそも急ぐ必要はありはせん。わかってるだろうが、そんなに外出しないんだ。頼んだ仕事はすませてくれたか？」

「はい。きょうの午前中に」

「でかした」

　メリッサがいった。「あなたたちなら、ふたりで車椅子をもちあげて玄関までの階段をあがれそうね――ふたりとも力もちなんだから。あなたはどう思う、ハービー？」

「問題なし」看護助手は答えた。「そうだよな、相棒？」

　ぼくは大丈夫だと答えて、車椅子の片側に手をかけた。レイダーは苦労しながら階段を半分まであがっていったが、そこでうしろ足に裏切られていったん足をとめ、あらためてギアを入れなおして残りの段をあがった。ついでぼくたちを見おろし、尾で床板をとんとん叩いた。

「この先もボウディッチさんがここをつかうのなら、だれかが玄関までの道を均(なら)さなくちゃだめね」メリッサがいった。「わたしが子供時代を過ごしたテネシーの田舎道よりも、まだでこぼこなんだもの」

「用意はいいかい？」ハービーがたずねた。

　ぼくたちはふたりで車椅子をポーチへ運びあげた。それからぼくはミスター・ボウディッチのキーリングを不器用にがちゃがちゃいじって、ようやくこの屋敷の正面玄関の扉をあける鍵を見つけだした。

「あれ？」看護助手がいった。「どうも、きみの写真を新聞で見かけたような気がするんだが」

　ぼくはため息をついた。「見たんでしょうね。ぼくとレイダーの写真。ここのゲートで撮影した写真です」

「いや、ちがう。去年だよ。たしかきみは、ターキーボウルで決勝点のタッチダウンを決めてたな。試合終了のわずか五秒前とかに」

　そういって看護助手は新聞写真のぼくそのままのポーズで、目に見えないフットボールをつかんだ片手を頭の上へ高々と伸ばした。この看護助手がもっと最近の写真ではなく、試合中の写真のほうを覚えていてくれたことがなぜうれしく思えたのかは謎だったが、うれしかったのは事実だ。

　居間でメリッサ・ウィルコックスがソファベッドを調べるあいだ、ぼくは――これまで以上に不安を覚えながら――その場で待っていた。

「上出来よ」メリッサはいった。「うん、申しぶんなし。少し低めかもしれないけど。このくらいなら手もとの品でなんとかなりそう。あとは長枕のようなものがあれば、この人の片足を少しばかり支える助けになる。このベッドはだれがメイクしたの？」

「ぼくです」その答えをきいたメリッサが意外そうな顔をのぞかせたのが、ぼくにはうれしかった。

「じゃ、わたしがあげたパンフレットを読んでくれたのね？」

「はい。創外固定器のピンケア用に抗生物質の消毒薬も買っておきました……」

　メリッサは頭を左右にふった。「ふつうの食塩水で用が足りるのに。お湯で溶いた塩水でいいの。さて、あの人を移動させる準備はできてる？」

「ハロー？」ミスター・ボウディッチがいった。「わたしも会話に参加していいのではないかな？　すぐここにいるんだしね」

「ええ。でも、いまはあなたに話をしているわけではないので」メリッサは笑みをのぞかせてミスター・ボウディッチにいった。

「ええと、自信ないです」ぼくはいった。

「ミスター・ボウディッチ」メリッサがいった。「今度はあなたに話しかけています。チャーリーくんに、あなたをつかって試運転をさせてもかまいません？」

　ミスター・ボウディッチは、精いっぱい主人に近づいてすわっていたレイダーに目をむけた。「おまえはどう思う？　この男の子を信頼していいかな？」

　レイダーは一度だけ吠えた。

「レイダーは心配ないといってる。わたしもそう思う。くれぐれもわたしを落とすなよ、若いの。そうでなくても足が高いほうのドの音で歌ってるんだから」

　ぼくは車椅子をベッドのすぐそばまで進めてブレーキをかけてから、無事だったほうの足で立てるかとたずねた。ミスター・ボウディッチが肘掛けを押して腰を浮かせたので、それまで骨折したほうの足を載せていたレッグレストのロックをはずして下におろすことができた。ミスター・ボウディッチはうめき声を洩らしたが、中腰からさらに体を起こすことができた――ふらついてはいたが、体はまっすぐに立っていた。

「じゃ体の向きをかえて、お尻がベッドにむく姿勢をとってください。でも、ぼくがいいというまではすわろうとしないでくださいね」ぼくがいうと、メリッサがそれでよしといいたげにうなずいた。

ミスター・ボウディッチはそのとおりの姿勢をとった。ぼくは邪魔にならない位置に車椅子を動かした。

「松葉杖なしじゃ、いつまでもこんなふうには立ってられんぞ」ミスター・ボウディッチの左右の頬とひたいに汗が噴きだしていた。

ぼくはしゃがんで、創外固定器を手で押さえた。「もうすわっていいですよ」

しかし、ミスター・ボウディッチはすわらなかった――ベッドに落ちたのだ。しかも安堵の吐息とともに。それから仰向けになった。ぼくは骨折したほうの足をベッドに載せてやった。生まれて初めての移動介助をやりとげた。ミスター・ボウディッチほどではなかったが、それでもぼくは汗をかいていた――もっぱら神経のせいだった。ピッチャーが投げたボールをキャッチするよりも、ずっと大仕事だった。

「わるくなかった」メリッサがいった。「この次ミスター・ボウディッチを立たせるときにはハグしてもいいかも。背中の中央で両手の指を組みあわせて、体をもちあげる。本人の腋の下を利用して――」

「支えにするんですね」ぼくはいった。「それもあのパンフレットに書いてありました」

「ちゃんと宿題をやっている男の子は好き。くれぐれも松葉杖をいつもベッドの近くに置くことを忘れずに――とりわけ、あの人がベッドから立とうとする場合にはね。いまのご気分はどう、ミスター・ボウディッチ？」

「四キロはいる袋に五キロのクソが詰まった気分だ。そろそろ薬の時間かな？」

「薬は病院を出る前に飲んだでしょう？　次に薬を飲むのは午後六時よ」

「それはまたずいぶん先に思えるな。当座を乗り切るのにパーコセットをもらえないか？」

「あら、あいにくもちあわせがないの」それからぼくにむかって――「きみもこれからどんどん慣れてくるし、それはこの人もおなじよ――これから快方へむかって、動ける範囲が広がってくればなおさら慣れてくる。わたしにつきあって、ちょっと外へ出てもらえる？」

「わたしに秘密でこそこそ話そうっていうのか」ミスター・ボウディッチが大きな声を出した。「どんな話でもかまわんが、そこにいる若い男に浣腸されるのだけは断じてごめんだぞ」

「すっげー」ハービーの声がした。見ると両手を膝にあてがって身を乗りだし、居間のテレビをしげしげと見ているところだった。「ここまで年代物の〝馬鹿の箱（テレビ）〟を見たのは初めてだよ。これ、映るのかな？」

7

夕方近くの日ざしはまぶしく、いくぶんぬくもりをたたえてもいた。長かった冬と肌寒いばかりの春のあとだけに、爽快な気分にさせられた。メリッサはぼくの先に立って外来患者送迎用のヴァンに近づくと、車内に上体を突き入れて幅のあるセンターコンソールをひらき、ビニール袋をとりだして座席に置いた。

「松葉杖はうしろに積んである。この袋にはいっているのはミスター・ボウディッチの薬と、鎮痛効果のあるアルニカジェル剤が二チューブ。で、この紙にはそれぞれの薬の正確な服用量が書いてある。わかった？」メリッサは袋から瓶をとりだしては、ひとつずつぼくに見せた。「このあたりはどれも抗生物質で、こっちは四種類のビタミン剤。で、これがリムパーザ錠のリフィル処方箋。セントリーヴィレッジにあるドラッグストアの〈CVS〉で処方してもらって。こっちはみんなお通じの薬。どれも座薬じゃないけれど、必要になった場合にそなえて座薬の挿入方法を調べておくこと。まあ、あの人は気にいらないでしょうけど」

「あの人が気にいるものなんてないも同然ですよね」ぼくは答えた。「あるとすればレイダーかな」

「それからきみ」メリッサはいった。「あの人はきみのことが気にいってるの、チャーリー。きみは信頼できる人物だと話してた。そう話した理由も、たまたまきみが絶妙なタイミングでここを通りかかってあの人の命を助けたからだけじゃないと思う。というのも、これがあるから」

いちばん大きな瓶に詰まっていたのは、オピオイド系の強力な鎮痛剤であるオキシコンチンの二十ミリグラム錠だった。メリッサは真剣な顔でぼくを見つめた。

「これはすごく厄介な薬。依存性がきわめて高いから。同時に、あなたのお友だちがいま経験している痛み、この先八カ月から一年は悩まされてもおかしくない痛みをすこぶる効果的に抑えられる薬でもある。しかも痛みに悩まされる期間は、あの人がかかえているほかの問題にもよるから、もっと長くなるかもしれない」

「ほかの問題というのは？」

メリッサはかぶりをふった。「わたしからは明かせない。きみはとにかくスケジュールどおりに薬を服用させて、もっと薬が欲しいというあの人の頼みには決して耳を貸さないこと。わたしたちのリハビリ・セッションの前にもこの薬を飲めるようにするし、薬が飲めるとわかれば、それがリハビリをつづける主要な動機に――ひょっとしたら、いちばん大きな動機に――なるかもしれない。たとえリハビリが痛みをともなっても。ええ、痛みをともなうの。だから薬品類は、あの人の手のとどかない場所に保管しておくこと。そういった場所に心当たりはある？」

「あります」ぼくが考えていたのは金庫だった。「あの人が階段をあがれるようになるまでは、目的にかなう場所です」

「つまり、あの人がしっかりリハビリに努めたとしたら、三週間というところね。一カ月になるかもしれない。そのレベルにまであの人が恢復したら、また別の場所を考えるようにしてね。それに、きみが心配しなくちゃいけない相手はミスター・ボウディッチだけじゃないの。依存症者にとって、この錠剤はおなじ重さの純金なみの価値があるんだから」

ぼくは笑ってしまった。抑えきれなかった。

「どうしたの？　なにがそんなにおかしい？」

「なんでもありません。薬は金庫にしまっておきますし、あの人の口車に乗って薬を余分にわたしたりしません」

メリッサはまじまじとぼくを見つめた。「だったらきみ自身はどうなの？　というのも、本来ならこの手の薬を未成年者にわたしてはいけないから――これを処方した医師は、あくまでも成人の介護スタッフが患者に服用させると考えてる。だから、わたしが困った立場に追いこまれたっておかしくない。一、二錠ばかり試して、ちょっとハイになってみたい気持ちにならないといえる？」

ぼくは父のことを思い、酒が父になにをしたかを思った。それから、あのころぼくがこのままではなけなしの所持品すべてを盗んだショッピングカートに積み、夜になったら親子でハイウェイの高架下で寝ることになるのではと考えていたことを思った。

ぼくはオキシコンチン錠の大きな瓶を手にとり、ほかの薬がはいっている袋にもどした。それからメリッサの手をとり、まっすぐに目をのぞきこんだ。

「そんなこと、ぜったいにありません」ぼくはいった。

8

それ以外にも若干の指示があり、ぼくはそれを詳細に書きとめた。ミスター・ボウディッチとふたりきりになることに不安を感じていたからだ――なんらかの事態が発生していながら、あの馬鹿げた一九七〇年代物の電話機がつかえなかったらどうする？

だったら、自前の二十一世紀タイプのスマホで911に緊急通報すればいい、とぼくは思った。裏のポーチに通じる階段で倒れているミスター・ボウディッチを見つけたときみたいに。

でも、もしあの人が心臓発作を起こしたら？　ぼくが心肺蘇生法で知っているのはテレビ番組で見たことに限定されているし、もしあの人の心臓というモーターが停止していたら、ユーチューブで方法を調べている時間の余裕もないだろう。となると、この先もこなすべき宿題が山ほどあるようだ。

　ぼくはふたりを乗せたヴァンが走り去るのを見送ってから、屋敷のなかにもどった。ミスター・ボウディッチは片腕で目もとを覆って横になっていた。レイダーはすぐ近くに油断なく控えていた。いま屋敷にいるのは、ミスター・ボウディッチとぼくとレイダーだけだ。

「大丈夫ですか？」ぼくはたずねた。

　ミスター・ボウディッチは腕をおろし、頭の向きを変えてぼくに目をむけた。心細げな顔つきだった。「わたしは深い穴に落ちているんだよ、チャーリー。穴をのぼって外に出られるかどうかもわからないままだ」

「出られるようになりますって」この話題で本心以上に自信たっぷりの声が出ていることを祈りつつ、ぼくは答えた。「なにか食べたいものはありますか？」

「痛みどめの薬が欲しい」

「あいにく、それは無理――」

　ミスター・ボウディッチは片手をあげた。「無理はわかっているし、それでも薬をくれと這いつくばるような真似をして自分を貶めたり、あるいはきみを侮辱したりするつもりはないとも。この先もずっとだ。いやまあ、とりあえずそう願っているという話さ」いいながら、レイダーの頭をくりかえし撫でている。レイダーは身じろぎひとつせずすわり、ゆっくりと尾を左右にふりながら、かたときも飼い主から目を離さなかった。

「小切手とペンをもってきてくれ」

　ぼくはそのふたつにくわえて、書き物の台につかえるハードカバーの本を一冊もってきた。ミスター・ボウディッチは小切手に《入金のみ（フォー・デポジット・オンリー）》と書きこみ、つづいてサインを走り書きした。「あした、わたしの代わりに銀行へ行ってもらえるかな？」

「もちろん。ファースト・シチズンズ銀行ですね？」

「そのとおり。その金額が口座に入金されたら、入院費にあてるための小切手が切れるようになる」ミスター・ボウディッチはぼくに小切手をわたし、ぼくはそれをまた財布におさめた。見ているとミスター・ボウディッチは目を閉じ、すぐに瞼をひらいて天井を見あげていた。そのあいだも片手はレイダーの頭から片時も離れなかった。「ひどく疲れた。それに痛みは休暇のひとつもとってくれない。それどころか、クソったれなコーヒーブレイクもとらないんだぞ」

「なにか食べます？」

「食べたくない。だけど病院の連中からは食べろといわれてる。まあ、S&S――サーディンと塩味クラッカー（ソルティーンズ）――なら少しは食べられそうだ」

ぼくにはおぞましい食べ物に思えたが、とりあえず用意して氷水のグラスといっしょに運んでいった。ミスター・ボウディッチはグラス半分の水をごくごくと飲んだ。サーディン（頭を切り落とされて油でぬらぬら光っていた――おえっ）に手をつける前に、ミスター・ボウディッチはぼくに、この家で夜を過ごすという考えに変わりはないかとたずねた。

「ええ、今夜も、これから一週間もです」ぼくは答えた。

「安心したよ。前はひとりで夜を過ごすのになんの心配もなかったが、いまは事情が事情だ。あの梯子から落ちたことで、わたしがなにを学んだかを知っているかね？　いや、学びなおしたといったほうがいいかな」

ぼくは頭を左右にふった。

「恐怖だよ。わたしは年寄りで、体もぼろぼろだということだね」その言葉に自己憐憫（れんびん）の響きはなかった――淡々と事実を述べるだけの口調だった。「きみはいったん家に帰って、万事順調におわったとお父上に話して安心させたほうがよいのではないか？　早めの夕食をとってくるのもいい。そのあとこっちへもどってきて、レイダーに餌をやり、わたしにあの忌ま忌ましい薬をくれ。病院の連中にはわたしがあの薬の依存症になるかもしれないといわれたが、その言葉の正しさがこれほどすぐに証明されるとは」

「それもいい考えに思えますね」ぼくはいったん言葉を切った。「ミスター・ボウディッチ……ハワード……よければ父をあなたに紹介しておきたいんです。怪我をなさっていないときのあなたが、あまり人づきあいを好まないタイプなのは知っていますが、いまは――」

「話はわかる。お父上は安心させてほしいんだね――充分に理の通った話だ。しかし、今夜は勘弁してくれ、チャーリー。あしたも遠慮したい。水曜なら大丈夫かもしれん。そのころには体調も少しはましになっているかもしれないし」

「オーケイ」ぼくはいった。「あとひとつだけ」ぼくは自分の携帯番号を付箋紙（ポストイット）に書きつけると、それをベッド横の小テーブルに置いた――ほどなくこのテーブルは、消毒用の脱脂綿やガーゼパッドや薬剤（しかしオキシコンチンは例外）で覆われるはずだ。「このベルは、ぼくが二階にいるときに――」

「ヴィクトリア朝の流儀そのままだな」

「でもぼくが不在のときにぼくが必要になったら、スマホに連絡をください。ぼくが学校にいるときでも、そうでないときでもかまいません。事務室のミセス・シルヴィウスに、いまどのような情況なのかを説明しておきますし」

「わかった。さあ、行きたまえ。お父上を安心させるんだ。しかし、あまり遅くならないようにしてくれよ。でないと、わたしがベッドから起きあがって、あの薬をさがそうとしないともかぎらんぞ」ミスター・ボウディッチはそういって目を閉じた。

「下手な考えなんとやら……ですよ」ぼくはいった。

閉じた瞼をひらかないまま、ミスター・ボウディッチはこういった。「大宇宙には〝下手な考え〟が満ちあふれているんだよ」

9

月曜日は父にとって仕事の遅れをとりもどす一日で、そのためいつも家に帰ってくるのは六時半、ときには七時にもなった。だからこの日も帰れば父が家にいるとは思わなかったし、じっさい家にはいなかった。父はミスター・ボウディッチの屋敷のゲートのすぐ外で、ぼくが出てくるのを待っていたのだ。

「仕事を早退けしてきたよ」外へ出てきたぼくを見て、父はそういった。「おまえのことが心配でね」

「わざわざ来なくても――」

父はぼくの肩に腕をまわし、ぼくをハグした。「だったらわたしを訴えろ。さっきこの丘を半分まであがったところで、おまえが外に出てきて若い女と話しているのが見えたよ。手をふったんだが、おまえは気づかなかったらしい。女がなにを話していたにせよ、その話を真剣にきいていたみたいだったな」

「じゃ、父さんはそのときからずっとここにいたんだ？」

「玄関のドアをノックしようかとも思ったが、いまの段階ではわたしはまだ吸血鬼のようなものじゃないか。ほら、〝招かれなければ家にはいれない〟というだろ？」

「水曜日ならね」ぼくは答えた。「父さんを紹介する件をあの人に話したんだ」

「それはよかった。夜かな？」

「七時前後になりそう。午後六時に鎮痛剤を飲むことになってるんだ」

ぼくたちは丘をくだって歩きはじめた。父の腕が肩にまわされたままだったが、気にならなかった。それからぼくは、ミスター・ボウディッチをあまり長い時間ひとりにしておきたくないので、家に帰ってもゆっくり夕食をとってはいられない、と話した。だから、いくつか必要な品々をまとめたら――最初に思いついたのは歯ブラシだった――あとはミスター・ボウディッチの食品庫で食べ物を見つくろうことにする。

「その必要はないぞ」父はいった「〈ジャージー・マイクス〉でサブマリンサンドイッチを買ってきてある。それをもって屋敷に引き返せばいい」

「やった！」

「で、ボウディッチさんは元気かい？」

「かなり痛みがあるみたい。飲んでる薬が効いて、よく眠れるようになればいいんだけどね。真夜中にも薬を飲むことになってる」

「オキシコンチン？」

「うん」

「安全な場所にしまっておけ。保管場所を本人に知られちゃならん」おなじ助言はもうきかされていたけれど、少なくとも父は、自分でもちょっぴり味見したくなりそうか、とは質問してこなかった。

家に帰ると、二、三日分の衣類をバックパックに詰め、そこにネットギア社製のモバイルルーター〈ナイトホーク〉もほうりこんだ。スマホは問題なく動作したが、〈ナイトホーク〉があれば快適なＷｉ－Ｆｉ環境が手にはいる。さらに歯ブラシと、二年前からつかいはじめた剃刀も入れる。この年、クラスメイトのなかにはわざと無精ひげを伸ばす者もちらほらいたけれど――流行りのファッションだった――ぼくはさっぱりした顔のほうが好みだった。荷造りは手早くすませた。なにか忘れ物があっても、またあした家に帰ってくればいいともわかっていた。あちこち軋む大きな古い屋敷にたったひとり、そばにいるのは高齢の犬だけという立場のミスター・ボウディッチのことも考えていた。

ぼくの支度がととのうと、父はもう一度ぼくをハグし、そのあと肩に手をかけてきた。「たいしたもんだ。重大な責務をみずから引き受けるなんて。おまえを誇りに思うぞ、チャーリー。いまのおまえを母さんにも見せてやりたいよ。母さんもおまえを誇らしく思っただろうな」

「ちょっと怖いけどね」

父はうなずいた。「怖がっていないといわれたら、かえって心配になったところだ。なにかあったら、わたしに電話をかけることだけは忘れずにな」

「うん、そうする」

「わかっていると思うが、わたしはおまえがカレッジに進むのを楽しみにしていた。でも、いまはそれほど楽しみじゃない。おまえがいないと、この家が空っぽに思えてしまうとわかってしまったからね」

「おなじ道ぞいで五百メートルも離れていない家に行くだけだよ、父さん」とはいったものの、のどの奥に熱いものがこみあげていた。

「ああ、わかってる。わかってるよ。さあ、もう出かけるといい、チップ。自分の仕事をしてくるんだ」父は唾を飲みくだした。のどの奥から〝かちり〟というような音がした。「仕事を立派にやりとげてこい」

第七章

第一夜。ジャックのことを知る。

一介の樵夫（きこり）。セラピー。

父の訪問。リムパーザ。

ミスター・ボウディッチ、約束をする。

1

ぼくはミスター・ボウディッチに、あなたの椅子を借りてすわってもいいかとたずねた。もちろんかまわないという答えだった。それからサンドイッチを半分食べるかとたずね、ノーという答えを耳にして内心ちょっと安心した——〈ジャージー・マイクス〉のサブマリンサンドは絶品だからだ。

「錠剤時間（ピル・オクロック）のあとでスープを一杯もらおうか。チキンヌードルを。またそのとき考える」

それからぼくは、ニュース番組を見たいかとたずねた。ミスター・ボウディッチは頭を左右にふった。「見たければスイッチを入れればいい。わたしはめったに見ないよ。出てくる顔ぶれは変わっても、出てくる嘘っぱちは変わらないしね」

「あのテレビがまだ映るのに驚きました。真空管が切れたりしないんですか？」

「そりゃ切れるに決まってる。懐中電灯の単二電池とおなじだ。あるいはトランジスタラジオに入れる9V形電池とおなじだな」トランジスタラジオがなにかはわからなかったが、ぼくは口をはさまなかった。「そうなったら新品と交換するわけだ」

「真空管はどこで買ってるんです？」

「ニュージャージーにある〈レトロフィット〉という会社だ。ただし供給量が減っているので、値段は毎年あがるばかりだ」

「その値段でも、余裕で払えるだけのお金がありそうですね」

ミスター・ボウディッチはため息をついた。「あの黄金のことだな。きみは興味をもっている——ああ、それも当然、だれもが興味をもつに決まってる。だれかに話したか？　お父上には？　それに、信頼できる学校の教師あたりにも？」

「ぼくは秘密を守れます。前に話したとおりです」

「ああ、わかってる。そうむきにならんでもいい。こっちも一応たずねたまでだ。黄金のことは話しあおう。しかし、今夜ではないよ。今夜は、およそどんな話題でも話せるような気分ではないんだ」

「ええ、急いでません。でも、テレビの真空管のことなんですが……インターネットがないのに、どうやって手に入れてるんです？」

ミスター・ボウディッチはあきれたように白目を剝いた。

「外に立っている郵便受けはただの飾りだとでも思ったか？　それとも、クリスマスに柊(ひいらぎ)をぶらさげるための道具だとでも？」

　なんの話かと思えば、電子メールならぬ〝のろまの郵便(スネイル・メール)〟の話だ。昔ながらの郵便がいまでもビジネスにつかわれているとわかって、目から鱗(うろこ)が落ちる思いだった。それくらいなら、なぜ新しいテレビを買わないのかと質問しようと思ったが、答えはわかっている気がした。この人は昔の物が好きなんだ。

　居間の時計の針がじりじりと六時に近づいていくにつれ、ミスター・ボウディッチの薬を飲みたい気持ちにも負けないくらい、ぼくも薬を飲ませてあげたくなってきた。ようやくその時刻になった。ぼくは二階へあがって二錠を手にとり、水のグラスといっしょにわたした。ミスター・ボウディッチは薬とグラスをひったくるようにして受けとった。部屋は涼しかったが、ひたいには汗のしずくがびっしりと浮かんでいた。

「レイダーに食事をさせてきます」ぼくはいった。

「そのあとで裏庭に連れだしてやってくれ。あの子はすぐに用を足すだろうが、そのあとも少し外にいさせてやるんだ。そこの尿瓶をとってくれ、チャーリー。その忌ま忌ましいしろものをつかうところをきみに見られたくないし、この年齢(とし)になると最後まで出しきるのに時間がかかるんでね」

2

屋内に引き返して尿瓶の中身を流しおわるころには、薬が効き目を発揮していた。ミスター・ボウディッチはチキンスープを所望した――このスープはユダヤ人にとってのペニシリンだ、とはこの人の弁。スープはそのまま飲み、ヌードルはスプーンで食べていた。食器を洗ってから引き返すと、ミスター・ボウディッチはもう寝入っていた。意外ではなかった。きょう、この人はかなり疲れる一日を過ごしたからだ。ぼくは二階のミスター・ボウディッチの部屋まであがって、『黒衣の花嫁』を借りてきた。本に没頭しながら迎えた午後八時、ミスター・ボウディッチが目を覚ました。

「テレビの電源を入れて、なにか歌番組をやっていないかどうか見てもらえるか？」と、そういわれた。「たまにレイダーといっしょに見て楽しんでるんだよ」

　テレビの電源を入れ、受信できるいくつかのチャンネルを切り替えていくうちに、音楽オーディション番組の《ザ・ヴォイス》が見つかった。といっても、ブリザードのような画面ノイズで番組はほとんど見えなかった。ぼくは〝ウサギの耳〟をあれこれ調整し、画面がいちばんくっきり見えるようにした。それからふたりで、コンテストの出場者たちが歌うのをながめた。ほとんどの出場者が見事な歌いぶりだった。ぼくはカントリーを歌った男が気にいったので、そういおうと顔をうしろにむけた。ミスター・ボウディッチはもうぐっすり眠りこんでいた。

3

ぼくはベルをベッドサイドの小テーブルに置いて、二階へあがった。途中で一度ふりかえると、レイダーが階段のあがり口にすわっていた。上から見おろしているぼくに気がつくと、レイダーは体の向きを変えてミスター・ボウディッチのもとへ引き返し、この夜も、そのあとも毎晩、老人のそばで夜をすごした。やがてミスター・ボウディッチはまた階段をあがれるまでになったが、夜はソファーベッドをつかいつづけた。そのころには、階段をあがるのがレイダーにとって難儀になっていたからだ。

ぼくが寝る来客用の寝室にはなんの問題もなかったが、ひとつきりのフロアスタンドの光は天井に薄気味のわるい影を投げかけ、予想していたとはいえ、家のあちこちの接合部がぎしぎしと軋んでいた。風が吹く夜ともなれば、これが途絶えることのない交響楽になるのだろう。ぼくはもってきた〈ナイトホーク〉のルーターをコンセントにつないで、インターネットに接続した。黄金の重みを背中に感じていたときのことを思い、その経験をきっかけに、母が絵本シリーズ〈リトル・ゴールデン・ブックス〉で読みきかせをしてくれた昔話が思い出されてきたことも思っていた。これはただの時間つぶしだと、そのときはそう考えたが、いまはそれを疑問に思う。ぼくたち人間には、その後の行き先がわかっているときもあるのではないか――たとえ、そんなことはわからないと思っているときですら。

ネット検索で少なくとも七バージョンの『ジャックと豆の木』が見つかった。ぼくはそれを例のひとつきりのスタンドの明かりのもと、自分のスマホの画面で読み進めていった。あしたは自前のノートパソコンを忘れないことと頭のメモに書きつけたが、今夜のところはスマホで充分だった。もちろん、どんな物語かは知っていた。ゴルディロックスや赤ずきんの話とおなじく、この昔話も子供たちを下流へ運ぶ文化の川のひとつだ。母にこの話を読んでもらったあと、いつかの時点でアニメ化されたバージョンも見ているはずだけれど、はっきりとは覚えていない。ウィキペディアに教わったところ、オリジナル版はぼくの記憶にある物語よりもずっと凄惨だった。たとえばジャックは母親とふたり暮らしだが、それはたびかさなる巨人の乱暴狼藉のおりに父親を殺されていたからだった。

みなさんもどんな物語かはご存じだろう。ジャックと母親のふたりはどん底の貧乏暮らしだ。ふたりにあるのは一頭の牝牛だけ。母親はジャックに牝牛を市場まで連れていって売り、せめて五枚の金貨をもち帰ってこいといいつける（この話には黄金のペレットは出てこない）。町へ行く途中、ジャックは早口でしゃべる行商人と出会う。ジャックは行商人に丸めこまれて、五粒の魔法の豆と引き換えに牝牛を売ってしまう。母親はかんかんに怒って、五粒の豆を窓から外へ投げ捨ててしまう。豆からは一夜にして、雲にまで届くような魔法の巨木が生えだす。雲の上には巨大な城がそびえている（城がどうやって雲の上に浮かんでいるのか、そのあたりはどのバージョンでも詳しく語られることはない）。この城には巨人が妻とともに住んでいる。

ジャックが盗むのはどれも黄金に関係するものだ――金貨、金の卵を生むガチョウ、そして巨人に警告を発する黄金の竪琴。また厳密にいうなら、これは盗みではない。なぜならこういった金製品そのものが、もとは巨人が盗んできた品だからだ。巨人の有名なせりふ――《ふぃー・ふぁい・ふぉー・ふむ、イギリス人の血がにおう》――が、シェイクスピアの『リア王』からの借用であることも知った。エドガーという登場人物の《童子ローランド来れり、〈暗黒の塔〉まで来れり、そこで口にせし言葉は「ふぃー・ふぉー・ふむ、ブリテン人の血がにおう」》というせりふだ。またアニメ版で見た覚えがなく、〈リトル・ゴールデン・ブックス〉版で読んだ覚えもないパートもあった。巨人の寝室の床に子供たちの骨が散乱しているという描写だ。その巨人の名前にぼくは悪寒をおぼえた――奥深くからの、予感めいた悪寒だった。

その名前とは――ゴグマゴグ。

4

フロアスタンドのスイッチを切ったのは午後十一時。それからうとうとと仮眠をとったが、十二時十五分前にはスマホのアラームで目を覚ました。オキシコンチンの錠剤はまだ金庫にしまってはいなかった――数着の着替えをおさめたドレッサーの上に置いただけだった。ぼくは二錠を手にして階下へおりた。暗闇でレイダーがぼくに静かなうなり声をあげて体を起こした。

「静かにな、いい子だ」ミスター・ボウディッチがいうと、レイダーは静かになった。スタンドのスイッチをいれると、ミスター・ボウディッチは仰向けに横たわって天井を見あげていた。

「ああ、時間ぴったりに来てくれてありがたい。このベルを鳴らすのはどうにも気が引けてね」

「眠れましたか？」

「ああ、少しはね。その忌ま忌ましいしろものを腹に入れたら、またひと眠りできるかもしれん。ひょっとしたら明け方まで」

ぼくは錠剤をわたした。ミスター・ボウディッチは片肘をついて体を起こしてから錠剤を飲み、水のグラスをぼくに返すと、また体を横たえた。

「さっそく楽になってきたよ。まあ、気のせいにすぎないんだろうが」

「ほかになにか、もってきてほしいものは？」

「なにもない。きみもベッドにもどるといい。育ちざかりの若者には休息が必要だ」

「でも、ひととおり育ちおわったみたいですよ」というか、その言葉のとおりになればいいと思っていた。ぼくはすでに身長百九十センチ超、体重は百キロに近かった。これ以上大きくなったら、ぼくはまるで――

「ゴグマゴグになっちゃう」という言葉が、なにも考えないまま口をついて出た。

てっきり笑われると思ったが、相手の顔には笑みさえなかった。「おや、きみもおとぎ話を勉強したようだね」

ぼくは肩をすくめた。「スタントンヴィルまで黄金をかついで運んだことで、魔法の豆やそこから生えた豆の木のことを思い出したんです」

「では、ジャックの話は知っているんだね」

「まあ、それなりに」

「聖書に出てくるゴグとマゴグは、神の国に敵対する二国家の名前だ。知っていたか？」

「いいえ」

「ヨハネの黙示録だ。そのふたつをあわせれば、あらわれるのは本物の怪物。できれば近づかないのが賢明だ。明かりを消してくれ、チャーリー。わたしにもきみにも睡眠が必要だ。きみは眠れるだろうし、わたしは眠れるかもしれない。この痛みから、わずかなりとも休暇をもらえれば御の字だよ」

ぼくはレイダーの頭を撫でてからスタンドを消した。いったん階段のほうへ歩きかけたが、途中でうしろをふりかえる。

「ミスター・ボウディッチ？」

「ハワードでいい。ハワードという呼び名を練習する必要があるぞ。きみはクソなほど慇懃無礼な執事じゃないんだから」

そうはいっても執事みたいなものではないかとは思ったが、夜の夜中にそんなことで議論を戦わせたくはなかった。「ハワード、わかりました。引退する前は、どんな仕事をして暮らしていたんですか？」

ミスター・ボウディッチはくすくすと笑った。ざらついた笑い声だったが不愉快ではなかった。「測量技師の仕事をしながら樵夫の仕事もやっていたよ。いいかたを変えれば、珍しくもない一介の樵夫さ。おとぎ話には樵夫がいっぱい出てくるだろう？　さあ、もうベッドへ行くんだ、チャーリー」

ぼくはベッドにはいって、それから朝の六時までぐっすり眠った。六時は投薬の時間、それも鎮痛剤だけではなく全種類の投薬だ。このときもミスター・ボウディッチは目を覚まして天井を見あげていた。ぼくが眠れたかとたずねると、眠れたという答えが返ってきた。その言葉を信じたかどうかはなんともいえない。

5

　朝食には、なんとぼくがこしらえたスクランブルエッグを食べた。ミスター・ボウディッチはソファベッドのへりに腰かけ、創外固定器をつけたほうの足を安楽椅子とそろいの足載せ台のクッションにあずけていた。そのあとでミスター・ボウディッチは、小用を足したいのでひとりにしてくれといった。ぼくが居間に引き返すと、ミスター・ボウディッチは松葉杖をついてひとりで立ち、家の正面に面した窓から外をながめていた。

「立つときは手伝いますから、ぼくがもどるのを待っていてくれればよかったのに」

　ミスター・ボウディッチは〝ちっ〟と舌打ちの音を出した。

「きみはあの杭垣をまっすぐに立てなおしてくれたんだな」

「レイダーが手伝ってくれました」

「ああ、そうだろうとも。おかげで見場（みば）がよくなった。ベッドにもどるのに手を貸してくれ、チャーリー。前にやったように、わたしのこっちの足をもちあげてほしい」

　ぼくはミスター・ボウディッチをベッドに寝かせた。それからレイダーを散歩に連れだしてパイン・ストリートを進んでいった。新しくて新鮮な薬の効き目はあらたかで、レイダーはかなりの距離を歩き、その途中で電柱や一、二カ所の消火栓で足をとめてはマーキングをし、〝ボウディッチ家のレイダーだ〟という合図を残していた。そのあと、ミスター・ボウディッチの小切手を銀行へもっていった。家に帰ると――父はとうに出勤していた――ぼくは追加の衣類とノートパソコンをまとめた。ランチには、ミスター・ボウディッチには今回もＳ＆Ｓ――塩味クラッカーとサーディン――を、自分にはホットドッグを用意した。冷凍食品ならもっとすんなり口を通ったはずだが、あいにくこの屋敷には電子レンジがなかった。ぼくは〈ティラー＆サンズ〉から配達されてきた冷凍の肉の一部を解凍のために出しておいた。この先ずっと缶詰のスープとサーディンだけで過ごすつもりでなければ、いずれユーチューブで調理法の動画をさがしてみよう。そのあとミスター・ボウディッチに昼の薬を飲ませ、かねて頼まれていたとおり、病院のメリッサ・ウィルコックスに報告の電話を入れた。ミスター・ボウディッチが何回起きたか、なにを食べたか、それからお通じがあったかどうかを報告するのもぼくの仕事だった。最後の質問の答えは断然ノーで、これもメリッサには意外ではなかった。オキシコンチンの副作用は頑固な便秘だ、とメリッサはいった。ランチをおえると、ぼくは一通の封筒を屋敷の郵便受けに入れ、集配してほしい郵便物があることを伝えるための旗を立てた。封筒の中身は、アルカディア病院あての小切手だった。小切手はぼくが病院にもっていってもよかったが、ミスター・ボウディッチは先にハインリッヒの小切手が確実に換金されることを望んでいた。

　こうしたことをみなさんに話しているのは、格別おもしろいからではない。こういったことによって日々の習慣が確立し、その習慣がこの年の春の残りと夏の大部分を通じてつづいたから話しているのだ。ある意味では楽しい数カ月間だった。役に立ち、必要とされる人間になった気分だった。長いあいだ感じていなかったほど、自分のことが好きになってもいた。ただし、その数カ月のおわり方は悲惨なものだった。

6

　一週間のぼくの春休み中、水曜日にはメリッサ・ウィルコックスがミスター・ボウディッチの最初のPTセッションのために屋敷を訪れた。メリッサにとってはPT、すなわち理学療法（フィジカル・セラピー）だったが、ミスター・ボウディッチにとっては——頭文字はおなじでも——苦痛（ペイン）と拷問（トーチャー）にほかならなかった。オキシコンチンを一錠増やしてもらえたのはうれしかったようだが、怪我をした足のストレッチやリフティングをたくさんやらされたのは気にくわなかったらしい。セラピーのあいだ、ぼくはほとんどキッチンにいた。さまざまな名文句がきこえてきたが、ぼくの耳がとらえたのは、〝チンカス舐め野郎（コックサッカー）〟とか〝イカレどかちん（ファックスティック）〟とか〝クズ下衆畜生（マザーファッカー）〟とかいう下ネタがらみの罵倒の文句、それに〝やめろ（ストップ）〟のひとことだった。なかでも〝やめろ〟は何度も口にしていたし、〝死ねアホんだら（ガッデム・ユー）〟とつづくこともあった。メリッサはまったく動じていなかった。

　セッションがおわると——ちなみに二十分間だったが、ミスター・ボウディッチにはもっと長い時間に思えたはずだ——メリッサがぼくを呼んだ。これに先立って、ぼくは三階から椅子を二脚ばかり運びおろしていた（といっても、ダイニングルームのテーブルにあわせる背もたれのまっすぐなあの椅子ではなかった——あの椅子はぼくには拷問道具の一種に見えた）。ミスター・ボウディッチはそのうちのひとつにすわっていた。メリッサはこの屋敷に大きなフォームクッションをもちこみ、このときはミスター・ボウディッチの怪我をした足のくるぶしから先がそのクッションに載っていた。クッションは足載せ台よりも低いので、膝が——まだ繃帯を巻かれたままの膝が——ほんのわずかに曲がっていた。

「ほら、これを見て！」メリッサが声をあげた。「早くも五度曲げられたの！　うれしいなんてものじゃない。びっくり仰天ものよ！」

「クソな地獄なみに痛いぞ」ミスター・ボウディッチがぶつくさ不平をいった。「早くベッドにもどりたいね」

　メリッサは、こんなユーモラスな発言はきいたことがないといいたげに明るく笑った。「あと五分はそのまま。で、今度は松葉杖で立ってみて。チャーリーが手伝ってくれるから」

ミスター・ボウディッチは五分を耐えぬくと、苦しげに立ちあがって松葉杖で体を支えた。それからベッドのほうへ体を向けたが、その拍子に手が片方の松葉杖から離れてしまった。松葉杖が床に倒れて騒々しい音をたて、レイダーが吠えた。ぼくはミスター・ボウディッチの体が倒れる前に支え、そのまま向きを変えるのに手を貸した。数秒のあいだ、ぼくとミスター・ボウディッチはしっかりからみあっていた——ぼくが腕を体にまわし、相手もぼくの体に腕をまわして。そのため、ミスター・ボウディッチの心臓が激しく速い脈を刻んでいるのが肌に感じとれた。〝激烈〟——それがぼくの頭に浮かんだ単語だった。

ぼくはミスター・ボウディッチをベッドに寝かせたが、その途中で膝が五度よりもっと深くまで曲がって、その激痛で悲鳴をあげさせてしまった。レイダーがすばやく立ちあがり、耳をぴったりと寝かせて吠えはじめた。

「わたしなら大丈夫だよ、お嬢」ミスター・ボウディッチがいった。息を切らしていた。「伏せ」

レイダーは腹ばいになったが、目は片時も飼い主から離れなかった。メリッサは水のグラスをミスター・ボウディッチに手わたした。

「きょうはがんばったご褒美として、夕方の鎮痛剤を午後五時に飲んでもいいことにしてあげる。次にこちらにうかがうのは金曜日。痛いのはわたしもわかってるの、ハワード。あなたの靭帯はいま伸ばされるのをいやがってる。でも、ちゃんと伸びるようになる。あなたがあきらめずに頑張れば」

「まいったね」ミスター・ボウディッチはいった。つづいて、いかにも悔しげな口調で——「ああ、わかった」

「チャーリー、わたしを外まで送ってちょうだい」

ぼくはリハビリ用具を入れたメリッサの大きなダッフルバッグを運んで、いっしょに玄関まで出ていった。メリッサの小型のホンダ・シビックはゲートのすぐ前にとめてあった。後部ハッチバックをあけてダッフルバッグを積みこんでいるときに、筋向かいのミセス・リッチランドの姿に気がついた。前とおなじように手で目もとの日ざしをさえぎって、こちらの動きを少しでも見のがすまいとしていた。ぼくが見ていることに気づくと、ミセス・リッチランドは合図に指をもぞもぞ動かしてきた。

「あの人、本当にこの先よくなるんですか？」ぼくはメリッサにたずねた。

「ええ。膝の曲がり具合を見たでしょう？　あれは驚異的よ。おなじ例はこれまでにも見たことはあるけれど、どれももっと若い人の場合だったしね」そういってちょっと考えこみ、ひとつうなずいて言葉をつづける。「ええ、そのうち恢復する。しばらくのあいだは」

「それ、どういう意味ですか？」

メリッサは運転席のドアをあけた。「それにしても、文句ばつかりの老いぼれさんだと思わない？」

「たしかに対人能力の面では難のある人かも」ぼくはメリッサが質問に答えていないことを意識しつつ、そう答えた。

メリッサはまたあの陽気な笑い声をあげた。春の日ざしを浴びて愛らしく見えるメリッサのようすをぼくは愛していた。

「その言葉なら二回だってくりかえしていい。紙に書いてライトをあてたい名文句ね。じゃ、次は金曜日に。曜日は変われどリハビリはおなじ」

「リムパーザ錠はなんの薬ですか？　あの人が飲んでるほかの薬なら名前も知ってます。でも、リムパーザは知りません。なんに効くんでしょう？」

メリッサの笑みがすっとかき消えた。「わたしには話せないの。患者の個人情報だから」そういって運転席に身を滑りこませる。「でも、きみならインターネットで調べることができる。ネットにはなんでも載っているものね」

メリッサは走り去った。

7

その夜七時、父が正面のゲートをあけて――わざわざかんぬきを通して閉ざしてはいなかった――ぼくが腰をおろしていたポーチの階段に近づいてきた。リハビリ・セッションがおわったタイミングで、ぼくはミスター・ボウディッチに父の来訪を延期したほうがいいかと質問した。内心では延期してほしいという返事を期待していたけれど、ミスター・ボウディッチはひととき考えをめぐらせたのち、頭を左右にふってこういった。

「さっさと片づけよう。お父上の気持ちを落ち着かせてあげるんだ。もしかしたら、わたしが児童虐待者ではないことをご自分で確かめたいのかもしれないし」

ぼくはなにもいわなかったが、いまのミスター・ボウディッチの状態ではカブスカウトの小学生を虐待するのも無理だ――いわんや、二種のスポーツで学校のイニシャルマークをもらった身長百九十センチ超のうどの大木に手を出せるはずがない。

「やあ、チャーリー」

「やあ、父さん」ぼくは父をハグした。

父はコークの六缶パックをさげていた。「ボウディッチさんはこれを飲んでくれるかな？　わたしが十二歳で足の骨を折ったときには、こいつをいくら飲んでも飲み足りない気分だったものでね」

「家にはいって直接たずねたらいいよ」

ミスター・ボウディッチはぼくが上から運びおろした椅子のひとつにすわっていた。父が来る前にはボタンダウンのシャツを出してきてほしいといわれ、髪をとかしてほしいともいわれた。パジャマのズボンが創外固定器で大きく膨らんで見えることをのぞけば、かなりきっちりした姿に思えた。ぼくには不安があった——できればミスター・ボウディッチには、父にあまり不機嫌な態度で接してほしくなかった。けれども、そんな心配は無用だった。鎮痛薬が効果を発揮していたこともあったが、それだけではなかった——意外なことに、この人は社交スキルをそなえていた。錆びついてはいたが、そなえはあった。自転車の乗り方とおなじで、世の中には一度学んだら忘れないことがあるらしい。

「ミスター・リード」ミスター・ボウディッチはいった。「昔はちょくちょくあなたをお見かけしたものだが、こうして正式にお会いできてうれしく思いますよ」そういって、静脈の浮きでた大きな手を差しだす。「すわったままでのご挨拶になりますが、どうかご勘弁ください」

父はその手を握った。「もちろん。そして、わたしのことはジョージと呼んでください」

「では、そうさせてもらいます。わたしのことはハワードと。とはいえ、息子さんにこの呼び名を納得させるまでには口をすっぱくして説得しなくちゃなりませんでした。その息子さんに本当によくしてもらっていることを、お父上にぜひお話ししておかなくては。息子さんは、クソ汚い言葉をつかわないボーイスカウトそのものだ——いや、これは聞き苦しい言い方で失敬」

「まったく気にしません」父はいった。「息子はわたしの誇りです。それで、いまのお加減は？」

「恢復中……ということらしい。というか、われらが〝拷問女王〟の意見では」

「拷問とは……理学療法のことですか？」

「そういう言い方もあるようですな」

「ああ、ここには利口なお嬢さんがいますね」父はいいながらレイダーにむかって体をかがめ、その体をたっぷりと撫でさすった。「この子とは前にも会ってます」

「そのようだ。ところで、わが目に問題がなければ、そこにあるのはコカ・コーラでは？」

「ええ、目にはなんの問題もありませんね。氷を入れたグラスに注ぎましょうか？　あいにく冷えていないので」

「氷で冷やしたコークにまさるものなし。昔みたいにラム酒もたっぷり加えて、がつんと強烈な一杯に仕立てられればいいんだが」

酒の話題にぼくは少し緊張したけれど、父は笑っただけだった。「お気持ちはわかります」

「チャーリー、いちばん上の棚からトールグラスを三つだして、氷を入れてきてもらえるかな？」

「はい」

「その前にグラスを洗ったほうがいいかもしれん。もうずいぶんつかっていないんでね」

ぼくは特段に急ぐこともなくグラスを洗い、ミスター・ボウディッチがつかっている旧式の製氷トレイから氷をとりだしながら、居間での会話に耳をそばだてていた。ミスター・ボウディッチは父に、奥さんを亡くされたことを気の毒に思うと悔やみの言葉を口にし、さらに（「まだちょくちょく外へ出かけていた時分の話だが」）シカモア・ストリートで奥さんと立ち話をしたことも何度かあって、じつにすてきな女性に思えたものだ、という話もしていた。

「だいたい、あの忌ま忌ましい橋はいますぐにでも補修工事をするべきなんだ」ミスター・ボウディッチはいった。「奥さまの死は避けられたはずなんだから。あなたがこの市を訴えなかったのが不思議なくらいだ」

あのころの父は酒を飲むのに忙しくて、そっち方面には頭がまわらなかったんだ、とぼくは思った。あのころの恨みはもうかなり消えていたが、完全には消えていなかった。恐怖と喪失に残渣（ざんさ）はつきものだ。

8

父といっしょにゲートまでの通路を引き返していったときには、あたりはもうすっかり暗くなっていた。ミスター・ボウディッチはもうベッドにはいっていた。ベッドへの移動はほぼひとりでやり抜き、ぼくは父に見られながら少し手伝っただけにとどまった。

「予想とはちがう人だったね」歩道まで出てくると、父はいった。「まったくちがっていたよ。てっきり気むずかし屋かと思ってた。不機嫌そのものじゃないかとさえ思ってた」

「そうなることもあるんだよ。でも、父さんの前では……なんていうか……どういえばいいかわからないけれど……」

代わって父が表現してくれた。「あの人は気を張っていたんだよ。おまえのことが気にいっているものだから、わたしに好かれたいと思っていたんだ。あの人がおまえを見る目つきでわかった。あの人にとって、おまえは大きな意味のある人間だ、とね。あの人を落胆させるなよ、坊主」

「あの人がまた高いところから落下しないかぎりはね」

父はぼくをハグして頰にキスをしてから、丘をくだる道を歩いて帰っていった。見ていると、父の姿が街灯の光のなかに浮かびあがっては消えることをくりかえし、やがて完全に見えなくなった。父のうしなわれた歳月のことでは、まだ父を恨んでいる部分もなくはなかった――ぼくにとっても、うしなわれた歳月だったからだ。もちろん心の大部分では、父が帰ってきたことを喜んでいた。

「あれで問題はなかっただろう？」ぼくが屋敷内にもどると、ミスター・ボウディッチがそういった。

「ええ、ばっちりでした」

「さて、それではこれからの夜の時間、なにをしてすごそうかな、チャーリー?」

「ひとつ思いついたことがあります。ちょっと待っててください」

　ぼくはノートパソコンに音楽オーディション番組〈ザ・ヴォイス〉の二エピソードをダウンロードしておいた。そのパソコンを、ふたりがいっしょに見られるようにベッドサイドのテーブルに置く。

「こりゃ驚き桃の木だ、きれいに映ってるな」

「わかります。悪くないでしょう? コマーシャルなしで見られますよ」

　ふたりでまず一エピソードを見た。ぼくは二本めを見てもよかったのだけれど、ミスター・ボウディッチは開始後五分で眠りこんでしまった。ぼくはノートパソコンをもって二階へあがり、リムパーザ錠についての文章を読んだ。

9

　金曜日、ぼくはまた用具が詰まったメリッサのダッフルバッグをシビックまで運んだ。ハッチバックを閉めてからメリッサにむきなおる。「リムパーザ錠のことを調べました」

「きみなら調べると思った」

「四種類の疾病に処方されるとありました。ただし、ミスター・ボウディッチが乳癌や卵巣癌になったとは考えられません。どこの癌ですか? 前立腺かどこかですか?」お願いだから膵臓ではありませんように。ぼくの父方の祖父は膵臓癌にかかり、診断から半年もしないうちに死去してしまった。

「患者の個人情報よ、チャーリー。だから話せないの」しかしメリッサの表情は、言葉とはちがうことを語っていた。

「頼みますよ、メリッサ。あなたは医者じゃない。あなたもだれかから話をきいたんですよね?」

「それは、ミスター・ボウディッチのリハビリの担当者だからよ。仕事のために、患者の全体像を頭に入れておく必要があるの」

「ぼくなら秘密を守れます。そのことはもう知ってるでしょう?」これは、ぼくみたいな未成年者なら本来は患者に投与してはいけない強力な鎮痛薬の件だった。

　メリッサはため息をついた。「前立腺癌。エイブラムズ――ミスター・ボウディッチを担当している整形外科医――がレントゲン検査で見つけたの。かなり進行してはいるものの、さいわい転移はない。リムパーザは腫瘍の進行を遅らせる作用がある。ときには縮小させることもある」

「でも、あの人にはほかにも薬を飲ませたほうがいいんじゃないですか? 化学療法とかは? あるいは放射線治療とか?」

　このときもお向かいのミセス・リッチランドが外に出てきていた。ぼくにむかって手の指をもぞもぞ動かしてきたので、ぼくも指を動かしてお返しの合図を送った。

　メリッサはためらっていたものの、ここまで話してしまった以上、いまさら黙っても意味はないと判断したようだった。

「あの人、アルカディア病院の癌診療科の部長をつとめているドクター・パタースンと話しあいをしたの。ドクターは今後の考えられる治療方法を残らず示した。そのうえで、ミスター・ボウディッチはリムパーザ錠の服用以外のすべての治療を拒否したわけ」

「どうして？」

「それはきみが自分できくしかないわね、チャーリー。でもあの人に直接たずねるにせよ、わたしとの会話については明かしてはだめ。わたしがこの仕事を馘になる気づかいはまずないとしても、厳密には失職してもおかしくないもの。それにね、ミスター・ボウディッチの決断が正しかったと考えている医師もいるの――それも大勢。高齢者の前立腺癌は進行が遅くなる。だからリムパーザ錠の服用で、この先まだ何年も生きていられるかもしれないし」

10

　その夜、ぼくたちは《ザ・ヴォイス》のエピソードをまたひとつ見た。それがおわると、ミスター・ボウディッチは苦労しながら松葉杖をついて椅子から立ちあがった。「今夜は一大イベントの夜になるぞ、チャーリー。というのもだな、いよいよわたしがクソをひりだしそうだからだ」

「お祝いの花火は用意してありますよ」ぼくはいった。

「そんなせりふは、漫談用のネタにとっておけ」ぼくがキッチンまで追いかけようとすると、ミスター・ボウディッチはさっと顔をうしろへむけ、きつい口調でこういった。「頼むから居間へもどって、あの機械でなにかを見ているんだ。転んだりしたら助け起こしてもらう」

　ぼくは居間にもどった。狭苦しいバスルームのドアが閉まる音がした。ぼくは待った。五分経過。十分。レイダーのために猿のおもちゃを投げてやったが、何度もくりかえすうちにレイダーは追いかけることをやめ、体を丸めて自分のラグマットに横たわった。最後にはぼくはキッチンに通じている開口部まで行って、大丈夫かと声をかけた。

「大丈夫だ」ミスター・ボウディッチが返事をした。「だけどダイナマイトがあったら発破（はっぱ）につかいたい気分だよ。クソ忌ま忌ましいオキシコンチンめ」

　ようやくトイレに水を流す音がして、ミスター・ボウディッチが出てきた。汗をかいてはいたが顔には笑みがあった。

「ようやく〝鷲は舞い降りた〟といえるぞ。手間をとらせやがって」

　ぼくはまずミスター・ボウディッチがベッドにもどるのに手を貸し、いまの上機嫌な状態を利用させてもらおうと思いたって、リムパーザ錠の瓶を見せた。「この薬のことを調べさせてもらいました。でも、あなたならこれ以外にも、いろいろつくせる手だてがあるんじゃないですか？」

「ほう、そうかね、ドクター・リード？」それが答えだったが、口の端には淡い笑みがのぞいていて、それがぼくに話を進める勇気をあたえてくれた。

「だって現代の医者は、癌と戦う武器を豊富にとりそろえているんですよ。どうしてあなたがそういった武器に頼らないのかがわかりません」

「単純な理由だよ。わたしが痛みに苦しめられていることは知ってるな？　それに、あの便秘の原因になる忌ま忌ましい薬を飲まなくては眠れないことも知ってるはずだ。わたしがメリッサに……あの親切な女性に金切り声をあげたのもきいていただろう？　いまのところクソばばあだの鬼ばばあだの、その手の不快な言葉をメリッサにぶつけることだけは避けてきたが、いつそんな言葉が口からひょいと出てきてもおかしくないんだ。そんなわたしがいま苦しめられている痛みにくわえて、さらに吐き気だの嘔吐だの筋肉の痙攣だのといった苦しみの種をわざわざ背負いこみたいと思うはずがあるか？」

　ぼくは言葉を返しかけたが、ミスター・ボウディッチが片肘をついて上体を起こしながら、〝しいいっ〟という声でぼくを黙らせた。

「ほかにもわけがあるんだよ、若いの。きみの年齢の若者にはどうやっても理解できないことがね。わたしはね、もう充分だといいたくなってる。そういいきれる心境にはいたっていないにしろ、まあ、あと一歩というところか。命は老いる。きみには信じられないかもしれないし、わたしだって……その……」いったんいいよどんでから、「若い時分だったら信じなかったはずだろうよ。しかし、事実は事実だ」ミスター・ボウディッチはふたたび仰向けの姿勢にもどると、レイダーに手を伸ばした。その手がレイダーをとらえて、撫ではじめる。「そうはいっても、この子をひとりぼっちにするのは本意じゃなかった。わたしたちは仲間なんだよ、この子とわたしは。しかし、いまではその心配も無用になった。万一この子のほうがわたしよりも長生きしても、きみが引き取ってくれるんだからね。いいだろう？」

「ええ、もちろん」

「で、リハビリの話だが……」ミスター・ボウディッチの笑みがさらに広がった。「きょうは膝が十度まで曲がったし、あしたからはゴムバンドをつかって足首の関節を伸ばす訓練をはじめるよ。死にものぐるいで取り組むつもりさ。ベッドで死にたくないからね。なにをおいても、このクソったれなソファベッドの上なんかで死にたくないよ」

11

黄金の出所についての話がふたりの話題になることはなかったが——無視できない問題でありながら、見て見ぬふりをせざるをえない話題だった——日曜日になり、ぼくは話しあう必要がある問題があることに気づかされた。今後も朝晩の薬をミスター・ボウディッチに飲ませることはできるが、春休みがおわって学校がはじまったら、昼間の薬のことはどうすればいいのか？

「月曜と水曜と金曜はメリッサがリハビリのためにやってくるから、そのときあなたに薬を飲ませればいいと思いましたが、それだとあなたがリハビリで体を動かす前に薬が効いてくる時間があまりとれません。それに火曜と木曜はどうしたらいいでしょうね？」

「ミセス・リッチランドにここへ来てもらって、薬を飲ませてもらおうかな。そうすれば、あの人も屋敷のなかをたっぷり見てまわれるし。そればかりかあちこち写真を撮って、フェイスブックかツイッターにあげるかもしれないし」

「笑えますよ、ほんと」

「問題は昼間の薬だけじゃない」ミスター・ボウディッチはいった。「真夜中の薬もある」

「夜はぼくがここへ——」

「だめだ、チャーリー。きみはそろそろ家へ帰るべきだ。お父上が寂しい思いをしているにちがいない」

「そんな……おなじ通りぞいで少し離れてるだけですよ！」

「そのとおり——そして、きみの寝室にはだれもいない。お父上が家に帰ってきても、夕食のテーブルにはひとりきり。ひとりで過ごすうちに、いつしかよからぬ思いをいだきだす男もいるんだ。嘘じゃない、その手のことはすっかり知ってる。だからきみは、朝ここへやってきてわたしの体調をチェックし、レイダーに餌をやったら、昼の薬をわたしにあずけていけ。夜になって家に帰るとき、真夜中の薬をそこへ置いていってくれればいい」

「それはできませんって！」

ミスター・ボウディッチはうなずいた。「わたしがずるをするのなら、だ。そうしたいのはやまやまだよ。あのクソな薬にすっかり依存してしまっているんだから。しかし、そんなことはしないと誓う」そういって両肘をついて上体を起こし、ぼくとしっかり視線をあわせた。「もしずるをしたら、すぐきみに打ち明ける。きみはあの薬をわたしから完全にとりあげるがいい。タイレノールに替えてもいい。それがわたしの約束だし、約束は守るとも。そういう条件ならいいかな？」

ぼくはひととおり考えをめぐらせてから、異存はないと答えた。ミスター・ボウディッチが手を伸ばし、ぼくたちは握手をかわした。その晩ぼくは、ノートパソコンにダウンロードした映画やテレビ番組を見る方法をミスター・ボウディッチに教え、ベッドサイドのテーブルに置いた小さな皿にオキシコンチンの二十ミリグラム錠を二個載せた。それからバックパックを背負って、スマホをかかげて見せた。

「ぼくが必要になったら電話してください。昼でも夜でも」

「昼でも夜でもね」ミスター・ボウディッチはうなずいた。

レイダーがドアのところまで追ってきた。ぼくは身をかがめてレイダーの体を撫でてハグした。レイダーは頬をぺろぺろ舐めてきた。それからぼくは帰宅した。

12

ミスター・ボウディッチはずるをしなかった。ただの一度も。

第八章

橋の下を流れる水。

黄金の魅力。老いた犬。

新聞のニュース。逮捕。

1

最初のうちは、週三回の入浴介助のおりにスポンジでミスター・ボウディッチの体を洗っていた。一階の狭苦しいバスルームにはシャワーがなかったからだ。ミスター・ボウディッチは体を洗わせてくれたが、プライベートな部分は自分で洗うと主張した（ぼくに異存はなかった）。ぼくは痩せこけた胸を洗い、それ以上に痩せこけている背中を流した。一度などは、狭苦しく小さなバスルームへ行くのが間に合わないという不幸なアクシデントがあって、痩せこけた尻をぼくが洗い流した。そのときの罰当たりな悪口雑言の数々は、怒りだけではなく気まずさ（それも苦々しいまでの気まずさ）が引金をひいたものだった。

「そうお気になさらず」ミスター・ボウディッチにあらためて

パジャマのズボンを穿かせおわると、ぼくはそういった。「どうせいつも裏庭でレイダーの粗相を片づけてますし」

ミスター・ボウディッチは、〝おまえは生まれついての馬鹿か〟と語る得意の目つきをぼくにむけた。「いっしょにするな。レイダーは犬だ。犬だから、きみが許せばエッフェル塔の前の芝生にもクソを垂れるぞ」

ぼくにはこの言葉はそこはかとなく笑えるものに思えた。

「エッフェル塔の前には本当に芝生があるんですか?」

ここでは、おなじくミスター・ボウディッチの得意技である〝目玉ぎょろり〟が披露された。「知らん。とにかくいいたいことはわかるな? さて、コークをもってきてもらえるか?」

「もちろん」父が六缶パックを手土産にもってきて以来、ぼくはミスター・ボウディッチのためにこの家のコカ・コーラの在庫を切らさないようにしていた。

コークを手にして引き返すと、ミスター・ボウディッチはベッドから起きあがり、レイダーを横にしたがえて古くから愛用している安楽椅子にすわっていた。「チャーリー、きいておきたいことがある。きみはわたしにずいぶん尽くしてくれているが――」

「気前のいい額の小切手を毎週もらっていますからね。本当にありがたく思っています――それだけのお金に見あう働きはしていないと感じることもありますけど」

「そればかりか、きみなら無料でもおなじことをしただろうね。前に病院でそんなことを話していたし、あのときのきみは本気だったと信じてる。となると、もしやきみは聖者にならんと必死なのかな? あるいはなにかの罪滅ぼしをしようとしているとかか?」

かなり鋭い指摘だった。ぼくは自分の祈りのことを――神とかわした約束のことを――思ったが、同時にスティーヴンズ小学校にかけた爆破予告のいたずら電話のことも思っていた。友だちのパーティーはこんな愉快な思いをしたことはないと考えていたけれど、その晩ぼくは――酔いつぶれた父のいびきが隣室から響くなかで――自分たちが大勢の人たちにどれだけ怖い思いをさせてしまったかということしか考えられなかった。おまけに、その人たちの大多数はまだ小さな子供たちだった。

ぼくがそう考えているあいだも、ミスター・ボウディッチはぼくをまじまじと見つめていた。「罪滅ぼしか。なんの罪滅ぼしなんだ?」

「あなたにはすばらしい仕事をもらいました」ぼくは答えた。「そのことに感謝しています。ぼくはあなたが大好きです。たとえ気むずかし屋になっているときでも――いえ、そういうときだけは好きになりにくいことは認めます。それ以外のことは、橋の下を流れていった川の水みたいに過ぎてしまった、というだけです」

ミスター・ボウディッチはちょっと考えてから、ぼくが忘れられなくなった言葉を口にした。忘れられなくなったのは、ぼくがスティーヴンズ小学校に通いだしたころに母が橋の上で死んだからかもしれず、その言葉が当時のぼくに重要に思えたばかりか、いまなお重要でありつづけているからかもしれない。

「時間は水だよ、チャーリー。そして人生は、時間という水が下を流れる橋にすぎないんだ」

2

そして時間は流れていった。リハビリ・セッションではミスター・ボウディッチはあいかわらず罵り、ときには金切り声をあげてレイダーを激しく動揺させるため、メリッサは日々のセッションの前にレイダーを外に出すしかなくなっていた。屈伸のリハビリは痛みを——激しい痛みを——ともなっていたが、五月になるころにはミスター・ボウディッチの膝は十八度まで、六月になるとほぼ五十度まで曲がるようになっていた。メリッサが松葉杖をつかって階段で二階まであがる方法を（そしてさらに大事なこと、すなわち転落して大怪我をすることなく松葉杖をついて階段をおりる方法を）教えはじめたので、オキシコンチン錠を三階に移動させた。薬は埃をかぶった古い鳥籠のなかにしまいこんだ——鳥籠のてっぺんには鴉の木彫りがついていて、見るたびに背すじが寒くなった。ミスター・ボウディッチは松葉杖でたやすく動きまわれるようにもなり、スポンジをつかっての入浴もひとりでこなすようになった（本人は〝娼婦の湯あみ〟と呼んでいた）。あれきり二度と尻をきれいに拭う必要には迫られなかった——トイレに行く途中の不幸なアクシデントがくりかえされなかったからだ。ぼくたちは、ぼくのノートパソコンで昔の映画を——《ウエスト・サイド物語》から《影なき狙撃者》にいたるあらゆる映画を——鑑賞した（ちなみにどちらの映画もふたりの気にいった）。ミスター・ボウディッチは新しいテレビを買う話を口にした。ぼくにはこれが新たな人生に進みだそうという意欲のあらわれに思えたが、そのためにはケーブルテレビの機器を入れるか、パラボラアンテナの設置が必要になると話すと、それなら買わないと決心をひるがえした（意欲はその程度だったようだ）。ぼくは朝六時にミスター・ボウディッチのもとを訪れ、学校のあとは野球の練習も試合もないため（ハークネス監督からは廊下ですれちがうたびに恨みがましい目をむけられた）午後三時にはシカモア・ストリート一番地の屋敷へもどることができた。午後はもっぱら家の掃除などの雑事をこなした。決していやではなかった。上の階の床はとにかく汚れきっていた。とりわけ三階の床がひどかった。雨樋の掃除も提案したけれど、ミスター・ボウディッチは正気でない人を見る目でぼくを見つめ、それなら人を雇ってやらせろといった。そこで、セントリー・ホームリペア社のスタッフがやってきた。雨樋がお眼鏡にかなうほどきれいになると（なにせ松葉杖によりかかった姿勢で裏のポーチに立ち、創外固定器にかぶさったパジャマのズボンを風にはためかせて作業を見まもっていたのだ）、ミスター・ボウディッチはおなじスタッフに次は屋根の修繕も依頼するようにと、ぼくに命じた。修理費の見積もりがあがってくると、ミスター・ボウディッチは業者に値下げ交渉をしろといった（「そのときには〝貧しい老人〟カードをつかいたまえ」ともいわれた）。ぼくは値下げ交渉をし、見積もり額から二十パーセントの値引きを勝ちとった。リフォーム業者はさらに正面玄関前のポーチにスロープも設置し（ただしミスター・ボウディッチもレイダーも、このスロープをつかわなかった――レイダーは怖がっていた）、ゲートから玄関までの舗石がどうしようもなく傾いているのもなおそう、と提案してきた。ぼくはその申し出を断わって、自分で作業した。それから正面と裏のポーチの階段で、歪んだり裂け目が出来たりしている板を交換した（ユーチューブのDIYものの動画を参考にしながら）。シカモア・ストリートの丘のてっぺんでは、こんなふうに掃除と修理で明け暮れた忙しい春と夏だった。ミセス・リッチランドには見るべきものが多かったし、事実たっぷり見ていた。六月上旬、ミスター・ボウディッチは病院へ行って創外固定器を外してもらった――メリッサのいちばん楽観的な見通しより数週間も早かった。メリッサがミスター・ボウディッチのことをどれだけ誇りに思っていることかと告げてハグをすると、いわれた当人は感きわまったのか、ひととき言葉をなくしていた。日曜日の午後にはぼくの父もよく屋敷へやってきた――ミスター・ボウディッチの招きによるものだったが、別段ぼくが招待をせがんだわけではなかった。そのおりにはよく男三人でジンラミーをした。たいていはミスター・ボウディッチが勝った。ウィークデイには、まずミスター・ボウディッチになにか食べるものをこしらえたあとで、丘をくだって父と夕食をともにした。そのあとミスター・ボウディッチの屋敷にもどって数枚の皿を洗い、レイダーを散歩させ、いっしょに映画を見た。ポップコーンをつまむこともあった。創外固定器がはずれたのでピンケアの必要はなくなったが、ピンが刺さっていた箇所の治りかけの穴を清潔にたもっておく必要はあった。さらにぼくは大きな赤いゴムバンドで足首のリハビリをほどこし、膝の屈伸運動をさせた。

楽しい数週間だった――少なくともおおむねは。なにもかも楽しかったわけではない。レイダーが足を引きずって家に帰りたがったので、早めに散歩を切りあげたときもあった。それにポーチの階段をあがるのが日に日に大変そうになってきてもいた。あるとき、ぼくがレイダーを抱きかかえて階段をあがっていると、それを見たミスター・ボウディッチからそんなことはやめろ、といわれた。「いよいよ自分であがれなくなるまではやめておけ」と。また、ミスター・ボウディッチが小便をすませたあとの便器のふちに、鮮血が点々と散っていることもままあったし、それをいうなら小用にも時間が余計にかかるようになっていた。

「しっかりしろ、役立たずめ、少しは小便を出してみろ」閉まったトイレのドアごしに、そんな言葉がきこえたときもある。リムパーザ錠にどんな効能があるとされているかはともかく、その効き目はそれほど発揮されていなかった。この件をミスター・ボウディッチと話しあおうと努めたし、〝本当に具合のわるいところ〟(これはぼくなりの婉曲語法だ)は野ばなし同然にしていながら、どうして両足で立つためのリハビリには熱を入れているのかとたずねもしたが、大きなお世話だ、と一喝されただけだった。結局、最後にミスター・ボウディッチの命を奪ったのは癌ではなかった。心臓発作だった。といっても、真相は異なる。

本当の犯人は、あの縁起でもない小屋だ。

3

あるとき――六月だったと思う――ぼくはあくまでも遠まわしにだったが、またぞろ黄金の話題をもちだした。ミスター・ボウディッチに、足が不自由なあの小柄なドイツ人のことが心配ではないのかと質問をしたのだ。なんといっても、ミスター・ボウディッチが病院の医療費を支払うために、ぼくがあれだけ多くの黄金を運んだあとなのだから、と。

「あの男なら無害だよ。あの家の奥の部屋でずいぶん手広く商売をしてはいるが、わたしの知るかぎり、法執行機関に目をつけられたためしはない。いや、国税庁のほうが目をつけそうだが、そっちとも無縁のはずだ」

「ハインリッヒさんがだれかに話す心配はないんですか？　ほら、あの人はヤバいダイヤモンドをもっているような連中とも商売をしてるんでしょう？　強盗とかそのたぐいの悪人と。あの人はたぶん秘密を守れるんでしょうけど、六ポンドもの純金のペレットとなると話がぜんぜん変わってくるんじゃないかと思えてならないんです」

ミスター・ボウディッチは鼻でせせら笑うような声を洩らした。「あの男はわたしとの取引でかなりの利益を得るはずなのに、それをふいにしかねない真似をするか？　そんなのは愚か者のすることだし、ヴィルヘルム・ハインリッヒは断じて愚か者ではないからね」

ぼくたちはキッチンでトールグラスにそそいだコークを飲んでいた(屋敷の庭のパイン・ストリート側に生えていたミントの小枝を添えて)。ミスター・ボウディッチはテーブルの自分の側から、抜け目のない目つきでぼくを見つめた。

「きみが話しあいたいのはハインリッヒの話じゃないんだろう？　きみの頭にあるのは例の黄金のことであり、その黄金がどこから出てきたのか、ということじゃないのか？」

ぼくはなにも答えなかったが、ミスター・ボウディッチの見立ては誤りではなかった。

「ひとつ教えてくれないか、チャーリー。あのあと、上へあがったことがあるのではないか？」いいながら天井を指さす。「あれを見るために？　いや、目で見て確認するためといってもいい。見るために上へあがったんじゃないのか？」

ぼくは顔が赤らむのを感じた。「ええと……」

「心配するな。きみを叱るつもりはない。わたしにとってあれはナットとボルトも同然、バケツ一杯分の金属にすぎない。しかし、わたしは年老いた。だからといって、あれに黄金ならではの魅力があることも理解しているよ。さてと、あのバケツに手を突っこんでみたかな？」

嘘をつこうかと思ったが、そんなことに意味はない。どうせ真実を見ぬかれてしまう。「はい」

このときもまだミスター・ボウディッチは抜け目ない表情でぼくを見ていた——左の目を細くし、もじゃもじゃの右の眉毛をぴくんと吊りあげたまま。しかし、笑みものぞかせていた。

「あのバケツに手をつっこみ、黄金のペレットがざらざらと指のあいだを流れ落ちるにまかせた——そうだな？」

「はい」赤らんでいるはずの頬が、いまでは燃えるように熱く感じられた。いまいわれた行為を実行したのは、最初にバケツを見たときだけではなかった。そのあとも数回はくりかえしていた。

「黄金の魅力は、その金銭的価値とはまったくの別物だ。きみなら知っているな？」

「ええ」

「では——純粋に議論のためにだが——いったんこのように仮定しておこう。ミスター・ハインリッヒが店のある通りの先にある薄汚い小さなバーへ行き、うっかり酒を飲みすぎてしまい、話をしてはまずい相手にしゃべりすぎてしまったとしよう。足を引きずる老いぼれハインリッヒはぜったいに酒を飲みすぎないし、たぶん酒は一滴も飲まないほうにわが屋敷とその下の敷地を賭けてもいいくらいだが、とりあえず仮定の話だ。で、ハインリッヒが話をきかせた相手が——単身かもしれないし、仲間がいっしょかもしれない——ある晩、ここできみが家へ帰っていくのを待ちかまえていたとしよう。きみが帰ったあとでわが屋敷に押し入り、黄金をよこせと脅してくる。拳銃は上の階だ。わが愛犬は、かつては獰猛(どうもう)そのものだったとはいえ……」いいながら、脇でいびきをかいて眠っているレイダーを撫でる。「……いまではわたしよりも老けこんだ。そんな目にあったら、はてさて、わたしはどうすればいい？」

「たぶん……黄金をすなおに引きわたすとか？」

「ご明察。ついでに彼らの幸運を祈りはしないが、黄金を盗人たちに引きわたすね」

そこでぼくはたずねた。「あの黄金はどこから手にいれたものなんですか、ハワード？」

「いずれはきみに話そうと思ってはいるが、まだ踏んぎりがつかなくてね。なぜかというと、黄金がそなえているのは魅力だけではないからだ。危険もそなえている。そしてあの黄金は、まさに危険な地からやってきたものだ。たしか冷蔵庫でラムチョップを見た気がするな。コールスローもなかったか？〈テイラー＆サンズ〉のコールスローは絶品だ。きみもぜひ食べるといい」

言葉を換えれば会話は打ち止め——ということだ。

4

六月下旬のある晩、パイン・ストリートの散歩をおえて帰ってきたレイダーが、ついに裏のポーチの階段をあがりきれなくなった。二度はチャレンジしたものの、結局はぜいぜい息を切らして、階段の前にすわりこんでしまった。

「下に行って、あの子を抱きあげてやってくれ」ミスター・ボウディッチの声がした。裏口から出てきて、いまは一本だけの松葉杖によりかかって立っていた。もう一本の松葉杖はすでに引退して久しかった。ぼくが確認の意味で視線を投げると、ミスター・ボウディッチはうなずいた。「いよいよ潮時だよ」

ぼくが抱きあげると、レイダーはきゃんきゃん鳴いて牙を剝きだした。ぼくは下へ滑らせた片腕で後半身をかかえこむようにしつつ、痛む部分に触れないように気をつけた。簡単だった、レイダーは前よりも軽くなり、いまでは鼻面もほとんど白くなって、左右の目は涙っぽくなりはじめていた。キッチンの床にそっとおろしてやったが、最初のうちはうしろの二本の足が体を支えられなくなっていた。レイダーは渾身の力をふりしぼって——はた目にもわかった——足をひきずり、のろのろと時間をかけて食品庫の扉近くに敷かれた愛用のラグマットにたどりつき、疲れもあらわな〝ふうっ〟という声をあげつつ、崩れ落ちるともいえる動きでマットにへたりこんだ。

「レイダーを獣医さんに診せにいかないと」

ミスター・ボウディッチはかぶりをふった。「あれを助けられる獣医はいないな。レイダーはもうそろそろ寿命だよ。いまあの子に必要なのは安らかな休息だけ。わたしに必要なのは考えることだ」

「ちょっと……いったいなにを考えるんですか！」

「なにが最善かを。きみはいますぐ家に帰りたまえ。夕食をとるんだ。今夜はもうもどってこなくてもいいぞ。次はあしたの朝、会おう」

「あ、あなたの夕食はどうすればいいんです？」

「わたしなら、サーディンと塩味クラッカーですませるさ。さあ、もう帰れ」ミスター・ボウディッチは先ほどの言葉をくりかえした。「わたしに必要なのは考えることだ」

ぼくは自宅へ帰ったが、あまり食べなかった。空腹ではなかった。

5

それ以降、レイダーは朝夕の餌をどちらも完食しなくなった。裏のポーチの階段はぼくがレイダーをかかえてあがったが――おりるほうは自力で問題なかった――ときおり家のなかで粗相をするようにもなった。レイダーを助けられる獣医はいないというミスター・ボウディッチの言葉は正しかった……例外があるなら最期のときだけだろう。レイダーが痛みに苦しんでいるのは明らかだったからだ。このころにはレイダーはしじゅう眠るようになり、眠っているあいだも甲高く叫んだり、うしろ足をぴくっと動かしたりしていた。体に嚙みついて痛みを与えてくるなにかを追い払おうとしているかのようだった。こうしてぼくの担当患者は二名になった。片や日に日に恢復しつつある患者、片方は衰えるばかりの患者だ。

八月五日の月曜日、モンゴメリー監督からフットボールの練習スケジュールを決めるための電子メールが届いた。返信を送る前に、ぼくはまず父に礼儀を尽くして、ハイスクールの最終学年では選手としての活動をしないと決めたことを打ち明けた。父ははた目にもわかるほど落胆したが（ぼくだって落胆していた）、理解はできるといってくれた。前日に父はミスター・ボウディッチの屋敷をたずねてジンラミーをしていたが、そのおりにレイダーがどんなようすかを目のあたりにしていた。

「あの屋敷には、まだやらなくちゃいけない仕事がたくさんあるしね」ぼくはいった。「荒れ放題の三階をなんとかしたいし、ハワードがひとりで地下室までおりていっても大丈夫だとわかれば、あそこには完成させるべきジグソーパズルがある。ああ、あの人、パズルのことはすっかり忘れてるんじゃないかな。ああ、そうだ――ノートパソコンの操作法をあの人に教えてあげないと。映画を見るだけじゃなくて、ネットサーフィンもできるように。さらに――」

「そのへんにしておけ、チップ。理由は犬だ――そうだろ？」

ぼくはレイダーを抱きかかえて裏の階段をあがることを思い、屋敷のなかで粗相をしたときのレイダーがどれだけ恥じ入った顔を見せるかを思い、なにも答えられなくなった。

「子供のころ、コッカスパニエルを飼っていたことがあるんだよ」父はいった。「雌犬でね、名前はペニー。すばらしい犬が年老いると胸が痛む。いよいよ最期を迎えるとなると、それはもう……」父は頭を左右にふった。「胸が張り裂けるほどの悲しみだ」

そういうこと。まさしくそういうことだった。

ぼくが最終学年でのフットボールをあきらめたことに腹を立

てたのは父ではなかった――腹を立てたのはミスター・ボウディッチだった。それも熊なみの激しい怒りようだった。

「気がふれたか？」叫ぶような剣幕だった。皺が何本も刻まれた頬が紅潮してきた。「最後の一滴まで正気をなくしたか？　正気がすっかりからかんか？　きみならチームのスター選手になれたものを！　大学でもフットボール選手になれたんだぞ！　それも奨学金つきで！」

「ぼくがプレーしている姿なんか、これまで一回も見てないくせに」

「ウィークリー・サン紙のスポーツ面には目を通しているんだよ――三文新聞もいいところだがな。きみは去年のターキーボウルの決勝点を決めた選手なんだぞ！」

「チームはあの試合でタッチダウンを四本決めてた。ぼくはたまたま最後にボールを押しだしただけです」

ミスター・ボウディッチは声を落とした。「きみが出る試合を見たかったよ」

ぼくはショックのあまり言葉をなくしていた。事故で怪我をする前から自分の意志で屋敷にこもりきりの暮らしを送っていた人物の口から出たことを思うなら、これは驚くべき申し出だった。

「そのうち行けるようになりますよ」ぼくはようやくそういった。「ぼくがいっしょにいきます。あなたはホットドッグを買ってください。コークはぼくがおごります」

「ちがう。そ、そ、そうじゃない、ない。わたしはきみの雇い主で、きみに給料を払っているんだ。そのわたしが禁じる。いいか、わたしを理由にしてハイスクール最後のフットボール・シーズンをあきらめるようなことは、断じてあってはならん」

これまでミスター・ボウディッチの前で爆発させたことはなかったけれど、ぼくは癇癪もちだ。この日、ぼくはその癇癪を爆発させた。〝ぷっつんとキレた〟と表現してもまちがいではないだろう。

「あなたには関係ない、あなたにはマジで関係ないんだって！　あ、あの子はどうするのさ？」ぼくはレイダーを指さした。レイダーはさっと顔をあげ、不安げな鼻声をあげた。「あなたがあの子をかかえて裏のポーチの階段をあがりおりして、あの子におしっこやうんちをさせられる？　自分ひとりだって、ろくに歩けないくせに」

ミスター・ボウディッチはショックもあらわな顔になった。「だったら……家のなかで用を足せばいい……床に紙を敷けば……」

「レイダーがいやがるよ。いやがるって知ってるでしょう？　そりゃレイダーはただの犬だ。でも、レイダーなりの誇りがある。それに、もしこれがレイダーにとって最後の夏になるのなら……最後の秋になるのなら……」涙がこみあげてくるのが感じられた。これが馬鹿馬鹿しいと思えるのは、愛する犬を飼った経験のない者だけだ。「……いざレイダーが息を引きとるそのときに、練習フィールドでクソったれタックルダミーなんかに体当たりしてるなんてまっぴらだ！　学校には通うよ、授業は出なくちゃ。でも、それ以外の時間はここで過ごしたい。それじゃ満足できないのなら、ああ、ぼくを馘にすればいいさ」

　ミスター・ボウディッチは手を組みあわせたまま黙っていた。ふたたびぼくに視線をもどしたとき、上下の唇はほとんど見えなくなるまで強く押しあわされていた。ほんとにぼくを馘にするんだ――ぼくがそう思うそばから、ミスター・ボウディッチがこういった。「獣医というのは往診をしてくれるものだろうかね？　そのうえで、うちの愛犬は正式に登録されていないので鑑札がないという事実にも目をつぶってくれるだろうか？」

　ぼくはとめていた息を吐いた。「だったら、ぼくが当たってみましょうか？」

6

　ぼくが見つけてきたのは獣医そのものではなく、獣医の助手だった――三人の子供がいるシングルマザーである。アンディ・チェンが女性のことを知っていて、紹介してくれたのだ。獣医助手は屋敷へ往診にやってきてレイダーを診察すると、ミスター・ボウディッチに数個の錠剤を手わたした。実験段階だが、カルプロフェンよりもすぐれた薬らしい。つまり効き目が強いということだ。

「この点ははっきりさせておきたくて」獣医助手はぼくたちにいった。「この薬はたしかにレイダーの〝生活の質〟を向上させる。でも同時に、生活できる期間を短くしてしまうかもしれない」いったん間を置いて、「短くしてしまうのは確実ね。だから、この子が亡くなったときにわたしのところへ来て、こうなるなんて話はきいてない、とはいわないこと」

「その薬で、いつまで暮らせるようになりますか？」ぼくはたずねた。

「まったく効かないかもしれない。さっきもいったけど実験段階の薬だから。これが手もとにあったのは、ドクター・ピートリーが臨床試験をおえたあとでも残っていたからなの。ついでにいうけど、臨床試験に協力したことでドクターはずいぶん気前のいい報酬を受けとってた――わたしがこの目で見たわけじゃないけどね。もしこの薬が効けば、レイダーはたっぷり一カ月は生きていられるはず。もしかしたら二カ月。うまくいけば三カ月。そのあいだ、ふたたび子犬時代みたいに元気になれないにしても、ずっといい状態になる。そしてある日……」獣医助手は肩をすくめてしゃがみこみ、レイダーの痩せた横腹を撫でた。レイダーが尾で床をぱたぱた叩いた。「そしてある日、この子は旅立つ。ハロウィーンのころもまだ歩きまわっていたら、わたしは心底驚くでしょうね」

ぼくはどう答えればいいかがわからなかったが、ミスター・ボウディッチにはわかっていたし、なんといってもレイダーはこの男の愛犬だ。「それで充分だ」そのあといい添えた言葉が、当時は理解できなかった――しかし、いまならわかる。「それだけ長ければ充分だよ。多分ね」

助手の女性が去っていくと（たっぷり二百ドルを受けとって）、ミスター・ボウディッチは松葉杖をついて近づき、レイダーを撫でた。ついでぼくをふりかえったその顔には、歪んだ薄笑いが浮かんでいた。

「犬用の違法な薬を売買した罪で当局の関係者がわたしたちを逮捕しにくるようなことはないだろうな？」

「ないと思いますよ」ぼくはいった。もし例の黄金がだれかに見つかったら、そっちのほうがよほど大騒動になるに決まっている。「あなたが決断をくだしてくれて安心しました。ぼくひとりだったら、心を決められなかったと思います」

「いわゆる〝ホブスンの選択〟――選り好みのできない選択というだけだ」ミスター・ボウディッチはあいかわらずレイダーを撫でていた――うなじから尻尾まで、手をたっぷり長く滑らせて。「結局のところ、一カ月か二カ月でも明るい日々を過ごせるなら、半年も暗い歳月を過ごすよりはましだと思えたんだな。ま、その薬が効けばの話だが」

薬は効いた。レイダーはふたたび朝夕の餌をすっかりたいらげるようになり、裏のポーチの階段もひとりであがれるようになった（ぼくのちょっとした手助けが必要なこともあったけれど）。なによりうれしかったのは、夜になってから〝猿の・ぬいぐるみを・追いかけて・きいきい・鳴かせるゲーム〟が数回できるようになったことだった。それでもぼくは、レイダーがミスター・ボウディッチより長生きするとは思っていなかった。

しかし、結果はそうなった。

7

つづいて、詩人や音楽家が〝休止（セズーラ）〟と呼ぶ期間が訪れた。そのあいだもレイダーは変わらず……恢復しつづけたとは逆立ちしてもいえなかったにしろ……ミスター・ボウディッチが階段から落ちた日に出会った犬のようでありつづけていた（とはいえ、朝ラグマットから起きあがって餌の皿まで歩くのには変わらず苦労してはいた）。ミスター・ボウディッチのほうは本当に恢復していた。オキシコンチンの服用量を減らし、八月から片方だけつかっていた腕を通す輪のある松葉杖もついにつかわなくなり、代わって地下室の隅で本人が見つけた杖をつくようになっていた。地下室ではジグソーパズルにふたたび取り組みはじめてもいた。ぼくは学校へ行き、自宅で父と過ごしたが、それ以上の時間をシカモア・ストリート一番地の屋敷で過ごした。ヘッジホッグスのフットボール・チームはシーズンを〇対三でスタートしたが、元チームメイトたちはぼくに話しかけなくなっていた。これには不愉快な思いをさせられたけれど、ほかにも考えるべきことがいっぱいあったおかげで、心が折れるようなことは避けられた。それから……そう、数回にわたって──毎回ミスター・ボウディッチが（レイダーの近くにいられるように、このときもまだつかっていた）ソファベッドで昼寝をしているあいだに──金庫をあけて、黄金のバケツに手を突っこんでいた。毎回変わらず驚かされる重さを手で感じ、ペレットが指のあいだを細流のように滑りくだっていくにまかせる。そういうときには、黄金の魅力について語っていたミスター・ボウディッチの言葉を思い出した。あの言葉に瞑想をめぐらせたといってもいい。メリッサ・ウィルコックスは週二回やってくるだけになり、ミスター・ボウディッチの恢復ぶりに目をみはっていた。メリッサは癌専門医のドクター・パタースンが会いたがっているとミスター・ボウディッチに伝えたが、体調はいいという言葉で要望は拒否された。ぼくはその言葉を信じた。信じたから信じたのではなく、信じたかったから信じた。いまになればわかるが、病を否定するのは患者たちだけではないのだ。

静かな日々。休止（セズーラ）。それをはさんで、すべてがほぼ同時に起こった。そこに喜ばしいことなどひとつもなかった。

8

学校ではランチの前に自習時間があり、ぼくはいつも図書室で過ごしていた──宿題をするか、そうでなかったら派手な表紙絵がついているミスター・ボウディッチのペーパーバックを読んでいた。九月下旬のその日、ぼくはすばらしく血の気の多い小説、ダン・J・マーロウの『ゲームの名は死』に深く没頭していた。十二時十五分前になると、クライマックス部分はあとで時間をとって一気に読むほうにまわそうと思い、たまたま目についた新聞を手にとった。図書室にはコンピューターが複数台あったが、ネットで読める新聞はどれも有料記事だった。そもそもぼくは、昔ながらの紙の新聞で記事を読むことのほうが好きだった──懐古（レトロ）な感じが魅力的に思えていたからだ。

手にとったのがニューヨーク・タイムズ紙やシカゴ・トリビューン紙だったら、ぼくはその記事にまったく気づかなかったかもしれない。しかし新聞の山のいちばん上にあったのはエルジンで発行されているデイリー・ヘラルド紙で、ぼくはその新聞を手にとった。一面トップには、オバマ大統領がシリアで軍事行動を画策している件と、十三人の死者が出たワシントンDCでの銃乱射事件の記事があった。そのふたつにざっと目を通してから時計を確かめ——ランチタイムの十分前だった——連載コミックスを読むためにページを繰っていった。ところが、コミックスにはたどりつけなかった。ローカルニュースの二ページめのある記事に、ぼくの目と手の動きがとまった。文字どおり凍りついた。

スタントンヴィルの宝石商 他殺体で発見

昨夜遅く、スタントンヴィルの長年の住民で宝石店〈エクセレント・ジュエラーズ〉の店主が、自身の店で死んでいるところを発見された。店先に《準備中》のプレートが出ているにもかかわらず扉があいていることを不審に思った人物の通報でジェイムズ・コッツィウィンクル巡査が駆けつけた。巡査は奥の部屋で店主ヴィルヘルム・ハインリッヒを発見した。奥の部屋に通じるドアもやはりあいたままだった。スタントンヴィル警察署長ウィリアム・ヤードリーは、窃盗目的の犯行だったのかと質問され、「本件はいまなお捜査中だが、解決は容易だろう」と答えた。争いの物音、あるいは銃声などを耳にした者はいるのかという質問には、ヤードリー署長もイリノイ州警察のイスラエル・ブッチャー刑事も回答を避け、町はずれにショッピングモールが開業して以来スタントンヴィルのメインストリート西端にならぶ商業施設の大半は廃業し、いまは空家になっていることを指摘するにとどめた。〈エクセレント・ジュエラーズ〉はその特筆すべき例外だ。ヤードリーとブッチャーはともに事件の早期解決を約束した。

ランチタイムを知らせるチャイムが鳴ったけれど、ぼくはその場所に腰をおろしたまま電話をかけた。ミスター・ボウディッチはお決まりの言葉で電話に出た。「セールスの電話だったら、この番号はリストから削っておいてくれ」

「ぼくです、ハワード。ミスター・ハインリッヒが殺されました」

長い間をはさんで——「なんでそんなことがわかった？」

ぼくはまわりを見まわした。図書室はランチタイムの食事の場ではないので、ほかにだれもいなかった。そこでぼくは新聞記事を読みあげた。長くはかからなかった。

「なんということだ」ぼくが最後まで読みあげると、ミスター・ボウディッチはそういった。「これからはどこで黄金を売ればいい？　かれこれ二十五年ばかりも、あの店を行きつけにしていたのにな」

その話しぶりには一片の同情もこめられていなかった。そればかりか、ぼくに察しとれた範囲では驚きの響きもまったくなかった。

「これからインターネットで少し調べて——」

「気をつけたまえよ！　用心を欠かすな！」

「もちろん。その気になればマジで目立たなくなれます。それより、あなたは肝心な点を見逃してます。あなたはこれまでハインリッヒと大口の取引をしていた――巨額の取引といってもいい。そのハインリッヒが死んだ。もしだれかが生前のハインリッヒからあなたの名前をききだしていたら……拷問されて口を割るとか……名前を教えれば命だけは助けてやると約束されたとしたら……」

「きみは、うちにある古本のペーパーバックの読みすぎだな、チャーリー。きみがわたしの代理で黄金六ポンドを売りにいったのは四月のことだぞ」

「といっても、中世の暗黒時代ほど昔じゃないです」

ミスター・ボウディッチはぼくの言葉を無視していた。「被害者を責めるつもりはないが、町が落ちぶれる一方なのに、あの男には店をたたもうという気がまったくなかった。最後に対面でハインリッヒと取引をしたのは、梯子から落ちる四カ月ほど前だったと思う。そのときもいったんだ。『なあ、ヴィリー。ここの店を閉めてショッピングモールに新しく店を出せ。そうでないと、いずれ強盗に押しこまれるぞ』とね。どうもその強盗が現実になったようだな――おまけにあの男を殺しもした。そういう単純な話だよ」

「そうかもしれません、でも、あなたが拳銃を二階からこっちへもってきてくれたほうが、ぼくには安心です」

「きみが安心するなら、それでいい。きょうは放課後こっちへ来るのか？」

「いいえ。スタントンヴィルまでひとっ走りして、クラックを買えるかどうか見てくるつもりです」

「若い者のジョークはとかく乱暴で、めったに笑えんな」ミスター・ボウディッチはそういって電話を切った。

ぼくがならんだときにはランチをもとめる生徒の行列が一キロ以上にもなっていて、このぶんではカフェテリアが出している得体の知れないスープもすっかり冷めていそうだったが、ぼくは気にしなかった。黄金のことを考えていたからだ、ミスター・ボウディッチは、自分の年齢になると黄金といってもただバケツ一杯分の金属にすぎない、と話していた。本心なのかもしれない。それでもぼくにはその言葉が嘘か、本音を隠すものにしか思えなかった。

そうでなければ、ミスター・ボウディッチはなぜあんなに大量の黄金をもっているのか？

9

これが水曜日のこと。ぼくは購読料金を支払って、エルジンで発行されている新聞をスマホで読めるようにした。一日おいて金曜日に新しい記事が出た。今回はローカルニュース欄のトップ記事だった。見出しには《宝石店強盗殺人事件でスタントンヴィルの男を逮捕》とあった。記事によれば逮捕されたのはベンジャミン・ドワイヤー、四十四歳で〝住所不定〟と書かれていた。つまりはホームレスということだろう。ドワイヤーが〝かなりの価値がある〟ダイヤモンドの指輪を質入れしようとしたので、スタントンヴィルの質屋の経営者が警察に通報したのがきっかけだった。警察署に連行されての取り調べで、ドワイヤーの所持品からさらにエメラルドをちりばめたブレスレットも見つかった。警察ではこれらの品々が、住所不定の男の所有物としてはきわめて怪しい、と正しく推測した。

「これでわかったかな？」ぼくがこの記事を見せると、ミスター・ボウディッチはまずそういった。「愚かな男が愚かな犯罪をしでかし、盗品を愚かなやり方で金に替えようとして逮捕されたわけだ。これじゃ、まともなミステリー小説にはなりっこない。粗製濫造のペーパーバックにもならん」

「ええ、そうでしょうとも」

「まだ気がかりがありそうな顔だな」ぼくたちはキッチンで、レイダーが食事をおえるのをふたりで待っていた。「コークでも飲めば気分がよくなるかもしれんぞ」

立ちあがって冷蔵庫のほうへ歩くミスター・ボウディッチは、もうほとんど足を引きずっていなかった。コークを飲んでも、気がかりは消えてくれなかった。「あの店の裏の部屋には、宝飾品がいっぱいならんでました。それこそ王女さまが舞踏会へつけていくようなダイヤモンドのティアラも」

ミスター・ボウディッチは肩をすくめた。この人にとってはもうおわった話、解決ずみの問題ということか。「きみは疑心暗鬼にとらわれているぞ、チャーリー。いま現実にある問題は、わたしの手もとに残っている黄金をどうすればいいかだ。その点に集中してくれ。しかし――」

「用心を欠かすな――ですね。わかってます」

「勇気の大部分は用心からできている、といってな」ミスター・ボウディッチはさかしらぶった顔でうなずいた。

「そのことわざがなにと関係しているんですか？」

「なにとも関係してはいないね」ミスター・ボウディッチはにやりと笑った。「ふっと口にしたくなっただけさ」

10

その晩、ぼくはツイッターをひらいてベンジャミン・ドワイヤーを検索した。どっさり出てきた検索結果はアイルランド人作曲家についてのツイートだったので、検索ワードを《ドワイヤー　殺人　容疑者》に変えた。ひっかかってきたツイートは半ダースほど。そのうちひとつは、スタントンヴィル警察署長のウィリアム・ヤードリーのツイートで、基本的には迅速な逮捕を実現したことへの自画自賛だった。また、〈パンケット44〉と名乗る人物によるツイートもあった。多くのツイッター民の例に洩れず、この女性も思慮深く、思いやりに満ちていた。

《生まれ育った町スタントンヴィルは最低最悪。ドワイヤーって男が町を皆殺しにしてたら世界平和に貢献できたのに》

しかしぼくの興味を引いたのは〈ブルガイ19〉なる人物のこんなツイートだった。

《ベンジャミン・ドワイヤーが殺人の容疑者？　笑わせんな。千年も前からスカタンヴィルをうろついてるやつだぞ。おでこに〝村の愚者〟ってタトゥーがあってもおかしくない》

あしたはこのツイートをミスター・ボウディッチに見せ、〈ブルガイ19〉の意見が正しければ、ベンジャミン・ドワイヤーは貧乏くじを引かされるのにうってつけの人物ではないか、とたずねてみようと思った。ところが現実には、その機会はめぐってこなかった。

第九章

小屋にいたもの。
危険な場所。9－1－1。財布。
実り多き会話。

1

このころには、ぼくはもう六時に屋敷へ行ってレイダーに餌をやる必要はなくなっていた——ミスター・ボウディッチが自分でやれるようになっていたからだ。それでもぼくは早起きに慣れていたので、いつも朝七時十五分ごろには自転車で坂をあがっていった。レイダーを外に連れだして用を足させるためだった。そのあと、この日は土曜日だったのでパイン・ストリートぞいにちょっとした散歩に出てもいいと思っていた。そうすれば、レイダーは電信柱に残されているメッセージのあれこれを鼻で読むという（ついでに自分もメッセージを残すという）楽しみが得られる。この日は散歩はなかった。

屋敷にはいっていくとミスター・ボウディッチはキッチンテ

ーブルでオートミールを食べながら、ジェイムズ・ミッチェナーが書いたコンクリートブロックなみに分厚い本を読んでいた。ぼくは自分でグラスにオレンジジュースを注いで、よく眠れたかとたずねた。

「一睡もできずに夜明かししたよ」ミスター・ボウディッチは本から目を離さないままいった。ハワード・ボウディッチは朝型人間とはとてもいえなかった。もちろん、あまり夜型人間でもなかった。それをいうなら昼型人間ともちがった。「飲みおわったらグラスをちゃんと洗っていけ」

「いつも洗ってるよね」

ミスター・ボウディッチはひと声うなり、コンクリートブロック本のページをめくった。題名は『テキサス』。ぼくは残りのジュースをひと息で飲んで、レイダーを呼んだ。レイダーはほとんど足を引きずらずにキッチンへやってきた。

「お散歩いきまちゅか？　レイダーちゃんは、お散歩いきたいでちゅかー？」

「よしてくれ」ミスター・ボウディッチはいった。「赤ちゃん言葉はもううんざりだ。人間の年齢でいえば、レイダーは九十八歳だぞ」

レイダーはドアのところで待っていた。ぼくがドアをあけると、裏のポーチの階段をおりていった。ぼくはあとを追いはじめたが、そこでパイン・ストリートの散歩に出るのならリードが必要なことを思い出した。おまけにオレンジジュースのグラスを洗っていなかった。グラスを洗い、正面玄関横のフックにかかっているリードのほうへ歩きかけたところで、レイダーが吠えはじめた——せわしなく荒々しい声、耳をつんざくような大音声（だいおんじょう）の咆哮だった。《リスが見えたよ》というときの鳴き声とは大ちがいだ。

ミスター・ボウディッチがさっと本を閉じた。「いったいレイダーはどうした？　ちょっとようすを見てきてくれ」

レイダーになにがあったのか、ぼくにはかなり見当がついていた。前にもこの吠え声を耳にしたことがあったからだ。侵入者警報の声だ。そしてこのときもレイダーは裏庭の芝——いまではだいぶ短く刈りこまれ、糞もほとんどなくなっていた——でしゃがみこむ姿勢をとっていた。小屋のほうに顔をむけ、耳をうしろに倒し、鼻面に皺を寄せて牙を剝きだしている。ひと声吠えるたびに、口から唾の泡が飛びだしていた。ぼくはレイダーに駆け寄ると、首輪をつかんで引きもどそうとした。もどりたくないらしい。しかし、錠前がおりた小屋にこれ以上近づきたくないと思っているのも明らかだった。一斉砲撃のような鳴き声が響きわたっていてさえ、なにかをひっかくような例の不気味な音はきこえた。しかも音は前より大きかったし、おまけに扉がわずかに動くのも見えた。まるで心臓の搏動を目で見ているみたいだった。なにかが外へ出ようとしているのだ。

「レイダー！」ミスター・ボウディッチがポーチから呼びかけた。「こっちへもどれ、い、い、いますぐに！」

レイダーは注意をむけもせずに、ひたすら吠えつづけていた。小屋のなかにいるなにかが、ぼくにも〝どさり〟という音がきこえるほど強く扉に体当たりした。さらに薄気味のわるい〝みゃあ・みゃあ〟という鳴き声もきこえた——猫の鳴き声に似ているが、もっと高い声だった。黒板をひっかくチョークの悲鳴をきかされている気分で、ぼくの両腕がさあっと鳥肌に覆われていた。

ぼくはレイダーの前にまわって小屋への視界をさえぎり、レイダーに近づいた。レイダーは一、二歩あとずさった。黒目のまわりに白目の輪がのぞく惑乱しきった目つきだった。いっときぼくはレイダーが嚙みついてくるものと覚悟した。

嚙みついてはこなかった。ふたたびなにかが体当たりする〝どさっ〟という音と、なにかをひっかく音がして、さらにあの背すじの寒くなる〝みゃあ・みゃあ〟という鳴き声がきこえた。レイダーはもう限界だったようだ。くるりと体の向きを変えると、足を引きずるそぶりひとつ見せずに裏のポーチにむかって駆けもどり、あたふたと階段をあがって、あいかわらず吠えながらミスター・ボウディッチの足もとで体を丸くした。

「チャーリー、そこから離れろ！」

「小屋になにかがひそんでて、そいつが外へ出ようとしてます！ 音からすると、かなりでかいみたいだ」

「こっちへもどれ、坊主！ とにかく、こっちへもどってこい！」

またもや〝どすん〟という音。さらに、なにかをひっかく音。気がつくとぼくは悲鳴を抑えこむかのように、口を手で覆っていた。手を口にもっていった記憶はなかった。

「チャ、ー、リー！」

レイダーとおなじく、ぼくも走った。それというのも小屋が見えなくなったとたん、扉が蝶番から吹き飛ばされ、悪夢の産物が追いかけてくる光景がたやすく想像できてしまったからだ——そいつがこの世のものとも思えぬ叫びをあげながら、地面を滑るように突き進んでくるところが。

ミスター・ボウディッチはあの悪趣味なバミューダショーツと、本人が〝つっかけ〟と呼んでいた古いスリッパという姿だった。創外固定器のピンが刺してあった箇所の肉の穴は治りかけていたが、その部分が青白い足の肌に赤く鮮やかに浮きあがっていた。

「家にはいれ！ 家にはいっていろ！」

「でも、あれはなに——？」

「心配するな。あの扉ならもちこたえる。でも、わたしが対処しなくては」

階段をあがったぼくは、ミスター・ボウディッチが——ひとりごとをいう人の例に洩れず声を落としてはいたけれど——次に口にした言葉をききとっていた。

「あのクソ野郎め、羽目板とブロックを動かしたな。ああ、でかいやつにちがいない」

「前にもあの手の音をきいたことがあります。あなたが入院していたときに。でも、あんなに大きな音じゃありませんでした」

ミスター・ボウディッチはぼくをキッチンに押しこめると、あとにつづいた——その拍子に足もとで身を縮こまらせていたレイダーにつまずいて転びかけ、すかさずドア枠をつかんで体を支えていた。

「ここを動くな。わたしがなんとかする」

ミスター・ボウディッチは裏庭に通じるドアを一気に閉めると、足を引きずって床をこすりつつ、体をふらつかせて居間へはいっていった。レイダーが尾を力なく垂らした姿であとにつづいた。ミスター・ボウディッチがなにやらぶつぶついったかと思うと、痛みを訴える罵り声と無理をしているようなうめき声がきこえてきた。キッチンに引き返してきたミスター・ボウディッチは、ぼくが二階から運びおろしてほしいと頼んでいた拳銃を手にしていた。しかし、拳銃だけではなかった。拳銃は革のホルスターにおさまり、ホルスターは銀の飾りボタンが打たれた革ベルトにとりつけられていた。映画の《OK牧場の決斗》から出てきた品のように見えた。ベルトを腰に巻きつけると、ホルスターにおさまった拳銃がミスター・ボウディッチの右腰骨の下におさまった。生皮製の紐——ホルスターを腿に固定するための紐——が、マドラスチェックのショートパンツにまで垂れていた。馬鹿馬鹿しいいでたちに見えたはずだったし、ミスター・ボウディッチ自身も馬鹿馬鹿しく見えたに決まっていたが、現実にはいでたちもこの老人も馬鹿馬鹿しくは見えなかった。

「ここを動くなよ」

「ミスター・ボウディッチ……いったいなに……だめです……」

「ぜったいにここを動くな！」ミスター・ボウディッチはぼくの腕を痛いほど強くつかんだ。あえぐような、せわしない息づかいだった。「犬のそばを離れるな。いいか、本気だぞ」

そういうとミスター・ボウディッチは外へ出ていって裏口のドアを叩きつけるように閉め、体を横向きにして階段をおりていった。レイダーが心細げな声をあげながら、頭をぼくの足にこすりつけてきた。ぼくは心ここにあらずのままレイダーの体を撫で、ガラスから外をのぞいた。小屋まであと半分というところで、ミスター・ボウディッチは左ポケットからキーリングをとりだした。そこから一本を選んで、さらに先へ進む。鍵を大きな錠前に挿しこみ、四五口径をホルスターから抜く。鍵をまわし、銃口をわずかに下へむけたまま扉をひらく。なにかが、あるいは何者かがミスター・ボウディッチに襲いかかるものと覚悟していたが、そうはならなかった。なにかが動く気配はあった——黒くて細いなにかが。しかし、次の瞬間には消えていた。ミスター・ボウディッチは小屋に足を踏み入れ、内側から扉を引いて閉めた。それからかなり長いあいだ、なにも起こらなかった——といっても、現実には五秒にも満たない時間だったにちがいない。銃声が二発つづいた。小屋の壁はかなりの厚さがあるにちがいなかった。閉ざされた空間なのだから銃声は耳がつぶれるほど大きく響いたはずなのに、ぼくのもとに届いたのは、鈍く平板な〝どすっ〟という感じの音だけだったからだ——フエルトで包んだ大ハンマーをなにかに打ちつけたような音だった。

　そのあと、なにも起こらない時間が五秒以上つづいた——むしろ五分ばかりつづいたといっていい。ぼくをこの場に足止めしていたのは、〝ぜったいにここを動くな!〟とぼくに告げたときのミスター・ボウディッチの有無をいわせぬ命令口調と、そのときの鬼気迫る形相だった。とはいえ、最後には我慢できなくなった。ミスター・ボウディッチの身になにかあったにちがいない。そう思ってキッチンのドアをあけて裏のポーチに足を踏みだしたそのとき、小屋の扉があいてミスター・ボウディッチが出てきた。レイダーがぼくの横を弾丸の勢いですり抜け、関節炎の気配すらうかがわせずに裏庭を突っ切って走り、ちょうどミスター・ボウディッチが扉を閉めて南京錠をおろしたタイミングでたどりついた。それがミスター・ボウディッチに幸いした——レイダーが飛びついたとき、少なくとも手でつかんで体を支えられるものがひとつはあったからだ。

「伏せろ、レイダー、伏せだ!」

　レイダーは腹ばいになると、いかれたように尻尾を左右にふりたてた。ミスター・ボウディッチは、先ほど小屋にむかったときとくらべるとはるかにゆっくりした足どりで、裏のポーチへ引き返してきた。怪我をしたほうの足を、それとわかるほどはっきり引きずりながら。見ると傷のひとつがひらいてしまい、そこから血が臙脂色のビーズになって垂れていた。その血に、ぼくはミスター・ハインリッヒの奥の部屋で見たルビーを連想した。〝つっかけ〟の片方がなくなっていた。

「ちょっと手伝ってくれないか、チャーリー」ミスター・ボウディッチがいった。「このクソな足が燃えるように痛むんでね」

　ぼくはミスター・ボウディッチの片腕を肩にまわし、骨ばった手首をつかむと、その体をほとんどかつぐようにして階段をあがり、家のなかにもどった。

「ベッドだ。横になりたくてたまらん。息があがってしまった」

　ぼくはミスター・ボウディッチを居間まで連れていき——足を引きずっていたため、途中で残ったほうの〝つっかけ〟も脱げてしまった——ソファベッドに寝かせた。

「いったい全体あれはなんだったんですか、ハワード? 銃でなにを撃っていた——?」

「食品庫」ミスター・ボウディッチはいった。「いちばん上の棚。〈ウェッスン〉の食用油の瓶の裏、ウィスキーがある。これだけでいい」

　そういって手をもちあげ、親指と人さし指をほんのわずかに離す。指は震えていた。もとから青白い人だとは思っていたが、頬の紅潮が薄れつつあるいまは、目だけが生きている死人のような顔だった。

　食品庫にはいってみると、ミスター・ボウディッチがいったとおりの場所にアイリッシュ・ウィスキーの〈ジェイムソン〉があった。背の高いぼくでも、爪先立ちをしてやっと手が届く場所だった。瓶は埃をかぶっていて、中身はほとんど減っていなかった。このときには気が高ぶっていたけれど――怯えていたし、パニックといってもいい状態だったけれど――キャップをあけたときに立ちのぼってきた香りを嗅いだとたん、酔いつぶれた半昏睡状態でソファに寝転がっていた父の姿や、便器にかがみこんで吐いていた父の姿といった忌まわしい記憶がよみがえった。ウィスキーとジンは香りが異なる……異なるが、おなじ香りでもある。すべてのアルコールは、ぼくにとってはおなじ香り、つまりは悲哀と喪失の香りだ。

　ぼくはジュース用のグラスにほんの少しだけウィスキーを注いだ。ミスター・ボウディッチはグラスの中身を一気にあおり、むせて咳こんだが、それで左右の頬に血色がもどってきた。派手なガンベルトのバックルをはずす。「このクソったれなしろものをもっていってくれ」

　ホルスターを手前へ引っぱると、ベルトがするりと抜けてきたが、その途中でミスター・ボウディッチが《くそっ》と毒づいた。ベルトのバックルが背中のくぼみの部分をひっかいたようだった。


「これをどうします？」

「ベッドの下に入れておいてくれ」

「このベルトはどこで買ったんです？」これまでに見たことがないのは確かだった。

「そういった品を買えるところだ。とにかくベッドの下――ああ、その前に弾をこめなおしておけ」

　ガンベルトには飾りボタンのあいだに弾薬ホルダーがならんでいた。ぼくは大きな拳銃のシリンダーをまわして、あいていたふたつの薬室に新たな銃弾をこめ、拳銃をホルスターにおさめてからベッドの下に入れた。目を覚ましたまま夢を見ている気分だった。

「あれはなんだったんです？　小屋になにがいたんですか？」

「いずれ話す」ミスター・ボウディッチはいった。「しかし、きょうじゃない。心配はいらん。これを受けとってくれ」そういって、ぼくにキーリングを手わたす。「あそこの棚に置くんだ。それがすんだら、オキシコンチンを二錠くれないか。薬を飲んで、少し眠りたいんでね」

　ぼくは錠剤をわたした。強いウィスキーのあとに強い薬を飲ませるのは気が進まなかったが、ウィスキーはごくわずかだった。

「あの小屋には足を踏み入れるなよ」ミスター・ボウディッチはいった。「いずれはその時も来るかもしれない。しかし、いまは考えるのもやめておけ」

「小屋があの黄金の出どころなんですか？」

「午後のテレビでやっている陳腐なメロドラマのいいぐさじゃないが、そんなに簡単な話じゃない。いまは話すわけにいかない。それにな、チャーリー、この件はだれにも話すんじゃないぞ。だれにも、だ。もし話したりしたら……その結果どうなるか……わたしには想像もできん。約束してくれ」

「約束します」

「よかった。さあ、もう帰って、この年寄りを眠らせておくれ」

2

いつもならレイダーは喜んでぼくと丘をくだる散歩に出てくるのに、この土曜日にかぎってはミスター・ボウディッチのそばを離れようとしなかった。ぼくはひとりで丘をくだって自宅に帰り、ハムを刻んでスパイスで味をつけたデヴィルドハムの缶詰と〈ワンダーブレッド〉の食パンでサンドイッチをつくって食べた——チャンピオンたちの軽食だ。父の置き手紙があった。それによると午前九時からの〈無名のアルコール依存症者の会（アルコホーリクス・アノニマス）〉の会合に出て、そのあとはリンディや二、三人の断酒仲間とボウリングに行く予定とのことだった。ぼく自身はミスター・ボウディッチとの約束を守る気まんまんだったが——あの人は《もし話したりしたら……その結果どうなるか……わたしには想像もできん》といっていた——それでも、父がぼくの顔色からなにかあったことを見抜いたとしてもおかしくなかった。完全に酒を断っているいま、父はその手のことに前よりもずっと敏感になっている。ふだんなら歓迎できる。あいにく、この日はそうとはいえなかった。

シカモア・ストリート一番地の屋敷にもどると、ミスター・ボウディッチはまだ眠っていた。多少は体調をもちなおしたような顔色だったが、呼吸にはしわがれた音がまじっていた。そういえば足の骨を折ってポーチの階段を半分まであがっているところを見つけたときも、ミスター・ボウディッチはこんな呼吸音を立てていた。気にくわなかった。

夕方になると、しわがれた呼吸音は消えた。ぼくは〈ホットポイント〉のレンジ台をつかって、昔ながらの流儀でフライパンでポップコーンをつくると、ふたりで食べながら《ハッド》という映画を見た。ミスター・ボウディッチの希望で見た西部劇映画だったが、かなりおもしろかった。色のない白黒映画だったことも気にならなかった。途中でミスター・ボウディッチは再生を一時停止してくれといった。カメラが主演のポール・ニューマンをアップでとらえている部分だった。

「どうだ、史上もっともハンサムな男はこいつだとは思わんか？　きみはどう思う？」

ぼくは、そのとおりかもしれないと答えた。

土曜日の夜は屋敷に泊まった。日曜日にはミスター・ボウディッチはずいぶん体調がよくなっていたので、ぼくは父といっしょにサウスエルジン・ダムまで釣りに出かけた。あいにく釣果にはまったく恵まれなかったが、心地いい九月の日ざしのなかで父と過ごすのは気持ちよかった。

「きょうはまたずいぶん静かだな、チャーリー」帰り道で父にいわれた。「気がかりなことでもあるのか？」

「年とった犬のことだけ」ぼくは答えた。この言葉は——全部ではないにしろ——おおむね嘘だった。

「午後にでも、うちへ連れてくるといい」父はいい、ぼくもそうしようとしたが、レイダーはあいかわらずミスター・ボウディッチのそばを離れようとはしなかった。

「今夜は家へ帰って自分のベッドで寝るんだ」ミスター・ボウディッチはぼくにいった。「わたしとお嬢なら、ふたりだけで心配ない」

「声ががらがらじゃないですか。なにかの病気にかかったんじゃなければいいですけど」

「病気なんかじゃない。ただ、一日じゅうしゃべりっぱなしだったせいだ」

「だれと？」

「だれに、といってほしいね。自分自身にだ。さあ、もう帰れ、チャーリー」

「わかりました。でもなにか用があれば電話をください」

「わかった、わかった」

「約束してください。きのうはぼくが約束の言葉を口にした。きょうはそちらの番です」

「ああ、わかった、約束する。だからもう四の五のいわずにとっとと出ていけ」

3

日曜日になると、レイダーはもう朝の用を足したあと裏のポーチの階段をあがれなくなっていたし、餌も半分食べるのがやっとだった。その日の夜の餌はひと口も食べなかった。

「たぶん体を休める必要があるんじゃないか」ミスター・ボウディッチはいったが、その言葉を信じている口調ではなかった。

「新しくもらった薬を倍にして飲ませるんだ」

「大丈夫ですか？」ぼくはたずねた。

ミスター・ボウディッチは寂しげな笑みをむけてきた。「いまさら、なんの害があるというんだ？」

その夜は自分のベッドで寝た。あくる日の月曜には、レイダーは多少調子をもちなおしたかのように見えた。しかしミスター・ボウディッチも、土曜日の代償を支払う羽目になっていた。

バスルームへの往復に、ふたたび松葉杖が手放せなくなっていた。ぼくは学校をサボって、ずっとそばに付き添いたくなったけれど、断じて禁じるといいわたされた。それでも夜になると、ミスター・ボウディッチも復調してきたようだった。めきめき恢復しているよ、とは本人の言葉だ。ぼくはそれを信じた。

とんだ愚か者だった。

4

　火曜日の午前十時、ぼくは高等化学の授業に出ていた。クラスはそれぞれ四人のグループにわかれ、全員がゴムのエプロンと手袋をつけて、アセトンの沸点を調べる実験をおこなっていた。教室は低くつぶやくような話し声以外は静まりかえっていたので、尻ポケットにいれたスマホの着信音がとんでもなく大きな音に響いた。アッカリー先生はあからさまに不快な顔でぼくをにらんだ。「いったい、きみたち生徒には何回くりかえせばわかって――」

　ポケットから抜きだしたスマホの画面には、発信者が《**ボウディッチ**》と表示されていた。ぼくはゴム手袋を脱ぎ捨てると、アッカリー先生がなにかいっていたのも無視して教室から外へ出ていきながら着信を受けた。ミスター・ボウディッチの声には緊張が感じられたものの、口調は落ち着いていた。「チャーリー、どうやら心臓発作を起こしたみたいだ。いや、はっきりいえば疑問の余地はない」

「緊急通報の電話は――？」

「わたしはきみに電話しているんだ。だから口を閉じて話をきいてくれ。弁護士がいる。エルジンのレオン・ブラドックだ。それから財布。ベッドの下だ。それ以外、きみに必要な品々はすべてベッドの下だ。わかったな？　ベッドの下だぞ。レイダーのことをよろしく頼む。きみにもすべてがわかったら、そのときは決断……」ミスター・ボウディッチが苦しげにあえいだ。「ちくしょう、なんて痛いんだ！　熔鉱炉からどろどろの鉄を流しこまれてるみたいだ！　そしてきみにもすべてがわかったら、レイダーをどうするのかを決断したまえ」

　そういうこと。電話は切れた。

　ぼくがすかさず９１１に通報電話をかけると同時に、化学実験室のドアがあいた。アッカリー先生が出てきて、いったいなんのつもりだとたずねた。ぼくは手をふって質問をふり払った。９１１の担当者の女性がどのような緊急事態かとたずねた。ぽかんと口をあけて突っ立っているアッカリー先生のそばで、ぼくは女性スタッフに情況を説明し、住所を伝えた。それからエプロンの紐をほどいて床に落ちるにまかせると、一気に出口を目指して走りはじめた。

5

立ち漕ぎでペダルを踏みつづけ、まわりもろくに見ないまま街路を疾駆していたこのときこそ、ぼくは生涯でも最高のスピードで自転車を走らせていたにちがいない。車のクラクションが鳴りわたり、急ブレーキのスキール音が響き、だれかが怒鳴っていた。「ちゃんと前を見て走れ、この大馬鹿野郎！」

ぼくは精いっぱい速く自転車を走らせたが、それでも救急チームには負けた。片足を舗装面に押しつけて引きずることで転倒を防ぎつつ、パイン・ストリートとシカモア・ストリートの交差点の角を自転車でまわりこむのと同時に、救急車が緊急灯を点滅させてサイレンを鳴らしながら屋敷の前から発進していった。ぼくはすぐに裏口へまわった。キッチンに通じる裏口をぼくがまだあけもしないうちから、レイダーが犬用の扉から躍りでてきてぼくに体当たりしてきた。ぼくはレイダーが跳びあがって、もろくなった腰の骨を傷めることのないように膝をついた。レイダーは鼻声をあげ、甲高く短い声で鳴き、ぼくの顔をぺろぺろ舐めた。よからぬ事態が起こったことがレイダーにわかるはずがないなんて、そんな世迷い言は勘弁してくれ。

ぼくたちは屋内にはいっていった。キッチンテーブルではコーヒーカップが倒れて中身がこぼれ、いつもミスター・ボウディッチがすわっていた椅子が横倒しになっていた（ぼくたち人間が自分の居場所をえらんで、そこを定番の居場所にするのは、考えるとおもしろい現象だ）。レンジ台ではバーナーの火がついたままだった——旧式のパーコレーターが触れないほど熱くなって、焦げくさくなっていた。化学の実験のときのようなにおいともいえた。ぼくはレンジ台の火を消し、オーヴンミトンをつけてから、火がついていないバーナーの上にパーコレーターを移動させた。そのあいだもレイダーはぼくのそばを離れず、足に肩をすりつけたり、膝に頭をすり寄せたりしていた。

居間に通じる開口部近くの床にカレンダーが落ちていた。なにがあったかは、たやすく想像できた。ミスター・ボウディッチはキッチンテーブルについてコーヒーを飲んでいる。お代わりをするつもりで、パーコレーターは火にかけたままだ。そこでいきなりハンマーで胸をどかんと殴りつけられる。コーヒーがこぼれる。固定電話は居間だ。そこで居間へ行こうと立ちあがり、その拍子に椅子を倒す。途中でぐらりとよろけ、体を支えようとしてカレンダーを壁から引き剝がしてしまう。

レトロな固定電話はベッドの上だった。さらにパパベリン塩酸塩と書いてある包装紙もあった。救急搬送の前に隊員がミスター・ボウディッチに注射した薬だろう。ぼくは乱れたままのソファベッドに腰かけると、レイダーの体を撫で、耳のうしろを掻いてやった。これでレイダーの気持ちが落ち着いたようだった。

「じいさんなら心配ないよ、お嬢。ゆったりかまえて待っていれば、また元気になるさ」

しかし元気にならない場合にそなえ、ぼくはベッドの下を――ミスター・ボウディッチによれば、ぼくに必要な品々のすべてがそろっているという場所を――調べた。飾りボタンが打たれたベルトに吊るされた拳銃いりのホルスター。キーリングと、これまで見たことのない財布。古風なカセットテープレコーダーもあったが、こちらは見たことがあった。三階に置いてあった折りたたみ式の牛乳ボトル用プラスティック製コンテナの上にあった。レコーダーの窓をのぞくと、家電量販店〈ラジオシャック〉ブランドのカセットテープがセットしてあった。ミスター・ボウディッチがなにかをきいていたか、あるいはなにかを録音していたかだ。持ち金を賭けるなら、録音していたほうに賭ける。

ぼくはキーリングを片方のポケットに、財布を反対のポケットにしまった。財布はあとでバックパックに移すつもりだったが、あいにくバックパックは学校に置いたままだった。それ以外の品は二階に運んでいって金庫におさめた。金庫の扉を閉めて数字のダイヤルをまわす前に、床に片膝をつき、両手を手首まで例の黄金のペレットのなかに沈めてみた。そのあと黄金が指の隙間を流れ落ちていくにまかせながら、ふっと思った――もしミスター・ボウディッチが死んだら、この黄金をどうすればいいのか?

レイダーが一階の階段のあがり口で、鼻声を洩らしては吠えていた。ぼくは一階へおりてソファベッドに腰をおろすと、父に電話をかけた。なにがあったかを説明すると、父はミスター・ボウディッチの容態をたずねた。

「わからない。あの人に会えてないんだ。これから病院へ行ってみる」

あの縁起でもない橋を半分までわたったところで、スマホが着信を告げた。ぼくは橋をわたりおえて〈ジップマート〉の駐車場に自転車を入れ、電話を受けた。発信者はアルカディア病院のメリッサ・ウィルコックスだった。メリッサは泣いていた。

「あの人が病院への救急搬送中に亡くなったのよ、チャーリー。蘇生法をためしたし、あらゆる手をつくしたけれど、心筋梗塞が重篤すぎた。残念ね。ええ、本当に残念」

ぼくはおなじ気持ちだと話した。〈ジップマート〉の窓に目をむける。そこにかかげてあるポスターは以前とおなじだった。皿に山盛りのフライドチキン、添えてあるのは**《アメリカ一の味自慢》**というキャッチコピーだ。涙があふれて、文字がにじんだ。ミセス・ジッピーがぼくを目にとめ、店から出てきた。

「どうしたの、大丈夫、チョリー?」

「いいえ」ぼくは答えた。「大丈夫じゃないです」

こうなっては病院へ行く意味もなくなった。ぼくは自転車を漕いで橋を引き返し、そのあと自転車を押してシカモア・ストリート・ヒルをのぼっていった。へとへとに疲れていて、自転車を漕ぐどころではなかった――こんな急勾配の坂ならなおさらだ。自宅の前で足をとめた。しかし自宅はいま無人だし、父が帰ってくるまでは無人のままだ。その一方で、ぼくにはぼくを必要としている犬がいた。いまではレイダーは名実ともに、ぼくの犬になったのだろうという気がした。

6

ミスター・ボウディッチの屋敷にもどったぼくは、しばしレイダーを撫でて過ごした。撫でながら、ぼくは泣いた。ひとつにはショックの涙だったが、現実がじわじわ実感されてきたからでもあった――これまで友人がいたところに穴がぽっかりとあいたことが。撫でるとレイダーは落ち着いてきたようだったが、ぼくにもおなじ効き目があったらしい。というのも、ぼくは考えをめぐらせはじめたからだ。まず、今度はこちらからメリッサに電話をかけて検屍解剖がおこなわれるかどうかをたずねた。メリッサは、ミスター・ボウディッチは孤独死ではないし死因は明らかだから、検屍解剖はないだろうと答えた。

「監察医が死亡診断書を作成することになるけれど、それには身分証明書類が必要なの。たまたまきみがミスター・ボウディッチの財布をもっているということはない？」

いかにも、財布がひとつ手もとにあった。ただし、ミスター・ボウディッチがいつも尻ポケットに入れてもち歩いていた財布ではなかった。もち歩いていた財布は茶色だったが、ベッドの下から出てきた財布は黒だった。しかし、メリッサにはそのことを話さなかった。手もとに財布があると答えただけだ。

メリッサは、特に急いでいるわけではない、だれもがあの人はだれかを知っているのだから、といった。

ぼくのほうは、それも怪しいものだと思いはじめていた。

それから弁護士レオン・ブラドックの電話番号をググって、電話をかけた。会話は手短におわった。ブラドックは、ミスター・ボウディッチ関係の資料はすべて整理されている、余命があまり長くないと覚悟をしていたからだ、と話した。

「あの人、もう青いバナナを買うつもりはない、と話していました。洒落た言いまわしだなと思ったものです」

癌だ、とぼくは思った。だからこそ関係資料を整理したのだろう。あの人は自分が癌で死ぬものと思っていた――心臓発作ではなく。

「ミスター・ボウディッチはあなたの事務所をたずねたんですか？」

「ええ、いらっしゃいました。今月の初めごろでしたね」

いいかえるなら、ぼくが学校に行っていたあいだだ。それなのにあの人は、ぼくに弁護士のことなどひとことも話していなかった。

「そちらへはユーバーをつかって行ったんでしょうね」

「失礼、いまなんと？」

「なんでもありません。メリッサという理学療法士さんからきいたのですが、だれかが——監察医さんかな？——ミスター・ボウディッチの死亡診断書を作成するのに、身分証明書が必要だそうですね」

「ええ、ええ。ま、形式にすぎません。病院の受付にもっていけば、向こうがコピーをとるはずです。もしあの方がまだ運転免許証をもっていたら、それで充分です——たとえ失効していても用は足ります。顔写真つきの身分証なら。急ぐことはありません——死亡診断書がなければ、病院はご遺体を葬儀業者に引きわたしません。ところで、どこか葬祭場の心あたりはありますか？」

「〈クロスランド葬祭場〉です」ぼくはいった。母が墓地で埋葬される前にいたところ。「このセントリーの町にあります」

「けっこう、大変けっこう。費用の点はわたしが対応します。こういったご不幸にそなえて、ミスター・ボウディッチから預託金をあずかっております。葬儀をどのように手配するかが決まったら教えてください。あるいは、あなたのご両親が手配できるかもしれませんね。そのあとで、あなたと一度お会いしたいと思っていますよ、ミスター・リード」

「ぼくと？　なぜです？」

「理由はお会いしたときにお話しします。決してわるい話ではないと思いますよ」

7

ぼくはレイダーの餌や食器、それに薬をまとめた。この屋敷にレイダーだけを残すわけにはいかなかった——残されたレイダーは、どこへ行ったとも知れないご主人さまをただ待ちつづけるだけになってしまう。ぼくは首輪にリードをクリップで留めると、レイダーに坂をくだる道を歩かせた。歩調はゆっくりだったが安定していたし、わが家のポーチの階段もすんなりあがっていた。いまではもう勝手知ったる家であり、レイダーはまっすぐ水の皿へむかい、そのあとは自分のラグマットに身を横たえて眠りはじめた。

父は正午を少しまわったころに帰ってきた。父がぼくの顔からなにを読みとったのかは知らない。それでも父はぼくをひと目見るなり、ぼくを抱き寄せて力強くハグしてきた。ぼくはまた泣きだした。しかもこのときは涙の大洪水だった。父はぼくの後頭部を手で包みこんで、ぼくの体を揺らしはじめた——まるで、ぼくがまだ幼い子供だというように。でも、それをきっかけにぼくは一段と激しく泣きはじめた。

涙の水流がようやく涸れると、父はぼくに腹は減っているかとたずねた。減っていると答えると、父は半ダースの卵をスクランブルエッグにして、そこにひとつかみのタマネギとピーマンをほうりこんだ。ふたりで食べながら、なにがあったかを父に話した。しかし、話さなかったこともたくさんある――拳銃、小屋からきこえてきた雑音、そして金庫にある黄金がどっさり詰めこまれたバケツのことも。キーリングを見せたりもしなかった。近々すべてをすっかり明かすことになりそうだったし、こんな隠しごとをすればこってり油を絞られるはずだが、あのカセットテープの中身をきくまでは、いかれた話のあれこれは胸ひとつにしまっておくつもりだった。

ただし、財布は見せた。札入れのところには、これまで見たことのない五ドル紙幣がはいっていた。父が、これは銀証券と呼ばれるものだと教えてくれた。それほど珍しいものではないが、ミスター・ボウディッチのテレビや〈ホットポイント〉のレンジ台などに匹敵するレトロな品だった。さらに三種類の身分証があった――ハワード・A・ボウディッチ名義の社会保障カード、ハワード・A・ボウディッチがアメリカ林業従事者組合のメンバーであることを証明するラミネート加工されたカード、そして運転免許証。

ぼくは林業従事者組合員証を食い入るように見つめていた。顔写真のミスター・ボウディッチは見たところ三十五歳前後、どう見ても四十歳以上ではなかった。頭には燃えるような赤毛がたっぷりと生えていて、その髪が皺ひとつないひたいから、きれいなウェーブをつくって後方へ撫でつけられていた。おまけに顔には、ぼくが見たことのない気取った笑みがのぞいていた。微笑は見たことがあるし、にやりとするところも一、二度は見たけれど、ここまであけっぴろげな笑みは見たことがなかった。写真のミスター・ボウディッチはチェックのシャツを着ていて、たしかに森林を仕事場にする樵夫の雰囲気があった。《珍しくもない一介の樵夫さ》ミスター・ボウディッチがぼくにそう話してから、まだあまり日がたっていなかった。《おとぎ話には樵夫がいっぱい出てくるだろう?》

「これは本当によかったな、本当に」父がいった。

ぼくは手にしていた組合員証から顔をあげた。「なにが?」

「これだよ」

父はぼくに運転免許証をわたしてきた。そこには六十歳前後とおぼしきミスター・ボウディッチの顔写真があった。赤毛はまだふさふさだったが薄くなりかけ、白髪を相手にした負け戦をつづけていた。氏名欄の下の文字によれば、免許証の有効期限は一九九六年。しかし、ぼくたちはそれ以上のことを知っていた。父がネットで調べたのだ。ミスター・ボウディッチは(どこかに)自動車を所有してはいるが、正式なイリノイ州の運転免許証を取得したことはなかった……しかし、ここには正式な免許証のふりをしている品がある。そこからぼくは、ミスター・ボウディッチには運転免許証の偽造を得意としている知人がいるのだろうと見当をつけた。

「でもどうして?」ぼくはいった。「なんでこんなことをしたんだろう?」

「理由はたくさんあるだろうが、おそらく身分証明書のたぐいがなければ死亡診断書が発行されないことを知っていたからじゃないだろうか」父は頭を左右にふった——苛立ちのしぐさではなく賞賛のあらわれだった。「チャーリー、これは一種の葬儀保険だよ」

「これからぼくたちはどうすればいい?」

「手続を進めればいい。あの人にいくつか秘密があったのはまちがいない。とはいえ、アーカンソーで銀行強盗をやったとか、ナッシュヴィルのバーで銃の乱射事件を起こしたとかいうことはなさそうだ。あの人はおまえにやさしく接し、犬にもやさしく接していた——わたしにはそれで充分だ。そんなミスター・ボウディッチは——顧問弁護士が秘密の中身を知っていれば別だが——ささやかな秘密ともども埋葬するのが筋だろう。それとも、別の考えがあるとか?」

「ないよ」このときぼくが考えていたのは、あの人がいくつも秘密をもっていたのは確かだけれど、決して〝ささやかな〟秘密ではなかった、ということだった。ひと財産にも匹敵する黄金を〝ささやか〟だと思うのならともかく。それに、あの小屋にいたものの件もある。いや、ミスター・ボウディッチが射殺するまで、あそこにいたもののというべきか。

8

ハワード・エイドリアン・ボウディッチは、そのわずか二日後、二〇一三年九月二十六日の木曜日に埋葬された。葬儀がおこなわれたのは〈クロスランド葬祭場〉で、埋葬されたのは——母が永遠の眠りについているのとおなじ——〈セントリーズ・レスト墓苑〉だった。父の要請でアリス・パーカー牧師が無宗派の葬儀をつかさどった。母の葬儀でも司祭をつとめてくれた牧師さんだ。アリス牧師は儀式を短くすませてくれたが、それでも考える時間がたっぷりできた。考えごとの題材の一部は黄金だったが、大半を占めていたのは小屋だった。ミスター・ボウディッチは小屋でなにかを銃で撃ったことで昂奮し、それが命とりになった。多少の時間は要したが、それが死因であることをぼくは疑わなかった。

葬祭場でおこなわれた葬儀と墓苑での埋葬式に参列していたのは、ジョージ・リードとチャールズ・リードの父子、メリッサ・ウィルコックス、お向かいのミセス・アルシア・リッチランド、弁護士のレオン・ブラドック、それにレイダー。レイダーは葬儀のあいだずっと寝ていて、墓前では一度だけ声をあげた——柩(ひつぎ)が墓穴へおろされていくときに遠吠えをした。こんな書き方はメロドラマっぽくもあるし、嘘っぽく響くことも覚悟している。でも、これは現実にあったことだ。

メリッサがぼくをハグして、頰にキスをした。もし話したい気分になったら電話をかけるように、といってくれた。ぼくはそうすると答えた。

ぼくは父とブラドック弁護士ともども駐車場へもどっていった。レイダーが隣をゆっくりと歩いていた。ブラドックのリンカーンは、わが家のつつましいシボレー・カプリスの隣にとめてあった。近くに葉が黄金色に変わりつつあるオークの木があり、木蔭にベンチがあった。

「あのベンチにちょっとすわっていきませんか？」ブラドックがいった。「じつはお話ししたい重要な用件がありましてね」

「待ってください」ぼくはいった。「足をとめずに歩きつづけるんです」

ぼくはミセス・リッチランドの姿を目にとめていた。あの女性はシカモア・ストリートでいつもそうしているように、このときも顔をこちらにむけ、目の上に手でひさしをつくって、ぼくたちをうかがっていた。しかし、車にむかうぼくたち三人を見てとると——車にむかうふりをしているぼくたちを見てとると——自分の車に乗って走り去っていった。

「これでやっとベンチに腰をおろせます」ぼくはいった。

「なるほど、あの女性は好奇心の強いタイプとお見うけしますな」ブラドックはいった。「あの人はミスター・ボウディッチを知っていたんですか？」

「いいえ。でもミスター・ボウディッチは、あの女性のことを穿鑿屋だと評していましたし、その見立てどおりでしたね」

ぼくたち三人はベンチに腰をおろした。ブラドック弁護士はブリーフケースを膝の上に載せて、ラッチをあけた。「前にもいいお話がありますとお伝えしましたが、これからわたしがするお話を耳にすれば、あなたにも同意いただけるものと思います」いいながら一冊のファイルをとりだし、金色のクリップでまとめてある薄い書類の束をファイルから抜きだす。最初の一枚の上半分には、《**最終遺言書**》という文字があった。

父が笑いはじめた。「これはびっくりだ。まさかあの人はうちのチャーリーになにか遺したんですか？」

「それはいささかちがいますな。ミスター・ボウディッチはこちらのチャーリーに全財産を遺しているんです」

ぼくはとっさに頭に浮かんできた文句をそのまま口にした——決して礼儀正しいとはいえない言葉だった。「クソな冗談はよしてくれって」

ブラドックはにっこりと笑って、かぶりをふった。「これはわれわれ弁護士のいうところの〝ヌッルム・カカス・スタトゥム〟——つまり〝クソな冗談抜き(ノー・シット)シチュエーション〟です。ミスター・ボウディッチはあなたに屋敷と屋敷の敷地を遺贈しています。かなり価値のある土地ですよ——現在の価格で六桁はくだりません。セントリーズ・レストの町の不動産相場では、六桁のうちの高額のほうです。屋敷内にある物品もすべてあなたに遺贈されています。それ以外には、現在はカーペンターズヴィルの町の倉庫に保管してある車一台。もちろん、こちらの犬もです」

弁護士は前に身をかがめてレイダーを撫でた。レイダーはちらりと見あげ、すぐに頭を前足の上にもどした。

「じゃ、本当に本当のことなんですか？」父がたずねた。

「弁護士は嘘をつきません」ブラドックはそういってから、自分の言葉を考えなおした。「少なくとも、このたぐいの問題については――ですね」

「その遺言に異議をとなえるような血縁者もいない？」

「遺言書の検認手続が開始されたら、そのあたりの事実も把握できます。しかし、当人はひとりもいないと話していました」

「ええと……ぼくは、あの……いまでもあの屋敷にはいっていいんでしょうか？」ぼくはたずねた。「あそこに自分の持ち物をいろいろ置いたままなんです。ほとんどは衣類ですが、それ以外にも……ええと……」

ところが衣類以外になにを一番地の屋敷に置いていたか、まったく思い出せなかった。考えられたのは、おなじ月の初旬にぼくが学校へ行っていたある一日のあいだに、ミスター・ボウディッチがなにをしたかということだけだった。ぼくが歴史の小テストを受けているとか、あるいは体育館でバスケットボールのシュート練習をしているあいだに、あの人はぼくの人生をすっかり変えてしまったのかもしれない。このとき考えていたのは黄金のことではなかったし、小屋や拳銃やカセットテープのことでもなかった。ひたすら、自分がシカモア・ストリート・ヒルのてっぺんに位置する不動産のオーナーになった（あるいはもうすぐなる）という事実に頭を慣れさせようと努めていた。しかも、どうして所有者になれたのか？　四月の肌寒い日の午後、子供たちが〈サイコハウス〉と呼んでいたところの裏庭で吠えているレイダーの声をたまたま耳にしたこと、きっかけはそれだけだ。

そのあいだ弁護士はいろいろと話していた。やむなくぼくは、話をもう一度くりかえしてほしいと頼んだ。

「もちろん、屋敷にはいってもかまわないと申しあげていたんです。なんといっても、あなたが所有している物件ですからね――あれもこれも、なにもかも。より正確には、遺言書の検認がすめばそうなるという話です」

ブラドック弁護士は遺言書をファイルにもどし、ファイルをブリーフケースに入れ、かちりと音をさせてラッチをかけて立ちあがった。ついでポケットから名刺を一枚とりだして父に手わたす。そこでようやく、六桁の（六桁のうちの高額のほうの）価値がある不動産の指名継承者がぼくだと思い出したのか、名刺をもう一枚とりだしてぼくにわたした。

「なにか疑問がありましたら、いつでもご連絡を。こちらからも、おりおりに連絡します。遺言書の検認手続については急ぐように要望を出すつもりですが、それでも最長で六カ月かかることはご承知おきください。おめでとうございます、お若い紳士」

父とぼくはブラドックと握手をかわし、リンカーンへむかう弁護士を見送った。ふだんの父は罵り言葉を吐くようなタイプではなかったが（それこそ食卓で「塩をとってくれ」と頼むときでさえ、〝クソな〟のひとことをさしはさみがちだったミスター・ボウディッチとは大ちがい）、衝撃の大きさにまだ立ちあがることもできず、ベンチにふたりですわりこんだままだったこのとき、父は例外となる言葉を口にした。「おったまげのクソたまげだ」

「いえてる」ぼくはいった。

9

家に帰ると、父は冷蔵庫からコークを二缶とりだしてきた。ぼくと父は缶を打ちあわせて音を立てた。「で、いまの気分は、チャーリー？」

「よくわからない。まだ話がすんなり理解できていないんだ」

「ミスター・ボウディッチは銀行に貯えがあったんだろうか？それから病院への支払いはもうすっかりすませているのかな？」

「知らないよ」いや、知っていた。ファースト・シチズンズ銀行の口座残高はせいぜい二千ドル程度にとどまっているが、二階にはバケツ一杯の黄金のペレットがあり、それ以外にもあの小屋に黄金があるかもしれない。それ以外の、あの小屋にいるかもしれないあれやこれやといっしょに。

「ま、それもたいした問題じゃないな」父はいった。「あの物件そのものが黄金だよ」

「黄金……ほんとだね」

「もしすべてが見通しどおりになったら、おまえのカレッジの学費はすっかりまかなえるね」父は長々と安堵の吐息を洩らした——しかも唇をすぼめながらだったので、〝ひゅうぅ〟という音が鳴っていた。「背負っていた四十キロもの重荷がするりと滑り落ちてくれたような気分だ」

「あそこを売るとすればの話だね」

父はけげんな顔をぼくにむけた。「まさか、あの屋敷と土地をそのまま所有していたいのか？ ノーマン・ベイツの真似をして、〈サイコハウス〉に住むつもりか？」

「いまじゃ、あそこも〈ホーンテッドマンション〉には見えなくなったけどね」

「知ってる。知ってるとも。おまえがずいぶん手を入れてきれいにしたからね」

「まだ道なかばだよ。冬が来る前に、外壁の塗装をすっかりやりなおせたらいいと思ってるんだ」

父は変わらず、ぼくにけげんな顔を見せていた——小首をかしげ、かすかな渋面がひたいに皺を寄せている。「価値があるのはあそこの土地だぞ、チップ。屋敷じゃない」

　ぼくは異論をとなえたくなった——シカモア・ストリート一番地の屋敷を解体することを考えただけでも恐怖にとらわれた。そう感じる理由は屋敷に秘密が隠されているからだけではなく、あの屋敷にはまだミスター・ボウディッチの気配がたっぷり残っているからだ——けれども、ぼくは黙っていた。異論をとなえても意味はなかった。遺言書の検認がおわるのはまだ先だし、黄金を現金化する手だてがないのだから、全面的な塗装工事をするだけの現金はない。ぼくはコークを飲みおえた。

「これからあっちへ行って、置いてある服をとってくる。レイダーは残していってもいい？」

「もちろん。これからあの子はうちで暮らすことになるだろうし。少なくとも……いつまでかといえば……」父は最後まで言葉をつづけられず、ただ肩をすくめた。

「うん、そうだね」ぼくはいった。「そのときまでは」

10

まず気がついたのはゲートがあいていたことだ。閉めたはずだとは思ったけれど、はっきりとは覚えていなかった。屋敷裏手へまわってポーチの階段をあがりかけたが、二段めで足がとまった。キッチンに通じる裏口があいていた——そしてこのドアについては、ぼくがまちがいなく閉めた。ドアを閉めて施錠したのだ。残りの段をあがると、たしかにぼくが施錠した証拠が見えてきた。錠前がおさまっていたプレートの周囲から細い木材の棘（とげ）が四方八方に突きでていて、プレートそのものが部分的にドアから引き剝がされていたのだ。このときぼくは、錠前を壊した人物がまだ屋敷内にいるかもしれないとは考えもしなかった——この日だけでも二回めだったが、衝撃のあまり頭がまともに働かなくなっていたのだ。このときの考えでいまも覚えているのは、レイダーをうちに置いてきてよかった、という思いだけだ。レイダーはすっかり老けこんで心身が衰えており、いま以上の動揺には耐えられそうもなかった。

第十章

惨状。ミセス・リッチランド。
死亡（オビット）公告泥棒。テープが語る物語。
小屋の内部。続・テープが語る物語。

1

キッチンの食器棚の扉は残らずひらかれ、鍋やフライパンのすべてがリノリウムの床に散乱していた。〈ホットポイント〉のレンジ台は壁から引き離され、オーブンの扉はあいていた。**《砂糖》《小麦粉》《コーヒー》《クッキー》**という表示がある容器の中身がカウンターにこぼれていたが、現金がはいっていた容器は空（から）っぽだった。最初に頭をよぎった明晰な思考は、《盗人にあれを盗まれずにすんだ》というものだった。というのも容器におさまっていた現金を数カ月前に金庫へ移していたからだ。居間ではソファベッドが——ミスター・ボウディッチが必要としなくなったいまは折り畳まれてソファになっていた——ひっくりかえされ、クッションが切り裂かれていた。ミスター・ボウディッチがすわっていた安楽椅子も同様だった。中身の詰め物がいたるところに散乱していた。

　二階はそれ以上の惨状を呈していた。自分の衣類をあつめるのに衣装箪笥をあける必要はなかった。衣類が一枚残らず、これまでつかっていた部屋の床に散乱していたからだ。枕は切り裂かれ、マットレスもおなじく裂かれていた。主寝室も同様のありさまだった——ただしこちらでは壁紙も引き剝がされ、細長いリボン状になって垂れ下がっていた。クロゼットの扉はひらっきぱなし、床には衣類が山積みで（スラックス類のポケットはすべて裏返しになっていた）、金庫があらわになっていた。ハンドル近くの金属の継ぎ目に沿って引っかき傷がついていたほか、コンビネーションダイヤルの周囲にはそれ以上の傷がついていたが、空き巣が壊そうと試みたにもかかわらず金庫の扉は閉ざされたままだった。それでも金庫に駆けより、念のため暗証番号どおりにダイヤルをまわして扉をあけた。中身は手つかずでそろっていた。扉を閉め、ダイヤルをさっと一回まわして一階へおりた。それからミスター・ボウディッチが眠っていたソファベッドに腰かけて、この年三回めになる911への通報電話をかけ、つづいて父にも電話をかけた。

2

父が来る前に、そしてもちろん警察が到着する前に片づけておくべき用事がひとつあったことを思い出した。嘘をつくなら……そして、その嘘をつきとおすつもりなら、だ。その用事をすませてから、外に出て待った。父が車で丘をあがってきて、歩道ぎわに車をとめた。父がレイダーを連れてこなかったことに、ぼくは安心した。そうでなくても最近の生活の激変で動揺しているレイダーだから、屋敷内でくりひろげられた破壊行為の爪痕を見ればさらに動揺しかねない。

父は一階を歩きまわって、狼藉のあとを調べていた。ぼくはキッチンにとどまり、鍋やフライパンを拾って片づけた。キッチンにもどってきた父に手伝いを頼み、ふたりでレンジ台を壁ぎわの定位置にもどした。

「あきれたね、チャーリー。おまえはどう思う?」

ぼくはなにもわからないと答えたものの、わかっている気もした。わからないのは、その人物がだれかということだけだ。

「父さん、ここで警察が来るのを待っててもらえる? ぼくはちょっと道の反対側まで行ってくる。ミセス・リッチランドが帰ってきたみたいだ——車を見たんだよ。あの人と話をしたくて」

「あの穿鑿屋さんか?」

「そう、その人」

「話をきくなら、警察にまかせたほうがよくないか?」

「あの人がもしなにかを見ていたら、ぼくから警察に、あの人の話をきくように伝えるよ」

「なにか見たとは思えないな。あの人はわたしたちといっしょに葬儀に出ていたんだから」

「それでも話をきいておきたくて。それ以前にもなにか見ていたかもだし」

「盗みのために下調べをしている連中とかか?」

「もしかしたら」

ミセス・リッチランドの家のドアをノックする必要はなかった——この女性はドライブウェイの入口という定番の場所に立っていたからだ。「やあ、チャーリー。なにかあったりしたの? お父さまはずいぶん急いでたみたいだけど。それに、あの犬はどこ?」

「うちにいますよ。ミセス・リッチランド、実をいえばぼくたちがみんな葬儀に出ているあいだに、何者かがミスター・ボウディッチの屋敷に押し入って屋内を荒らしていきました」

「まあ、ほんとに?」いいながら片手で胸を押さえた。

「その前にだれかの姿を見かけませんでしたか? たとえば……過去二日のあいだに? この通りで見慣れない人物とか

を？」

　ミセス・リッチランドは考えこんだ。「そうね、見た覚えはないけど。見たのは、いつもの配達の人たち――ええ、フェデラルエキスプレスとかUPSの人。ホートンさんの芝の手入れに来た人たち……あれにはお金がたくさんかかったはず……あとは小さなトラックを走らせてる郵便配達の人……それで被害は大きかったの？　なにか盗まれたりした？」

「まだよくわかってません。いずれ警察が来ますから、そのときは――」

「あら、わたしから話をききたがる？　かまいませんとも！　そりゃもう喜んで！　でも、盗みにはいられたのが、わたしたちが葬儀に出ているあいだだったら……」

「ええ、たしかに。わかります。ともあれ、お邪魔しました」

ぼくは体の向きを変えて帰りかけた。

「そういえば、雑誌の定期購読者をつのってる妙な小男がいたっけ」ミセス・リッチランドがいった。「でも、ミスター・ボウディッチが亡くなる前のことよ」

　ぼくはふりかえった。「ほんとですか？」

「ええ。あなたはあの時間、学校に行ってたんじゃないかしら。その男の人は、昔の郵便配達の人がつかっていたような鞄を肩にかけてた。その鞄には《**アメリカ定期購読サービス**（サブスクリプション）》とかなんとか、そんなような文句が書いてあって、なかには雑誌のサンプルがはいってた――タイム、ニューズウィーク、ヴォーグ、ほかにも何種類かあったみたい。でもいってやったの。その手の雑誌はひとつもいらないし、読みたいものがあれば全部ネットで読んでるって。だってほら、そのほうがずっとお手軽でしょう？　だいたい、たくさんの紙をごみの埋立地に捨てずにすむんだから、ネットのほうが地球にうんと優しいんじゃない？」

　あいにく、オンラインでの購読にまつわるエコロジー面での利点にはまったく関心がなかった。「そのセールスマンの人は、この通りのほかの家も訪ねていましたか？」この質問に答えられる人物がいるなら、この女性以外にいないと感じながらの質問だった。

「ええ、あちこち訪ねてた。ミスター・ボウディッチのお宅も訪ねていたんじゃなかったかしら？　でも、あの人は玄関に出てこなかった。たぶん……体の具合が思わしくなかったんでしょうね。あるいは……そもそもお客が来るのがわずらわしい性質（たち）だったんでしょう？　だからね、あなたがあの人の友だちになって本当によかったって思ったの。なのに、あんなことになってかわいそう。ペットが死ぬと、人は〝虹の橋をわたった〟というでしょう？　すてきな表現だと思わない？」

「ええ、すてきですね」本当は大きらいだ。

「あの人の愛犬ももうじき虹の橋をわたりそう。かわいそうなくらい痩せちゃって、鼻の頭のあたりがもう真っ白だった。あのおじいちゃん犬はあなたが世話をするの？」

「レイダーですか？　ええ」面倒なので、レイダーは雌だといちいち指摘するのはやめた。「その雑誌のセールスマンはどんな人相だったんです？」

「あら、歩き方も話し方も珍妙な、ただの珍妙な小男というだけ。それこそ子供みたいにスキップしてるような歩き方なのね。で、わたしが雑誌はひとつもいらないって答えると、〝承知つかまつりました〟なんて、なんだかイギリスから来た人みたいに返事してた。でも、アクセントとかはわたしやあなたとおんなじで、アメリカ人そのものだったのよ。あのセールスマンも泥棒の仲間だったと思う？　でも、そんなに危険な人にはまったく見えなかった。珍妙な話し方の珍妙な小男っていうだけで。やたらに〝ははは〟っていってたし」

「ははは？」

「そうよ。ほんとに笑ってるんじゃなくて、口で〝ははは〟っていうだけ。『ニューススタンドで買うよりも七十パーセントもお得ですよ、ははは』っていう具合。それに男の人としては小さいほうだった。わたしとおなじくらいの身長。どう、あいつが犯人だと思う？」

「さあ、それはどうでしょうか」ぼくはいった。

「あら、思い出した――あの男はホワイトソックスのキャップをかぶってて、コーデュロイのズボンを穿いてた。キャップの正面には赤い丸がデザインされてたっけ」

3

ぼくは屋敷の全面的大掃除にとりかかる気まんまんだったが、父は警察が来るまでは控えるべきだといった。「警察は現場のようすを記録にとどめたがるかもしれないじゃないか」

十分ばかりしたころ、その警察のチームがパトカーと警察車輛とはわからない普通のセダンに分乗してやってきた。セダンを走らせてきたのは白髪の男で、かなり立派な太鼓腹のもちぬしだった。男は、自分はグリースン刑事だと自己紹介し、残るふたりをウィットマーク巡査とクーパー巡査だと紹介した。ウィットマークはビデオカメラを、クーパーはランチボックスのような小型のケースを持参していた。後者には証拠物件の採取用キットがおさめられているのだろう、とぼくは思った。

グリースン刑事は著しいまでの関心の欠如ぶりをのぞかせつつ、屋内の被害のようすを見てまわった。そのあいだひっきりなしにズボンを引きあげ、そのたびにスポーツジャケットを翼のように後方へひらひらさせていた。退職祝いのパーティーで金時計か釣竿を記念品として贈られるまで、一、二年を切っているのだろう。だからいまは、それまでの時間つぶしをしているのだ。

グリースンはウィットマークに居間の現状をビデオで撮影しろといい、クーパーを二階へやった。さらにぼくたちにいくつか質問し（空き巣がはいったのを発見したのはぼくだったにもかかわらず、刑事はもっぱら父に質問をむけていた）、ぼくたちの答えを小さな手帳にメモしていった。ついで手帳をぱたんと閉じ、スポーツジャケットの内ポケットにおさめてから、またスラックスを引っぱりあげる。

「死亡公告泥棒だ。これまで百回は見てきたよ」

「なんですか、それ？」ぼくはたずねた。父をちらりと見ると、父がもう答えを知っていることがわかった。おそらく屋敷に一歩足を踏み入れて、まわりに目をめぐらせたときには答えがわかっていたのだろう。

「新聞に死亡公告が出たのはいつ？」

「きのうです」ぼくは答えた。「ミスター・ボウディッチが亡くなるとすぐ、担当の理学療法士が新聞社から書式のひながたをとりよせてくれたので、ぼくが手伝って必要欄に記入してもらいました」

グリースンはうなずいた。「なるほど、なるほど。これまでに百回は見てきたな。この手の泥棒は新聞を読み、いつ葬儀がおこなわれて自宅が留守になるかをつかむんだ。そして家に忍びこみ、金目のものを片はしから盗む。あんたたちは家のなかを調べて、盗まれた品物の一覧表をつくり、それを署にもってきてくれ」

「指紋は採取しないんですか？」父がたずねた。

グリースンは肩をすくめた。「どうせこの手の連中は手袋をはめているからね。最近じゃ、だれもかれもが警察もののドラマを見てるんだ——犯罪者どもはなおさらね。だから、こういった事件では通例われわれは——」

「警部補！」二階にいるクーパーの声だった。「主寝室で金庫を発見しました」

「よし、ちょうどその話をしていたところだ」グリースンはいった。

それからぼくたちはグリースンを先頭に、二階へあがった。グリースンの足どりは遅く、手すりをつかんで体を引っぱりあげているも同然だったし、階段をあがりきったときには息を切らして顔を真っ赤にしていた。スラックスを引っぱりあげて、ミスター・ボウディッチの主寝室へ足を踏み入れると、上体をかがめて金庫を見つめた。「ほう。こじあけようとして果たせなかったやつがいるな」

そのくらいなら、ぼくにだっていえた。

ウィットマークが——警察署の専任カメラマンといった役まわりなのだろう——寝室にはいってきて、ビデオ撮影をはじめた。

「指紋を採りますか、警部補？」クーパーはそうたずねる前に、小さなランチボックスをすでにあけていた。

「ここで運に恵まれるかもしれんぞ」刑事は（この肩書をつか

うのにはためらいを感じる）ぼくたちにいった。「力ずくであけられないとわかると、手袋をはずしてから、ダイヤルで番号をあわせようとしたかもしれないし」

クーパーは金庫の正面側に黒い粉をふりかけていった。粉の一部は貼りつき、一部は床へ落ちた。ぼくの掃除仕事がひとつ増えた。クーパーは自分の作業の成果をながめてから、立ちあがって一歩横へずれ、グリースンにも金庫が見えるようにした。

「きれいに拭いてあるんだな」グリースンはそういって背すじを伸ばし、スラックスをひときわ荒っぽく引っぱりあげた。

そう、きれいに拭いてあるに決まっている。９１１に通報電話をかけたあとで、このぼくが自分で拭いたのだから。泥棒は指紋を残していたかもしれないが、それでも消しておく必要があった。なぜなら、金庫にはぼくの指紋も残っていたからだ。

「もしや、あなたが暗証番号を知っているというようなことは？」この質問も父にむけられていた。

「この部屋にはいったのもきょうが初めてですよ。チャーリーにきいてください。この子はミスター・ボウディッチの介護者だったんですから」

介護者。たしかに正確な表現だったが、それでもしっくり来ないものを感じた。ひとつには、もっぱら成人につかわれる単語だったからだろう。

「なにも知りません」ぼくは答えた。

「ふむ」グリースンはふたたび上体をかがめて金庫を見ていたが、すぐに切りあげた――すでにこの金庫には興味をうしなったかのように。「このでかぶつを相続した人は錠前屋を呼ぶ必要がありそうだね。それでもだめだったら、あとはニトロの扱いに長けてる金庫破壊屋だな。心あたりがふたりばかりいる――ただしふたりとも連邦村の刑務所にいるけどな」そういって笑う。「まあ、中身もたいしたことはないだろうよ。古い書類があって、あとはせいぜいカフスボタンがいくつかかってところか。アル・カポネの金庫をめぐる大騒ぎを覚えてるか？　カポネの隠し金庫室をあけるところをテレビで生中継したはいいが、瓦礫がはいってただけ――あの番組の司会をしてたジェラルド・リベラは面目まるつぶれだったな。そんな話はどうでもいい。あとで署に来て正式な報告を作成するよう頼みますぞ、ミスター・リード」

このときもグリースンは父に話しかけていた。女性たちがなぜ腹を立てるのか、ぼくにも完全に理解できることもあった。

4

その日の夜は、わが家の一階にある狭い来客用寝室で過ごした。もともとは母がまだ生きていたころの仕事部屋であり、裁縫部屋だった。そのあと父の飲酒時代には、たとえば博物館のように母の生前のまま保たれていた。やがて断酒も半年になるころ、父がこの部屋を（ぼくの助けを借りて）寝室に改装した。リンディがその部屋に泊まっていくこともあったし、新しく酒を断って父が面倒を見ることになった人が泊まったことも二、三度あった――〈無名のアルコール依存症者の会〉のメンバーなら、そういうことをするとされていたのだ。ぼくがミスター・ボウディッチの葬儀の日、屋敷に空き巣がはいった日の夜をその部屋で過ごしたのは、そこならレイダーが階段をあがれるかどうか試す必要がなかったからだ。ぼくが毛布を広げてやると、レイダーは尻尾を鼻にくっつけるように体を丸めて即座に寝入っていた。ぼくのほうは、そのあとも長いこと寝つけなかった。ひとつにはここのベッドが身長百九十センチ超の男子には短すぎたからだけれど、考えるべきことが多すぎたのも理由だった。

　部屋の明かりを消す前に、グーグルで〝アメリカ定期購読サービス〟を調べた。似たような名前の会社はあったが、最後が〝サービス〟ではなく〝サービスィズ〟と複数形だった。もちろん綴りの上ではわずかなちがいだし、ミセス・リッチランドがうっかりまちがえただけかもしれない。しかし検索で見つかったのは、ネットの各種サブスクリプション・サービスの支払を一括でおこなう業務を提供しているらしい会社で、戸別訪問のセールスマンをつかっているようすはない。その小男が本当に死亡公告泥棒で、ご近所の下見をしていたかもしれない可能性について考えてみた……が、これでは筋が通らない。なぜなら小男は、ミスター・ボウディッチが亡くなる前から雑誌のサンプルをバッグに詰めてこの界隈をまわっていたのだから。

　ぼくは、雑誌セールスマンが実は宝石商のミスター・ハインリッヒ殺しの犯人だったのではないか、と信じていた。ところで、ハインリッヒはどんなふうに殺されたのか？　新聞記事には書かれていなかった。もしや〝承知つかまつりました〟が口癖で〝ははは〟と笑う男はハインリッヒを拷問したのちに殺したのか？　山ほどの黄金を隠しもっている人物の名前をききだすために？

　ぼくは体の右側を下にする姿勢から寝返りを打って、左を下にした。足が外に突きだした。シーツと毛布をふわりと浮かばせて、足を覆いなおした。

　いや、ひょっとしたら拷問は必要なかったかもしれない。承知つかまつり氏はハインリッヒに、すんなり名前を明かせば命は助けてやる、といっただけかもしれない。

　左を下から寝返りをうって右を下へ。ふたたび毛布をふんわりとさせる。レイダーが頭をもちあげて〝ふふふんっ〟という息をあげたかと思うと、ふたたび眠りこんだ。

　もうひとつの疑問。グリースン刑事は、お向かいのミセス・リッチランドから話をきいただろうか？　話をきいていたら、ミスター・ボウディッチはまだ死んでいないうちから標的になっていたと推理しただろうか？　それともくだんの小男はあっさり狙える家を求めて下見をしていただけだと考えた？　それどころかあの刑事なら、小男はどこにでもいる珍しくもない戸別訪問のセールスマンだと考えたかもしれない。といっても、それはあの刑事が聞きこみをきちんとこなしていればの話だ。

そして最重要疑問。〝ははは〟の承知つかまつり氏はいまなお黄金を狙っていて、また姿をあらわすだろうか？

右から左。左から右。毛布をふわり。

いつしか、ミスター・ボウディッチのテープの中身をなるべく早いうちにきくに越したことはないという思いが浮かび、それをきっかけにようやく眠りにつくことができた。ぼくはスキップしながら歩く小男に首をぐいぐい絞めあげられる夢を見た。朝になって目が覚めたときには、シーツと毛布の両方が首に巻きついていた。

5

事務員のミセス・シルヴィウスに顔を忘れられてはいけないので、金曜日には学校へ行った。けれども土曜日には、一番地の屋敷へ行って大掃除に手をつけてくると父に告げた。父は手伝いを申しでてくれた。

「いや、ぼくひとりで大丈夫。父さんはレイダーとうちにいて。のんびりゆったり、休日を楽しむといい」

「ほんとにいいのか？　あの屋敷には、おまえの忘れられない思い出がいっぱい詰まってるんだろう？」

「ほんとに大丈夫」

「わかった。それでも気分が落ちこんでくるとか、心が乱されてくるとか、そうなったらすぐ電話をしなさい」

「そうする」

「それにしても、あの人がおまえに金庫のコンビネーションを教えていなかったのが残念だね。なにがしまってあるのかを確かめるには、だれかに頼んでこじあけてもらうしかない。来週にでも職場であちこち当たってみよう。金庫破りに伝手のある者もいるだろうな。それも、刑務所に入れられていない金庫破りにね」

「ほんとに？」

「保険の査定人というのは、ありとあらゆるうろんな仕事をしている人たちとつながっているんだよ、チャーリー。グリースン刑事のいうとおりかもしれない。金庫をあけても、古い所得税申告書だの——ボウディッチが確定申告をしていればの話だが、それも怪しいと思うな——カフスボタンだのがあるだけとか。それでも金庫には、あの人がいったい何者だったのかを解き明かす手がかりがあるかもしれないし」

「そうだね」ぼくは拳銃とテープレコーダーについて考えながら、そう答えた。「父さんはその点を考えてて。それから、レイダーにおやつをあげすぎちゃだめだよ」

「あの子の薬をこっちにもってきてくれ」

「もうもってきた」ぼくはいった。「カウンターの上にある」

「気がきくな。わたしが必要になったら電話を。走ってそっちへ行くから」

そう、父さんはまじでナイスガイだ。とりわけ酒を断ってからは。前にもいったかもしれない。でもこれは、くりかえす価値のある話だ。

6

杭垣の外側にも内側にも、《**警察捜査中**》の文字がある現場保全用の黄色いテープがべたべたと貼りつけてあった。現実には捜査は（あれが捜査だったとして）、グリースン刑事とふたりの巡査が立ち去った時点で終了していたが、父かぼくが人を見つけて裏口の錠前を修理させるまではテープをそのままにしておこうと思った。

ぼくは裏庭へまわった。けれども屋敷に足を踏み入れる前に、まず小屋まで歩いていき、扉の前で足をとめた。内部からはなんの音もきこえなかった――ひっかくような物音も、〝どすん〟とぶつかる音も、気味のわるい〝みゃあ・みゃあ〟という声も。

《そうだよ、きこえるはずないんだ》ぼくは思った。《なにがあんな音を出していたのかは知らないけど、ミスター・ボウディッチがそいつを殺したんだから。銃で二発、ずどん・ずどん、あとはまっ暗、さようなら》

ぼくはキーリングをとりだし、ここの錠前にあう鍵が見つかるまで一本ずつ試してみようかと思ったが、結局はキーリングをポケットにもどした。とりあえずはテープをきこう。中身が結局はオキシコンチンでハイになったミスター・ボウディッチが歌っている〈峠のわが家〉とか〈デイジー・ベル〉といった懐メロだけなら、まあ、ぼくが担（かつ）がれたことになる。ただし、そんなことを本気で信じてはいなかった。あの人は《きみに必要な品々はすべてベッドの下》にあるといい、テープレコーダーはそのベッドの下にあったからだ。

ぼくは金庫の扉をあけて、レコーダーをとりだした。黒くて古いただのテープレコーダー、居間のテレビほどレトロではないが、新しいとはお世辞にもいえない――テクノロジーは日進月歩だ。一階のキッチンへおりて、テーブルにレコーダーをおき、再生ボタンを押した。なにもきこえなかった。再生ヘッドの上を滑っていくテープがたてるヒスノイズがかすかにきこえるばかり。結局は――グリースン刑事が話していたアル・カポネの金庫室の件とおなじく――肩すかしにおわるのかと思いはじめたそのとき、ミスター・ボウディッチがテープを巻きもどしていないだけだと気づいた。巻きもどさなかったのは、十中八九これを録音中に心臓発作を起こしたからだろう。そう思うと、わずかに背すじが寒くなった。《ちくしょう、なんて痛いんだ！》あの人はそういっていた。《熔鉱炉からどろどろの鉄を流しこまれてるみたいだ！》

巻きもどしのボタンを押す。テープはそれから長いあいだ逆向きにまわっていた。それがようやく〝かちり〟という音とともに停止したので、あらためて再生ボタンを押した。数秒のあいだ無音がつづいたのち、がちゃんと大きめの金属音が響き、つづいてすっかり耳になじんだ、あのしゃがれた呼吸音がきこえてきた。ミスター・ボウディッチが話しはじめた。

ぼくは最初に、ぼくならこの話ができるはずだ、といったけれど、同時にだれからも信じてもらえないはずでもある、ともいった。信じてもらえなくなるのは、ここからだ。

7

お父上はわたしのことを調べたかな、チャーリー？　調べたと思うよ。わたしがお父上の立場なら調べたはずだ。さらにお父上の職業を考えれば、調べる手だてにも事欠くまいね。そうやって調べても、お父上にわかるのは、せいぜい一九二〇年にエイドリアン・ボウディッチなる人物がいまの屋敷が建っている土地を購入した、という事実だけのはずだし、お父上はエイドリアンをわたしの父親か祖父だと考えただろう。あいにく、そのどちらでもない。その人物はわたしだ。わたしはエイドリアン・ハワード・ボウディッチとして一八九四年に生まれた。つまりは当年とって百二十歳だ。屋敷の竣工（しゅんこう）は一九二二年。いや、一九二三年だったかもしれない。はっきりとは覚えていない。それから、もちろんあの小屋のことがある。小屋のことを忘れてはいかん。あれは屋敷よりもさらに昔に建てられた——ほかならぬわたしがこの手で建てたのだ。

きみが知っているハワード・ボウディッチは、自分と犬だけで……レイダーのことを忘れてはいかん……屋敷にこもっているのが好きな人物だ。しかし、わたしの父親とされている人物、エイドリアン・ボウディッチはかなりの漂泊者でね。セントリーズ・レストのここ、シカモア・ストリート一番地はエイドリアンだったころのわたしの本拠地だったが、ここで過ごすのと同程度の日々を旅についやしてもいた。だから帰ってくるたびに町は変わっていて、わたしの目にはスナップ写真をつなげたみたいに見えていたな。そのことに魅力を感じていた反面、心が沈むものを感じてもいた。当時のわたしには、アメリカの多くのあれこれがまちがった方向へ進んでいるように思えてならず、いまもおなじように思ってはいるが、しかしこれは当面の話とはなんの関係もない。

エイドリアン・ボウディッチとして最後にここへもどってきたのは一九六九年だ。一九七二年、七十八歳のときにジョン・マッキーンという地所管理人を雇ってから――わたしよりも年上で信頼のおけるすばらしい人物で、調べたければ町の記録でジョンを見つけられるはずだ――わたしは最後の旅に出た。行き先はエジプトということになっていた。しかし、わたしが行っていたのはエジプトじゃなかったんだよ、チャーリー。そして三年後の一九七五年、わたしは年齢四十前後の自分の息子、ハワード・ボウディッチとして町に帰ってきた。ハワードはそれまでの人生の大半を海外の母親のもとで暮らしていた……母親が海外にいたのは夫エイドリアンと疎遠になっていたからだ……というのが表向きの話だ。前々からこの手の細部のつくりこみが好きでね。〝疎遠になった〟というのは、離婚や死別よりも現実味がある。おまけに滋味あふれたすばらしい表現だ。そして父のエイドリアン・ボウディッチがおそらくエジプトで客死したのち、息子のわたしは先祖伝来の地所の屋敷に移り、ここを居とさだめることにしたわけだ。不動産の所有権にまつわる疑問はなかった――なにせ、わたし自身がわたしにすべてを遺贈する遺言書を書いたんだから。きみなら大いに笑えるといいそうだね、チャーリー。

これから先の話をわたしが語る前に、ひとまずテープをとめて裏庭の小屋へ行ってもらえないか。扉はきみにもあけられる――きみの手もとにはわたしのキーリングがあるんだから。少なくとも鍵はきみの手にあることを祈る。小屋にはきみを傷つけるものはもういない――板はきっちり所定の位置にもどし、上に重石のブロックを載せた。いやまあ、重かったのなんの！　しかし、そうしたければわたしの銃をもっていけ。キッチンの棚にしまってある懐中電灯を持参してもいいだろう。小屋には明かりがあるにはあるが、懐中電灯があってよかったと思うかもしれない。理由はそのうちわかる。小屋にどんなものがあるかをその目で確かめたまえ。きみが最初に耳にした物音をたてたものはほぼすっかりいなくなっているだろうが、わたしが撃ったものの残りはまだあそこにある。というか、その大半は。昔の英国人っぽい言葉をつかうと〝小屋のなかを一瞥せしのちに〟、またここへもどってきて、テープの残りをきくといい。いますぐ行け。わたしを信じろ、チャーリー。きみだけが頼りだ。

8

停止ボタンを押したあとも、ぼくはしばらくその場にすわっていた。あの人は正気じゃなかった、正気ではなかったにちがいない――一度も正気でない人のように見えなかったにもかかわらず。だいたい、ぼくに電話をかけてきて心臓発作を起こしたことを告げていた死の間際でさえ理性的そのものだった。それからあの小屋にはなにかがいる——あるいは〝なにかがいた〟——ことは否定しようがない事実だった。ぼくはその物音を耳にしたし、レイダーもきいていた。そのうえミスター・ボウディッチが小屋にまで出かけて、それを撃ったではないか。しかし、あの人が百二十歳だった？　そこまでのご長寿も決していないわけじゃないが、それにしたって一千万人にひとりいるかどうかだろうし、四十歳の自分の息子のふりをして家にもどってきた人間なんてひとりもいない。そんなことが起こるのは、つくりものの物語のなかだけだ。

「おとぎ話（フェアリー・テイル）だ」ぼくはいった。あまりにもぴりぴりしていたせいで——あるいは、あまりにも頭が混乱していたせいで——自分の声にさえびくっと飛びあがってしまった。

《わたしを信じろ、チャーリー。きみだけが頼りだ》

ぼくは自分が幽体離脱をやらかしているような気持ちで立ちあがった。このときの気持ちを、この表現以上にうまくいいあらわせるとは思えない。ぼくは二階へあがると、金庫の扉をあけ、ミスター・ボウディッチの四五口径の銃を手にとった。銃はこのときもまだホルスターにおさめてあり、ホルスターはまだ飾りボタンつきのベルトにつながっていた。ぼくはガンベルトを締めると、固定用の革紐を膝よりも少し上で縛った。そんなことをしていると、内側の自分ではカウボーイごっこをしている小さな子供になったように思え、なんだか馬鹿になったみたいだった。外側の自分はこの重みを実感できたことがうれしく、また銃弾がフル装填されていることも意識していた。

懐中電灯は、六本の単一電池をつかう柄（え）の長い上等な品だった。ぼくは一回だけスイッチを入れて動作に問題がないことを確かめてから外に出て、裏庭の芝を横切って小屋へ行った。

《このぶんだと、また近いうちに芝を刈らないといけないな》と思う。心臓が激しくせわしない鼓動を刻んでいた。それほど気温の高い日ではなかったが、このときには頬と首を汗がつたうのを感じていた。

ポケットからキーリングをとりだしたが、落としてしまった。拾いあげようとして上体をかがめると、頭を小屋の扉にぶつけた。キーリングをしっかりつかんで、鍵を選りわけていく。キーのうち一本はヘッド部分が丸く、車の名前である《**スチュードベイカー**》のロゴが彫りこまれていた。屋敷の正面玄関と裏口それぞれのドアをあける鍵はもう知っていた。それ以外にも手提げ金庫か、あるいは銀行の貸金庫をあけるためのものらしい小さな鍵が一本あった。そしてもう一本は、小屋の扉を封じている大きな銀色の南京錠をあけるための鍵だった。ぼくは鍵を錠前の下部から挿しいれたのち、扉をげんこつで強く叩いた。

「おおい！」と呼びかけはしたが、控えめな声での呼びかけだった。ミセス・リッチランドに声をきかれる事態だけはなんとしてでも避けたかった。「もしそこにだれかいるのなら、うしろへさがってろ。こっちは銃をもってるぞ」

なんの反応もなかったけれど、ぼくは片手に懐中電灯をもったまま、恐怖に麻痺して突っ立っていた。なにへの恐怖か？　未知なるもの、すなわち比類なく恐ろしいものへの恐怖だった。《やるか逃げるか、はっきりしろ、チャーリー》想像のなかで、ミスター・ボウディッチがそういった。

ぼくは自分に鞭打って鍵をまわした。U字形のアームが錠前からぽんと跳ねあがった。錠前をはずし、その下の掛け金をひらいて錠前をひっかけた。そよ風が髪をそっと乱していった。ぼくは扉をあけた。蝶番がきしんだ。小屋のなかは暗かった。外界からの光は、小屋へ侵入するなり吸いこまれて消えてしまうかのようだった。ミスター・ボウディッチはカセットテープで小屋には明かりがあると話していたけれど、そもそも小屋に通じている電線がないのは確実だった。懐中電灯をつけると、扉の右側にスイッチが見つかった。スイッチを押しこむと、小屋内の左右の高い場所にとりつけてある電池式のライトがともった。学校や映画館で停電にそなえて設置されている非常灯のようなものだ。ライトは低いハム音をたてていた。

床は木の羽目板づくりだった。左側のいちばん奥の隅に羽目板が三枚ならべて置いてあり、両端を押さえるようにコンクリートブロックが載せてあった。懐中電灯の光を右に滑らせたとたん、予想もしなかった恐ろしいものが目に飛びこみ、つかのまぼくは理解力をなくしていた。くるりとふりかえって走って逃げたかったが、体が動かなかった。頭の一部では（この最初の数秒のあいだ頭が一部でも働いていたとすればの話）、これを悪趣味きわまるジョークだと考えていた。こんなものはラテックスとワイヤでつくられたホラー映画用のクリーチャーにすぎない、と。そしてぼくの目は、壁にあいたコイン状の穴をとらえていた——いま見ているこの化け物の体を貫通した銃弾が壁に穿（うが）った穴だった。

目の前のものは、ある種の昆虫だった。しかしその体は、成長しきった猫ほどの大きさだった。昆虫は死んでおり、何本もの脚が宙にむかって突き立っていた。脚は人間の膝のように中ほどで折れ曲がり、剛毛で覆われていた。なにも見えなくなっている黒い目がこちらをのぞいていた。ミスター・ボウディッチが放った弾丸のひとつが昆虫の腹に命中していた。弾丸が裂いた腹の穴から、得体の知れない青白い内臓があふれだして、周囲に気味のわるいプディングのように広がっていた。はらわたからは微細な霧が立ちのぼり、そよ風がふたたびぼくのまわりを吹きすぎていくと（ちなみにこのときもぼくは戸口に棒立ちのまま、片手が明かりのスイッチに熔接されてしまったように感じていた）、昆虫の頭部や背中の翅（はね）など外骨格に覆われていない部分からも霧がのぼりはじめた。外をのぞいていた目が体の内側に沈みこんでうつろな眼窩（がんか）になったが、その穴そのものがぼくをにらんでいるように思えた。口から小さな悲鳴が洩れた——昆虫が生き返るのかと思ったからだ。しかし、そんなことはなかった。昆虫は完全に死んでいた。いまは組織が腐敗しかけており、新鮮な外気がそのプロセスを促進しているのだ。

　ぼくは自分の背中を押して小屋のなかへ足を進めた。左手の懐中電灯の光は昆虫の死骸にむけたまま。右手には拳銃。ホルスターから銃を抜いた記憶はなかった。

《昔の英国人っぽい言葉をつかうと〝小屋のなかを一瞥せしのちに〟》

　これは〝ひと目見る〟という意味だろう。入口から離れるのは気が進まなかったが、ぼくは自分を進ませた。そうしたのは外側のぼくだ——なぜなら入口から奥へ進むのは〝一瞥する〟ためだからだ。内側のぼくは恐怖と驚嘆、それに現実を信じられない気持ちのあまり、うわごとを垂れ流していただけだ。コンクリートブロックが載っている羽目板のほうへ進んでいく途中で、片足がなにかにぶつかった。懐中電灯の光をそちらへむけたぼくは　思わず嫌悪の叫びを洩らした。昆虫の脚だった——いや、脚のなれの果てというべきか。表面に生えている剛毛と、膝のように曲がっている形からそれとわかった。そんなに強くぶつかったわけではないし、履いていたのはスニーカーだったが、それでも脚はふたつにぽきんと折れた。おそらく、ぼくが最初のころに物音を耳にした昆虫の脚だろう。その昆虫はここで死に、いまは脚しか残っていないのだ。

《おい、チャーリー。おまえに脚をやるよ》ぼくは父がそういいながら、ドラムスティックのフライドチキンを手わたしてくる場面を想像した。《アメリカ一の味自慢だぞ！》

　空えずきがこみあげかけ、あわてて掌底で口もとを押さえて吐き気が過ぎ去っていくのを待った。もし昆虫の死骸がひどい悪臭をただよわせていたら、吐き気をこらえきれなかったかもしれないが、においはほとんどしなかった。ひょっとしたら、分解のプロセスが悪臭段階をもう通り越していたからだろう。

　羽目板とコンクリートブロックが覆い隠していたのは、床にあいている直径一メートル半ほどの穴だった。最初は、市が上水道設備をつくるよりもずっと以前の時代の遺物かと思った。しかし二枚の羽目板の隙間から懐中電灯の光を下へむけると、縦穴の内壁にそって螺旋状に下へむかっている階段が見えた。暗闇のずっと奥深いところから、せわしなく動く足音や低い囀りの声などがきこえてきた。動いているものの影が一瞬だけちらりと見えて、ぼくはその場に凍りついた。もっとたくさんの昆虫……しかも死んではいなかった。昆虫たちはぼくの懐中電灯の光を避けて逃げていった。次の瞬間、そいつらの正体がわかった——ゴキブリだ。お徳用スペシャルLサイズだが、やっていることは光をあてられた並のゴキブリと変わらない——がむしゃらに逃げようとしているのだ。

　ミスター・ボウディッチは、このどこへ（あるいはなにに）通じているとも知れない穴をふさぎはした。けれどもその仕事が中途半端だったか——あの人の性格からいってありそうもない——あるいは昆虫がまんまと板をずらしたか、さもなければ長い時間の経過のあいだに板がずれたかしたのだろう。たとえば……一九二〇年からいままでのあいだに？　父なら一笑に付すだろうが、考えれば父は雄猫サイズのゴキブリを目にしてはいない。

　ぼくは床に膝をつき、板の隙間から下を照らした。もっと体の大きなゴキブリがいたかもしれないが、このときには一匹もいなくなっていた。見えているのは螺旋状にまわりながら下へ下へとつづいている階段だけだった。ふっと、ある思いが頭に浮かんだ。最初は妙な考えに思えたが、すぐに妙でもなんでもなくなった。それは、〝いまぼくは、ミスター・ボウディッチ版のジャックの豆の木を見おろしているんだ〟という思いだった。空を目指していた豆の木とちがって穴は地下へむかっているが、それでも行き着く先には黄金がある。

　ぼくはそのことに確信をいだいた。

9

　ぼくはゆっくりとあとずさり、電池式ライトのスイッチを切ると、最後にあと一度だけ懐中電灯の光を壁ぎわに横たわる不気味な昆虫へむけた。先ほどよりも多くの蒸気が立ちのぼっていたほか、いまはたしかに悪臭が感じられた——酸っぱいペパーミントのにおいだ。新鮮な外気がこの悪臭を打ち消していたのはまちがいない。

　ぼくは扉を閉め、かちりと南京錠で施錠してから屋敷へ引き返した。懐中電灯はキッチンの棚に、拳銃は金庫にそれぞれもどす。バケツを満たす黄金のペレットが目にはいっても、この日ばかりは手を突っこみたい気分にならなかった。もしバケツの底にまで手を突っこんで、あの毛むくじゃらの昆虫の脚の一部に触れてしまったら……。

　そのあと階段まで歩いたところで、いきなり両足から力が一気に抜けた。すかさず手すりのいちばん上の柱をつかんだからよかったが、そうでなければぶざまに階段を転がり落ちていたところだ。がたがた震えながら最上段に腰かける。一、二分もすると人心地がついたので、ぼくはありし日のミスター・ボウディッチを思い出すような流儀で手すりをしっかりつかみつつ、先へと進んだ。キッチンにたどりつくとテーブル前の椅子にどさりとすわりこみ、テープレコーダーを見つめた。ぼくのなかにはカセットをイジェクトして茶色の細長いリボン状のテープをひっぱりだし、そのままごみ箱に捨ててしまいたいと思っている部分もあった。でもそんなことはしなかった。できなかった。

《わたしを信じろ、チャーリー。きみだけが頼りだ》

　ぼくは再生ボタンを押した。つかのま、ミスター・ボウディッチがこの部屋にいるように思えた。ぼくがどれほど怯えたかを——どれほど驚いたかを——見てとり、ぼくの気分をなだめようとしているかのようだった。あの昆虫の目が内側に沈みこみ、あとに残ったうつろな眼窩がにらみつけてきた光景から、ぼくをこっち側へ引きもどすことで。そしてそれには——たとえごくわずかでも——効き目があった。

10

あいつらはただのゴキブリだし、危険でもなんでもない。明るい光をむければ大あわてで逃げていく。わたしが撃ち殺したゴキブリを見るなり、きみが悲鳴をあげて逃げ帰ってきたのならともかく——わたしが親しくなった少年なら、そのような真似はしそうもないが——そうでなければ、きみは羽目板のあいだから下をのぞいて、井戸と、地下へむかっていく階段を目にしたはずだ。たまに数匹のゴキブリが階段をつたってあがってくることもある。ただし、それは気候が温かくなりかけたときだけだ。理由はわからん。というのも、こっちの世界の空気はあいつらには命にかかわる毒だからだ。羽目板のすぐ下に閉じこめられているときでも、あいつらの体は腐って分解しはじめる。それなのに、あいつらは板に体当たりをしてくる。本能に根ざした一種の死の願望か？　だれにわかる？　この二年ばかり、わたしは井戸をふさぐふたの維持管理がおろそかになりがちだった。ここ数年ばかりは、いろいろなことにおろそかになっていたんだ。そんなわけで、二匹ばかり小屋に出てきてしまった。そんなことになったのは、本当に久しぶりだった。きみが春に物音をきいたゴキブリはそのまま勝手にくたばって、あとには一本の脚と触角だけが残されていた。もう一匹は……どうなったかはきみも知ってるな。しかし、あのゴキブリは危険ではないよ。嚙みつきはしないし。

わたしはあれを〈異世界の井戸（ザ・ウエル・オブ・ザ・ワールド）〉と呼んでいる。この名前は、ヘンリー・カットナーという男が大昔のパルプ雑誌に書いたホラー小説の題名から拝借した。さらにいうと、わたしはあの井戸を見つけたわけじゃない。落っこちたんだよ。

きみには話せるかぎりのことを話すつもりだよ、チャーリー。わたしはエイドリアン・ボウディッチとして、ロードアイランド州に生まれた。算術は得意だったし、きみも知ってのとおり本を読むのは大好きだったが、学校は好きとはいえなかった。それをいうなら継父（ままちち）のこともだ。この男は日々の暮らしで思いどおりにならないことがあると、腹いせにわたしを殴った。そういうことは珍しくなかったよ。なにせ大酒飲みで、なにかの仕事についても二、三カ月以上つづいたためしはなかったからね。それで十七歳のときに家を出て、北のメイン州へむかった。わたしは屈強な若者だったから、当時はさいはての奥地もいいところのアルーストック郡くんだりへ行く材木の伐採作業員の仕事にありつけた。それが一九一一年のことだろうな——ノルウェーのアムンセンが南極点到達を果たした年だ。前に、昔のわたしは珍しくもない一介の樵夫（きこり）だったと話したことを覚えているかな？　あれは事実だよ。

その仕事は六年間つづけた。一九一七年、ひとりの兵隊がわれわれの野営地へやってきて、健康体の男子はこれからおなじ郡内にあるアイランドフォールズの郵便局へ行き、義務兵役に登録すべしといいわたしてきた。若い男たち数名がトラックに乗った。そのなかにわたしもいたよ。とはいえ、みずから身を投じて、フランスのどこやらで動いている戦争機械の餌になる気なんざさらさらなかった。わたしの血がくわわらずとも、戦争機械に飲ませる血はどうせたっぷりあるだろうと踏んだわけだ。そんなわけで登録のための列にならんだ仲間の男たちにあばよと告げて、西へむかう貨物列車に飛び乗った。それで行き着いたのがジェインズヴィル。われわれがいまいる土地からもそれほど遠くないところだな。そこでわたしは伐採作業員の仕事にありついた。その仕事の契約期間がおわると、わたしはセントリー郡に移って伐採の仕事をつづけた。セントリー郡はいまのアルカディア郡、つまりわたしたちが住む郡だ。

伐採の仕事があまりにも多くなったので、わたしはワイオミング州か、あるいはモンタナ州に流れていくことを考えた。もしそうしていたら、わたしの人生はまったく異なったものになっていただろうね、チャーリー。わたしは平均的な寿命を迎え、きみと出会うこともなかったはずだ。しかし、そんなあるときバフィントン——いま保安林管理局のあるところだ——で**《測量士求む》**という掲示を見た。その下には、まさにわたしに向けたものとしか思えない言葉がならんでいた。**《地図および森林の詳細な知識必須》**とね。

わたしは郡庁舎をたずね、数枚の地図を読んだのち——緯度、経度、等高線といったたぐいだ——この仕事の口を得た。クソの山に落っこちたと思ったら、薔薇の花をくわえて浮上できた男の気分だったね。それからは森林にわけいっては、木に目印を残したり地図にしるしをつけたり、昔の伐採業者用の林道の測量をしたりの日々がつづいたよ——ああ、この林道がやたらにたくさんあってな。夜になれば、喜んで迎え入れてくれる家に泊まらせてもらうこともあれば、星空の下でひとり野宿することもあった。何日も野山を歩いていながら、ほかの人間にはひとりも会わないこともあったぞ。万民向きの仕事とはいえないが、わたし向きだったことは確かだ。

そして一九一九年の秋のあの日がやってくる——そのころはシカモア・ヒルにいたよ。ただし、当時はセントリー・ウッズと呼ばれていた。セントリーズ・レストの町はあるにはあったが、実際にはただの村で、シカモア・ストリートはリトル・ルンプル川で突きあたりになっていた。橋が——最初の橋が——できるのは、少なくともそのあとさらに十五年は先のことだった。きみが育ったあたりの住宅地ができてくるのは第二次世界大戦のあと、GIたちが戦地から復員してきたころだったな。

その日わたしは、いまはうちの裏庭になっているところにあった森を歩いて、低木や灌木の茂みを押しわけながら、そのあたりにあるという舗装されていない泥道をさがしていたんだ――それこそ、わたしのような若い男がこの村のどこへ行けば一杯飲めるんだろうかということ以外、ほんとになにも考えずに、先へ進んでいった。それでさっきまで日ざしに照らされて歩いていたと思ったら、次の瞬間には〈異世界の井戸〉のなかにいたんだ。

きみが羽目板の隙間から懐中電灯の光を下にむけたのなら、わたしが死ななかったのが幸運だったとわかってもらえるね。手すりはないし、階段はぐるぐるまわりながら危険なほど深くまで通じている――ほぼ五十五メートルというところだ。気づいただろうか、内壁は切りだされた石材でできている。かなり古い。どれほど古いかは神のみぞ知るだ。ところどころで石材が抜け落ちて、井戸の底にそうした石が積みあがっている。体が下のほうへ傾いて落ちかけたので、とっさに伸ばした手の指が、たまたま石材が抜け落ちたあとの裂け目をとらえたんだ。幅はせいぜい七、八センチだったが、指を食いこませるには充分だった。湾曲している内壁に体を引き寄せて見あげると、日ざしと明るい青空が見えた。脈搏が一分あたり二百にも思えるほど心臓の鼓動が激しいなかで、わたしは自分がなにに落ちたのかと首をかしげていた。どう見ても、普通の井戸でないことは明らかだった。井戸なら下へむかう階段があるはずはないし、内壁がブロック状の石材でできているはずもない。

呼吸が落ち着いてくると……いやまあ、真っ暗な穴に落ちてあわや死にそうな目にあうことほど、人から息を奪う体験はないようだが……ともかく呼吸が落ち着いてくると、腰のベルトから懐中電灯をはずして下方を照らした。なにひとつ見えなかったが、がさがさという音はきこえた。してみると、ずっと下にはなにやら生きているものがいるんだ。心配はなかった。当時のわたしはベルトにホルスターをつけて銃をいつも携行していたからだ。森林が安全なところとはかぎらなかったからさ。たしかにあのころは熊が、それもたくさんいたが、野生動物をそれほど心配する必要はなかった……心配するべきは人間たち、とりわけ酒の密造者だった。ただし、穴のさらに下に密造者どもが潜んでいるとは思えなかった。それに下にいるのがなんであれ、好奇心の強い男であるわたしは、なんとしても確かめてやろうと思いたった。

階段まで落ちた拍子にずれてしまった背中のバックパックの位置を直してから、わたしは下へむかった。下へ下へ、ぐるぐる螺旋づたいに。〈異世界の井戸〉の深さはほぼ五十五メートルあり、階段は一段の高さがまちまちな全百八十五段だった。いちばん底の部分に両側を石で囲まれたトンネルがあった。いや、むしろ通廊というべきだろうか。そこはきみが頭を低くしないでも歩いていけるだけの高さがあるばかりか、きみの頭から天井まで、ほぼきみの身長くらいの余裕があるんだ。

階段をおりきったあたりの地面は土のままだったけれども、そこから少し進むと……いまになればわかるが、四、五百メートルほどだったはずだ……足もとが石畳になった。がさがさという音は、そのあいだもだんだん大きくなっていた。紙や枯葉がかすかなそよ風に吹かれているような音。ほどなくその音が頭上からきこえるようになった。懐中電灯を上へむけると目に飛びこんできたのは、見たこともないほど大きなコウモリどもがびっしりと天井を覆いつくしている光景だった。翼を広げた長さの翼開長(よくかいちょう)はヒメコンドルにも匹敵しそうで、つまり百八十センチ弱はありそうだった。懐中電灯の光でコウモリどもがさらにざわざわ蠢(うごめ)きだしたので、わたしは大あわてで懐中電灯を両足のあいだに隠した。やつらの大きな翼で全身びっしり包まれることを思っただけで、恐怖のあまり母なら〝ぞわぞわ・びくびく〟とでも形容したはずの状態におちいっていた。蛇には耐性があったし大半の昆虫もへっちゃらだが、以前からコウモリだけは恐ろしくてたまらない。どんな人にも、なにかしらの恐怖の弱点があるのではないだろうか？

　わたしはさらに先へ先へと進んだ。少なくとも一キロ半強は歩いたのではないか。懐中電灯の光も頼りなくなってきた。当時は性能のいいデュラセル製乾電池なんてなかったんだぞ、若いの。天井にはコウモリが群れをつくっている箇所もあれば、群れのいない箇所もあった。暗闇にとり残される羽目になる前に引き返そうと心を決めたタイミングで、前方で日ざしがきらめくのが見えた。すぐさま懐中電灯のスイッチを切った。まちがいない——日の光だった。

　いったいどこへ出るのだろうと好奇心をたくましくしながら、わたしは先へ進んだ。見当をつけていたのは、リトル・ルンプル川の北側の土手のあたり。というのも——確証こそなかったが——なんとなく南へ進んでいるように思えていたからだ。光のほうに歩きだし、だんだん近づいていくにつれて、わたしの身になにかが起こりはじめた。わたしにはうまく説明できないが、いずれきみが——いわば——わたしの足跡をたどるときにそなえて説明を試みておこう。めまいで頭がくらくらしたときに似ていたが、それだけにとどまらなかった。自分が幽霊になったような感じだったんだよ、チャーリー。自分の体を見おろしたら、体を透かして先が見えるような感じ。わたしには、およそ実体がなかった。そのときなにを思ったかはいまでも覚えている——実体がないのは、わたしたちだれもがおなじことではないか……しょせんわたしたちは、自分には重さも世界での居場所もあると信じようとしている地表の幽霊にすぎない……ってね。

　その感覚がつづいていたのは五秒ほどだったか。自分がその場に存在しないように感じつつ、なおも歩きつづけた。ついでその感覚が消えていき……トンネル終端の開口部に近づいて……二百メートルほどだったか……そして出たのはリトル・ルンプル川の土手ではなく、丘の中腹だった。眼下には、それはそれは見事な赤い花の野原が広がっていた。罌粟（けし）の花だったと思うが、シナモンのような香りをともなっていた。わたしは、「だれかがレッドカーペットを用意してくれたんだ！」と思った。花畑を小道がつらぬき、その先は道路に通じていて、そこには小さな家が……現実にはコテージといったほうがいいような家が建っていて、煙突からは煙がたなびいていた。その道のずっとずっと先のはるか彼方の地平線には、大きな町の何本もの尖塔が見えていた。

　小道はもうかなり長いあいだ歩いた人もいないかのように、ほとんど見えなくなっていた。わたしが歩きはじめると同時に、ウサギがぴょんと跳ねて小道を横切っていった――地球のウサギの二倍の大きさだった。ウサギは花と草のあいだに消えていった。

　ここで言葉がいったん途切れたが、ミスター・ボウディッチの息づかいはきこえていた。これまで以上にしわがれた声だった。苦しげでさえあった。ついで話が再開した。

　これは九十分テープだったな、チャーリー。三階のがらくたの山のなかから、ひと箱見つかったんだよ。カセットテープが三セントの郵便切手なみの時代遅れのしろものになるよりもずっと前の品だな。このテープで四本か五本、いや、それこそひと箱ぶんのテープを埋めるほど話せる。あの異世界ではそれはそれは多くの冒険をしてきたし、その話もできなくはない――時間さえあれば。ただそんな時間はなさそうだ。あの小屋でちょっとした射撃練習をしてからこっち、どうにも体調が思わしくない。首の左側が痛むし、そこから左腕の肘までも痛んでいる。この首と腕の痛みはわずかにやわらぐこともあるが、胸のずっしりした重みは消えることがない。この手の症状がなにを意味するかは知ってる。わたしの胸のなかではいま嵐がしだいに強まりつつあり、爆発するのもそう遠いことではなさそうだ。わたしには後悔が多い。数えきれないほどだ。前にきみに話したことがあったな――勇敢な者は助け、臆病者は贈り物をするだけだ、と。覚えているかな？　だから、わたしは贈り物をする。しかしそれは、自分が勇敢ではないために、恐るべき変化が到来しても助けられないと自覚したときにかぎられる。わたしは自分がもう年寄りだと自分にいいきかせ、黄金を手にして逃げてきた。豆の木をそそくさとくだって逃げたジャックとおなじだ。ただし、ジャックはただの少年だった。わたしなら、もっと巧みにやってのけられるはずだった。

　もしきみがあの異世界へ――夜になると空にふたつの月が昇り、地球の天文学者が見たこともないような星座ばかりのあの異世界へ――行くのなら、知っておくべきことがいくつかある。だから、しっかり話をきいてほしい。

　異世界の動物たちにとって、われわれの世界の空気は命を奪う猛毒だ――ただし、あのコウモリどもだけは例外のようだ。

前に一度、実験のためにウサギを連れ帰ったことがある。ウサギはたちまち死んでしまった。しかし、われわれにとって異世界の空気は毒でもなんでもない。それどころか、体力増進の効き目さえある。

　都は、往時には壮麗なところだったが、いまでは危険なところになっている──とりわけ夜は。もし都へ行くのなら昼間にかぎること。ひとたび城門をくぐったら、絶対に物音をたてないこと。見た目こそ人っ子ひとりいないようだが、そうではない。都を統(す)べているものは危険きわまりない恐ろしい存在で、その下にひそんでいるのは、それよりもさらに恐ろしいものだ。宮殿の裏に広場があり、そこへの道筋にはわたしが目印をつけた。昔、森林の木々に道しるべを記していたときとおなじ、往年のエイドリアン・ボウディッチのイニシャルである《AB》でね。《AB》をたどるかぎり……物音をたてずにいるかぎり……きみは無事でいられる。もしこれを無視すれば、きみはあの恐ろしい都で迷いに迷ったあげく死ぬことになる。いいか、これは知識ある者としての言葉だぞ。目印をつけていなかったら、わたしはあそこから出られずに、いまは死んだか正気をなくしていただろうね。かつては美しく壮麗だった地も、いまは灰色にくすみ、呪われて、病におかされてしまった。

　ここでもまた間があった。呼吸音にまじる、しゃがれた喘鳴(ぜんめい)はさらに大きく響き、説明を再開したミスター・ボウディッチの声はかすれてしまい、あの人の声でないといわれても信じそうだった。あることに思いいたった──事実だと断言したっていい。ミスター・ボウディッチがこの話を録音しているとき、ぼくは学校にいたにちがいない。それも化学の授業にむかっていたか、すでに教室にいてアセトンの沸点を調べていたのだろう、と。

　レイダーを異世界に連れていったこともある。もっと若いころ、それこそまだ子犬も同然のころだ。あのころのレイダーはこれっぽちも怯えずに、あの階段を軽やかに跳ねくだっていたものだよ。あの子が〝伏せ〟と命じられると腹ばいの姿勢をとることは知っているな。それに〝黙れ〟〝静かに〟と命令されれば、静かにならなくちゃいけないこともレイダーは知っている。あの日わたしはレイダーにその命令を出し、コウモリを騒がせることなく天井の集団の真下を通り抜けた。わたしが〝境界〟と考えるようになっていた箇所を通過するときにも、ことさら不快に感じているふしはなかった。赤い花が咲き乱れている草原には大喜びしていたな──ぴょんぴょん飛び跳ねたり、ごろごろ転がったりしてね。コテージに住んでいる高齢の女性のことも大好きになっていた。この世界の大半の人々は、いま現在のあの女性を見れば嫌悪に顔をそむけることだろう。しかし犬は外面がどうであれ無視して、人の内面の本質を察しとれるのではなかろうか。ロマンティックすぎる考えかな？　そうかもしれない。しかしわたしにはやはり――

　やめだ、やめ。無駄話は禁物。そんな時間はない。きみもその目で異世界を一瞥せしのちは、レイダーを連れていこうと思い立つかもしれない。ただし、それならいますぐ連れていけ。あの子の時間はどんどん少なくなっているからね。あの新しい薬のおかげもあって、レイダーはふたたびあの階段をおりられるようになったかもしれないね。下までおりることができれば、異世界の空気がレイダーの体力を増進させてくれるはずだ。そこまでなら断言できる。

　かつて都では試合がおこなわれていた。観戦のためにあつまってきた数千もの人々は、王宮の一部……いや、王宮に併設されているともいえるかな……ともかくそのスタジアムへ入場するために、さっき話した広場にぎっしり詰めかけていたよ。広場の近くには巨大な日時計がある。直径は、そうだな、三十メートルはあるにちがいない。日時計は回転する。あの小説に出てくる回転木馬みたいに。ブラッドベリの小説だよ。わたしがにらんだところ、あの作家はまちがいなく……いや、どうでもいい。どうでもよくない話はこっちだ。日時計こそわが長命の秘密であり、わたしはその代償の支払を迫られた。だからきみは、日時計の上に乗ろうなどと考えてはならん。しかし、きみがレイダーを上に乗せるのなら――

　まずい。いよいよ来やがった。くそっ！

　ぼくはキッチンテーブルのへりをぎゅっとつかんだまま、回転しているカセット内のリールを見つめていた。レコーダーの窓からのぞきこむと、テープがもうじき巻きもどしをはじめたところにたどりつくのがわかった。

　チャーリー、きみをこの世のあらゆる恐怖の源泉へ送りだすようなことは考えたくもないし、そんなことをきみに命令するつもりは毛頭ない。しかし日時計はそこにあるし、黄金もそこにある。道しるべをたどれば行きつける。《ＡＢ》だ。忘れるな。

　遺言書でわたしはこの屋敷と敷地のいっさいをきみに遺贈するとした。しかし、贈り物ではない。むしろ重荷だな。評価額は毎年あがるいっぽうだし、それに応じて税金も毎年あがっていくからね。税務署員よりも始末がわるいのは……ずっとずっと始末がわるいのは……ああ、わたしは役所が行使する収用権なる法律の悪夢におびえながら暮らしているんだよ。それにわたし……きみ……われわれ――

　いまではミスター・ボウディッチはぜいぜいと派手に息を切らしていた。何度も何度も唾を飲みこんでいたらしく、ごぼごぼという大きく耳ざわりな音がはっきりとテープに残されていた。自分の爪が手のひらに食いこんでいるのが感じられた。次に話しはじめたときには、余力を恐ろしいほど必死にふりしぼっているのがあらわだった。

きくんだ、チャーリー！　すぐ手の届くところにまったく異なる世界があると人々に知られたら、いったいどうなるか想像できるか？　わずか百八十五段の石の階段をおり、一キロ半強のトンネルを歩くだけで行き着ける異世界があるとわかったら？　こちらの世界の資源が枯渇しかかっているいま、好き放題に開発できる新しい世界があることに政府が気づいたらどうなる？　彼らは〈飛翔殺手（フライト・キラー）〉を怖がるだろうか？　彼らはあの地の恐るべき神を長きにわたるまどろみから目覚めさせてしまうことを恐れるだろうか？　恐るべき結果を招きかねないことを、彼らは理解するだろうか？　……しかしきみは……きみにその手だてがあれば……きみは――

なにかが揺れる〝がたがた〟という音と金属音が響いた。息をあえがせる音。ふたたび話しはじめたとき、ミスター・ボウディッチの声はまだきこえたが、これまで以上にぐっとかぼそくなっていた。さっきの音は、本体にマイクが組みこまれたカセットレコーダーを、ミスター・ボウディッチがテーブルに置いた音だったのだ。

チャーリー、どうやら心臓発作を起こしたみたいだ……そう……わたしはきみに電話してるんだ……弁護士がいる。エルジンのレオン・ブラドックだ。それから財布。ベッドの下だ。それ以外、きみに必要な品々はすべてベッ――

最後に〝がちゃん〟という音がして、それっきり静かになった。ミスター・ボウディッチが自分でスイッチを切ったか、激しく痙攣していた手が小さな《**停止**》ボタンにぶつかったかしたのだろう。ぼくはほっとした。ミスター・ボウディッチが断末魔の苦しみにあえぐ声なんかききたくなかった。

ぼくは目を閉じて、その場にすわったまま……それからどのくらい時間がたったのかはわからない。一分かもしれないし、三分かもしれない。自分だけの闇に包まれたまま、一度下へ手を伸ばしたことは覚えている。手がレイダーに触れるだろう、レイダーを撫でればかならずもたらされる心の安らぎを得られるはずだ、と思いながら。しかし、レイダーはこの場にいなかった。レイダーはいま、丘をくだったところの正気の家にいる――穴などない裏庭、正気の裏庭のある家、異世界に通じる狂気の井戸なんか存在しない裏庭がある家に。

これからどうすればいい？　いったい全体どうすればいいんだ？

手はじめに、カセットテープをレコーダーからとりだしてポケットにしまった。テープは危険な品だ――もしかしたら、地球上でもっとも危険な品かもしれない……とはいえ危険な品になるのは、これが心臓発作に見舞われている老人が口走ったうわごと以上のものだと信じる人がいた場合にかぎる。もちろん、人々がこれを信じるはずはない。例外があるとすれば、それは……。

ぼくは頼りなく感じられてならない二本の足で立ちあがると、裏口まで行った。それから、ミスター・ボウディッチが——ずっと若かったころのミスター・ボウディッチが——〈異世界の井戸〉の上に建てた小屋を見やった。ぼくはそれからも長いあいだ小屋を見つめていた。だれかがあの小屋にはいったら……。

大変なことになる。

ぼくは自宅にもどった。

第十一章

その夜。学校の（退屈な）日々。父の出発。〈異世界の井戸〉。〈異界〉。老女。不快な驚き。

1

「どうかしたのか、チャーリー？」

ぼくは読んでいた本から顔をあげた。すっかり本の世界に没頭していた。それまでは、ミスター・ボウディッチの屋敷のキッチンできいたテープ——現物はいまぼくのクロゼットの最上段、着古したTシャツを積み上げた山の下に隠してある——の内容から気をそらしてくれるものなどひとつもないに決まっているといったはずだが、この本はぼくの気をそらしてくれた。ミスター・ボウディッチの寝室からもちだしてきたこの本は、独自の世界をつくりあげていた。レイダーはぼくの横で眠り、ときおり静かな寝息をたてていた。

「なに？」

「どうかしたのか、ときいたんだ。食事にもろくに手をつけなかったし、今夜はなんだかずっと頭がお留守になってるみたいだぞ。ミスター・ボウディッチのことを考えているのか？」

「うん、そんなところ」真実だった。ただし、父が考えているような意味で考えていたとはいえなかった。

「あの人の死で胸が痛むんだな」

「うん。猛烈に」ぼくは下へ手を伸ばして、レイダーのうなじを撫でた。いまではレイダーはぼくの犬だ。ぼくが責任を負うべき犬。

「それでいいんだよ。それが当然だ。で、来週には大丈夫になってくれるかな？」

「もちろん。でもなんで？」

父はもどかしい気持ちもあらわなため息をついた——思うにこの手のため息をつけるのは、世の父親族だけだろう。「研修旅行だよ。話したはずだぞ。どうやら考えごとをして、話をきいていなかったみたいだな。火曜日の朝こっちを出発して、そのあと北部の森林地帯ですばらしい四日間を過ごす予定になってる。オーヴァーランド保険の行事だけどね、リンディがうまく手をまわして、わたしあての招待状も用意してくれたんだ。製造物責任についてのセミナーが多くひらかれる——これはまあいい。ただ、それ以外にも保険金詐欺がからんだ請求の見分け方のセミナーもひらかれる予定でね。こっちは重要なんだ。とりわけ、ようやくひとり立ちをしたばかりの保険代理店にとっては」

「つまり、父さんの会社みたいな？」

「そう、わたしの会社みたいなところにとっては。おまけに〝絆づくりエクササイズ〟もあるそうだ」父はそういって、あきれたように目をぎょろりとまわした。

「お酒を飲む機会もある？」

「ああ、たくさんあるだろうね。ただ、わたしには関係ない。で、そのあいだ、おまえひとりでも大丈夫か？」

「もちろん」そのあいだにぼくが眠れる神の統べる都、ミスター・ボウディッチの話によればきわめて危険なところである都で迷ってしまわなければの話だ。

いや、それはそもそもぼくがあっちへ行ったらの話。

「ひとりで大丈夫だよ。なにかあったら父さんに電話する」

「なにをにやにやしてる？　なにか笑えることでも？」

「ぼくはもう十歳の子供じゃないのにな、って思ってただけだよ、父さん」とは答えたが、ぼくがにやにや笑ってしまったのは、〈異世界の井戸〉でもスマホが通じるのかと考えていたせいだった。大手携帯キャリアのヴェライゾン社も、あの地域にはまだサービスを提供していないだろう。

「じゃ、わたしの手助けが必要なことはなにもないんだね？」

《いっそ話しちまえよ》ぼくは思った。

「ないよ。すべて問題なし。ところで、〝絆づくりエクササイズ〟ってなに？」

「実演してやろう。さあ、立って」父もそういって立ちあがった。「さあ、わたしのうしろに立つんだ」

ぼくは読んでいた本を椅子に置いて、父のうしろに立った。

「われわれはチームを信頼するものとされているんだ」父はいった。「といっても、わたしの仕事はワンマンショーだから、チーム仲間はいないよ。それでも、わたしはほかの面々のいい仲間になれる。わたしたちは木に登って——」

「木に登る？　まさか木登りをみんなでするわけ？」

「オーヴァーランド保険の多くの研修旅行でおこなわれているし、まったくの素面(しらふ)とはいえない状態でやる場合もままあるかな。補助者つきでね。わたしたち全員がやるんだよ——といっても、心臓ペースメーカーを入れてるウィリー・ディーガンは例外だな」

「びっくりだ」

「そして、こういうこともするんだ」父はひとことも警告せず、両手で軽く腰をつかんだ姿勢のままうしろむきに倒れてきた。もう毎日は運動していなかったけれど、反射神経にはいささかの問題もなかった。だから父の体をあっさりとつかまえて支え、さかさまになっている父の顔をのぞきこんだ——父は目を閉じて微笑んでいた。あの笑みをのぞかせる父を、ぼくは愛していた。ぼくが体をもちあげると、父はまた両足で立った。レイダーがぼくたちを見あげ、ひと声〝わん〟と吠えただけで頭をさげた。

「だれであれ、わたしはうしろにいる者を信じるしかない——おそらくノーム・リチャーズになると思う——が、それよりはおまえのほうを信頼しているよ、チャーリー。わたしとおまえのあいだには絆があるんだ」

「それはいいけど、父さん、くれぐれも木から落ちないようにね。高いところから落ちた男の人の面倒は、ひとり見るのがぼくの限界だからね。そろそろ、また本を読んでもいいかな？」

「ああ、本を読むといい」父は本を椅子から手にとって、カバーに目を落とした。「ミスター・ボウディッチの蔵書の一冊かい？」

「そうだよ」

「わたしもいまのおまえくらいのときにこれを読んだよ。いや、もっと若いときだったかな。たしか妙ちきりんなカーニヴァルが、ここ、イリノイ州の小さな町にやってくる話だったね」

「〈クーガー&ダークの万魔殿魔術団(パンデモニウム・シャドウ・ショー)〉」

「いまも覚えているのは、目の見えない女占い師が出てきたことだけだ。不気味な女だった」

「うん。〈塵の魔女〉はめっちゃ不気味なキャラだよ」

「おまえは本を読め。わたしはテレビを見て脳味噌を腐らせる。ただし、自分で自分に悪夢を見させたりはするなよ」

《うん、ぼくが眠れるとすればね》ぼくは思った。

2

新しい薬を服用しているいまなら、レイダーには階段をあがることもできたかもしれない。それでもぼくは、一階の狭い来客用の寝室にむかった。早くもわが家ですっかりくつろぐようになったレイダーは、あとをついてきた。ぼくは服を脱いでトランクス一枚になると、頭の下に余分な枕をひとつ入れて、本を読みつづけた。テープでミスター・ボウディッチは宮殿裏の広場には巨大な日時計がある、この日時計はブラッドベリの小説に出てきた回転木馬のようにまわり、これこそが自分の長命の秘密だ、と語っていた。日時計があったからこそ、ミスター・ボウディッチは自分の息子を装えるほど若返った姿でセントリーズ・レストへもどることができたのだ。『何かが道をやってくる』では、回転木馬が通常どおりにまわれば乗っている人は年をとり、逆回転のときは人が若返ることになっている。ミスター・ボウディッチはほかの話もしていた——いや、話しかけていた、というべきか。《わたしがにらんだところ、あの作家はまちがいなく……いや、どうでもいい》と。

あのときミスター・ボウディッチは、レイ・ブラッドベリがあの回転木馬のアイデアを異世界の日時計から得たのだ、といいかけたのだろうか？　回転木馬に乗った人が年をとったり若返ったりするというアイデア自体が突拍子もないが、尊敬されているアメリカ人作家が異世界に足を運んでいたというのは、さらに突拍子もないといわざるをえない。いや、そうだろうか？　ブラッドベリはイリノイ州ウォーキガンで生まれて幼年時代を過ごしたが、その町はセントリーズ・レストから百キロと少ししか離れていない。ウィキペディアのブラッドベリの項目をちらりとのぞいただけで、単なる偶然にすぎないことは納得できた——ブラッドベリがきわめて幼い少年のうちに異世界をたずねたのでもないかぎり。もし異世界が実在すれば、だが。ともあれ、ブラッドベリはいまのぼくの年齢のときにはもうロサンジェルスに住んでいた。

《わたしがにらんだところ、あの作家はまちがいなく……いや、どうでもいい》

ぼくは読みさしの箇所にしおりをはさみ、本を床におろした。主人公のウィルとジムのふたりが冒険をくぐり抜けて生き延びることには確信があったが、ふたりが元のような無垢(むく)の存在にはもどれないだろうとも思った。子供たちが恐ろしいものに向きあうような事態は本来あってはならない。そのことを、ぼくは経験から知っていた。

ぼくは起きあがってスラックスを穿いた。「さあ、行くぞ、レイダー。外に出かけて芝に水やりをしたいんだろう？」

レイダーは足を引きずる気配も見せず、待ってましたとばかりについてきた。朝にはまた足を引きずるようになるだろうが、少し運動をすれば関節がスムースに動くようになる。少なくともこれまではそうだった。ただし獣医助手の話が正しければ、これも長くはつづきそうもなかった。助手は、レイダーがハロウィーンまで生きていたら驚きだと話していた。そのハロウィーンまではあとわずか五週間……いや、実際にはそれよりもわずかに短い。

　レイダーは芝のあちらこちらのにおいを嗅いでいた。星々に目をむけると、オリオン座の三つ星と北斗七星が見わけられた。ミスター・ボウディッチによれば異世界の空にはふたつの月がかかっており、地球の天文学者が見たことのない星座が見えるという。

《そんなはずがあるか。ありえない話ばかりだ》

　とはいえ、井戸はあそこにある。階段もある。そしてあの不気味きわまる昆虫。ぼくはそういったものをこの目で見た。

　レイダーはレイダー特有の優美なしぐさで後半身をかがめて用をすませると、ぼくに近づいてきて顔を見あげ、おやつをねだった。ぼくは犬のおやつの〈ボンズ〉を半袋分食べさせてから、レイダーを家のなかに連れ帰った。遅くまで本を読んでいたので、父はもうベッドにはいっていた。そろそろ、ぼくもおなじようにする時間だった。ミスター・ボウディッチの犬――いまではぼくの犬――がため息と屁をはなちながら身を横たえた。鳥のさえずりよりもまだ小さな音だった。ぼくは明かりを消し、闇を見あげた。

《父さんに全部打ち明けろ。父さんを小屋へ連れていくんだ。ミスター・ボウディッチが撃ち殺した虫は――少なくともその一部くらいは――まだあそこにあるし、死骸がすっかり消えていたとしても井戸はまだある。こんな重い話、ひとりじゃかかえこんでいられないし》

　父は秘密を守れるだろうか？　父を愛してはいたものの、秘密を守るかどうかとなると信頼はできなかった。あるいは秘密を守れるかどうかも。〈無名のアルコール依存症者の会（アルコホーリクス・アノニマス）〉にはスローガンやモットーが一千はあり、そのひとつに《かかえた秘密の数だけ、あなたは病気》というのがある。隠した秘密は成長して有害になるが、いったん暴露すれば力をなくす、というような意味だ。だから父はリンディを信頼して秘密を打ち明けるのではないか？　あるいは信頼している仕事上の知りあいには？　それか、弟のボブ叔父さんには？

　それからぼくは学校で習ったあることを思い出した。ずっと前、六年生か七年生のときの、グリーンフィールド先生のアメリカ史の授業だった。教わったのはベンジャミン・フランクリンの《三人でも秘密を守れるかもしれない――そのうちふたりが死ねば》という名言だ。

《すぐ手の届くところにまったく異なる世界があると人々に知られたら、いったいどうなるか想像できるか？》

　これはミスター・ボウディッチの言葉であり、この疑問の答えはわかっている気がした。あの屋敷は乗っ取られる。新しいもの好きだったあの歴史の教師なら〝接収される〟とでもいうところだ。シカモア・ストリート一番地の屋敷は、政府のトップシークレット施設になる。たぶん、ご近所一帯は立ち退きを迫られるだろう。そのあとは……そう、乱開発がはじまる。ミスター・ボウディッチの見立てが正しければ、その先に待つ結果は恐るべきものだ。

ぼくはようやく眠りについた。けれども目が覚めている夢を見た。夢ではベッドの下でなにかが蠢(うごめ)いていた。ぼくは——まさしく夢のなかの流儀で——その正体を察していた。あの巨大なゴキブリだ。それも嚙みつくゴキブリ。ぼくはまだ暗い夜明け前に目を覚ました——夢を現実だと完全に信じこんで。しかしゴキブリがいれば吠えたはずのレイダーはぐっすり眠りこんで、すうすうと寝息をたてたまま、レイダーしか知らない未知の夢の世界を先へ進んでいた。

3

日曜日はミスター・ボウディッチの屋敷へ行って、前日に手をつけるつもりだった仕事にとりかかった——屋敷内を片づけはじめたのだ。もちろん、ぼくでは手にあまることもあった。切り裂かれたクッションやずたずたに引き裂かれた壁紙の後始末は先延ばしするしかなかった。それ以外の仕事はどっさりあって、おまけに前後二パートにわけて進めなくてはならなくなった。というのも最初のときはレイダー同伴で行ったのだが、これが計算ちがいだったからだ。

レイダーは一階の部屋から部屋へと歩きまわりながら、ミスター・ボウディッチの姿をさがしていた。荒らされた室内の惨状に動揺することはなかったが、ソファベッドには激しく吠えかかっていた。しかも吠える合間にはおりにふれてぼくを見ていた——あんたは馬鹿なの、といいたげな顔で。これがおかしいってこと、あんたにはわからないわけ？　わたしのご主人さまのベッドがどっかに消えちゃったんだよ。

ぼくはレイダーについてこいと合図してキッチンへ行き、〝おすわり〟を命じた。しかしレイダーは従わずに、居間のほうを見ているばかりだった。そこでレイダーの大好物のチキンチップスを一枚あげたが、リノリウムの床に落としてしまった。これなら家に連れ帰って父さんといっしょにいてもらうほかはないと思ったが、レイダーはリードを目にしたとたん（おそろしく俊敏な動きで）居間を走り抜け、階段を駆けあがってしまった。ぼくが見つけたとき、レイダーはミスター・ボウディッチの寝室にいた——それも、ハンガーから引き剝がされてクロゼットの前に落ちていた衣類を臨時のベッドにして、その上で体を丸めていた。見たところ、その場所で満足しているようだったので、ぼくはまた一階へおりて、精いっぱいの片づけをすませた。

十一時ごろ、階段をレイダーの爪が打つ男がきこえた。レイダーの姿を目にすると胸が痛んだ。足を引きずってこそいなかったが、頭を低く落とし、尻尾を力なく垂らした姿でのろのろと歩いていた。ぼくを見あげたその表情は、言葉に負けないほどはっきりと《あの人はどこ?》と問いかけていた。

「さあ、行こうぜ、お嬢」ぼくは声をかけた。「いっしょに外へ出ようじゃないか」

今回レイダーはリードにも抵抗しなかった。

4

午後は二階で、できる範囲の片づけをおこなって過ごした。ホワイトソックスのキャップをかぶってコーデュロイのスラックスを穿いた小男は(その男が犯人だと仮定しての話だが、ぼくはそうにらんでいた)、少なくともぼくが見た範囲では屋敷の三階にはあまり損害をあたえてはいなかった。おそらく、午後の時間の大半を二階に注ぎこんでいたのだろう——それも、ひとたび見つけたあとでは金庫に集中していたと思われた。また犯人は一方で、時間のことも意識していたにちがいなかった。葬儀がそれほど長時間ではないことを知っていたからだ。

ぼくは自分の衣類をあつめると、あとで家へもって帰るつもりで階段のあがり口にまとめて積んでおいた。それからミスター・ボウディッチの寝室の片づけにとりかかった。まずは(ひっくりかえされていた)ベッドを元にもどし、服をハンガーにかけなおし(裏返されていたポケットを直しながら)、枕からこぼれたクッション材を拾いあつめた。死者への冒瀆にすら思えるこんな狼藉をはたらいた〝ははは〟の承知つかまつり氏のことが、憎くて憎くてたまらなかった一方、悪友バーティー・バードとやらかした愚かないたずらを思い出さずにはいられなかった——車のフロントガラスに犬の糞を置き、郵便受けに花火を仕込み、満杯のごみ収集容器をひっくりかえし、グレイス・メソジスト教会の掲示板にスプレーペイントで《**イエスはマスかき野郎**》と書いた。ぼくたちがつかまったことは一度もなかったけれど、ぼくはつかまった。〝ははは〟野郎が残した惨状を目にして憎むかたわら、当時の自分が自分をつかまえたのだと意識した。当時のぼくは、歩き方も話しぶりも奇妙な小男に負けないほどの悪党だった。いや、ある意味では小男以上の悪党だったといえる。小男には少なくとも動機があった——黄金をさがすという動機が。それにひきかえバードマンことバーティー・バードとぼくは、おもしろ半分にふざけちらしていただけだ。

ただし、バードマンとぼくは人を殺してはいない。ぼくの推理が正しければ、〝ははは〟野郎は人殺しもしている。

寝室の書棚がひとつ倒されていた。ぼくは書棚を元どおりに立て、本をおさめなおしていった。本の山のいちばん下あたりに、いま読んでいるブラッドベリの本といっしょにミスター・ボウディッチのナイトテーブルにあった学術書っぽい装幀の分厚い一冊があった。本を手にとって、カバーの絵に目を落とす――星々があふれそうな漏斗の絵。『ファンタジーの源泉と世界マトリックスにおけるその位置』――舌を嚙みそうな題名だ。ご丁寧にも「ユング派の観点から」という副題まで添えてある。本の索引をひらいて、ジャックと豆の木にふれた箇所があるかどうか調べた。言及されているのがわかった。ぼくはその箇所を読もうとしたが、目が滑っただけだった。ぼくが大きらいな学者文章、内心で〝気取りくさりやがり〟と呼んでいる、大仰で珍奇な単語とねじくれた構文だらけの文章そのものだったからだ。そんなふうに思うのはわが知的怠惰のせいとも考えられる……が、そうではないかも。

ぼくに読み解けた範囲だけでいえば、該当の章の筆者は豆の木にまつわる童話にはふたつのバージョンがあると語っていた。片や血まみれの原型バージョン、もうひとつは〈リトル・ゴールデン・ブックス〉に収録されたり、劇場用アニメ映画の原作になったりしたママさん認可ずみの消毒バージョン。血に飢えた原型バージョンは、ふたつの神話的流派に――片やダーク、片やライトな流派に――〝二分岐化〟（これが大仰珍奇語）した。ダークな流派は掠奪と殺人の喜びを語る（ジャックが豆の木を伐り倒して巨人が押し潰されるのはその一例）。ライトなほうは、この筆者が〝ウィトゲンシュタイン哲学流宗教的信念〟と呼ぶものにかかわっている――たとえ車のヘッドライトに照らされていてもこの言葉の意味がわかる人は、ぼくよりもずっとおつむのいい人だろう。

ぼくはその本を棚にならべて、いったんは寝室をあとにしたが、すぐに引き返して、ふたたび表紙を確かめた。本文は一読理解しがたい文章や従属節がひっついた重複文だらけで目が休まるひまもなかったが、表紙はそこはかとなく抒情をたたえ、ウィリアム・カーロス・ウィリアムズの赤い手押し車についての詩にも匹敵する独自の完璧さがあった――星々があふれそうな漏斗。

5

月曜日には、わが懐かしき友であるミセス・シルヴィウスに会うために学校の事務室へ行き、一学期ごとに一日とることになっている〝地域社会への奉仕活動日〟を火曜日に割り当ててもいいかどうかを質問した。ミセス・シルヴィウスはデスクに身を乗りだしてぼくに顔を近づけ、内輪話をするときのような押し殺した声でいった。「くんくん、これは学校をサボりたがってる男の子のにおいじゃないかしら？　そんなことをいうのはね、〝奉仕日〟をとりたい学生は最低でも一週間前までに申しでることになってるから。決して義務ではないけれど、強く推奨されてる手続よ」

「いえ、サボる口実じゃなくてほんとの活動です」ぼくは真情のこもった目で目を見つめた。これはぼくがバーティー・バードから学んだ、嘘をつくとき有利に働くテクニックだった。「ダウンタウンの商店をあちこちめぐって、〈街をきれいに〉キャンペーンへの参加を募ってみようと思うんです」

「〈街をきれいに〉？」ミセス・シルヴィウスはうっかり興味をひかれてしまった顔をのぞかせていた。

「ええ、普通なら〈道路をきれいに〉運動でごみ拾いなどの活動をしますよね。ぼくもキワニスクラブの活動に参加しました。でも、その活動をもっと広げたいんです。商店のオーナーさんたちの関心を〈公園をきれいに〉運動にむけさせたい——この町には六カ所の公園があります。それから〈アンダーパスをきれいに〉でもいい。立体交差の下がごみだらけになっている箇所が多いのは残念ですからね。オーナーさんたちを説得できれば、いっそ〈空地をきれいに〉運動をはじめたって——」

「アウトラインはわかった」ミセス・シルヴィウスは書類を手にとって、なにか書きつけた。「これをもって各教科の先生たちをまわること。全員のサインをもらったら、わたしのところへもってきて」それからぼくが立ち去ろうとすると——「チャーリー？　それでもやっぱり、きみからはサボり生徒のにおいがする。ええ、きみの全身から」

ぼくが披露した地域社会への奉仕活動の話はまったくの嘘ではなかったが、実行のために学校を一日休むことが必要だという部分は真実を隠していた。五時限めのあいだにぼくは図書室へ行き、ダウンタウンの商店が残らずリストアップされている商工会議所のブックレットを手にいれ、挨拶の言葉とぼくがでっちあげた各種の〈街をきれいに〉プロジェクトの名前を変えただけの電子メールを大量に送信した。これに三十分かかり、授業のおわりをつげるチャイムが鳴るまでに二十分の余裕ができた。ぼくは図書室の貸出デスクにもどり、司書のミズ・ノーマンに『グリム童話集』があるかとたずねた。図書室にはこの本の紙版がなかったので、ミズ・ノーマンは《**ヒルヴュー・ハイスクール備品**》と書いてあるダイモテープが裏面に貼ってあるキンドルを手わたし、本をダウンロードするために必要な一回限定の利用コードを発行してくれた。

ぼくは収録されているおとぎ話（フェアリー・テイル）にはひとつも目を通さず、ざっと目次をながめてから序文を拾い読みするにとどめた。それで興味をかきたてられたのは（といっても完全に意外な驚きというわけではなかった）、子供時代から親しんでいた物語の大半にもっとダークなバージョンがあったことだ。「ゴルディロックスと三びきのくま」の原型は、一五〇〇年代から口伝えで語り継がれていた物語だった。主人公は意地のわるい老婆で、この老婆が熊の家へ忍びこんで室内を荒らしまくり、窓から飛び降りて、けたけたと高笑いしながら森に走って逃げこんでいくという結末。「ルンペルシュティルツヒェン」はそれ以上に恐ろしい内容だ。ぼくが漠然と覚えているバージョンでは、藁（わら）をつむいで黄金に変えるという仕事を課された娘に名前をいいあてられた小人のルンペルシュティルツヒェンは、ぷんぷん怒りながら逃げていった。ところがグリム兄弟の一八五七年版では、小人はみずから片足を地面に埋め、もう一本の足をつかんで、我と我が身をざっくり引き裂いてしまうのだ。これがぼくには映画〈ソウ〉シリーズの一エピソードになってもおかしくないホラー小説に思えた。

六時限めは〈今日（こんにち）のアメリカ〉という一学期だけの限定コースだった。担当のマセンシク先生がなにを話しているのか、さっぱりわからなかった。物語について考えていたからだ。たとえば、『何かが道をやってくる』の回転木馬が〈異界〉の日時計と似通っているのはなぜなのか。ミスター・ボウディッチは、《日時計こそわが長命の秘密》と語っていた。ジャックは巨人から黄金を盗み、ミスター・ボウディッチもまた黄金を盗んだ……が、だれから盗んだ？　あるいはなにから？　巨人？　パルプ小説にお似あいのゴグマゴグという名前の魔人？

ひとたび頭がその方向へ進みはじめると、いたるところに類似性が見つかるようになった。母が死んだ橋がかかっていたのは、ルンペルシュティルツヒェンそのものではないが、小さな（リトル）ルンプル川だ。珍妙な話しぶりのちび助は？　物語のなかで小柄なルンペルシュティルツヒェンはそんなふうに形容されているのでは？　ぼく自身のこともある。幻想的な土地へ探索の旅に出る若き冒険者（一例がジャック）が主人公になっている物語がいったいどれだけたくさんあるというのか？　あるいは、『オズの魔法使い』を考えるといい。あの物語では竜巻がひとりの少女をカンザス州からさらって、魔女と小人（マンチキン）たちの国へ連れていく。ぼくはドロシーではないし、レイダーはドロシーの愛犬トトではないが――

「チャールズ、もしやきみはそこの席でいつしか眠りに落ちたのかな？　あるいはわが霊妙なる美声がきみに催眠効果をもたらしたか？　夢幻世界にきみを招いてしまったか？」

クラス全員がどっと笑った。そのほとんどが、〝霊妙〟という表現と小便で雪にあけた穴の区別もつかない連中にすぎない。

「いえ、ちゃんときいています」

「だったら、いずれも制服警官による黒人の射殺事件であるフィランド・カスティールとアルトン・スターリングの両事件について、きみの見識に裏打ちされた卓見をぜひともここでご披露願えないかな？」

「最悪ってとこです」ぼくはいった。実をいえばこのときもまだぼくの大半は頭のなかにいたままで、この答えはぽんと口から出たにすぎなかった。

マセンシク先生はトレードマークになっている笑みをぼくに授けると、こういった。「最悪ってとこ——そのとおりだ。では、このあとは気がねなく夢幻世界にもどってかまわないよ、リードくん」

先生は授業をつづけた。そちらに集中しようとしたが、頭に浮かんできたのはミセス・シルヴィウスの言葉だった。《ふぃー・ふぁい・ふぉー・ふむ、イギリス人の血がにおう》ではなく、《やっぱり、きみからはサボり生徒のにおいがする》だ。

ただの偶然に決まっている。父の言葉ではないが、青い車を買うと青い車ばかりがやけに目につくようになる、だ。しかし小屋のなかであんなものを目にした以上、どうしたって考えてしまった。考えたのはそれだけではない。これがファンタジー小説なら、作者はぼくがいつしか〈異界〉と考えるようになっているあの世界をヒーローなりヒロインなりが探索するにあたって、その手だてを考案するはずだ。たとえば作者は、主人公の親や保護者が数日間の仕事関係の研修旅行に行くことになった、とするかもしれない——そうすれば若きヒーローは、決して答えられない質問をどっさり引きだしてしまう気づかいなく、異世界へ旅立てる。

《偶然だ》授業おわりのチャイムが鳴って、生徒たちが教室の出口に殺到するなか、ぼくは思った。《青い車症候群だ》

とはいえ巨大ゴキブリは青い車ではないし、それをいうなら螺旋を描いて暗闇へおりていく石の階段も青い車ではない。

ぼくはマセンシク先生をつかまえて、〝地域社会への奉仕活動（コミュニティ・サービス）日（デイ）〟の許可証にサインをもらった。先生は例の淡い笑みをぼくにむけた。「最悪ってとこ、か」

「すいません、ほんとに」

「きみの意見はあながち的はずれではないよ」

ぼくは教室を抜けだして、自分のロッカーを目指した。

「チャーリー？」

声をかけてきたのはアーネッタ・フリーマン。スキニージーンズとシェルトップという服装のアーネッタは、いちだんといい女に見えた。青い瞳と肩まで垂れたブロンド——そんなアーネッタはアメリカの白人もわるいものじゃないことの証明になっていた。去年——というのはぼくがもっとスポーツに身を入れ、ターキーボウルでの大活躍もあって多少は顔と名前が知られていたころ——何回かアーネッタの家の地下にある家族室にふたりでこもって、勉強会をひらいた。勉強もそこそこ進めたが、ほとんどの時間はいちゃついて過ごしていた。

「やあ、アーニー。どうかしたのか？」

「今夜、うちに来たくない？　いっしょに『ハムレット』の試験にそなえて勉強してもいいし」あの青いふたつの瞳が、ぼくの茶色い瞳の奥深くをのぞきこんできた。

「行きたいのはやまやまだけど、親父があした出発して、今週はほとんど留守にするんだよ。仕事関係でね。だから、なるべくうちにいたほうがいいんだ」

「なあんだ。そっか。残念」アーネッタはいいながら、二冊の本をやさしく胸もとで抱きしめた。

「水曜日の夜なら行けるかな。もちろんそっちに予定がなければだけど」

アーネッタの顔が明るくなった。「来てくれたら最高」いいながらぼくの手をとり、自分の腰にみちびく。「わたしは侍従長ポローニアスについてあなたに質問する。あなたは、そうね、ノルウェーの若き王子フォーティンブラスについての質問をしてもいいかも」

アーネッタはぼくの頬に乾いたキスをひとつして離れていった。離れて歩きながらヒップを左右にふるそのしぐさは……そう、誘惑そのものだった。図書室をあとにしてから初めて、ぼくは現実世界と物語世界の対応関係について考えなくなってていた。このとき頭には、アーネッタ・フリーマン以外のことは存在していなかった。

6

父は火曜日の朝早くに、旅行用バッグをさげ、〝わたしはこれから山地へ行く〟と語っている服装で出発した――コーデュロイのスラックス、フランネルのシャツ、そしてシカゴ・ベアーズのキャップ。片方の肩にポンチョをかけていた。

「雨の予報が出ていたからね」父はいった。「雨が降れば木登りは全部中止になる。そっちは残念でもなんでもない」

「カクテルアワーにはクラブソーダだよ?」

父はにやりとした。「まあ、ライムのスライスの一枚も浮かべてね。大丈夫、心配するな。リンディもいっしょに来るし、わたしはあの男にくっついているつもりだよ。それよりあの犬の面倒を見てやれよ。また足を引きずるようになってるからね」

「うん、わかった」

父は片腕だけでぼくをさっと抱きよせて、あごにキスをした。そのあと父がドライブウェイに車をバックで走らせているあいだ、ぼくは〝待って〟の合図に片手をあげて運転席の窓に駆け寄った。父が窓をおろした。

「なにか忘れたかな?」

「ううん。ぼくが忘れてただけ」ぼくは窓から車内に乗りだして、父の首に手をまわすハグをしてから、頬にキスをした。

父は困惑した笑みを浮かべた。「いまのはなんのキスだ?」

「ただ愛してるというキス。それだけさ」

「わたしもおなじ気持ちだよ」父はぼくの頬を軽く叩くと、バックで外の通りに車を出してから、忌むべき橋にむかって車を発進させた。ぼくは見えなくなるまで、ずっと父の車を見おくった。

このときぼくは、心のずっと深いところでなにかを察していたのだと思う。

7

ぼくはレイダーを裏庭に連れだした。うちの庭はミスター・ボウディッチの広大な裏庭にはくらべものにならない。けれどもレイダーが元気に走りまわれる程度の広さはある。実際レイダーは元気に走りまわっていたが、残り時間が減りつつあることはわかっていた。レイダーにしてやれることがあるのなら、早めに手を打つ必要があった。家のなかにもどると、ぼくはスプーン数杯ぶんの残り物のミートローフに追加の錠剤をまぜてレイダーに与えた。レイダーはこの餌をがつがつと貪ると、いまではすっかり自分の居場所だと決めこんでいる居間のラグマットの上で体を丸めた。ぼくは耳のうしろを撫でてやった。ここを撫でるとレイダーはいつも目を閉じ、歯をのぞかせてにやりと笑った。

「ちょっと調べたいことがあってね」ぼくはいった。「いい子にしてろ。なるべく早く帰ってくる。家のなかでは用足しを我慢するんだぞ。でも、我慢できなくなるようなら、せめてあと始末しやすいところを選べよ」

レイダーはラグマットに尻尾を二回ばかり打ちつけた。ぼくにはそれだけで充分だった。それから自転車で一番地の屋敷へむかった。そのあいだ、歩き方もしゃべり方も珍妙な小男がいないかと目を光らせたが、だれも見かけなかった。あの穿鑿屋のミセス・リッチランドさえ。

ぼくは一番地の屋敷にはいって二階へあがり、金庫の扉をあけ、ガンベルトを腰に巻いてバックルを留めた。洒落た飾りボタンや固定用の革紐がついていたにもかかわらず、拳銃つかい(ガンスリンガー)になった気分はしなかった。怯えたガキの気分だった。あの螺旋階段で足を滑らせて落ちたら、ぼくが発見されるまでにどのくらいかかるだろうか？　永遠に見つからないかもしれない。もし発見されるとして、その人たちはほかになにを見つけるだろう？　ミスター・ボウディッチは、自分がぼくに遺すのは贈り物ではなく重荷だ、と話していた。あのときは話を充分に理解していなかったが、キッチンの棚から懐中電灯を手にとり、長い柄をスラックスの尻ポケットに突っこんだ時点ではたしかに理解できていた。外に出て小屋に行ったときには、螺旋階段をいちばん下までおりきっても、別の世界に通じている通廊などは存在せず、崩れた四角い石材が積みあがり、浮きかすのある地下水の水たまりがあるだけ……という事態を期待していた。

《デカいゴキブリは勘弁してくれ。無害だろうとなんだろうと関係ない、ゴキブリは勘弁してくれ》

小屋にはいっていき、懐中電灯の光を一巡させると、ミスター・ボウディッチが銃で殺したゴキブリが、いまでは濃灰色の粘液がつくる水たまりにまで退化していることが見てとれた。そちらに懐中電灯の光をむけた拍子に、昆虫の背だったとおぼしきところから硬い翅の一枚がずるりと滑り落ち、ぼくは思わず飛びあがった。

電池式ライトのスイッチを入れてから、井戸を覆っている羽目板とブロックに近づき、十五センチほどの隙間のひとつから下方へ光をむけた。螺旋を描いて下方の闇に吸いこまれていく階段しか見えなかった。動くものの気配はなかった。かさこそという乾いた音もしなかった。ぼくは十本ばかりの……いや、ひょっとしたら何百本にものぼるB級C級のホラー映画のせりふを思い出していた。《どうも気にくわない。静かすぎる》というせりふを。

《五官を研ぎすませ。静けさはいいことだぞ》そう自分にいいきかせたものの、石づくりの深い穴をのぞきこんでいるときには、そんな考えはろくな力をもたなかった。

長いことぐずぐず迷っていたら結局はあとずさってしまい、次にここまで近づくのが二倍は困難になることもわかっていた。そこで懐中電灯を尻ポケットにもどし、コンクリートブロックをどかして羽目板を横へずらした。井戸のへりに腰かけると、足先が上から三段めに届いた。ぼくは心臓の鼓動が（少しだけ）静まるのを待ってから、その三段めに立った——石段には足が載るだけの幅があると自分にいいきかせてはいたが、まるっきりの真実でもなかった。ひたいの汗を腕でぬぐい、心配するようなことはひとつもないと自分にいいきかせた。といっても、それをまるまる信じたりはしなかった。

それでも、ぼくは階段をおりはじめた。

8

《階段は一段の高さがまちまちな全百八十五段だった》ミスター・ボウディッチはそう語っていたし、おりながらぼくは段数をかぞえていた。湾曲している石の壁に背中をぴったり押しつけ、井戸の穴のほうをむいた姿勢のまま、ぼくはきわめてゆっくりと進んだ。石はどこも表面がざらついて湿っていた。懐中電灯の光はずっと足もとにむけていた。《一段の高さがまちまち》……つまずきたくなかった。一回でもつまずけば、それでぼくは一巻のおわりかもしれなかった。

半分にはまだ間がある九十段までおりたとき、下方からなにかをこすりあわせるような、がさがさという音がした。ぼくは内心で音のほうを懐中電灯で照らすべきかどうかを議論し、やめたほうがいいという結論に達しかけた。もし巨大コウモリの群れを驚かせ、大集団がまわりで群れ飛ぶようなことになれば、本当に下へ落ちてしまうかもしれない。

これはこれで立派に理屈が通っていたが、恐怖がそれにまさった。壁から少しだけ背を離し、曲線を描いてくだっていく階段ぞいに光を動かしていくと……二十段ほど下の段になにやら黒いものがうずくまっているのが目に飛びこんできた。光が当たると即座に走って暗闇に逃げこんだが、その前に一瞬だけ姿が見えた——例の巨大ゴキブリの一匹だった。

ぼくは深呼吸を数回くりかえし、自分は大丈夫だといいきかせ、しかしそんなことはひとつも信じないまま先へ進んだ。とにかくゆっくり動くことを心がけたので、井戸の底に着くまでに九分か十分かかった。もっと長い時間に感じられた。途中でおりおりに上を見あげたが、電池式ライトがつくる丸い光がどんどん小さくなる光景はとりたてて心なごむものではなかった。ぼくは地中深くにもぐり、さらに深みへむかっていた。

百八十五段めで、井戸の底にたどりついた。地面はミスター・ボウディッチの言葉どおり突き固められた土で、あたりには石の壁から抜け落ちた数個の石材が散らばっていた。最上部の壁から落ちてきたものらしい。最上部で水が凍って膨張しては溶けることをくりかえすうちに、最初は石材の隙間が広がり、次は壁から石材が押しだされたのだろう。ミスター・ボウディッチは、そんなふうに石材が抜け落ちたあとの空隙（くらげき）に指をかけることで、からくも命拾いしたと語っていた。落ちている石材には黒い筋状の汚れがついていた。ゴキブリの排泄物だろうと思った。

通廊はそこにあった。ぼくは落ちた石材をまたいで、通廊に足をふみいれた。ミスター・ボウディッチがいっていたとおり、天井はかなり高く、ぼくは頭を低くすることを考えもしなかった。通廊にはいると、前方から例のがさがさという音がまたきこえてきて、ミスター・ボウディッチが警告してくれたコウモリの群れの音だろうと見当をつけた。コウモリがいるのは不快に思えたが——やつらは病原菌の媒介者で、ときには狂犬病を伝染（うつ）しもする——が、ミスター・ボウディッチのようにコウモリが怖くてたまらないということはなかった。物音に近づいていくあいだ、ぼくがなによりも感じていたのは好奇心だった。深い穴の周囲をカーブしながらおりていく狭い（《一段の高さがまちまちな》）階段には〝ぞわぞわ・びくびく〟気分を味わわされたが、いまは堅牢な大地に立っていて、これは大いなる進歩だった。もちろん頭上には数千トンにもおよぶ岩石と土砂があるわけだが、この通廊はかなり前からここにあるのだし、いまこの瞬間を選んで崩落し、ぼくを埋めようとするとは思えなかった。それにぼくのほうも、生き埋めの恐怖に怯える必要はなかった——天井が崩れて落下してくれれば、一瞬で即死するはずだ。

《楽観的にいけよ》ぼくは思った。

楽観的にはなれなかったが、このときにはそれまでの恐怖が昂奮にとってかわられていた（少なくとも上書きされていた、というべきか）。ミスター・ボウディッチの話が真実なら、もうひとつの世界がもう目と鼻の先でぼくを待っていることになる。せっかくここまで来たのだから、自分の目で見てみたかった。黄金は動機のなかでもいちばん小さなものでしかなかった。

　土の地面が石を敷いた舗装に変わった。正確には石畳というのだろうか。ターナー・クラシック・ムービーズで放映される十九世紀ロンドンが舞台の古い映画に出てくるような舗石だ。いまや、がさがさという音は真上からきこえていた。懐中電灯のスイッチを切る。墨を流したような闇に包まれると恐怖がよみがえってきたが、コウモリの群れにすっぽり全身包まれるのは願い下げだった。吸血コウモリの群れであってもおかしくない。イリノイ州にそのたぐいのコウモリがいるとは思えなかったが……ぼくはもうイリノイ州ではないところにいたのでは？《少なくとも一キロ半強は歩いたのではないか》ミスター・ボウディッチがそういっていたので、ぼくは歩数をカウントしていたが、途中でわからなくなった。少なくとも、次に必要になったときには懐中電灯が電池切れを起こす心配はなかった。長い柄に入れてある乾電池は新品だったからだ。ぼくは明るい日ざしが見えてくるのを心待ちにしていたが、そのあいだも頭上からはずっと静かなぱたぱたという音がきこえていた。ここのコウモリは本当にヒメコンドルなみに大きいのか？　確かめたくはなかった。

　そしてようやく光が見えてきた――最初はミスター・ボウディッチのいったとおり、まばゆい光の点にすぎなかった。それが小さな円になったときには、まばたきで目を閉じるたびに瞼の裏に残像が残るほどまぶしい光になっていた。ぼくはミスター・ボウディッチの話に出ていためまいのことをすっかり忘れていたけれど、いざその感覚に襲われると、話の中身がすっかり体得できた。

　ずっと前、たぶん十歳かそこらのころだったと思うけれど、バーティー・バードとぼくは愚かにもみずからに過呼吸の発作を起こさせてから、おたがい力いっぱい抱きしめあってみた。バーティーの友人のだれかが話していたように、そうすると気絶できるかどうかを確かめるためだった。ふたりとも気絶こそしなかったが、ぼくはなんだか頭がふらふらとしてしまって尻もちをついてしまい、その動きがスローモーションに感じられた。あのときに似た感覚だった。ぼくは歩きつづけていたが、自分が体の上で跳ねながら浮かんでいるヘリウム風船になった気分だった。つなぎとめている紐が切れたら、自分も風船のように空高く浮かんでしまいそうに思えた。

　ついで、ミスター・ボウディッチが自身の体験として話していたように、その感覚がふっと消えた。あの人の話によれば境界線があるとのことで、いまのがその境界線だったのだろう。ぼくはセントリーズ・レストをあとにした。イリノイ州からも。そしてアメリカからも。ぼくがいるのは〈異界〉だった。

　通廊の終端にたどりつくと、天井部分はもう石材ではなく土壌そのものに変わっていて、そこから細い触手のような植物の根がたくさん垂れていた。頭をひょいと下げ、出口にかぶさるように伸びている蔓草をかわして足を進めると、丘の斜面に踏みだしていた。空は灰色だったが、野原はまばゆい赤一色だった。罌粟（けし）の花が左右どちらにも目の届くかぎり遠くまで、目もあやなブランケットを広げていた。花畑のあいだを小道がつらぬいて、広い道につながっていた。広い道の反対側にも罌粟の花畑がさらに一キロ半ばかり広がり、その先は樹木がぎっしりと立ちならんだ森林になっていた。その光景にぼくは、いま住んでいる郊外住宅地にかつて茂っていたという森を連想した。小道は見失いそうな頼りなさだったが、広い道のほうはちがった。地面は土のままで舗装されていなかったが、道幅があり、踏み固められただけの道ではなく、街道の役割を果たしているようだった。小道がこの街道につながっているところに小さなコテージがあって、石づくりの煙突から煙が立ちのぼっていた。また物干しロープが張りわたされ、衣服ではないものがかかっていた。それがなにかは見分けられなかった。

　はるか彼方の地平線に目をむけると、壮麗な都の建物群がつくるスカイラインが見えていた。もっとも高くまでそびえる塔の数々に、光がぼんやりかすんで反射していた――塔がガラスでできているかのようだった。それも緑のガラスだ。『オズの魔法使い』の本は読んだし、映画だって見ている。だから、〈エメラルドの都〉はひと目でそれとわかった。

9

街道とコテージまでつづいている小道は八百メートルほどだった。途中で二回、足をとめた。一度はふりかえって、丘の斜面にあいている穴を確かめるためだ――蔓草がかぶさっているせいで、小さな洞窟の入口のように見えた。そしてもう一回はスマホを確かめるためだった。画面に《**圏外**》のメッセージが出ているものと予想したが、それすらなかった。ぼくのｉＰｈｏｎｅはまったく反応しなくなっていた。いまではただの四角く黒いガラスの板。こっちの世界では文鎮として重宝しそうだが、それ以外の役にはまったく立たないだろう。

　このとき――それこそガラスで出来ているらしい尖塔を目にしたときですら――茫然としたり驚嘆したりした記憶はない。五官が伝えてくる証拠を疑ってはいなかった。頭上の灰色の空は見えていた――低く垂れこめた雲の天井は雨が近いことを告げていた。細い小道を進んでいくあいだ、地面から生えでているものがスラックスの足にこすれてあげる忍び笑いめいた音がきこえた。丘をくだっていくにつれて、都の建物の大半は沈んで見えなくなった。見えていたのは、いちばん高い三本の尖塔だけになった。都がどのくらい遠くにあるのかを見さだめようとしたが、できなかった。五十キロ？　六十キロ？

　最高にすてきだったのは罌粟の香りだった——ココアとバニラとチェリーみたいな香りだった。まだ小さかったころ、母の髪に顔を埋めて吸いこんだ母の香りを例外とすれば、ぼくの鼻がこれほど甘美な芳香の恩恵をこうむったためしはなかった。その点に議論の余地はなかった。できれば雨は降らずにいてほしかったが、濡れるのがいやだったからではない。雨が降ればこの芳香がさらに濃厚になり、あまりのすばらしさに死んでしまうのではないかと心配になったからだ（そう、ぼくは大げさに話しているけれど、他人が想像するほど大げさではない）。体が大きいものであると小さなものであるとを問わずウサギは目にしなかったが、草や花のあいだで飛び跳ねている物音は耳をついたし、一度などは数秒のあいだ二本の長い耳が見えもした。コオロギの声もきこえた。はたしてコオロギも、ゴキブリやコウモリ同様に巨大なのだろうか、とぼくは思った。

　コテージの裏側に近づいたところで——板ばりの壁、草葺（くさぶ）きの屋根——先ほど見分けられなかったものの正体がわかって、ぼくは足をとめた。コテージの裏と左右に交差するように張り渡された物干しロープに吊り下げてあったのはたくさんの靴だった。木靴、キャンバス地の靴、サンダル、スリッパ。銀のバックルつきの片方だけのスエードのブーツの重みでたわんでいるロープもあった。あれは昔のおとぎ話（フェアリー・テイル）の〝七里靴〟なのでは？　ぼくの目には、一歩で三十キロ以上歩けるというあの魔法の靴に見えた。ぼくはさらに近づき、手をのばしてブーツに触れた。バターのように柔らかく、絹のようになめらかな手ざわり。

《旅に出る者のための靴》ぼくは思った。《長靴をはいた猫のための靴。もう片っぽはどこにある？》

　このぼくの思いが招喚したかのように、コテージの裏口がさっとひらいて、ひとりの女性がまさにブーツの片割れを手にして姿をあらわした。白く曇った空が投げる鈍い光がバックルに反射した。この人物が女性だとわかったのは服がピンクで靴が赤かったからだけど、服の胴着からかなり立派なサイズの胸のふくらみがこぼれ落ちてもいたからだ。しかし女性の肌は青っぽい灰色で、顔は痛ましいほど変形していた。最初は木炭で紙に描かれたものの、どこかの不機嫌な神がごしごし手でこすって絵柄をかすれさせ、不明瞭にぼやかして、やがては目鼻だちをほぼ消してしまったかのような顔だった。両目は細い切れ込みも同然で、鼻梁もそんな感じだった。口は唇のない細い三日月。女性がぼくに話しかけてきたが、なにをいっているのかはわからなかった。顔と同様に、声帯もぼやけて消されてしまったかのようだ。しかし唇のない三日月がのぞかせているのはまぎれもなく笑みであり、ぼくがこの女性を恐れる理由はなにひとつないという雰囲気が——お望みなら〝波動（ヴァイブ）〟といってもいい——感じとれた。

「うてきあ、ブゥウ！　おうえしょ？」いいながら女性は物干しロープに吊られたブーツに手をふれた。

「ああ、すてきな靴ですね」ぼくはいった。「って、ぼくの言葉がわかりますか？」

女性はうなずき、さらにぼくもよく知っているサインを手でつくった――親指と人差し指で輪をつくるサインは万国ほぼ共通の〝ＯＫ、問題まったくなし〟の意味だ（ただし、きわめて稀なケースではあるものの、愚か者がこのサインを〝白人最高〟の意味でひけらかすこともないではないらしい）。女性はさらに〝うてきあ〟と〝ブゥウ〟をくりかえし、ぼくのテニスシューズを指さした。

「なんですか？」

女性は物干しロープから、ひったくるようにしてブーツを手にとった。ブーツは、スプリングを利用していない古風な木製の洗濯ばさみ二個でロープに吊るしてあった。女性は片手でブーツをもち、反対の手でぼくのテニスシューズを指さし、そのあとまたブーツを指さした。

たぶんこの人は、靴をとりかえたいのかと質問しているのだろう。

「そそられる話ですけど、サイズがあいそうもありませんね」

女性は肩をすくめ、左右のブーツをロープに吊るした。ほかの吊られている靴が――それに、イスラーム教国家の指導者（カリフ）が履きそうな、片方だけの先端がぴんと尖った絹の室内履きも――上下に揺れ、ためらいがちなそよ風に吹かれて向きを変えた。ほとんど消されてしまったような女性の顔を見ていると、頭がくらくらとしてきた。その顔からぼくは、かつてのこの女性の顔だちを読みとろうとした。あと少しで見えそうだった。

女性はぼくに近づくと、細い切れこみのような鼻をくんくんいわせて、ぼくのシャツのにおいを嗅いだ。つづいて両手を肩の高さにもちあげて、空（くう）を指でつかむようなしぐさをした。

「わかりません」

女性はその場でぴょんと跳ね、同時に声をあげた。その声と、先ほどのぼくのにおいを嗅いだしぐさから、女性のいいたいことがすっきりと理解できた。

「レイダーのことですか？」

女性は薄くなりかけた茶色い髪の毛がひらひら揺れるほど、熱をこめてうなずいた。うなずきながら、《ぶぅ・ぶわん・ぶわん》というような声を出したが、犬の鳴き真似の《うー・わん・わん》をこの女性なりに精いっぱい真似たものだったのだろう。

「あの犬ならぼくの家にいます」

女性はうなずき、片手を胸の心臓の上あたりにぴったりと当てた。

「それがレイダーを愛しているという意味だったら、ぼくもおなじ気持ちです」ぼくはいった。「あなたが最後にレイダーを見たのはいつでしたか？」

靴の女性は空を見あげ、なにやら計算をしているように見えたが、やがて肩をすくめた。「ずーっ・めぇ」

「ずっと前という意味なら、ええ、そのとおりでしょう。いまではレイダーはうんと年寄りですから。最近では、もうあまり飛び跳ねたりしません。でも、ミスター・ボウディッチは……あの人のことは知ってますか？　レイダーを知ってるなら、ミスター・ボウディッチのことも知ってますよね？」

　女性はこのときも熱っぽくうなずき、口の残っている部分を吊りあげた笑みをまたのぞかせた。残っている歯は数本だけだったが、ぼくに見えたその数本は灰色の肌とくらべると驚くほどの白さだった。「エェ・リャン」

「エイドリアン？　エイドリアン・ボウディッチ？」

　女性は首がもげそうなほど熱っぽくうなずいた。

「でも、あの人がここへ来たのはどのくらい前だったかは思い出せない？」

　女性は空を見上げてから、頭を左右にふった。

「そのころレイダーはまだ若かった？」

「おぃ・う」

「子犬？」

　ここでも女性はうなずいた。

　それから女性はぼくの腕をとって、コテージの角をめぐらせた（そのときには絞首刑にされるのを防ぐために、頭をひょいとさげておなじく靴が吊られた物干しロープを避けなくてはならなかった）。コテージのこちら側では、女性がなにかを植える準備をととのえていたらしく、地面の土が掘り返され、そのあと熊手のような農具で均（なら）されていた。さらに、いまにも壊れそうな小さな二輪の荷車が二本の長いハンドルを地面につけるかたちで置いてあった。荷台には麻袋がふたつあり、いちばん上から緑色のものが突きでていた。女性は地面に膝をつくと、ぼくにもおなじことをしろと手真似で誘った。

　ぼくたちは地面に膝をついて、むかいあってすわった。女性は指をためらいがちにゆっくり動かしながら、地面に字を書いていった。一、二度は指をとめたが——次になにを書くべきかを思い出そうとしているように——そのあとまたつづけて書いていた。

あのい　げん　くら

そのあと、かなり長い間をおいたのちに、女性はこう書いた。

？


　ぼくはその意味がさっぱりわからずに頭を左右にふった。女性は両手両膝を地面につく姿勢になると、またこの人なりの犬の鳴き真似をしてみせた。それで意味がわかった。

「ええ」ぼくはいった。「あの犬はとっても元気に暮らしてました。でも、さっきもいったようにもう年寄りの犬になってます。それに……あんまり……具合もいいとはいえなくて」

そのとき、理解が追いついてきた。レイダーのことだけではなく、ミスター・ボウディッチのことだけではなく、それ以外のあらゆる事柄が。贈り物ではありながら、ぼくが背負わなくてはならない重荷のこと。体が分解しかかっていたゴキブリと、シカモア・ストリート一番地の屋敷が——おそらくミスター・ハインリッヒを殺害した犯人によって——めちゃくちゃに荒らされていたこと。そしていま自分がこの場にいること……靴をあつめ、交差するように張りわたした物干しロープに吊り下げている、顔がほとんど消し去られたような女性といっしょに、土の地面に膝をついてすわっていること。しかし、なによりもいちばん大きかったのはレイダーのことだ。朝起きるときや昼寝から目覚めたとき、ときおり起きあがるのも苦しげなようすを見せること。そしてときおり餌を全部食べることができず、ぼくに《自分が食べたいはずなのはわかってて、でも食べられないんだ》といいたげな顔をむけてくること。ぼくは泣きはじめた。

靴の女性はぼくの肩に腕をまわして体を引き寄せ、ハグしながら、「だい・ぞー・う」といい、ありありと努力しながら申し分のない発音ではっきりといった。「大丈夫」と。

ぼくは女性にハグを返した。女性の体からは、かすかだが心地よい香りがただよっていた。それが罌粟の香りであることにぼくは気づいた。ぼくは大きく何度もしゃくりあげて泣きつづけ、女性はぼくをハグして背中を手のひらで叩いていた。体を離したとき、女性は泣いてはいなかったが——たぶん泣けなくなっていたのだろう——細い三日月のようなその口は両端があがった笑みの形ではなく、両端がさがってしまっていた。ぼくは服の袖で顔をぬぐうと、文字を書くことはミスター・ボウディッチに教わったのか、それとも前から知っていたのかと女性にたずねた。

女性は灰色の親指を、人差し指と中指——この二本は貼りついてしまっているようだった——にぐっと近づけた。

「少しだけ教わったということ？」

女性はうなずき、また地面に字を書いた。

とおあち

「ええ、あの人はぼくの友だちでもあったんです。先日亡くなりました」

女性は片側に頭をかたむけた。もつれあって房になっている髪が着ている服の肩にまで垂れ落ちた。

「死んだんです」

女性は細い切れこみのような両目を覆った——これほどまでに純粋な悲嘆の表情を、ぼくはあとにも先にも見たことがなかった。それから女性はふたたびぼくをハグした。女性は体を離すと、いちばん近くのロープに吊られた靴を指さして、頭を左右にふった。

「いりません」ぼくはいった。「あの人には靴は必要じゃない。もう必要なくなったんです」

女性は自分の指を口に近づけて、それを噛むジェスチャーをした――ちょっと恐ろしい感じがした。つづいて女性はコテージを指さした。

「もしぼくに食事をしたいのかとおたずねなら、お誘いはありがたく思いますが、ごちそうになるわけにはいきません。あっちに帰らなくてはならないので。次の機会なら大丈夫かもしれません。またすぐにうかがいます。できれば、そのときはレイダーを連れてきます。ミスター・ボウディッチは死ぬ前に、レイダーを若返らせる方法があると話してました。信じられない話にきこえるでしょうが、自分には効き目があったと話していました。大きな日時計です」ぼくは都の方角を指さした。

細い切れこみのような目がほんの少しだけ大きく広がり、口がひらいて〝O（オー）〟の字に近い形になった。両手を灰色の頬にあてがったところは、叫びをあげている女性を描いた有名な絵にそっくりだった。それからふたたび地面にむけて身をかがめ、それまでに書いた文字を手で払って消した。今回女性は、これまでよりも手早く文字を書いた。この単語をひんぱんにつかっていたのかもしれない。というのも、つづりが正確だったからだ。


「わかってます。気をつけるつもりです」

女性は融けてくっついたようになった指を半分消えかけた口にあてがって、〝しいいっ〟というジェスチャーをした。

「はい。向こうに行ったら音をたてないようにします。それもミスター・ボウディッチからききました。ところで、お名前はなんというのですか？　ぼくに名前を教えてもらえますか？」

女性はもどかしげにかぶりをふって、自分の口を指さした。

「はっきりと声に出すのがむずかしいんですね？」

女性はうなずき、地面に文字を書いた。

《ディーリー》。その文字を見つめ、またかぶりをふって文字を手で払って消し、あらためて地面に書いた。《**ドーラ**》。

ぼくはディーリーというのはニックネームかとたずねた。というか、そう質問しようとした。しかし、〝ニックネーム〟という単語がなぜか口から出てこなかった。度忘れしたわけではない――ただ、その単語を言葉に出せなくなっていたようだった。ぼくはあきらめて、こうたずねた。「ディーリーというのは、ミスター・ボウディッチが親しみをこめてあなたを呼ぶときにつかった名前ですか、ドーラ？」

ドーラはうなずいて立ちあがり、手を叩いて土埃を払い落とした。ぼくも立ちあがった。

「これからもよろしくお願いします、ドーラ」まだディーリーと愛称で呼びかけるほどこの人のことを親しく知っているわけではなかったが、ミスター・ボウディッチがそんなふうに呼んだ理由もわかっていた。この人は親切な心根の女性だった。

　ドーラはうなずいてから、ぼくの胸をぽんと叩き、さらに自分の胸も叩いた。おそらく、自分たちは気心の知れた仲だといいたかったのだろう。〝とおあち〟だと。三日月の形の口はふたたび両端が吊りあがり、ドーラは赤い靴の足でぴょんぴょんと跳ねた。レイダーも関節の痛みがひどくなる前は、こんなふうに跳ねていたのだろうと思った。

「はい、できたらレイダーを連れてきます。あの子に無理でなければ。そのあと、連れていけるものならレイダーを日時計まで連れていくつもりです」そう話しはしたが、具体的な方法はさっぱりわからなかった。

　ドーラはぼくを指さし、つづいて両手の手のひらを下にむけたまま宙をやさしく撫でるようなしぐさをしてみせた。確証はないけれど、〝気をつけなさい〟といってくれていたのだと思う。

「わかりました。ご親切に感謝してます、ドーラ」

　ぼくは小道のほうに体の向きを変えたが、ドーラがぼくのシャツをつかむと、小さな住まいの裏口へぼくを引っぱりはじめた。

「もう本当に帰らないと――」

　ドーラはうなずいて、ぼくがここで食事をしていくわけにはいかないことはわかっていると示したが、ぼくを引く手はとめなかった。裏口にたどりつくと、ドーラは上を指さした。ドーラではとても手が届かない高さがある扉の上の横木に、なにかが彫りこまれていた。《AB》――あの人のイニシャルだ。あの人の最初のイニシャル。

　ふっと思いついたことがあった。さっき〝ニックネーム〟という単語をどうしても口にできなかったことからの連想だった。ぼくはイニシャルを指さしながらいった「あれって……」いいたかったのは〝マジでイケてる(オウサム・ソース)じゃん〟という言葉だ。ぼくに思いつくかぎりではいちばん頭のわるそうなスラングだったけれど、テストケースにはもってこいだった。

　その言葉を口から出せなかった。言葉が口から出ようとしなかった。

　ドーラはぼくを見つめていた。

「驚きました」ぼくはいった。「これには驚きましたよ」

10

　ぼくは丘をのぼっていき、頭(こうべ)を低くして垂れた蔓草をかわし、通廊を引き返しはじめた。あのかすかな感覚、異なる世界の境界を越えつつある感覚が襲ってきては去っていった。頭上ではコウモリたちが〝がさごそ〟と音を立てていたが、いましがたの出来事で頭がいっぱいだったせいで、その音にもあまり注意を払わず、それどころか、あとどのくらいの距離を進むのかを確かめようとして、愚かにも懐中電灯のスイッチを入れてしまった。コウモリのすべてが飛びたったわけではない。しかし数匹は飛びたち、懐中電灯の光でその姿が見えた。そう、たしかに大きかった。巨大だった。ぼくは闇のなかで両手を前に伸ばし、コウモリが飛びかかってきたら払いのけようと準備していたが、一匹もやってこなかった。また、あの巨大ゴキブリがいたとしても姿は見えなかった。

ぼくには〝ニックネーム〟という単語がいえなかった。また〝マジでイケてるじゃん（オウサム・ソース）〟も口に出せなかった。〝知ったか野郎（ワイゼンハイマー）〟とか〝お口直撃パンチ（ナックル・サンドイッチ）〟とか〝よぉ・あんた・ブッ飛んでるかい・兄弟（ヨオ・ユー・トリッピン・ブラー）〟なら口に出せただろうか？　いや、そうは思えない。こうした言葉を発音できなくなる現象がなにを意味するのか、はっきりとはわからなかったが、それなりの確信はあった。これまではドーラがぼくの言葉を理解していたのは、あの女性が英語を理解しているからだ、と思っていた。しかしぼくの話がドーラに通じたのは、ぼくがドーラの言葉を話していたからだとしたら？　そう、ニックネームとか〝マジでイケてるじゃん（オウサム・ソース）〟に対応する表現をもたない言語だったとしたら？

敷石の舗装がおわって地面が剥きだしの土に変わると、もう懐中電灯をつけても安全だろうと思えた。ただし光は一貫して地面にむけていた。敷石がなくなったところから階段がはじまる箇所まではほぼ四百メートルほどだと、ミスター・ボウディッチはいっていた——長さを測ったとまでいっていた。今回は歩数のカウントが途中でわからなくなることもなく、ちょうど五百五十歩になったときに階段が見えてきた。ずっと上へ目をむけると、井戸の最上部からミスター・ボウディッチが設置した電池式ライトの光が射しこんでいるのが見えた。

階段をあがっていくときには、最初に降りたときほど不安を感じないですんだが、それでも右の肩をしっかりと石壁に押しつけたままにしていた。なにごともなく井戸から外へ出て、二枚めの羽目板を滑らせて井戸をふさごうとしたそのとき、後頭部になにやら硬い筒の先端らしきものを押しつけられた。ぼくは凍りついた。

「そう、そうだ。いい子で静かにしていれば、面倒なことにはなりっこない。動いていいときになったら、そう教えてやる」

この抑揚がない軽い声が、《おれがおまえの藁をつむいで黄金にしてやったら、さて、おまえはなにをよこす？》とたずねているところは容易に想像できた。

「なあ、小僧、おまえを撃ちたくはないんだ。ここへ来た目的のブツさえ手にいれたら、おまえを撃ったりするものか」男はそういって笑った。といってもそれは笑い声ではなく、本に書かれた言葉のようだった。「ははは」

第十二章

クリストファー・ポリー。

こぼれた黄金。

好青年なんかじゃない。準備。

1

その瞬間、なにをどう感じていたのかは記憶にない。ただし、なにを考えていたかは覚えている。ぼくは《ルンペルシュティルツヒェンが後頭部に銃を押しつけてるんだ》と考えていた。

「下にはなにがある？」

「なに？」

「きこえていたんだろう？　おまえはあの穴に長いこと潜ってたじゃないか――それこそ、おまえが下で死んでるんじゃないかと思ったほどだ。で、下にはいったいなにがある？」

ここでまた別の思いがこみあげた。《こいつに知られてはならない。だれにも知られちゃいけない》

「排水ポンプだよ」ぼくはとっさに頭に浮かんできた答えを口にした。

「排水ポンプだと？　排水ポンプ？　おいおい、そんなものがあるのか、ははは？」

「あるんだよ。ポンプがなかったら、雨降りには裏庭が水びたしになっちまう。おまけにその水が丘から流れくだっていくんだ」脳味噌がいきなり回転数をあげてきた。「古い機械だからね。必要なら丘の下の町から人を呼んで修理してもらわなくちゃいけないかどうか、こうやってぼくがチェックしてるわけ。ほら、市の役所、上下水道局だっけ――」

「出まかせいうな。ははは。で、本当は下になにがある？　下には黄金があるんじゃないのか？」

「ないよ。ポンプ設備があるだけさ」

「ふりかえるな。馬鹿な真似はよせよ。絶対にな。じゃ、なにか、おまえは地下の排水ポンプの点検にいくのに、そのでっかい銃をぶらさげていったっていうのか？」

「鼠だよ」ぼくは答えた。口のなかが、からからに干上がっていた。「地下に鼠がいるかもしれないと思ってさ」

「出まかせの嘘っぱち、なにからなにまで嘘だらけだ。じゃ、あっちにあるのはなんだ？　まさかあれも排水ポンプだというつもりか？　動くなよ――ただ右だけを見るんだ」

そちらに目をむけると、ミスター・ボウディッチが撃ち殺した巨大ゴキブリの分解しかけている死骸があった。といっても、もうほとんど残っていなかったのだが。

これまでなんとかでっちあげた頼りない作り話がみんな見破られてしまったこともあって、ここでは自分はなにも知らないと答えた。ぼくがルンペルシュティルツヒェンだと考えるようになっていた男も、本心から知りたがってはいなかった。この男の目はお宝に狙いをつけていた。

「ま、いいか。よし、いますぐあの爺さんの金庫の中身を調べにいこう。そのあとでなら、排水ポンプとやらを調べてもいいかも。家に行くんだ、小僧。その途中で大きな声を一回でもあげてみろ。頭を銃でふっ飛ばしてやる。でもその前にな、相棒、拳銃をぶらさげてるベルトのバックルをはずして、そのまま下に落とせ、ははは」

ぼくはホルスターを腿に固定している革紐の結び目をほどくために、上体をかがめようとした。すかさず男の拳銃がふたたび頭に押しつけられた――それも強く。

「体をかがめろといったか？　いや、いってない。ベルトのバックルをはずせといっただけだ」

ぼくはバックルをはずした。ずれたホルスターが膝に当たって上下逆さまになった。拳銃が小屋の床に落ちた。

「さあ、バックルを締めなおしていいぞ。しゃれたベルトだな、ははは」

（これ以降の記述では、〝ははは〟の大半を省略するつもりだ。というのも、この男が話し言葉版の句読点よろしくやたらに〝ははは〟をはさんでいたからだ。ひとことだけ追加説明をさせてもらうなら、とにかくそれが過剰なまでにルンペルシュティルツヒェン的に思えたということだ。いいかえるなら、おぞましくてたまらなかった）

「さあ、体の向きを変えるんだ」

ぼくが体の向きを変えると、男もおなじ動作をした。ぼくたちは、まるでオルゴールの上でまわる人形だった。

「ゆっくりだぞ、小僧。ゆっくりだ」

ぼくは歩いて小屋から出た。男もいっしょに出てきた。あっちの世界では空には雲が垂れこめていたが、こっちの世界は快晴だった。ふたりの影が見えた。男の影は腕を長く伸ばし、影の片手に影の拳銃をかまえていた。ぼくの脳味噌はそれまでのローギアからセカンドに切り替わりはしたが、サードまではまだ長い道のりだった。ぼくは徹底的かつ完膚（かんぷ）なきまでに叩きのめされた気分だった。

ぼくと男は裏のポーチの階段をあがった。ぼくがドアを解錠し、ふたりでキッチンにはいる。このときには、これまでこのキッチンには何度も何度も来ているのに、最後にここを訪れる日がこんなに早く来るなんて想像もしていなかった、と考えていた。男がぼくを殺すつもりにちがいない、とにらんでいたからだ。

ただし、そんなことをさせてはならなかった。この男に殺されるわけにはいかなかった。人々が〈異世界の井戸〉を見つけるような事態を思うにつけても、男に殺されるわけにはいかなかった。市警察の警官や州警察のＳＷＡＴチーム、あるいは陸軍の兵隊たちが靴の女ことドーラのささやかな庭になだれこんで踏み荒らし、交差するように張りめぐらせた物干しロープを引きちぎって、干してあった靴が地面に転がってもそのまま放置し、ドーラを死ぬほど怖がらせてしまうことを思えば、断じて殺されるわけにはいかなかった。そういった連中が廃墟となった都に足音高く進軍していって、そこで眠っているなにかを目覚めさせてしまうと思うと、ぜったいに殺されるわけにはいかなかった。ただし問題は、ぼくでは男をとめられないことだ。イキったぼくは馬鹿もいいところ。

ははは。

2

ぼくたちは階段で二階へあがった。先に立ったのはぼく、うしろからルンペル・クソ野郎・シュティルツヒェン。階段を半分あがったところで、いきなりうしろに倒れて体当たりし、男を階段の下まで転がり落としてやろうかと思わないでもなかったが、結局はやめた。成功する見込みもないではないが、失敗すればぼくは死ぬ。レイダーがここにいたら、いまごろは――年をとっていようといまいと関係なく――ルンペル野郎に飛びかかっていたはずだが、そうなればレイダーも死んでいただろう。

「寝室に行け、小僧。金庫がある部屋だ」

ぼくはミスター・ボウディッチの寝室へはいっていった。

「おまえはミスター・ハインリッヒを殺したんだろう？」

「なんだと？　いやはや、そこまで馬鹿げた言葉はきいたことがないね。だいたい、警察が犯人の男をとっつかまえたじゃないか」

ぼくはこの話題を追及しなかった。ぼくは真実を知っていたし、男も知っていた。男はさらに、ぼくが知っている、ということも知っていた。知っていることはほかにもあった。その一――ぼくが金庫の暗証番号を知らないといい、その嘘に固執しつづけたら、こいつに殺される。その二――こちらは、その一のバリエーションだ。

「クロゼットをあけな、小僧」

ぼくはクロゼットの扉をあけた。中身のないホルスターが腿を軽く叩いていた。とんだ拳銃つかい（ガンスリンガー）もいたものだ。

「さあ、金庫をあけるんだ」

「金庫をあけたら、用ずみのぼくを殺すんだろう？」

男が自明のこの発言を消化するあいだ、ひとときの沈黙が流れた。ついで、男はこういった。「殺すもんか。おまえを縛りあげるだけにするよ、ははは」

まさに、〝ははは〟ものお笑い草だ。この男がどうやってぼくを縛るというのか？　ミセス・リッチランドはこの男を小男だったと話していた。当のミセス・リッチランドの身長は百六十センチほど。ぼくはさらに三十センチは背が高く、このところ肉体労働をこなしては自転車で走りまわっていたおかげでアスリートの体に仕上がっている。ぼくを縛りあげるなら、そのあいだぼくを押さえておく共犯者がいないかぎりは不可能だ。

「縛るだけ？　ほんとに？」ぼくはわざと声を震わせた――なに、造作もなかった。嘘じゃない。

「ああ、そうとも！　とっとと金庫をあけろ！」

「約束する？」

「わかったわかった、約束するよ。とっとと金庫をあけろ。でないと、おまえの膝裏に弾丸をぶちこむぞ。そうすりゃおまえは一生タンゴを踊れない体になるぞ、ははは」

「うん、あけるよ。でもそれは、ぜったいにぼくを殺さないという約束の言葉をもらってからだ」

「その質問にはもう答えが出てる――おっと、こいつは裁判のときの決まり文句だな。いいから金庫をあけやがれ！」

　この先も生きつづけるための理由のありったけにくわえて、生涯で最後に耳にするのがこの男のやけに調子よく響く声になるのはまっぴらだ、という気持ちもあった。とにかく、そんなのは無理な話だった。「オーケイ」

　ぼくは金庫の前にひざまずいて、こう思った。《この男はぼくを殺すつもりだ》……それから、《こいつに殺されるわけにはいかない》……そして、《こいつに殺されてなるものか》
　レイダーのことがある。

　靴の女のことがある。

　もちろんミスター・ボウディッチのことも。ほかにだれもいないというだけの理由で、ぼくに背負うべき重荷を引きわたしてきた当人だ。

　気持ちが落ち着いてきた。

「かなりたくさんの黄金があるんだ」ぼくはいった。「あの人がどこで黄金を手に入れたのかは知らない。でも、とにかく〝マジでイケてるじゃん（オウサム・ソース）〟って感じ。もう何年も前から、あの人はその黄金でいろんな支払をすませてきたんだ」

「おしゃべりは切りあげて金庫をあけろ！」そういってから、男は自分を抑えられない雰囲気でこうたずねた。「いくらになる？」

「ぼくにわかりっこない。百万ドルの値打ちはあるんじゃないかな。黄金はバケツにはいってて、それがまたすごく重くて、ぼくでももちあげられないんだ」

　どうすれば形勢逆転をはたして、このちびのくそ野郎の優位に立てるかは見当もつかなかった。正面から向かいあっていれば無理ではないかもしれない。しかし、後頭部から二センチも離れていないところに銃口をつきつけられていては無理だった。けれどもこれまで実践したスポーツで選抜チームに選ばれるレベルにたどりついたときには、ぼくは試合中は脳味噌をシャットダウンさせて、すべてを肉体にゆだねるすべを学んで身につけていた。いまはそれをするべき場面だった。ほかに選択肢はなかった。フットボールの試合で自チームが点数で負けているとき――とりわけ数百人もの観客がぼくたちに野次を浴びせてくるアウェイの試合のときには――ぼくは敵チームのクォーターバックに注意を絞りこみ、あいつは最低最悪のチンカス男だ、だからあいつをぶっとばすだけじゃ足りない、あいつをこてんぱんに叩きのめしてやるんだ、と、そう自分にいいきかせた。この作戦は、相手がファインプレーのあとで自慢たらしくドヤ顔を見せつけてくるうぬぼれ男でなければ成功しないが、この男には効き目がありそうだった。こいつはドヤ顔ならぬドヤ声のもちぬしなので、あっさり憎むことができたからだ。

「時間稼ぎはいいかげんにしろ、このこんこんちきのすかたんのドジ小僧。金庫をあけろ。さもないと、二度とまっすぐ歩けない体にしてやるぞ」

　まっすぐだろうとなんだろうと、二度と歩けなくなりそうだ。

　ぼくは解錠用の数字ダイヤルを一方向へまわして……反対にまわし……それから最初の方向へもどした。これで四桁の暗証番号のうち三つを入れた。残りはひとつ。ぼくは顔だけをうしろへむける危険をあえておかした。細っこい顔が見えた――イタチ顔といってもいい感じだった。顔の上に見えたのは頂点が尖った昔っぽいデザインのホワイトソックスのキャップ。《SOX（ソックス）》の《O（オー）》があるべきところには赤い円が描いてある。「少しでいいから、ぼくにも黄金をもらえる？」

　男は、くすくすと小さく笑った。下卑た笑い声だ。「早くあけろ！　おれを見るのをやめて金庫をあけやがれ！」

　ぼくはダイヤルを最後の暗証番号にあわせてハンドルを手前に引いた。ぼくの肩ごしにのぞいている男の顔は見えなかったが、体臭は嗅ぎとれた。汗の酸っぱいにおい。かなり長いあいだ風呂にはいったことのない人間の肌に焼きつけられたようになっている悪臭だ。

　金庫の扉がひらいた。もうためらわなかった。ためらった人間は負けるからだ。バケツのへりをつかむと、広げた自分の膝のあいだにむけてバケツを手前に倒した。黄金のペレットが一気にこぼれ、床の上を四方八方に飛び散っていった。同時にクロゼットに身を躍りこませた。男が発砲した。響いた銃声は、中程度のサイズの花火とさして変わらなかった。弾丸が耳と肩のあいだの空間を貫くのが感じられた。ミスター・ボウディッチの古くさいデザインのスーツの上着がびくんと揺れた――弾丸が裾の布地を貫通したのだ。

　ミスター・ボウディッチは靴をたくさんもっていた――ドーラが見たら羨ましがったことだろう。ぼくは重くて頑丈な作業靴（ブロガン）をつかむと、体を転がしながら投げつけた。男がひょいとかわした。反対のブロガンも投げる。男はまたかわそうとしたが、靴は男の胸に命中した。あとずさった拍子に、男は床に散乱してまだ転がりつつあったペレットを踏んでしまい、足だけが前へ跳ねあがった。そのまま両足を広げた姿勢で、床にどさりと仰向けに倒れこんだが、銃はまだしっかりと手に握っていた。ミスター・ボウディッチの四五口径リボルバーよりも、ずっと小さな拳銃だった。銃声が低デシベルでおさまっていたのも当然に思えた。

ぼくはあえて立ちあがろうとはせずに、しゃがんだ姿勢をとってから、左右の腿の力で一気に躍りあがった。そして転がりつづけている黄金のペレットの上をスーパーマンのように飛んで、仰向けになっている男に覆いかぶさった。ぼくは大柄で男は小柄だった。男の肺から〝ぶわっ〟という音とともに空気が押しだされた。両目が大きく飛びだした。唇は赤く、唾でぬらぬらと光っていた。

「どけよ……邪魔だ……とっとと……」息切れを起こした苦しげなささやき声。

素直にいうことをきくと思っているのか。ぼくは拳銃を握っている男の手をつかもうとした。いったんはかわされたが、男が銃をぼくの顔へむける前に手をつかむことができた。男が二度めに発砲した。弾丸がどこへ飛んだかはわからなかったし、知りたくもなかった。ぼくの体には命中していなかったからだ。男の手首は汗に濡れて滑りやすかった。そこで渾身の力で手首を握って締めあげ、ぐいっとひねった。なにかが折れる音がして、男が甲高い悲鳴をあげた。銃が男の手から落ちて床に当たった。ぼくは銃を拾いあげ、男に銃口をつきつけた。

男はまた甲高い悲鳴をふりしぼると、それで弾丸を阻めるとでも思っているように無事なほうの手で顔をかばった。反対の手は折れた手首の先でだらんと垂れているだけで、その手首は早くも腫れつつあった。「よ、よせ！　頼む、撃たないでくれ！　頼むから！」

このときばかりは、癪にさわる〝ははは〟の声は出なかった。

3

ここまで読んでくれたみなさんは、若きチャーリー・リードくんにかなりの好印象をいだいているかもしれない――たとえていうなら、ヤングアダルトものの冒険小説の主人公みたいだな、とか。ぼくは父が酒に溺れているあいだも父に寄り添い、吐いたげろの始末をし、父の恢復を（床にひざまずいて！）祈り、そして信じられないことに祈りが叶えられた少年だ。またぼくは、雨樋を掃除しようとして梯子段から落ちた老人を助けた少年だ。入院中の老人のお見舞いに足を運び、退院して自宅に帰ったあとは介助した少年だ。老人の忠実な愛犬に恋をした少年で、忠実な愛犬が恋をした少年でもある。四五口径の拳銃をさげて、雄々しく闇の通廊に（くわえて、そこに住んでいる巨大な野生生物にも）立ちむかい、通廊の先にあるもうひとつの世界に足を踏み入れた少年であり、その世界で顔に傷を負った靴をあつめている高齢の女性と仲よくなった少年だ。そして黄金のペレットを床一面にばらまくという知略に満ちた作戦で、ミスター・ハインリッヒを殺した犯人が体のバランスを崩してぶっ倒れるように仕向け、優位をとった少年でもある。そうとも、おまけにふたつのスポーツで選抜チームの一員にもなった。背は高くて体力もあり、おまけににきびはない。いうことなしじゃないかな？

ただしぼくは他人の家の郵便受けに花火を仕掛けて、だれかの大事な郵便物を粉々にふっとばしたことのある少年だ。ミスター・ダウディの車のフロントガラスに犬の糞を塗りたくったり、ミスター・ケンドリックの古いフォードのワゴン車のロックがかかっていないことがわかると、バーティーとふたりでイグニションキーを挿しこむスロットに液体接着剤の〈エルマーズグルー〉を流しこんだ少年だ。墓石を押し倒したこともある。万引きをしたこともある。そのたぐいの冒険行にはいつも決まってバーティー・バードが同行していたし、爆弾を仕掛けたというい たずら電話を学校にかけたのはバーティーだが、ぼくはとめなかった。そればかりか、あまりにも恥ずかしいので、ここで明かすつもりのないことの前科だってある。いえるのは、ぼくたちのせいで幼い子供たちが恐怖のあまり泣き叫んだり失禁したりしたこともある、ということだけだ。

ほら、そんなにナイスガイじゃないだろ？

しかもぼくは、汚れたコーデュロイのスラックスと〈ナイキ〉のウォームアップジャケットを着た男、細っこいイタチ面のひたいに脂ぎって房になった髪が垂れている小男に心底から怒っていた。怒っていたのは（当たり前の話だけど）、こいつが黄金さえ手に入れればぼくを殺すつもりだったからだ――すでにひとり殺しているのだから、殺さない理由はないのでは？ ぼくが怒っていたのは、もし本当にこの男がぼくを殺していたら、警官たちが捜査の一環としてあの小屋に押し入り――捜査指揮をとるのはおそらくグリースン刑事と、その恐れ知らずのふたりの助手、ウィットマーク巡査とクーパー巡査――その結果、比較すればチャールズ・マッギー・リード殺害事件がちっぽけな問題に見えてくるようなものを発見してしまうからだった。なによりも怒っていた理由は――まだ信じてもらえないかもしれないが、誓ってまぎれもない真実――この小男が屋敷に押し入ってきたせいで、すべてがややこしくなってしまったことにあった。この男を警察に突きだすべきか？　そうすれば黄金の存在が知られてしまい、つづいて無慮億千万もの疑問が噴きあがってくるはずだ。かりにぼくがペレットを残らず拾って金庫にもどしても、〝ははは〟氏が警察に話すだろう。それが地区首席検事から多少のお目こぼしをしてもらいたい一心でのことか、あるいはぼくへの意趣返しにすぎないかはともかくも。

この問題の解決策はわかりきっていた。あの小男が死ねば……あとは死人に口なしだ。ミセス・リッチランドの耳が目ほど鋭敏ではないと仮定すれば（しかも二回の銃声はそれほど大きくはなかった）、警察が介入してくるとはかぎらない。しかもいまのぼくには、死体を隠す場所だってある。

　そうではないか？

4

　片手はあいかわらず顔を覆っていたけれど、広げた指のあいだから男の目をのぞくことができた。ブルーの瞳に赤い充血の筋がある目から、涙があふれはじめていた。男には、ぼくがなにを企んでいるかがわかっていた——ぼくの考えをぼくの顔から読みとったのだ。

「やめろ。頼む。逃がしてくれ。いや、必要なら警察に通報してもらってもかまわない。だから、どうかこ・こ・殺さないでくれ！」

「おまえがぼくのことを殺そうと企んでたみたいに？」

「そんなことはない！　神かけて誓う、母親の墓にかけて誓う！　ああ、殺すつもりなんかないいいなかったと誓うとも！」

「おまえの名前は？」

「デレク！　デレク・シェパードだ！」

　ぼくは本人の拳銃で横っ面をひっぱたいた。そんなことをするつもりはなかったとか、いざ殴るまで自分がそんなつもりだと知らなかったとか、そう話すこともできなくはない。でも、そう話したら嘘になる。そのとおり、自分がなにをするかはわかっていたし、しかも胸のすく思いだった。男の鼻からどっと血が流れだした。片方の口角からも血が滴りおちていた。

「ぼくがドラマの《グレイズ・アナトミー》を見たことがなくて、そのキャラの名前も知らないと思ってるなら、おまえは大馬鹿野郎だ。さて、おまえの名前は？」

「ジャスティン・タウンズ」

　ここでもぼくは男の顔を殴った。男はとっさに身をすくませたが、なんの役にも立たなかった。ぼくはとりたてて足が速いわけでもないが、反射神経にはなんの不具合もない。この二回めの一撃は鼻から血を流させただけではなく、鼻の骨を折ったにちがいない。男は悲鳴をあげたが……悲鳴といっても、引き攣ったかすれ声にすぎなかった。

「どうせ、ぼくがジャスティン・タウンズ・アールなんて知らないと思ったんだろう？　ところが、あのアーティストのアルバムを一枚もってるんだ。あと一回だけチャンスをやるよ、カス男。それでもしくじったら、頭に弾丸を撃ちこむからな」

「ポリー」男はいった。鼻が腫れはじめていた——いや、顔の片側全体が腫れつつあったし、性質のわるい風邪をひいた人のような声だった。「クリス・ポリーだ」

「財布を出して、こっちへ投げろ」

「財布なんてもってな――」

ぼくが殴るような構えで手をうしろへ引いたのを見て、ポリーと名乗った男はまた無事な手を前に伸ばした。そちらの手についても対処の腹案がいくつかあったが、それを実行すれば、みなさんのぼくへの評価をさらに引き下げることになっただろう。でも、忘れないでほしい。このときぼくは窮地に追いこまれていた。それに、ふたたびルンペルシュティルツヒェンのことを考えてもいた。ぼくにはこのクソ野郎の足を地面に埋めて体をまっぷたつに引き裂くような真似はできなかっただろうが、男を逃がしてやることならできた。それこそジンジャーブレッドマンのように――

「わかった、わかったたってばよ！」――ははは。

ポリーは立ちあがってコーデュロイのスラックスの尻ポケットに手を伸ばした。スラックスは汚れているだけではなかった――ひたすら不潔だった。ウォームアップジャケットは袖が破れ、袖口がほつれていた。この男がどこで寝泊まりしているかは知らないが、ヒルトン・ホテルではないらしい。財布もかなりくたびれ、傷だらけだった。財布をさっとひらいて、札入れには十ドル札が一枚だけあることと運転免許証の名義がクリストファー・ポリーであることをとり急ぎ確かめる。免許証には、いまよりもずっと若くて傷に損なわれていない顔の写真が貼ってあった。ぼくは財布をふって閉じると、自分の財布ともども尻ポケットにおさめた。「おまえの免許証は二〇〇八年に失効してるようだな。更新したほうがいいかもしれないぞ。といっても、この先もおまえが生きつづけた場合の話だけどね」

「更新できな――」いいかけて、すかさず口を閉じる。

「更新できないんだね？ 免許を取り消された？ 酒酔い運転とか？ あるいは刑務所にいたとか？ そうか、刑務所にいたんだな？ だから店に押し入ってミスター・ハインリッヒを殺すまでに、あれだけ間があった？ 連邦村の刑務所にいたから か？」

「いや、そこじゃない」

「だったらどこに？」

ポリーは答えなかったし、別に知りたくはなかった。ミスター・ボウディッチなら、関係のない話だとでもいったことだろう。

「黄金のことはどうやって知った？」

「あのドイツ野郎の店で見かけたんだよ。おれが郡刑務所でお、お、つとめする前さ」黄金をあの店に売った人物をどうやって突きとめたのか、ホームレスのベンジャミン・ドワイヤーにどうやって濡れ衣を着せたのかをたずねてもよかったが、どちらの答えももうはっきりわかっているような気がした。「このまま見逃してくれ。二度とおまえに迷惑はかけないから」

「ああ、そうだろうね。でもそれは、おまえが刑務所にはいるからだ。今回は郡刑務所じゃおわらないぞ。警察に通報してやる、ポリー。おまえは殺人罪で刑務所行きだ――どうかな、それでもお得意の〝ははは〟が出せるかな？」

「しゃべる！　黄金のこともしゃべる！　どうせおまえが黄金を手にいれることはないんだし」

ところがどっこい、ぼくが手にいれるんだ。遺言書によれば、あの黄金はぼくのもの——しかし、この男はそのことを知らない。

「そのとおり」ぼくはいった。「わざわざ指摘してくれてありがとう。やっぱりおまえは、排水ポンプ設備のところに閉じこめておくしかなさそうだ。おまえがちんけなちび助で助かった。その軽さなら腰をやられる心配はなさそうだし」

ぼくは銃をかまえた。はったりだったといえなくもない——しかし、本当にはったりだったかどうかはわからない。それにぼくは、ミスター・ボウディッチの屋敷をめちゃくちゃに荒らしたことで——あの屋敷を冒瀆したことで——ポリーを憎んでいた。それに前にもいったと思うが、この男を殺すだけですべてがすっきり単純に片づくのだ。

ポリーは悲鳴をあげなかった——そのための空気がもう肺に残っていなかったのだろう——が、うめき声をあげていた。スラックスの股間が濡れて黒くなっていた。ぼくは銃を下げた——わずかに。

「おまえを生かしておいてやるといったらどうする、ミスター・ポリー？　それもただ生きるだけじゃなくて、歌の文句じゃないけど、〝自分の好きなように生きていく〟ことができるとなったら？　そういう話に興味はあるかい？」

「ある！　大ありだ！　このまま逃がしてくれたら、二度とおまえに手出しはしないとも！」

《本物のルンペルシュティルツヒェンみたいな話しぶりだな》ぼくは思った。

「ここへはどうやって来た？　歩きか？　ディアボーン・アヴェニューまでバスで来たとか？」財布の札入れに十ドル札が一枚だけの身の上では、ユーバーでタクシーを呼んだとは思えなかった。ポリーはミスター・ハインリッヒの店の奥の部屋にあった貴金属類を残らず奪えたはずだし、一部はドワイヤーに濡れ衣を着せるのにつかったのだろうが、手もとに残った品もまだ現金化していなかったようだ。あるいは、その手だてを知らなかったのか。ポリーは悪知恵のはたらく悪党かもしれないが、悪知恵がある者と知恵のある者はかならずしもイコールではない。あるいは、両者が親戚だとさえいえない。

「おれは森を抜けてきたんだよ」ポリーは怪我をしていないほうの手を、ミスター・ボウディッチの屋敷の裏にある緑地帯の方角をさし示した——一世紀ほど前に町のこのあたり一帯を覆っていたセントリー・ウッズの森で残っているのは、その緑地帯だけだ。

ぼくはポリーの不潔なスラックスとぼろぼろのジャケットに改めて目を走らせた。ミセス・リッチランドは男のコーデュロイのスラックスが汚れていたとは話していなかった。あれだけ目が鋭い人なのだから不潔であることに気づいて話に出してもおかしくなかったが……あの人がポリーと会ったのは数日前だ。つまりポリーは森を通り抜けてやってきただけではなく、森で野宿をしているのだろうというのがぼくの推測だった。ミスター・ボウディッチの裏庭のいちばん奥のフェンスからほど遠からぬところに、どこかのごみ捨て場から拾ってきたブルーシートがシェルターとして張られ、その内側にこの男のわずかな所持品が置いてあるのかもしれない。ミスター・ハインリッヒの店から盗んできた品があれば、童話の本に出てくる海賊がしていたように、近くの地面にでも埋めてあるのだろう。ただし童話の本に出てくる海賊が埋めるのは、スペインのドブロン金貨やペソ銀貨の詰まった宝箱だ。ポリーの場合はむしろ、《**アメリカ定期購読**（サブスクリプション）**サービス**》というステッカーを貼りつけたショルダーバッグなのではないか。

　ぼくの推測どおりなら、ポリーの野宿場所はチャールズ・リード、すなわちぼくの動きを見張れるくらい近いところにあるはずだ。ぼくが何者なのかはミスター・ハインリッヒからききだしていたはず。スタントンヴィルまで行ったときのぼくを、ポリーが見ていたことも考えられる。そして屋敷を家さがしし、どうしてもあけられない金庫だけが残ったとき、ぼくを待ちかまえる作戦に出た——ぼくが黄金目当てにやってくると見こんだからだし、ポリー自身がそうしたはずだからだ。

「立ちあがれ。これから一階へおりる。またすっ転がりたくなかったら、黄金製のＢＢ弾に気をつけるといい」

「こいつを何粒かもらえないか？　ほんの少しでいい。おれはもう一文なしなんだ！」

「もらってどうする？　〈マクドナルド〉でランチを買うとき、そいつで支払うとか？」

「シの字ではじまる大都会に知りあいがいてね。市場価格じゃ買いとってくれないが——」

「三個もっていけ」

「五個じゃだめか？」いいながら笑みをのぞかせようとしている——ひとたび金庫の扉があいたら、ぼくを殺そうと企んでいたことなどないかのように。

「四個」

　ポリーは上体をかがめ、怪我をしていないほうの手ですばやく黄金のペレットを拾うと、スラックスのポケットに押しこめようとした。

「五個拾ったな。ひとつは床に落とせ」

　ポリーは細い顔に怒りをたたえると——ルンペルシュティルツヒェン的な表情だった——ペレットをひとつ落とした。ペレットは転がった。「薄情なガキめ」

「森に住む聖クリストフォロスの口からそういわれると、わが胸は不面目でいっぱいになるね」

　ポリーの上唇がめくれあがって黄色く変色した歯があらわになった。「くたばれ」

ぼくはポリーの銃をかまえた――二二口径のオートマティックのようだった。「銃をもっている人間に〝くたばれ〟なんていうべきじゃない。賢明とはいえないぞ、ははは。さあ、一階へおりろ」

ポリーは折れた手首を胸もとに抱えこみ、無事な手で黄金のペレットを握りしめたまま寝室をあとにした。ぼくはそのあとについて歩いた。一階で居間を通り抜けてキッチンへ行く。裏口の前でポリーは足をとめた。

「そのまま進め。裏庭を横切るんだ」

ポリーはくるっとふりかえり、ぼくを大きく見開いた目で見つめて、唇をわなわなと震わせた。「さてはおれを殺して、あの穴に落っことす気だな！」

「殺すつもりだったら、わざわざおまえに黄金をくれてやったりするものか」ぼくはいった。

「どうせとりあげるんだろ！」ポリーはまたもや泣きはじめていた。「おれから黄金をとりあげたら、おれをあの、あ、あ、穴に突き落とすんだ！」

ぼくは頭を左右にふった。「裏庭の奥にフェンスがあるだろ？　おまえは手首を折ってる。だから、ぼくが助けなくちゃ乗り越えられないじゃないか」

「ひとりでなんとかする！　おまえの助けなんかいるか」

「歩け」ぼくはいった。

ポリーは歩いた。歩きながら泣いていたのは、ぼくに後頭部を銃で撃たれると思いこんでいたからだろう。なぜなら――繰り返しになるけれども――こいつがぼくの立場なら、銃を撃ったに決まっているからだ。ようやくポリーがうわごとめいたおしゃべりをやめたのは、扉があいたままの小屋の前を通りすぎても自分がまだ生きていると気づいたときだった。ぼくたちはフェンスの前までたどりついた。高さは一メートル半ほど。このくらい高ければ、まだずっと若いころのレイダーでも敷地内に閉じこめておくことができた。

「おまえの顔はもう二度と見たくない」

「ああ、見せないさ」

「絶対にな」

「ああ、絶対だ。約束する」

「それなら握手しよう」ぼくは片手を前に突きだした。

ポリーはぼくの手を握った。悪知恵はあっても、しょせんはたいした知恵のない男だ。ぼくがいったとおり。握ったやつの手をぐいっとねじりあげると、骨がへし折れる乾いた音がきこえた。ポリーは甲高く叫ぶと、地面に膝をついて両手を胸もとに押しあてた。ぼくは映画の悪党連中そっくりに二二口径の銃をスラックスの背中側に突き入れてから、体をかがめてポリーをつかみ、そのままもちあげた。造作もなかった。体重は六十五キロをさらに下まわる程度しかなかったし、ぼくのほうはこのとき体内にアドレナリンが充満して、耳の穴から噴出してもおかしくないほどだったからだ。ぼくはポリーをフェンスの反対側へ投げ飛ばした。ポリーは落葉や枯れ枝が積み重なったところに、仰向けでどさりと落下して、痛みに小さな悲鳴をあげた。両手は無用の長物よろしく、だらんと垂れているだけだ。ぼくは、昔話に出てくる洗濯女——最新の村のゴシップに飢えている女——よろしく、フェンスから身を乗りだした。

「とっとと行けよ、ポリー。走って逃げたら、二度ともどってくるな」

「おまえは両手の骨を折りやがった！　くそ、よくも両手とも骨を——」

「ぼくに殺されなかっただけでも幸運だったんだぞ！」ぼくは大声で叫びかけた。「本音では殺したかったし、あやうく殺しかけたのも事実だ。それに、またその面を見たら、今度こそ殺してやる！　さあ、行っちまえ！　まだ行けるうちに！」

ポリーは鼻汁と涙で汚れた腫れあがった顔と大きく見ひらいた青い目で最後に一度ぼくをにらみつけると、体の向きを変え、骨が折れた左右の手を胸に抱き寄せたまま、ふらつく足どりでセントリー・ウッズの森のうち最後まで残った貧弱な再生林に分けいっていった。去っていくポリーを見おくるぼくの胸に、自分の行動への後悔は一片もなかった。

ほら、ナイスガイなんていえないだろう？

ポリーはもどってくるだろうか？　手首を左右とも折っている状態では、まずもどってこないだろう。だれかに話すだろうか？　友人とか犯罪者仲間とかに？　いや、ポリーには友人や仲間はいそうもない。では警察に駆けこむ？　ハインリッヒの事件についてぼくがなにを知っているかを思えば、あの男が警察に行くと考えるだけでも馬鹿らしい。そういったことすべてを除外しても、ぼくにはどうしてもあの男を冷酷無慈悲に殺すことはできなかった。

ぼくは屋敷にもどると、黄金のペレットを拾いあつめた。ペレットはいたるところに散らばっていて、全部あつめるにはポリーとの一部始終よりも長い時間がかかった。あつめたペレットを、飾りボタンつきのガンベルトやホルスターともども金庫におさめてから屋敷をあとにした。そのときにはスラックスと背中のくぼみの隙間に突き入れたポリーの銃にかぶさるよう、シャツの裾を引っぱりだして外へ垂らすのを忘れなかったが、それでもお向かいのミセス・リッチランドがドライブウェイの終端にまで出ていて、目もとの日ざしを手でさえぎっていなかったことには、ほっとひと安心していた。

5

丘をくだる道を、ぼくはゆっくりと歩いていた。足が震えていたからだ。それどころか、心もまた動揺の震えがおさまっていなかった。自宅の玄関ポーチに通じる階段をあがっていく段になって初めて、腹がすいていることに気がついた。はっきりいえば飢えきっていた状態だった。

レイダーはぼくを歓迎しようと待ちかまえていたけれど、予想していたような熱狂的な歓迎ぶりは見せなかった。ただうれしそうに尻尾をふり、数回跳ねてから頭をぼくの腿にすりつけただけで、自分のラグマットへ引き返してしまった。それで気がついた――熱狂的な歓迎を期待したのは、ずいぶん長い時間ここを留守にしていたように感じていたからだ、と。現実には、三時間にも満たなかった。これだけの時間なら多くのことが起こってもおかしくない――それこそ人生を変えるようなことが。ぼくは『クリスマス・キャロル』のなかでスクルージがいう「精霊たちは、あれ全部をひと晩でやってのけた」という言葉を思った。

冷蔵庫に残り物のミートローフがあったので、ケチャップをたっぷりとつかって分厚いサンドイッチを二枚こしらえた。とにかく燃料補給が必要だった――ぼくの一日はまだはじまったばかりだからだ。あしたのための準備作業がどっさりとあった。学校にもどることはないかもしれないし、父はだれもいない家へ帰りつくのかもしれない。というのも、ぼくはミスター・ボウディッチが話していた日時計を見つけるつもりだったからだ。このときには、日時計の実在を疑う気持ちはなくなっていたし、このとき居間のラグマットの上でいびきをかいていた高齢のジャーマンシェパードの時計の針を日時計なら逆にもどせることを疑う気持ちもなくなっていた。ただし、どうすればレイダーに螺旋階段を下へ歩かせられるのかは見当もつかなかったし、そのあとレイダーを連れて都までの七十キロの距離を（いや、八十キロかもしれないし百キロかもしれない）どうやって踏破すればいいのかもわからなかった。そんなぼくでも、ひとつだけ確実にわかっていることがあった――ぐずぐず待っている余裕はもうない、ということだ。

6

食べながら、ぼくは考えた。もしぼくが――レイダーといっしょに――姿をくらますのなら、ミスター・ボウディッチの屋敷以外の別の場所を目的地だと思わせるような偽の手がかりを残す必要がある。そとあと外のガレージへむかうあいだに、ひとつのアイデアが頭にひらめいた。通用しそうに思えた。通用してくれなくては困る。

ガレージには父の手押し車をとりにいったのだが、思わぬ拾いものもあった。棚のひとつに水酸化カルシウムの袋があったのだ――もっと一般的な呼び名でいうなら消石灰だ。なぜ父がそんなものをもっていたのか？　想像はつく――ゴキブリ対策だ。うちの地下室にはゴキブリが出た。ガレージにもだ。ぼくはその袋を手押し車に積んでから家のなかにもどり、レイダーにリードを見せた。

「これから丘の上の屋敷に連れていったら、あっちでもいい子にしてられるかい？」

レイダーは自分はいい子にしていられると目の表情で保証してくれたので、リードをつないでシカモア・ストリート一番地へむかって歩きはじめた。ぼくは手押し車を転がし、その横をレイダーが歩く。ミセス・リッチランドはいつもの持ち場に復活していて、ぼくは午前中の屋敷ではいったいなんの騒ぎだったのかと質問されることを半分予期していた。ところがミス・リッチランドはそんな質問をせず、ただこのあとも屋敷まわりの仕事を進めるつもりなのかとたずねただけだった。ぼくはそうだ、と答えた。

「そんなにがんばるなんて、あなたは本当にいい子ね。あの地所もいずれ相続人が売りに出すんでしょう？　相続人はあなたにもお金を払ってくれるかも。でも、わたしだったら、あんまりあてにはしない。だって弁護士はけちくさいと決まってるし。お屋敷もずいぶん見た目がきれいになったから、次の所有者が取り壊しなんてしなければいいけど。だれがあそこを継いだのかは知ってる？」

ぼくは知らないと答えた。

「じゃ、売り手の言い値がわかったら教えてちょうだい。わたしたちも自宅を売りに出すことを考えてるから」

いまの〝わたしたち〟という単語は、ミスター・リッチランドの存在を示唆している。いやはや、世の中わからない。

ぼくは、もちろんそうさせてもらうと答えて（おあいにくさま）、レイダーのリードの端を手首に巻きつけたまま、手押し車を転がして屋敷の裏手へまわった。老いたお嬢は軽やかに歩いていた。しかし、丘をのぼってくる道はそれほどの距離ではない。一方、荒廃しきった都までの数十キロとなるとどうだろう？　レイダーではとても踏破できない。

前とくらべると、今回のレイダーは落ち着いていた。それでもぼくがリードのフックをはずすと、まっしぐらに居間のソファベッドへ走り寄り、端から端までくんくんとにおいを確かめてから、ベッドの隣に身を横たえた。ぼくはレイダーのために水を入れたボウルを置き、消石灰の袋をもって小屋へむかった。ゴキブリの死骸に消石灰をふりかけると、たちまち組織の分解スピードが劇的に速まり、ぼくは驚きに目をみはった。鋭く空気が抜けるような音や、なにかがふつふつと泡立つ音がきこえた。死骸から蒸気が噴きあがり……その死骸もほどなくどろどろの粘液の水たまりにすぎなくなった。

床からリボルバーを拾いあげて屋敷にもどり、銃を金庫にしまった。部屋の隅にまで転がっていたペレットが見つかったので、黄金のバケツにもどした。一階にもどると、レイダーはもうぐっすり深く眠りこんでいた。

《いいぞ》ぼくは思った。《眠れるだけ眠っておくがいい。だ

って、あしたはおまえにとっても忙しい一日になるからだよ、お嬢》

ぼくにとっては、きょうもすでに忙しい一日だったが、これはいいことだった。忙しいからといって向こうの世界のことを考えずにすんだわけではなかったが——小道の左右に広がる罌粟のお花畑、顔がほとんど消え失せた靴の女、都にそびえるガラスの塔——忙しく立ち働いていたため、クリストファー・ポリーとの対決をからくも切り抜けたことで感じるはずの時間差ショックから逃れていることができたのだろう。からくも……というか間一髪だった。冗談ぬきで。

ちび助は黄金を漁るときにも、廊下に積まれた本や雑誌などの読み物や裏口のドアには手を出さなかった。ぼくは本には手をつけなかったけれど、一時間ほどかけて雑誌の束——都合よく麻紐で縛ってあった——を手押し車に積んでは小屋へ運んでいった。しかし大半は、〈異世界の井戸〉の近くに積みあげた。束のいくつかはゴキブリの死骸の残りかすの上に積んだ。この次にぼくが井戸をおりるとき——い、いや、ぼくたちがおりるとき——には、羽目板をふたにして、その上に雑誌の束を置き、下から板をずらして井戸を完全にふさぐつもりだった。

この仕事をすませると、屋敷へもどってレイダーを起こした。食品庫からおやつを出してきて与え、そのあといっしょに家へ帰った。あしたはレイダーの猿のおもちゃも忘れずにもっていくこと、と頭のメモに書きつける。いっしょに行くところに到着したら、レイダーはあのおもちゃで遊びたがるかもしれない。それもこれもレイダーが階段を途中で踏み外し、ぼくを道連れにしてまっさかさまに落ちなければの話。

そもそもレイダーが階段をおりられたらという仮定の話。

屋敷へもどったぼくはポリーの二二口径オートマティックと財布、それにいくつかの品をバックパックに詰め——翌日、ミスター・ボウディッチの食品庫の品を追加するつもりだった——そのあと腰をおろして父への手紙を書きはじめた。できれば書くのは先延ばしにしたかったが、そんな余裕がないこともわかっていた。簡単に書ける手紙ではなかった。

父さんへ——
父さんはだれもいない家に帰ってくることになりそうだ。ぼくとレイダーがシカゴまで行っているからだ。インターネットで調べたら、高齢犬の健康と生命力を再活性化することに驚くべき成功をおさめている人がいるとわかった。実はこの人物のことは少し前から知っていたけれど、父さんに話すのはためらっていたんだ。父さんが〝いんちき療法〟をどう思っているのかは知っていたから。これだって、その〝いんちき療法〟のひとつかもしれない。でも、ありがたいことに遺産相続のおかげで代金の七百五十ドルを出せるようになった。父さんには心配いらないなんていわないよ——父さんは心配するに決まっているからね。でも、心配することはなにもない。ぼくがいっておきたいのは、不安をお酒でまぎらわすようなことはぜったいしないでほしい、ということだけ。家に帰って、父さんがまたお酒を飲んでいたら、ぼくの胸はきっと張り裂けてしまう。ぼくに電話をかけようとしても無駄だよ。電源を切っておくつもりだからね【これから行くところでは電源のオンオフなんか関係ないけど――と思いつつ】。ぼくはちゃんと家に帰る。これがうまくいけば、生まれ変わったようになった愛犬といっしょにね！

頼むからぼくを信じてほしい。自分がなにをしているのかはちゃんとわかってる。

愛をこめて
チャーリー

いや、まあ、ほんとにわかっていればいいんだけど。

ぼくは手紙を封筒に入れて《父さんへ》と表書きし、キッチンテーブルの上に置いた。そのあとノートパソコンを立ちあげて、dsilvius@hillviewhigh.edu――つまりヒルヴュー・ハイスクールのミセス・シルヴィウスあてのメールを書きはじめた。このメールもほぼおなじ内容だった。ただしメールを作成しているあいだミセス・シルヴィウスがキッチンで同席していたら、ぼくの全身からずる休みのにおいを嗅ぎつけていただろう。ぼくはメールが木曜日の午後、ミセス・シルヴィウスのコンピューターに届くように送信設定した。理由説明なしの二日間の欠席ならなんとかなっても、三日はさすがに無理だろう。ぼくの目的は、父に少しでも長いあいだ研修旅行の地にとどまってもらうことにあった。ぼくのメールを受信したミセス・シルヴィウスが父に連絡をとらないことを祈ってはいたけれど、どうせあの人は父に連絡するだろうし、連絡を受ければ父は矢のように飛んで帰ってくるかもしれない。ぼくの本当の目的は、ひとりでも多くの関係者にぼくとレイダーがシカゴへ行っていると告げておくことにあった。

その目的達成のために、警察署に電話をかけてグリースン刑事はいるかとたずねた。刑事が電話に出ると、シカモア・ストリート一番地の家屋侵入事件の捜査に進展はあったかと質問した。

「きょうのうちに知りたかったのは、あしたミスター・ボウディッチの愛犬を連れて、シカゴへ行くからです。実はシカゴに高齢の犬の治療で奇跡をおこなえる人がいるとわかったものですから」

グリースンは、捜査に格別の進展はないと答えた。予想どおりの答えだ――なにせこのぼくが、家屋侵入犯を始末したのだから……本当に始末できていることを祈った。グリースン刑事は、年寄りワンちゃんの幸運を祈るといってくれた。その祈りの言葉を、ぼくは真剣に受けとめた。

7

その日のレイダーの夕食には、新しい薬をいつもより三錠多く混ぜこんだ。あしたも三錠多く飲ませるつもりだった。瓶にはもうあまり薬が残っていなかったが、ひょっとしたらそれでいいのかもしれなかった。なんという薬か正確には知らなかったが、犬用の覚醒剤(スピード)のようなものだと見当はついた。飲めば元気になる反面、同時に命を縮めてもいるのではないか。レイダーに階段をくだらせることさえできればいい――自分にそういいきかせた。そのあとは……そう、あとのことはわかっていなかった。

スマホはまた動くようになっていた（といっても、正しい時刻を表示させるには再起動するしかなかった）。午後七時ごろスマホの着信音が鳴った。発信者は《**父さん**》と表示されていた。ぼくはまずテレビをつけ、さらに音量を多少あげてから電話に出た。

「やあ、チャーリー。なにも問題はないか？」

「順調そのもの。木登りはした？」

父は笑った。「木登りはなしだ。こっちはずっと雨降りでね。木登りの代わりに愛社精神涵養(かんよう)のためのイベントがてんこ盛りだよ。保険業界人の大乱痴気騒ぎだ。なんのテレビを見てる？」

「ＥＳＰＮの《スポーツセンター》」

「犬は元気か？」

「レイダー？」ラグマットに寝ているレイダーがひょこっと顔をあげた。「うん、あの子は元気にしてる」

「ちゃんと食べてるか？」

「夕食は残さずたいらげて、皿をぺろぺろ舐めてた」

「それをきいて安心したよ」

そのあと、父はさらに少し話をした。父の口調に心配そうな気配はなかったので、ぼくは自分の演技が成功しているのだろうと想った。そのことに安堵すると同時に、うしろめたい気分にもさせられた。

「おまえが望むなら、あしたの夜も電話をかけてやろうか？」

「いや、いいよ。あしたの夜は友だちとハンバーガーを食べて、そのあとミニゴルフをする予定だし」

「女の子もいっしょか？」

「そうだね……うん、何人か来るかも。もしなにかあったら、こっちから電話をかける。たとえば、うちが火事になったとか」

「そいつはいい話だ。ぐっすり眠れよ、チップ」

「父さんもね」すわっているところから、キッチンテーブルに置いた父あての手紙が見えていた。父に嘘をつきたくはなかったが、ほかにどうしようもなかった。今回は極端すぎるほどの局面だ。

　ぼくはテレビを切ると、八時にはベッドに横になる支度をととのえた。この前こんな時間に寝たのはいつだったかわからないほどだ。しかし、朝早くに起きるつもりだった。《早め早めに手をつけて早め早めにおわらせる》この言葉は母の口癖だった。いまでは写真を確かめなければ母の面影をちゃんと思い出せないときもあるのに、ちょっとした口癖は残らず覚えている。人の精神の働きは不思議なものだ。

　家の戸締まりをすませた。ポリーが来るのを恐れていたのではない。あの男はぼくの自宅住所も知っているだろうが、なにせ両手首を折っていて、しかも当人の銃がぼくの手もとにある。おまけに身分証明書の類も現金も所持していない。おそらくいまごろは、当人いうところの〝シの字ではじまる大都会〟を目指してヒッチハイク中だろう——あの四個の黄金のペレットを現金化しようとして。売れたとしても、相場の五分の一になるかならずといったところだろうが、ぼくにはなんの不満もない。むしろ〝マジでイケてるじゃん（オウサム・ソース）〟だ。ポリーについ哀れをもよおすとか、あの男にした行為で罪の意識を感じるとかもなくはなかったが、そのたびにあの男が小さな銃の銃口をぼくの後頭部にぐりぐりと押しつけ、ふりかえるな、馬鹿な真似はよせよ、といったことを思い返した。その一方では、ポリーを殺さなくてよかったとも思った。それはそれ、これはこれ。

　歯磨きをしながら、ぼくは鏡のなかの自分を子細に点検した。といっても、見た目に変化はなにもないようだった——あれだけいろいろなことがあったあとなのだから、変化がないのは驚異にも思えた。口をゆすいで水を吐き、ふりかえると、レイダーがバスルームのドアのところにすわっていた。ぼくは身をかがめ、レイダーの左右の頬の毛をくしゃくしゃっとした。「あしたは冒険の旅に行きたいか、お嬢？」

　レイダーは尾で床を叩くと、来客用の寝室へはいっていき、ぼくのベッドの足もとに身を横たえた。ぼくは目覚まし時計が朝の五時にセットされていることを二回重ねて確かめてから、部屋の明かりを消した。ジェットコースターのような目まぐるしい体験つづきの一日だったので、眠りにつくには時間がかかるものとばかり思っていたが、予想に反してたちまち眠りに引きこまれはじめた。

　ぼくは自問していた。犬の時間ではすでに長年たっぷり走りまわってきた高齢の犬一頭のために、ぼくは本気でみずからの命を危険にさらし、父と学校を相手にクソの山ほどのトラブルもあえて背負いこんでもかまわないのか？　答えはイエスに思えたが、その理由は前記にとどまらなかった。世界の驚異、そして世界の神秘も理由だった。なんと、ぼくはこの世界とは異なる別世界を見つけてしまった。緑の尖塔がそびえる都をこの目で見て、そこが本当にオズかどうかを確かめたかった。ただし都の中核の部分には、衝立（ついたて）の裏側から声を出していただけの老いたぺてん師ではなく、本物の恐ろしい怪物——ゴグマゴグ

——がひそんでいるという。日時計を見つけ、ミスター・ボウディッチがいっていたような効能が本当にあるかどうかを確かめたくもあった。みなさんにはぼくがこのとき十七歳だったこと、つまり冒険心と愚かな決断力の双方において頂点をきわめる年齢だったことを忘れないでほしい。

だけど、そう、やっぱり理由の大部分はわが愛犬だった。そのとおり、ぼくはレイダーを愛していた。だから、あっさり見送りたくなかった。

ぼくは寝返りを打って横向きになると、眠りに落ちていった。

第十三章

アンディに電話をかける。
レイダー覚悟を決める。
シチュー。グーガル。

1

レイダーはぼくたちがまだ暗いうちに起きだしたことに驚いたようすだったが、旺盛な食欲で朝食を食べてから（さらに追加で三錠の薬を混ぜこんだ）、丘をのぼって一番地の屋敷へむかった。お向かいのリッチランド家はまだ暗かった。二階の金庫まで行き、四五口径をおさめたベルトを締め、革紐を結んでホルスターを腿に固定した。バックパックにはポリーの二二口径オートマティックがしまってあり、これでぼくも備えを欠かさぬ二挺拳銃の男になった。食品庫には、パスタソースの空き瓶がいくつもあった。そのうちふたつを〈オリジン〉の乾燥ドッグフードで満たすと、ふたをきつく締めてからふきんで包み、バックパックのTシャツとアンダーパンツの下に押しこめた

《旅に出るなら清潔なパンツを忘れるべからず》というのも、ありし日の母の口癖）。さらに〈キング・オスカー〉のサーディン缶詰を十ばかり（いつしかこの味のとりこになっていた）、クラッカーひと袋、ペカンクリームのクッキーサンド（ぼくがちょくちょくつまんだので、もう残りは数枚だった）、およびミートスナックの〈パーキージャーキー〉を若干追加した。冷蔵庫に残っていたコークも二缶入れた。くわえて財布もバックパックに入れる——そうすれば前のように柄の長い懐中電灯を尻ポケットに突っこめる。

もしかしたら往復で百五十キロ以上にもなる長旅にそなえるにしては、ずいぶん頼りない装備だと思う人もいるだろうし、もちろんその感想はもっともだ。しかし、ぼくのバックパックはこれだけの大きさしかないし、例の靴の女はぼくに食事をふるまいたいと申し出てくれていた。もしかしたら、消耗品を追加してくれるかもしれない。この見通しがはずれたら、あとは食料を現地調達するほかはない——それを思うと不安がこみあげる反面、期待に胸が高鳴りもした。

ぼくの頭をいちばん悩ませていたのは小屋の扉の南京錠だった。小屋の扉が施錠されているかぎり、だれも手出しをしてこないだろう。錠前がおろされていなかったら、ちょっとなかを確かめようとする者が出てこないともかぎらず、そうなったら井戸のふたに古雑誌を積みあげただけではカモフラージュとしてはお粗末にすぎる。ゆうべはこのアガサ・クリスティー的な謎を解決できないまま眠りについたが、きょう目覚めるなり、申しぶんない解決策らしきものを思いついた。その案なら小屋の扉を外から施錠できるばかりか、ぼくが奇跡の治療法を期待してレイダーをシカゴまで連れていったと触れまわってくれる人をひとり増やせもする。

アンディ・チェンこそ、その解決策だ。

ぼくは七時まで待ってからアンディに電話をかけた——七時ならもう起きて、学校へ行く支度をしているだろうと思ったからだ。ところが呼出音が四回つづけて鳴って、てっきり留守番電話に接続されるのだろうと思った。そこで録音に残すメッセージを考えているあいだに、アンディ本人が電話に出てきた。苛立ちもあらわな声で、わずかに息を切らしていた。

「なんだっていうんだ、リード？　いま、あわててシャワーから飛びだしてきたところで、体からぽたぽた水が垂れてるんだぞ」

「まあ、いやだ・いやだ」ぼくは上ずった裏声でいった。「黄禍（イエロー）小僧（ベリル）がすっぽんぽん」

「めちゃ笑えるぞ、クソったれレイシスト。で、なんの用だ？」

「大事な用がある」

「どうした？」向こうも真面目な口調に切り替わる。

「いまこっちは、町はずれの〈ハイボール〉にいる。〈ハイボール〉は知ってるな？」

知っているに決まっている。長距離トラックむけのドライブインで、セントリーではビデオゲームがいちばんそろっている店でもある。ぼくたち仲間は運転免許のあるやつの車にぎゅうぎゅう詰めに乗って——免許所有者がそのへんにいなければ全員バスに乗って——そのあと金がつきるまで（あるいは店から蹴りだされるまで）ゲーム三昧で遊んだものだ。

「そんなところでなにをしてる？　きょうは学校がある日だぞ」

「犬を飼ってるんだ。ほら、ぼくたちがまだちびだったころ、おまえをびびらせたあの大きな犬。雌犬なんだけど、具合があんまりよくなくてさ。シカゴに高齢になった犬を治せるっていうふれこみの人がいるらしい。なんでも、犬を若返らせてくれるんだそうだ」

「いんちき医者だろ？」アンディがにべもない口調でいった。「そうに決まってる。馬鹿な真似はよせ、チャールズ。犬は老いれば老いた犬になる。以上おしまい——」

「少し黙って話をきいてくれないか？　それでシカゴまで、ぼくとレイダーをヴァンに同乗させてくれるっていう人が見つかった。礼金は三十ドルで——」

「三十——」

「いますぐ行かないと、その人はぼくらを置いて出発しちゃうんだ。おまえに頼みたいのは、家の鍵をかけることで——」

「自分ちの玄関に鍵をかけわすれたのか——」

「ちがうちがう！　ミスター・ボウディッチの屋敷だよ！　うっかりしてたんだ！」

「それでまたどうやって〈ハイボール〉まで——？」

「おまえが黙らないとヒッチハイク相手を逃しちゃう！　あの屋敷の戸締まりを頼めるか？　鍵はキッチンテーブルに置いてある」それから、さもいま思いついたような口調で——「ついでに裏庭の小屋の扉も頼む。扉に南京錠がぶらさげてある」

「だったら、学校までバスじゃなく自転車で行くしかないな。で、おれにはいくら払う？」

「アンディ、よしてくれ！」

「冗談だよ、リード。おまえにはフェラひとつ頼むもんか。でも、もしだれかに質問されたら——」

「だれも質問なんかしないって。でももしたずねられたら、事実をありのまま答えればいい——ぼくがシカゴへ行ったと。とにかく、おまえをトラブルに巻きこむのだけは避けたい。ぼくに代わって屋敷の戸締まりをしてくれるだけでいい。ついでに小屋も。あっちからもどったら、おまえから鍵を受けとる」

「ああ、わかった。やっておく。で、向こうで泊まりになるのか——」

「たぶん。二泊することになるかも。もう行かないと。まじでありがとう、アンディ。これで借りがひとつできたな」

　ぼくは通話を切ると、バックパックを肩にかついでリードを手にとった。ミスター・ボウディッチのキーリングをキッチンテーブルに置いてから、リードをレイダーの首輪につないだ。裏のポーチの階段を全部おりたところでいったん足をとめ、芝の先にある小屋に目をむけた。もしやぼくは、こんなふうにリードをつないだままのレイダーに、ぐるぐるまわる螺旋階段（しかも《一段の高さがまちまちな》階段）を歩かせるつもりだったのだろうか？

すべてをやめるには、まだ遅すぎはしない。アンディにまた電話をかけて、最後の最後で気が変わったとか、（もとから存在していない）ヴァンの運転手がぼくたちを乗せずに出発してしまったなどと話せばいい。そのあとレイダーを連れて家へ帰り、キッチンテーブルの上の手紙をびりびりに破いたら、学校のミセス・シルヴィウスあてに送信予約をしたメールを削除してしまおう。アンディのいうとおり。犬は老いれば老いた犬になるだけ。以上おしまい。それはそれとして、ぼくがもうひとつの世界を探険してはいけないとはならない——時節の到来を待てばいいだけだ。

そう、レイダーが死んでしまうのを。

ぼくはレイダーのリードをはずし、小屋のほうへ歩きはじめた。半分ほどのところで足をとめてふりかえる。レイダーはぼくがさっき離れた場所にそのまますわっていた。声をかけて呼ぼうかと思ったが——その衝動は強かった——やめにした。ぼくは歩きつづけた。小屋の扉の前で、ふたたびふりかえる。このときもレイダーは、あいかわらず裏口に通じる階段をおりきったところにすわっていた。これまでの準備が——とりわけ南京錠にまつわる名案が——全部むだになってしまうことを思うと苦々しい気分にもなったが、あの場にすわるレイダーを残して出発することは断じてできなかった。

いよいよ引き返しかけたそのとき、レイダーが立ちあがり、ためらいがちに裏庭を横切って、小屋のひらいた扉の前に立つぼくに近づいてきた。レイダーは迷っているように足をとめ、あたりのにおいを嗅いでいた。ぼくは電池式ライトをつけなかった。嗅覚にすぐれた鼻があるレイダーに光は不要だ。レイダーは、ぼくが巨大ゴキブリのなれの果ての上に積んだ古雑誌の束を見つめた——経験ゆたかなその鼻がせわしなく震えているのが見てとれた。つぎにレイダーが井戸の口をふさいでいる羽目板に目を移すなり、驚くようなことが起こった。レイダーがちょこまかと井戸に小走りで近づいていき、昂奮のしるしである小さく抑えた鳴き声をあげながら、羽目板を前足でひっかきはじめたのだ。

《お嬢は覚えてるんだ》ぼくは思った。《きっと楽しい記憶なんだろうな。あんなにも井戸の下へ行きたがってるんだから》

扉のラッチに南京錠をひっかけると、井戸まで歩く道筋を照らすだけの光をとりこめるように細い隙間だけを残して扉を閉めた。「レイダー、これからはおとなしくしてなくちゃだめだぞ。静かに」

疳高い声は静まったが、羽目板をひっかく動きはとまらなかった。レイダーがこれほど下へおりたがっている姿を目にして、地中の通廊の先の世界についての懸念が薄れていくのが感じられた。いや、率直な話、ぼくがそのことで不安を感じるいわれがあるだろうか？　罌粟（けし）の花は美しく、香りはさらにすばらしい。靴の女は危険でもなんでもない——あの人はぼくを歓迎し、突然の涙を流したぼくを慰めてくれた。あの人にまた会いたかった。

《それにあの人はレイダーとの再会を望んでいた……おまけにレイダーだって、あの人にまた会いたがってるみたいだし》

「伏せ」

　レイダーはぼくを見はしたが、立ったままだった。いったん羽目板の隙間から下の闇をのぞき、ぼくに目をもどしてから、ふたたび羽目板を見た。犬は自分の意志を人に伝える手だてを獲得する——このとき、ぼくにはレイダーの思いが一点の曇りもなく伝わってきた。《さあ、早くしてよ、チャーリー》

「レイダー、伏せ」

　レイダーはあからさまに不満をうかがわせながら腹ばいになったが、ぼくがまっすぐならんでいた羽目板をずらしてVの字の形をつくるなり立ちあがり、子犬のような敏捷（びんしょう）な動きで階段を駆け降りていった。レイダーの後頭部と背骨がおわるあたりに毛が白くなっている箇所があって、最初はそれが見えていたものの、すぐにレイダーの姿はすっかり見えなくなった。

　それまではレイダーが階段をおりられるかどうかが心配だった。笑える話だ。英語の先生のミスター・ネヴィルの口癖そのままだ。そう、《皮肉（アイロニー）は人を刺す寸鉄（アイアン）で、鉄分は貧血の特効薬》という口癖に。

2

　レイダーに引きかえせと命じかけたが、すぐそれがまずい判断だと気がついた。どうせレイダーは耳を貸しもしないだろう。しかしもし耳を貸し、もしあの狭い階段で体の向きを変えようとでもしたら、そこから落ちて墜落死してしまうのはまちがいない。いまのぼくにできるのは、レイダーが闇のなかで足を踏みはずして転落、そのまま死んでしまうことがありませんようにと祈ることだけだ。あと、吠えださないことも。レイダーが吠えれば、巨大ゴキブリが闇をうろついていたとしてもあわてて逃げていくにちがいないが、一方では——おなじくジャンボサイズの——コウモリの群れが驚いていっせいに飛び立ちかねない。

　いずれにしても、そちらについてぼくに打つ手はない。ぼくにできるのは計画どおりに進めることだけだ。ぼくは階段をおり、頭から胸までが井戸の外に出ている状態にした。羽目板がVの字をつくって、左右からぼくに迫っていた。ぼくは雑誌の束を羽目板の上に積んで、自分のまわりに壁をつくっていった。その作業のあいだもずっと耳をそばだてていた——鈍い落下音や断末魔の苦痛の叫びがきこえてこないかと思っていたのだ。下へ落ちただけではレイダーが死ななかったら、何度も何度も悲鳴を上げるはずだ——踏み固められた土の上に横たわり、ぼくが思いついた名案のせいでじわじわと死にかけながら。

羽目板を自分のほうへ引き寄せながら、ぼくは豚みたいに汗をかいていた。左右から迫っている古雑誌の壁のあいだから、なんとか腕を突きだして最後の古雑誌の束をつかみあげた。その束を——部族の女性が洗濯物の籠を頭のてっぺんに載せて最寄りの川まで運ぶ要領にならって——自分の頭にバランスをとって載せ、ゆっくりと体をかがめていった。最後の古雑誌の束は、ぼくが残した羽目板の隙間の上に載った。束はわずかにかしいでいたが、用は足りそうだ。アンディが小屋へやってきて、扉に南京錠をおろす前にざっと内部に目を走らせた場合でも、という意味だ。もちろんぼくがこの小屋から外へ出るにはどうすればいいかという問題は残るが、その心配はまた日をあらためればいい。

ぼくは階段をおりはじめた。このときも湾曲している内壁に片方の肩を押しつけ、さらに懐中電灯の光をずっと足もとにむけていた。バックパックのせいで身軽に動けなかった。今回もぼくは段数をかぞえ、百までかぞえたところで光を下へ、シャフトの残りの部分へむけた。ふたつの不気味な光の点がにらみかえしてきた——懐中電灯の光が犬の目玉のいちばん奥にある反射板をとらえたのだ。レイダーは無事に底までおりきった。

そして走って通廊を先へと進まず、ぼくを待っている。途方もない安堵を感じた。ぼくは精いっぱいの速さで階段をおりて、底にたどりついた……が、あまり速いペースではなかった。なぜなら片足の骨を——あるいは両足の骨を——折って横たわっているしかない身になりたくなかったからだ。ぼくは地面に膝をついてレイダーをハグした。いつもの場面だったらレイダーは喜んでハグに応じてくれるところだ。しかしこのときはほぼ即座にぼくから離れ、通廊のほうへむかっていった。

「オーケイ。だけど野生動物たちを怖がらせちゃだめだ。静かに」

レイダーはぼくの先に立ち、走ってこそいないものの、かなり速い足どりで進んでいた——しかも、足を引きずっているようすはみじんもなかった。少なくともいまのところは。このときも、あの奇跡の薬の中身はなんなのかが気になったし、薬が効き目を与える一方で、どれだけのものを奪っているのかが気がかりにもなった。父の口癖のひとつは《無料のランチなんてものはない》だ——そう、どんなものにも代償がつきまとう。

〝中間領域〟と考えるようになっていた箇所に近づくと、ぼくは天井のコウモリを驚かせてしまう危険を承知のうえで、懐中電灯の光を足もとからもちあげ、前方へむけた。レイダーがどんな反応を見せるのかを確かめたかったからだ。しかし、なんの反応も見せていなかった。ひょっとしたらあの感覚は一度体験したあとはもう感じなくなるのか……と、思ったそのとき、前回とおなじ、頭がふわふわする感覚――幽体離脱をしているかのような感覚が体をゆらゆらと通りすぎていった。ついでその感覚は、訪れたときとおなじくたちどころに消え、そのあとすぐ、通廊がおわって丘の斜面に出るところの光のきらめきが見えてきた。

ぼくはレイダーに追いついた。出口に垂れている蔓草を払いのけて通りすぎると、眼下に罌粟のお花畑が広がっていた。《レッドカーペット》ぼくは思った。《これぞレッドカーペットだ》

ぼくたちは別世界にはいりこんでいた。

3

ひとときレイダーは身じろぎひとつせず立ったまま頭を前へ突きだし、耳をぴんと立てて鼻をひくひく動かしていた。ついで、小道を小走りにくだりはじめた。小走りといっても、いまでは精いっぱいの早足だった。というか、このときのぼくはそう思っていた。丘を半分ほどくだったところで、ドーラが小さなコテージから出てきた。片手に左右のスリッパをもっていた。このときレイダーはぼくよりも三メートルばかり前にいたと思う。ドーラは近づくぼくたちを見ると――もっと正確にいうなら、二本の足で歩く者ではなく四本の足で歩く客をちゃんと見てとって――スリッパを地面に落とした。それから地面に両膝をついて、腕を左右に大きく広げた。レイダーが大喜びの声をあげながら、いきなり全速力で走りはじめた。最後にはわずかにスピードを落としたが（あるいはうしろ足の老化のせいかもしれない）、それでもドーラへの体当たりを防ぐほどの減速ではなかった。体当たりされたドーラはそのままうしろへひっくりかえり、穿いていたスカートが鮮やかな緑色のストッキングのずっと上にまでめくれあがった。レイダーはわんわん吠えながら仰向けのドーラにのしかかり、顔を舐めはじめた。尾が猛烈な勢いで左右にふられていた。

ぼくも一気に走りはじめた。荷物をつめたバックパックが背中でずんずんと上下に跳ねていた。ぼくは靴が吊り下げられている物干しロープをくぐっていき、レイダーの首輪をつかんだ。

「やめなよ、お嬢！　この人から離れるんだ！」

ところが、すぐにはその言葉どおりになりそうもなかった。なぜならドーラが両腕をしっかりとレイダーの首に巻きつけて、頭を胸もとに抱き寄せていたからだ……前にぼくをハグしたときとおなじ要領で。前とおなじく赤い靴を履いた足が（ストッキングが緑だったこともあって、きょうのドーラはクリスマスっぽく見えた）ばたばた蹴りあげられては落ちていき、大喜びのダンスを踊っていた。やがて上体を起こしたドーラを見ると、灰色だった頬にわずかながらも血色がうっすらと浮かんでいたし、睫毛のない細い線のような目からはどろりとした感じの液体が——ドーラに出せる精いっぱいの涙だったにちがいない——とめどなくあふれていた。

「レイイイ！」ドーラはレイダーの名前を大声で呼び、ぼくの犬をまたハグした。レイダーはさかんに尾を左右にふりながら、今度はドーラの首すじを舐めはじめた。「レイイイ、レイイイ、**レイイイ！**」

「ふたりは前から知りあいだったみたいですね」ぼくはいった。

4

運んできた食料を食べる必要はなかった。ドーラがぼくたちに食事を——それもたっぷりと——ふるまってくれたからだ。風味ゆたかなグレイヴィに肉とじゃがいもが浮かぶシチューは生涯最高のおいしさだった。一瞬——たぶん、ホラー映画かなにかに影響された考えだったと思うけれど——もしかしたらぼくたちはいま人間の肉を食べているのかもという思いが頭をかすめ、すぐにその思いを馬鹿馬鹿しいと切り捨てた。この女性は善人だ。陽気そうな表情や親切そうな目を見るまでもなくわかった——善人のオーラが体から放たれていたからだ。かりにぼくがそのオーラを信じなくても、この人がどんなふうにレイダーを歓迎したかは見ていた。くわえて、もちろんレイダーがこの人をどれほど歓迎していたかもだ。先ほど助け起こしてあげたときも、ドーラはぼくをハグしてくれたが、それはレイダーへのハグとは異なっていた。

　ぼくはドーラの頬にキスをした。ごく自然な行為に思えた。ドーラはぼくの背中を手のひらで叩き、それから家のなかへ引き入れた。コテージ内部は大きなひとつの部屋になっていて、心地よい暖かさだった。煖炉に火ははいっていなかったが、料理用のレンジ台はフル稼動中で、たいらな金属板の上で——たしか〝ホブ〟と呼ばれる部分だと思う（が、まちがっているかもしれない）——鍋のシチューがぐつぐつ煮えていた。部屋のまんなかに木のテーブルがあり、テーブル中央の花瓶に罌粟が活けてあった。ドーラは手製に見えるふたつの白いボウルと二本の木のスプーンをテーブルにセットすると、手ぶりでぼくにすわるよううながした。

　レイダーは毛を焦がさない範囲でレンジ台にぎりぎり近づいてから、床で体を丸めた。ドーラは食器棚から別のボウルをとりだし、キッチンのシンクの上にさがっていたポンプでボウルに水を満たし、レイダーの前においた。レイダーは待ちかねたように、ぴちゃぴちゃと水を舐めはじめた。しかし、後半身を床からもちあげていないことに気づいてしまった。よくない兆候だった。これまではレイダーの運動を注意深く制限していた。しかし、旧友の家が目にはいったとたん、なにをもってしてもレイダーを引きもどせなくなった。首輪にリードをつないでいても（リードはバックパックにしまってあった）、レイダーはぼくの手からリードを引き抜いて走っていったことだろう。

　ドーラはやかんをセットしてシチューをとりわけると、またせかせかとレンジ台にもどっていった。ついで食器棚からマグカップをとりだし——ボウルとおなじように、いくぶんごつごつしていた——ふたつきの瓶からスプーンで茶葉をすくいはじめた。飲むとハイになったりするようなお茶ではなく、普通のお茶であってほしかった。それでなくてもハイになった気分だったからだ。ぼくはどうしても、この世界がぼくの世界のずっと下方にあると考えてしまっていた。ここまで来るのに地下へくだってきたのは事実なので、そう簡単にはこの考えを頭からふり払えなかった。けれども、頭上には空が広がっていた。なんだか自分が不思議の国のアリスならぬチャーリーになった気分だった。このコテージの正面側にある丸い窓から外を見たら、いかれ帽子屋（マッド・ハッター）が外の道でぴょんぴょん跳びはねているのが見えても（ひょっとしたらその肩には、にたにた笑うチェシャ猫が乗っているかも）、ぼくは驚かなかっただろう。いや、むしろもっともっと驚いたかも。

　いくら奇妙きてれつな場に身をおいていても、ぼくがどれほど空腹かという事実は変わらなかった。朝はいろいろ不安で、まともに朝食を食べられなかったからだ。それでもぼくは、ドーラがマグカップをテーブルに運んできて席につくまで待っていた。もちろん当たり前の礼儀作法というだけだが、同時にドーラが食事に先立って祈りの言葉かなにかをとなえるかもしれないと思っていた。《これから食べる食事に祝福を》という食前の文句のナントカカントカ語バージョンあたりを。しかしドーラは祈りなどとなえず、ただスプーンを手にとると、食べはじめるように手ぶりでぼくをうながしてきただけだった。前にもいったとおりシチューはおいしかった。ぼくは肉のかたまりをスプーンにとってドーラに見せながら、眉毛をぴくんと質問の形に吊りあげた。

　三日月形の口の両端がもちあがって、ドーラなりの笑みがのぞいた。ドーラは頭の上に二本の指を立て、椅子にすわったまま小さくぴょんと跳ねた。

「ウサギ？」

　ドーラはうなずき、うがいを思わせる耳ざわりな声をあげた。ドーラが笑っていること——少なくとも笑おうとしていること——がわかると、そのことに物悲しい気持ちになった。たまたま目の不自由な人を見かけたときや、二度と自力では歩けない車椅子の人を見かけたときの気持ちとおなじだった。そういった人たちの大多数は憐れみを求めてはいない。彼らは自分たちの不自由な体にむきあい、他人を助け、まっとうな生活を送っている。勇敢な人々だ。そのことはわかっている。それでもぼくには——おそらく、ぼくの個人的システムがすべて問題なく動いているせいもあって——そういった障害とむきあわなくてはならないことそのものが意地悪で、納得しがたく、不公平なことにしか思えなかった。ぼくが考えていたのは、いっしょに小学校へ通っていたひとりの女の子、ジョージナ・ウーマックのことだ。ジョージナの片頬には大きな赤い痣があった。ジョージナ本人はいつも明るい小さな女の子、目から鼻へ抜けるような賢い子で、まわりの子供たちから一目置かれていた。バーティー・バードはいつもランチボックスの中身を交換していた。ぼくはジョージナなら自分の人生を切り開いていけるはずだと信じていたが、その一方で毎日鏡をのぞくたびに自分の痣を見なくてはならないようなことがなければいいのにと思っていた。といっても、それはジョージナの責任ではないし、ドーラの笑い声が——耳に心地よく、屈託のない響きにきこえていてしかるべきなのに——不機嫌な人のうなり声のようにきこえてしまうこともドーラの責任ではなかった。

ドーラは答えを強調するかのように、あと一回だけ小さく跳ねると、ぼくのほうへむけた指を小さくくるくるとまわすジェスチャーをして見せた——《食べて、食べて》という意味だ。

レイダーが苦労もあらわに立ちあがり、ようやく二本のうしろ足でも体を支え、ドーラに近づいた。ドーラは《わたしったらなにを考えていたんだろう？》といいたげに、灰色の手の掌底をおなじく灰色のひたいにぴしゃりと強く叩きつけた。別のボウルを手にとって肉とグレイヴィをよそってから、ぼくに目をむけて、あるかないかの眉毛を吊りあげる。

ぼくはうなずいて笑みをのぞかせた。「〈靴の館〉でみんないっしょに食事をしましょう」

ドーラは上向きの三日月に似た笑みを見せ、ボウルを床においた。レイダーが尾をふりたてながら、忙しく食事にかかった。

食事をしながら、ぼくは部屋の残り半分に目を走らせていった。きれいにメイクされたベッドがあったが——小柄なこの女性に最適のサイズだった——そちら側のほとんどは作業場になっていた。いや、傷ついた靴のためのリハビリ施設といったほうがいいだろうか。その多くはかかと部分がつぶれたり、靴底が上部分から剝がれて関節の壊れたあごのように垂れ下がっていたり、靴底や爪先に穴があいていたりしていた。左右のヒールがまっぷたつに引き裂けているワークブーツがあった。最初の所有者からブーツを受け継いだはいいが、二代めの足のほうがずっと大きかったのだろうか。シルク製の貝紫色をした婦人用ブーティーには無残な切り傷があり、紺色の糸で縫いあわせてあった——ドーラの手もちの糸のなかではいちばん近い色だったのだろう。汚れたままの靴もあれば、作業台の上にならんでいる靴のように、クリーニングされ、金属の壺の中身で磨かれている靴もあった。これだけの靴がどこからやってきたのかは気になったが、それ以上に気になったのは、コテージの半分を占めている作業スペースでもっとも大事そうに置いてある品だった。

そうこうするうちに、ぼくはボウルの中身を食べおえ、ドーラも自分のぶんを食べきっていた。ドーラがあいたボウルを手にとり、ふたたび眉を吊りあげて質問をしてきた。

「ええ、お代わりをお願いします」ぼくはいった。「レイダーには少なめにしてください。でないと一日じゅう寝てしまうので」

ドーラは両手をあわせると、それを片頬にあてがって小首をかしげ、目を閉じてからレイダーを指さした。「しつおお」

「質問のこと？」

ドーラは頭を左右にふると、先ほどのパントマイムをくりかえした。「しつおお！」

「レイダーには睡眠が必要ってことですか？」

ドーラこと靴の女はうなずき、先ほどまでレイダーがいたところ——レンジ台の前——を指さした。

「前にもレイダーがあそこで寝たんですね？　ミスター・ボウディッチがあの子をここへ連れてきたときに？」

ドーラはまたうなずくと、床に片膝をついてレイダーの頭を撫でた。レイダーは情愛もたっぷりにドーラを見あげた——ぼくの見まちがいかもしれないが、いや、やはりそうは思えない。

ぼくたちはシチューのお代わりもたいらげた。ぼくはお礼を述べた。レイダーは目で感謝を伝えた。ドーラがぼくたちのボウルを片づけているあいだにぼくは立ちあがり、靴の病院で注意を引かれた品にじっくりと目を走らせた。足もとの踏み板を踏んで動かすタイプの古風なミシンだった。黒い本体には薄れかけた金の箔文字で《ＳＩＮＧＥＲ》とメーカー名が書いてあった。

「ミスター・ボウディッチが運んできたんですね？」

ドーラはうなずいて胸をとんとんと叩き、顔を伏せた。ふたたび顔をあげたとき、その目はうるんでいた。

「あの人はあなたに親切だったんですね」

ドーラはうなずいた。

「そしてあなたも、あの人に親切だった。レイダーにも」

ドーラははた目にも苦労をして、ぼくにも理解できる身近な答えをなんとか口にした。「イエッズ」

「それにしても靴がたくさんありますね。どこで手に入れたんです？　あつめた靴になにをしてるんですか？」

ドーラはどう答えたらいいかがわからない顔で、身ぶり手ぶりも意味がほとんどわからなかった。ついでドーラはぱっと顔を輝かせ、作業場へむかった。衣類がしまってあるとおぼしき箪笥があり、コテージの半分を占めているキッチンの食器棚とはくらべものにならない数の整理棚がならんでいた。ドーラが靴の修繕につかう道具類がおさめられているのだろうと思った。ドーラは体をかがめて下のほうの棚をあさり、小さな黒板をとりだした——教室がひとつきりの昔の学校で、生徒がインク壺つきの机でつかっていたような黒板だった。ドーラはさらに棚をあさって、短くなったチョークももってきた。ついで作業テーブルの上にあった作業中の品々の一部をわきへ押しやって、黒板にゆっくりなにかを書くと、ぼくにも読めるように黒板をもちあげた。そこには《あなた　あう　グーガル》とあった。

「意味がわかりません」

ドーラはため息をつくと、文字を手でこすって消し、ぼくをベンチに手招きした。ぼくがうしろから肩ごしにのぞいていると、ドーラは黒板にまず小さな四角形を描き、その前に二本の平行線を引いた。それから四角形を指で叩き、腕をまわしてコテージ全体を示すしぐさをしたのち、あらためて四角形を叩いた。

「これがこの家ってこと？」

ドーラはうなずき、次に平行線を指さしてから、玄関ドアの横にあるひとつきりの丸い窓を指さした。

「道ですね」

「イエッズ」ドーラは――《よく見てなよ、若いの》とばかりに――指を一本立てると、平行線をわずかに長く延ばし、さらに新しく四角形を書きくわえた。その四角形の上に、ドーラはまた《あなた　あう　グーガル》と書いた。

「グーガル」

「イエッズ」ドーラは自分の口を叩いてから、親指とほかの四本の指をせわしなく打ちあわせ、獲物に噛みつくワニを思わせるしぐさをした。その意味が、ぼくにあますところなくわかった。

「話すんですね！」

「イエッズ」

それからドーラは言葉とは思えない《グーガル》を叩き、つづいてぼくの肩をつかんだ。靴の修繕仕事で鍛えたその手は力強く、灰色の指先は胼胝（たこ）で硬くなっていた。それからぼくにむきなおり、ぼくを玄関ドアのほうへ歩かせる。ぼくがドアの前にたどりつくと、ドーラはまずぼくを指さしてから二本の指を動かして歩くジェスチャーをし、さらに右を指さした。

「つまり、ぼくに〝グーガル〟と会ってこいといってるんですか？」

ドーラはうなずいた。

「ぼくの犬には休息が必要です。そもそも、体調があんまりよくないんですよ」

ドーラはレイダーを指さすと、また眠っている真似をした。

その目的地まではどのくらいの距離を歩くのかと質問しようかと思ったが、そういった質問にドーラがきちんと答えられるとは思えなかった。なにかをたずねるなら、イエスかノーで答えられる質問でなくてはならない。

「そこまでは遠いんですか？」

頭を左右にふる。

「その〝グーガル〟は話せるのでしょうか？」

この質問がドーラには愉快に思えたらしい。それでもドーラはうなずいた。

「〝グーガル〟って、〝いい女の子（グッド・ガール）〟のことでしょうか？」

三日月の笑み。肩をすくめる。一回うなずいたのちに、ドーラは頭を左右にふった。

「なんだか、ここで迷子になっている気分です。あたりが暗くなる前には、ここへ帰ってこれますか？」

力のこもったうなずき。

「そのあいだレイダーを見ててくれますか？」

「イ、イ、イエッズ」

ぼくは考えをめぐらせたのち、とにかくやってみようと心を決めた。〝グーガル〟に話ができるとすれば、いくらかなりとも答えが得られるだろう。ドーラのこと、都のこと、そしてレイダーを若返らせることができるという日時計のことさえ知っているかもしれない。さらにぼくは、一時間ばかりは歩こうと決めた。一時間たっても〝グーガル〟の家を見つけられなかったら、Uターンしてもどってくるとしよう。

ぼくは玄関ドアをあけようとした（ドアノブの代わりに古めかしい鉄製の掛け金がついていた）。ドーラがぼくの肘をつかんで引きとめ、指を一本立てた——《ちょっと待て》のサインだ。ついでドーラはせかせかと〝靴修繕センター〟へ引き返し、作業テーブルの抽斗のひとつをあけてなにかをとりだし、早足でもどってきた。その手にあったのは、手のひらよりもまだ小さなサイズの革の断片だった。緑に染めてある靴底のようにも見えた。ドーラはぼくに、その革をポケットにしまうよう手ぶりでうながした。

「これはなんのために？」

ドーラは困った顔になり、すぐに一転して笑顔をのぞかせ、両手をもちあげて手のひらをこちらへむけた。簡単には伝えられない事情があることは明らかだった。ドーラはぼくのバックパックのストラップに触れて、目顔で問いかけてきた。かまうものか——ぼくは腹をくくってバックパックをするりと背中からおろし、ドアの横の床に置いた。しゃがんでバックパックをあけ、とりだした財布を尻ポケットに押しこめる——この先だれかに身分証明書の提示を求められることを想定したような行動だったが、そんな馬鹿な話はないだろう。そうしながらレイダーに目をむけた——ぼくひとりが出かけて、自分がドーラのもとに残されることをレイダーがどう思っているのか確かめたかった。ぼくが立ちあがってドアをあけたときには、レイダーは頭をもちあげたものの、すぐに頭をおろしてしまった——いまの居場所にとどまって、うたた寝をすることで満ち足りているようだ。当然ではないか。シチューで腹はいっぱい、おまけに友人といっしょにいるのだから。

幅のある未舗装の道——街道——までは、左右を罌粟の花にはさまれた通路が延びていた。罌粟以外の花もあるにはあったけれど、いずれも萎（しお）れているか枯れてしまっていた。ぼくはうしろをふりかえった。玄関ドアの上に、大きな赤い木の靴が飾ってあった——ドーラ自身が履いている靴とおなじく、まばゆいほどの赤い靴だった。あれは看板のようなものだろう、とぼくは思った。ドーラは大きな赤い靴の下に笑顔で立ち、むかうべき方向をぼくが最後の瞬間に忘れたと思っているみたいに、笑顔で右をさし示していた。あまりにも母親族めいたそのふるまいには笑みを誘われた。

「ぼくの名前はチャーリー・リードです、マーム。さっきはお礼を忘れてたかもしれませんけど、本当にごちそうさまでした。お知りあいになれて光栄です」

ドーラはうなずき、ぼくを指さしてから、その手で心臓の上あたりを叩いた。このジェスチャーに翻訳は必要ではなかった。

「あとひとつ、質問してもいいですか?」

ドーラはうなずいた。

「ぼくはあなたたちの言葉をしゃべっていますか? どうなんでしょうか?」

ドーラは笑い声をあげて肩をすくめた——ぼくの質問が理解できないか、答えを知らないか、あるいはどうだっていいと感じている、というところだろう。

「オーケイ。わかります」

「オ・エイ」ドーラは家のなかにもどってドアを閉めた。

花畑内の歩道の入口にA型看板が置いてあった。レストランが店先の歩道に出しているメニューボードのような看板だ。看板の右を向いている方、つまりぼくがこれから進むべき側にはなにも書かれていなかった。看板の左に面した側には、完璧に意味のわかる英語で四行の詩が書いてあった。

壊れた靴をわたしにおくれ
この道ゆけば新しい靴見つかるよ
あなたがわたしを信じれば
旅路に幸(さいわ)いめぐりくる

ぼくは四行に目を通すのにあまりあるほど長いあいだ看板を見つめていた。これを読めば、ドーラが自分の家で再生中の靴の出どころは見当がついてきたが、長く見ていた理由はそれではない。その筆跡がぼくの知っているものだったからだ。ぼくはその文字を買い物リストや、郵便配達に収集してもらうためにシカモア・ストリート一番地の郵便受けに入れた多くの封筒で目にしていた。何年前かは神ならぬ身ではわからなかったが、この看板をつくったのはミスター・ボウディッチその人なのだ。

5

バックパックを背負っていないと歩くのがずいぶん楽で、これはいいことだった。あたりを見まわしてもレイダーの姿が見えないのは、あまりいいことではなかったが、ドーラといっしょにいれば安全だとわかってもいた。スマホがつかえなくなっているいま、時間がどのくらい経過したかの判断がぼくにはむずかしくなっていたし、空にずっと雲が垂れこめているために太陽の位置から時間をざっくり測ることも困難だった。太陽は出ていたが、雲に隠れた輪郭のあいまいなしみにすぎなかった。そこでぼくは時間と距離の目星をつけるのに、昔の開拓者たちがつかっていた方法を採用することにした。〝目路〟のかぎりまで進むことを、三度か四度くりかえすのだ。それでも〝グーガル〟が見えてこなければ、Uターンして引き返そう。

　歩きながら、ぼくは詩が書かれたA型看板のことを考えていた。レストランのメニューボードだったら、どちらにむかって歩く人にも見えるよう表裏両面に料理の名前を書くはずだ。ところがさっき見た看板は、片側に詩が書いてあるだけだった。つまりぼくが察するところ、この街道はぼくがこれから見つけるべき家の方向へむかう一方通行のようだった。なぜそんなことになっているのかはわからないが、〝グーガル〟が説明してくれるかもしれない。〝グーガル〟なる生き物が実在するのなら。

　いつしかぼくは三つめの〝目路〟がおわるところにたどりついていた――道路がのぼり坂になり、中央が丸く迫りあがった木造の太鼓橋につながっているところにさしかかったとき（橋の下の河床は完全に干上がっていた）、警笛めいた音がきこえた。いや、車のクラクションではなかった。鳥の声だった。橋の最高点にたどりつくと、右側に一軒の家が見えてきた。街道の右側にはもう罌粟の花は見あたらなかった。道の端ぎりぎりにまで森林が迫っていた。家は靴の女ドーラのコテージよりもだいぶ大きく、ターナー・クラシック・ムービーズで見る西部劇の牧場屋敷のようだった。母屋のほかに、大小ふたつの離れがあった。大きいほうは納屋にちがいない。ここは農家だった。納屋の裏は広い畑で、作物の畝が整然とならんでいた。すべての作物の名前がわかったわけではないが――ぼくは園芸家ではない――トウモロコシなら見ればそれとわかった。建物はどれも靴の女ドーラの肌なみに古びて灰色になっていたけれど、まだまだ頑丈そうに見えた。

　警笛めいた声をあげていたのはガチョウだった。少なくとも十羽以上はいた。ガチョウたちは、青いワンピースに白いエプロンを締めている女性をかこんでいた。女性は片手でエプロンをもちあげていた。そして反対の手で餌をつかんでは、地面に撒いていた。ガチョウたちは翼を派手にばたつかせながら、待ってましたとばかりに餌を追いかけていた。その近くではかなり痩せて高齢に見える白馬が、金属製のかいば桶から餌を食べていた。〝飛節内腫〟という単語がふっと頭に浮かんだが、馬の病気である〝飛節内腫〟を詳しくは知らないので、合っているかどうかはわからなかった。馬の頭に蝶がとまっていた――蝶が普通のサイズだったことにはほっとした。ぼくが近づくと蝶は飛び立っていった。

　女性は目の隅でぼくの姿をとらえたにちがいない。というのもぱっと顔をあげ、もちあげたエプロンのポケット深くに片手を突っこんだまま動きをとめたからだ。その足もとではガチョウたちがひしめき、ぱたぱた動きまわっては、もっと餌をよこせと声をあげていた。

ぼくも動きをとめていた。ようやくドーラがなにを伝えようとしていたかがわかったからだ――〝グーガル〟とは〝ガチョウ番の娘(グース・ガール)〟だったのだ。しかしそれも、ぼくが凍りついたようになった理由の一部でしかなかった。女の髪は深みをたたえたダークブロンドで、そこに若干明るい色の筋がまじっていた。髪は肩にまで垂れていた。目は大きくて瞳はブルー、細い筋状で半分消えかかったよなドーラの目とは大ちがいだった。頬は薔薇色。若くて、ただ愛らしいだけではなかった――女は美しかった。ただし、絵本のような美しさをそこなっているものがひとつあった。鼻の下とあごのあいだには、ごつごつした白い筋が一本あるだけだった。ずいぶん昔に負った深傷のあとのように見えた。この傷の右端に、小さな薔薇の蕾(つぼみ)のような十セント硬貨大の赤い痣があった。

ガチョウ番の娘には口がなかった。

6

ぼくが近づくと、女は離れの一棟にむかって一歩あとずさった。離れは作男たちが寝泊まりする簡易宿舎のようなものだったらしい。灰色の肌の男がふたり、そこから出てきた。ひとりは乾草用の三叉(みつまた)を手にしていた。ぼくは足をとめた――ここでは自分が異邦人であることを思い出しただけではなく、武装していることも思い出したからだ。ぼくは、なにももっていない両手をかかげて見せた。

「ぼくなら心配ありません。無害です。ドーラにいわれて来ました」

ガチョウ番の娘は心を決めかねていたのか、さらに数秒ばかり身じろぎもせずにたたずんでいた。ついでその手がエプロンから出てきて、トウモロコシや穀物をさらに地面にばらまいた。反対の手を動かして、農家の作男とおぼしき面々に建物へもどっているように指示を出すと、ぼくを手招きした。ぼくは前に進んだが、あいかわらず手をあげたまま、ゆっくりした足どりを心がけた。三羽のガチョウが翼をばたばたさせて鳴き声をあげながら近づいてきたが、両手になにもないのを見てとるなり、すばやく女のもとへ引き返した。馬はあたりを見まわし、昼食を再開した。いや、夕食かもしれない。というのも、ぼやけたしみのような太陽は、いまでは街道の反対側に広がる森にむかって降下しつつあったからだ。

ガチョウ番の娘は、ひとときの驚きに見舞われたにせよ、動じることもなく群れへの餌やりをつづけていた。ぼくはなにを話せばいいかもわからないまま、庭のへりに立っていた。ふと、レイダーの新しい友人はぼくをまんまとかついだのかもしれない、という思いが頭をかすめた。あのときぼくは、〝グーガル〟は話ができるのかとたずねた。ドーラはうなずいていたが、同時に笑みをのぞかせていた。とんだジョークじゃないか――疑問への答えをきかせるために、ひとりの若者を口がない女性のもとへ送りだすとは。

「ぼくはこのあたりの者じゃありません」ぼくはそういったが、これは愚かしい発言だった。そんなことは、ぼくをひと目見ればわかる。とにかく、この女性は美しかった。かつては口だったにちがいない傷も隣にある痣も、ある意味でこの女性の美をいちだんときわだたせていた。不気味ないいぐさにきこえるのも、それこそ変態っぽい言い方に思われるのもわかっている。しかし事実だった。「ぼくは――いたたっ」一羽のガチョウがぼくの足首をくちばしでつついたのだ。

女はこれを愉快に思ったらしい。エプロンのなかに手を入れ、最後に残った餌をつかんで小さな拳をつくると、ぼくのほうへ差しだした。ぼくが手をひらくと、女は砕いたトウモロコシに小麦を混ぜたとおぼしき餌をぼくの手のひらにざらりとあけた。そのときにはぼくの手がふらつかないように、反対の手をぼくの手に添えた。女の指の感触が、弱めの電気ショックのように感じられた。ぼくはたちまち魅了されていた。若い男なら、だれでもおなじようになるにちがいない。

「ぼくがここへ来たのは、愛犬が年をとっていて……ある友人からここの都へ行けば……」いいながら、その方向を指さす。「……愛犬を若返らせる手だてがあるときいたからです。その方法を試してみようと思いたちました。それについては、疑問がざっと一千はあるんですが、見たところ、あなたでは……その、なんというか……できないことがあるようで……」

ぼくはそれ以上どつぼにはまりこむのを避けるために口をつぐみ、手に握っていた餌をガチョウたちのために撒いた。頬がかっと熱くなるのが感じられた。

これもまた、女には愉快に思えたようだ。女はもちあげていたエプロンをおろして手で払った。ガチョウたちは最後に残った粉同然の餌のくずを食べると、がぁがぁという声でゴシップを交換しつつ納屋へ引き返していった。ガチョウ番の娘は両腕を頭の上に伸ばした。その動作のせいでワンピースの生地が強く引っぱられ、すばらしい胸のふくらみが浮かびあがった（そう、いやでも目を引かれてしまった――文句があるなら訴えるがいい）。女は頭上で手を二回叩いた。

老いた白馬が頭をあげ、ゆったりとした歩調で女に近づいた。馬のたてがみが編んであり、小さな色つきガラスやリボンで飾られているのが見えた。そんなふうに飾ってもらっているのだから牝馬（ひんば）なのだろう、と思った。次の瞬間、それが確証に変わった。なぜなら馬が話しはじめたとき、口から出てきたのは女性の声だったからだ。

「あなたの疑問のなかには、わたしが答えられるものもありましょう。なぜなら、あなたはドーラがここへ寄越した人ですし、あなたの締めているベルト、きれいな青い石の飾りのあるそのベルトをご主人が知っているからです」

とはいえ馬は、ベルトにもホルスター内の四五口径にもまったく関心がないようすで、街道とその反対側に広がる木々をながめているばかりだった。飾りボタンつきベルトに目をむけているのはガチョウ番の娘のほうだった。女はきらめく青い瞳をふたたびぼくにむけてきた。

「あなたはエイドリアンのところから来たのですね？」

その声は白馬からやってきた――というか、少なくとも大雑把(おおざっぱ)に白馬のあたりからといったほうがいい。けれども、ガチョウ番の娘ののどの筋肉と、かつて口があったらしい箇所のまわりの筋肉が動いているのが見えた。

「あなたは腹話術ができるんですね！」ぼくはそう口走った。

ガチョウ番の娘は目で微笑むと、ぼくの手をとった。その触れあいが、またしてもショックをもたらした。

「来て」

それからガチョウ番の娘はぼくの手を引いて、農場屋敷の裏へまわりこんでいった。

第十四章

レーアとファラダ。

姫さまをお助けください。

街道での会合。狼たち。

ふたつの月。

1

ぼくたちが話をしていたのはわずか一時間だったし、あらかたぼくがしゃべる結果になったけれど、それだけの時間でもガチョウ番の娘がありきたりの農家の女性でないことがしっかりわかるには充分だった。この言い方では、ぼくがお高くとまっていると思われるかもしれない――農家の女性だったら賢明であるはずはないとか、かわいいはずがない、さらには美しいはずがないと考えているかのように。でも、そんなことはひとつも思っていない。ぼくたちが住むこの巨大な球体のどこかに住んでいる農家の女性のなかには、腹話術の心得のある人もいるはずだと信じてもいる。でも、それだけではなかったし、そこにとどまるものでもなかった。この女性には一種の自信の雰囲気、そして気品があった。たとえるなら、まわりの人々を――作男たちにかぎらず――命令に従わせることに慣れた者のようだったのだ。最初こそためらいをのぞかせていたが――ぼくがいきなり出現したからだろう――そのあとは少しも恐怖をのぞかせてもいなかった。

この一時間でぼくがこの女性に首ったけになってしまったことも、あえて説明する必要はなさそうだ。みなさんにはもうそのことも知られているだろうから。こういった物語では定番の展開なのでは？ ただし、ぼくにとっては物語でなかった――これはぼくの人生だった。そしてチャーリー・リードらしい幸運でもあった――首ったけになった相手は年上というだけでなく、唇にぜったいキスのできない女性でもあった。ただし、口のあるべき場所に残る傷にもぼくは喜んでキスをしていたはずで、恋の病の重さもここから察しとれると思う。その一方でぼくは、口があろうとなかろうと、この女性がぼくのような者と釣りあう相手でないこともわかっていた。

そもそもの話、若くて美しい女が恋わずらいの相手たるロミオと馬を通じて話をするという場面で、いったいどれだけのロマンスを紡げるだろうか？

けれども、ぼくたちはまさにそうしていた。

2

畑の近くにあずまやがあった。ぼくたちはそのなかで、小さな丸テーブルを囲んだ。ふたりの作男がトウモロコシ畑から収穫が山積みになった籠をもって出てきて納屋へむかったので、ここではいま十月上旬ではなく夏なのだろうと見当がついた。白馬は近くの草を食んでいた。顔がかなり変形して、肌が灰色になっている少女がトレイを運んできて、テーブルに置いた。トレイには布のナプキンが二枚とグラスがひとつ、ピッチャーがふたつ載っていた。ひとつは大きなピッチャー、もうひとつはダイナーでコーヒーミルクを入れてある小さなピッチャー同然のサイズだった。大きなピッチャーにはレモネードらしい飲み物がはいっていた。小さなピッチャーの中身は、カボチャのピューレのような黄色いどろりとした感じのものだった。ガチョウ番の娘はぼくに手ぶりで、大きなピッチャーの中身を飲むようにすすめてきた。ぼくはすすめに従ったが、多少のきまりわるさも感じた。自分には飲み物を飲める口があったからだ。

「おいしいです」ぼくはいった。心からの言葉だった――甘味と酸味のバランスが絶妙だった。

灰色の少女はこのときもまだガチョウ番の娘のすぐうしろに

立って控えていた。少女は小さなピッチャーの中身である黄色い粘液を指さしていた。

　ガチョウ番の娘はうなずいたが、鼻の穴がため息で広がり、かつては口だったはずの傷痕の両端がわずかに下がっていた。給仕係の少女が、肌の色とおなじく灰色のワンピースのポケットからガラスのストローをとりだして、上体をかがめた。どろどろの液体にストローを差そうとしていたのだろう。しかしガチョウ番の娘はストローを手にとって、テーブルに置いた。それから給仕係の少女を見あげてうなずき、ヒンズー教徒が〝ナマステ〟と挨拶するときのように両手をあわせた。

　給仕係がさがると、ガチョウ番の娘は手を叩いて馬を呼んだ。馬は近づき、最後に口にいれた餌をもぐもぐと嚙みながら、ぼくたちとのあいだにある柵の向こうから頭を垂れてきた。

「わたしはファラダです」馬はそういったが、腹話術師の膝にすわっている人形の唇とは異なり、馬の口は動いていなかった――牝馬は口のなかの餌を嚙みつづけていただけだ。ガチョウ番の娘がどうしてわざわざ馬がしゃべっているように見せかける芝居をつづけているのか、ぼくにはわからなかった。「そしてわたしのご主人はレーア」

　のちのちぼくはドーラのおかげで名前の正しいつづりを知ることになるが、このときききこえたのは《スター・ウォーズ》の登場人物とおなじ、〝レイア〟だった。そのあとで起こったことすべてを考えあわせれば、これはこれで筋が通っているといえる。ぼくはすでにルンペルシュティルツヒェンや、靴に棲む老婆ならぬ靴の看板の下に住む女性と会っていたし、ぼく自身が豆の木をのぼったジャック少年のようなものだった。そして《スター・ウォーズ》は――卓越したSFXがそなわっているとはいえ、やはり――ひとつのおとぎ話（フェアリー・テイル）ではないだろうか？

「おふたりに会えてよかったです」ぼくはいった。この日に体験した奇妙なことのなかでも（もっと奇妙なことを体験するのはまだ先だ）、いろいろな意味でこれがきわめつきに奇妙だった――いや、最高に現実離れしていたというべきか。ぼくは白馬と女性のどちらを見ていればいいかが判断できず、最終的にはテニスの試合でボールの行方を追っている人のように顔を左右に動かすことになった。

「エイドリアンにいわれてこちらへ来たのですか？」

「ええ――ただ、ぼくが知っていたあの人の名前はハワードです。エイドリアンだったのは……その前のことでした。あなたが最後にあの人と会ったのはいつですか？」

　この質問にレーアは顔をしかめて考えこんでいた。しかめた顔さえもかわいかった（ここから先はこの手の感想をなるべく控えようと思うけれど、簡単にはいきそうもない）。ついでレーアはさっと顔をあげた。

「わたしがずっと若いころ」ファラダの口から言葉が出た。

「エイドリアンもずっと若かった。あの人は犬を連れていましたね――子犬の域を脱したばかりみたいな犬を。あの犬、いたるころでぴょんぴょん飛び跳ねてた。あのワンちゃん、不思議な名前がついてましたっけ」

「レイダー」

「ええ」

レーアはうなずいた。白馬は周囲のことにも我関せずのようすで、ただ口のなかの餌を噛みつづけていた。

「エイドリアンは亡くなったのですか？　あなたがここへ来ていて、しかもあの人のベルトを締めて、あの人の武器をもってきてるということは、亡くなったんだなと思いました」

「ええ、亡くなりました」

「つまり、もう一度日時計に乗って回転するのを拒んだんですね？　だったら、賢明な判断です」

「そうです、拒みました」ぼくはレモネードをまた少し飲んでグラスをテーブルに置き、身を乗りだした。「ぼくがここへ来たのはレイダーのためです。レイダーは年寄りになりました。それでぼくはレイダーを日時計まで連れていって……確かめてみたいんです……あの犬を……」ぼくは適切な言葉はなにかと考え、またSF風のおとぎ話(フェアリー・テイル)の一冊を連想していた──『2300年未来への旅　ローガンの逃亡』だ。「……あの犬を〝再生〟できるかどうかを。それでいくつか質問が──」

「あなたの話をきかせて」ファラダがいった。「そのあとで、あなたの質問に答えてもいいかもしれない──答えることが、わたしにとっていいことに思えたら」


ここでいったん立ちどまって、ぼくはファラダを通じてレーアから情報を得たが、レーアのほうがずっと多くの情報をぼくから得たことを話しておこう。レーアには独特の雰囲気があった。まわりが自分の意志に従うことに慣れている雰囲気。しかしそれは、無理強いや力ずくによるものではなかった。世の中には人に愛想よく、そして礼儀正しく接する義務があり、その必要がない場合には義務が二倍になると自身で認識している人々が──それも育ちのいい人々が──いる。しかし愛想よく接しようと接しまいと、そういった人たちは決まって欲するものを手に入れるのだ。

あたりが暗くなる前にドーラの家へ帰りたかったこともあって（日没を過ぎたら、あの森からなにが出てくるかわかったものではなかった）、ぼくはもっぱらわが使命のことに話を絞った。まずミスター・ボウディッチとどうやって出会ったかを話し、どんなふうに身のまわりの世話をしたかを語り、友人同士になったことを話した。また黄金のことも話し、いまは充分な分量があるにはあるが、ぼくが住む世界の人々に──この世界を悪用しかねない人々に──この世界の存在を秘密にしておくには、いずれ追加の黄金が必要になるかもしれないとも話した。ただしミスター・ボウディッチが死去したいま、その黄金を現金に替える手だてをぼくが見つけなくてはならないことまでは、いちいちここで話さなかった。

「というのも、のちのち……いまから数年後になっても、まだ支払の必要があるだろうし、それもかなりの高額になります。ええと、税金がなにかはわかりますか？」

「ええ、わかります」ファラダが答えた。

「ただし、ぼくがいま心配しているのはレイダーのことです。例の日時計は都にあるんですね？」

「そのとおり。王都へ行くのなら、あなたは物音を立てないことを心がけ、エイドリアンが残した道しるべをたどる必要があります。それから夜はぜったい、ぜったい王都へ行ってはいけません。あなたは〝全き者〟のひとりですから」

「全き者？」

　レーアはテーブルごしに手を伸ばして、まずぼくのひたいに触れた――それから片頬に、鼻に、唇に触れていった。ごく軽い、触れるか触れないかといった程度の指先のタッチだったが、このときもまた例のショックがぼくの体を駆け抜けていった。

「全き者」ファラダがいった。「灰色でない者。欠けたところのない者」

「なにがあったんです？」ぼくはたずねた。「それはゴ――」

　今回レーアのタッチは軽くはなかった――ぼくの唇が歯にあたるほど強い力で、手のひらを口もとに叩きつけてきたのだ。同時にレーアは頭を左右にふった。

「あいつの目覚めを早まらせたくなければ、決してあいつの名を口にしないことです」レーアは片手を自分ののどにあてがった。指先があごの右側に触れていた。

「疲れてるんですね」ぼくはいった。「話をするために、いろいろ大変な思いをしなくてはならないので」

　レーアはうなずいた。

「ぼくは帰ります。あしたも話ができるかもしれません」

　ぼくは腰を浮かせかけたが、レーアはぼくにとどまれと手で伝えてきた。そのジェスチャーが示している命令に、誤解の余地はなかった。レーアはレイダーでも理解できる流儀で指をあげたのだ――《伏せ》のサインを。

　それからレーアはガラスのストローを黄色い粘液に刺し、右手の人差し指を頬の赤い痣のところへもっていった――美しいレーアの肌のたったひとつの欠点である部分に。みると、右の人差し指以外の指はどれも爪が短く切られていた。レーアは爪が見えなくなるまで痣に深々と食いこませた。爪を引き抜く。肉に穴がぽっかりとあいて、鮮血が小川のようにレーアのあごにむかって流れはじめた。レーアは自分であけた穴にストローを挿入すると、頬をすぼめ、栄養のために摂取しているピッチャーの中身を吸いあげはじめた。小さなピッチャーの中身が半分になった。といっても、ぼくならひと口で飲み干せたはずの量だ。のどの筋肉が、一度ならず数回にわたって収縮した。見た目だけではなく味も相当えぐかったらしい。というのも、レーアが噎せながら飲みこんでいたからだ。レーアはストローを穴から引き抜いた――のどに穴があったら、気管切開術でつくられた穴になっただろう。穴はたちまち見えなくなったが、痣はこれまで以上に毒々しい色になっていた。穴はレーアの美しさに大声で呪いをかけていた。

「それで足りるんですか？」ぼくの動揺が声に出ていた。とても隠せなかった。「だって、ほとんど飲んでないじゃないですか！」

レーアはうんざりしたようすでうなずいた。「穴をあけるのは痛いし、何年も何年もいくつかのおなじ物ばかり飲んできたせいもあって、味もおぞましいとしかいえません。ときにはいっそ餓死してしまおうかとも思いますが、そんなことをしてもある種の勢力を大喜びさせるだけですから」そういって頭を左のほうへ傾ける――ぼくがやってきた方角へ、王都の方角へ。

「お気の毒に」ぼくはいった。「ぼくでもなにか力になれることがあれば――」

レーアは話を理解したしるしにうなずくと（もちろんまわりの人々はこの人の力になりたいと願うだろうし、そのための順番待ちの列で一番になるためなら争いもするだろう）、このときも〝ナマステ〟の仕草をした。さらにナプキンをとりあげ、流れた血のあとを拭きとっていく。これ以前にも呪いのことは話にきいてはいたが――物語の本には呪いがあふれている――それが現実に働いている場を目にしたのは初めてだった。

「道しるべどおりに進むこと」ファラダがいった。「迷ってはいけません――迷えば夜影兵（ナイト・ソルジャー）たちにとらえられます。レイダーもろとも」この名前がレーアには発音しにくいらしい。というのも〝レイアー〟というふうにきこえたからだ。それで、ドーラがレイダーを熱狂的に歓迎したときのことが思い出された。「日時計は王宮の裏手、闘技場広場（スタジアム）にあります。あなたがすばやく、かつ音をたてずに動けるのなら、その目的も達成できるでしょう。それにあなたが先ほど話していた黄金ですが、あるのは王宮の内部です。手にいれるには前者とは比較にならないほどの危険がともないます」

「レーア、あなたは以前王宮に住んでいたのですか？」

「ずいぶん昔に」ファラダがいった。

「あなたは……」この質問の答えはぼくには明らかだったけれど、それでも自分に鞭打たなくては口に出せなかった。「あなたは王女さまなのですか？」

レーアは頭をさげた。

「そのとおり、この人はお姫さまです」レーアは――ファラダを通じて――みずからを三人称で話した。「いちばん年下のお姫さまです。年上のお姫さまが四人、そしてお兄さまが――お好みであれば王子さまとお呼びください――ふたりいました。ドルシラ、エレーナ、ジョイリーン、そしてわたしがその名をいただいたファラダという四人のお姉さまはみな亡くなりました。お兄さまのロバートも死にました――かわいそうに、ぐしゃぐしゃに潰れた骸（むくろ）をレーアはその目で見たのです。もうひとりのお兄さまで、ずっとレーアにやさしかったエルデンも死にました。お母さまとお父さまもすでにお亡くなりになりました。

ご家族はもうほとんど残っていないのです」

　ぼくは言葉をなくし、そこまでの悲劇がもたらす打撃の大きさを理解しようと努めた。ぼくは母を亡くしていた——それだけでも充分打ちのめされたのだ。

「あなたにはぜひわが姫さまの叔父上にお目にかかっていただきたく。叔父上はシーフロント街道にほど近い煉瓦づくりの屋敷に住んでおります。いま以上の話をしてくれましょう。さて、姫さまはもうかなりお疲れです。あなたによき一日と道中のご無事を願っておられます。あなたはドーラのもとで夜を過ごすのがよいでしょうね」

　ぼくは立ちあがった。しみのように見える太陽はいよいよ木々のてっぺんに届こうとしていた。

「姫さまはあなたにたくさんの幸運がありますようにと祈られております。あなたが望みどおりエイドリアンの愛犬を〝再生〟できたあかつきには、ぜひともこちらへお連れください。姫さまはあの犬が昔のように跳ね躍ったり走ったりするところを、ぜひごらんになりたいとおおせです」

「わかりました。あとひとつだけ、質問をしてもいいですか？」

　レーアは疲れたようすでうなずいて片手をあげた——《かまわないけれど、手短にね》と語っているしぐさ。

　ぼくはポケットのひとつから小さな革の切れ端をとりだしてレーアに見せ、それから（いささか馬鹿馬鹿しいと思いつつも）ファラダにも見せた。牝馬は関心のかけらも見せなかった。

「ドーラにもらいました。でも、ぼくにはどうすればいいかがわかりません」

　レーアは微笑み、ファラダの鼻を撫でた。

「ドーラの家へもどるあいだに、あなたは旅人たちと出会うかもしれません。もし旅人が裸足だったら、壊れた靴やすり減った靴を修理のためにドーラに託してきたからです。そんな裸足の旅人を見かけたら、その引換券（トークン）をあげるのです。街道をこの方向へ進めば——」いいながらレーアは王都と反対を指さした。「ドーラの弟さんの小さなお店があります。トークンをもっている旅人には、それと引き換えに弟さんが新しい靴をあげるのです」

　ぼくは考えをめぐらせた。「ドーラは壊れた靴の修繕をしているのですね」

　レーアはうなずいた。

「壊れた靴が〝再生〟されたら——ぼくがレイダーを〝再生〟させたがっているのとおなじ意味で——直しおわった靴を弟さんのところへもっていくんですね？」

　レーアはうなずいた。

「で、弟さんはその靴を売るんですね？」

　レーアはかぶりをふった。

「どうして？　お店というのは儲けを出すのが普通じゃないってですか？」

「人生には儲けよりも大事なものがあります」ファラダがいっ

た。「姫さまはたいそうお疲れで、もうお休みにならなくてはなりません」

レーアはぼくの手をとって、ぎゅっと握った。これがぼくをどんな気分にさせたかは、あえていうまでもないだろう。

レーアはぼくの手を離すと、一度だけ拍手をした。ファラダがゆったりした歩調で離れていった。納屋から灰色の肌をもつ作男のひとりが出てきて、ファラダの脇腹を軽く平手で叩いた。ファラダはみずから進んで納屋のほうへ歩き、灰色の男はその隣を歩いていった。

ぼくがまわりに目をむけると、先ほどどろどろのピューレとレモネードを運んできた女が控えていた。女はぼくにうなずきかけると、母屋とその先の街道のほうを手で示した。つまり謁見は——そう、これが謁見だったことに疑いの余地はなかった——もうおわったということだ。

「これで失礼します。ありがとうございました」ぼくはいった。

レーアは〝ナマステ〟のジェスチャーをすると頭を垂れ、エプロンの上で両手を組みあわせた。侍女は（あるいは女官かもしれない）灰色のロングドレスの裾を地面に引きずりながら、街道までぼくを見送りに出てきた。

「あなたは話せますか？」ぼくはたずねた。

「少しなら」掠れたがらがら声だった。「話すと痛みます」

ぼくたちは街道にたどりついた。ぼくは自分が来た方角を指さした。「お姫さまの叔父上が住んでいるという煉瓦の家はどれくらい遠いのでしょう？　ご存じですか？」

侍女らしき女は変形した指の一本を立てた。

「一日かかる？」

侍女はうなずいた——これがこの世界でいちばん一般的なコミュニケーションであることを、ぼくは学びつつあった。つまり腹話術の心得のない者たちにとっては、という意味だ。

姫の叔父のところまでは丸一日かかる。その距離が三十キロ強なら、王都まではさらに一日——いや、おそらく二日はよぶんにかかりそうだ。それどころか三日かかるかもしれない。井戸に通じている地下通廊まで引き返すには往復で六日かかる……それも、すべてが順調に進んだ場合だ。そのころには父は家に帰って、ぼくの失踪を警察に届けでていることだろう。

父は不安でいてもたってもいられなくなって、酒に手を出してしまうかもしれない。ぼくは犬一頭の命のために、父の断酒状態を危険にさらすことになる……おまけに、魔法の日時計が実在するとして、その魔法が高齢のジャーマンシェパードにも働くとだれにわかる？　それで気がついた——いや、もっと早く気づいて当然だといわれるだろうが——ぼくがやろうと考えているのはそもそもいかれたアイデアだが、それだけにとどまらず、自分勝手でもあるということに。いまここで元の世界へ引き返せば、だれにも、なにも知られずにすむ。もちろん友人のアンディ・チェンが扉にちゃんと南京錠をおろしていたら、ぼくは小屋を壊して脱出しなくてはならないが、その程度の力は自分にあるように思えた。なにせぼくはヒルヴュー・ハイスクールのアスリート軍団中、練習用のタックルダミーに体当たりして四、五十センチばかり後退させるだけでなく、そのまま突き倒すこともできる数少ない選手のひとりだ。それ以外の要素もあった。ぼくはホームシックを感じていた。こっちへ来てからまだわずか数時間。それなのに、この雲が垂れこめた荒涼とした世界、本物の色彩といえば広大な罌粟(けし)のお花畑だけだという世界で昼がおわりかけるにつれて……そう、ぼくはホームシックを起こしていた。

レイダーを連れて家へ帰ろう、と肚を決めた。自分の選択肢について考えなおす。もっといい計画を練りあげる——だれも心配させることなく、一週間、あるいは二週間にわたって家を留守にできる計画だ。それがどんな計画なのかは皆目わからなかったし、当時のぼくも心のずっと深いところで（そう、ぼくたち人間が自分自身から秘密を隠すのにつかう暗くて狭いクロゼットのなかで）、自分は計画の実行をレイダーが死ぬまで引き延ばすつもりと知っていたとは思うが、とにかく計画を見直そうと考えていた。

ただしそれも、灰色の肌の侍女がぼくの肘をつかんで引き止めるまでだった。もはや顔とはいえない顔にはそんな挙に出ることへの怯えがあったが、手には強い力がこもっていた。侍女はぼくを引き寄せて爪先立ちになると、あの苦しげなしゃがれ声でこういったのだ。

「姫さまをお助けください」

3

のろのろと歩いてドーラの〈靴の館〉まで引き返すあいだ、日の光がどんどん翳(かげ)っていることは意識していなかった。レーアが（いや、この時点でもまだ頭のなかでは姫のことをレイアと考えていた）かつて口があった場所の横にある痣にどうやって穴をあけたかを思っていた。穴からどんなふうに血が流れたかを思い出し、痛かったにちがいないと考え、それでもそんなことをしなくてはならないのは、生きつづけるために摂取できるのが、あのどろどろとしたピューレだけだからなのだろう、と思っていた。

あの人が最後にトウモロコシにかぶりついたのはいつだろう？　あるいはドーラがつくるおいしいウサギのシチューを食べたのは？　レイダーがまだ子犬で、いまよりもずっと若いファラダといっしょに駆けまわっていたころ、レーアはもう口をなくしていたのか？　極度の栄養不良におちいっているにちがいないのに、それでもあれだけの美が存在しているのは、ある種の血も涙もないジョークか？　絶え間ない飢餓状態にあるはずなのに、元気で健康そうに見えるのは、そういう呪いをかけられているから？

《姫さまをお助けください》

助ける方法があるのか？　おとぎ話（フェアリー・テイル）のなかなら手だてもあるだろう。五歳にもなっていなかったころだと思うが、母がラプンツェルの物語を読みきかせてくれたことを思い出す。物語のエンディングもあいまって、そのときの記憶は鮮明だった――恐るべき残酷な行為の結果が愛によって逆転させられるのだ。塔に閉じこめられていたラプンツェルを助けた王子だったが、よこしまな魔女によって盲目にさせられる。かわいそうなこの王子が両手を伸ばして障害物の有無を手で確かめながら、薄暗い森のなかをひとり歩いている場面の挿絵を生々しく覚えていた。物語の結末で王子はラプンツェルと再会、そのラプンツェルの涙が王子の視力をとりもどしてくれる。ではレーアの口をとりもどすために、ぼくにできることがあるだろうか？　たぶん、口のあった場所に涙を垂らすという方法ではないだろう。しかし、ぼくにもできることがなにかあるはずだ。大きな日時計を逆まわりさせれば歳月を逆行できるこの世界でなら、なにがあっても不思議ではない。

　そもそもの話、美しい娘を助けてこの物語の英雄になろうと思わない健全なティーンエイジャーの少年がいたら、ぜひ紹介してほしい。ぼくにはひとりも紹介できない。父がふたたび酒に手を出すのではないかという懸念については、かつて父の友人のリンディがいったこの言葉を返そう。「きみのお父さんが酒をきっぱり断った手柄はだれのものでもない――お父さんみずからが成し遂げたことだ。そしてお父さんがふたたび酒を飲みはじめても、その責任をきみがかぶる必要はない――それもまた、お父さんみずからがやったことだからね」

　自分の靴を見おろして、そういった考えごとに深く没入していたそのとき、車輪がきしむ音が耳をついた。顔をあげると、小さなみすぼらしい荷車が近づいてくるところだった。牽（ひ）いているのはかなり高齢の馬で、これにくらべたらファラダはまだまだ若くて健康な馬に見えてしまいそうだ。荷車の横を歩いていたのは――足を引きずっていたのは――若い男と若い女だった。ふたりとも肌が灰色だったが、レーアの農場の作男や侍女ほどの灰色ではなかった。この灰色の濃淡具合が病気の進行具合の指標なら、ここにいるふたりは、まだ初期段階にある……もちろん、レーアの肌は少しも灰色ではなかった。これもまた謎のひとつだった。

　若い男は馬の手綱を引いて立ちどまらせた。カップルがぼくにむけた目には、恐怖と希望がいりまじっていた。ふたりの表情は簡単に読めた――ふたりとも顔がほぼ完全だったからだ。女のほうは目が引っこみかけていたが、ドーラがこの世界を見るのにつかっている細い隙間になるにはまだ先が長かった。男のほうはもっと進んでいた――鼻が溶けかかっているように見えたが、それさえなかったらハンサムな顔だといえたかもしれない。

「やあ」男がいった。「これは友好的な出会いかな？　そうでなかったら、好きなだけもっていくといい。あんたは武器をもってる。こっちは丸腰だ。おれは疲れてるし、悲しいこともあって、戦う気力なんかないんだ」

「ぼくは盗賊じゃありません」ぼくはいった、「ただの旅人、あなたとおなじです」

女のほうは編みあげ式のショートブーツを履いていた。ブーツは埃まみれだったが、完全な形をたもっていた。男のほうは裸足。足は汚れきっていた。

「犬といっしょにいた女が、ある男と街道で会うかもしれないと話してくれたよ。あんたがその本人かな？」

「ええ、たぶんぼくのことだと思います」

「トークンをもってるか？　その女が、あんたならトークンをもってると話してた——というのも、履いていたブーツを女にわたしてきたんだよ。なにせ親父の古いブーツでね。ばらばらになっちまった」

「わたしたちを傷つけたりはしませんね？」若い女がたずねた。しかし、声は年老いた女のものだった。ドーラのような不明瞭なうなり声ではなかったが、そこにむかいつつある声だった。

《ここの人たちは呪いをかけられてるんだ》ぼくは思った。《ここの人たち全員が。しかもその呪いはじわじわと効いてくる。それって呪いのなかでも最悪じゃないか》

「そんなことはしませんせん」ぼくはポケットから靴トークンを一枚とりだして、若い男に手わたした。男はポケットにしまった。

「その男の人は、うちの人に靴をくれるわけ？」女がうなるような声でたずねた。

ぼくは保険業界に身をおく父のもとに生まれた男の子にふさわしく、慎重な言葉づかいでこう答えた。「ええ、ぼくの理解ではそのような条件になっているようです」

「さあ、もう行かないと」夫が——この若い男が本当に夫ならいった。女の声にくらべるとましだったが、ぼくがいた元の世界では、この男にテレビのアナウンサーやオーディオブックの朗読の仕事を依頼する者はいないだろう。「ありがとよ」

街道の反対側に広がる森林から、なにかの遠吠えの声があがった。遠吠えの声はどんどんずりあがって、やがて金切り声の域に達した。血も凍りそうな鳴き声だった。女は身をすくませて男にすり寄っていた。

「ほんとに行かなくちゃ」男がまたいった。「あれは狼どもだ」

「今夜泊まる場所のあてはあるんですか？」

「犬といっしょにいた女の人が黒板に絵を描いてくれた——たぶん一軒家と納屋を描いたんだろうな。あんたはそんな場所を見たかい？」

「ええ。そこまで行けば、おふたりとも受け入れてもらえると思います。でも、急いだほうがいい。ぼくも先を急ぎます。日が暮れてから街道を出歩くなんて……」つづけて《マジでヤバいですからね》といおうとしたのだが、言葉が出てこなかった。

それで結局は――「……賢明なおこないではありませんからね」といった。

そのとおり。狼どもが襲ってきたら、ふたりには身を隠せる煉瓦の家はもちろん、小枝の家や藁の家さえない。ふたりは、この地ではよそ者だ、でもぼくには少なくとも友人がいる。

「さあ、もう行って。靴の店があります。あしたには新しい靴を手に入れられるでしょう。お店にいる男の人に、さっきわたしした……というか、そういう話をききました。と……トークンを見せれば靴を受けとれるといいます。その……ええ、かまわなければ、ひとつだけ質問させてください」

ふたりは待っていた。

「ここはなんという土地なんですか？　おふたりはここをどういう名前で呼んでますか？」

ふたりは頭のネジがゆるんだ人を――ちなみにこの比喩は、ここでは口に出せそうもなかった――見る目でぼくを見つめ、男の声が答えた。「ティス・エンピス」

「ありがとうございました」

ふたりは自分たちの行くべき方向へ進んだ。ぼくはぼくの行くべき方向を目指し、やがてジョギングとあまり変わらないスピードにまで歩調を速めた。遠吠えはあれっきりきこえてこなかったが、ドーラが住むコテージの歓迎するような窓明かりが見えたときには、宵闇はかなり深まっていた。ドーラはさらに玄関前の階段の足もとにランプを置いてくれていた。


闇のなかで影がぼくにむかって突進してきた。ぼくは手をさげてミスター・ボウディッチの四五口径の台尻に手を添えた。次の瞬間、影がくっきりした形になり、レイダーだとわかった。ぼくは地面に片膝をついた――そうすればレイダーが跳びあがろうとして、傷めているうしろ足に負担をかけてしまうことを防げるからだ。レイダーのほうは跳びかかる気まんまんだったのは明らかだ。ぼくはレイダーの首に両腕をまわして、頭を胸に引き寄せた。

「やあ、お嬢――楽しくやってたかい？」

レイダーは尾を激しくふるあまり、尻まで時計の振子のように左右にふっていた。まだしてやれることがあるのに、ぼくはレイダーが死んでいくにまかせようとしていたのか。最低だ、ぼくは。

《姫さまをお助けください》レーアの侍女はそういった。そして闇に包まれゆく街道に立っていたこのとき、ぼくは両方助けようと心に決めた――そう、年寄りの犬とガチョウ番の娘であるお姫さまを。

できることなら。

レイダーはぼくから離れ、街道の罌粟の花畑が広がっている側に近づいてしゃがみこんだ。

「いい心がけだぞ」ぼくはいいながらジッパーをおろした。用を足しているあいだ、ぼくは片手を拳銃の台尻から片時も離さなかった。

4

ドーラはぼくのために、煖炉のそばにベッドを用意してくれていた。色とりどりの蝶があしらわれたカバーがかかった枕まで置いてあった。ぼくがお礼をいうと、ドーラは膝をちょっと曲げて体をかがめるお辞儀を返してきた。ぼくはドーラがそれまで履いていた赤い靴（オズの国の話でドロシーが履いていたような靴）ではなく、コンバースの黄色いスニーカーを履いていることに気づいて驚かされた。

「そのスニーカーは、ミスター・ボウディッチにもらったんですか？」

ドーラはうなずくと、この女性なりの笑みでスニーカーを見おろした。

「あなたの〝とっておき〟の靴みたいですね」そうにちがいないと思った。なぜなら、たったいま箱から出したばかりの新品のように、汚れひとつないきれいな状態だったからだ。

ドーラはうなずき、ぼくを指さしてからスニーカーを指さした——《あなたのために履いたのよ》という意味だ。

「ありがとう、ドーラ」

ドーラの眉毛は溶けてひたいに吸いこまれてしまったかのようだったが、それでもわずかに残る眉をぴくんと吊りあげ、ぼくがやってきた方向に指先をむけた。「あえあ？」

「ごめん、意味がわかりません」

ドーラは作業場に近づくと、あの小さな黒板をもってきた。あの若い男女に見せたものだろう、黒板に描いてあった家と納屋をあらわす四角形を消してから、そこに大文字だけで大きくこう書きつけた——《LEAH（レーア）》。ひとしきりこの字を見つめてから、ドーラは《?》とつけたした。

「ええ」ぼくは答えた。「ガチョウ番の娘。会えました。今夜、ぼくとレイダーを泊めてくれてありがとうございます。あしたにはここを出発します」

ドーラは胸の心臓の上あたりを叩いてから、レイダーを指さし、ぼくを指さし。つづいて両手をもちあげて家のなか全体をざっと示すしぐさをしてみせた——《わたしの家はあなたたちの家》といっているのだった。

5

夕食にはまたシチューを食べた。今回はきめの粗いパンが添えてあった。きめは粗かったが、おいしかった。食事のときにはキャンドルに火をともした。レイダーも自分の夕食をちゃんともらえた。レイダーにシチューを差しだす前にバックパックから錠剤の容器をとりだして、そこから出した二錠をグレイヴィに沈めたあとで、あしたはどれだけの距離を進まなくてはならないかを思って一錠追加した。このときもなお、この薬をレイダーに飲ませることは〝借金を別の借金で返す〟のとおなじではないか、という思いをふり払えなかった。

ドーラは薬を指さして、小首をかしげた。

「これを飲むと体が楽になるといわれてます。これから長旅をしないといけませんし、レイダーは昔ほど体が強くありません。レイダー自身は自分がまだ若いと思っています。でも、もうちがいます。この薬がなくなったら、そのときは――」

街道の反対側のずっと遠いところから、長く尾を引くような遠吠えがふたたびきこえてきた。そこに仲間が声をあわせ、さらに三つめの遠吠えも合流した。信じられないほど大きな声がやがて悲鳴のような声にまで高まって、ぼくは歯ぎしりをしたくなった。レイダーは頭をあげたが吠えたりはせず、胸の奥深いところから、ごくかすかなうなり声を洩らしただけだった。

「狼どもですね」ぼくはいった。

ドーラはうなずいて両腕を胸の前で交差させ、それぞれの手で反対の肩をつかむと、大げさに身震いをしてみせた。

ほかの狼たちも遠吠えにぞくぞくと参加してきた。もし連中が夜っぴて遠吠えをあげているのなら、ぼくは旅立ちにあたって充分な睡眠をとれなくなりそうだ。ドーラがぼくの心を読んだのか、それともそう思えただけなのかはわからない。いずれにしてもドーラは椅子から立ちあがり、ぼくを丸い窓のほうへ手招きした。ドーラが窓の外の空を指さした。ドーラは背が低いので体をかがめなくても空を指させたが、ぼくは体をかがめなくてはならなかった。そして目に飛びこんできた光景は、パレードのようにショックがつづいたこの一日に新たなショックを追加してくれた。

雲の裂け目が長く広がっていた。空に川のようにひらいたその細長い雲間に、ふたつの月が浮かんでいた。片方はもうひとつよりも大きい。ふたつの月は虚空(こくう)で競走しているように見えた。大きいほうの月はかなりの大きさだった。望遠鏡がなくても、歳月を経た表面にあるクレーターや谷間や峡谷などがはっきり見えた。いまにもこちらの世界に落ちてきそうだった。ついで雲の裂け目が閉じた。狼の遠吠えがぴたりととまった。文字どおり即座にやんだのだ。まるで狼どもが巨大なアンプで鳴き声を放送していたのに、だれかがいきなり電源プラグを引き抜いたかのようだった。

「これは毎晩のことですか？」

ドーラは頭を左右にふって両手を広げ、それから雲を指さした。ドーラはジェスチャーでの意思疎通の達人だし、いくつかの言葉については書くこともできた。しかしこのジェスチャーの意味は、ぼくにはわからなかった。

6

コテージ屋内の扉のうち正面や裏に出るためではない唯一の扉は低く、ドーラむけのサイズだった。ささやかな夕食のあと片づけをすませると（ぼくは手伝いを申しでたのだが、ドーラに追い払われてしまった）、ドーラは扉の先へ姿を消し、五分後に裸足の足にまで届くナイトガウンを着て、わずかに残る髪の毛にスカーフを巻いた姿であらわれた。片手にはスニーカーがあった。ドーラはスニーカーを注意ぶかく――うやうやしい手つきで――ベッドの頭側にある棚に置いた。棚にはほかの品もあった。ぼくがその品をもっと近くから見てもいいかとたずねると、ドーラはありありと気が進まないようすを見せながら、その品をぼくに手わたしてきた。小さなフレームにはいったミスター・ボウディッチの写真だった。抱いている子犬はまちがいなくレイダーだろう。ドーラはフレームを胸もとに抱きしめ、撫でてから、スニーカーのすぐ近くにもどした。

ドーラは小さな扉を指さし、つづいてぼくを指さした。ぼくは歯ブラシを手にして扉をくぐった。本や昔の映画で見聞きしたことはあっても、こういったトイレはあまり知らなかった。たくさん見ていても、ここがそのなかでもいちばん清潔ということになりそうだった。きれいな水がたたえられたブリキの洗面器があり、木のふたをかぶせられている便器があった。壁かけ式の花瓶には罌粟の花が活けてあり、さくらんぼを思わせる甘い香りをただよわせていた。人間の排泄物のにおいはしかなった。ゼロだった。

ぼくは顔と手を洗うと、やはり蝶の柄の刺繡がほどこされた小さなタオルで拭いた。そのあと歯磨き粉なしで歯を磨いた。ぼくがトイレにひとりでいたのはせいぜい五分程度だったが、そこから出るとドーラは自分の小さなベッドでぐっすりと眠っていた。レイダーはその隣で眠っていた。

ぼくは間に合わせに用意されたベッドに横たわった――ベッドといっても毛布を積み重ねて厚くし、ぼくが引きあげて体を覆えるよう、折り畳まれた毛布が載っていただけだ。ただしこのときはまだ上がけは必要なかった。煖炉の熾がまだそれなりのぬくもりを放射していたからだ。その勢いがしだいに弱まっていくのを目にしていることには、催眠術のような効き目があった。狼たちは、狂乱を引き起こす月が隠れているかぎりは静かにしていた。しかしさほど強くない風が軒下で戯れていて、風が強まったときにはその音が低めの叫び声程度になり、そうなると自分がいま本来の世界からどれほど遠くにいるかいやでも考えてしまった。いや、あの世界にもどることはできる――少し歩いて丘をのぼり、地下の通廊を一キロ半強ばかり歩いたあと、百八十五段の螺旋階段をのぼって井戸の入口まで行けばいいだけだ……が、それは真の距離ではなかった。ここは異世界。ここはエンピス——空をひとつではなく、ふたつの月が駆けて進む世界。そしてぼくはあの本の表紙を思い出した——星々があふれんばかりになっている漏斗(ろうと)のイラストを。《あれは星じゃない》ぼくは思った。《あれは物語だ。数えても数えきれないほどたくさんの物語が漏斗に流れこみ、ほとんど形を変えずにぼくたちの世界に出現してくるんだ》

　それからぼくは、三年生のときの担任だったウィルコクセン先生のことを思った——先生は学校の一日をしめくくるとき、いつも決まって《さてと、少年少女諸君、きょうはなにを学んだかな？》といっていた。

　ぼくはなにを学んだだろうか？　ここが呪いのもとで動いている魔法の地であること。この地に住む人々がなんらかの進行性の病気なり感染症なりに罹(かか)っていること。このときには、ドーラが出している看板——ミスター・ボウディッチがドーラのために作成した看板——には、荒れ果てた王都に面した側にしか靴をテーマにした詩が書かれていない理由もわかったような気がした。つまり、人々がそちらの方向からしか来ないからだ。その数がどれほどなのかはわからない。しかし看板の反対側になにも書かれていないことから察するに、引き返してくる人間がいるにしても、ごく少数であることを示唆している。雲に隠れてしみのようにしか見えない太陽が沈んでいった方向を西だと仮定すれば、ぼくが出会った若い男女（およびドーラとその弟が運営している靴交換プロジェクトに参加したすべての人々）は、北からやってきたことになる。北から避難してきたのか？　理由は遅効性の呪い、たとえば王都を発生源とする放射能のようなものか？　これについては確証を——たとえ半分の確証でも——得られるほど情報はあつまっていないが、それでも不穏な考えにはちがいなかった。これからレイダーとそちらの方向へむかう計画だからだ。ぼくの肌も次第に灰色になるのか？　声もだんだん低くなり、やがてドーラやレーアの侍女のようなうなり声に変わるのか？　ミスター・ボウディッチの肌と声にはなんの異変もなかった。しかし、ミスター・ボウディッチがここへ来ていた当時、エンピスのこの地域には問題がなかった——あるいはほぼ問題がなかった——だけなのでは？

　あれもこれも〝かもしれない〟ばかり。もし自分の体に異変を認めたら、そのときはくるっとUターンして、全速力で逃げ帰るとしよう。

《姫さまをお助けください》

　灰色の肌の侍女はぼくにそうささやいた。レイダーを助ける方法ならわかっているつもりだったが、口のないお姫さまをどうやって助ければいい？　物語では、王子さまがそのための手だてを見つけだす。それも、およそ意外な手だて——たとえば、ラプンツェルの涙にはうしなわれた視力を回復させる効能があると判明するといった具合だ。意外とはいえ、語り手が無理にでっちあげる必要に迫られても、物語にハッピーエンドを求める読者には好ましく思える手だてだ。いずれにしても、ぼくは王子さまではない。もうひとつの現実にはいりこむ道を見つけはしたが、ただのハイスクールの生徒で、どうすれば救えるのかは見当もつかなかった。

煖炉の熾火(おきび)には独特の魔力がそなわっていた――風が煙突から吹きおろしてくれば勢いを増し、風が静まれば暗くなった。熾火を見ているうちに、瞼が重くなってきたようだった。ぼくは眠りこんだ。夜のあいだにレイダーが部屋を横切って、ぼくのすぐ隣に横たわっていた。朝になると煖炉の火は消えていたが、レイダーが寄り添ってくれた側の体は温かく感じられた。

第十五章

ドーラのもとを去る。
難民たち。ピーターキン。
ウッディ。

1

朝食はスクランブルエッグ――サイズからしてガチョウの卵だったようだ――と、新しく熾(おこ)した火であぶったトーストだった。バターはなかったが、すばらしい苺のジャムがあった。食事をおえると、ぼくはバックパックをつかみあげて背負った。それからリードをレイダーの首輪につないだ。レイダーが巨大ウサギを追いかけて森に迷いこみ、この世界における〈ゲーム・オブ・スローンズ〉のダイアウルフじみた怪物と出会うような事態は望ましくない。

「またもどってきます」

ぼくは自分が感じている以上の自信を声にこめた。そのあと《もどってきたときにはレイダーが若返っていますよ》といいかけたが、うかつな言葉を口にするのは縁起がわるいかもしれない。それにぼくにはまだ、魔法の若返り術が夢見るのは簡単でも、信じるのがむずかしく考えられていた――たとえエンピスについても。

「今夜はレーアの叔父上の家に泊まらせてもらおうと思っていますが――その叔父上が犬にアレルギーがあるとかでなければです――暗くなる前にあっちにたどりつきたくて」いいながら考えていたのは（考えずにいるのは不可能だった）狼どものことだった。

ドーラはうなずいたが、ぼくの肘に手をかけて裏口から外へみちびいた。物干しロープはまだ縦横無尽に張りめぐらされていたが、靴やスリッパやブーツは屋内にとりこまれていた。おそらく朝露に濡れるのを防ぐためだろう（その朝露が放射能を帯びていないことを祈るばかり）。それからドーラとコテージの側面にまわった。前に見かけた小さな二輪式の荷車が置いてあった。野菜類がはみだしていた袋はなくなり、代わって麻紐をかけてある黄麻布の包みが載せてあった。ドーラは包みを指さし、ぼくの口を指さした。それから自分自身の口の前に片手を広げ、一部が溶けてしまっている手の指を閉じたりひらいたりして、食べ物を嚙む真似をしてみせた。ロケット工学者の頭脳なんかなくても、そのジェスチャーの意味はわかった。

「だめですよ、こんなの！　あなたの食べ物を受けとるわけにはいかないし、あなたの荷車をもっていくわけにもいきませんよ！　これは修繕のおわった靴を弟さんの店に運ぶためのものですよね？」

ドーラはレイダーを指さし、足を引きずって歩く真似をひとしきりした――最初は荷車へむかって歩き、それからぼくのほうへ引き返して歩く。つづいて今度は南を（ぼくの方向感覚が正しければ南だ）指さし、二本の指を動かして人が歩く真似をしてみせた。最初のパートの意味は簡単にわかった。荷車は、レイダーが足を引きずるようになったときに乗せてやるために必要だ、といっているのだ。ふたつめのジェスチャーでは、ドーラはだれかが――たぶん自分の弟が――歩いて修繕ずみの靴をとりにくる、と伝えているのだろう。

ドーラは荷車を指さしてから、小さな灰色の拳をつくり、ぼくの胸を三度つづけて軽く叩いた。《あれをもっていくべし》といっているのだ。

ドーラのいいたいこともわかった。ぼくはこれから高齢の犬を世話しながら長旅をしなくてはならない。同時にぼくは、いろいろよくしてもらったドーラにこれ以上甘えたくなかった。

「ほんとにいいんですか？」

ドーラはうなずくと、両腕を広げてハグを求めた。ぼくは喜んで求めに応じた。そのあとドーラは地面に膝をついて、レイダーをハグした。それから立ちあがったドーラはまず街道を、次は交差して張りわたされている物干しロープを、最後に自分を指さした。

《さあ、早くお行き。わたしには仕事があるんだよ》

ぼくも両手の親指を突きあげる自分なりのジェスチャーをすると、荷車に近づいて、ドーラが荷造りしてくれた食料品類の包みの横にバックパックを積んだ。ぼくがコテージでごちそうになった料理を思うと、中身はミスター・ボウディッチのサーディン缶詰よりもずっとおいしいだろうと思えた。細長い牽き棒を握ってもちあげたが、重みがほとんど感じられないことにほっとした。この世界におけるバルサ材のような材木でつくられているかのようだ。現実にそうかもしれない。それに車輪は充分に油を差されていると見えて、あの若いカップルの荷車の車輪とは異なり、きしみ音をたてることはなかった。これなら七歳のときに牽いていた小さな赤いワゴンなみに、これといった苦もなく牽いていけることだろう。

ぼくは荷車の向きを変えると、このときも頭をさげて物干しロープの下をくぐりつつ、街道へむかって進みはじめた。レイダーはぼくの横を歩いていた。当時ぼくが王都街道（シティ・ロード）と考えるようになっていた道（見える範囲には黄色い煉瓦がなかったので、オズの物語でエメラルドの都に通じている黄色い煉瓦の道（イエロー・ブリック・ロード）の名はつかえなかった）にたどりついたところで、うしろをふりかえった。ドーラはコテージの横に立ち、胸の谷間のあたりで両手を組みあわせていた。目があうと、ドーラは組んでいた手をいったん口もとにもちあげ、それからぼくに両手を一気に広げてみせた。

ぼくは荷車の牽き棒をいったん地面におろし、おなじ投げキッスのジェスチャーをしてから、いよいよ出発した。これこそ、ぼくがエンピスへ来て学んだことだ——暗いときにあってこそ、善人はますます輝く。

《あの人も助けよう》ぼくは思った。《ドーラも助けるんだぞ》

2

ぼくたちは——昔からの物語の言いまわしにならえば——〝丘を越えて谷を越えて〟先へ進んだ。虫たちがすだき、鳥たちが歌っていた。左側に広がっている罌粟（けし）のお花畑はときおり開墾（かいこん）された畑になり、灰色の肌をした男女が——数はそれほど多くなかった——働いていた。その人たちはぼくを見ると、ぼくが通りすぎるまで仕事の手をとめていた。ぼくは手をふった。しかし手をふりかえしてくれたのは、大きな麦わら帽子をかぶったひとりの女だけだった。休耕中の畑もあれば、耕作を放棄された畑もあった。育っている野菜のあいだに、雑草が伸びでているところもあった。いずれは、罌粟がこうした畑を乗っとってしまうのだろうとぼくは思った。
街道の右側には、ずっと森がつづいていた。農家もちらほらと見かけたが、どの家も無人だった。普通サイズの二倍も大きいウサギが小道をぴょんぴょん横切っていったことが二回あった。レイダーは興味を引かれた顔でウサギを見ていたが、追いかけるそぶりはいっさい見せなかった。そこでぼくはリードを首輪からはずし、荷車にぽんと投げこんだ。「ぼくをがっかりさせるなよ、お嬢」

一時間ばかりしたころ、ぼくは足をとめ、ドーラがもたせてくれたかなり大きな食べ物の包みをほどいた。いろいろな食べ物のなかに糖蜜（モラセス）クッキーがあった。チョコレートは入っていないようだったので、クッキーを一枚レイダーにやった。レイダーはたちまちたいらげた。きれいなふきんで包んだ三本の細長いガラス容器があった――そのうち二本の中身は水で、残る一本には紅茶らしきものがはいっていた。ぼくは水を少し飲み、ドーラが荷物に入れてくれた陶器のカップにレイダー用の水を入れた。レイダーはたちまち飲みつくした。

荷物を包みなおしおわったころ、足を引きずりながら街道を近づいてくる三人の人影が見えた。ふたりの男は肌が灰色になりはじめたところ。ふたりにはさまれて歩く女は、夏の雷雲なみに黒い肌だった。片目はこめかみの方向へ強く引っぱられて細い切れこみのようになり、見るも恐ろしい顔になっていた。反対の目は、サファイアの小片を思わせる虹彩の青い輝きがひと粒のぞいているだけで、ほかは盛りあがった灰色の肉に埋もれてしまっていた。身にまとっている汚れたワンピースは、臨月が近いことをうかがわせる腹で大きくふくらんでいる。女は汚らしい毛布を丸めた包みをかかえていた。男のひとりは側面にバックルがあるブーツを履いていた――それを見て、最初にやってきたときにドーラの裏庭で物干しロープにかかっていたブーツを思い出した。もうひとりの男はサンダル。女は裸足だった。

三人は道ばたにすわっているレイダーを目にすると、その場で足をとめた。

「心配ありませんよ」ぼくは声をかけた。「この子は人を嚙みませんよ」

三人はゆっくりと前進し、また足をとめた。彼らがこのとき視線をむけていたのはホルスターにおさめた拳銃だった。そこでぼくは手をあげて、手のひらを相手にむけた。三人はまた歩きだしたが、こちらを避けるように道の左側に身を寄せていた――三人はレイダーのようすをうかがい、ぼくを見て、レイダーに目をもどした。

「ぼくもこの子も、あなたたちを傷つけるようなことはしません」ぼくはいった。

ふたりの男は痩せさらばえ、いかにも疲れた顔つきだった。女はとことん疲弊しきってるようだった。

「ちょっと待ってください」ぼくはいい、万一言葉が通じていなかった場合にそなえて警官がつかう〝とまれ〟の合図のように手をあげた。「お願いです」

三人は立ちどまった。このうえなく侘しい三人組だった。近くからあらためて見てみると、男たちの口の両端が吊りあがりかけていることが見てとれた。このぶんでは、もうすぐドーラの口とおなじく三日月の形のまま動かなくなってしまうのだろう。ぼくがポケットに手を入れると、男たちふたりは左右から女を守るように身を寄せ、女本人は毛布の包みを胸もとに強く引き寄せた。ぼくはポケットから革の小さな端切れをとりだし、女に差しだした。

「受けとってください。お願いです」

女は最初おずおずと手を伸ばしてきたかと思うと、ぼくがその手をつかむとでも思ったのか、革の端切れを一気にひったくった。その拍子にかかえていた包みから毛布が剝がれて落ち、中身が一歳半ほどの赤ん坊の死体であることがわかった。赤ん坊の肌は、母をおさめた柩のふたのような灰色だった。このかわいそうな女は近いうちに代わりの赤ん坊を手にいれることになり、その赤ん坊も死ぬことになるだろう。といってもそれは、出産時に女が赤ん坊より先に死んだりしなければの話だ。

「ぼくの言葉がわかりますか?」

「おれたちにはわかる」ブーツの男がいった。なにかがきしるような耳ざわりな声だったが、それ以外は正常だった。「おれたちの命を狙ってるんじゃなければ、異人さんよ、おれたちになんの用がある? だって、命以外にはなにももってないんだから」

そう、当然の話だった。もしこれが何者かのしわざなら——その何者かがこの原因をつくったのなら——その人物には地獄こそがふさわしい。地獄のなかでも、もっとも深いあなぐらが。

「あいにく荷車や食べ物はあげられません。ぼくははるか遠方にまで行かねばならず、この犬は年老いているからです。でもみなさんはここから五……」ぼくは〝五キロ〟といおうとしたが、その単語が出てこなかった。ぼくは最初からいいなおした。「みなさんがここから歩いて真昼になるころ、赤い靴の看板が見えてきます。その家に住む女の人がみなさんを休ませて、もしかしたら飲み物や食べ物をわけてくれるかもしれません」

正確には確約ではなかったし(父は〝驚異の新薬〟のテレビCMが流れると、巧妙に断定を避けながら消費者を誘導する、父いうところの〝責任回避語〟を好んで指摘していた)、ドーラがコテージに立ち寄る難民の全員に食料や水をあたえることはできないとわかってもいた。しかし、もしドーラがこの女性の見るも哀れなようすや胸に抱いた包みの恐ろしい中身を目にすれば、三人に助けの手を差しのべたくなるだろうとも思った。その一方でサンダル履きの男は小さな革の端切れをしげしげとながめてから、これはなんのためのものかと質問した。

「この街道をさらに先へ進み、さっき話した女性のところを通りすぎていくと、一軒の商店に行き当たります。その店で先ほどの革のトークンをわたすと、引き換えに店の靴がもらえます」

「墓場はあるかい？」この質問を口にしたのはブーツの男だった「せがれを埋めてやる墓場がいるんだ」

「知りません。ぼくはこの土地の者ではないので。赤い靴の看板でたずねるか、その先にあるガチョウ番の娘の農場でたずねてください。マダム、赤ちゃんのことはご愁傷さまです」

「とってもいい子だったの」女は赤ん坊の死体を見おろしていった。「ええ、タムはとってもいい子だった。生まれたときはなんともなくて、夜明けの空みたいなきれいな薔薇色の肌だった。でもだんだん灰色になってしまって。さあ、あなたはあなたの旅をつづけてちょうだい。わたしたちはわたしたちの旅をつづけるから」

「ちょっとだけ待ってください。お願いです」ぼくはバックパックをひらいて中身をかきまわし、〈キング・オスカー〉のサーディンの缶詰をふたつ掘りだして差しだした。三人は怖気づいたようにあとずさった。「いえ、心配ありません。食べ物です。サーディン。小さな魚です。ふたについているこの金属の輪っかをひっぱれば食べられます。ほら、ここです」ぼくはそういって缶を軽く叩いた。

　ふたりの男は顔を見あわせ、同時に頭を左右にふった。どうやらプルトップ式の缶詰は欲しくもなんともないらしい。女のほうは、そもそもぼくとの会話そのものから完全に切り離されていた。

「おれたちはもう行かないと」サンダル履きの男がいった。「あんたにひとことといっておくと、進むべき方向をまちがえてるぞ、若いの」

「いえ、ぼくはあちらへ行かなくてはならないんです」

　男はまっすぐぼくの目を見つめていった。「あっちは死だ」

　それから三人はまた歩きだした――王都街道に足を引きずって土埃を舞いあがらせ、女はあの哀れな荷物をかかえたまま。どうして男のどちらかが、あの荷物を女に代わって運ばないのだろう？　ぼくはただのガキだったが、答えはわかる気がした。赤ん坊は女のもの、タムはあの女ひとりのもの。だからタムの遺体は――女がもう運べなくなるまで――女自身が運ぶべきものだった。

3

　三人に残りのクッキーを差しださなかったことでは自分が馬鹿に思え、荷車を譲らなかったことでは自分が身勝手に思えた。といっても、そう感じていたのはレイダーが遅れはじめるまでのことだった。

　レイダーが遅れはじめていたときには考えごとに没頭していて、すぐには気づかなかった。このときの考えごとが、別れぎわにサンダル男が口にした不気味な予言とは関係ないとわかれば、これをお読みの人は意外に思うかもしれない（思わないかもしれない）。王都の方角へ進めば、ことによると命を落とす目にあうかもしれないという考えも、ぼくにはそれほど大きな驚きではなかった。ミスター・ボウディッチとドーラとレーアの三人が——表現こそそれぞれちがったが——おなじことを明言していたからだ。けれども若いうちは、自分は例外であり、どんどん勝ち進んで栄誉の月桂冠を得られるはずだとあっさり信じがちだ。だいたいターキーボウルで勝利を決定づけたタッチダウンをやってのけたのはだれだ？　クリストファー・ポリーを武装解除したのは？　このときのぼくは、すばやい反射神経としかるべき警戒心さえあれば、どんな障害も乗り越えられると信じられる年齢だった。

またぼくは、ぼくたちが話している言語についても考えていた。ぼくの耳にはいってくる言葉は、正確にいえば口語体のアメリカ英語ではなかったが、だからといって古語でもなかった——〝汝（なんじ）は〟とか〝そなたを〟なんてだれもいっていないし、〝お心向けよろしければ〟などとかしこまって話す者もいない。ＩＭＡＸ上映されるファンタジー映画——ホビット族の面々のエルフも魔法使いも、みんながみんな英国議員のようなしゃべりかたをする映画——に出てくる英国風英語でもなかった。きこえてくるのは、いくぶん現代風なおとぎ話（フエアリー・テイル）で読まされるたぐいの英語だった。

ぼく自身のこともある。

さっき荷車を三人に譲るわけにはいかないと話したとき、ぼくは〝はるか遠方にまで行かねばならず、この犬は年老いているからです〟と話した。セントリーで人に話すとしたら、〝まだまだ先が長いので〟とかなんとか話したことだろう。それに、〝正面に靴の看板が出ている小さな家〟とは話さず、ただ〝赤い靴の看板〟としかいわなかった。自宅のある町でなら、あの妊娠している女性には〝マーム〟と呼びかけたところだけれど、ぼくはあの人に〝マダム〟という呼びかけをつかった。この言葉はまったく自然に口から出てきたものだ。ここでもぼくは、星々があふれんばかりに詰まった漏斗（ろうと）のことを思った。いまではぼく自身がその星のひとつになったんだ、とも思った。

ぼく自身が物語の一部になったのだ、と。

そこでふとレイダーに目をむけようとすると……レイダーはいなかった。吐き気を感じるほどのショックだった。ぼくは荷車の牽き棒を路面におろすと、背後に目を走らせた。レイダーは二十メートル弱うしろにいた——口の横から舌をだらりと垂らし、足を引きずりながらも精いっぱい速く歩こうとして。

「ごめんよ、お嬢、ほんとにごめん！」

ぼくはレイダーを抱きかかえ、荷車まで引き返した——抱くときには腹の下で両手を組み合わせ、痛みを発しているうしろ足には触れないよう気をつけた。レイダー用のカップで水を飲ませ——カップを傾けて好きなだけ飲めるようにした——そのあと耳のうしろを掻いてやった。

「どうしてなにもいわなかったんだよ？」

いやいや。これはそういったおとぎ話(フェアリー・テイル)ではなかった。

4

ぼくたちはさらに歩いた——丘を越えて谷を越え、丘を越え谷を越えて。難民たちの姿はさらに見かけた。身をすくませて逃げる者もいたが、ふたりならんで歩いていた男たちは足をとめ、爪先立ちをして荷車になにが積んであるのかをのぞこうとした。レイダーはふたりにうなり声をむけたが、毛がまだらになっていて鼻面の毛も白くなっているいま、ふたりがそんな老犬にそれほど怯えていたとは思えない。ぼくの腰にさがった拳銃はまた別の話。ふたりとも靴を履いていたので、最後の一枚のトークンは譲らなかった。たとえ彼らが裸足だったとしても、ドーラの家に立ち寄ったらいいという助言はしなかったと思う。それにぼくも彼らに食料をわけなかった。本気で空腹になったら、周囲の畑を荒らせばいい。

「若いの、あんたが目指してるのがシーフロント街道だったら、引き返すことだな。灰色病もあっちのほうから来たんだからね」

「ありがたいです、そういった……」〝情報〟という語が出てこなかった。「……お話をうかがえるのは」

ぼくは荷車の牽き棒をもちあげたが、男ふたりがそのまま進みつづけているかどうかを慎重にうかがっていた。

正午ごろ、ぼくたちは湿地にさしかかっていた——湿地は街道にもおよんで、道をぬかるみに変えていた。ここで立ち往生するわけにはいかないので、ぼくは体をふたつに折るようにして、それまで以上の速度で荷車を牽き、湿地を通り抜けた。レイダーを荷台に乗せても、荷車の重さはあまり変わらなかった——その事実がぼくに、本気で知りたくないことまで教えてきた。

ふたたび地面がぬかるんでいない箇所にたどりつくと、ぼくはキャヴァノー公園に生えていた一本のオークの木に似た木の木蔭に荷車を寄せた。ドーラが荷物に入れてくれた小さな包みのひとつは、ウサギ肉のフライだった。ぼくはレイダーと半分こにして食べた……というか等分にしようとした。というのもレイダーは肉のフライを二個までは食べたものの、三個めは前足のあいだに落とし、申しわけなさそうな顔でぼくを見あげるばかりになってしまったのだ。木蔭にいてもなお、レイダーの目がまたもや涙目っぽくなっていることが見てとれた。ふと、レイダーがこの地の流行り病(はやりやまい)のたぐいに——灰色病に——罹(かか)ったのではないかという思いが浮かんだが、その思いを払いのけた。これは老化のせいで、それ以上でも以下でもない。レイダーに残されている時間がどれほどかはわからないが、あまり多くはなさそうだった。

食べているあいだに、またしても巨大サイズのウサギがぴょんぴょん跳ねて街道を横切っていった。つづいて、ぼくが見慣れているサイズの二倍はあるコオロギが二匹、後肢（うしろあし）で軽やかにジャンプしていった。一度のジャンプで跳躍する距離は驚きの長さだった。一羽の鷹――通常サイズだった――がすばやく舞いおりてきて片方のコオロギをつかまえようとしたが、コオロギは即座に攻撃をかわす動きで、たちまち森林のへりを囲む芝や草の茂みに姿を消した。レイダーは興味をひかれた顔でこの野生動物のパレードをながめていたが、追いかけようとしなかったばかりか、立ちあがるそぶりさえ見せなかった。

そのあと紅茶を飲んだ。砂糖が利いていておいしかった。数口飲んだところで、あとは我慢しなくてはならなかった。次にいつこんな飲み物が飲めるかはわからない。

「出発だぞ、お嬢。叔父上とやらの家に行き着きたいんでね。この森の近くで野宿するなんて、考えるだけでもぞっとしないんだよ」

レイダーを抱きあげたところで、ぼくの動きがとまった。オークの木に、色が褪せかけてはいるが赤いペンキで二文字のアルファベットが書かれていた――《AB》と。ぼく以前にミスター・ボウディッチがここに来たとわかると、気分が晴れた。まるで、あの人が完全にいなくなったわけではないみたいだった。

5

午後もなかばになった。あたりは、ぼくがたっぷりと汗をかくほどの暖かさだった。しばらくはひとりの難民にも出会わなかったが、ある丘の麓（ふもと）にさしかかったとき――といっても長くつづいている斜面はあまりにもなだらかで、丘というのもおこがましいほどだった――背後からせわしない物音がきこえてきた。このときレイダーは荷車の前のほうにいた。前足を荷車の前にかけ、耳を立ててすわっていた。ぼくは足をとめた。前方から、なにやら下卑た笑い声らしきものがきこえてきた。ぼくはふたたび前へ進んだが、丘のてっぺんの少し手前で荷車をとめ、耳をそばだてた。

「ほら、気持ちいいか、かわいいの？　それともくすぐったいか？」

甲高い笛の音めいた声で、〝かわいいの〟と〝くすぐったい〟という部分では声がかすれていた。それ以外は、不気味なことに覚えがあるような声だった。一拍おいて理由がわかった。クリストファー・ポリーの声に似ていたのだ。そんなはずはないとわかっていたが、実際そうだった。

ぼくはまた前へ進んだが、てっぺんを越えて反対の斜面が見わたせる場所で、すぐ足をとめた。この異世界ではいろいろと奇妙なものを目にしてきたが、ひとりの子供が土埃のなかにすわりこみ、片手でコオロギの後肢をぎゅっと束ねて握っている光景ほど奇妙なものはほかになかった。コオロギはこれまで見たうちでも最大サイズで、しかも体は黒ではなく赤かった。子供は反対の手に短剣のようなものを握っていた——刀身は短く、ひび割れた柄に糸が巻きつけてあった。

子供は自分も行為に熱中していて、ぼくとレイダーにはいっこうに気づかなかった。子供が短剣をコオロギに突き刺すと、ごくわずかな血が噴きだした。このときまで、コオロギも血を流すことがあるとは知らなかった。街道の乾いた土にはほかにもあちこちに雫が落ちたあとがあった。してみると子供は少し前から、このむかつくような遊びをしていたにちがいない。

「気にいったかい、かわいいの？」コオロギは前に飛びだそうとしたが、後肢を二本まとめて握っている子供はやすやすと引きもどした。「じゃ、こいつをおまえに少しばかり——」

レイダーが吠えた。子供はコオロギの後肢をつかんだまま、あたりをきょろきょろ見まわした。その拍子に子供と思っていた相手が、じっさいにはドワーフだとわかった。しかも年老いている。白い髪がもつれあって房になり、左右の頰に垂れていた。顔は皺だらけだった。なかでも口を左右から括弧のように囲んでいる皺がかなり深いせいで、ドワーフはレーアがつかってもおかしくない腹話術用の人形のように見えていた（といっても、レーアが馬に言葉をしゃべるふりをさせていなければの話）。顔は溶ける症状を起こしてはいなかったが、肌は粘土の色だった。それでもなお、このドワーフにぼくはポリーを連想していた。ひとつには体が小さかったからだが、大半の理由は顔にのぞく小狡い表情だった。小狡い顔つきとドワーフの行為を考えあわせると、こいつには足を引きずる年寄りの宝石商を殺す能力があるとあっさり信じられそうだ。

「だれなんだ？」恐怖は感じていなかった。相手とはまだ距離があったし、こちらは空を背景にしているからシルエットでしかないはずだ。だから、ドワーフはまだぼくの銃を目にしていない。「なにをしてる？」

「こいつをつかまえたんだよ。はしっこいやつだったけどな、このピーターキンさまのほうがすばしっこい。それで、こいつが痛みを感じるかどうかを確かめてたわけだ。あ、そうとも、そうだとも」

ドワーフはまたコオロギを刺した——今回は背中の二枚の翅のあいだの隙間を。赤いコオロギは血を流して、じたばたともがいた。ぼくは荷車を牽いて坂道をくだりはじめた。レイダーがまた吠えた。このときもレイダーは、荷車前面の羽目板の上に前足を突っぱってすわっていた。

「犬をしっかりつないでろよ、若いの。おれならつないでおくね。もしその雌犬が近くに寄ってきたら、のどをばっさり切り裂くぞ」

ぼくは荷車の牽き棒をおろすと、ミスター・ボウディッチの四五口径を初めてホルスターから抜いた。「犬にもぼくにも手出しはさせないぞ。コオロギを刺すのもやめろ。逃がしてやるんだ」

拳銃を見つめるドワーフ——ピーターキン——の顔に浮かんでいたのは恐怖ではなく、むしろ困惑だった。「おやおや、いったいまたなんで、おれにこいつを逃がせなんていうんだ？　おれはもう、ろくになんにも残っていないこの世界で、ちょっとばかり楽しんでいただけだぞ」

「おまえはコオロギを拷問してる」

ピーターキンは驚いた顔になった。「拷問といったのか？　拷問？　あきれた愚か者だな。こいつはただの虫けらだ。虫けらを拷問できるもんか。なんでそんなことを気にかける？」

これを気にかけているのは、この男がコオロギの唯一の脱走手段であるジャンプのための二本の後肢をつかんで、くりかえしその体を刺している光景が醜悪で、見るにたえないほど残酷だったからだ。

「いいな、ぼくは二度とくりかえさないぞ」

ピーターキンは笑い声をあげた。その声さえ、言葉にいちいち〝ははは〟をはさまずにはいられなかったポリーに似通っていた。「虫けらを理由におれを撃ち殺す？　それはまた馬鹿な——」

ぼくは左上の空に銃口をむけて引金をひいた。銃声は、ミスター・ボウディッチの小屋のなかで撃ったときよりも大きく響いた。レイダーが吠えた。ピーターキンが驚きにぎくりとして、コオロギから手を離した。コオロギはすぐさま飛び跳ねてくさむらに逃げこんだが、動きがぎこちなかった。ちびのクソ野郎がコオロギの足を傷つけたのだ。しょせんはただの虫けら。だけど、それでピーターキンの行為が正当化されるものではなかった。それに、これまで何匹の赤いコオロギを見てきたというのか？　この一匹だけだ。もしかしたらアルビノの鹿なみに珍しいのかもしれない。

ピーターキンはさっと立ちあがると、鮮やかな緑の半ズボンの尻を叩いて土埃を払った。それから、いよいよクライマックスの曲を演奏しようというコンサートピアニストのように、もつれた白髪を一気にうしろへかきあげた。肌が鉛色だろうとそうでなかろうと、ピーターキンは充分元気そうだった。コオロギなみに元気だった、ともいえる。それにピーターキンはオーディション番組の《アメリカン・アイドル》に出演したことはないだろうが、過去二十四時間にぼくが出会った大半の人よりもまっとうな声のもちぬしで、顔の要素はすっかりそろっていた。ドワーフだということと（「こういった人たちのことを決して〝侏儒（ミジット）〟と呼んではならない」とは父の教えだ）、乾癬（かんせん）治療薬のオテズラを飲んだほうがいいような顔の皮膚をのぞけば、ピーターキンはしごくまっとうに見えた。

「おれにいわせりゃ、おまえは腹の立つガキだよ」そういいながらぼくにむけた目には嫌悪がたたえられていたほか、ごくわずかながら恐怖もあった（あればいいのにと思った）。「だから、おれはおれの道を進むし、おまえはおまえの道を進みゃいい」

「そうしたいのは山々だけど、ここでおまえと道を分かつ前にききたいことがある。ここに住んでいる多くの人たちの顔は、時間を追うごとに醜くなる一方みたいだけど、そのなかでおまえの顔がまずまず普通でいられるのはどういったわけなんだ？」

　とはいえピーターキンはポスターになるようなハンサムではなかったし、ぼく自身もこの質問が無礼に分類されるものだとわかってもいたが、巨大コオロギを拷問している現場を取っつかまえた相手に無礼なふるまいができなければ、いったいだれに無礼にふるまえるというのか？

「たぶん神さまたちが――まあ、おまえが神なんてものの実在を信じてればな――おれにいたずらを仕掛けていたってことなのかもな。だいたいおまえみたいなでかぶつに、おれみたいなちびの気分がどうすればわかる？　地面から頭のてっぺんまでが手の幅で二十もないちんちくりんだぞ、こっちは」ピーターキンの声に泣き言めいた響きが混じりはじめていた――〈無名のアルコール依存症者の会（アルコホーリクス・アノニマス）〉のいいまわしをつかうなら、〝めそめそトイレ（ピティ・ポット）〟で自己憐憫の涙を流しすぎて、尻に便座の痕がリング状に残っている者の声だ。

　ぼくは親指と人差し指の先をくっつけて、こすりあわせた。

「見えるかい？　これが世界でいちばん小さなヴァイオリン、奏でております曲は〈あなたを思うわが心臓（ハート）、どくどく送りだしてる紫小便（パープル・ピス）〉」最後の〝小便（ピス）〟の部分が問題なく発音できたことに、ぼくは気づいた。

　ピーターキンは眉を寄せた。「はあ？」

「なんでもない。ただの冗談だよ。おまえをちょっとくすぐろうとしただけさ」

「おまえに文句がなければ、おれはもう行くよ」

「ああ、好きにいけ。ただし出発の前にあのナイフをどこか遠くへ捨ててくれたら、ぼくもぼくの犬も気持ちが楽になれるんだが」

「もしやおまえは自分が全き者だからってだけで、おれなんかよりも上等だと思ってないか？」小さな男はそういった。「まあ、あいつらにとっつかまれば、おまえみたいな連中がどんな目にあわされるか、おまえにもわかるんだろうが」

「あいつらって？」

「夜影兵たち」

「そいつらは何者で、ぼくみたいな人になにをする？」

　ピーターキンはせせら笑った。「気にすんな。おまえが戦えることを祈っちゃいるが、どうも怪しいな。見た目はいかにも強そうだが、ひと皮剝けば中身は弱そうだ。人間、生きるのになんの苦労もしないと、そんなふうになりがちでね。食いっぱぐれたことなんかめったにないんだろ、なあ、お若いの？」

「ミスター・ピーターキン、おまえの手にはまだ刃物がある。

そいつを捨てろ――でないと、ぼくが無理にでもそいつを投げ捨てさせてやる」

ピーターキンは短剣を腰のベルトに突っこんだ。どうせなら、その拍子に自分の体を切ってしまえばいいのに――それも深傷であればあるだけいい。そんなふうに思うのは残酷だった。しかし、それに輪をかけて残酷な思いが浮かんできた。いまここで手を伸ばし、さっきまでコオロギの足を二本まとめてつかんでいた手をつかんで――ポリーにやったように――手首をへし折ってやったらどうか？《コオロギもこんな気分だったんだぞ》といってやりながら。とりあえず本気じゃなかったということはできる。でも、たぶんぼくは本気だった。というのもピーターキンがレイダーの首を羽交い締めにして、あの短剣をレイダーにつかっている場面が容易に想像できてしまったからだ――ぶすり、ぶすり、ぶすり。元気ざかりのころのレイダーならピーターキンにはそんな真似はぜったい無理だったはずだが、レイダーが元気ざかりだったのはもうずっと昔だ。

けれども、ぼくはピーターキンをそのまま行かせた。ピーターキンは坂道をのぼりきったあたりで一度足をとめ、ぼくをふりかえった。その顔は《ようこそ王都街道へ、お若いの！》とは語っていなかった。その顔は、《寝ているおまえにおれが近づかないよう、せいぜい祈ってやがれ》と語っていた。

そんなことになるわけがない。ピーターキンは、ほかの難民たちとおなじ方向を目指しているのだから。しかし姿が見えなくなってから初めてぼくは、やはりピーターキンにあの短剣を地面に落とさせて、置いていかせるべきだった、と気づいたのだった。

6

夕方近くになると、もう耕作されている畑も、操業されているような農場もまったく見あたらなくなった。難民も見かけなくなっていたが、一軒の荒れはてた農場の前を通りかかったとき、雑草が生え放題になった前庭に所持品が積まれた手押し車が置かれ、煙突から煙が細く立ちのぼっている光景に行きあわせた。狼どもが遠吠えをはじめる前に、屋根のあるところに避難しようとした集団がいたようだ。レーアの叔父上の家にあと少しでたどりつけなかったら、ぼくもおなじようにするのが賢明かもしれない。ミスター・ボウディッチのリボルバーとポリーがもっていた小型のオートマティックが手もとにあるとはいえ、狼は群れで移動することが多いし、この世界の狼はヘラジカほどの巨大サイズかもしれない。おまけに、腕にも肩にも背中にも疲れがたまっていた。荷車は軽かったし、力ずくで通り抜けなくてはならないぬかるみはもうなかったが、それでもドーラの家を出発してからずっと、荷車を牽いてかなり長い距離を歩いてきたのだ。

ミスター・ボウディッチの頭文字――もともとの《AB》の頭文字――は、あのあと三回見かけた。二回は街道に枝を張りださせている樹木の幹に、そして三度めは地面から突き出ている巨大な岩石に。そのころにはしみのような太陽は木々の裏側に隠れ、あたりの地面は影に包まれはじめていた。しばらくのあいだ、ほかの旅人の姿をまったく目にしていなかったこともあって、このままでは道を歩いているうちに周囲が完全に暗くなってしまうのではないかと不安になってきた。そんな目には本気であいたくなかった。二年生のとき、最低でも十六行の詩を暗記せよという課題が出たことがある。デビンズ先生はこのなかから選ぶようにといって、ぼくたち生徒に二十ばかりの詩を見せた。ぼくは『老水夫行』とかいう詩の一部をえらんだが、いまこのときになってほかの詩にしておけばよかったと後悔した。その詩がいまの情況にあまりにもぴたりとあてはまっていたからだ。

《うら寂しき街道をただひとり／恐れ怯えて歩む者／ひとたびふりむきて歩みを進め／それきりふりむくことなきは……》

「……げにおぞましき魍魎（もうりょう）の／後方（しりえ）に迫るを心得たがゆえ」と、その部分を声に出してしめくくる。ぼくは荷車の牽き棒を地面におろし、巨岩に書かれた《AB》の頭文字を見ながら両肩をぐるりとまわした。これを書いたときのミスター・ボウディッチはかなり疲れていたにちがいない。文字は地面から一メートルもないあたりに書かれていたのだ。「レイダー、もし〝げにおぞましき魍魎〟がうしろから迫ってくるのが見えたら、大声で吠えて警告してくれよな」

レイダーは荷車でぐっすりと眠りこんでいた。〝げにおぞましき魍魎〟のことでは頼りになりそうもない。

のどがかなり渇いていたので水を飲もうかと思ったが、先に延ばそうと思い直した。あたりが多少なりとも明るいあいだは、少しでも距離を稼ぎたかった。ぼくは牽き棒をもちあげ、いまだったら薪小屋（まきごや）だって申しぶんなく思えるはずだと考えながら先に進みだした。

街道は地面から突きでた岩をカーブして迂回し、そのあとは深まる宵闇のなかをまっすぐ延びる直線コースになった。その前方、一キロ半もないと思われるあたりに民家の窓明かりが見えた。さらに近づいていくと、家の前に立つ柱にランタンが吊ってあることもわかった。この家から先に目をむけると、五、六十メートルほど先で街道が二方向へ分岐していることだけがかろうじてわかった。家そのものは確かに煉瓦づくりだった……童話に出てくる勤勉な子豚がつくった家のように。

街道から家の玄関までは石畳の小道があったが、そこをつかう前に足をとめてランタンを調べた。ランタンは、近くからはまっすぐ見られないほどのまばゆく白い光を発していた。似たランタンを前にも見たことがあった――ミスター・ボウディッチの屋敷の地下室だ。基部を調べずとも、アメリカじゅうのどこのホームセンターでも買えるコールマン製のランタンであることはわかった。おそらくこのランタンは、ドーラのところにあったミシンとおなじように、ミスター・ボウディッチからの贈り物だろう。《臆病者は贈り物をするだけだ》あの人はそう語っていた。

ドアの中央に、拳のかたちをした金色のドアノッカーがあった。荷車の牽き棒をおろすと、斜めになった荷台からおりてくるレイダーの爪の音がきこえた。ぼくがノッカーに手を伸ばすと同時に、ドアがあいた。そこに立っていたのは、背丈こそぼくとおなじくらいでありながら、もっとずっと痩せている男だった——痩せ衰えているといっても過言ではなかった。煖炉の火明かりがうしろから照らしていたので、ぼくには男の顔だちまではわからなかったが、肩に猫が乗っていることはわかったし、ほとんど禿げた頭に残っている白髪が突き立って、目のこまかいガーゼのように見えていることもわかった。男が話しはじめると、ぼくはまたしても、童話の本にはいりこんだわけでも、その登場人物のひとりになったわけでもないとは断言しがたい心境にさせられていた。

7

レイダーのリードを荷車に置き忘れていたことに気がついた。

「ええと……お邪魔する前にこの犬のリードをとってこようと思います。うちの犬がそちらの猫にどう反応するかがわからないので」

「そのお嬢さんなら心配はないよ」老人はいった。「しかし、荷物に食べ物があるのなら家に運びこんでおくがいい。朝になって、もぬけのからになっているのを見たくなかったらね」

ぼくはいったん引き返し、ドーラの心づくしの荷物と自分の荷物をもって引き返した。念のためにリードも手にした。家の主人はちょっとあとずさり、軽く会釈をした。

「さあ来い、レイダー。いい子にしてろよ。おまえを信じてるからな」

レイダーはぼくのあとから、きれいに整頓されている居間に足を踏み入れた。硬木づくりの床にラグマットが敷いてあった。煖炉の近くに二脚の安楽椅子が配されていた。片方の椅子の肘かけに一冊の本が読みかけのまま置いてあった。この居間のさらに奥は、船のギャレーを思わせる狭い小さなキッチンになっていた。テーブルにはパンとチーズ、それにチキンの冷製料理、それに見立てがまちがっていなければクランベリーゼリーのボウルが置いてあった。くわえて陶器のピッチャーも。ぼくの腹が大きくごろごろと鳴った。

　男は笑った。「きこえたぞ。昔からいうではないか、若者には食べさせてやるべし、とね。〝頻繁に〟の語を追加してもいいかもしれんな」

　テーブルには二枚の皿が置いてあり、片方の椅子近くの床にはボウルが置いてあった。レイダーは早くもボウルから音をたてて水を飲んでいた。

「ぼくたちがお邪魔するとわかっていたみたいですね？　どうやってぼくたちのことを知ったのですか？」

「きみは、できればわれらが口に出さぬほうがいい存在の名を知っているかね？」

　ぼくはうなずいた。ぼくがはいりこんだように思える種類の物語では、口に出すのがタブーだという名前があることも珍しくない――口に出せば、邪悪なる存在が目覚めてしまうから。

「その存在も、われらからすべてを奪ったわけではないのだよ。わが姪にきみと話ができる力のあることは、きみも見ただろうし」

「ええ、馬を通じて」

「そう、馬のファラダ。そしてね、若き王子よ、めったにないことだがレーアはわたしにも話しかけてくる。話しかけてくるときには、レーアから伝わる言葉が不明瞭になることもあるし、そもそも思いを遠くまで放てば、声を放つこと以上にレーアを疲れさせてしまう。きみとは話しあうべきことが山ほどある。しかし、その前にまずは腹ごしらえだ。こちらへおいで」

《この人が話しているのはテレパシーのことだ》ぼくは思った。《そうにちがいない。だってレーアがこの人に電話をかけたり、テキストメッセージを送ったりしたわけはないんだから》

「どうしてぼくを〝若き王子〟と呼ぶのですか？」

　老人は肩をすくめた。猫がぴょんと跳んでその肩に乗った。

「慣れ親しんだ称号での呼びかけだよ。太古の昔から伝わったもの。いつか本物の王子さまがやってくるかも。しかし声の響きからして、きみは本物の王子さまではないな。きみはまだとても若い」

　老人は微笑んで、狭いキッチンへとむかった。それで初めて、煖炉の火明かりがまともにその顔を照らした。しかし、いまにして思えばぼくはもう察していたと思う――歩くあいだ片手を前に差しのべて、障害物がないかどうかと宙をさぐるようすをひと目見ただけで。そう。この男は盲だった。

8

　老人が椅子に腰かけると、猫は床に跳びおりた。ふさふさとした毛は灰色がかった茶色。猫がレイダーに近づいたのを見て、ぼくは万一レイダーが猫に襲いかかろうとした場合にそなえ、首輪をすぐつかめるよう準備した。しかし、レイダーはそんなことをしなかった。頭をさげて、猫の鼻の頭のにおいを嗅いだだけだった。猫は閲兵式でひとりの兵士を目で検査している（そして兵士がだらしないことに気づいた）将校のように前を通りすぎ、気取った歩調で居間へむかった。それから、肘かけに本が置いてある椅子に飛び乗ると、横になって体を丸くした。

「ぼくの名前はチャールズ・リードです。チャーリー。それもレーアからききましたか？」

「いや、レーアとの会話はそんなふうに働かないんだ。むしろ第六感がひらめくのに似ているな。お会いできて光栄だよ、チャーリー王子」火明かりがまともに顔を照らしていると、老人の目は――レーアの口とおなじように――すっかり消え失せて、かつて目があった場所にずいぶん昔に治った傷痕のようなものが残っているだけになっているのがよくわかった。「わが名はスティーヴン・ウッドレイ。かつてはこの身にも称号があったのだが――いい添えておけば〝摂政の宮（プリンス・リージェント）〟だ――そんな日々はもう過去のものになった。きみさえよければ、わたしをウッディと呼んでくれてもかまわない。ほら、われわれは森林（ウッズ）のそばに住んでいることだしね。わたしとカトリオーナは」

「あの猫の名前ですか？」

「いかにも。きみの犬は……たしか……名前はレイマー？　そんなような名前だったね。はっきりとは覚えていないが」

「レイダーです。もとはミスター・ボウディッチが飼っていた雌犬です。あの人は亡くなりました」

「ああ。それはまた残念なことだ」その顔には本当に残念に思っている表情がのぞいていたが、心底から驚いているわけではなさそうだった。

「ミスター・ボウディッチとはどの程度のお知りあいなんですか、サー？」

「ウッディと呼んでくれたまえ。頼む。あの人とはずいぶん時間をともにしたものだ。できるものなら、きみともおなじことを望むよ。しかし、とりあえずは食事が先決だ。なぜなら、きみはきょうずいぶん長い距離を旅してきたようだからね」

「その前にひとつ質問してもいいですか？」

ウッディが満面の笑みをのぞかせると、顔が多くの皺がつくる川になった。「もしきみがわたしの年齢を知りたがっているなら、もう自分でもわからないと答えるよ。いまでは、この世界が若かったときですら年寄りだったのではないか、と思うことがままあるくらいでね」

「いえ、そのことではありません。こちらで本を見かけたので、つい思ってしまったのです……ええと……あの……」

「目が見えないわたしが、どうやって本を読むのか？　現物を見るといい。それはさておき、腿肉と胸肉のどちらをご所望かな？」

「胸肉をお願いします」

ウッディは鶏肉を切りわけはじめた。もう長いこと、こうした作業を暗闇でおこなうことに慣れているのだろう。手の動きにためらいはいっさいなかった。ぼくは立ちあがると、ウッディの安楽椅子に近づいた。猫のカトリオーナが賢者の緑色の目で見あげてきた。本は古く、満月を背景にして空を飛んでいるコウモリの絵が表紙にあしらわれていた――コーネル・ウールリッチの『黒い天使』。もともとはミスター・ボウディッチの寝室に積んであった本にちがいなかった。ただし、いざ本を手にとってウッディの読みさしの箇所に目を落としても、そこには言葉が印刷されていなかった。点々が小さく組みあわされた記号がならんでいただけ。ぼくは本を元の場所にもどして、テーブルに引き返した。

「点字を読むんですね」ぼくはいい、頭ではこう考えていた。《字が変化しただけじゃない、あの本の言語も変化したはずだ――つまり翻訳されたんだ。奇妙なこともあったものだ》

「そうとも。エイドリアンが点字の入門書をもってきてくれて、つかわれる字を教えてくれた。ひとたび覚えたら、あとは自学自習できるようになった。ミスター・ボウディッチはほかの本をおりおりにもってきてくれた。なかでもあの人のご贔屓（ひいき）は、きみの到着を待つあいだにわたしが読んでいたような現実離れした物語だったね。こことはまったく異なる世界に住む、危険な男たちや苦境におちいった淑女たちの物語だよ」

ウッディは頭を左右にふって笑い声をあげた――まるでフィクションを読む行為が取るに足らない娯楽であるばかりか、正気の沙汰ではないと思っているかのように。煖炉の近くにすわっているせいだろう、ウッディの頬はほんのり薔薇色で、そこには灰色のきざしさえ見あたらなかった。その意味では全き者だが、実際にはちがう。ウッディの姪、レーアもおなじだ。ウッディにはものを見るための目がなく、レーアにはものをいうための口がない。レーアにあるのは、なんとか摂取できる乏しい栄養を体内にとりこむため、自身の爪で頬に穿つ傷だけだ。これこそ苦境におちいった淑女でなくてなんだ。

「さあ、来たまえ。すわってくれ」

ぼくはテーブルに近づいた。外で狼が遠吠えをはじめた。ということは月が――ふたつの月が――空に出てきたにちがいない。けれども、ここでこうして煉瓦の家にいるぼくたちは安全だった。もし狼どもが煙突からはいってこようとしても、毛むくじゃらのケツをこんがり炙（あぶ）られるのが関の山だ。

「ぼくにはこの世界こそが現実離れしたものに思えてます」ぼくはいった。

「ところがね、きみ、この世界に長く身を置いていると、逆にきみの世界のほうがつくりものに思えてくるんだ。さあ、食べたまえ、チャーリー」

9

料理はおいしかった。ぼくはお代わりを頼み、さらに追加も頼んだ。いささか気がとがめはしたが、長い一日を過ごしたあとだったし、三十キロばかりも荷車を牽いてきたのだ。ウッディはほとんど食べていなかった——ドラムスティックを一本食べ、クランベリーゼリーを少し食べただけだった。それを目にして、また気がとがめた。ぼくが思い出していたのは、アンディ・チェンの家でのお泊まり会に母がぼくを連れていったときのことだ。母はアンディの母さんに、この子は底なしの胃袋のもちぬしで、ほっておいたらお宅の家も身上（しんしょう）も食べつくしてしまう、と話していた。ぼくはウッディに、どこで食料品を仕入れているのかとたずねた。

「シーフロントだよ。あの町にはわれわれがどういった者かを……いや、かつてどういった者だったかを……覚えている人たちがいて、いまも貢ぎ物を納めてくれる。あのあたりも灰色病におかされているよ。それで人々が逃げだしている。きみも、そういった人たちを街道で見かけたのではないかね」

「はい」ぼくは答え、ピーターキンのことを話した。

「赤いコオロギといったのかな？　伝説の生き物だが……まあ、気にしないでくれ。きみがその男の行為をとめてくれてよかった。やはり、きみは王子かもしれないな。髪はブロンド、瞳はブルーの王子さまだね？」ウッディはぼくをからかっていた。

「よしてください。髪も瞳も茶色です」

「そうだな。王子のひとりではないし、かの王子でないことは確実だ」

「かの王子というのは何者なんです？」

「おなじく伝説的な存在だ。ここは物語と伝説からできている地、きみの世界とおなじだ。食べ物についていえば……わたしも昔はシーフロントの住民たちが献上してくる食べ物よりも、もっと高級な食材に慣れきっていたよ。まあ、シーフロントの食べ物は——〝沿海（シーフロント）〟という地名からも察せられるだろうが——おおむね肉より魚だ。あの地方に灰色病があらわれるよりもずっと前だよ——ただし、どのくらい前なのかはわたしにはわからない。いつもいつも暗闇で暮らすしかないと、一日一日がひとつに溶けあってしまうのでね」と語るウッディの声には自己憐憫の響きはなく、淡々と事実を述べているだけだった。

「シーフロントの人々がしばらくあの病を免れていたのは、彼らが細長い半島に住んでいるからではないかな——半島はいつも風が吹いているからね。とはいえ、確かなことはだれにもわからない。去年だったらね、チャーリー、聖王街道（キングズ・ロード）でもっと多くの人々と出会ったことだろうね。いまでは人々の洪水の勢いも減じつつあるんだ」

「聖王街道？　あの街道をあなたはそう呼んでいるんですね？」

「そうだ。ただし、この先の追分で街道がふたつに分岐し、名前が王国街道（キングダム・ロード）に変わる。追分で左を選べばシーフロント街道を進むことになる」

「あの人たちはどこへ行くんです？　つまり……ドーラの家に寄ったあと……レーアの農場に寄ったあと……それからドーラの弟が守っている商店に寄ったあとのことです」

ウッディは驚き顔を見せた。「あの男はまだ店を守っているのか？　びっくりだ。それでドーラの弟は店でなにを商（あきな）っている？」

「知りません。ぼくが知っているのは、弟さんは靴を壊した旅人に新しい靴をわたしているということだけです」

ウッディはうれしそうな笑い声をあげた。「ドーラと弟のジェイムズ！　昔から変わらぬ手口に精を出しおってからに！　きみのさっきの質問だが、彼らの行き先は知らないし、彼らにもわからないのではないか。彼らは遠くへ行くだけ。遠く・遠く・はるか遠くへ」

これまで静かだった狼たちがふたたび遠吠えをはじめた。声からすると数十頭はいるようだった。いまさらのように、ウッディの煉瓦づくりの家にたどりつけたことが心底うれしかった。レイダーが鼻声をあげた。ぼくはその頭を撫でた。「ふたつの月が出ているんですね」

「エイドリアンからきいた話だと、きみたちが住むつくりものの王国には月がひとつしかないらしいな。ミスター・コーネル・ウールリッチのある本の登場人物がいみじくもいうように、『ぼったくりにあった』のだね。ケーキをひと切れ食べるか？

いくぶん風味が失せているやもしれんがね」

「いただければうれしいですね。ぼくが自分でとってきましょうか？」

「いやいや、その必要はない。ずいぶん長いこと暮らしているので——亡命者にとってまことに居心地のいい隠れ家だとは思わんか？——すでに勝手知ったるところになっている。ケーキは食品庫の棚だ。すわっていたまえ。なに、すぐにもどってくるとも」

ウッディがケーキをとりにいっているあいだ、ぼくは自分でピッチャーからレモネードのお代わりを注いだ。エンピスではレモネードが客人をもてなす標準の飲み物らしい。ウッディはぼくにはチョコレートケーキの大きなひと切れを、自分用には薄いひと切れをもってきた。ハイスクールのカフェテリアで出されるケーキなんか足もとにも及ばない絶品だった。外側がちょっと硬くなっていたものの、風味が失せているとはまったく思えなかった。

狼たちの遠吠えがいっせいにふっつりと熄（や）み、このときもぼくは最大音量の11にあわせてあったアンプのプラグが引き抜かれたのか、と思った。そう思ってから、これがロック・モキュメンタリーの《スパイナル・タップ》に出てきた架空のアンプの話であることなど、この世界のだれにもわからないのだ、と思いいたった。いや、これにかぎらず、ほかのどんな映画の話でも。

「また空に雲が出たんですね」ぼくはいった。「いずれは雲もすっかり去っていくのでしょうか?」

ウッディはゆっくりとかぶりをふった。「あやつが到来してから、そんなことはなくなった。雨が降ることはあってもね、チャーリー王子、すっかり晴れることはないといっても過言ではないな」

「ジーザス」ぼくは驚いてキリストの名を口走った。

「それはもうひとりの王子の名だ」ウッディが、またしても満面の笑みをたたえていった。「エイドリアンがもってきてくれた点字の聖書によれば、その名は平和の王子の名。腹はくちくなったかな? いや、この言葉の意味は――」

「意味はわかりますし、はい、答えはイエスです」

ウッディは立ちあがった。「では、煖炉の近くにすわって。きみと話しあうべきことがあるのでね」

ぼくはウッディのあとから、この男のささやかな談話室に配された二脚の椅子に近づいた。レイダーがついてきた。ウッディは手さぐりで猫のカトリオーナを見つけて抱きあげた。カトリオーナはウッディに抱かれたまま毛皮のストールのように身を伸ばしていたが、そのまま床におろされた。床ではレイダーにお高くとまった一瞥をくれると、軽蔑するように尻尾をさっと打ちふってからすたすた歩み去った。レイダーは二脚の椅子のあいだに横たわった。先ほどはレイダーにも鶏肉をやったが、形ばかり口をつけただけだった。いまレイダーは、炎の暗号の解読に取り組んでいるかのように煖炉をじっと見つめていた。

ぼくは、シーフロントの町が集団避難にくわわっているいま、食料などの必需品を手にいれるにはどうする心づもりかをウッディにたずねかけ、やはり質問は控えようと思った。まったくわからない、という答えしか返ってこない気がした。

「食事のお礼をいわせてください」

ぼくの言葉をウッディは手をひとふりして払いのけた。

「おそらくあなたは、ぼくがなんのためにここへ来たのかと思ってらっしゃるでしょうね」

「いいや、まったく」ウッディは下へ手を伸ばしてレイダーの背を撫でてから、傷痕のようになった目をぼくにむけた。「きみの犬は死にかけている。きみが意図していることを実行するのなら、一刻の猶予もならんぞ」

10

食事で満腹になり、さしあたり狼たちが静かになっているなかで煉瓦の家という安全なところに身をおいて、煖炉の炎でぬくぬくとしていたことで、ぼくはすっかりくつろいでいた。満ち足りた気分だった。しかしレイダーは死にかけているというウッディの言葉で、ぼくは背を伸ばしてすわりなおした。「そうとはかぎりません。たしかに高齢です。それに股関節の関節炎もわずらっていますが、だからといって――」

　そこでぼくは、もしレイダーがハロウィーンまで生きられたら驚きだ、という獣医助手の女性の言葉を思い出して口をつぐんだ。

「わたしは目が見えないが、それ以外の感覚は年寄りにしてはかなり鋭くてね」そのやさしげな口調が、かえって不吉に思えてならなかった。「それどころか、わが耳は以前よりも一段と鋭敏になっているのだよ。かつて王宮では馬や犬を飼っていたものだ。少年時代や青年時代には、馬や犬といつも外で過ごし、彼らを愛でていたんだよ。だからね、彼ら動物たちが最後の曲がり角をまわって、いよいよ命のふるさとに近づいているとき、どのような声を出すのかを知っているんだよ。ききたまえ！　目を閉じて耳をすますことだ！」

　ぼくはいわれたとおりにした。煖炉からはおりおりに薪の爆ぜる音がしていた。どこかで時計がちくたくと鳴っていた。それからレイダーの息づかいがきこえた――息を吸いこむときの〝ぜいぜい〟という音、息を吐くときの〝ごろごろ〟という音。

「きみはこの犬を日時計に乗せるために来たのだろう？」

「そうです。それから黄金のこともあります。小さな黄金のペレット。鳥を撃つための小散弾に似ています。いますぐは必要ではありませんが、ミスター・ボウディッチがいうにはのちのちぼくは……」

「黄金のことは忘れたまえ。日時計にたどりつくこと……日時計をつかうこと……ただそれだけでも、きみのような若き王子にとっては危険きわまる使命だ。ハナという危険がある。ミスター・ボウディッチが来たときにはハナはいなかった。もしきみが慎重に動き……運にも恵まれたならハナを巧く避ける道を見つけられるかもしれん。こういった冒険においては、幸運を軽んじてはならぬ。黄金についていえば……」ウッディはかぶりをふった。「そちらにはさらなる危険がひそんでいる。いますぐきみに黄金が必要でなくてよかった」

　ハナ。その名前をのちのちのため、頭のファイルに書きこんでおいた。それよりも、いますぐ知っておきたいことがほかにあった。

「でも、あなたはなぜなんともないのです？　目が不自由になったこと以外では、という意味です」その言葉が口から出るなり撤回したくなった。「すみません。そんなふうにいうつもりではなかったのに……」

　ウッディは微笑んだ。「謝る必要はないよ。目が見えない身と灰色病のどちらかを選べといわれたら、わたしはつねに変わらず目が見えないほうを選ぶ。もうすっかり慣れた。エイドリアンのおかげで、つくりものの世界の物語を読むこともできる。

灰色病は緩慢な死だ。呼吸がじわじわと苦しくなってくる。顔が無用の肉に飲みこまれていく。体がだんだん縮こまってくる」そういって片手をもちあげ、げんこつをつくる。「こんなふうにね」

「ドーラもいずれはそんなことになる？」

ウッディはうなずいたが、その必要もないほどだった。幼稚な質問だった。

「ドーラにはどのくらいの年月が残されているんでしょう？」

ウッディはかぶりをふった。「それはだれにもわからない。そもそも進行がきわめて緩慢なうえ、個人差もあるからね。しかし、進行がとまることはない。それがこの病の恐ろしいところだ」

「ドーラがあの家を出るとなったら？　ほかの人たちが目指している場所へドーラも行くとなったら？」

「ドーラがあそこを去るとは思えないし、それが問題になるとも思えない。ひとたび罹ったら、もう逃げようのない病だ。じわじわと蝕(むしば)む消耗性疾患のようにね。エイドリアンもそれで命を落としたのだろう？」

ウッディが話しているのは癌のことだろうと思った。「いえ、ミスター・ボウディッチは心臓発作で亡くなりました」

「そうか。わずかな痛みを感じて、それっきりになったわけだね。灰色病よりもずっとましだ。きみの質問についてだが、昔々あるところに……ああ、エイドリアンは、あの男のもとの世界では多くの物語がその言いまわしから幕をあけると教えてくれたっけ」

「はい。そのとおり。そしてぼくがこちらの世界で見聞きしたことの多くは、そのたぐいの物語に似ていました」

「きみがいた世界の多くのあれこれにも、おなじことがいえるだろうね。すべては物語だよ、チャーリー王子」

狼たちの遠吠えがはじまった。ウッディが点字の本に指を走らせ、その本を閉じ、椅子の横にある小さなテーブルに置いた。この人は読みさしの箇所をどうやって見つけるのだろう、と思った。カトリオーナが引き返してきて、ぴょんとウッディの膝に乗り、ごろごろとのどを鳴らしはじめた。

「昔々、エンピスの国と、きみがこれより目指すべき王都リリマーには、血筋を数千年もの昔にまでさかのぼる王族が暮らしていた。王族たちの多くは——全員とはいわぬまでも多くは——国を賢く治めていた。しかし恐るべき時代の到来により、王族のほとんどは殺された。弑逆(しいぎゃく)されたのだ」

「その話の一部はレーアからききました。ええ、馬のファラダを通じて。レーアは父母がともに死んだと話していました。そのふたりが国王と王妃だったのですね？　レーアが自分は王女だと話していたからです。姫さまたちのなかでも、いちばん末っ子だったと」

ウッディは微笑んだ。「ああ、たしかにいちばんの末っ子だったね。では、レーアからは姉たちが殺されたこともきいたのかな？」

「ええ」

「兄たちのことは？」

「やはり殺されたとききました」

ウッディはため息を洩らし、猫を撫でながら煖炉の炎に目をむけた。炎の熱を感じることができるのは当然としても、もしかしたらこの人は、わずかながらも炎を見ることができるのだろうか？　目を閉じて太陽を見あげると、光に照らされて血流が赤く見えるように。ウッディはなにかいいたげに口をひらき、また口を閉じると、小さく頭をふった。狼たちはごく近くにいるようにきこえた……が、遠吠えがとまった。すべてがぴたりと熄(や)むそのようすには不気味なものがあった。

「あれは粛清だった。この言葉の意味はわかるか？」

「はい」

「けれども、少数ながら生き延びた者もいなくはない。われわれは王都から落ちのびた。ハナは王都から出ようとはしない。ここからずっと北にあるみずからの故郷、クラッチーから放逐された身だからだ。王都の大城門より逃げのびた者は八人。本来なら九人のはずだったが、わが甥のアロイシアスは……」ウッディはふたたび頭を左右にふった。「われわれ八人は王都での死を免れ、われらの血がわれらを灰色病より守ってくれた。しかし、新たな呪いがわれわれを追ってきた。なにかはわかるか？」

見当はついた。「八人のそれぞれが、なんらかの感覚をうしなったのでは？」

「そのとおり。レーアはものを食べることこそできるが、苦痛がともなうようになった――きみもおそらく見たとおりに」

ぼくはうなずいたが、ウッディにはこの動作が見えなかった。

「レーアは食べたものの味もろくにわからないし、きみも見たように、ファラダを通じて話をするのがやっとだ。レーア本人は、あやつが耳をそばだてていたとしても、ファラダをつかえば欺けると信じている。わたしにはわからない。あやつはすべてを耳に入れたうえで、おもしろがっているのかもしれない」

「あなたが〝あやつ〟というとき……それは……」ぼくはそこで言葉を切った。

ウッディがぼくのシャツをつかんで引き寄せた。ぼくはウッディに顔を近づけた。ウッディはぼくの耳に唇を押し当ててささやいた。ゴグマゴグの名がきこえるものとばかり思っていたが、その言葉ではなかった。ウッディが口にしたのは〈飛翔殺手(フライト・キラー)〉という言葉だった。

11

「あやつはわれらに刺客をさしむけることもできるが、そうはしていない。われら生き残りの面々をわざと生かしている——生きることそのものが罰であるがゆえだ。甥のアロイシアスは、先にも話したように王都を出られずにおわった。エレンとワーナーとグレタの三人はみずから死をえらんだ。ヨーランデはまだ生きているはずだが、気がふれてしまい、あてどもなく彷徨(さまよ)っている。わたし同様にヨーランデも盲(めしい)でね、おおむね、行きずりの人々のほどこしにすがって生きているようだ。ヨーランデがわたしのところに立ち寄ったおりには食事を与え、たわごとのおしゃべりに調子をあわせもしたさ。いま名前を出しているのは、わたしの姪や甥やいとこだよ——わかるね、近しい親族だ。話は理解できているか？」

「はい」ぼくは答えた。それなりに理解できてはいた。

「バートンは世を捨てた遁世者(とんせいしゃ)になって森の奥深くに住み、エンピスの解放をひたすら祈っている——祈りながら両手を押しつけあっても、手が手の感触をとらえることはない。傷ができても、血を見るまではわからない。食事はできても、腹がいっぱいになったのか、まだ減っているのかも感じられないときてる」

「なんという……」ぼくはいった。これまでは目が見えなくなるのが最悪かもしれないと思っていたが、まだ上には上がある。

「狼たちもバートンには手出しをしていない。少なくともこれまではね。バートンがここへ来てから二年とそれ以上が経過した。いまはもう死んでいるのかも。わがささやかな一行は王宮軍馬係の馬車で王都をあとにした——いまきみが見ている姿とはちがい、まだ目が見えていたわたしが馬車の先頭に立ち、恐怖のあまり正気をなくした六頭の馬を鞭であやつってだ。同行していたのはいとこのクローディア、甥のアロイシアス、そして姪のレーア。われわれは疾風のごとく走ったよ、チャーリー。馬車の鉄張りの車輪が道の敷石とぶつかって火花を散らし、ルンパ橋の上から三メートルばかりを一気に飛んだりもした。馬車が着地したときは、てっきり横転するか車体がばらばらになるものと覚悟はしたが、頑丈なつくりだったので衝撃にも耐えたよ。背後からハナの咆哮がきこえていた。嵐を思わせるその咆哮が着実にわれわれに迫っていたよ。いまでもあの吠え声が耳をつくくらいだ。わたしは馬に鞭をくれ、馬は地獄に追いかけられてでもいるみたいに走りに走った——いや、地獄に追いかけられていたんだよ。われわれが外に通じる大城門にたどりつく寸前、アロイシアスがうしろをふりかえった。すかさず、ハナがアロイシアスの頭を肩から引きちぎった。わたしはその場を目にしてはいなかった——前方に注意を集中していたからね。しかしクローディアは見てしまった。ありがたいことにレーアは見ていなかった。毛布にくるまれていたからだ。ハナが二度めに大きく手を振りおろしてきて、馬車の車体後部が引き剝がされた。あの女怪物の呼気が嗅ぎとれた——いまでもあのにおいが鼻に感じられるほどだ。腐った魚と腐った肉のにおい、鼻をつんと刺す汗の臭気だ。われわれは間一髪で門を通り抜けた。われわれが逃げきったと見るや、ハナはものすごい咆哮をあげた。その叫喚にこめられた怨嗟と憤怒のすさまじさたるや！　ああ、いまでも耳にこびりついているよ」

　ウッディは語りやめて唇を拭った。手が震えていた。それまでは心的外傷後ストレス障害を《ハート・ロッカー》のような映画以外で目にしたことはなかったが、このときは現物を目のあたりにしていた。いまの話の出来事がどれほど前のことなのかは知らなかったが、そのときの恐怖はいまもなお生々しくウッディにとり憑いている。当時のことをウッディに思い出して話をしてもらう責任を引き受けるのは気がすすまなかったが、ぼくはぼくで自分がなにに足を突っこんでいるのかを知っておく必要があった。

「チャーリー、わるいが食品庫へ行って、冷蔵棚でブラックベリー・ワインのボトルをさがしてはくれないか？　きみさえよければ、小さなグラスに一杯だけ飲みたい。いや、よければきみも飲みたまえ」

　ぼくはボトルを見つけて、ウッディのグラスにワインをそそいだ。発酵したブラックベリーのにおいは強烈で、父の一件で根づいたアルコールへの健全な警戒心がなかったとしても、自分のグラスに一杯そそぎたい気持ちを封じるには充分だった。そこで、自分にはレモネードのお代わりをもらうことにした。

　ウッディはたっぷりふた口でグラスの中身をあらかた飲むと、大きなため息をついた。「ああ、楽になった。あのころの思い出はひたすらに悲しく、痛みに満ちていてね。もう遅くなって、きみも疲れているだろうから、これからはきみが友の命を救うためになにをしなくてはならないかを話すとしよう。いまでもきみが計画を進めたいと思っているのならね」

「思っています」

「つまり、愛犬のためならみずからの命と正気をも危険にさらす覚悟だと？」

「ミスター・ボウディッチから託されたのはあの犬だけです」

ここでぼくはためらったが、残りの部分もウッディにきかせた。

「それに、ぼくはレイダーを愛しています」

「まことにけっこう。愛ならば、わたしにも理解できる。では、きみがなすべきことを話してきかせよう。注意ぶかくききたまえ。ここよりなお一日歩けば、わがいとこクローディアの家にたどりつく。きびきびと速足で歩けばの話だ。さて、クローディアの家に着いたなら――」

　ぼくは注意ぶかく話をきいた。わが命がその内容にかかっているかのごとく。いや、外の狼たちの遠吠えをきくかぎり、本当にわが命がかかっていると強く思えてならなかった。

12

ウッディの家のトイレは屋外にあり、寝室からは短い板張りの通路でつながっていた。ぼくがランタンをかかげて（コールマンではなく昔風の品だった）通路を進んでいるあいだに、壁になにかが強くぶつかってきた。なにやら腹をすかせたものだろうと思った。それからぼくは歯磨き粉なしで歯を磨き、トイレで用を足した。レイダーにはできれば朝まで小用を我慢してほしかった。朝になるまでレイダーを外に連れだす気はなかったからだ。

この家では煖炉のそばで寝る必要はなかった。ふたつめの寝室があったからだ。小さなベッドにはフリルつきのベッドカバーがかかっていて、ほどこされている蝶々の刺繍はドーラの作にちがいなかった。壁はピンクに塗ってあった。ウッディは、以前はたまにこの部屋をレーアとクローディアがつかっていたと話してくれた——ただし、レーアはもう長いことつかっていない、とも。

「ここではふたりとも、昔どおりのふたりでいられるからね」

ウッディはいい、慎重に手を伸ばして、金めっきをほどこされた楕円形のフレームにおさめられた絵を棚から手にとった。描かれていたのはティーンエイジャーの少女と若い女だった。ふたりとも見目麗しかった。ふたりは噴水の前で、それぞれの体に腕をまわしていた。どちらもかわいらしいドレスをまとい、きれいにととのえられた髪をレースで飾ってもいた。レーアには微笑みをかたちづくれる口があり……なるほど、ふたりとも王族らしい気品をそなえていた。

ぼくは少女のほうを指さした。「これはレーアですか？　まだ……以前の……？」

「そのとおり」ウッディは、先ほどと同様の慎重な手つきで絵を棚にもどした。「そう、以前のね。われわれの身に起こったあのこと、あのことがわれわれを見舞ったのは、王都より逃げのびてほどなくしてからだった。混じり気のない悪意に満ちた復讐の所業。ふたりとも美しいとは思わないか？」

「思います」ぼくは笑みをたたえた年下の少女を見つめながら、レーアにかけられた呪いは視力を奪われたウッディの呪いの二倍もおぞましいのではないかと考えていた。

「だれが復讐をしたのです？」

ウッディは頭をふった。「その話はしたくない。できることなら、あの絵をいま一度わが目で見たい。しかし、こうした願いは美とおなじ——はかなく消える。ぐっすり眠るといい、チャーリー。あしたの日没までにクローディアの家へ行きたければ、早めに出立しなくてはならん。クローディアからはもっと話がきけるだろう。それから夜のあいだに目を覚ましても——

あるいは犬に起こされたとしても――外へ出てはならぬぞ。どんな理由があろうとも」

「はい、充分承知しました」

「けっこう。きみと知遇を得られてうれしかったよ、若き王子。世にいうとおり、エイドリアンの友人ならば、だれでもわたしの友人だ」

ウッディは部屋をあとにした。足どりは自信に満ちていたが、片手を前に突きだしていた――暗闇で長く過ごしてきたいま、この動作が第二の天性になっているにちがいない。いったいどれだけの歳月なのだろう、とぼくは思った。どれだけの年月がたったのだろうか？ 〈飛翔殺手（フライト・キラー）〉とはだれ、あるいはなにものなのか？ ウッディが一族を虐殺された粛清から、ゴグマゴグの覚醒までどれだけの年月が――レーアが微笑みの口をそなえ、当たり前にものを食べていたのはいつのことなのか？ こちらの世界でも一年はおなじ長さなのか？

スティーヴン・ウッドレイはウッディ……映画《トイ・ストーリー》のカウボーイとおなじ名だ。ただの偶然だろう。でも狼たちや煉瓦の家までも偶然だとは思えなかった。さらにウッディが話していたルンパ橋とやらのことがあった。母はリトル・ルンプル川にかかっていた橋で死んだし、ぼくをあと一歩で殺すところだった男はルンペルシュティルツヒェンに一脈通じるところがあった。そういったことまで偶然だと信じろといわれているのか？

レイダーはぼくのベッドの横で眠っていた。ウッディにいわれて、ひとたび犬の呼吸にともなう〝ぜいぜい〟という音や〝ごろごろ〟という音に注意をむけると、もう耳をふさいではいられなかった。レイダーの寝息と散発的に響いてくる狼たちの遠吠えの声が眠りを妨げるものとぼくは思った。けれども、きょうはかなりの徒歩での長旅で、しかも荷車をずっと牽いていた。だからそれほど長くは起きていられず、夢も見ずに眠り、次に気がついたのは、翌朝早くウッディに揺すり起こされたときだった。

「起きたまえ、チャーリー。朝食の用意はできている。食事をおえたら、すぐにここを出立せねばならないぞ」

13

ボウルに山盛りにされたスクランブルエッグがあり、やはりボウルに山盛りにされた湯気をあげているソーセージがあった。ウッディは少しだけ食べ、レイダーも少しだけ食べ、残りはこのぼくが一手に引き受けた。

「きみの荷物はドーラの荷車に積んでおいた。わがいとこの家にたどりついたとき、いとこに見せてほしい品も追加してある。きみがわたしの家からやってきたとわかるような品だ」

「ということは、いとこのクローディアは直観にはあまりすぐれていないんですね」

　ウッディは微笑んだ。「意外かもしれないが、すぐれた直観のもちぬしだよ。わたしもそっち方面で最大限の努力も払った。しかし、その手の意思疎通手段だけに頼るのは賢明ではあるまい。ともあれ、あとときみが必要とするかもしれない品だ――きみの使命が成功し、きみ自身のおとぎ話（フェアリー・テイル）の世界へ帰れるようになったらね」

「なんなんです？」

「自分でバックパックをあけて見るといい」ウッディは微笑み、ぼくにむかって手を伸ばして両肩をつかんだ。「きみはかの王子さまではないかもしれない。しかし、勇敢な少年だ」

「いつか王子さまが……」ぼくはなかば歌うような調子でいった。

　ウッディはほほえんだ。顔の皺がつながって流れをつくった。

「エイドリアンもその歌を知っていたよ。なんでも、物語を語る映画に出てきた歌だったという話だったね」

「《白雪姫》です」

　ウッディはうなずいた。「映画のもとになった話はもっと残酷だ、とも話していたな」

《そうじゃない話なんかないぞ》ぼくは思った。

「いろいろとありがとうございました」ぼくはいった。「お体にお気をつけて。あなたもカトリオーナも」

「われわれはたがいに気をつけあっているよ。わたしの話はすっかり覚えているね？」

「ええ、覚えていると思います」

「いちばん大切な話は？」

「ミスター・ボウディッチがつけた道しるべをたどること。音をたてないこと。そして、夜になる前に王都から脱出すること。それは夜影兵たちがいるから」

「あいつらについてわたしが話したことを、きみはちゃんと信じているかな、チャーリー？　信じてもらわなくては困る。信じていなければ、もし日時計までたどりつけなかった場合に心を揺り動かされ、結果として王都に長居しすぎてしまうかもしれないのでね」

「あなたからは、ハナが巨人で、夜影兵たちは生ける屍だという話をききました」

「いかにも。しかし、きみは本気で信じたかな？」

　ぼくは巨大ゴキブリや巨大ウサギを思った。カトリオーナとほぼおなじ大きさだった赤いコオロギを思った。ドーラとその消えつつある顔のことを思い、口の代わりに傷があるだけのドーラを思った。

「はい」ぼくは答えた。「すべての話を信じています」

「けっこう。わたしがきみのバックパックに入れた品を、くれぐれも忘れずにクローディアに見せてくれ」

　ぼくはレイダーを荷車に乗せ、バックパックをあけた。荷物のいちばん上で、きのうとおなじ曇り空からの光をうけて鈍く輝いたのは金色の拳形の品だった。煉瓦の家のドアに目をむけると、ゆうべはあった金色のドアノッカーがなくなっていた。手にとってもちあげたぼくは、その重みに驚かされた。

「待ってください、ウッディ！　ひょっとして純金製ですか？」

「いかにも。万が一、きみが日時計の前を素通りして宝物庫に足を踏み入れたいという誘惑に駆られたときには、エイドリアンが最後にこの世界を訪ねたおりに王宮からかすめていったやもしれない品にくわえ、そのノッカーがあることを思い出すように。道中の無事を祈るぞ、チャーリー王子。きみがエイドリアンの武器をつかう必要に迫られぬことを願うが、一朝ことあらば、決してためらってはならん」

第十六章

王国街道。クローディア。
数々の指示。騒音機械。
オオカバマダラ。

1

レイダーとぼくは街道の分岐点に近づいていった。分岐点には道しるべが立っていて、右を指しているほうには王国街道と書かれていた。シーフロント街道と書かれているほうは柱からはずれかかり、街道が地中にあるかのように矢印が真下を指していた。レイダーがしゃがれた声で吠えた。見ると、男と少年のふたりづれが街道から分岐点に近づいてくるところだった。男は松葉杖をつき、ひょこひょこと跳びはねながら歩いている──汚れた繃帯を巻かれた左足は、数歩ごとに一回だけ地面を軽くこすっていた。もう一本の無事な足だけで、この先どれくらい歩いていけるのだろうか。少年はあまり頼りになりそうもなかった。もとより小柄であり、ふたりの所持品がはいっているらしい麻袋を左右の手でしきりにもちかえていたばかりか、その袋を路面に引きずっているときさえあった。ふたりは分岐点で足をとめると、道しるべの前を通りすぎて右へ進むぼくをじっと見つめてきた。

「そっちへ行っちゃだめ！」少年が声をかけてきた。「そっちには魔物の棲む都があるだけだよ！」

少年も灰色病にかかっていたが、病状は同行の男ほどには進行していなかった。父親と息子であってもおかしくなかったが、容貌が似通っているかどうかはわからなかった。男の顔はぼやけかかって、目は細くなりはじめていたからだ。

男は少年の肩をぱんと平手で叩いた。少年が体を支えていなければ、男はそのままばったり倒れてしまったことだろう。

「ほうっておけ、あいつのことはほうっておけ」男はいった。言葉はききとれたが、声帯がクリネックスに包まれているかのように、声はくぐもっていた。この男ももうじきドーラのように、不明瞭なぶんぶんという声しか出せなくなりそうだった。

男は離れつつある二本の街道の間隙をはさんで、ぼくに叫びかけてきた——大声を出すと男が痛みを感じているのは明らかだった。壊れかけた顔を痛みにしかめると、容貌は一段と不気味になったが、それでも男にはいいたいことがあるようだった。

「よお、全き者よ！　そんなきれいな顔を残してもらえたなんて、おふくろさんはやつらのだれにスカートをめくってみせた？」

なんの話をしているのか見当もつかなかったが、ぼくは黙っていた。レイダーがまたもや弱々しく吠えた。

「あれって犬かな、父ちゃん？　それとも飼われてる狼？」

男の少年への答えは、今回もまた肩への平手打ちだった。それから男は下卑た笑いをのぞかせて、ぼくにある手ぶりをしてみせた——ぼくにも意味が完璧に理解できる手ぶりだった。どこの世界であれ、変わらないものもあるらしい。おなじ意味をもつアメリカ流儀の手ぶりを返したい誘惑に駆られたが、やめておいた。体の不自由な人を侮辱するのは恥ずべきおこないだ。たとえ問題になっている体の不自由な人が息子に平手打ちを食らわせたり、他人の母親を中傷したりするクソ野郎でも。

「道中せいぜい無事でな、全き者よ！」男はくぐもっている声を張りあげた。「きょうがおまえの最後の一日にならんことを！」

《旅の途上で出会う愛すべき人々には、いつも愛想よく接すること》ぼくはそう考えて歩きつづけた。ほどなく父子の姿は見えなくなった。

2

王国街道を歩いているのはぼくひとりだったので、あれこれ考えたり……思いをめぐらせたりする時間は充分にあった。

たとえば〝全き者たち〟とは、どういった人たちのことなのか？　だれのことだろう？　もちろん、ぼくはそのひとりだ。しかし、もし全住民台帳のようなものが存在するとしたら、ぼくの名前の横にはアステリスクが付くのだろう。ぼくがエンピスの（少なくともこの世界のこの地域はそう呼ばれている。またウッディは、巨人ハナがクラッチーという地からやってきたと話していた）出身ではないからだ。よかったのはウッディが、全き者たちは灰色病に免疫があるため、ぼくの肌が灰色になりだしたり顔がなくなったりすることはない、とぼくに請けあってくれたことだ。話してくれたのは、けさの朝食の席だった。

ただしウッディは、ぼくがこれから長旅をする身なので出発しなくてはならないといって、それ以上の話をこばんだ。また〈飛翔殺手（フライト・キラー）〉について質問したときには、ウッディは顔をしかめてかぶりをふっただけで、あとはいとこのクローディアからもっと話がきける、とくりかえしたにとどまった。ぼくとしては、それで満足するしかなかった。それでもなお、さっき松杖の男が口にした言葉はなにやら意味深だった。《そんなきれいな顔を残してもらえたなんて、おふくろさんはやつらのだれにスカートをめくってみせた？》

ぼくはまた、いつも灰色に曇っている空についても考えた。少なくとも昼間は、空はずっと灰色に閉ざされている。しかし夜のあいだはときおり雲が分かれて、隙間から月明かりが射しいることもある。その月の光が狼たちを活発にさせているようだ。空にあがっているのはひとつきりの月ではなく、片方の月がもう一方を追うように動くふたつの月だ。そこから、いま自分が正確にはどこにいるのかという疑問が浮かんだ。ぼくもそれなりにSFを読んでいるので、パラレルワールドとか複数の地球といったアイデアのことは知っている。しかしぼくは、地下通廊を進んできて精神と肉体が分離するように感じられたあの領域を通過したとき、自分がまったく異なる別の世界へ到着してしまったのかもしれないと考えていた。ここがはるかかなたの銀河系内にある一惑星だと考えれば、月がふたつあることにも充分筋が通る。しかし、ここにいるのは異星の異質な生命体ではない――ここにいるのは人間たちだ。

ぼくはミスター・ボウディッチのベッドサイドのテーブルにあった本のことを思った――星々が満ちている漏斗（ろうと）の絵が表紙にあしらわれている本だ。あの本の主題とおぼしき世界マトリックスとやらにはいりこむ道を、ぼくが見つけてしまったとしたら？（食料やレイダーの薬やポリーの拳銃ともども、あの本もバックパックに入れてくるのだったと真剣に悔やまれた）。そしてこの考えが、まだずっと小さいころ母と父のふたりといっしょに見たある映画を思い起こさせた――《ネバーエンディング・ストーリー》という映画だ。映画の舞台の異世界ファンタージェンとおなじように、エンピスもまた想像力の集合体がつくりあげた世界だとしたら？　これも〝ユング派の観点〟だろうか？　ぼくにわかるはずがない。だいたい、この男の苗字

Jungの読みがユングでいいのかジュングなのかもわからないくらいだ。

こういったあれこれに思いをめぐらせていたが、何度も思いが立ち返る先はもっと実際的なテーマ――父のことだった。ぼくがいなくなったことを父はもう知っているのか？ まだその事実を知らないかもしれない（そしてよくいわれるように、無知は至福にほかならない）。けれども父にも、ウッディのような第六感があるかもしれない――きいた話だと、親という種族はその能力に長けているとか。父ならまずぼくに電話をかけるだろう。ぼくが電話に出なければ、次はテキストメッセージだ。父はぼくが学校関係のあれやこれやで忙しくしていると推測する……が、それも長くは通用しそうもない。というのも、これまでぼくは父にできるだけ迅速に反応するという責任をきっちり果たしてきたからだ。

父を心配させると思うとうしろめたかったが、いまのぼくには手の打ちようがない。ぼくは決断をくだした。それに、そもそも――あけすけな真実を告げるつもりなので明かしてしまえば――この世界に来られたことがうれしかった。楽しんでいたとまではいえないにしても、うれしく思ってはいた。一千もの疑問の答えを見つけだしたかった。つぎの丘の先の光景、次のカーブの先の光景を見てみたかった。さっきの少年がいっていた〝魔物の棲む都〟を見たかった。もちろん、恐怖もあった――巨人ハナや夜影兵たち、それに人か人外かはわからないが〈フライト・キラー〉なる存在も怖かった。もっとも恐ろしく思っていたのはゴグマゴグだった。しかし、一方では気分が昂揚してもいた。レイダーのこともあった。与えられるものなら、レイダーに第二のチャンスを与えてやるつもりだった。

昼食をとって、しばし休むために足をとめたのは、左右の両側から森が迫っているところだった。野生動物は見かけなかったが、ふんだんな日陰があった。「おまえも食べたいか、レイダー？」

できれば食べたがってほしかった。朝食のときには薬を餌に入れられなかったからだ。ぼくはバックパックをあけてサーディンの缶詰をとりだし、ふたをあけてからレイダーにむけて傾け、たっぷりとにおいが嗅げるようにしてやった。レイダーは鼻をもちあげたが、起きあがらなかった。見ると、レイダーの両目からはまた例のねばねばする粘液が流れていた。

「遠慮するな。好物だろう？」

レイダーは斜めになった荷車の荷台を三歩か四歩おりてきたが、そこでうしろ足が音をあげた。レイダーは荷台の残りの部分をすべりおりたが、その拍子に体が横向きにねじれ、痛高い痛みの悲鳴をひと声あげた。レイダーは堅い地面にどさりと落ち、ぜいぜいと息を切らしながら顔をあげてぼくを見つめた。顔の半分が土埃で汚れていた。そんな顔を見ると胸が痛んだ。

レイダーは立ちあがろうとしたが果たせなかった。

ぼくはもう全き者たちや灰色人たちのことも、さらには父のことさえも考えるのをやめた。なにもかも消え失せた。ぼくはレイダーから土埃を払って抱えあげ、道路とこんもりと膨らんだように見える樹木のかたまりにはさまれた、芝が生えている細い地面まで運んだ。そこに横たえてから頭を撫で、うしろ足を調べる。左右どちらも骨が折れているようには見えなかったが、付け根に近いほうを触ると、きゃんと高い声で吠えて牙を剝きだした——といっても嚙みつこうとしたのではなく、痛みのせいだった。触った感じでは問題なさそうだったが、エックス線写真なら炎症を起こしてひどく腫れあがっている関節が見えるはずだった。

　レイダーは水を少し飲み、サーディンを一、二尾食べた——が、もっぱらぼくを安心させたかったからだろう。ぼくも食欲をなくしていたが、ドーラがもたせてくれたウサギ肉のフライを二、三個食べ、クッキーを二枚ほど食べた。エンジンに燃料を補給する必要がある。レイダーを——注意深く——抱きあげて、また荷車にもどしてやったときには、呼吸音にぜいぜいという雑音が混じっているのがわかり、あばら骨の感触も残らず伝わってきた。ウッディはレイダーが死にかけているといっていたし、その言葉のとおりだったが、はるばるここまでやってきたのは、ドーラの荷車の荷台で冷たくなっているレイダーを見つけるためなんかじゃない。ぼくは荷車の牽き棒をもちあげると、前に進みはじめた。走りはしなかったが——そんなことをしたら、ぶっ倒れるとわかっていた——速足で進んだ。

「踏んばれ。あしたには楽になれるかもしれないぞ。だから、いまはぼくに免じて踏んばってくれ」

　レイダーが尾をふり、その尾が荷車を叩く〝ぱたぱた〟という音がきこえた。

3

荷車を牽いて王国街道を進んでいくにつれて、灰色の雲は黒っぽくなってきたが、雨はふらなかった。ありがたかった。ぼく自身は濡れてもかまわなかったが、レイダーは濡れてしまえば病状が悪化するだろうし、レイダーの体を雨から守る品のもちあわせはなかった。それに強い雨が降って街道がぬかるみになれば、荷車を牽くのがむずかしくなる。

　レイダーが滑り落ちてから四、五時間後、ぼくはかなりの急勾配の坂道をのぼりきって、足をとめた。ひとつには息をととのえるためだったが、景色をながめるのが主な目的だった。土地はぼくの目の前にくだりながら広がっていて、王都の尖塔群が初めてはっきりと見えていた。曇天の光を受けて、尖塔群は石鹼石を思わせる濁ったオリーブ色を帯びていた。街道の左右には、目の届くかぎり遠くまで高い城壁がつづいていた。そこまではまだ何キロもの距離があり、城壁の高さはわからなかったが、中央にある巨大な城門は見分けがついた。
《あれが錠前で閉ざされていたら》ぼくは思った。《ぼくは完全にお手あげだ》

ウッディの家から、ぼくが足をとめて景色を見ながら小休止したところまで、街道は曲がりくねっていた。しかし、ここから都の大城門までは糸のようにまっすぐな道が通じていた。数キロばかり先では左右の森林が街道から離れていき、雑草が生い茂った畑には荷車やかつては農具の犂（すき）だったとおぼしきものが遺棄されているのが見えた。見えたのはそれだけではなかった。乗り物……あるいはなにかの運搬手段のようなものが、ぼくのほうへ近づいていた。ぼくは視力がいいほうだが、それでも相手はまだ何キロも先で、それがなにかを見てとることは無理だった。ぼくはミスター・ボウディッチの四五口径の台尻に手をかけた——銃があることを確認したのではなく、不安をなだめるためだった。

「レイダー？　大丈夫かい？」

顔をめぐらせてうしろをふりかえると、荷車のいちばん前にすわってぼくを見ているレイダーと目があった。よかった。ぼくは牽き棒をつかんで、ふたたび歩きはじめた。両方の手のひらに、かなりの数のまめができてしまっていた。作業用手袋が入手できるのなら、なんでも差しだしたい気分だった。いや、キッチン用のふた叉手袋（ミトン）だってかまわない。この先しばらくは下り坂がつづくのだけが救いだった。

二、三キロばかり進んだところで（街道が下っていくにつれて、尖塔群は都を囲む高い塀に隠れて見えなくなっていた）ぼくは足をとめた。ここまで来ると、ぼくのほうへ近づいてくる人物が巨大な三輪自転車のようなものに乗っているのが見えるようになっていた。さらに両者の距離が縮まると、三輪自転車の乗り手が女性であって、かなりの速さを出していることもわかった。着ている黒いドレスの布地が女性のまわりで波打っているさまを見ると、ここでも映画の《オズの魔法使》が連想された。とりわけ映画冒頭の白黒パートで、アルミラ・ガルチがいまにも嵐になりそうなカンザスの空のもと、自分を嚙んだという理由からドロシーの愛犬トトを始末しようと自転車を走らせている場面だ。近づく三輪自転車のうしろの荷台には、木製の荷物用の籠さえそなえつけてあった——ただし、ミズ・ガルチの自転車にそなわっていたトトにちょうどいいサイズの籠よりも、だいぶ大きかった。

「心配するなよ、レイダー」ぼくはいった。「あの人はおまえをどこかに連れてったりしないからさ」

女性がかなり近づいてくると、ぼくは足をとめて痛む手指を曲げたり伸ばしたりした。女性がぼくの思っていたとおりの人物だった場合にそなえて友好的にふるまう用意をしてはいたが、万一女性がエンピス版の〝悪い魔女〟だと判明したら自分と愛犬を守る用意もしていた。

女性はペダルを逆回転させて三輪自転車をとめた。かなりの音とともに土埃が舞いあがった。着ているドレスがもう波打たなくなり、力なく体に沿って垂れ落ちていた。ドレスの下には丈夫そうな黒いレギンスと大きな黒いブーツ。この女性には、ドーラに代わりの靴を用立ててもらう必要はなさそうだった。体を動かしたせいで女性の顔は薔薇色に染まっていたが、そこには灰色のわずかな兆しひとつなかった。もし見当をつけろといわれたら、女性の年齢を四十代か五十代と答えたところだが、これはしょせん推測だ。エンピスでの時間の流れは奇妙だ——人の年齢の重ねかたもまたしかり。

「あなたはクローディアさんですね?」ぼくはいった。「待ってください。お見せしたいものがあります」

ぼくはバックパックをあけて、黄金のドアノッカーをとりだした。女性はノッカーを一瞥してうなずいただけで、ハンドルバーから身を乗りだした。その手が革手袋に包まれているのを見て、ぼくは痛切に羨ましくなった。

「**わたくしはクローディア! それを見せてもらう必要はございません——あなたさまが来ることは夢で見ておりました**」女性は自分のこめかみをとんとんと叩き、大笑いした。「**夢は信頼のおけるものではございません。でも、それはそれとして、けさスナブを見かけました! スナブはいつも決まって雨降りか、さもなくばお仲間の来訪の前兆です!**」クローディアの声はただ大きいだけではなかった。抑揚というものがまったくなかった。昔のSF映画に出てくる邪悪なコンピューターのような声だった。クローディアは、ぼくにはいわずもがなのことをいい添えた。「**わたくしは耳がきこえませんの!**」

クローディアが頭の向きを変えた。髪は頭のてっぺんでシニヨンにまとめられていたので、当然そこに耳が見えるはずだった——耳があれば。しかし、耳はなかった。レーアの口やウッディの目と同様に、そこには傷痕があるだけだった。

4

クローディアはスカートをつまんでもちあげて三輪自転車からおりると、荷車に歩み寄ってレイダーをながめた。途中でクローディアは、ホルスターにおさめてある四五口径の台尻に触れていった。「**ボウディッチさんの銃ですね! 覚えておりますよ! それにこの子のことも覚えております!**」

クローディアが撫でると、レイダーは頭をあげた。つづいてレイダーの耳のうしろを掻く——レイダーはここを掻かれるのがいちばん好きだった。それからクローディアは顔を近づけて——噛まれる心配などこれっぽちもしていないことは明らかだった——くんくんと犬のにおいを嗅いだ。レイダーが頬を舐めた。

クローディアがぼくに顔をむけた。「**この子はすっごく重い**

病気です！」

ぼくはうなずいた。否定しても意味がない。

「でも生かしつづけてあげなくては！　餌は食べてますか？」

ぼくは手をひらひらさせて、〝少しだけ〟と伝えてから、「唇は読めますか？」といって自分の唇をそっと叩き、つづいてクローディアの唇を指さした。

「ちゃんとは学べませんでしたの！」クローディアが怒鳴った。**「ともに練習してくれる方がいらっしゃらなかったので！　この子には牛肉のスープをあげましょう！　それならなんとか食べてくれるかもしれません！　ずっと前のこの子にもどしてあげましょう！　この子をわたくしの籠に入れたほうがよろしい？　それなら、もっと早く動けるかもしれません！」**

ぼくはレイダーの痛むうしろ足を傷つけてしまうのが怖いとは告げられず、無言でかぶりをふった。

「けっこう――でもしっかりついてきてください！　もうじき三の鐘が鳴る！　一日のおわり！　ほら、忌ま忌ましい狼どもが出てくるし！」

クローディアは大きな三輪自転車を押して――座面は地面から少なくとも百五十センチはあった――ぐるっと円を描かせてから、ひらりと飛び乗った。クローディアはのんびりペダルを漕いだ。街道は道幅があったので、ぼくは三輪自転車とならんで歩くことができた――これならレイダーとぼくがうしろを歩いて土埃を食らわずにすむ。

「六キロと半！」クローディアは抑揚のない声を大きく張りあげた。**「元気にお牽きなされよ、お若いの！　この手袋をあげてもよろしいけれど、あなたさまの手には小さすぎるようです！　わが家の屋根の下にたどりついたら、とってもよく効く軟膏をさしあげましょう！　わたくし独自の調合による効能あらたかな軟膏を！　まあ、その手は本当に痛そう！」**

5

クローディアの家に近づくころには日は暗くなりかけ、ぼくはすっかりへたばりそうになっていた。ドーラの荷車を二日つづけて牽くこととくらべたら、フットボールの練習なんか屁みたいなものだ。ぼくたちの前方、おそらく二、三キロばかり先から、かつては郊外住宅地だったとおぼしき地域がはじまっているのが見えた――といっても、住宅地という単語は適切なものに思えなかった。そこにならぶのはドーラの家と似ているコテージだったが、屋根が壊れていた。最初のうちコテージは一軒一軒離れており、それぞれに小さな庭か家庭菜園のようなものが付属していたが、王都の城壁に近づくにつれて肩を接するように密集しはじめた。家々に煙突はあったが、どこからも煙は出ていなかった。そこかしこから、大小さまざまな道が延びていた。中央を走っている広い道路には、なにかの乗り物が——種類までは見わけられなかった——打ち捨てられたままになっていた。最初は貨車を牽引する車体の長い機関車かと思った。しかしさらに近づいてみると、バスのようにも見えてきた。ぼくはそれを指さした。

「無軌条電車（トロリーバス）！」クローディアが胴間声でいった。**「ずっとずっと昔からあそこにあるのです！　さあ、踏んばって、お若いの！　おいどをきゅっと引き締めて！」**これはいままで耳にしたことのない表現だったので、アンディ・チェンに教えてやるために記憶した——アンディにまた会えるとしたらの話だ。

「そら、あともう少し！」

王都とぼくたちがいる場所のあいだのどこか遠くから、鐘の音が三回きこえてきた。たっぷりと間隔をあけた荘厳な音だった——〝ごーん〟……〝ごーん〟……そして〝ごーん〟。レイダーが耳を立てて音の方角に顔をむけるのを、クローディアは見逃さなかった。

「三つの鐘ですか？」クローディアがたずねた。

ぼくはうなずいた。

「昔々は、三の鐘が鳴ったら日々の業（わざ）を切りあげ、家に帰って夕餉（ゆうげ）をとったものですよ！　ところがいまは日々の業も業をなす人たちもいなくなり、鐘だけが鳴りつづけているのです！　わたくしには音こそきこえなくても、歯で音を感じ取れます！　とりわけ嵐のときなどは！」

クローディアの家は灌木の茂みに囲まれている浮きかすだらけの池の前、雑草が多く生えている敷地に立っていた。円形の建物は廃材とおぼしき材木板とブリキ板でつくられていた。ぼくの目にはかなり頼りない建物にしか見えず、ここでも子豚たちと狼の童話を連想せずにいられなかった。ウッディが住んでいるのは煉瓦の家、クローディアが住んでいるのは木の枝の家。ふたりのほかにも王族がいて、その人が藁の家に住んでいたとしたら、とうの昔に食べられてしまったのだろう。

家にたどりつくと、狼の死骸が何体も目についた。家の正面側に三、四体。家の横手には一体——雑草の茂みから足が突きでていた。この最後の狼はよく見えなかったが、正面側の死骸はどれも腐敗がかなり進行し、いずれも毛皮の名残から肋骨が突きだしているようなありさまだった。どの死骸も目玉がなくなっていて——腹をすかせた鴉あたりにつつきだされたのだろう——うつろな眼窩が、家の玄関に通じている踏み固められた小道に折れたぼくたち一行をにらんでいるかのように思えた。この世界の昆虫のように巨大サイズの狼でないことにはほっとしたが、それでもかなりの大きさだった。生きていたときには——というべきか。死が彼らに厳しいダイエットを課したのだろう——おなじことは、ありとあらゆる生き物にもいえる。

「機会をとらまえて、やつらを射っております！」クローディアはいいながら三輪自転車からおりた。**「そうすると、たいていの場合ほかの狼よけになるのでございます！　死体の悪臭が**

薄れてきたころを見はからって、また追加であのクソなけだものを何頭か殺してやるのです！」

《王族の一員にしては》ぼくは思った。《またずいぶんと口汚いことで》

　ぼくは荷車の牽き棒をおろすとクローディアの肩を叩き、ミスター・ボウディッチのリボルバーをホルスターから抜きだした。それから、たずねかける意味で眉毛を吊りあげる。理解してもらえるか自信がなかったが、わかってもらえた。クローディアがにやりと笑うと、数本の歯が抜けていることがわかった。

「**いえ**（ナァ）**、いえ**（ナァ）**、わたくしはその手の武器をもっていません！　あるのは石弓**（クロスボウ）**です**」クローディアは石弓をかまえる真似をした。「**自作しました！　それよりずっと優秀な別の道具もありますよ！　そこにいるワンちゃんがまだ子犬も同然だったころにエイドリアンがもってきた品が！**」

　クローディアは階段で玄関前にあがると、屈強な肩でドアを押しあけた。ぼくはレイダーを荷車からおろして、ためしに立たせてみた。その場に立って歩くことこそできたものの、レイダーは石づくりの階段の前で足をとめ、助けを求める顔でぼくを見あげてきた。ぼくはレイダーを抱いて家のなかへはいった。屋内は丸い大きな部屋と、青いビロードのカーテンに隠されている、おそらくここよりも狭い部屋からできているようだった。カーテンは緋色と黄金色の糸で飾りがほどこされていた。部屋にはレンジ台があり、こぢんまりしたキッチンがあり、工具類がちらばっている作業テーブルがあった。テーブルにはほかにも、完成までのさまざまな過程にある矢があり、完成した矢をおさめている籐のバスケットもあった。クローディアが長いマッチをとりだして、ふたつのオイルランプに火をともすと、鏃（やじり）がぎらりと光った。ぼくは矢の一本を手にとって、鏃をもっと子細に検分した。黄金製だった。しかも鋭い。人差し指の腹を一本の矢の鏃に触れさせると、たちまち鮮血がにじんで小さな粒になった。

「**あらあら、なんということ。まさか、ご自分でご自分を痛めつけることをお望み？**」

　クローディアはぼくのシャツをつかんで、ブリキの内張りがほどこされたシンクへ引っぱっていった。シンクの上に手押しポンプが吊ってあった。クローディアが力強くハンドルを二、三回押し、出血しているぼくの指に凍えるように冷たい水を浴びせかけた。

「ちょっと……あの……そこまで……」ぼくはそういいかけたが、すぐにあきらめてクローディアの好きにさせた。しばらくして水をかけるのをやっとやめたクローディアは、指の切り傷にキスをしてぼくを驚かせた。

「**おすわりになって！　体を休めてくださいまし。すぐ食事にいたしますよ。でもまずはあなたさまの犬の手当てをして、それからあなたさまのお手々をなんとかしなくては！**」

　クローディアはレンジ台にやかんを置いた。中身が沸騰こそしていないが温まった段階でシンク下から洗面器をとりだし、湯をそこへそそいだ。クローディアはこの湯に、棚のひとつにあった壺の中身の、なにやら悪臭のするものをくわえた。棚にはさまざまな品物がならんでいた——缶のような容器におさまっているものもあれば、目の粗い布でくるんで麻紐で縛ったような品もあったが、いちばん多かったのはガラス容器に入れてある品だった。ビロードのカーテンの右側の壁には石弓がかかっていた——いかにも本格的な武器のようだった。ひっくるめていうと、この家からぼくが連想したのは開拓地の家であり、クローディアから連想したのは王族の一員ではなく、粗野でありながらも備えをかかさぬ開拓地の女性だった。

クローディアは悪臭をはなっている湯のなかに一枚の布をつけ、その布をぎゅっと絞ってから、しゃがみこんでレイダーに顔を近づけた。レイダーが怪しんでいる顔を見せた。クローディアは布をやさしい手つきで、レイダーの痛むうしろ足の腿のあたりに押しあてはじめた。そうしながらクローディアは、なにやら珍妙なハミングめいた声をあげていた——本人は歌のつもりだったのだろう。ふだんの話し声は抑揚をいっさい欠いた大きく単調な声で、それこそうちの高校のスピーカーから流れる校内放送のアナウンスのようだったが、この〝歌〟は音程が上下していた。レイダーは——てっきり逃げようとしてじたばたするか、あるいは噛みついたりするかという予想に反して——静かにしていた。頭をざらついた床板の上にもどして横たわり、満ち足りた吐息を洩らしていたのだ。

クローディアはレイダーの体の下に両手をさしこんだ。「**さあ、いい子だから寝返りをお打ち！　反対の足も手当てしてあげますからね！**」

レイダーは寝返りを打たなかった——体をばったり反対に倒しただけだった。クローディアはふたたび布を湯にひたし、反対側のうしろ足にも押し当てはじめた。ひととおりおわると、つかいおわった布をブリキのシンクに投げこみ、新しい布を二枚手にとった。その二枚を湯にひたして絞り、ぼくにむきなおるとこういった。

「**さあ、両手を前へお出しになって、若き王子さま！　ええ、わたくしが見た夢のなかで、ウッディがあなたさまのことをそんなふうに呼んでいましたの！**」

ここでわざわざ、ぼくは一介のチャーリーだと話しても無益なので、黙って両手を差しだした。クローディアは両手を温かい濡れた布でくるんでくれた。薬液のにおいは不快だったけれど、たちどころに手の痛みが軽減した。そのことを言葉では伝えられなかったが、クローディアはぼくの表情から読みとっていた。

「**とおぉってもよく効くお薬でございましょう！　お祖母さまにつくり方を教わったのですけれど、それはもうずうっと昔、あのトロリーバスがまだウルムまでの路線を走っていたころ、鐘を耳にする人々がまだいたころでございます！　薬には柳の**

木の皮がはいっていますが、それは調合のほんの手はじめ！　ほんの手はじめですよ、お若いの！　わたくしがお口汚しをご用意いたしますので、そこにおすわりになってください！　さぞかしお腹がすいておられましょう！」

6

食事は緑の豆が添えられたステーキで、さらにデザートとして林檎と桃のコブラーパイに似たお菓子が出てきた。エンピスに来てからこっち、ぼくは無料の食事――お口汚し――をそれなりに食べてきたけれど、クローディアはぼくの皿にひたすら料理を追加した。レイダーは、脂の小さな丸い粒が表面に浮いている牛のスープをもらっていた。レイダーはスープのボウルを舐めてすっかりきれいにし、自分の口のまわりもきれいに舐めたあと、お代わりを求める顔でクローディアを見ていた。

「**だめ(ナア)、だめ(ナア)、だめ(ナア)！**」クローディアは大声で怒鳴りつつ身をかがめ、レイダーが好きな耳のうしろを掻いてやっていた。

「**あんたは哀れなおばあちゃん犬なんだから、すぐにげぇしちゃうに決まってるし、それじゃなんにもならないでしょう？　でも、これならあんたの体に障(さわ)りはなさそう！**」

テーブルに茶色いパンが置いてあった。クローディアは日々の労働でごつくなった力強いその手で（あの荷車を丸一日牽いていても、手に水ぶくれをひとつもつくらずにすみそうだった）パンを塊からひと切れちぎりとり、バスケットから矢を一本抜きとった。それから鏃にちぎったパンを突き刺すと、レンジ台の下の扉をあけ、燃えている炎にパンを突っこんだ。引きだされたとき、パンはいっそう濃い茶色になって火がついていた。クローディアはその火をバースデイケーキのキャンドルとおなじ要領で吹き消し、テーブル上の壺にはいっていたバターを指でじかに塗ってから、レイダーに差し出した。レイダーは起きあがり、パンに噛みついて矢から抜きとると、くわえたまま部屋の隅へ行った。引きずっていたうしろ足もかなりよくなっていた。ミスター・ボウディッチの手もとにもクローディアの特効薬があれば、オキシコンチンに頼らずにすんだかもしれないという思いが頭をよぎった。

クローディアは自分の私室を隠しているビロードのカーテンをあけて向こうへ行き、メモ帳と鉛筆を手にして引き返してくると、両方をぼくに手わたした。鉛筆の軸に刻印されている文字を見たとたん、非現実感の大波に襲われた。まだ削られずに残っていたのは《**寸志　セントリー製材**》という文字だった――もともとは製材所とか製材組合とつづいていたのだろう。メモ帳のほうは、残っている用紙はわずかだった。ひっくりかえして裏表紙に目を落とすと、文具店の色褪せた値札が貼られたままになっていた――《**ステープルズ　一ドル九十九セン**

ト》。

「必要があったらば、その紙に書きつけてくださいまし！　でも必要がなければ、ただうなずいたり首をふったりするだけでけっこう！　そのほうが忌ま忌ましい紙の節約にもなります！　その紙はエイドリアンが最後の来訪の折りに騒音機械ともどもお土産にくれた品で、もうそれしか残っていません！　おわかりいただけましたか？」

ぼくはうなずいた。

「あなたさまはエイドリアンの愛犬を〝再生〟させるために旅していらっしゃったのでしょう？」

ぼくはうなずいた。

「日時計までたどりつけそうですか、お若い方？」

ぼくはメモ帳に以下のように書いて、クローディアにも読めるようにもちあげた。《ミスター・ボウディッチが自分の頭文字を道しるべとして書き残してくれました》。おとぎ話のパンくずよりは道案内としてはましだろう。といっても、雨に洗い流されてしまわなければの話だが。

クローディアはうなずき、顔を伏せて考えこんだ。ランプの光が当たっていると、いとこのウッディと目鼻立ちが似ていることが――ウッディのほうがずっと年上だが――はっきりわかった。クローディアには長年の労働と狼を殺すための石弓の練習でつちかわれた、いかめしい美しさとでもいえるものがそなわっていた。

《亡命王族たちだ》ぼくは思った。《この人とウッディとレーア。三匹の子豚ならぬ三人の亡命王族たち》

ようやくクローディアが顔をあげてこういった。**「危険です」**

ぼくはうなずいた。

「ウッディからは、どんなふうに行かなくてはならないのか、なにをしなくてはならないかという話はきいてきましたか？」

ぼくは肩をすくめて、こう書きとめた。《静かに行動しなくてはならないとききました》

クローディアは、そんなアドバイスは役に立たないといいたげに鼻を鳴らした。**「このままあなたを〝お若い方〟とか〝若き王子〟などと呼びつづけるわけにもいきません――まあ、あなたのお顔にはそこはかとなく王子らしさがあるとはいっても！　あなたのお名前は？」**

ぼくは大文字だけで《チャーリー・リード》と書いた。

「シャーリー？」

当たらずといえども遠からず。ぼくはうなずいた。

クローディアはレンジ台近くの箱から木切れを一本手にとると、薪の投入口をあけて押しこめ、すぐに扉を閉めた。それからもとの場所にもどって腰をおろし、ドレスの膝で両手を組みあわせると、その上に覆いかぶさるように身を乗り出した。顔には真剣な表情がのぞいていた。

「あなたさまがあすのうちに務めを果たそうとしても、時間が足りなくなりましょう、シャーリー！　ですからあなたさまは、

都の大城門からわずかに手前にある備品倉庫で明日の夜を明かす必要がございます！　倉庫前には前輪がはずれた赤い馬車があります！　さあ、書きとめてくださいまし！」

ぼくは《倉庫　赤い馬車　前輪なし》と書いた。

「ここまではよろしいですね！　倉庫の扉に鍵はかかっておりませんが、扉の内側にかんぬきがございます！　二、三頭の狼を旅の道連れにしたくなければかんぬきをかけておくことが肝要かと！　さあ、これも書きとめてくださいまし！」

《かんぬき　扉》

「朝の鐘がきこえてくるまでは倉庫にとどまること。朝の鐘は一回鳴るだけ。都の大城門は閉ざされているでしょうが、レーアの名前を口になされれば門はひらきましょう！　門をあけられるのはレーアの名のみ！　ガリエン家のレーア！　さあ、書きとめてくださいまし！」

ぼくは《ガレオン家のレーア》と書きつけた。クローディアはぼくのメモを見せろと手ぶりでいってよこし、メモを見て眉をひそめ、手ぶりで鉛筆を求めてきた。クローディアは鉛筆で《レオ》を消して《ガリエン》と訂正した。

「あなたさまが暮らしていた土地では単語のつづりかたを教わらなかったようですね、お若い方？」

ぼくは肩をすくめた。ガレオンでもガリエンでもおなじような響きではないか。それに王都が無人なら、門の内側でぼくの声をきいて通行許可を出す者もいないはずでは？

「朝の鐘が鳴ったらば、少しでも早く大城門に駆けつけて王都にはいることが肝要です！　そう申しますのも、あなたさまにはまだ長い旅路が待っているからです！」

クローディアはひたいをこすると、不安げな顔でぼくを見つめた。

「エイドリアンの道しるべが見えていたなら、それはそれでけっこう！　見えなくなったなら、道に迷わないうちに引き返すことです！　王都の道はさながら迷路！　それこそ夜になって暗くなっても、まだあの地獄のあなぐらで道に迷いつづけていることでしょうから！」

ぼくは《もしぼくが〝再生〟させてやらなければ、レイダーが死んでしまう》と書いた。

クローディアはそれを読み、ぼくにメモ帳を突き返してきた。

「あの犬とともに死ぬことも辞さぬほど、あの犬を深く深く愛しているのですか？」

ぼくは頭を左右にふった。クローディアがまるで音楽のような響きの笑い声をあげたので、ぼくは驚かされた。これは、声を奪われた生活という呪いをかけられる前のクローディアの声をいまに伝える、ごくわずかな名残なのではないかと思った。

「高潔な答えとはいえませんが、高潔な答えを口にする者はえてしてズボンをクソでいっぱいにして早死にしてしまうもの！　エールを少しお飲みになりますか？」

ぼくはかぶりをふって断わった。クローディアは立ちあがると、冷蔵棚とおぼしき場所をかきまわし、白い瓶を手にして引き返してきた。親指でコルクの栓を押して抜くと――栓には穴があいていたが、中身のエールに呼吸させるためだろう――クローディアはごくごくとたっぷり飲んだ。これにつづいて鈴を鳴らすようなげっぷの音。それから椅子にすわったクローディアは、膝の上に瓶をかかえたままだった。

「もし道しるべがあったなら、シャーリー――エイドリアンの道しるべです――できるかぎり速くたどって、かつ静かに先へ進むこと！　つねに静かにしていること！　声がきこえるかもしれませんが、気をとられてはなりません！　なぜなら、それは死者の声……死者よりもおぞましいものの声なれば！」

死者よりもおぞましい存在？　その音の響きが気にくわなかった。音といえば、ドーラの荷車についている木の車輪が石畳の道でたててしまいそうな音の件もある。だとすると、そういった箇所ではレイダーには歩いてもらって、それ以外はぼくが抱きかかえていくことになるのか？

「あなたさまは奇々怪々なものを目にするやもしれません……ものの形が変化したり……けれども、そんなことに気をとられませんように！　そしてやがては、涸れた噴水のある広場にたどりつきましょう！」

ぼくがすでに目にしたことのある噴水かもしれない。ウッディが見せてくれたクローディアとレーアが描かれていた絵のなかで。

「広場近くに茶色い鎧戸のある大きな黄色い家があります！　道がその家の中央部分を貫いています！　そここそハナの家！　家の半分がハナの住まうところ！　残り半分は台所、ハナがおのれの食事を運びこむところです！　さあ、書きとめてくださいまし！」

ぼくが書きとめると、クローディアがメモ帳を手にとり、アーチ状にまがった天井がつづく通路の絵を描いた。さらに通路の上に、翅を広げた蝶を描きこむ。手早いスケッチにしてはすこぶる上手な絵だった。

「身を隠していなくてはだめですよ、シャーリー！　あなたさまとあなたさまの犬も！　どうです、レイダーは静かにしていられますか？」

ぼくはうなずいた。

「なにがあっても、声を我慢していられますか？」

断言はできなかったが、このときもうなずいた。

「二の鐘を待つことです！　さあ、書きとめて！」

ぼくは《2　鐘》とメモした。

「二の鐘が鳴る前に、家の外にいるハナの姿が見えるかもしれません！　見えないかもしれません！　それでもハナが昼食のために台所へ行くときには、その姿があなたさまにも見えましょう！　それこそ、あなたさまが道を最後まで通り抜けるべき好機！　できるかぎり急ぐこと！　さあ、書きとめてくださいまし！」

　メモを書く必要があるとは思えなかった――きいた話のとおりハナが恐るべき存在なら、そんな怪物の縄張りでぐずぐずするのは最初から願いさげだ――が、クローディアがぼくのことを不安に思っているのは明らかだった。

「日時計はそこよりほど遠くないところにあります！　幅の広い通路があるので、すぐにおわかりになりましょう！　あの子を日時計の文字盤に乗せたなら、逆向きにまわすのです！　ちゃんと両手をおつかいなさい！　忘れてはならないのは、日時計を前むきにまわしたらあの子を殺してしまうということ！　もうひとつ、あなたさまご自身は日時計から離れていなくてはなりません。さあ、書きとめてください！」

　いわれたとおりにしたが、これはクローディアを満足させるためにすぎなかった。『何かが道をやってくる』を読んでいるぼくは、日時計を逆方向へ回転させることの危険も承知していた。レイダーにとって必要でないことがたったひとつあるとすれば、それは年をとることだ。

「そのあとは近づいたときと同様に引き返してくることです！　けれどもハナにはくれぐれもご用心ご用心！　通路ではハナの物音に耳をそばだてていることです！」

　ぼくは両手をもちあげ、頭を左右にふった――《話の意味がわかりません》

　クローディアは凄みのある笑みをのぞかせた。**「あのクソな女怪物は食事後にかならず昼寝をします！　そしていびきをかきます！　それがきこえるのですよ、シャーリー！　いかずちのごときいびきがね！」**

　ぼくは両手の親指を突きあげてクローディアに見せた。

「すばやく帰ってくること！　目的の地は遠く、あなたさまの時間の余裕はわずかです！　三の鐘が鳴ったときに大城門から外に出ている必要はございませんが、三の鐘のすぐあとには王都リリマーの外に出ていなくてはなりません！　暗くなる前に！」

　ぼくはメモ帳に《夜影兵たち》と書いてクローディアに見せた。クローディアはまたエールを飲んで、のどをうるおした。顔には真剣な表情がのぞいている。**「いかにもそのとおり！　そいつらがいるからです！　さあ、その言葉を線で消してしまって！」**

　ぼくは従い、結果をクローディアに見せた。

「けっこう！　あの卑しむべき外道どもについては、言葉も文字も少なければ少ないほどよろしい！　赤い馬車が前にある倉庫で夜を明かすこと！　朝の鐘が鳴ったら倉庫からご出立なさいませ！　そうしてこちらへ帰られますように！　さあ、これも書きとめてくださいまし！」

　ぼくはうなずいてメモ帳に書きとめた。それからメモ帳を片手でもちあげ、反対の手でクローディアの手をとった。メモ帳にぼくが大きな字で書いたのは《ありがとう》だった。

「いえ（ナァ）、いえ（ナァ）、いえ（ナァ）！」クローディアはぼくの手を握ると、ひびわれた唇までもちあげてキスをした。**「わたくしはエイドリアンをお慕い申しておりました！　女人が殿方をお慕いするという意味ではございませんよ！　妹がお兄さまをお慕いするような気持ちでございました！　わたくしはただ、わたくしがあなたさまを死へと……あるいは死よりもさらに悲惨なところへと送りだすことがないよう祈るばかりでございます！」**

7

ぼくがさらなる質問を口にのぼらせるよりも先に――質問はどっさりあった――狼が割りこんできた。それも多くの狼が、自分たちの頭を吹き飛ばさんばかりの大きな声で遠吠えをはじめたのだ。二枚の羽目板が縮んだせいでできた壁の隙間から月明かりが射しいり、さらに家の横手の外壁になにかがどすんと体当たりしてきて、そのせいで家全体がびりびりと震えた。レイダーが吠え、耳をぴんと立てて起きあがった。なにかがまた家にぶつかり、さらに三度めがつづいたのち、ふたつがいっぺんに体当たりしてきた。クローディアの棚のひとつから一本の瓶が落ち、ピクルスの漬汁のにおいが立ちこめた。

　ぼくはミスター・ボウディッチの拳銃を抜きだしながら思った。《狼たちがはあはあ、ふうふうと強く息を吹きかけるうちに、女の人のうちはばらばらになってしまいました》

「いえ(ナァ)、いえ(ナァ)、いえ(ナァ)！」クローディアは声を張りあげた。愉快に思ってさえいるような顔つきだった。**「こちらへいらしてくださいな、シャーリー！　エイドリアンがもってきたものをごらんになってくださいまし！」**

　クローディアはビロードのカーテンを押しあけると、ぼくになかへはいるようながした。広い部屋はきれいに整頓されていた一方、寝室はそうではなかった。クローディアの私室スペースをだらしない汚部屋(おべや)呼ばわりはしたくないけれど……現実には汚部屋というほかなかったのも事実だ。ベッドの二枚のキルトは、はねのけられたまま皺くちゃで放置されていた。床にはスラックスやシャツ、コットンのブルマーとおぼしき下着やシュミーズなどが散乱していた。クローディアは衣類をわきへ蹴飛ばしつつ、そんな部屋の突きあたりまでぼくを導いていった。ぼくとしては、クローディアがぼくに見せるつもりのものよりも、外で荒れくるっている狼の攻撃のほうが関心事だった。そう、まぎれもなく攻撃だった――狼たちはほぼ絶え間なく、薄っぺらい板づくりのクローディアの家に体当たりを仕掛けていた。このぶんでは雲がふたつの月を隠しても、狼の攻撃がやむことはないのではないかと心配になった。やつらはそのくらい猛りくるい、血を求めていた。

　クローディアがドアをあけると、ぼくの世界からもちこまれたものとおぼしき肥溜めつき便器が設置されたトイレになっていた。

「ここがご不浄でございます！」クローディアはいった。**「夜のあいだにあなたさまが用を足したくなったときのため！　いえ、わたくしを起こしてしまう心配はご無用――わたくしは泥どころか石のように眠ります！」**

それはまちがいないところだろうと思った――起きているときでも耳がまったくきこえないクローディアを見ていればわかる。しかし、狼がこの家に突入してきたら、トイレが必要になるどころではなさそうだ。今夜だろうと、将来のいつだろうと。こうしてクローディアがぼくにインテリア雑誌のインタビュー記事みたいな室内案内をしている一方、音からすると数十頭もの狼がこの家に押し入ろうとしているかのようだった。

「さあ、こちらにご注目なさって！」クローディアはそういうと、便器横の壁に掌底を押しつけて壁板を横へ動かした。壁のなかにあったのは、《ACデルコ》と自動車部品メーカーの社名が側面にある車のバッテリーだった。バッテリーの端子にはジャンパーケーブルが接続され、ケーブルは電力変換装置（パワー・コンバーター）に接続されていた。コンバーターからは別のケーブルが出て、その先は通常のライト用スイッチらしき品につながっていた。クローディアは満面の笑みをのぞかせていた。**「これはエイドリアンがもってきてくれた品で、あの忌ま忌ましい狼どもはこれが大きらいなのです！」**

《臆病者は贈り物をするだけだ》ぼくは思った。

クローディアはスイッチを入れた。その結果は耳をつんざく桁（けた）はずれの爆音だった。たとえるなら、五十倍から百倍に増幅された何台分もの車の警笛のような音。これではぼくの耳もつぶれてクローディアみたいに音がきこえなくなるのではないかと思い、ぼくは両手を強く耳に押しあてた。とても長く感じられた十秒か十五秒ののち、クローディアがスイッチを押して切った。ぼくはおそるおそる耳から手を離した。広いほうの部屋ではレイダーがいかれたように吠えていたが、狼の遠吠えは熄（や）んでいた。

「スピーカーが全部で六台あります！　あのクソな狼どもは、尻尾に火がつきでもしたように森へ逃げこんでいくのです！　ご感想はいかが、シャーリー？　音量にはご満足いただけて？」

ぼくはうなずいて、両耳をとんとん叩いてみせた。あれだけの轟音の集中砲火に長く耐えられるものがいるはずはなかった。

「わたくしにもその音がきこえればいいのですけれど！」クローディアはいった。**「でも歯で音を感じとることはできるのですよ！　はは！」**

ぼくの手にはまだメモ帳と鉛筆があった。ぼくは質問を書いて、メモ帳をもちあげた。《バッテリーが切れたらどうなるんですか？》

クローディアはいったん考えこんでから、笑みを浮かべ、片手でぼくの頰をそっと叩いた。**「あなたさまに提供した部屋と食事の代わりに、あなたさまに新品をもってきていただきまし**

ょうか！　これぞ公平な取引ではありませんか、若き王子さま？　ええ、わたくしはそう思います」

8

そのあとドーラの家とおなじく、火の近くの暖かな場所で眠った。ずっと寝つけずに、自分の立場について思いをめぐらすこともなかった。クローディアが枕代わりに用意してくれたタオルに頭を載せるなり、たちまち意識をなくして眠りこんでいたからだ。そして二秒後には――というか体感的にはそうとしか思えなかった――クローディアに揺り起こされた。クローディアは蝶々のアップリケが縫いつけられたロングコート姿だった――これもドーラの手になる品だろう。

「なんです？」ぼくはいった。「寝かせてください」

「**いえ、いえ、いえ！**」クローディアは耳がきこえなかったが、ぼくの言葉は完璧に理解していた。「**起きてくださいまし、シャーリー！　まだまだあなたさまの旅路は長うございますよ！　なすべきことに手をつける時間でございます！　それに、ごらんいただきたい品もあります！**」

ぼくはふたたび仰向けに寝ようとしたけれど、クローディアがぼくを引っぱり、上体を起こした姿勢に逆もどりさせた。

「**犬があなたさまをお待ちですよ！　わたくしももう一時間ばかり前から起きてます！　犬もおなじです！　また例の特効薬療法をほどこしましたのでね、いまはたいへん元気ですとも！　ごらんになってくださいまし！**」

レイダーはクローディアの隣に立って、尾を元気にふっていた。目をむけるぼくと目があうと、レイダーはぼくの首に鼻をすりつけて頬を舐めてきた、ぼくは起きあがった。両足は痛んだ。両腕と肩はそれ以上の痛みだった。まず左右の肩をぐるんぐるん回してほぐし、前屈運動を十回ほどこなした――いずれもシーズン前のフットボール練習にあたっての準備運動だった。

「**さあ、あちらへ行って用足しをなさってくださいまし！　そのあとで、なにか温かく召し上がれるものをご用意いたしますのでね！**」

ぼくは狭いバスルームへはいった。クローディアが湯を張った洗面器と、拳大の硬く黄色い石鹸を用意してくれていた。小用をすませてから、手と顔を洗った。壁には、車のバックミラーと大差ないサイズの小さな鏡がかかっていた。表面は傷だらけで曇ってもいたが、体をかがめてのぞきこむと自分の顔が見えた。背すじを伸ばし、出ていくべく体の向きを変えたところで、あらためて鏡で自分を――今度は前よりも注意深く――ながめてみた。黒っぽい褐色の髪の色がわずかに明るくなっている気がした。夏のあいだ、何日も直射日光を浴びたあとなどには色が淡くなることはあったが、この世界は低く雲が垂れこめているばかりで、日ざしはない。もちろん夜のあいだは別だが、夜は雲が割れてもふたつの月の光が射しいるだけだ。

　髪の色が変わったように見えたのもたいしたことではない、とぼくは片づけた――ひとつきりのオイルランプの光と鏡の曇った部分が見せた錯覚だ、と。トイレから外へもどると、クローディアがたっぷり二個分のスクランブルエッグをはさんだ厚い食パンを手わたしてきた。ぼくはがつがつとパンをむさぼった――狼のように、といいたいところだ（が、これが洒落になるかどうかはわからない）。

　クローディアはぼくにバックパックを手わたした。「**ここに水と冷たいお茶を入れておきました！　あと紙と鉛筆も！　念のためでございます！　あなたが牽いてきた荷車はここに置いていくことです！**」

　ぼくは頭を左右にふり、二本の牽き棒をもちあげるパントマイムをしてみせた。

「**いえ（ナァ）、いえ（ナァ）、いえ（ナァ）！　あなたさまは荷車をつかいません――次に荷車をつかうのは、あなたさまがわたしの三輪自転車でここへ帰ってきてからでございます！**」

「あなたの三輪自転車を借りるわけにはいきませんって！」

　クローディアは顔を反対へむけていて、ぼくの言葉には気づいていなかった。「**出ていらっしゃいませ、シャーリー！　もうすぐ夜明けです！　この機を逃してはなりません！**」

　ぼくはクローディアのあとから玄関ドアのところへ行った。


クローディアがドアをあけても、そこに荒れ狂う狼の群れがいないことを祈るばかりだった。狼はいなかったし、街道で出会った少年が〝魔物の棲む都〟と呼んだ王都のほうを見ると、雲が割れて星のきらめく夜空がのぞいていた。そして王国街道の近くに、クローディアが走らせていた大型の三輪自転車があった。うしろの籠の内側に、フリースのように見える白くて柔らかな布が敷いてあった。レイダーを乗せるための場所であることはすぐにわかった。レイダーを乗せた荷車を牽くよりも三輪自転車で移動するほうがずっと楽だし、スピードも出せることがわかった。しかも、これにはまだそれ以上の利点があった。

　クローディアが上体をかがめ、ランプをサイズの大きなひとつだけの前輪に近づけた。「**このタイヤもエイドリアンがもってきてくださったのですよ！　ゴムのタイヤ！　話にはきいておりましたが、この目で見たのは初めて！　あなたの世界の魔法の品でございますね、シャーリー！　それも静かな魔法ですよ！**」

　これで意志が決まった。これなら硬い木の車輪が敷石でやかましい音をたてるという心配はなくなる。

　ぼくは三輪自転車を指さし、自分を指さした。それから自分の胸の心臓の上あたりをとんとん叩く。「ちゃんとお返ししますよ、クローディア。約束です」

「**あなたさまなら、きっとわたしのもとに返してくださいます、若きシャーリー王子！　わたくしは毫（ごう）も疑ってなどおりませ**

ん！」クローディアはぼくの背中を手のひらでそっと叩いてから、これといった底意もなくぼくの尻をぴしゃりと叩いた――ハークネス監督がぼくを守備や代打へ送りだすときの合図のようなものだった。「**さあ、明るくなりゆく空をごらんくださいまし！**」

ぼくは空へ目をむけた。星々の輝きが薄れはじめると同時に、王都リリマー上空の空が美しい薄紅色に光りはじめていた。南国へ行けばこういった色の夜明けの空を見ることができるのかもしれないが、ぼく自身はこんな色の朝の空を見たためしはなかった。レイダーはぼくたちにはさまれてすわり、頭をぐっともちあげて空気の香りを嗅いでいた。両目からは粘液が垂れていたし、どれほど痩せたかもあらわだったが、それさえなかったら体調は万全だと思ってもおかしくないようすだった。

「ぼくたちはなにをさがしているんでしょう」

クローディアは答えなかった。質問しているぼくのほうを見ていなかったからだ。クローディアは王都のほうを見ていたのだ。

――明るくなりかけた空を背景にして黒く見えている、王都の何本もの塔やひときわ高くそびえる三本の尖塔を見ていたのだ。こうして遠くから見ていてもなお、ガラス素材のように見える尖塔の見た目がどうにも気にくわなかった。位置関係のせいで、尖塔はぼくたちをじっとにらんでいる顔のように見えていた。そんなものは目の錯覚だ――そう自分にいいきかせた――古い木の節穴が叫び声をあげている口に見えたり、雲がドラゴンのように見えたりすることがあるが、それとおなじことだ、と。しかし、そう思っても効き目はなかった。効き目のとば口にさえもたどりつけなかった。馬鹿馬鹿しいことこのうえない考えが頭に忍びこんできた――王都そのものが怪物ゴグマゴグだ、という考えだ。知性をそなえ、監視の目を光らせた邪悪な存在。そんなところに近づくことを思っただけで背すじが寒くなり、城門を通り抜けるのにレーアの名前をつかうことを考えただけで恐怖に襲われた。

それでもやはり疑問を感じてしまった。

《ミスター・ボウディッチだってあそこへ行って帰ってきたんだぞ》ぼくは自分にいった。《おまえだってできるさ》

ついで、鐘の音が一度だけ、長く尾を引いて殷々と鳴りわたった――〝ごーん〟。

レイダーが立ちあがり、鐘の音のほうへ一歩進んだ。

「**一の鐘が鳴ったのですね、シャーリー？**」

ぼくは指を一本立て、うなずいて返事をした。

残響が消えないあいだに、巨大ゴキブリや大きな赤いコオロギよりもさらに驚異的な現象が起こりつつあった。王都の城外にせせこましく建ちならんだ小屋やコテージ群の上空の空がぐんぐんと暗くなってきた――日除けがおろされてくるのではなく、反対に巻きあげられていくかのようだった。ぼくはクローディアの腕をつかんだ――自分がみている光景が日食やふたつの月の月蝕にとどまらず、この世界の地球そのものを消していく現象なのではないかと、ひととき恐怖に駆られたからだ。ついで鐘の残響が完全に消えると同時に、暗闇が一万もの日光の細片に打ち砕かれて、さらに細片ひとつひとつが搏動して色を変えはじめた。さまざまな色が目に飛びこんできた——黒と黄金色、白、橙、そしてもっとも深みをそなえた高貴な紫。〝王家の蝶（モナーク・バタフライ）〟として知られる大型の蝶、オオカバマダラだった——それぞれが雀ほどのサイズだったが、あまりにも繊細ではかい、なげなせいで、夜明けの光が蝶のまわりを輝かせるだけではなく翅を透かして光ってもいた。

「エンピス王国よ、弥栄（いやさか）に！」クローディアが大きな声をはりあげ、頭上を空高くへむかっていく生命の奔流にむかって両手を高くかかげた。蝶の奔流は王都の建物の輪郭を視界から消し、ぼくが尖塔に見たと思いこんでいた顔を消し去った。**「ガリエン家よ、弥栄に！　かの王家の御代（みよ）がよみがえり、とこしえにつづきますように！」**

その声は大きかったが、ぼくの耳にはろくにはいってこなかった。それくらい目の前の光景に心を奪われていたのだ。これほどまでに異様で超現実的、しかも美しいものを目にした経験はなかった。蝶の大群はぼくたちの頭上を飛びまわりながら空を暗くし、どことも知れぬ場所を目指していた。蝶の翅がつくりだす風を肌に感じながら、ぼくはようやくこの異世界が現実だということを——完璧に、一点の曇りすらなく——実感していた。エンピスが現実だ、と。ぼくは、つくりものの世界からここへやってきたのだ、と。

この世界こそが現実だ、と。

（下巻に続く）

装画　藤田新策
装幀　石崎健太郎
ＤＴＰ制作　エヴリ・シンク

PRINTED IN JAPAN

フェアリー・テイル　上

二〇二五年四月三十日　第一刷

著　者　スティーヴン・キング
訳　者　白石朗（しらいしろう）
発行者　大沼貴之
発行所　株式会社文藝春秋
〒102―8008　東京都千代田区紀尾井町三―二三
電話　〇三―三二六五―一二一一
印刷所　TOPPANクロレ
製本所　加藤製本
万一、落丁乱丁があれば送料当方負担でお取替えいたします。小社製作部宛お送りください。
定価はカバーに表示してあります。
ISBN978-4-16-391977-5